BASTEI
LÜBBE

Von José Calvo Poyato ist bei Bastei Lübbe Taschenbücher lieferbar:

15299 Das Geheimnis der Schwarzen Bibel

Über den Autor:

José Calvo Poyato, 1951 in Córdoba geboren, studierte Geschichte und Geografie und promovierte an der Universität von Granada. Nach langjähriger Lehr- und Forschungstätigkeit widmet er sich heute auch der Politik, ist Abgeordneter der Provinz Córdoba und Pressesprecher im andalusischen Parlament. Er veröffentlichte bereits eine beträchtliche Anzahl historischer Sachbücher und Romane, für die er diverse Auszeichnungen erhielt. Den bisher größten Erfolg seiner schriftstellerischen Karriere erzielte er mit dem Roman *Das Geheimnis der Schwarzen Bibel*, von dem in Spanien über 100.000 Exemplare verkauft wurden.

JOSÉ CALVO POYATO

Im Zeichen des schwarzen Todes

HISTORISCHER ROMAN

AUS DEM SPANISCHEN ÜBERTRAGEN VON
BIANCA GÜTH

BASTEI
LÜBBE

BASTEI LÜBBE TASCHENBUCH
Band 15566

1. Auflage: Oktober 2006

Bastei Lübbe Taschenbücher ist ein Imprint
der Verlagsgruppe Lübbe

Deutsche Erstveröffentlichung
Titel der spanischen Originalausgabe: *Los Galeones del Rey*

Einbandgestaltung: Bianca Sebastian
Titelbild: © Bildarchiv Steffens/Bridgeman Art Library
Satz: hanseatenSatz-bremen, Bremen
Druck und Verarbeitung: Ebner & Spiegel, Ulm
Printed in Germany
ISBN-13: 978-3-404-15566-8 (ab 01.01.2007)
ISBN-10: 3-404-15566-1

Sie finden uns im Internet unter
www.luebbe.de

Der Preis dieses Bandes versteht sich einschließlich
der gesetzlichen Mehrwertsteuer.

1

Bereits lange vor sechs Uhr abends, der Stunde, die laut Einladung für den Beginn des Festakts festgesetzt war, hatten sich zahlreiche Mitglieder der frommen Bruderschaft Santa Caridad in ihrer Kapelle versammelt. Unter den Anwesenden herrschte die gespannte Erwartung, die jedem großen Ereignis vorangeht, angestachelt von den Bemerkungen, die einige Ratsmitglieder der Bruderschaft – die als Einzige Gelegenheit gehabt hatten, schon vor der Vollendung des Werks einen Blick darauf zu werfen – in alle vier Winde verstreut hatten: Was unter den Händen Meister Jerónimos entstanden war, so hieß es, ließ sich mit nichts vergleichen, was je zuvor gesehen wurde.

Kurz nachdem die Glocke der benachbarten Salvador-Kirche sechs Uhr geschlagen hatte, trafen der Vorsteher der Bruderschaft, Don Juan de Mañara, und ihr geistliches Beiratsmitglied, der zugleich auch Pfarrer von Salvador war, in Begleitung des Vermögensverwalters der Kathedrale auf dem unebenen kleinen Platz vor dem Eingang der Kapelle ein. Als sie das Gotteshaus betraten, drängten sich bereits die ungewöhnlich vollzählig erschienenen Mitglieder der Bruderschaft und eine beträchtliche Zahl Neugieriger, die sich dieses Ereignis nicht entgehen lassen wollten, im Innenraum. Im Epistolarium des Altarraums stand eine Trage, darauf war eine Art Tabernakel befestigt, der auf allen vier Seiten mit schwarzem Tuch verhüllt und von einer Vielzahl von Kerzen umgeben war. Dort erwartete sie ein hoch gewachsener Mann, schlank und von einer natürlichen Eleganz. In seinem Gesicht, das von halblangem, kastanienbraunem Haar eingerahmt wurde, fielen ein feiner, sorgfältig gekämmter Schnurrbart und ein Kinnbart, der kaum mehr als eine Andeutung war, ins Auge. Er trug ein schwarzes Wams und schwarze Beinkleider, Strümpfe, die ebenfalls schwarz waren, und blank polierte Schuhe in der gleichen Farbe. Das einzige schmückende Element an seiner Erscheinung waren die Spitzen seines weißen Hemdes, die sich an Hals und Manschetten zeigten. Er musste ungefähr fünfunddreißig Jahre zählen. Jerónimo de Loaysa war Bildhauermeister und betrieb ein Atelier in der Calle de la Muela in Magdalena, einem Stadtviertel von Sevilla.

Nach einer knappen Begrüßung ohne übermäßige Höflichkeiten fand ein kurzes Gespräch zwischen Mañara und dem Bildhauer statt, ein Augenblick, den die Kleriker nutzten, um in die Sakristei zu gehen und den liturgischen Ornat anzulegen, der für diese Gelegenheit angemessen war. Nach der Messe und einer kurzen Predigt begannen Don Juan de Mañara und der Priester, die Leintücher zu entfernen, die die Statue bis zu diesem Augenblick vor den Blicken der Anwesenden geschützt hatten.

Die fallenden Stoffbahnen enthüllten ein eindrucksvolles Christus-Bildnis, dem man mit dem Einverständnis des Rats der Bruderschaft den Namen *De la Buena Muerte* – Vom Guten Tode – gegeben hatte. Von allen Seiten ertönten Ausrufe der Bewunderung. Im Schein der Kerzen wirkte das Bildnis schlicht überwältigend. Inmitten der wachsenden Aufregung der Anwesenden – es hielt sie nur mit Mühe auf ihren Plätzen – fuhr der Pfarrer der Salvador-Kirche mit seinen Segnungen fort. Doch kaum waren die Gebete verklungen, brachen die zurückgehaltenen Gefühle der versammelten Bruderschaft hervor.

Alle waren begeistert. Kaum jemals war so viel Anerkennung, Lob und Berühmtheit einem Mann zuteil geworden, der noch so jung an Jahren war. Jerónimo de Loaysa war der *Maestro,* per definitionem der Meister unter den Künstlern von Sevilla.

Dem anschwellenden Beifallsgemurmel folgte ein spontaner, donnernder Applaus der Glaubensbrüder, deren Ordensgemeinschaft es sich auferlegt hatte, denjenigen Unglücklichen, die diese Welt verließen, ohne dass jemand sich um ihre sterblichen Überreste kümmerte, eine christliche Bestattung zukommen zu lassen.

»Herr im Himmel, es scheint, als finge er gleich an zu sprechen!«, sagte einer.

»Er sieht aus, als sei er lebendig!«, bemerkte ein anderer.

Gegenstand dieser bewundernden Äußerungen in einer Stadt, in der Heiligenbildnisse eine sehr lange Tradition hatten, war ein gekreuzigter Christus im Augenblick seines Todes. In Sevilla solche Lobeshymnen auszulösen war alles andere als einfach, und erst recht in dieser Einmütigkeit. Das enorme Geschick und die ungewöhnliche künstlerische Begabung des Meisters Loaysa waren allenthalben bekannt. Das Domkapitel höchstselbst, in dieser Hinsicht anspruchsvoll und empfindlich, hatte den Bildhauer mit einer Holzschnitzerei der Heiligen *Nuestra Señora de las Angustias* – die Gottesmutter in der Bedrängnis – beauftragt, die allgemeinen Beifall gefunden hatte. Doch spätestens sein berühmter *Cristo de la Clemencia* – Christus voll der Gnaden –, ohne Zweifel das herausragendste Werk des Künstlers bis dato, hatte jeden restlos überzeugt.

Es hatte den Anschein, als pulsiere echtes Leben in den verletzten Händen und Füßen dieses Christus. Seine Knochen schienen die Haut, die sie umhüllte, zu zerreißen, sie war im Begriff zu bersten unter der Mühsal eines gemarterten Körpers. Durch seine Adern, so geschickt nachgezeichnet, nahm man das spärliche Restchen Leben wahr, das noch in ihnen pochte. Das schlaffe Fleisch seiner Gliedmaßen kündete vom Leid und von der Folter – vom Leben, das just in diesem Augenblick entwich. Sein Antlitz spiegelte noch die Gewalt der erlittenen Misshandlungen wider, der Ausdruck seines halb offenen Mundes, auf dem ein Hauch von Bitterkeit lag, harmonierte mit der Qual seines dramatischen Blickes. Man würde diesen Christus auf den Namen Christus vom Guten Tode taufen, aber er war ein Schrecken erregender Christus.

Don Juan de Mañara nahm die überschwänglichen Kommentare der Versammelten ungerührt wahr. Schon war alles nur noch bloße Wiederholung, man fand keine neuen Worte mehr für das jüngste Werk des berühmtesten aller Sevillanischen Bildhauer, dem ganz ohne Zweifel der Allmächtige zu Hilfe gekommen war, in der Stunde, in der er diesem Wunder Form verlieh – einem Wunder, das ganz gewiss schon sehr bald die Verehrung aller Sevillaner auf sich ziehen würde. Er wartete lange Minuten, bis er befand, es sei an der Zeit, das Wort an die Versammelten zu richten. Er räusperte sich zweimal, mehr um die Aufmerksamkeit auf sich zu ziehen denn aus Notwendigkeit, dann begann er zu sprechen, mit einer Stimme, die so kräftig und sonor war, dass sie weder zu seiner geringen Körpergröße noch zu seinem fortgeschrittenen Alter zu passen schien.

»Brüder der Santa Caridad … Brüder der Santa Caridad, es erfüllt mich mit Freude und Zufriedenheit, mit welcher Zustimmung ihr das Bildnis Christi unseres Herrn aufnehmt, das wir soeben vor euch enthüllt haben. Der Rat unserer barmherzigen Bruderschaft möchte Maestro Loaysa, dessen Hände dieses grandiose Wunderwerk geschaffen haben, seinen Dank und seine öffentliche Anerkennung zuteil werden lassen. Ohne jeden Zweifel hat

Gott Unser Herr ihm sein Talent und seine Geschicklichkeit geschenkt, damit Sein heiliger Name mittels dieses Werkes gepriesen und gerühmt werde. Mit Einverständnis unseres Rats wird Maestro Jerónimo ein zusätzliches Honorar in Höhe von achtzig Dukaten übergeben, als Anerkennung seiner Arbeit und als Zeichen unserer Dankbarkeit.« Diese Entscheidung wurde von den Anwesenden mit zustimmendem Gemurmel aufgenommen. »Doch um die Mittel unserer heiligen Bruderschaft nicht zu sehr zu strapazieren, haben Pedro Corzo und derjenige, der in diesem Augenblick das Wort an euch richtet, die erwähnte Summe zu gleichen Teilen beigesteuert.« Das zustimmende Gemurmel, das kaum verebbt war, erhob sich von neuem, jetzt noch lauter.

Nun zog Don Juan de Mañara einen Lederbeutel aus seinem Wams hervor und reichte ihn Loaysa, der den Obolus mit einem höflichen Neigen des Kopfes entgegennahm.

»Bevor diese schlichte Zeremonie der Frömmigkeit endet«, fuhr Mañara fort, »möchte ich noch dem ehrwürdigen Beiratsmitglied unserer Bruderschaft sowie dem Herrn Vermögensverwalter unserer heiligen Domkirche Anerkennung zollen, weil sie uns bei diesem wichtigen und feierlichen Ereignis begleitet haben. Darüber hinaus rufe ich alle Brüder zum Quinarium, das vom morgigen Tag an fünf Tage lang zu Ehren des allerheiligsten Christus vom Guten Tode in dieser unserer Kapelle abgehalten wird, ebenso wie zur allgemeinen Prozession, die unter Führung des Erzbischofs am letzten Tage des besagten Quinariums stattfindet. Verlauf und Stationen der Prozession entsprechen dem, was Sitte ist, wenn ein heiliges Bildnis durch die Straßen getragen wird, um öffentliche Verehrung zu erfahren. Mögen Gott der Herr und die Heilige Muttergottes sich unserer Seelen erbarmen.«

Donnernder Applaus besiegelte seine Worte. Und im gleichen Moment, als der abschließende Beifall aufbrandete, verwandelte sich die unterdrückte Unruhe, die diesen ehrwürdigen Ort seit dem Augenblick beherrschte, als die Tücher, die das eindrucksvolle Bildnis des Gekreuzigten verhüllt hatten, gefallen waren, in einen ungeheuerlichen Tumult, weil jetzt alle die wundervolle Statue aus der Nähe sehen wollten. Eine kleine Tür in dem Gitter, das den Altarraum umschloss, wurde geöffnet, und sofort begann ein mächtiges Gedränge, weil praktisch alle Anwesenden auf einmal begannen, sich hindurchzuzwängen. Einige Brüder kamen in der Absicht, Mañara zu begrüßen, die meisten jedoch wollten das Bildnis, das so viel Aufsehen erregt hatte, genauer betrachten. Etliche fielen beim Anblick des Christus mit dem gequälten Blick sogar auf die Knie und begannen zu schluchzen. Andere wiederum näherten sich in frommer Haltung den Repräsentanten des Klerus, die sich in distanzierter Autorität im Altarraum neben dem großen Altar aufgestellt hatten, um ihnen ihre Huldigung darzubringen.

Inmitten des Tumults, den das Öffnen der Gittertür ausgelöst hatte, bemerkten nur wenige das Eintreffen zweier Gerichtsdiener, die ihren Blick suchend über die Menge schweifen ließen. Im dichten Gedränge brauchten sie eine Weile, um zu finden, wen sie suchten; dann hatten sie ihn endlich ausgemacht: Es handelte sich um keinen Geringeren als Don Pedro de Mexía, einen der *Caballeros Veinticuatros,* wie sich die vierundzwanzig Ratsherren von Sevilla nannten. Sie begrüßten ihn förmlich und überreichten ihm eine Urkunde, die das Wappen von Sevilla trug. Einer der Gerichtsdiener flüsterte dem Sevillanischen Stadtrat einige Worte ins Ohr, so leise, dass niemand – obwohl einige ganz nahe standen – auch nur ein einziges davon verstehen konnte. Don Pedro zog ein erstauntes Gesicht und fragte den Gerichtsdiener nachdrücklich:

»Seid Ihr sicher?«

»Absolut, Señor, es handelt sich um einen Befehl Seiner Exzellenz des Statthalters. Man hat uns die Anweisungen gegeben, über die ich Euer Gnaden soeben unterrichtet habe.« Sein Blick wanderte demonstrativ zu dem Schreiben, das er ihm übergeben hatte.

»Gibt es Probleme, Don Pedro?«, fragte Jerónimo de Loaysa, mehr aus Höflichkeit denn aus echtem Interesse.

»Nein, nein, keineswegs. Ich fürchte nur, dass ich mich etwas früher verabschieden muss, als ich beabsichtigt hatte.«

Mexía trat einen Schritt beiseite, brach das Siegel des Schriftstücks und las seinen Inhalt. Dieser bestätigte offenbar, was der Gerichtsdiener ihm zugeraunt hatte, denn ohne einen weiteren Augenblick zu zögern, verabschiedete sich der *Veinticuatro*.

»Ich wiederhole meine Glückwünsche, Loaysa, Ihr habt eine wahrhaft außergewöhnliche Arbeit geschaffen.« Mit diesen Worten legte sich Mexía seinen langen Umhang über den linken Arm, deutete eine Verbeugung an und verschwand rasch und diskret aus der Kirche.

Sobald er jedoch hinaus auf die Straße trat – noch blieben einige Momente Tageslicht, und es waren zahlreiche Menschen unterwegs –, passte der Sevillanische Stadtrat seine Haltung und das Tempo seiner Schritte dem an, was für einen Mann seines Ranges angemessen war. Die beiden Gerichtsdiener folgten ihm in respektvollem Abstand, der eine eventuelle Unterhaltung jedoch nicht ausschloss. Sie waren kaum hundert Schritte weit gekommen, als der Stadtrat seine Begleiter fragte:

»Kennt Ihr vielleicht den Grund für diese Dringlichkeit?«

»Keineswegs, Señor«, antwortete der Gerichtsdiener, der

auch in der Kapelle das Wort an ihn gerichtet hatte, »uns ist lediglich bekannt, dass Seine Exzellenz angeordnet hat, Euch und die *Veinticuatros* Don Luis de Alcocer und Don Juan de Acuña zu suchen und mit größtmöglicher Eile ins Haus des Stadtrats zu bitten. Wir wissen außerdem, dass man auch nach Richter Juan de Osuna und nach einem Kanoniker der Heiligen Domkirche geschickt hat. Um wen es sich dabei handelt, weiß ich nicht zu sagen, aber möglicherweise um den Generalvikar.«

»Warum glaubt Ihr das?«

»Weil ich hörte, Señor, wie Seine Exzellenz die Frage aufwarf, ob der Erzbischof zu diesem Treffen kommen könne. Von diesem Plan musste er jedoch ablassen, weil Hochwürden sich nicht in der Stadt aufhält. Er wird erst in einigen Tagen zurückkehren.«

»So dringend ist die Angelegenheit, dass sie keinen Aufschub bis morgen duldet?«, rief Mexía seine Gedanken laut heraus.

»Ich bedaure, Euch keine weiteren Auskünfte zu dieser Angelegenheit geben zu können«, bemerkte der Gerichtsdiener, der es für unhöflich hielt, nicht zu antworten.

Don Pedro de Mexía runzelte die Stirn, verzog das Gesicht und beschleunigte seine Schritte. Die Ungewissheit schien ihn zu beunruhigen. Hinter der großen Eile konnte er nichts Gutes vermuten, und natürlich war es unüblich, eine dringende Versammlung einzuberufen, falls nicht etwas von großer Tragweite geschehen war. Am schwersten wog jedoch die Tatsache, dass der Statthalter ohne vorherige Beratung ein Mitglied des Domkapitels zu sich bat.

Die Temperaturen waren jetzt, zu Beginn des Frühlings, angenehm. Vorüber war die Kälte des Winters, der hier, in der andalusischen Hauptstadt, allerdings ohnehin nicht allzu bitter war. Sehr viel schlimmer war die glühende Hitze des Sommers, die vor allem in den Monaten Juli und August gnadenlos sengte. Doch Pedro de Mexía hatte trotz der Milde dieses wolkenklaren Nachmittags angefangen, heftig zu schwitzen. Er spürte, wie seine Wäsche aus feinem flandrischen Batist, die er unter einem edlen, glänzenden Wams trug, an ihm zu kleben begann. Er erreichte den Sitz des Sevillanischen Stadtrats zeitgleich mit Don Juan de Acuña, einem weiteren *Veinticuatro,* der hierher berufen worden war.

Das Gebäude, das das Sevillanische Rathaus beherbergte, war ein schöner Bau in der Mitte zweier Plätze; es war noch unvollendet. Kunstvolle, detailreiche Arbeiten im Platero-Stil an den Rundbögen und Säulen zierten seine rückwärtige Fassade, die zur Plaza de San Francisco zeigte. Die Arbeiten daran hatten in den grandiosen Jahren begonnen, als die Stadt die Blüte des Handels mit dem Gold aus Mittelamerika erlebte. So zahlreich waren die Schiffe, die damals hier eintrafen, dass ganze Wälder von Masten aus dem Stadtviertel Arenal emporragten und sich entlang des Flusses Guadalquivir fortsetzten, so weit das Auge reichte. Dies waren auch die Jahre, in denen sich große Kaufmannsfamilien aus allen Winkeln Europas in der Stadt niederließen und seither in ihrem Streben nach Reichtum und Zurschaustellung desselben mit dem alteingesessenen Adel rivalisierten. Für jedermann sichtbar wurde dieser Wettstreit in den palastartigen Villen, die sie überall in Sevilla errichten ließen, und die die Bewunderung aller erregten, die in der Stadt lebten oder sie besuchten. Es waren, kurzum, die Jahre, in denen der so genannte Goldrausch zahllose Menschen anlockte, die überzeugt waren, mit ihren Geschäften zu Reichtum zu kommen, an Bord einer der Flotten zum anderen Ende des Ozeans aufzubrechen oder in dieser bunten Welt, in der jeder Gaunerstreich seinen Platz fand, zu triumphieren. Dieser Strom von Menschen so unterschiedlicher Wesensart hatte die Stadt innerhalb weniger Jahre in eine der größten Metropolen der christlichen Welt verwandelt. Zu dieser Zeit war das Geld noch viel unbeschwerter geflossen und hatte weit größere Unternehmungen ermöglicht, als es heute der Fall war. Dass die Dekorationsarbeiten an den Stadthäusern nun brachlagen, war der greifbare Beweis für eine Wende – der Stadtrat verfügte nun nicht mehr über die notwendigen Mittel, sie vollenden zu lassen, und das Rathaus war nur ein Beispiel von vielen in der Stadt. Doch trotz dieser Schwierigkeiten war Sevilla noch immer eine überaus vermögende Stadt.

An der Eingangstür erwartete sie der Erste Saaldiener und begleitete sie ins obere Stockwerk, wo sich das Büro des Statthalters mit dem entsprechenden Vorzimmer befand. Hier warteten bereits der dritte der herbeizitierten Stadträte, Don Luis de Alcocer, sowie der Schöffe Osuna. Nun fehlte nur noch der Generalvikar.

Nach streng förmlichen Begrüßungen begannen die vier Stadträte – drei Mitglieder des mächtigen Sevillanischen Adels und ein bürgerlicher Repräsentant – aufgeregt zu diskutieren, doch keiner von ihnen wusste auch nur das Geringste über den dringenden Anlass dieser Einberufung. In ihrer aller Mienen spiegelte sich eine gewisse Unruhe. Der Gerichtsdiener hatte sie informiert, dass Seine Exzellenz sie empfangen würde, sobald alle Einberufenen anwesend waren – was für die Stadträte eine erhebliche Wartezeit mit sich brachte, weil der Kirchenvertreter erst später eintraf. Gerade als sie ungeduldig zu werden begannen, kündigte der Gerichtsdiener die Ankunft des Geistlichen an: Es war der Mann, der im Augenblick die Funktion des Prälaten der Diözese bekleidete, und er wurde flankiert von zwei düster dreinblickenden Geistlichen in Soutanen.

»Seine Hochwürden, unser hochverehrter Señor Don Baltasar de Sandoval, Generalvikar des Erzbistums«, rief der Gerichtsdiener mit so glockenheller Stimme, als wende er sich an eine ganze Menschenmenge.

Don Baltasar war ein hoch gewachsener Mann von kräftiger Statur. Sein ganzer Körper strahlte eine Aura von Macht und Stärke aus, wozu ohne Zweifel auch der hohe Rang, den ihm seine Position im Domkapitel verlieh, beitrug. Trotz seiner robusten Erscheinung bewegte er sich bemerkenswert gewandt. Wie ein Windstoß fegte er ins Vorzimmer des Statthalters, ein Eindruck, den sein wallender Umhang noch unterstrich.

Die Stadträte unterbrachen ihre Unterhaltung, um den Geistlichen mit gebührender Höflichkeit zu begrüßen. Einzig Don Pedro de Mexía tat dies mit einem gewissen Unmut, wie jemand, der einer ungeliebten Verpflichtung nachkommt. Dies entging dem scharfen Blick Don Baltasars, der vor einigen Tagen eine ziemlich heftige Auseinandersetzung mit Mitgliedern des Jesuitenordens geführt hatte, keineswegs. Es war dabei um das städtische Freudenhaus gegangen, das ein ganzes Viertel einnahm: das so genannte Compás de la Laguna, ein Nachbarviertel von Arenal, nahe dem Fluss Guadalquivir.

»Ich nehme an, Euer Gnaden hat gewichtige Gründe, uns in dieser Form und mit dieser Dringlichkeit hierher zu zitieren«, donnerte der Vikar mit einer Stimme, als käme sie von der Kanzel, mit der Sicherheit eines Menschen, der sich im Besitz der unstrittigen Wahrheit befindet.

»In der Tat, Hochwürden«, ertönte eine Stimme von hinten.

Alle wandten sich nun nach dem Sprecher dieser Worte um: Don Román de Guevara, Graf de Paredes, Ritter Seiner Majestät Don Felipe IV. und seit beinahe zwei Jahren Statthalter von Sevilla. Er war ein Mann fortgeschrittenen Alters, möglicherweise zu alt, um ein Amt mit so großer Verantwortung zu bekleiden, wie es die Regierung einer der wichtigsten Städte des Königreichs bedeutet. Doch zu seinen Gunsten sprach seine langjährige, anerkannte Erfahrung in Regierungsgeschäften. Er war hoch aufgeschossen und knochendürr, was seiner Würde keinerlei Abbruch tat. An seiner Haltung erkannte man auf den ersten Blick etliche Generationen aristokratischen Gebarens. Don Román hatte struppiges, borstiges Haar, schlohweiß, das er nicht länger als einen Zoll wachsen ließ. Ebenso weiß waren seine dichten Brauen, die wie Giebel über seine leuchtenden schwarzen Augen ragten, deren durchdringenden, lebendigen Blick die Jahre nicht hatten erlöschen lassen.

Der Statthalter war genau in dem Augenblick wie eine stille Erscheinung in sein Vorzimmer getreten, als die Aufmerksamkeit der Männer der stürmischen Ankunft des Generalvikars gegolten hatte. Nun begrüßten sie ihn mit höflichen Verneigungen – alle außer dem Geistlichen, der geziert die Hand mit dem Ring ausstreckte, um ihn Don Román zum Kuss zu reichen.

Die Einberufenen betraten das Büro des Statthalters und nahmen gemäß ihrem Rang an einem langen, rechteckigen Tisch Platz. Rechts vom Statthalter setzte sich der Vikar, links von ihm der älteste der *Veinticuatros,* danach die anderen beiden Caballeros und zuletzt der Schöffe.

»Euer Hochwürden, Euer Gnaden, ich habe auf solch ungewöhnliche Weise nach Euch geschickt«, begann der Graf de Paredes mit ruhiger, fließender Stimme, »weil sich uns ein ausgesprochen heikles Problem stellt, das auf der einen Seite Ruhe und Besonnenheit, auf der anderen aber auch Stärke und Entschlossenheit erfordert. Aus der Gewichtigkeit der Tatsache, die mich dazu bewogen hat, Euch zusammenzurufen, ergibt sich die Dringlichkeit dieser Versammlung.«

Nach diesen Worten des Statthalters legte sich erwartungsvolle Stille über die kleine Runde. Die Anwesenden saßen auf glühenden Kohlen, weil sie immer noch nicht wussten, was sie hierher geführt hatte. Es erschien höchst seltsam, dass in einer Stadt wie Sevilla, einer der größten Plauderecken der Monarchie, nichts durchgesickert sein sollte. Nicht einmal die Gerichtsdiener hatten irgendetwas läuten gehört, und ebenso wenig die Boten des Stadtrats – und das war schon sehr merkwürdig.

»Bevor wir dazu übergehen, diese Angelegenheit vor Euch darzulegen, müssen wir Euer Gnaden den Eid abnehmen, über alles, was hier gesprochen wird, Stillschweigen zu bewahren.«

Die Unruhe auf den Gesichtern der Anwesenden wuchs, aber keiner von ihnen erlaubte sich auch nur die kleinste Bemerkung zu dieser ungewöhnlichen Bitte. Die *Veinticuatros* tauschten verwunderte Blicke, dann richteten sie ihre Augen auf den Vikar, der keine Miene verzog. Alle schwiegen.

Der Statthalter deutete auf eine voluminöse Bibel, die er auf dem Tisch platziert hatte:

»Wenn es Euch recht ist, Herr Vikar, beginnt Ihr.«

Mit mürrischer Geste hob Don Baltasar de Sandoval den Arm und legte die Fingerspitzen leicht auf das rote Saffianleder, in das das heilige Buch eingebunden war:

»Ich schwöre feierlich im Namen Gottes Unseres Herrn, über alles, was mir in dieser Versammlung zu Ohren kommen wird, Stillschweigen zu bewahren, und wenn ich diesen Schwur breche, möge meiner Seele die ewige Verdammnis drohen.«

Einer nach dem anderen, in der Reihenfolge ihres Ranges, folgten alle Anwesenden ihm nach, die Rettung ihrer

Seelen zu verbürgen. Ihre Lippen würden so lange versiegelt bleiben, bis derselbe Mann, der ihnen jetzt den Schwur abnahm, ihnen zu sprechen erlaubte. Nachdem diese Zeremonie beendet war, erhob sich Don Román de Guevara und entnahm einer Schatulle auf einem Beistelltisch eine Schriftrolle. Er setzte sich wieder und richtete das Wort an die Anwesenden:

»Dieses Schriftstück wurde mir durch einen Sonderkurier überbracht. Es war verschlüsselt, was sowohl die Gewichtigkeit dieser Angelegenheit als auch die Diskretion und Verschwiegenheit, mit der sie behandelt werden muss, belegt. Ich selbst habe den Inhalt entschlüsselt, und obwohl ich kein Experte im Dekodieren bin, ist mir die Auflösung gelungen. Geschickt wurde das Schriftstück von dem Repräsentanten, der die Interessen unserer Stadt in Cádiz und El Puertos vertritt. Es trägt das Datum von gestern, dem 14. April 1646, und ich habe es heute gegen vier Uhr am Nachmittag erhalten. Sein Inhalt ist es, wie Euer Gnaden bereits ahnen werden, der den Anlass zu dieser Versammlung gegeben hat. Da es mein Wunsch ist, dem Inhalt dieses Schriftstücks weder etwas hinzuzufügen noch etwas zu verschweigen, werde ich es nun wörtlich wiedergeben.«

Er nahm eine große Brille und begann zu lesen.

2

Die ersten Schatten der Nacht legten sich über die Stadt, und die abendlichen Messen in den Kirchen und Klöstern waren längst beendet. Schon wurden die ersten Stadttore geschlossen, und die Wachtposten begannen ihre täglichen Streifengänge, um in allen Vierteln Sevillas für Ruhe und Ordnung zu sorgen. Selbst das Freudenhaus schloss nun seine Pforten, wenn auch in einigen der zahlreichen geheimen Bordelle der Stadt, ebenso wie in den Wirtshäusern und Spelunken, der Trubel so lange weiterging, wie es noch zahlungswillige Kundschaft gab. Die Wächter drückten beide Augen zu, wenn die Türen zur Straße hin nur halb offen waren und der Lärm keine Beschwerden der Nachbarschaft hervorrief. Straßen und Plätze waren praktisch menschenleer, nur hin und wieder sah man einen Schatten vorüberhuschen, meist dort, wo eine einzelne Laterne stand, in der eine lange Wachskerze oder eine schwache Öllampe abbrannte und ihr trübes Licht verbreitete. Die meisten dieser spärlichen Lichter flackerten in der Nähe von Mauernischen, die ein heiliges Bildnis beherbergten, vor dem die Bewohner der Straße oder auch des ganzen Viertels ihre Gebete verrichteten; Bildnisse der Heiligen Jungfrau in unterschiedlichen Darstellungen, Christusfiguren oder Heiligenstatuen. Solange die vorbeihuschenden Schatten kein Ungemach verursachten, pflegten die patrouillierenden Gerichtsdiener auch sie zu ignorieren. Sie taten einfach, als sähen sie sie nicht, und ersparten sich so Begegnungen, die sich als riskant oder gar gefährlich erweisen konnten. So kam es, dass eine ganze Reihe von Herren, einer nach dem anderen, ohne jemandem zu begegnen oder irgendeinen Verdacht zu erregen, im Haus des Herzogs de los Alcores, Don Rodrigo Ponce de León, eintraf, einem prachtvollen Palast, in dem sich die architektonischen Vorlieben der Renaissance mit zahlreichen dekorativen Elementen der Mudejar-Architektur vereinten – Erinnerungen an eine vergangene Epoche der Stadt.

Der Herzog de los Alcores war eines der namhaftesten Mitglieder der alten, geschlossenen Kaste, die die Aristokratie von Sevilla darstellte. Er entstammte einem uralten Adelsgeschlecht, und ebenso beeindruckend wie die Zahl seiner blaublütigen Vorfahren war auch das Ausmaß seines immensen Vermögens, das sich nicht nur über die vier Reiche Andalusiens erstreckte, sondern auch jenseits dieser Grenzen Eigentum von beträchtlichem Wert umfasste. Das Auskommen, das sie abwarfen, war schier unermesslich: mehr als hundertfünfzigtausend Dukaten im Jahr – eine Familie konnte bereits von weniger als hundert ein ganzes Jahr lang gut leben! Doch trotz dieses unglaublichen Reichtums wiesen seine Konten Jahr um Jahr einen erschütternd negativen Saldo auf.

Dies war keineswegs die Situation, die Don Rodrigo vorgefunden hatte, als er sein Erbe antrat: Seine Vorfahren hatten ihm einen gänzlich schuldenfreien Besitz hinterlassen, dessen Barvermögen allein nahezu achtzigtausend Dukaten betrug – das Ergebnis einer sorgfältigen Haushaltsführung.

Doch vom ersten Tag an, nachdem der Herzog in den Besitz seines Erbes und Vermögens gekommen war, hatten Unmäßigkeit und Verschwendung sein Handeln bestimmt. Anfangs waren es prunkvolle Feste, bei denen zu einer einzigen Mahlzeit bis zu sechshundert unterschiedliche Speisen serviert wurden. Dann entdeckte er seine Leidenschaft für das Spiel, die ihn unter anderem mit provokativen Wetten in skandalöse Situationen trieb, über die sich ganz Sevilla das Maul zerriss. Hinzu kamen die Ausgaben, die der luxuriöse, ja verschwenderische Unterhalt einer Mätresse mit sich brachte, die der Herzog sich aus Genua hatte kommen lassen, wo er im Auftrag Seiner Majestät eine diplomatische Mission bei der mächtigen Familie Doria erfüllt hatte. Nach Abschluss dieser Mission nahm der Herzog die genuesische *Puttana* mit nach Sevilla, brachte sie in einer seiner Villen unter und ließ sie leben wie eine Königin. Sie verfügte über eine Dienerschaft wie eine Dame höchsten Standes: Mit Dienern, Pagen, Lakaien, Zofen, Kutschern und Musikern waren es gut dreißig Menschen, die in ihren Diensten standen. Doch damit waren die Exzesse des Herzogs noch längst nicht zu Ende. Zu den ausschweifenden Festivitäten, dem Spiel und dem Unterhalt der Mätresse kamen noch zahllose Besuche im städtischen Freudenhaus und anderen Bordellen der Stadt, stets in Begleitung eines regelrechten Hofstaats und der entsprechenden Zahl von Leibwächtern, und alle aßen, tranken und hurten auf Rechnung des Herzogs. Es gab Nächte, in denen sich die Kosten des Gelages auf mehr als hundert Dukaten beliefen. Der betagte Melchor de Páez, der als treuer Mann und loyaler Diener des Hauses de los Alcores das herzogliche Vermögen bereits seit den Zeiten von Don Rodrigos Großvater verwaltete, wollte schon mehr als einmal von seinem Amt zurücktreten angesichts all der unmöglich zu bezahlenden Rechnungen, die das immense Familienvermögen der Ponce de León unausweichlich in den Abgrund rissen. Immer höher wurden die Darlehen, die er aufnehmen musste, um des Herzogs stetiges Verlangen nach Geld zu befriedigen. Die unfassbaren Ausgaben brachten den ehrenhaften Verwalter nahezu um den Verstand, dennoch brachte er es letztlich doch nie übers Herz, seinen Rücktritt wahr zu machen – aus Respekt vor den Vorfahren des Herzogs, mit denen ihn eine Verbundenheit einte, die weit über ein Angestelltenverhältnis hinausging.

Der Herzog hatte eine portugiesische Edeldame geehelicht, die mit den Braganzas, der neuen Königsfamilie von Portugal, verschwägert war. Portugal hatte vor einigen Jahren gegen die Herrschaft der Spanier auf seinem Boden rebelliert und war zu einem von der spanischen Monarchie unabhängigen Königreich geworden; die Regierung in Madrid allerdings erkannte diese Unabhängigkeit nicht an und wartete nur auf die Gelegenheit, mit den Schurken, die ihre Vizekönigin abgesetzt und Minister Vasconcelos ermordet hatten, abzurechnen.

Die Herzogin, deren Name Leonor de Mascarenhas lautete, hatte ihren Mann, den Herzog, im Frühjahr 1637 geheiratet, als sie erst siebzehn Lenze zählte. Jetzt war sie mithin siebenundzwanzig Jahre alt und befand sich in der Blüte ihrer Schönheit. Ihre Reize waren so außergewöhnlich, dass ganz Sevilla von ihr schwärmte, und niemand, der halbwegs bei Verstand war, konnte sich erklären, was ihr Gatte in anderen Betten suchte, das seine Frau nicht um ein Vielfaches übertraf. Im Laufe des vergangenen Jahrzehnts hatte die Ehe so großen Schaden genommen, dass das Verhältnis zwischen den Eheleuten inzwischen völlig zerrüttet war. Schon wenige Monate nach der Hochzeit hatte es erste Unstimmigkeiten gegeben.

Es war die Schönheit Doña Leonors gewesen, die den Herzog de los Alcores angezogen hatte. Er lernte sie im Herbst 1636 kennen, als er mit einer Delegation des kastilischen Adels nach Lissabon reiste – ein Höflichkeitsbesuch, der die Verbindung zur portugiesischen Aristokratie fördern sollte. Bei einer feierlichen Messe in der Kirche des Hieronymiten-Klosters, nahe der Mündung des Tejo in den unendlichen Ozean, fielen Don Rodrigos Augen zum ersten Mal auf Leonor. Er war wie verhext vom Anblick jener lusitanischen Schönheit mit den großen schwarzen Augen und dem schwarzen Haar, dem schlanken Körper mit der schlanken Taille. Noch am gleichen Tag erfuhr er, dass sie die Nichte Don Juans war, des Herzog de Braganza; dieser wiederum war mit einer Guzmán verheiratet, einer Angehörigen des Hauses Medinasidonia, mit dem er seinerseits verwandt war. Dieses Wissen nutzte er, um sich der Dame zu nähern, und noch bevor die Adelsdelegation in kastilisches Territorium zurückkehrte, hatte er mithilfe des Grafen de Benavente, des Leiters der spanischen Abordnung, um ihre Hand angehalten.

In Madrid wurde die Mission, die der Monarch ihnen anvertraut hatte, erfüllt, und der Herzog de los Alcores begab sich anschließend nach Sevilla, um seine Eltern über die Neuigkeiten zu unterrichten und sie um ihren Segen zu bitten. Nichts sprach gegen diese Eheschließung, von der der junge Erbe des Hauses de los Alcores, der damals dreiundzwanzig Jahre zählte, geradezu besessen war. Die Hochzeit wurde im Frühjahr des darauf folgenden Jahres gefeiert, erst in Lissabon und anschließend in Sevilla. Doch die impulsive Liebe war ebenso schnell wieder verflogen, wie sie entstanden war. Dann, noch bevor das erste Ehejahr verstrichen war, verstarb ganz plötzlich, in der Blüte seines Lebens, Rodrigos Vater, Don Diego Ponce de León. Er war erst fünfundvierzig Jahre alt gewesen. Mit seinem Tod kam Rodrigo, einziger männlicher Erbe des Verstorbenen, in den Besitz des Familientitels und des reichen Erbes, das dieser mit sich brachte. Kurze Zeit darauf – seit dem Tod seines Vaters war nicht einmal ein Jahr vergangen – starb seine Mutter an Gehirnerweichung. Und so wurde der junge Herzog de los Alcores mit seinen kaum fünfundzwanzig Jahren zum uneingeschränkten Herrn und Herrscher über eines der größten Vermögen de Königreichs. Er konnte praktisch ohne Maß und Grenze Geld ausgeben, so er dies wünschte.

Zu dieser Zeit geschah es, dass der König ihm eine außergewöhnliche diplomatische Mission anvertraute, die ihn zur mächtigen genuesischen Familie Doria führte. So reiste er zunächst an den Hof des Monarchen, um anschließend in Cartagena an Bord eines königlichen Handelsschiffs zu gehen, das in Richtung italienische Republik in See stach. Just in diesen Tagen, zwei Jahre nach der Eheschließung, brachte seine Frau seinen ersten Sohn zur Welt.

Bei seiner Rückkehr nach Sevilla, nach dreimonatiger Abwesenheit, hatte er Angélica Biondi im Gepäck, die Mätresse, die ihn in Genua so entzückt hatte. Und kurz nach seiner Ankunft in der andalusischen Hauptstadt brach in Portugal ein Aufstand aus, angeführt vom Onkel seiner Frau. Für Don Rodrigo Ponce de León bedeutete dies einen solchen Affront, sowohl gegen ihn als auch gegen den Namen seiner Familie, dass dieses Ereignis die ohnehin schon schwierigen ehelichen Beziehungen endgültig zerstörte.

Die Szene, die diesen Bruch herbeiführte, spielte sich an einem kalten Winternachmittag ab. Es war eine schreckliche Situation:

»Nichts als Lumpenpack seid Ihr alle, Bettelvolk. Menschen ohne Gesetz und ohne König, aber Ihr werdet schon sehen! Die Rechnung dafür bekommt Ihr noch!«, schrie der Herzog seine Frau mit hochrotem Gesicht an.

»Zügelt Eure Zunge, Don Rodrigo, Ihr sprecht von Menschen, die der gleichen Familie entstammen wie ich!« Wenn Doña Leonor wütend wurde, hielt sie Distanz zu ihrem Gatten, auch mit Worten.

»Ich spreche von einer Bande Verräter und Feiglinge, unter denen sich – und zwar in erster Linie, meine Dame – Eure Verwandten befinden! Oder ist es etwa kein Braganza, der sich jetzt Juan IV. nennen lässt?«

»Ich flehe Euch an, Rodrigo, mäßigt Eure Worte. Es ziemt sich nicht, so ein ganzes Volk zu beleidigen.«

»Meine Worte mäßigen, sagt Ihr?« Der Herzog wurde noch aufgebrachter. »Wo es doch um Barbaren geht, die nichts als Stockfisch fressen und die ihr Wort ebenso verraten wie ihre Verpflichtungen gegenüber ihrem König und natürlichen Herrn! Solchen Schurken gegenüber soll ich meine Worte mäßigen?!«

In diesem Augenblick schlug auch der versöhnliche Ton Doña Leonor de Mascarenhas' um:

»Vielleicht meint ihr ja« – es lag leiser Spott in ihren Worten –, »wenn Ihr sie als Schurken bezeichnet, diejenigen, die für Europa den Seeweg nach Indien gefunden haben? Oder meint Ihr vielleicht diejenigen, die bei Aljubarrota die kastilischen Truppen geschlagen haben?«

Daraufhin verpasste Don Rodrigo seiner Gattin einen derben Schlag mitten ins Gesicht. So heftig war der Schlag, dass Doña Leonor zu Boden stürzte. Doch selbst als sie darniederlag, fuhr der Herzog fort, auf sie einzuschlagen – mit einer Reitgerte, die er in der Hand hielt. Gleichzeitig versetzte er ihr Fußtritte, ohne die geringste Rücksicht, wohin seine Tritte und Schläge trafen. Die Herzogin, völlig überrascht von diesem Gewaltausbruch, konnte sich nur ducken und versuchen, ihre empfindlichsten Körperteile so gut wie möglich zu schützen. Auf dem Boden kauernd rollte sie sich zu einem kleinen

Knäuel zusammen, auf das ihr Mann seinen Zorn nach Belieben entlud, bis er aufgewühlt und erschöpft davonstürmte und seinen Auftritt damit beendete, dass er die Tür der kleinen Kammer, in der er seine Frau verprügelt hatte, kräftig zuschlug.

Trotz der heftigen Schläge, trotz ihrer Schmerzen, hielt Doña Leonor den Mund fest geschlossen, nicht ein einziger Klagelaut kam über ihre Lippen. Um nichts in der Welt wollte sie, dass die Dienerschaft des Hauses erfuhr, was gerade geschehen war. Unter Schmerzen erhob sich die Herzogin, die keinen Augenblick lang das Bewusstsein verloren hatte, zog ihre Kleider zurecht, so gut es eben möglich war, und zog Handschuhe über die Blessuren, die ihre Hände von den Schlägen mit der Reitgerte davongetragen hatten. Gesicht und Hals waren unversehrt geblieben, und ihr Kleid verbarg alle übrigen Spuren der erlittenen Misshandlung. Obwohl in ihrer Würde schwer gekränkt, verließ sie die Kammer in aufrechter Haltung und schloss sich sofort in ihr Schlafgemach ein. Hier endlich konnte sie ihrem Schmerz freien Lauf lassen.

Einzig Isabel de Leiría, die ihre Zofe und Gesellschafterin, vor allem aber auch ihre Freundin und Vertraute war, erfuhr von diesem Ereignis. Isabel war eine Dame reiferen Alters, ebenfalls Portugiesin, die Leonor begleitet hatte, als sie nach Sevilla ging, um zu heiraten. Rasch war sie viel mehr als eine Dienerin geworden: ihre einzige Freundin. Bei ihr fand sie Trost für die Vernachlässigung, die Kränkungen und die Dreistigkeiten ihres Gatten, wie auch für die inbrünstige Ablehnung, die ihr Rosario, einstmals Amme und Kinderfrau Rodrigos, entgegenbrachte. Mit ihr verband ihn eine merkwürdige Abhängigkeitsbeziehung. Rosario fungierte bereits seit vielen Jahren als Haushälterin des Anwesens und verfügte über die Befehlsgewalt über die Dienerschaft, die sie mit eisernem Besen ausübte. Don Rodrigos Mutter, die Sevilla oft für längere Zeit verlassen hatte, um am Hof des Königs zu weilen, hatte sie in den alltäglichen Aufgaben des Haushalts schalten und walten lassen, wie sie wollte. Alles ging durch Rosarios Hände, alles wurde nach ihrem Gutdünken – oder nach ihren Launen – geregelt. Doña Leonor, die nach ihrer Ankunft versuchte, dieser Situation ein Ende zu setzen, machte sich Rosario sogleich zur erbitterten Todfeindin, und einige vertraten die Meinung, dass die alte Amme bei der Zerrüttung der herzoglichen Ehe eine erhebliche Rolle gespielt hatte. Im Laufe der Zeit gelang es Rosario, den Krieg mit der jungen Herzogin de los Alcores in eine fulminante Niederlage für die junge Portugiesin zu verwandeln: Es war und blieb die alte Frau aus Maragatería, die das Haus regierte und die Dienerschaft befehligte. Nur wenige Mitglieder des Haushalts standen auf Doña Leonors Seite, und sie ergaben eine Minderheit, die ihre Ansichten besser für sich behielt, wenn sie ihre Stellung behalten wollte.

Als Doña Leonor ihrer Zofe berichtete, was geschehen war, war diese sprachlos. Die zahlreichen Liebschaften des Herzogs hatte sie verurteilt, ihnen aber im Allgemeinen nicht viel Bedeutung beigemessen. Sie hatte das Feuer der Jugend dafür verantwortlich gemacht und ihre Herrin um Ruhe und Geduld gebeten, damit ihre Ehe nicht noch mehr Schaden nähme. Doch solche Gemeinheit und Niedertracht, wie er jetzt an den Tag gelegt hatte, hätte Isabel ihm niemals zugetraut. Voller Entsetzen entdeckte sie, nachdem sie ihrer Herrin Trost gespendet hatte, dass deren Körper übersät war von Wunden und Blutergüssen. Es schien, als sei Doña Leonor ausgepeitscht worden wie eine gemeine Hure.

Diskret suchte sie Salben und Essenzen zusammen, um

der Herrin Linderung zu verschaffen, ohne dass jemand etwas bemerkte. Jedoch verschwanden die umsichtigen Ratschläge, hinsichtlich Leonors schlechtem Verhältnis zu Rosario Geduld zu haben, auf der Stelle aus ihrem Repertoire. Zwar empfahl sie ihrer Herrin nicht, sich herausfordernd zu verhalten, doch sie hütete sich künftig auch, ihr Resignation und Demut nahe zu legen.

Mit diesem kalten Tag im Winter 1641 war ein Abschnitt in den ehelichen Beziehungen des Herzogs und der Herzogin de los Alcores zu Ende gegangen. Noch nie war etwas Vergleichbares geschehen wie an diesem Nachmittag. Doña Leonor hatte schon viel ertragen müssen, ihre Würde war schon allzu oft auf andere Weise gekränkt worden, doch einen Angriff wie diesen hatte sie noch nie erlitten. Don Rodrigo hatte sich seiner Frau gegenüber geringschätzig und bisweilen auch rücksichtslos gezeigt, und mehr als einmal hatte er sie zugunsten der Haushälterin vor der Dienerschaft gedemütigt. Es gab Zeiten, in denen er kaum das Wort an sie richtete, sie vollkommen ignorierte. Schon lange schliefen sie in getrennten Zimmern, was es ihm ermöglichte, sich jede Dienerin ins Bett zu holen, nach der ihm der Sinn stand. Gelegentlich war er sogar so weit gegangen, ihr in der Öffentlichkeit mit groben Worten den gebührenden Respekt zu verweigern. Aber geschlagen, geschlagen hatte er seine Frau bis heute noch nie. Dies war das erste Mal, dass körperliche Gewalt in ihrer Ehe vorgekommen war, das erste Mal, dass er sie schlug.

Die Aufregungen dieses Tages waren jedoch noch nicht vorüber. Entgegen seinen üblichen Gewohnheiten klopfte ihr Mann, als er an diesem Abend – früher als sonst – heimkehrte, noch einmal an Doña Leonors Tür. Es handelte sich um eine zweiflüglige Holztür – vortrefflich gearbeitet und reich verziert –, die mit einem eisernen Riegel verschlossen wurde. Der Riegel lag waagerecht in der Tür und war vorgeschoben. Verwundert fragte die Herzogin, wer dort klopfe. Sie erstarrte, als sie die Stimme ihres Gatten hörte und er sie aufforderte, ihren ehelichen Pflichten nachzukommen. Leonor zögerte, doch am Ende ließ sie ihren Mann hinein. Sobald er ihr Schlafgemach betreten hatte, riss der Herzog ihr das Nachthemd herunter und fiel ohne Zögern über sie her. Es störte den Herzog nicht, dass seine Frau die ganze Zeit über völlig passiv blieb – was er suchte, war Erleichterung, ohne jede Rücksicht. Seltsam erschien ihr jedoch, dass er dieses Bedürfnis überhaupt verspürte. Nachdem er seine Lust befriedigt hatte, versetzte er seiner versteinerten Frau zwei Ohrfeigen und schrie sie an:

»Hure! Portugiesische Hure!«

Dann zog er die Hosen hoch, die abzulegen er sich nicht einmal die Mühe gemacht hatte, knotete sein Hemd zu, das er ebenso wenig ausgezogen hatte, griff nach seinem Wams und verließ umgehend das Zimmer.

In dieser Nacht konnte Doña Leonor de Mascarenhas nicht schlafen. Sie verbrachte lange Stunden schluchzend in ihrem Gemach, und als ihre Tränen schließlich versiegten, schwor sie sich, dass dieser Unmensch sie niemals wieder besitzen solle, auch nicht, wenn er sich auf das heilige Recht der Ehe berief. Er würde sie schon mit Gewalt nehmen müssen. Zu dieser Entscheidung würde sie stehen, auch wenn ihr Beichtvater ihr etwas anderes raten und die Rettung ihrer Seele in Gefahr wähnen würde.

Trotz ihres Seelenzustands widmete sich die Herzogin am folgenden Tag ihren anstehenden Pflichten, darunter die, am Mittag Jerónimo de Loaysa zu empfangen. Er würde ihr eine ganz besondere, aus Ton gefertigte Plastik bringen, die sie bei ihm in Auftrag gegeben hatte.

Meister Jerónimo erschien zur vereinbarten Stunde und

wurde in ein kleines, aber mit exzellentem Geschmack möbliertes Zimmer geführt.

»*Maestro,* die Herzogin betet noch das Angelusgebet, Ihr werdet nicht lange warten müssen. Macht es Euch solange bequem.«

Trotz dieser Einladung zog es der Bildhauer vor stehen zu bleiben, von einer Ecke in die andere zu wandern und das Mobiliar und die Dekorationsgegenstände, die das Zimmer schmückten, zu bewundern.

Tatsächlich war die Wartezeit, wie angekündigt, sehr kurz. Kaum fünf Minuten waren verstrichen, als Doña Leonor in Begleitung ihrer Zofe erschien. Jerónimo begrüßte sie mit einer höflichen Verbeugung.

»Meine Empfehlungen, Exzellenz.«

Doña Leonor streckte ihm ihre behandschuhte Hand zum Kuss entgegen.

»Ich freue mich, Euch begrüßen zu dürfen, *Maestro* Jerónimo, und ich hoffe, dass diese Freude sich noch steigert, wenn Ihr mir Euer Werk zeigt.« Während sie dies sagte, ruhte der Blick der Herzogin auf einem runden, etwa eine Elle breiten Tisch, auf dem ein kleines, unregelmäßig geformtes Jutebündel lag.

»Auch ich hoffe, Eure Hoffnungen nicht zu enttäuschen. Mit Erlaubnis Eurer Exzellenz ...«

Ohne auf diese zu warten, holte der Bildhauer eine kleine Klinge aus einer Tasche seines Wamses, durchschnitt die Schnüre des Bündels und packte das Objekt mit den geübten Handbewegungen des Fachmanns aus. Als es enthüllt war, stellte er es mit fast ehrerbietiger Sorgfalt wieder auf den Tisch: Es handelte sich um eine kleine, etwa eine halbe Elle hohe Skulptur des Heiligen Antonius von Portugal im Gebet, aus Ton modelliert und kunstvoll bemalt. Der Bildhauer trat ein paar Schritte zurück, um sein Werk wirken zu lassen.

Es war eine Plastik von perfekter Harmonie, vollkommen in ihren Proportionen wie in ihrer Anatomie, die der Künstler bis ins kleinste Detail ausgearbeitet hatte. Ihr Antlitz strahlte Leben und Wärme aus. Sie war trotz ihrer geringen Größe ein Kunstwerk, ein Meisterstück.

Isabel de Leiría schlug vor Begeisterung die Hände zusammen, und ihrem Mund entwich ein bewundernder Ausruf, fast ein Jubelschrei. Sie konnte den tiefen Eindruck, den das Bildnis des Heiligen aus ihrem Heimatland auf sie machte, nicht für sich behalten:

»Wie wunderschön! Es ist ein Meisterwerk!«

Die Herzogin reagierte ruhiger, sie näherte sich der kleinen Skulptur und betrachtete sie genauer, ohne ein Wort zu sagen, doch ihrem Gesicht war ihre Zufriedenheit deutlich anzusehen. Nach einer Weile blickte sie Jerónimo de Loaysa an:

»*Maestro,* es ist genau das, was ich mir gewünscht hatte. Ihr habt meine Hoffnungen in Vollkommenheit erfüllt.«

Jerónimo antwortete mit einer höflichen Neigung des Kopfes auf ihr Lob.

»Es erfüllt mich mit Stolz, den Ansprüchen der Herzogin gerecht geworden zu sein, Herrin.«

»Was sagt Ihr da, Don Jerónimo? Ihr habt die Erwartungen, mit denen ich Euch den Auftrag erteilte, nicht nur erfüllt, sondern weit übertroffen! Mir ist großes Glück zuteil geworden!«

Diese letzten Worte rührten den Bildhauer. Er blickte der Herzogin fest in die Augen, und für einen Augenblick erwiderte Doña Leonor den Blick des Künstlers. Es war ein kurzer, flüchtiger Blick, aber auch ein besonderer. Dann wandte die Portugiesin ihre schönen schwarzen Augen ab, und eine leichte Röte überzog ihr Gesicht, begleitet von einem kaum wahrnehmbaren Beben ihrer

Lippen, das jedoch weder ihrer Zofe noch dem Bildhauer entging. Die drei widmeten ihre ganze Aufmerksamkeit dem Bildnis, ohne die wortlose Harmonie zu zerstören, die das Zimmer erfüllte.

Der Zauber dieses Augenblicks verflog mit dem plötzlichen Auftritt des Herzogs de los Alcores, der in Reitkleidung und, wie üblich, mit einer Gerte in der Hand ins Zimmer stürmte. Auf grobe, höchst unhöfliche Weise wandte er sich an die Herzogin, die bei seinem Anblick unwillkürlich ein Schaudern überfiel.

»Ich suche Euch schon überall im Haus, niemand konnte mir verraten, wo Ihr Euch aufhaltet!« In diesem Augenblick fiel sein Blick auf die Plastik, die sie in die Mitte des Tisches gestellt hatte. »Ich sehe schon, Ihr widmet Euch Eurem liebsten Zeitvertreib und gebt mein Geld aus!«, rief er und deutete mit der Spitze seiner Reitgerte auf das Bildnis des Heiligen Antonius. »Ich vermute, Ihr seid der Urheber dieser Figur«, bemerkte er an Loaysa gewandt.

»Gestattet, dass ich mich vorstelle, Herzog, ich bin der Bildhauermeister Jerónimo de Loaysa, mein Atelier liegt in der Calle de la Muela, Ecke Magdalena.«

»Sagt mir, Loaysa, wer hat Euch diesen Auftrag gegeben?«

Den Bildhauer überraschte diese Frage, und er richtete den Blick auf die Herzogin. Diese hob stolz und herausfordernd den Kopf:

»Das war ich.«

»Es handelt sich um einen verbindlichen Auftrag?«, fragte der Herzog mit bedeutungsvollem Unterton.

»In der Tat, es handelt sich um einen verbindlichen Auftrag«, antwortete mit fester Stimme Leonor.

Während Isabel de Leiría sich ein paar Schritte nach hinten, in eine Ecke des Zimmers, zurückgezogen hatte, verfolgte der Künstler verblüfft die Szene.

»Wen stellt dieses Bildnis dar?«, fragte der Herzog und richtete erneut in einer despektierlichen Geste die Spitze seiner Gerte auf die Figur.

»Es handelt sich um San Antonius von Portugal, Señor.« Es war der Bildhauer, der ihm diese Antwort gab.

»Um wen, sagt Ihr?« In seiner Stimme war schon der typische Jähzorn der de los Alcores zu spüren.

»Um den Heiligen Antonius von Portugal, Exzellenz, auch bekannt als Sant' Antonio di Padua.« Loaysa begriff nicht, woher dieser Zorn rührte.

»Also handelt es sich um einen Portugiesen!«

»Es handelt sich um einen Heiligen, wenn Eure Exzellenz mir die Berichtigung erlauben«, bemerkte Jerónimo ruhig.

»Sie wurde heilig gesprochen, diese … diese Figur?«, fragte der Herzog mit hämischem Grinsen.

»Nein, Exzellenz, wurde sie nicht. Sie hat gerade erst meine Hände und mein Atelier verlassen.«

»Dann befinden wir uns also in Gegenwart einer Tonfigur!« Mit diesen Worten ließ er seine Reitgerte gegen den Heiligen Antonius schnellen, und die Plastik fiel zu Boden, wo sie in unzählige Stücke zersprang, die sich im ganzen Raum verteilten. Ein stummer Schrei entrang sich der Brust der Herzogin, als sie die Hände hob, um sich das Gesicht zu bedecken.

»Portugiesen-Schweine!« Mit diesem Fluch fegte der Herzog aus der Kammer und schlug die Tür mit lautem Knall hinter sich zu.

Loaysa blieb wie gelähmt stehen, erstarrt angesichts der Szene, deren Zeuge er soeben geworden war. Er wusste nicht, wie er reagieren sollte. Isabel de Leiría, die während der Anwesenheit des Herzogs die Ecke, in die sie sich wie ein Schatten zurückgezogen hatte, nicht verlassen hatte, trat auf ihre Herrin zu und versuchte, sie zu trösten.

»Grämt Euch nicht zu sehr deswegen, Doña Leonor, Ihr wisst doch, dass der Herr diese Wutanfälle bekommt …«

»Nein, Isabel«, sie versuchte ihr Schluchzen zu unterdrücken und brachte nur mit Mühe diese Worte hervor, »du weißt, dass das nicht stimmt … so ist es nicht … Mein Gatte hat jedes Maß verloren. Er liebt mich nicht mehr. Mehr noch … mehr noch, er hasst mich … er hasst mich aus tiefster Seele, weil ich Portugiesin bin … weil … weil …« Weiter konnte sie nicht sprechen, denn die Tränen, die sie bisher zurückgehalten hatte, quollen nun über und erstickten ihre Stimme. Es war ihr unmöglich, auch nur ein einziges weiteres Wort zu sprechen.

Isabel de Leiría lief hinaus, um ein Glas Wasser zu holen, das ihrer Herrin helfen sollte, diesen bitteren Augenblick herunterzuspülen.

»Seid so gütig und kümmert Euch um die Herzogin, ich bin sofort zurück«, bat sie den Bildhauer.

Jerónimo brauchte einige Augenblicke, um dieser Bitte nachzukommen – einige Augenblicke, um die Schönheit und Anmut dieses Wesens zu bewundern, das nun schwach und gedemütigt vor ihm stand. Halb ängstlich, halb zögernd näherte er sich der Herzogin, ohne zu wissen, was er tun sollte. Noch nie in seinem Leben hatte er sich in einer ähnlichen Situation befunden. Mit zitternder Stimme fragte er:

»Kann ich etwas für Euch tun? Ich … ich …«

Da richtete die Herzogin de los Alcores ihre schönen Augen auf den Bildhauer und warf sich in seine Arme. Es war eine unerklärliche Geste, unerhört, geradezu undenkbar. Aber es war geschehen. Jerónimo konnte ein Zittern nicht vermeiden, als er die Berührung ihres Körpers spürte, als sie sich an ihn klammerte. Ohne zu wissen, wie oder warum, umfasste er die Taille der Herzogin, und wiewohl diese von einem Mieder straff zusammengeschnürt war, fühlte er ein Leben, das sich an ihn schmiegte, das Schutz und Hilfe suchte.

»Kann ich Euch auf irgendeine Weise behilflich sein, Exzellenz?« Er stellte die Frage wohl wissend, dass er ebenso gut etwas beliebiges anderes hätte sagen können. Der Bildhauer konnte einfach nicht glauben, was hier geschah. Doña Leonor zog aus einer Falte im Ärmel ihres Kleides ein feines besticktes Taschentuch hervor und versuchte vorsichtig, sich die Augen zu trocknen.

In einer wagemutigen Geste, von der Loaysa unter normalen Umständen bei allem, was ihm heilig war, geschworen hätte, dass er niemals zu ihr imstande gewesen wäre, nahm er das Taschentuch aus den Händen der Herzogin und trocknete die Tränen auf ihrem Gesicht. Sanft liebkoste er ihre Wangen, die aus Porzellan gemacht schienen: so glatt, so schön waren sie. Danach geschah alles, als sei es das Natürlichste auf der Welt: Die Herzogin de los Alcores legte sanft ihren Kopf auf die Schulter des berühmtesten Bildhauers von Sevilla und gab sich der Zärtlichkeit hin, mit der er ihr Gesicht und ihren Hals liebkoste.

Dieser Augenblick war jedoch nicht von Dauer. Nach allen Regeln ihrer Erziehung und den Verpflichtungen ihres Standes war die augenblickliche Situation vollkommen ungeheuerlich, und nach dem kurzen Moment der Schwäche handelte die Herzogin de los Alcores entsprechend. Doch das fiel ihr überaus schwer, weder war es ihr Wunsch noch war es das, was ihr Herz ihr sagte. Sie zwang sich zu der Selbstbeherrschung, die man sie gelehrt hatte, war sie doch seit ihrer frühesten Kindheit dazu erzogen worden, Gefühle jeder Art stets zu verbergen. Innerhalb weniger Minuten war sie nicht nur unfähig gewesen, ihre Tränen in der Öffentlichkeit zu verbergen, noch hatte sie der Schwäche eines Augenblicks Widerstand leisten können.

Als ihre Zofe mit einem Tablett, einem Krug und zwei

Gläsern aus edelstem geschliffenen Kristall zurückkehrte, hätte niemand mehr vermuten können, was sich soeben hier abgespielt hatte. Vielleicht hätte ein aufmerksamer Beobachter wahrgenommen, dass der Bildhauer Loaysa etwas verwirrt, vielleicht sogar ein wenig aufgewühlt wirkte. Aber dieser Gemütszustand mochte ebenso gut eine Folge der Tatsache sein, dass soeben vor seinen Augen eines seiner Werke mutwillig zerstört worden, und er Zeuge einer heftigen Szene des Herzog de los Alcores geworden war.

In kleinen, langsamen Schlucken trank Doña Leonor das Wasser, das ihr die Zofe reichte. Auch der Bildhauer trank, doch anders als die Herzogin leerte er sein Glas in einem einzigen Zug. Nach einer kurzen Stille bemerkte Doña Leonor zu ihm:

»*Maestro* Jerónimo, ich bedaure über alle Maßen, was soeben geschehen ist.« Loaysa war kurz sprachlos, weil er einen Augenblick lang nicht wusste, auf welches Geschehen sich die Herzogin bezog, aber sein Zweifel verflog sogleich. »Seine Exzellenz, mein Herr Gatte, hatte einen Ausbruch, der für einen Mann seines Standes völlig unangemessen war. Ich bitte Euch in seinem Namen um Entschuldigung und ersuche Euch inständig, mir den Preis für Euer Werk zu nennen«, – bei diesen Worten wandte sie ihren zerknirschten Blick den über den Fußboden verteilten Tonsplittern zu – »und er wird Euch augenblicklich ausgezahlt werden.«

In seinem tiefsten Inneren war Jerónimo nicht wütend – bezog sich doch das Bedauern der Herzogin nicht auf den Augenblick der Zärtlichkeit, den das Schicksal ihm geschenkt hatte. Bemüht, seine übermächtigen Emotionen zu verbergen – er war schließlich nicht dazu erzogen worden, seine Gefühle stets zu beherrschen –, antwortete er höflich und wie ein echter Kavalier:

»Exzellenz, Ihr müsst Euch nicht für etwas entschuldigen, an dem Ihr keine Schuld tragt. Ebenso wenig müsst Ihr Euch um ein paar Dukaten sorgen.« Nun beschloss er, kühn zu sein: »Exzellenz, Ihr müsst Euch nun ausruhen und diesen kleinen Vorfall vergessen. Wenn Ihr keine Einwände habt, könnte ich morgen kommen, um den Preis festzulegen und darüber zu sprechen, auf welchem Wege wir das verlorene Bildnis durch ein anderes nach Eurem Geschmack ersetzen können, falls Ihr noch Interesse an dem Auftrag habt.«

Innerlich flehte Jerónimo um eine bejahende Antwort. Die Dukaten waren ihm völlig einerlei, selbst die Aussicht auf einen neuen Auftrag kümmerte ihn nicht. Wonach er sich in diesem Augenblick mit seinem ganzen Herzen sehnte, war die Gelegenheit, die Herzogin wiederzusehen. Die Antwort auf seinen Vorschlag kam nach wenigen Sekunden.

»Ich glaube, *Maestro* Loaysa, das ist eine gute Idee. Ich werde Euch morgen nach dem Angelusgebet empfangen. Passt Euch diese Uhrzeit?«

»Das ist eine hervorragende Zeit, Herzogin. Ich werde hier sein, pünktlich.«

»Isabel, bitte begleite den *Maestro* zur Tür.«

So nahm die Romanze zwischen der Herzogin und dem Bildhauer ihren Anfang. Zuerst war es eine platonische Liebe zwischen zwei Menschen unterschiedlichen Standes, die eine tiefe gesellschaftliche Kluft trennte. Die Besuche Meister Loaysas in der Villa de los Alcores ließen sich anfangs noch durch die Aufträge erklären, die die erlauchte Dame dem Bildhauer erteilte. Als die Situation allmählich zu riskant und unhaltbar wurde, verlegten die Liebenden ihre Begegnungen auf die unterschiedlichsten Orte: die Pfarrkirche, in der Doña Leonor ihren religiösen Verpflichtungen nachkam; die Kapellen der Kirchen und

Klöster, in denen Heiligenbildnisse verehrt wurden, die die Herzogin besonders liebte; sie besuchten Triduen, Quinarien, Septenarien und Novenen sowie diverse andere liturgische Anlässe; und auch die Prozessionen, zu denen Büßer und Vermummte aus unterschiedlichen Anlässen durch die Straßen der Stadt zogen, besuchten die romantischen Verliebten und nutzten sie für flüchtige Begegnungen oder den heimlichen Austausch von Blicken. All dies geschah mit der unbezahlbaren Hilfe der treuen Isabel de Leiría, die zugleich als Botin und Wachtposten fungierte.

Noch nie hatte Jerónimo de Loaysa, der seinen Pflichten gegenüber der Heiligen Mutter Kirche bisher eher aus Treue denn aus Leidenschaft nachgekommen war, solche Hingabe für religiöse Zeremonien empfunden. Von heute auf morgen wurde er zu einem ausdauernden Teilnehmer sämtlicher Pilgerfahrten und liturgischer Feierlichkeiten sowie zu einem verlässlichen Besucher der zahlreichen frommen Veranstaltungen, die die Sevillanischen Orden und Bruderschaften mit Inbrunst ersannen. Der Kirchenkalender Sevillas ist so vielfältig, dass er sich wohl mit keinem anderen in der katholischen Welt vergleichen lässt. Doch niemand wunderte sich über Jerónimos Verhalten, hing doch seine berufliche Zukunft in großem Maße davon ab, in welchem Verhältnis er zu den zahlreichen Bruderschaften Sevillas stand, die selbst die abgeschiedensten Winkel der Stadt beherrschten.

In den Gotteshäusern suchte sich Loaysa stets den Platz aus, von dem aus er seine Geliebte während der Zeremonie am besten sehen konnte. Dort tauschten die Liebenden innige Blicke und stumme Wünsche aus, dort leistete die Zofe der Herzogin ihnen treue Dienste; dort, neben den Weihwasserbecken, erwartete der Bildhauer sehnsüchtig den Augenblick, in dem er der Dame seines

Herzens Wasser gab und ihre Fingerspitzen berührte, während er ihr gleichzeitig mit vollkommener Diskretion Worte der Liebe zuflüsterte, die die Umstehenden für nichts anderes halten konnten als für ein frommes Stoßgebet.

Die Vielfalt der Gottesdienste, Festlichkeiten und Gedenkfeiern war so groß, dass die Liebenden diese platonische Beziehung über lange Zeit aufrechterhalten konnten, ohne den geringsten Verdacht zu erregen. Konnten sie heute an einer Straßenecke am Rande einer Prozession die Blicke kreuzen, so war morgen eine gut besuchte Pilgerfahrt zu einer der zahlreichen Kapellen im Umkreis der Stadt Schauplatz ihres Zusammentreffens; die Teilnahme an einer Novene bedeutete, gleich neun Tage in Folge die Gelegenheit zu einer heimlichen, flüchtigen Begegnung zu haben. So gelang es ihnen, eine Flamme der Liebe am Leben zu halten, die stetig brannte, ohne zu erlöschen. Über Isabel wurde der berühmte Bildhauer genauestens über jede Bewegung seiner Angebeteten informiert.

Doch irgendwann kam der Moment, in dem die Situation unerträglich wurde. Nicht etwa weil der Herzog oder einer seiner Verwandten und Freunde Verdacht geschöpft hätte, sondern weil das Feuer der Leidenschaft zwischen den Verliebten mit immer größerer Macht brannte. Die hastigen Liebesnachrichten, die sie austauschten, bezeugten ihre überbordenden Gefühle und das Verlangen, das in ihren Herzen glühte. Die flüchtigen Kontakte, die hastigen, wie beiläufigen Berührungen, die ihnen diese Begegnungen gestatteten, genügten nicht mehr, um ihre Wünsche und Sehnsüchte zu befriedigen.

Mehr als drei Jahre währte ihre Liebe schon, da äußerte Jerónimo Doña Isabel gegenüber bei einem der Besuche, die sie seinem Atelier abstattete – unter dem

Vorwand, mehrere Füllhörner in Sgraffito-Technik verzieren und vergolden zu lassen, wie es bei der guten Gesellschaft von Sevilla gerade in Mode war –, seinen Wunsch nach einer intimen Begegnung. Doña Leonors Zofe überraschte diese Bitte keineswegs, sie hatte geahnt, dass es früher oder später so kommen musste, sie wunderte sich vielmehr, dass es so lange gedauert hatte. Isabel wusste, dass die platonische Liebe Büchern und sonstigen literarischen Werken vorbehalten war, sie war Sache der fahrenden Rittersleute, eine Auffassung von der Liebe aus vergangenen Zeiten.

Die Zofe versprach, ihrer Herrin seine Bitte auszurichten und ihm so bald wie möglich ihre Antwort zu überbringen. Diese ließ nicht lange auf sich warten: Bereits wenige Tage später erhielt Jerónimo zu seiner großen Freude die Nachricht, dass Doña Leonor auf seine Anregung einging und darüber hinaus auch einen geeigneten Ort für die Begegnung vorschlug: ein Obstgarten im Hochplateau von Aljarafe – ein paradiesischer Ort, in dem Orangen, Nüsse und viele andere Früchte wuchsen und den sie an Frühlingsnachmittagen gern aufsuchte. Zu dem Garten gehörte auch ein Haus, das weit komfortabler war als die Hütten, die den Bauern, die die Landgüter bestellten, sonst als Wohnstätte dienten.

Dort, mitten im Frühling, im Herzen des Sevillanischen Hochplateaus, erhielt die Liebesbeziehung, die bereits seit vielen Monaten andauerte und nur dank der unbezahlbaren Dienste von Leonors Zofe und der Diskretion der beiden Liebenden möglich war, eine neue Dimension.

Im Laufe der Zeit wurden diese Begegnungen immer regelmäßiger. Anfangs trafen sich die Verliebten in schmerzhafter Zurückhaltung einmal im Monat. Dann wurden ihre Rendezvous häufiger, und sie sahen sich fast jede Woche. Doch nach einiger Zeit genügte ihnen auch das nicht mehr, und es gab viele Wochen, in denen sie sich ihrer leidenschaftlichen Liebe gleich mehrmals hingaben. Inzwischen erfanden sie keinen Vorwand und keine List mehr, um ihre Besuche in Aljarafe zu verbrämen. Deshalb folgte nun ein weiterer entscheidender Schritt in ihrer Beziehung, als nämlich Jerónimo der Herzogin den Vorschlag unterbreitete, die häufige nächtliche Abwesenheit ihres Gatten auszunutzen und ihn bei sich zu Hause zu empfangen. Der herzogliche Palast hatte einen Hintereingang, zu dem man durch eine kleine, dunkle und meist menschenleere Gasse gelangte. Diese Tür besaß darüber hinaus den Vorzug, dass von dort aus, über einen kleinen Hof, die Galerie, die zum Schlafzimmer Leonors führte, mit größtmöglicher Diskretion zu erreichen war. Es war ein kühner Vorschlag, der aber unter den gegebenen Umständen kein viel größeres Risiko mit sich brachte, als die anderen Orte, die die Liebenden für ihre Treffen benutzten. Selbstverständlich war auch für dieses neue Arrangement die Mithilfe der Zofe unabdingbar, denn sie musste dafür sorgen, dass der Riegel des Hintertürchens nicht vorgeschoben war und Jerónimo somit unbemerkt den Palast betreten konnte. Trotz allem zögerte die Herzogin eine ganze Weile, bevor sie sich zu dieser Art von Tête-à-tête bewegen ließ, da sie sich vor Rosario fürchtete. Die alte Hexe stellte eine ständige Bedrohung dar. Zwar war sie im Laufe der Jahre schwerhörig und fast blind geworden, doch sie konnte nach wie vor auf die Unterstützung des größten Teils der Dienerschaft zählen. Nichtsdestotrotz setzte Leonors Sehnsucht nach Jerónimo ihrem Zögern bald ein Ende, und sie erklärte sich bereit, ihn in ihrem eigenen Hause zu empfangen. Sie wusste, was dies bedeutete, aber ihre Liebe war weit größer als die Angst vor dem Risiko.

Nun hatte das Paar Leonors Schlafgemach schon monatelang immer wieder zum Schauplatz seiner leidenschaftlichen Liebe gemacht, ohne damit den leisesten Argwohn zu erregen. Jerónimo betrat die Gasse, die zum Palast führte, erst, wenn alles dunkel war, und verließ seine Geliebte niemals nach Mitternacht. Er pflegte in der Stille der Nacht auf die zwölf Glockenschläge der Rathausuhr zu horchen, sie waren das Signal für die Rückkehr in sein Heim in der Calle de la Muela, im gleichen Haus, in dem sich sein Atelier befand. Die Route der Nachtwächter kannte er in- und auswendig, er wusste genau, welche Strecke er gehen musste, um mögliche Begegnungen zu vermeiden und seine Anonymität zu wahren; dabei kam ihm die tiefe Dunkelheit zu Hilfe, die sich des Nachts über ganz Sevilla legte.

Doch in jener Nacht, in der mehrere dunkle Schatten den Palast des Herzogs de los Alcores durch die Vordertür betreten hatten – geladen zu einem Treffen, das der Hausherr einberufen hatte –, unterlief Isabel de Leiría ein verhängnisvoller Fehler: Sie vergaß, die Hintertür zu verschließen, die Jerónimos Zugang zum Palast und zum Schlafzimmer seiner Geliebten war, und eine unverschlossene Tür war zugleich das Signal, dass keine Gefahr drohte. Der Bildhauer ging seinen gewohnten Weg, ohne zu bemerken, dass es in dieser Nacht auch andere an den gleichen Ort gezogen hatte. Er war bereits auf der Galerie, als die Zofe der Herzogin ihn aufgeregt am Arm packte und ihn lautlos und ein wenig unsanft in einen kleinen Raum zerrte, bei dem es sich, nach den Töpfen zu urteilen, die sich hier bis an die Decke stapelten, um eine Abstellkammer handeln musste.

Isabel flüsterte Jerónimo zu:

»Meine Vergesslichkeit wird mich eines Tages noch

den Kopf kosten. Ich hätte den Riegel vorschieben müssen, denn es scheint, als ginge der Herzog heute nicht aus – im Gegenteil, es kommen zahlreiche Herren. Offenbar hat er sie zu einer Besprechung hierher bestellt.«

»Wenn das so ist … ja, wenn das so ist« – auch Jerónimo war aufgeregt –, »ist es wohl das Beste, ich verschwinde sogleich wieder.«

»Tut das bloß nicht! Im Augenblick herrscht hier im Hause so viel Betrieb, dass Euch womöglich jemand sehen könnte. Es ist zu gefährlich. Das Beste ist, Ihr bleibt hier in der Kammer, hier seid Ihr vor allen Blicken verborgen. Wappnet Euch mit Geduld, denn möglicherweise müsst Ihr eine ganze Weile hier verharren. In jedem Fall bewahrt absolute Ruhe, und rührt Euch nicht vom Fleck, bis ich Euch holen komme! Das Zeichen sind drei Schläge an die Tür: zwei schnelle, dann ein langsamer.«

Damit verschloss die Zofe die Tür hinter sich. Jerónimos Augen gewöhnten sich allmählich an die Dunkelheit, und er konnte die Umrisse der Gegenstände, die sich hier stapelten, immer genauer unterscheiden. Er versuchte, den Sturm, der in seinem Inneren tobte, unter Kontrolle zu bringen, und bereitete sich darauf vor, so viel Zeit hier zu verbringen, wie es eben nötig war.

Erst wenige Minuten angespannten Wartens waren vergangen – er stand immer noch eingeschüchtert in einer Ecke –, als er Schritte und Gespräche aus dem unteren Stockwerk hörte, genau unter der Kammer, in der er sich befand. Er ermahnte sich selbst, sich nicht zu rühren, denn wenn er so genau mitbekam, was sich unter seinen Füßen abspielte, konnten die unten ihn ebenso gut hören. So behutsam wie möglich versuchte er sich einen Platz zu suchen, doch das Unglück wollte es, dass er über den hochgeschlagenen Saum eines Teppichs stolperte. Um ein Haar wäre er hingefallen, was gewiss mehr als genug Lärm verursacht hätte, um seine Anwesenheit zu verraten, doch es gelang ihm gerade noch, sich an eine Art Kommode zu klammern und das Poltern zu vermeiden. Doch sein Straucheln ließ den Teppich verrutschen und offenbarte mehrere kleine Ritzen im Boden, durch die ein leichter Schimmer fiel.

Geräuschlos näherte sich Jerónimo diesen schmalen Schlitzen. Zusammen bildeten sie ein kleines Rechteck, keine Seite länger als drei Zoll, das in der Dunkelheit klar hervorstach, da das Licht aus dem Raum darunter hindurchfiel und in die Kammer schien. Vorsichtig betastete er das Rechteck im Boden und entdeckte, dass sich in seiner Mitte ein Metallring befand, groß genug, um die Finger hineinzustecken. Rasch begriff er, was er hier gefunden hatte: Es handelte sich um eine winzige Falltür. Er hatte schon viele Falltüren gesehen, in den unterschiedlichsten Varianten, die meisten von ihnen in den Decken von Hausfluren. Doch diese hier war dazu bestimmt, aus dem Verborgenen zu beobachten, was im Eingangsbereich des Hauses geschah. Diese Falltür war dafür gemacht zu sehen, ohne gesehen zu werden.

Die Versuchung, an dem Ring zu ziehen und das Rechteck aus seinem Rahmen zu heben, war groß, aber er verwarf diesen Gedanken gleich wieder. Es wäre pure Dummheit gewesen, nur aus Neugierde das Risiko einzugehen, entdeckt zu werden. Er blieb reglos auf dem Teppich liegen, den Blick fest auf die schmalen Lichtstrahlen gerichtet, die durch die Ränder der Falltür hereinfielen. Er schloss aus den Gesprächen, die als Gemurmel zu ihm hochdrangen, dass eine Reihe von Personen eintraf; ihre Anzahl wusste er nicht genau zu beziffern, aber er schätzte sie auf ein halbes Dutzend. Der gedämpfte Stimmenwirrwarr, den er hörte, war das Resultat mehrerer, parallel geführter Unterhaltungen. Er verstand nichts, nur hier und da einen Wortfetzen, der mit erhobener Stimme ausgesprochen wurde. Er stellte sich vor, wie die Männer unten sich angeregt unterhielten. Allmählich jedoch drangen immer mehr Stimmen und Worte zu ihm hinauf. Irgendwann wurden sie so laut, dass er ganze Sätze und sogar hier und da kurze Wortwechsel aufschnappte, die jedoch für sich genommen keinen Sinn ergaben. Die Männer, die sich dort unten versammelt hatten, sprachen über Geld, über Frauen und sogar über die Prozession, die die Santa Caridad organisieren würde, um dem Volk von Sevilla den Christus vom Guten Tode zu präsentieren, ein eindrucksvolles Kreuzigungswerk von Meister Loaysa – so hörte er sie über sein neuestes Werk sprechen. Dann plötzlich wurden vernehmlich Stühle gerückt, und im gleichen Augenblick verstummten alle Gespräche, jedes Gemurmel. Der Klang der Stille war selbst für Jerónimo deutlich zu hören. Dort unten musste sich etwas sehr Wichtiges ereignen. Er hörte Worte, die er nicht verstand, und anschließend wieder Stühlerücken.

»Diejenigen, die eben aufgestanden sind, setzen sich wieder«, dachte Jerónimo, der jetzt voller Neugier die Ohren spitzte. Nun sprach nur noch eine Person, und die Übrigen hörten zu. Offenbar genoss der Sprecher Autorität in der Gruppe. Jerónimo vernahm nur den Klang seiner Stimme, doch so leise, dass nichts des Gesagten für seine Ohren verständlich war.

Inzwischen waren mehrere Minuten verstrichen. Es schien unglaublich, aber er hatte sich inzwischen beruhigt, und die Neugier zu erfahren, was sich unter ihm abspielte, siegte über seine Furcht. Wer konnte es sein, der dort sprach? Worüber sprach er? Wer waren die anderen, die zu diesem Treffen geladen waren? Aus welchem Anlass fand es statt? Aller Wahrscheinlichkeit nach war es der Herr des Hauses, der gerade das Wort führte, andererseits gab es auch keinen zwingenden Grund, warum er es sein musste. Jerónimo versuchte, sich an die Stimme des Herzogs zu erinnern, aber so sehr er sich auch bemühte, er schaffte es nicht. Er hatte ihn nur ein einziges Mal sprechen gehört, und seither war viel Zeit vergangen. Seine Neugier wuchs immer mehr, so sehr ihm sein Verstand auch befahl, sich zu keiner Dummheit hinreißen zu lassen. Was interessierte ihn diese Versammlung oder die Männer, die hier zusammengekommen waren? Die Ehre seiner Geliebten war in Gefahr – und sein Leben, falls man seine Anwesenheit entdecken sollte. Er versuchte seine Neugier zu bezwingen, doch das gelang ihm immer nur für kurze Zeit. So verging unter Zweifeln und Zögern eine geraume Weile.

Was unten besprochen wurde, musste in der Tat von immensem Interesse sein, denn abgesehen von der Stimme des Sprechers herrschte unten vollkommene Stille. Alle Anwesenden hörten gebannt zu. Und wieder wurde Jerónimos Neugier geweckt. Er versuchte, sich in eine bessere Position zu bringen, denn an dem Metallring zu ziehen, hatte er endgültig verworfen. Das wäre eine riesige Dummheit gewesen. Vorsichtig schob er sich so weit vorwärts, dass er das Ohr neben die Spalten der Falltür legen konnte, in der Hoffnung, so besser zu hören, was unten gesprochen wurde. Dies war zwar der Fall, doch er verstand noch nicht genug.

Weitere Minuten verstrichen, während er sich vergeblich bemühte, dem Gespräch zu folgen. Nur unverständliches Murmeln drang an seine Ohren. Mehrere Male hatte er in dieser Zeit die Finger in den Ring gesteckt und sich davon zu überzeugen versucht, er könne von dieser Luke aus sehen, ohne gesehen zu werden, und hören, ohne gehört zu werden. Einen Moment lang verspürte er Unbehagen über seinen Wunsch, etwas herauszufinden, das ihn nichts anging. Das einzig Vernünftige war, still in seinem Versteck liegen zu bleiben, bis Isabel ihn holte und ihn aus diesem Schlamassel, in den er sich gebracht hatte, befreite.

Irgendwann verlor er jegliches Zeitgefühl. Er konnte nicht mehr sagen, wie lange er dort schon lag, hin und her gerissen zwischen Neugier und Zweifel. Ebenso wenig vermochte er vernünftig zu erklären, was ihn bewogen hatte, in einem Augenblick, in dem die Neugier Oberhand über die Vernunft gewann, die Falltür schließlich doch zu öffnen.

Das Guckloch zu öffnen verursachte weder das geringste Geräusch, noch schien es irgendeine Wirkung auf die Versammelten zu haben. Das Loch im Boden war etwa halb so groß wie seine Handfläche, jedoch so geschickt platziert, dass es einen hervorragenden Blick auf das ganze Zimmer gewährte; darüber hinaus konnte er nun alles, was gesprochen wurde, genau verstehen.

Jerónimo machte es sich bequem und richtete sich darauf ein, zu schauen und zu lauschen.

In den ersten fünf Minuten konnte er sich weder über die Zusammensetzung noch über den Zweck der Versammlung ein Bild verschaffen. Doch dann hörte er etwas, das ihm das Blut in den Adern gefrieren ließ.

Er sträubte sich zunächst dagegen, das zu glauben, was er gehört hatte; was der Herzog de los Alcores – und um keinen Geringeren handelte es sich bei dem Wortführer – da gesagt hatte, war einfach völlig undenkbar. Das konnte nicht wahr sein! Jerónimo hielt den Atem an, als wolle er sichergehen, dass seine Ohren ihm keinen üblen Streich gespielt hatten.

Die Nerven zum Zerreißen angespannt, konzentrierte er sich auf die Worte, die unten gesprochen wurden, bis er sicher war, richtig gehört zu haben. Und was er weiter hörte, offenbarte ihm außerdem den grauenvollen Anlass für dieses Treffen im Hause des Herzogs de los Alcores. Er begann heftig zu schwitzen und empfand kurz darauf ein jähes Entsetzen, das ihm eiskalte Schauer über den Rücken jagte.

»Herrgott! Kann es denn möglich sein, was ich da höre«, murmelte Jerónimo fast ohne seine Lippen zu bewegen.

Er lauschte weiter, und je mehr Einzelheiten er erfuhr, desto hilfloser fühlte er sich.

3

Als der Statthalter das Schreiben verlesen hatte, das am frühen Nachmittag desselben Tages aus Cádiz gekommen war, war seine Sorge auch auf alle anderen Anwesenden übergegangen. Auf ihren Gesichtern zeichnete sich zu gleichen Teilen Angst und Trauer ab.

Nachdem die letzten Worte des Grafen de Paredes verklungen waren, legte sich eine lang andauernde Stille über den Raum. Alle waren in ihre eigenen düsteren Gedanken versunken, nachdem sie erfahren hatten, aus welchem Grunde man sie mit solcher Dringlichkeit zusammengerufen hatte – und selbstverständlich war diese Eile mehr als gerechtfertigt gewesen.

Mit sichtlicher Anstrengung wandte sich der Generalvikar der Diözese an den Statthalter, um ihn mit brüchiger Stimme zu fragen:

»Exzellenz, seid Ihr ganz sicher, was den Inhalt dieses Schreibens betrifft?«

Der Graf de Paredes zuckte mit den Achseln, bevor er antwortete:

»Señor Generalvikar, Ihr wisst ja, wie es sich mit diesen Dingen verhält. Zuerst sind vage Gerüchte im Umlauf, denen keine Aufmerksamkeit geschenkt wird, dann verdichten sich diese Gerüchte, woraufhin sich die Obrigkeit gezwungen sieht, sie zu dementieren. Bis die Gerüchte sich bestätigen, was in der Regel der Fall ist, ist meist schon so viel Zeit vergangen und die Auswirkungen sind schon so schwer wiegend und verheerend, dass die eingeleiteten Maßnahmen dann praktisch nicht mehr greifen. Aber wie alle Anwesenden wissen, zeigt die Erfahrung, dass unter solchen Umständen üblicherweise selbst die erdrückendsten Beweise abgestritten werden. Keine Obrigkeit räumt die Existenz einer solchen Situation ein. Bis sie sie nicht mehr leugnen kann, ohne dass dies schlimmeren Schaden anrichten würde als das Eingeständnis der Wahrheit.«

Wieder legte sich die unheilvolle Stille, die der Geistliche mit seiner Frage unterbrochen hatte, über den Raum. Diesmal wurde sie von Don Pedro de Mexía gebrochen. Er rutschte unruhig auf seinem Sessel herum und sagte:

»Meiner Meinung nach erfordert die Schwere des Falles, den uns Eure Exzellenz dargelegt hat, eine Bestätigung. Wir müssen ganz sichergehen, ob die Verlautbarungen aus diesem Schreiben tatsächlich der Wahrheit entsprechen. Es mutet doch seltsam an, dass in der Stadt zuvor kein diesbezügliches Gerücht zu hören war ... oder zumindest mir keines zu Ohren gekommen ist« – unter den Anwesenden erhob sich ein zustimmendes Gemurmel, das belegte, dass auch sonst niemand etwas in dieser Richtung vernommen hatte –, »und das bei einer Neuigkeit von solcher Tragweite ...«

»Ihr werdet mir zustimmen«, unterbrach der Statthalter den *Veinticuatro,* »mein verehrter Don Pedro, dass unser Vorsitzender sich dergestalt ausgedrückt hat, dass er selbst erst kürzlich davon erfahren und die Nachricht sich offenbar noch nicht verbreitet hat. Daher darf uns die Tatsache nicht verwundern, dass bisher kein Gerede über dieses Thema zu vernehmen war: Die Neuigkeit hat sich einfach noch nicht herumgesprochen.«

»Wenn diese Einschätzung der Wahrheit entspricht, wird Eure Exzellenz mit mir übereinstimmen, dass die Tragweite dieses Themas jede Maßnahme rechtfertigt, um die Wahrheit der Nachricht zu überprüfen, bevor wir sie als solche anerkennen.«

»Ich teile die Vorbehalte Don Pedros insoweit«, ergriff der Schöffe Osuna das Wort, »dass wir den Wahrheitsgehalt des Schreibens überprüfen sollten. Aber ich möchte gleichzeitig betonen, dass jede Verzögerung beim Ergreifen von Maßnahmen, um der Bedrohung zu begegnen, sich als verhängnisvoll für unsere Stadt erweisen könnte.«

»Es hätte auch überaus negative Folgen, wenn sich ein solches Gerücht verbreitete und später herauskäme, dass es nicht der Wahrheit entsprach«, schaltete sich Don Juan de Acuña ein.

Nachdem die anfängliche Stille, die die Nachricht unter den Anwesenden ausgelöst hatte – der Ausbruch einer Pestepidemie in Cádiz und anderen Ortschaften rund um die Bahía de Cadiz, darunter Sanlúcar und El Puertos –, einmal unterbrochen war, wurde sie abgelöst von einer langen Diskussion über die Wahrhaftigkeit derselben, ihre Reichweite, die Auswirkungen, die eine tatsächliche Epidemie haben könnte, und die Maßnahmen, die zum jetzigen Zeitpunkt auf Grundlage der ihnen vorliegenden Informationen am geeignetsten erschienen. So sehr ereiferten sich die Anwesenden, dass sie irgendwann versuchten, alle gleichzeitig zu sprechen, weshalb der Statthalter sich gezwungen sah, einzuschreiten und die Ordnung wiederherzustellen.

Nach beinahe zwei Stunden hitziger Diskussionen gelangte die Runde zu zwei Ergebnissen: Erstens, dass keiner der Anwesenden – sie hatten ja alle bereits einen Eid abgelegt – auch nur ein Wort über das hier Gesagte verlieren dürfe. Alle waren sich einig, dass es unter allen Umständen zu vermeiden galt, dass sich derartige Gerüchte verbreiteten. Zweitens beschloss man, Doktor

Ruiz de Acevedo, Arzt des Stadtrats und Mann ihres Vertrauens, nach Cádiz und in die umliegenden Ortschaften zu schicken, um mit seiner Expertise glaubwürdige Informationen über die gesundheitliche Lage in den genannten Orten zu erhalten. Der Schöffe Osuna wurde ausgewählt, Doktor Ruiz de Acevedo mitzuteilen, für welche Mission man ihn vorgesehen hatte. Er versprach, den Arzt noch in dieser Nacht aufzusuchen und ihn zu bitten, noch im Morgengrauen aufzubrechen. Die zwanzig Meilen von Sevilla nach Cádiz ließen sich mit einem guten Pferd in einem Tagesritt zurücklegen, wenngleich dies Ross und Reiter einiges abverlangen würde. Sofern alles nach Wunsch verlief, konnten sie den Arzt bereits in drei oder vier Tagen in Sevilla zurückerwarten.

Osuna erfüllte sein Versprechen noch in dieser Nacht und unterrichtete Doktor Ruiz de Acevedo, welche Aufgabe der Stadtrat ihm zugedacht hatte. Da er ein pflichtbewusster Mann war, akzeptierte er und packte in den wenigen Stunden, die ihm noch blieben, das Wenige zusammen, das er für eine solche Reise benötigte. Er verfügte über alles, was nötig war: ausreichend Erfahrung für ein solches Unternehmen und eine hervorragende Stute, die imstande war, die zwanzig Meilen zu seinem Ziel in einem Tag zurückzulegen.

In der gleichen Nacht ließ ein schwatzhaftes Individuum, das seinen Lebensunterhalt damit verdiente, die Schornsteine des Rathauses zu entrußen, in der Spelunke von Mateo Abrás, die neben dem so genannten »Öltor« förmlich an der Stadtmauer lehnte, seinen finsteren Gedanken freien Lauf. Just zum Zeitpunkt, als der Statthalter das außerordentliche Treffen einberufen hatte, fegte er den Kaminzug in dessen Büro und hörte alles mit, was dort gesprochen wurde. Nun leerte er innerhalb kürzester Zeit zwei Krüge Anisschnaps, um beim dritten lauthals jedem, der ihm Aufmerksamkeit schenkte, zu verkünden, er wisse aus sicherer Quelle, dass an der gesamten Küste von Cádiz sowie an weiteren Orten im Landesinneren die Pest ausgebrochen war. Er schmückte diese Neuigkeit mit zahlreichen Details aus, makaberen und grausamen Auswüchsen seiner Vorstellungskraft, die seine Trunkenheit angefacht hatte. Der jämmerliche Zustand, in dem er sich befand, ließ die beträchtliche Zuhörerschaft, die er in der Spelunke gefunden hatte, allerdings glauben, dass es sich dabei um nichts weiter als Lügen und dummes Geschwätz eines Betrunkenen handelte.

»Ganze Wagenladungen voller Toter werden abtransportiert!«, schrie er mit weit aufgerissenen Augen und einer fürchterlichen Grimasse seines zahnlosen Mundes. »Es sind so viele, dass sie mit dem Beerdigen nicht mehr nachkommen!«

»Die Toten werden immer beerdigt! Ich erinnere mich noch an die letzte Seuche, damals war ich ein junger Bursche von fünfzehn Jahren«, widersprach ein früh gealterter Mann um die vierzig mit pockennarbigem Gesicht und einer entsetzlichen, von einem Messerstich stammenden Narbe auf der linken Seite seines Gesichts, »da haben sie fünf riesige Massengräber ausgehoben. Drei davon auf der Weide von San Sebastián und zwei weitere in Triana. Die Toten werden immer beerdigt, denn wenn nicht, lassen ihre gepeinigten Seelen uns nicht leben! Du bist ein Maulheld, Gaspar!«

Gaspar Ruiz, so hieß der Kaminfeger, erhob sich mit großer Mühe von seinem Schemel. Obwohl er sich dabei auf dem Tisch, an dem er gesessen hatte, abstützte, strauchelte er und war kurz davor, das Gleichgewicht zu verlieren und mit seinem korpulenten Körper – er hatte einen ungeheuerlich großen Bauch, der über den rissigen, schmierigen Ledergürtel, der seine Hosen festhielt, quoll – auf den Boden aus gestampfter Erde, die den Estrich der Spelunke darstellte, zu fallen:

»Ich bin kein Maulheld! Du bist hier der Maulheld!«

Dem so Geschmähten schoss das Blut in den Kopf, und seine Hand fuhr an den Dolch, den er um die Hüfte trug. Er sprang auf, weit beweglicher, als man es ihm zugetraut hätte. Hastig traten die anderen Gäste ein paar Schritte zurück und bildeten einen großen Kreis um die Männer, die sich nun offen herausforderten. Obwohl es keineswegs kalt war, rieb man sich die Hände, und auf den Gesichtern zeichnete sich die Freude über das bevorstehende Spektakel ab. Etliche Stimmen aus dem Kreis feuerten die Gegner an.

»Los, Gaspar, erteil ihm eine Lektion!«

»Mach schon, Perelló, nimm dieses Fass auseinander!«

Perelló war ein dürrer, dunkelhäutiger Griesgram, dem der linke Arm fehlte.

Die beiden Gegner begannen, langsam den Tisch zu umkreisen, an dem sie bis eben noch gemeinsam gesessen hatten. Die Langsamkeit ihrer Bewegungen gab selbst Gaspar, dessen Möglichkeiten aufgrund seiner Anatomie und seines Alkoholpegels stark eingeschränkt waren, eine Chance.

Aus dem Kreis von Zuschauern, der rund zwanzig Personen umfasste, erhoben sich Anfeuerungsrufe, denen sich immer mehr Stimmen anschlossen.

»Kämpft! Kämpft! Kämpft!«, riefen sie in heiseren, unheilvollen Schreien.

Perelló war eben im Begriff, Gaspar anzugreifen, als eine laute Stimme den Chor, der nach einem Kampf schrie, übertönte:

»Hier kämpft niemand!«

Die Rufe verstummten augenblicklich, als ein riesiger Kerl – er musste gut zweieinhalb Ellen groß sein, wodurch er mit Kopf und Schultern den Großteil aller Sterblichen überragte – mit einem sauberen Ellbogenstoß den Kreis rund um die beiden Kämpfenden durchbrach. Es war Mateo Abrás, der Besitzer des Wirtshauses und zugleich auch Beschützer der Straßenmädchen des gesamten Stadtviertels von seiner Gaststätte entlang der Stadtmauer bis Arenal. Dies war die Zone, die man Compás de la Laguna nannte, in Erinnerung daran, dass hier in früheren Zeiten einmal ein Arm des Guadalquivir geflossen war, der aber im Laufe der Jahre verlandet war. Abrás ging auf Perelló zu, packte ihn am Handgelenk und schüttelte es wie ein Bund Suppengrün, bis der Dolch herausfiel. Daraufhin zerrte er ihn mit einem Ruck zu Gaspar, den er mit seiner freien Hand am Schlafittchen packte, ihn ein paar Mal schüttelte und mit einem Schubs auf die Bank hinter ihm beförderte. Dann ließ er die Augen zwischen den beiden hin und her wandern; es war ein wilder Blick, von einer Härte, die keinen Widerspruch duldete.

»In meinem Haus dulde ich keine Schlägereien!«, rief er mit kräftiger, schneidender Stimme, die eindeutig signalisierte: Dies war weder eine Bitte noch eine Einladung, es war ein Befehl. »Hierher kommt man, um zu trinken und zu essen, zum Singen und zum Tanzen! Und auch, so man will, um für einen vernünftigen Preis herumzuhuren. Aber gekämpft wird hier nicht!«

Wieder blickte er die beiden Männer an, die nun rechts und links von ihm standen. Als er sah, dass sie sich beruhigt hatten, ließ er Perellós Handgelenk los und wandte sich an die Umstehenden, die mit enttäuschten Gesichtern das Ende des erwarteten Spektakels beobachteten.

»Marsch, marsch, jetzt kümmert sich jeder wieder um seinen eigenen Mist, und wenn euch das nicht passt: ab nach oben!«

Dann wanderten Mateo Abrás' Augen in Richtung oberes Stockwerk, dort befanden sich die kleinen Kammern, in denen die Huren des Hauses ihrem Gewerbe nachgingen. Mehrere von ihnen waren dort zu sehen, einige standen wie zufällig in ihren Zimmertüren, andere lehnten am Geländer und warteten darauf, dass einer der Müßiggänger Lust bekam, sich Erleichterung zu verschaffen. Es bedurfte keiner Worte, Mateos Blick, den sie nur allzu gut kannten, enthielt eine eindeutige Botschaft: »Wenn kein Kunde Lust hat hinaufzugehen, ist es an euch herunterzukommen und die Stimmung anzuheizen.« Also richteten die fünf Frauen ihre Kleider – was bedeutete, dass sie sie so weit herunterzogen, bis ihre üppigen Rundungen zum Vorschein kamen – und liefen die Treppe herunter, wobei sie mit weit ausholenden Bewegungen die Hüften wiegten und genügend Lärm veranstalteten, um die Aufmerksamkeit der Kundschaft zu erregen. Der Kreis, der sich um die Streitenden gebildet hatte, löste sich auf, und die Männer kehrten wieder an ihre Plätze zurück.

»Gebt den beiden einen Krug auf Kosten des Hauses, damit sie sich abkühlen!«, rief Mateo Abrás und hob noch einmal warnend den Finger zum Zeichen, dass er keinen Kampf dulden würde. Er hatte bereits genug Ärger mit den Ordensvätern und Geistlichen, die sich zusammengeschlossen hatten, um gegen die Hurerei vorzugehen und die Schließung seiner Gasthäuser und Bordelle zu fordern. Es hätte ihm gerade noch gefehlt, dass wegen einer Schlägerei die Polizei hier auftauchte und ihn wegen Verstoßes gegen Ruhe und Ordnung belangte.

Die beiden Streithähne zeigten sich einsichtig und dankten für den Wein.

»Weißt du, was sie mit den Toten machen, Perelló?«, wandte sich Gaspar an den Mann, den er noch vor wenigen Augenblicken als seinen erbitterten Gegner betrachtet hatte.

»Was sie machen? Lass mal hören, was sie machen«, fragte Perelló mit einer abfälligen Geste und ohne echtes Interesse.

»Sie binden ihnen Steine an die Füße und versenken sie in der Bucht. Diejenigen, die es gesehen haben, sagen, es sei ein grauenvoller Anblick. Die Steine sinken auf den Meeresgrund, und weil die Körper nach oben treiben, aber nicht auftauchen können, hat sich ein richtiger Wald von Toten gebildet.«

Perelló, ein aus Valencia stammender Maultiertreiber, der schon seit langem in Sevilla lebte, hatte sich zwar schweigend angehört, was der Schornsteinfeger ihm erzählte, zog jedoch nur eine geringschätzige Grimasse.

»Ach komm! Das glaubst du doch selbst nicht!«

»Ich weiß es von einer angesehenen, distinguierten Persönlichkeit, an deren Wort nicht zu zweifeln ist!«, verkündete Gaspar mit gekränkter Würde. Er wollte zu verstehen geben, dass Perelló nicht nur seine Worte infrage stellte, sondern auch die seines illustren Informanten.

»Du willst mir doch wohl nicht weismachen, dass die Herrschaften aus dem Stadtrat dich über Regierungsangelegenheiten informieren.«

Gaspar schien von neuem gekränkt, blieb aber ruhig. Er gab sich alle Mühe, eine würdevolle Miene aufzusetzen – was sich angesichts des jämmerlich volltrunkenen Zustands, in dem er sich befand, als ziemlich anstrengend erwies –, und leerte den Weinkrug, den er vor sich hatte, in zwei tiefen Zügen. Dann erhob er sich unter sichtlichen Mühen, strich sich die Kleider glatt und knurrte den Maultiertreiber voller Herablassung an:

»Ich habe ein Paar wunderschöne Ohren, die Ihr, wie es scheint, bisher noch nicht wahrgenommen habt, Euer Gnaden.« Dann begann er, mit langsamen, unsicheren Schritten in Richtung Ausgang zu wanken. Kurz bevor er ihn erreichte, packte ihn die Hand des Wirts und Bordellbesitzers an der Schulter und drehte ihn so mühelos, als sei er ein Kreisel, zu sich um: »Gaspar, bevor du gehst, erzähl mir noch eines.«

Der Schornsteinfeger, der sich kaum aufrecht halten konnte, fiel nach längerem Schwanken und diversen Versuchen zu antworten, in Mateos Arme, die ihn zuerst stützten und dann behutsam zu Boden gleiten ließen.

»Julián und Marcos! Tragt dieses Fass ins Hinterzimmer und legt ihn auf die Pritsche!«

Die beiden Burschen beeilten sich, ihrem Chef zu gehorchen, und schleppten den bewusstlosen Kerl mit einer gehörigen Kraftanstrengung aus dem Schankraum.

Besagtes Hinterzimmer war eine völlig verdreckte Rumpelkammer. Darin standen Fässer verschiedener Größen aufgestapelt zu einer unregelmäßigen Pyramide, die eine der Wände fast komplett bedeckte. Darüber hinaus lagen hier eine Menge Ballen aus Jute oder leinenem Stoff, deren Farbe aufgrund des Schmutzes und der vielen Flicken, die auf ihnen prangten, unmöglich zu definieren war. In einer Ecke der Kammer gab es eine Bettstatt aus einem mit Espartogras gefüllten Jutesack, der an allen Ecken und Enden zerrissen oder aufgetrennt war. Sogar das spärliche Licht in dieser Kammer wirkte irgendwie schmutzig. Es gab nur ein winziges rundes Fenster, das kaum eine Elle Durchmesser hatte, und zu dieser nächtlichen Stunde herrschte in der Kammer vollkommene Dunkelheit. Als die beiden Burschen mit ihrer Last, die sie im Schweiße ihres Angesichts schleppten, und der Wirt, der ihnen mit einer schwarzen, blakenden Öllaterne leuchtete, eintraten, stoben etliche Ratten auseinander und versteckten sich hinter den Fässern. Keiner der Anwesenden schenkte ihnen Beachtung.

»Marcos!« Sowohl in seiner Gestik, als auch in seiner

Art, Befehle zu erteilen, war der Wirt durch und durch Autoritätsperson. »Hol einen Kübel frisches Wasser! Zieh es aus dem Brunnen hoch! Und schließ die Tür, wenn du hinausgehst!«

Als er den Eimer Wasser hatte, leerte Mateo Abrás ihn schwungvoll über Gaspars Kopf aus – und der erwachte tatsächlich, als er das kalte Nass spürte. Doch der Wirt befand, dass es noch nicht genug war, und bat um einen weiteren Eimer. Dann sprach der Hüne in fast mütterlichem Ton, der so gar nicht zu seinem Äußeren passen wollte, auf den noch immer verstörten Mann ein und fragte ihn über die Dinge aus, über die der mit seiner vom Schnaps gelockerten Zunge gesprochen hatte.

Seine lange Erfahrung als Wirt und Zuhälter von Sevilla, wo mehr als dreihundert Huren ihre Dienste anboten, hatte ihn gelehrt, dass die meisten Kunden und Trunkenbolde, die hier landeten, Großmäuler waren. Beflügelt von einer Zuhörerschaft, die stets begierig auf Neuigkeiten wartete, ließen sie ihrer Fantasie nur allzu oft freien Lauf – manchmal aus dem Bedürfnis heraus, Mittelpunkt des Interesses zu sein, manchmal aus bloßer Freude am Lügen, weil sie der Versuchung nicht widerstehen konnten. Aber dieselbe Erfahrung hatte ihn auch gelehrt, dass Betrunkene oft die Wahrheit sprachen. Er hatte aus den Mündern der Männer, die in seine Spelunke kamen, um bei Wein und Weib Erholung zu suchen, schon die unglaublichsten Geschichten gehört. Da waren die Soldaten, deren Aufgabe es war, die Galeonen zu schützen, wenn sie beladen mit Gold und Silber aus Westindien zurückkehrten. Glücksritter, die bei irgendeiner Truppe angeheuert hatten, um auf den verschiedenen Schlachtfeldern Europas zu kämpfen, lutheranische oder calvinistische Ketzer zu töten oder die Besitztümer Seiner Katholischen Majestät gegen die Bisswunden, die ihm die Feinde der Monarchie zufügen wollten, zu verteidigen. Auch viele Händler und Kaufleute waren dabei, die auf der Suche nach Handel und Gewinn die halbe Welt bereist hatten, oder es zumindest behaupteten. Zwar hatten Herren der Hochfinanz meist ihre privaten Geliebten und Konkubinen und pflegten die öffentlichen Bordelle nicht zu besuchen, aber auch da gab es Ausnahmen. Seeleute der unterschiedlichsten Nationalitäten und Temperamente, die auf den Galeonen Seiner Majestät angeheuert und den Ozean befahren hatten, um dann wieder an den Ankerplätzen des Guadalquivir einzulaufen. Sie alle erzählten die fantastischsten Geschichten über das, was sie diesseits oder jenseits des Ozeans gesehen oder was ihre lebhafte Fantasie ihnen eingeflüstert hatte. Sie sprachen von Städten, deren Dächer mit Gold gedeckt waren und deren Glanz einen erblinden ließ, wenn die Strahlen der Sonne auf sie fielen. Sie berichteten über Berge aus Gold, die so hoch waren, dass man ihren Gipfel nicht sehen konnte. Minen voll mit Smaragden, Diamanten und anderen wertvollen Steinen, die man jedoch nur bekam, wenn man bis in die tiefsten Eingeweide der Erde vordrang. Auch diverse adlige Herrschaften erschienen in seinen Etablissements, um die Dienste seiner Dirnen einzufordern – sie genossen die Wollust der Damen dieses niederen Standes, ihre Kniffe, die Gesten und jenes Wissen, das die Sittsamkeit ihren legitimen Frauen, den edlen Damen ihres eigenen Rangs, strengstens verbot. Sogar so mancher Padre und Hochwürden befriedigte dort jene Bedürfnisse, die das Zölibat ihnen verbot, das schwache Fleisch aber einforderte. Mateo kannte Geistliche, die mit solcher Begeisterung herumhurten, dass sie auf einen Schlag gleich die Dienste von zwei oder gar drei Mädchen benötigten, um ihren Appetit zu stillen. Einige von ihnen erlangten durch die Kapazität ihres

Geschlechtsteils größeren Ruhm als durch ihre Predigten bei liturgischen Festen und Feiertagen. Nicht selten befassten sich die in der Spelunke erzählten Geschichten auch mit den Legionen nackter Frauen auf der anderen Seite des Atlantiks, die sich so häufig besteigen ließen, wie man wollte, ohne dafür die geringste Bezahlung zu fordern. Bei solchen Schilderungen lag auf den Gesichtern aller Zuhörer, die den Erzähler umringt hatten, derselbe erwartungsvolle Blick, alle rissen auf die gleiche Weise die Augen auf, alle leckten sich mit dem gleichen Vergnügen über die Lippen. Kurz und gut, manche konzentrierten sich bei den Reden, die sie schwangen, ganz auf ihre erotischen Heldentaten, und meist waren ihre lehrreichen Geschichten so offenkundig übertrieben, dass sie selbst die Leichtgläubigsten zum Zweifeln brachten und in allgemeinem Spott und Pfiffen untergingen. Nur allzu häufig führte dies zu groben Worten und Beleidigungen oder gar zu tätlichen Angriffen, die Mateo mit eiserner Hand kontrollierte. Er duldete keine Schwierigkeiten dieser Art in seinem Hause. Es war berühmt als Ort des Vergnügens, des Trinkens und der Hurerei – und so ruhig und friedlich, wie es in diesem Geschäft eben möglich war.

Seine langjährige Erfahrung hatte ihn jedoch auch gelehrt, dass manches Mal inmitten all der Lügen und der Prahlerei, der Fantastereien und Übertreibungen, eine Wahrheit von Bedeutung und Interesse steckte – Informationen aus erster Hand und gelegentlich von außerordentlichem Wert. Es galt nur, die Spreu vom Weizen zu trennen.

Das konnte niemand besser als er, denn er sah und hörte ungemein viel. Er konnte auf den reichen Erfahrungsschatz eines ganzen Lebens zurückblicken. Seine Mutter war in den ersten Regentschaftsjahren von König

Philip IV. eine Hure gewesen. Sie war stolz darauf gewesen – und erzählte es jedem, der es hören wollte –, im Jahre 1624 mit Seiner Majestät dem König kopuliert zu haben, während dieser in Sevilla weilte; sie erzählte auch, er habe sich knauserig gezeigt, obwohl sie ihm beste Dienste geleistet habe. Zwei Jahre später starb seine Mutter, die berühmte Antolina, und er blieb allein zurück; seinen Vater hatte er nie gekannt. Der kleine Mateo – er war erst acht Jahre alt, als er Waise wurde – blieb im Freudenhaus, unter dem Schutz der Kolleginnen seiner toten Mutter, und wurde so rasch zum Botenjungen für die Dirnen und ihre Kuppler. Es dauerte nicht lange, bis er zum Gehilfen der Zuhälter avancierte. Dann wurde er selbst Zuhälter, mit einer eigenen Hure, und noch später stieg er auf zum Hurenkönig.

In all dieser Zeit verließ er Sevilla nie, außer zu den seltenen Gelegenheiten, wenn er zur Zeit des Thunfischfangs nach Tarifa reiste, um den Fischern über die Schulter zu schauen und Einblick in das Leben dieser tapferen Männer zu erhalten. Einmal hatte er auch Córdoba besucht, sich im Potro einquartiert und den berühmten Posturas kennen gelernt. Doch im Großen und Ganzen spielte sich sein Leben seit mehr als fünfundzwanzig Jahren praktisch ausschließlich in den Straßen des Compás und in den umliegenden Gebieten wie Patio des los Naranjos und Patio de los Olmos ab, nahe der Kathedralentreppe, wo die Drahtzieher der Sevillanischen Unterwelt und der Zuhälterei residierten. Zum Mörder wurde er jedoch nie.

Er war stolz auf den Weg, den er gegangen war und der ihn auf den höchsten Posten der Sevillanischen Freudenhäuser geführt hatte. Vor fünf Jahren hatte ihm der Stadtrat die notwendige Konzession dafür verliehen, nachdem er sich auf saubere, rechtschaffene Weise gegen die anderen Aspiranten durchgesetzt hatte. Nun, um ehrlich zu sein, eine kleine Hilfestellung durch den *Veinticuatro* Rodríguez de Vinuesa hatte er gehabt. Es war die Gegenleistung, wie der Stadtrat selbst es ausdrückte, für die unbezahlbaren Dienste Riojanas, einer Hure in den Diensten Mateos, die die Kunst, auf ihm zu reiten, in einzigartiger Vollendung beherrschte. Mateo zahlte seine Lizenzgebühren an die Zivilbehörden stets pünktlich, er erfüllte seine Pflichten und ließ die anderen ihre erfüllen – sicherlich gab es den einen oder anderen Ausrutscher, aber stets nur bei Kleinigkeiten. Im Großen und Ganzen sorgte er dafür, dass die Hurerei in Sevilla auf die ordnungsgemäße Weise ablief, wie sie seit langer Zeit etabliert war.

Jeden Sonn- und Feiertag führte er seine Untergebenen, und das waren nicht wenige, in die Messe, um die Predigt zu hören. An diesen Tagen wurde in den Bordellen morgens nicht gearbeitet. Er sorgte dafür, dass alle Dirnen in seinen Diensten sich den notwendigen medizinischen Untersuchungen unterzogen, einmal monatlich im Winter und zweimal im Sommer. An den Freitagen der Fastenzeit und in der Karwoche, während der körperlichen Anwesenheit Jesu Christi Unseres Herrn, blieben seine Etablissements geschlossen. Und er führte seine Mädchen am Feiertag der Heiligen Maria Magdalena in die Messe, damit sie ermahnt würden, Buße zu tun und ihrem Lebensstil der Lüsternheit und der Sünde ein Ende setzten. Kurz und gut, er erfüllte seine schwierige, komplizierte Aufgabe mit Bravour und trug sein Amt mit mindestens ebenso viel Stolz wie andere den Habit eines Ordensmitglieds.

Mateo Abrás war sich bewusst, dass er seinen Nachbarn und der ganzen Gemeinschaft hervorragende Dienste leistete, indem er ihnen einen Weg schenkte, ihre Bedürfnisse zu stillen und dabei die Spannungen zu vermeiden, die in der heiklen Angelegenheit des Müßiggangs mit Mädchen in Sevilla sonst entstanden wären. Ohne jeden Zweifel sähe sich die Stadt ohne die Dienste der Bordelle weit größeren Gewalttätigkeiten ausgesetzt. Er führte sie mit Zustimmung und Genehmigung des Stadtrats, dem die Kontrolle der Prostitution unterlag. Es war ihm daher unbegreiflich, warum er und sein Geschäft plötzlich solchen Attacken der Mönche des Jesuitenordens, unterstützt durch einige Anwohner, ausgesetzt waren. Schon zweimal waren die Brüder, aufgeregt Kreuze schwingend, in seine Bordelle, ja sogar in die Kammern der Prostituierten eingedrungen und hatten die Mädchen beleidigt. Auch die Männer, die gerade dabei waren, ihr inneres Feuer zu löschen, oder noch warteten, bis sie an der Reihe waren, oder friedlich im Wirtshaus saßen, um in Ruhe zu essen, trinken, singen oder tanzen, verurteilten sie aufs Schärfste. Diese Überfälle auf die Bordelle hatten für großen Wirbel gesorgt – und sogar eine Diskussion über die Existenz der Etablissements ausgelöst. Die Jesuiten wollten sie um jeden Preis schließen, weil sie in ihren Augen Orte der Kuppelei, der Sünde, der Verdammnis waren. Als »wahrhaftige Vorzimmer der Hölle« bezeichneten sie die Bordelle von ihren Kanzeln aus, ohne zu bedenken, dass ihre Schließung viel größeres Übel zur Folge hätte: Dann würden die Straßenmädchen ohne jede Kontrolle und Legitimität praktizieren, die Zuhälter würden ihre eigenen Gesetze schaffen, es käme zu weit schlimmeren Sünden und Beleidigungen Gottes Unseres Herrn, die gesundheitlichen Risiken würden steigen und damit die Gefahr für die ehrbaren Mädchen und Frauen. Denn die Menschen würden auch weiterhin Bedürfnisse haben und nach Erleichterung suchen – das auszurotten würde den Jesuitenvätern nicht gelingen, weder durch Drohungen noch durch Schließungen.

Der gute Riecher, mit dem seine Lebenserfahrung ihn ausgestattet hatte, sagte Mateo Abrás also, dass der Schornsteinfeger, den er als regelmäßigen Gast kannte und der, allerdings nur gelegentlich, auch die Dienste seiner Mädchen in Anspruch nahm, nicht der Typ war, mit Dingen anzugeben, von denen er gar nichts wusste, und das ließ sich nicht über viele sagen. Er vermutete, dass Gaspar durch sein übermäßiges Quantum Anisschnaps die Kontrolle verloren und deshalb so laut über die Pestepidemie in der Bucht von Cádiz geredet hatte. Vielleicht hatte er auch eben deshalb getrunken, weil er vergessen wollte, was er wusste – doch das war ihm ganz offensichtlich nicht gelungen. Falls sich sein Gerede jedenfalls als wahr herausstellte, so war dies eine Information von außerordentlichem Wert, und falls nicht, hätte er auch nichts verloren, indem er ihn befragte. Aus diesem Grund hatte er Gaspar in die Kammer schleppen lassen, weg von allen neugierigen Augen und Ohren.

Und tatsächlich erfuhr Abrás dort, dass Gaspars Geschwätz auf einer Wahrheit basierte, die er durch seine Arbeit als Schornsteinfeger im Rathaus erfahren hatte. Er erfuhr ebenfalls, dass an diesem Nachmittag eine dringende Versammlung einberufen worden war, zu der hochrangige weltliche und religiöse Obrigkeiten erschienen waren, und dass man bereits erste Maßnahmen ergriffen hatte – unter anderem die, Doktor Ruiz de Acevedo nach Cádiz zu schicken, damit er feststellte, was dort wirklich vorging. Gaspar gestand, dass viele Einzelheiten, die er so lauthals verkündet hatte, nur eine Reaktion auf Perellós Provokationen gewesen waren. Aber der Kern, der die Seuche betraf, war wahr.

Nachdem er dies erfahren hatte, schlug der Wirt Gaspar auf den Kopf, nur so stark, dass dieser das Bewusstsein verlor. Er legte ihn auf die Pritsche und verließ eilig die

Kammer, wobei er die Öllampe zurückließ, um seinen Gast nicht im Finsteren zu lassen. Es war bereits nach zwei Uhr morgens, und in der Spelunke lungerten nur noch einige wenige Gäste herum, die versuchten, den Heimweg hinauszuzögern. Die Mädchen hatten sich bereits zurückgezogen und würden bis zum nächsten Tag keine Dienste mehr leisten. Mit leiser Stimme wies Mateo einen seiner Burschen an, den Schornsteinfeger, der wieder bewusstlos geworden sei, ruhen zu lassen und ihm, sobald er seinen Rausch ausgeschlafen hätte, eine heiße Brühe zu verabreichen, um ihn wiederzubeleben und ihn dann zu verabschieden. Anschließend klatschte er laut in die Hände und bat die letzten Gäste um Gehör: »Meine Herren, kommen Sie zum Ende, es ist längst Sperrstunde!«

Ein missbilligendes Murmeln beantwortete diese Aufforderung des Wirts, aber die verbliebenen Gäste begannen, sich in Bewegung zu setzen. Als der letzte von ihnen durch die Tür schlurfte, gestützt von einem anderen, der ihn unter größter Kraftanstrengung davon abhielt, auf die Nase zu fallen, schloss und verriegelte Mateo Abrás die Kneipentür; er hatte einen anstrengenden Tag hinter sich. Dann begann die allnächtliche Feierabend-Prozedur: Einer der beiden Burschen löschte das Herdfeuer so, dass die Asche weiterglomm, ohne eine Brandgefahr darzustellen, und man am nächsten Morgen mit Leichtigkeit ein Feuer entfachen konnte. Derweil eilten sich die Übrigen, das letzte noch herumstehende Geschirr einzusammeln und zu säubern. Es wurde mit Asche gescheuert und in einem Trog mit Wasser, das von den zahllosen Spülgängen bereits trüb geworden war, ausgespült. Ein Mädchen stellte das Geschirr auf eine Steinbank, wo es abtropfen und am nächsten Tag trocken bereitstehen würde.

»Marcos, komm hierher.« Der Wirt raunte dem Burschen – von seinem Gesichtsausdruck und seiner Haltung her schien er der aufgeweckteste von allen Bediensteten zu sein – einige Anweisungen ins Ohr. Bevor der Junge, hoch aufgeschossen und dunkelhäutig, sich auf den Weg machte, erhielt er noch einen letzten Befehl: »Verwechsle das Haus nicht, es ist das mit den Säulen, an der Ecke des Platzes vor dem Franziskanerkloster. Warte so lange, bis du ihn herauskommen siehst.«

»Macht Euch keine Sorgen, *Maestro*. Ich werde keine Zeit verlieren, ich bin bald zurück.«

Mateo Abrás konnte ein Lächeln nicht unterdrücken, als er Marcos hinterhersah. Dieser Junge schien das lebende Abbild seiner selbst zu sein, als er in diesem Alter war. Falls er die Information mitbrachte, die er erwartete, würde der Herzog de los Alcores ihm das in harten Dukaten bezahlen.

4

Die Zusammenkunft im Hause des Herzogs de los Alcores dauerte noch an. Klar und deutlich hörte Jerónimo die Stimme des Gastgebers, der weiterhin zu den Versammelten sprach:

»Jetzt, wo Ihr die Grundzüge des Plans kennt, werde ich Euch die Einzelheiten auseinander setzen. Passt genau auf, denn der Erfolg dieses Vorhabens hängt davon ab, dass jeder Einzelne sich aufs Genaueste an die Planung hält. Wir dürfen uns keinen Fehler erlauben. Also, hört zu.«

Gerade in diesem Moment klopfte es an der Tür der Abstellkammer, die dem Bildhauer als Behelfsversteck und privilegierter Aussichtspunkt diente: zwei sanfte Schläge, gefolgt von einem dritten, etwas langsameren. Jerónimo war so konzentriert auf das, was sich im Raum unter ihm abspielte, dass ihm kaum genug Zeit blieb, den viereckigen Deckel des Gucklochs zu schließen und den Teppich wieder so zurechtzuziehen, dass er das Loch im Boden bedeckte. Nur die Dunkelheit verschaffte ihm etwas Spielraum. Er stand noch über den Teppich gebeugt, als die Silhouette Isabel de Leirías, die die Tür behutsam und leise geöffnet hatte, sich im Türrahmen abzeichnete:

»Jerónimo, Jerónimo«, hauchte ihre Stimme fast unhörbar. »Seid Ihr hier? Um Gottes willen, so antwortet doch, seid Ihr hier?«

»Ja, Doña Isabel, ich bin hier, wie Ihr es mir gesagt habt«, kam seine Antwort so leise, dass sie kaum zu hören war, doch sie reichte aus, um die Zofe zu beruhigen. Ebenso leise wies sie ihn an:

»Folgt mir, schnell und ohne einen Laut. Ohne einen Laut, bei allem, was Euch lieb und teuer ist.«

Jerónimo verfluchte insgeheim den ungünstigen Zeitpunkt, zu dem die Portugiesin ihn herausließ. Er schlich leise zu ihr und flüsterte ihr ins Ohr:

»Doña Isabel, glaubt Ihr wirklich, es ist vernünftig, jetzt hinauszugehen?«

»Vernünftig?«, fragte die Frau mit gerunzelter Stirn.

»Ja, vielleicht ist es nicht vernünftig, dass ich mein Versteck jetzt verlasse, wo doch unten, das habe ich von hier aus hören können, der Herzog und seine Besucher noch immer tagen.«

»Eben deswegen: Jetzt sind sie in ihre Angelegenheiten vertieft, das ist für Euch die beste Gelegenheit, das Haus zu verlassen. Ich werde nicht ruhig atmen können, bis ich die Tür hinter Euch geschlossen habe, das schwöre ich bei der Rettung meiner Seele!«

Jerónimo unternahm einen letzten Versuch, obwohl er die Schlacht eigentlich schon verloren hatte.

»Und wenn die Versammlung gerade jetzt endet?«

»Das ist sehr unwahrscheinlich. Erst vor wenigen Minuten wurde ihnen Speis und Trank serviert. Nur aus diesem Grund habe ich es gewagt, Euch zu holen. Folgt mir also, aber leise! Unser beider Leben hängt davon ab!«

Der Bildhauer folgte ihr gehorsam wie ein Hündchen über die Galerie und die Treppen zum Dienstbotenhof, von dem aus die Tür, die er für seine nächtlichen Besuche nutzte, auf die Straße führte. Sie erreichten sie ohne Zwischenfall.

Die Portugiesin, die alles andere als dumm war, hatte das Vorhaben gut durchdacht, wie Jerónimo feststellte. Tatsächlich hatte der Herzog vor ein paar Minuten eine Glocke geläutet, worauf ein Diener herbeigeeilt war, der den Befehl erhielt, für die Bewirtung der Versammelten zu sorgen. Dies war der ideale Augenblick, Jerónimo die Flucht zu ermöglichen und ihn aus dem Schlamassel, in den er geraten war, zu befreien. Bevor sie die Tür hinter ihm verriegelte, flüsterte Isabel ihm noch leise zu:

»Meine Herrin, die Herzogin, lässt ausrichten, dass Ihr es nicht mehr riskieren sollt herzukommen, bevor Ihr keine anders lautende Nachricht erhaltet. Doña Leonor fürchtet um unser aller Leben, auch wenn wir, gelobt sei der Herr«, und sie bekreuzigte sich hastig, »die Gefahr in dieser Nacht glücklich überstanden haben.«

Erst als er auf der Straße stand, nahm Jerónimo die Kühle der Nacht wahr. Er roch den Duft der Orangenbäume, die in den Gärten und Höfen vieler Häuser der Stadt wuchsen – es war die Zeit der Orangenblüte, und ihr frisches Aroma breitete sich in vielen Ecken der Stadt aus. In anderen dagegen staute sich über lange Zeit hinweg der Gestank des Dungs und des Drecks, ohne dass jemand sich die Mühe machte, ihn zu beseitigen, bevor die Luft vollkommen unerträglich wurde und das Atmen erschwerte. Die Dunkelheit dieser Nacht wurde durch das Licht eines prachtvollen Mondes gemildert, der in vollem Rund stand und die Stadt mit seinem weißlichen Licht erhellte. Jerónimo schritt langsam durch die engen Gassen, die zu seinem Haus führten, und versuchte sich zu beruhigen.

Da durchdrangen Stimmen die nächtliche Stille:

»Zwei Uhr und alles ruhig.«

»Zwei Uhr und alles ruhig.«

Weiter entfernte Stimmen wiederholten noch mehrmals den gleichen Ruf, bis er sich schließlich unter Echos verlor – Hinweis darauf, dass Ruhe und Frieden in der Stadt herrschten und die Nachtwächter ihre Runden ohne Zwischenfälle machten.

Gleichzeitig erfuhr er durch ihre Rufe, dass die Nacht

schon weit fortgeschritten war. Es war geraume Zeit verstrichen, seit Isabel ihn hastig in die Kammer bugsiert hatte. Was er dort gehört hatte, hatte ihn zutiefst aufgewühlt, er wusste nicht, was er tun sollte.

Tief in Gedanken versunken lief er nun rascheren Schrittes durch die friedlichen, menschenleeren Gassen; er wollte so schnell wie möglich nach Hause, sich hinlegen und versuchen, ein wenig Schlaf zu finden. Letzteres würde unter den gegebenen Umständen schwierig werden, das wusste er, aber es war das Beste, was er tun konnte. Er betrat sein Haus und zündete an der Kerze, die auf der Treppe zwischen seinem Atelier und seinen privaten Räumlichkeiten ständig brannte, eine Laterne an. Im Schlafzimmer angekommen legte er sich, ohne sich auszukleiden auf das Bett, den Blick auf ein Bildnis des Gekreuzigten gerichtet, das er selbst geschaffen hatte und mit dem er das Zimmer teilte. Dann löschte er das Licht und schloss die Augen in der Hoffnung einzuschlummern. Das sollte ihm jedoch erst gelingen, als schon die ersten Strahlen der Morgensonne den schwarzen Schleier der längsten Nacht seines Lebens zu zerreißen begannen.

In den Stunden der Schlaflosigkeit hatte er sich erinnert, dass am nächsten Tag in Sevilla ein Stück von Don Agustín Moreto aufgeführt wurde, einem Dramatiker, dessen Komödien um Intrigen und Moral bei Hofe gerade sehr in Mode waren. Er beschloss also, nicht nur aus seiner Liebe für das Theater heraus, sondern vor allem, weil er damit seinen aufgewühlten Geist zu beruhigen hoffte, das Schauspielhaus zu besuchen, in dem das besagte Werk aufgeführt wurde.

Zur gleichen Stunde, zu der es Jerónimo endlich gelang, in einen unruhigen, von Ängsten gestörten Schlaf zu fallen, war Doktor Ruiz de Acevedo bereits auf dem Weg entlang des linken Ufers des Guadalquivir und hatte die am anderen Flussufer liegenden Ortschaften Coria und La Puebla hinter sich gelassen. Als der Morgen dämmerte, blieb noch ein gutes Stück Wegs bis Lebrija, wo er gedachte, sich selbst und seinem Reittier eine Rast und eine Erfrischung zu gönnen. Er hatte dem Pferd mit seinem Vorhaben, Cádiz innerhalb eines Tages zu erreichen, eine beträchtliche Anstrengung zugemutet. Falls sich dieser Plan nicht verwirklichen ließ, würde er die Nacht in Jerez de la Frontera verbringen, wo ihn im Kartäuserkloster der Stadt eine sichere Unterkunft erwartete. Mit dieser religiösen Gemeinschaft verband ihn nämlich eine enge Freundschaft, seit er ihnen einmal gute Dienste geleistet hatte, als ein bösartiges Fleckfieber die Mönche befallen hatte. Er hatte dem Übel mit einem einzigartigen, selbst erfundenen Mittel abgeholfen, das vor allem aus Kräutern bestand – über deren Eigenschaften er erschöpfende Kenntnisse besaß – sowie mit einer Diät, die er verschrieben und deren Einhaltung er strengstens überwacht hatte. Der heilsame Effekt dieser Therapie hatte sich als nahezu unglaublich erwiesen: Von den einhundertachtzehn Kartäusern der Gemeinschaft hatten sich zweiundachtzig infiziert, dreiundsiebzig von ihnen konnte er retten – unter normalen Umständen wäre dies wohl die Zahl der Verstorbenen gewesen. Die Krankheit hatte die frommen Männer befallen, nachdem sie viel zu altes, fermentiertes Gerstenbrot gegessen hatten.

Die ersten Stunden seines Ritts hatte der Arzt im Licht eines großzügig scheinenden Mondes hinter sich gebracht. Ohne das Mondlicht wäre es unmöglich gewesen, die Reise vor der Morgendämmerung anzutreten. Nur das Rauschen des Flusses, dessen Wasser sich machtvoll und ruhig seinen Weg in Richtung Atlantik bahnte, durchbrach die Stille, und Diego genoss die Ruhe um ihn herum. Der Kälte der Nacht, verschärft durch die Feuchte des Wassers, an dem er entlangritt, hatte er mithilfe eines mit Lammwolle gefütterten Überrocks getrotzt, einem Kleidungsstück, das sich bei der Ausübung seines Berufes nur allzu oft als Notwendigkeit erwiesen hatte. Hin und wieder, je nachdem woher die wechselhafte Brise wehte, drangen die Gerüche des Frühlings an seine Nase: Düfte nach Zistrosen und Thymian, die bereits blühten, aber auch die salzige Luft des Meeres, die immer durchdringender und intensiver wurde, je weiter er auf seinem Weg vorankam.

Der Doktor war besorgt, welches Bild sich ihm an seinem Ziel möglicherweise bieten würde. Er war achtunddreißig Jahre alt, mittelgroß, hatte einen olivfarbenen Teint und schwarzes Haar. Er war ein erfahrener Mediziner, dem die Konfrontation mit der Krankheit und ihrer häufigsten Folge, dem Tod, keine Angst machen konnte. Er hatte vielen heiklen bis gefährlichen Situationen ins Auge gesehen, stets ehrenhaft, kundig und sogar mit einem gewissen Maß an Opfergeist und Selbstaufgabe. Eine Gesinnung, die vielen seiner Berufskollegen fehlte – nicht wenige von ihnen hatten ihren Beruf ausschließlich wegen der Vergütung und der gesellschaftlichen Stellung, die mit ihm einherging, ergriffen. Wie oft hatte er mit ihnen über Behandlungen und Heilungsprozesse diskutiert, immer wieder hatte er seine Ablehnung bestimmter gängiger Praktiken geäußert, die seit langer Zeit überliefert wurden und die man wie Dogmen akzeptierte, ohne Rücksicht darauf, welche Wirkungen diese Methoden auf die Kranken hatten. Er selbst war ein Anhänger einfacher Behandlungsmethoden, die oft sehr weit von dem entfernt waren, was seine Kollegen üblicherweise verschrieben. Um der Krankheit zu begegnen, hielt er es für unverzichtbar, den menschlichen Körper in all seinen Einzelheiten zu kennen, darüber hinaus glaubte er an die maßgebliche Bedeutung von Diäten.

Studiert hatte er an der kleinen Universität seiner Geburtsstadt Osuna, Hauptstadt des Herzogtums der gleichnamigen Familie: der Téllez de Girón. Anschließend war er nach Palermo auf Sizilien gegangen, mit Unterstützung eben jenes Herzogs, der das Amt des Vizekönigs auf der Insel bekleidete. In der dortigen berühmten medizinischen Fakultät kam er mit einigen großen Meistern, die dort Lehrstühle bekleideten, in Kontakt, vor allem aber mit dem Wissen von Ärzten, die sich die medizinischen Kenntnisse der Araber angeeignet hatten und ihren Beruf unter Anwendung unorthodoxer, ja sogar verbotener Praktiken ausübten. Dort hatte er beängstigende nächtliche Anatomievorlesungen gehört, in denen Leichen seziert wurden, um das Innere des menschlichen Körpers kennen zu lernen. In dieser Zeit hatte ihn stets eine tief sitzende Angst davor begleitet, entdeckt oder denunziert zu werden und in die Fänge der Heiligen Inquisition zu geraten, die mit Argusaugen über die Einhaltung des katholisch-apostolischen und römischen Glaubens wachte. Dieses geheime, unter Ängsten und Sorgen angeeignete Wissen ermöglichte es Diego, Beziehungen herzustellen zwischen dem menschlichen Organismus, Krankheiten, Diagnosen und Behandlungsmethoden, die durch die allgemein herrschende Lehre durchweg abgelehnt wurden. Die gängige Praxis der Heilkunst wurde niemals hinterfragt, denn es war undenkbar, die Autorität der großen Meister anzuzweifeln. Wirklich vervollständigen und auf ein in dieser Epoche ungeahntes Niveau steigern konnte Diego Ruiz de Acevedo seine Bildung später in den Niederlanden. Nach den fruchtbaren sizilianischen Lehrjahren und einem Aufenthalt in Sevilla ging er nach

Flandern: als Armeearzt im Dienste des Infanterieregiments Don Antonio de Leyvas, der in den Niederlanden gegen die holländischen Rebellen kämpfte. Dort, wo er seinen Beruf unter den widrigsten Umständen ausübte, ob bei Kälte, Schnee oder Regen, härtete er sich als Arzt ab. Unter größtem Zeitdruck nähte er die entsetzlichsten, durch Stich- oder Feuerwaffen zugefügten Wunden. Er verband, so gut er konnte, schwerste Verletzungen, aus denen das Blut und mit ihm das Leben selbst nur so heraussprudelte, ohne dass er dem Einhalt gebieten konnte. Er amputierte Gliedmaßen gesunder, kräftiger Männer, die hilflos weinten wie kleine Jungen, und er verabreichte Wein, Weinbrand und andere geistige Getränke, um unerträgliche Schmerzen zu lindern. Dort in Flandern lernte er, zu überleben und jenen Mut zuzusprechen, die keinen mehr hatten. Dort wurde er Zeuge von einzigartigen, höchst lehrreichen Szenen, traf Männer, die alles gaben und dafür wenig und manchmal auch gar nichts zurückbekamen. Er sah Soldaten, die, während sie ein letztes Gebet und den Namen ihres Königs hervorstießen, mit einer Würde starben, die sich viele, die von ihrem Stande her als würdevoll galten, ohne es zu sein, gewünscht hätten. Niemals würde er den letzten Atemzug jenes Hauptmanns der dritten Kompanie vergessen, der starb, nachdem er Schutzwälle erobert hatte, die bis dahin als uneinnehmbar galten, und die holländische Garnison, die sie verteidigte, besiegt hatte. Entgegen jeder Vernunft hatten zwei der ausschließlich aus Spaniern bestehenden Kompanien – eine mit Pikenträgern und eine mit Büchsenschützen – diese Bastion ungedeckt gestürmt, obwohl die verteidigende Garnison die Zahl der Angreifer um ein Dreifaches überstieg und sie hinter ihrer Verteidigungsanlage verschanzt und bis an die Zähne bewaffnet erwartete. Es war unglaublich, welche Heldentaten manche dieser Männer vollbrachten. Sie hatten ihre Ehre verpfändet und – was wichtiger war – auch die ihres traditionsreichen Infanterieregiments, des berühmten *Tercio,* unter dessen kreuzförmigem Banner sie um diese Bastion kämpften: In der Nacht vor der Attacke wetteten sie mit einem Korps von Wallonen, das provisorisch Leyvas Einheit zugeteilt worden war, um ihre Ehre, dass sie es schaffen würden. Bei Tagesanbruch machten sie es dann wahr und attackierten die Stellung – womit sie unter den Holländern zunächst Bestürzung, dann Angst und Schrecken säten. Nur achtzehn der hundertfünfzig Männer der Kompanie kamen mit dem Leben davon. Von den Holländern überlebte keiner. Als der Hauptmann der Kompanie der Büchsenschützen nach dieser Heldentat umgeben von einem Unteroffizier und mehreren seiner Männer auf einer Bahre lag und mit dem Tode rang, bat ihn ein Dominikaner, die Beichte abzulegen und sich mit Gott zu versöhnen. Die Antwort des Truppenführers im Angesicht des Todes lautete kurz und bündig: »Vater, Ihr seid sehr gütig, aber ich habe immer sehr gut mit Gott gestanden. Heute Abend werde ich mit Christus speisen.« Dies waren seine letzten Worte gewesen.

Unzählige Male hatte der Arzt jene verflucht, die den Krieg als Mittel der Politik missbrauchten, wo mutige, loyale Männer ihr Leben auf so sinnlose Weise verloren, wie es auf diesen langwierigen, blutigen Feldzügen immer wieder geschah. Er lernte den Krieg hassen, fand im Felde jedoch Bestätigung in seiner Berufung als Arzt, mit der er in alldem Schmerz und Leid ein wenig Linderung schaffen konnte.

Während er dem Verlauf des Guadalquivir folgte, erinnerte er sich auch an seine Erlebnisse im harten, traurigen Winter 1641: dem Jahr der Niederlage von Rocroi, nach der ein weiterer todgeweihter spanischer Offizier noch auf dem Schlachtfeld von einem französischen Kommandanten nach dem Bestand des hispanischen Heeres gefragt wurde und lakonisch antwortete: »Zählt die Toten.« Der Winter, der auf diese Niederlage folgte – grau und regnerisch, wie alle flandrischen Winter, in denen er das Licht und die warme Sonne seiner Heimat Andalusien vermisst hatte –, war besonders düster, weil alle wussten, dass das Ende dieses Konflikts zwar noch in weiter Ferne lag, das Schicksal jedoch längst entschieden hatte. Es fehlte an Männern, und es fehlte an Mitteln: Es gab weder Nahrung noch Sold für die tapferen Soldaten, die ihr Leben gaben, um einen Flecken Land zu verteidigen. Wie jeden Winter wurden auch damals die Kampfhandlungen vorübergehend eingestellt. Belagerungen wurden unterbrochen, Vormärsche und Rückzüge, ja alle taktischen Bewegungen angehalten: Die Positionen der gegnerischen Heere würden bis zum Frühling eingefroren bleiben, und im Verlauf der nächsten Monate würde es höchstens zu vereinzelten Angriffen von geringer Bedeutung oder hier und da zu einem kleineren Scharmützel kommen. Die Truppen suchten Zuflucht in den Winterquartieren und warteten auf den Frühling, der einen neuen Ausbruch des Kampfes und den Beginn eines neuen Feldzugs bringen würde.

Man gestattete Doktor Ruiz de Acevedo, der laut Vertrag als Militärarzt noch zur Teilnahme an einem weiteren Feldzug des *Tercio* verpflichtet war, für die Monate des Waffenstillstands eine zeitweilige Suspendierung, damit er nach Brüssel reisen konnte. In Wirklichkeit jedoch überquerte er die feindlichen Linien, was nicht sehr schwierig, aber gefährlich war, und ging nach Amsterdam, mitten ins Herz der verhassten Republik der Kaufleute, die den König von Spanien herausgefordert hatten. Dort wollte er die Gelegenheit nutzen, um die Lehren des berühmten Doktor Tulp zu studieren, eines der berühmtesten Männer der medizinischen Wissenschaften in dieser Epoche und ein großer Erneuerer, was die Methoden und Praktiken der Heilkunst betraf. Tulp hatte einen Kreis von Studenten um sich geschart, die bereits eine eigene Schule bildeten. Sie betrachteten das Studium der menschlichen Anatomie als Basis ihres Wissens und vertraten die Ansicht, es sei unabdingbar, die Organe des menschlichen Körpers zu kennen und ihre Funktion bestimmen zu können, da ihre Beschädigung die Hauptursache für Krankheiten war und ihre Wiederherstellung die Quelle der Heilung. Doch nichts von alledem sei möglich, ohne ernsthafte, profunde Kenntnisse über den menschlichen Körper. Einzig das Sezieren von Leichen und das Studium, das hierdurch erst möglich wurde, befähige einen angehenden Arzt, das Wissen zu erlangen, das er brauchte, um daraus später die Heilung von Kranken ableiten zu können.

Ruiz de Acevedo erreichte Amsterdam, stellte sich bei Doktor Nicolas Tulp vor und schilderte ihm seine Situation und sein Anliegen, ohne etwas zu verschweigen. Tulp nahm ihn in seinen Kreis auf. Es folgten Monate emsiger Arbeit und rastlosen Studierens ohne Atempause. Die Kenntnisse, die er in diesen Wochen erwarb, waren unbezahlbar. Solange er lebte, würde er diese Zeit des Arbeitens und Lernens, des Unterrichts und des Studierens niemals vergessen. So gefangen genommen war er von diesem Leben, dass er ernsthaft darüber nachzudenken begann, sich niederzulassen in dieser lebendigen Stadt der Kanäle, wo ihn dank seiner Geschicklichkeit und seiner Fähigkeiten eine viel versprechende Zukunft erwartet hätte. Doch sein Pflichtbewusstsein, das ihm die Rückkehr zum *Tercio* befahl, die Sehnsucht nach seinem Heimatland Andalusien und vor allem nach der Frau, die ihn in Sevilla erwartete, seine Gattin Catalina de Arana, ließen ihn der Versuchung widerstehen. Trotz der Kürze seines Aufenthalts in Amsterdam erwarb er die Anerkennung des Meisters Tulp, wurde sogar mit gewissen Freundschaftsbezeigungen bedacht, und in der Stunde des Abschieds erhielt er ein Geschenk. Es handelte sich um einen Gegenstand, den er fortan immer bei sich tragen würde: ein sehr feines Skalpell aus Silber, geeignet, um beim Sezieren, einer Kunst, in der sich Diego in den wenigen Monaten zu einem wahrhaftigen Fachmann entwickelt hatte, haarfeine Schnitte zu machen. Sein holländisches Abenteuer, das sich für viele seiner Patienten als überaus nützlich erweisen sollte, hätte ihm im Falle seiner Entdeckung einen doppelten Prozess eingebracht: einen zivilen, als Verräter seines Königs und Vaterlandes, und einen religiösen, wegen des Kontakts mit Ketzern und des Ausübens von Methoden, die die Doktrin der Heiligen Mutter Kirche verurteilte.

In solche Erinnerungen vertieft ritt Diego Ruiz de Acevedo weiter in Richtung Cádiz. Die Sonne stand schon fast im Zenit, als der Arzt, der nun das Ufer des Guadalquivir verlassen hatte, um dem Weg in Richtung Lebrija zu folgen, die Hitze spürte. Er zog seinen gefütterten Überrock aus, löschte seinen Durst mit einem Schluck Wein und den seiner Stute am klaren Wasser eines Tümpels mit dichtem Schilfgürtel, in dessen Schutz ein paar Enten lautlos über die Oberfläche glitten.

Dann setzte er seinen Ritt fort, und schon bald erspähte er in der Ferne das weiße Gehöft von Lebrija. Über die ockerfarbene Landschaft verteilten sich die grünen Flecken der Weingärten, die man der Erde abgetrotzt hatte, die gewundenen, knotigen, trockenen Weinreben schienen, abgesehen von ihrem grünen Laub, kein Leben in sich zu haben. Gen Westen breitete sich vor seinen Augen ein Meer von Ähren aus, das hin und wieder, angestoßen von der Brise, die von Süden wehte, gemächlich wogte und wirbelte, ständig die Richtung wechselnd. Über den Dächern der Ortschaft erhob sich schlank und anmutig der Turm der Gemeindekirche, erbaut aus Ziegelsteinen und mit Arabesken verziert – Überbleibsel vergangener Epochen der ereignisreichen Geschichte dieses tausendjährigen Landes.

Die Nähe des Dorfes spornte ihn an. Er gab seinem Pferd die Sporen, worauf dieses in einen leichten Trab fiel und die verbleibende Strecke bis zu den ersten Häusern des Dorfes im Handumdrehen zurücklegte. Den Kirchturm als Anhaltspunkt nutzend, ritt er ins Dorfzentrum, wo er eine Gelegenheit zum Einkehren zu finden hoffte, wo sowohl er als auch seine Stute wieder neue Kraft sammeln könnten. Seine Intuition hatte ihn nicht getrogen. Nachdem er durch etliche ruhige, fast menschenleere Gassen geritten war, erreichte er hinter einer Biegung, vor einem mächtigen Steilhang, einen unregelmäßig geformten Platz, an dem mehrere recht prunkvolle Gebäude standen. Es war Markttag, deshalb herrschten dort einiger Trubel und beträchtlicher Lärm. Menschen der unterschiedlichsten Stände vermischten sich zu einem bunt gescheckten Miteinander, es wurde gekauft und verkauft, geschrien, Ware angepriesen, diskutiert und verhandelt – über den Preis für einen Schinken oder ein Leintuch, einen Käse oder ein paar Hühner, einen Schlauch Wein oder den Tand, den die Hausierer Kunden und Neugierigen anboten. Ohne jede Ordnung hatten die Verkäufer ihre Waren auf dem Boden ausgebreitet: Wachskerzen, Fußmatten aus Espartogras, Leinwände und Leintücher; die Krämer feilschten, stritten, kauften und verkauften – ein Platz voller Leben.

Er stieg ab, hielt seine Stute am Zaumzeug fest und

spitzte im Vorübergehen die Ohren. Vielleicht würde er ja ein Gespräch hören, das für ihn von Interesse sein könnte. So schlenderte er über den Markt, bekundete beiläufig Interesse an dieser oder jener Kleinigkeit der Hausierer. Die umherziehenden, weit gereisten Händler kannten stets viele Neuigkeiten und Geschichten und trugen sie von Ort zu Ort, doch seine Hoffnung, einen Hinweis in der Sache, die ihn hierher geführt hatte, aufzuschnappen, wurde enttäuscht. Er hörte nichts, das auch nur den entferntesten Zusammenhang mit seinem Auftrag zeitigte. Nachdem er mehrere Runden über den Markt gedreht hatte, fragte er einen Mann in Sandalen, knielangen Hosen, grobem Leinenhemd und kurzer ärmelloser Weste, der ein ansässiger Bauer sein musste, nach einer Schenke, in der er sich erfrischen konnte.

»Dort, mein Herr«, er deutete mit seinem sehnigen Arm auf einen Winkel des Platzes, »findet Ihr die Schenke *El Sapo* von Pedro Sánchez. Und auf dieser Seite«, dabei zeigte er in die entgegengesetzte Richtung, »ist das Wirtshaus des Herzogs.«

»Guter Mann, könntet Ihr mir denn eine Empfehlung geben, ob die eine oder die andere Richtung besser ist?«

»In der Schenke findet Ihr eine gute Unterkunft, Euer Gnaden, und man wird Euch ein passables Essen zu einem angemessenen Preis servieren. Das Wirtshaus ist etwas komfortabler, aber ich glaube nicht, dass man Euch dort besser bedient. Wenn Ihr über Nacht bleiben wollt, glaubt mir, dann seid Ihr besser bedient, Euch in die Schenke zu begeben.«

Diego dankte dem Einheimischen für den Rat und lenkte seine Stute in Richtung der Schenke *El Sapo* – die Kröte –, obwohl er gar nicht vorhatte zu übernachten. Die Bezeichnung Kröte rührte übrigens nicht vom Namen des Gasthauses her, sondern bezog sich wohl auf den Wirt, einen älteren, gut genährten Mann, dessen Kinn so glatt rasiert war, dass es seinem Kopf, auf dem kein einziges Haar mehr stand, Konkurrenz machte. Wie alle aus seinem Gewerbe war er ein Mann mit Respekt gebietenden Umgangsformen und Gesten. In dem Wirtshaus fand der Arzt den erhofften Platz, um sich ein wenig zu erholen, sowie einen Stallplatz für seine Stute. Er aß Eintopf mit Kaninchen, dazu ein wenig Käse und trank einen guten Wein. Anschließend mietete er für zwei Stunden eine Kammer für sich allein, wo er ungestört ein wenig ruhen konnte.

Als er die Reise nach Jerez wieder aufnahm, fühlten sowohl er als auch seine Stute sich wieder frisch genug, um die verbleibende Strecke zurückzulegen. Angesichts der fortgeschrittenen Tageszeit war der Arzt jedoch unschlüssig, ob er im dortigen Kartäuserkloster übernachten oder sich bis nach Cádiz durchkämpfen sollte. Er hatte das Mittagessen genutzt, um diskrete Fragen zu stellen und die Unterhaltungen der Maultiertreiber zu belauschen. Einige von ihnen kamen gerade aus Cádiz, genauer gesagt aus den Salinen von San Carlos und Las Alcaidas nahe Sanlúcar de Barrameda, und transportierten Fuhrwerke mit Salz nach Córdoba und Jaén. Doch in keinem ihrer Gespräche war auch nur das geringste Wort über eine Epidemie gefallen. Im Gegenteil, ihre Unterhaltungen drehten sich fast ausschließlich um die Ankunft der so genannten Indien-Flotte, die Gold und Silber aus den Kolonien in Mittelamerika brachte, in Sanlúcar de Barrameda. Wenn man ihnen glauben durfte, wurde in der Bucht von Cádiz über nichts anderes gesprochen als über die spanischen Galeonen, deren Besatzungen sich damit abplagten, unter der Leitung von Lotsen die Bucht von Sanlúcar zu umschiffen, damit die riesigen Schiffe – wahre Paläste aus Holz – nicht auf den Sand liefen, der sich fortwährend in der Mündung des Guadalquivir ablagerte.

»Ich weiß aus sicherer Quelle«, behauptete einer von ihnen mit Entschiedenheit, »dass nicht einmal ein Dutzend großer Fuhrwerke, die mit fünfzig Arrobas, also mehr als zwölf Zentnern, beladen werden können, für das Gold an Bord des Flaggschiffs genügen würde. Und die Menge Silber, die sie bringen, ist noch fünfmal größer als die des Goldes.«

»Und ich weiß, dass die Perlen«, meldete sich ein anderer im Brustton der Überzeugung zu Wort, »die auf der *Nuestra Señora de Atocha* kommen, so heißt nämlich das Flaggschiff«, fügte er mit einem gewissen Stolz über sein Wissen hinzu, »so groß sind wie Walnüsse, und dass so viele von ihnen an Bord sind, dass ihr Gewicht sich auf mehr als hundert Arrobas beläuft.«

»Das Silber ist bereits zu Münzen geprägt«, verkündete der Erste, um nicht hinter den Ausführungen seines Kumpanen zurückzustehen, »aber das Gold kommt in Barren, in Barren von einer halben Arroba pro Stück.«

»Auf jeden Fall muss es eine große Sache sein, denn mir hat man gesagt, die Handelsbörse habe Späher entsandt, die in ihren schwarzen Umhängen überall lauern und die Augen offen halten«, fügte der Dritte hinzu, mit dem sie ihren Bohneneintopf teilten, das typische Essen der Fuhrleute.

In diesen Bahnen verliefen die Gespräche der Männer, die ihre Herden, beladen mit dem Salz, das sie auf der Insel geladen hatten, ins Innere Andalusiens trieben. Und allem Anschein nach war dies auch das Thema, das die Gemüter an den Ufern des Guadalquivir, in Cádiz und in den Häfen bewegte. Und nicht der kleinste Hinweis, nicht die winzigste Anspielung auf die angebliche Seuche, die die Sevillanische Regierung in Angst und Schrecken versetzt hatte. Doktor Ruiz de Acevedos Zweifel wuchsen. Eine Pestepidemie lässt sich nicht lange verborgen halten, so groß auch das Interesse der Verantwortlichen einer Stadt sein mochte, den Mantel des Schweigens darüber zu breiten. Entweder stand die Epidemie noch sehr am Anfang und hatte bisher erst ganz wenige Menschen betroffen, oder das Gerücht entbehrte jeder Grundlage und hatte den Statthalter von Sevilla umsonst alarmiert. Das Einzige, was Diego in diesem Moment des Zweifels genau wusste, war, dass er mit dem Repräsentanten der Stadt, Raimundo de Lantery, Kontakt aufnehmen musste. Im Wirtshaus neben der Puerta de Tierra, so hatte man ihm gesagt, würde er den Wirt nach ihm fragen.

Es war Nachmittag – noch blieben ihm über eine Stunde Sonne und beinahe zwei Stunden Tageslicht –, als Jerez de la Frontera in Sicht kam, eine der edelsten Städte des Königreichs, berühmt für ihre Rösser und ihre Ritter. Auch der Wein ihrer Landgüter war weithin bekannt, wenn auch in geringerem Maße als die Pferde.

Er zögerte immer noch, ob er hier in der Stadt bei den Kartäusern übernachten, oder seinen Weg bis Cádiz fortsetzen sollte, wo er, wenn er den Gewaltmarsch zu Ende brachte, noch vor Einbruch der Nacht eintreffen könnte: Es war durchaus möglich, die vier Meilen, die ihn noch von seinem Ziel trennten, in zwei Stunden zurückzulegen. Doch andererseits bestand das Risiko, dass er die Stadtpforten erst kurz nach ihrer Schließung erreichte und gezwungen wäre, die Nacht in einer der Seemannsspelunken am Strand zu verbringen – ärmliche Behausungen, die alles andere als wünschenswerte Aufenthaltsorte waren. Dazu kam, dass er heute selbst dann nicht mehr viel ausrichten konnte, wenn er Cádiz noch erreichte, denn Raimundo de Lantery würde ihn zu solch später Stunde gewiss nicht mehr empfangen. Abgesehen davon verspürte er den Wunsch, seinen Freund, den Abt der

Kartäuser von Jerez, Bruder Tomás de la Concepción, wiederzusehen.

Also gab er seiner Stute die Sporen und hielt auf den eindrucksvollen Bau zu, der den Kartäuserorden beherbergte. Dass dieses Gebäude das Resultat diverser Erweiterungen und Anbauten war, ließ sich an den unterschiedlichen Stilrichtungen und architektonischen Formen, die sich in ihm vereinten, deutlich erkennen. Die Hauptpforte war geschlossen. Der Arzt stieg vom Pferd und schlug mit dem dicken, runden Türklopfer aus Eisen auf eine ebenfalls eiserne Platte, die in die hölzerne Tür eingelassen war – eine sehr massive Tür, von oben bis unten beschlagen mit Nägeln, die sich ordentlich, fast symmetrisch über ihre Oberfläche verteilten. Auf einigen von ihnen hatte der Zahn der Zeit bereits rostige Spuren hinterlassen.

Kurz nachdem die lauten, düsteren Schläge des Türklopfers verklungen waren, wurde auch schon eine Luke in einem der Türflügel geöffnet, und die Nasenspitze eines greisen Mönchs lugte hervor. Sein weißes Haar kräuselte sich so zerzaust um seine Tonsur, dass es seinen Träger sogleich als ein Wesen auswies, das von den irdischen Dingen dieser Welt weit entfernt war und sich mehr mit Angelegenheiten von spiritueller Natur befasste. Böse Zungen würden sagen, er sei die lebendige Verkörperung eines Wahnsinnigen. Sein wirrer Blick aus den übermäßig großen Augen trug zu diesem Eindruck erheblich bei.

Er begrüßte Diego mit lauter, sich überschlagender Stimme, die mehr einem Kläffen ähnelte als den Worten eines Mannes.

»Wer ist es, der es wagt, die Ruhe und den Frieden dieses heiligen Ortes, wo die Diener Gottes Unseres Herrn leben, auf solch gottlose Weise zu stören?«

Nur mit Mühe gelang es dem Arzt, ein Lachen zu unterdrücken, das das groteske Bild des keifenden Mönches in ihm auslöste. In unterwürfigem Tonfall und indem er sein Gesicht mit der Hand halb verdeckte, antwortete er:

»Ich bitte tausendfach um Verzeihung, wenn ich mit meiner ungehörigen Anwesenheit die Ruhe und den Frieden dieses Klosters störe, das ein Ort des Gebets und des Lobes für den Allmächtigen ist. Aber der verehrte Bruder, der so gütig war, auf mein Klopfen zu reagieren, sollte wissen, dass ich ein Reisender bin und für diese Nacht Unterschlupf suche. Ich muss noch hinzufügen, dass mich ein tiefes Band der Freundschaft mit dem hiesigen Abt, Hochwürden Bruder Tomás de la Concepción …«

Er konnte nicht zu Ende sprechen, denn die schnarrende Stimme des Pförtners unterbrach ihn.

»Wer, habt Ihr gesagt, seid Ihr?«

Diego konnte sich nicht erinnern, seinen Namen genannt zu haben, beschloss aber, die Frage trotzdem zu beantworten.

»Ich bin Doktor Ruiz de Acevedo, niedergelassener Arzt in Sevilla, und ich hatte Gelegenheit, dieser ehrenwerten Gemeinschaft zu dienen, als sich hier vor etwas mehr als einem Jahr eine Epidemie bösartigen Fleckfiebers ausbreitete.«

Wie durch einen Zauberspruch verwandelte sich der Gesichtsausdruck des verschrobenen Mönchs.

»Oh! Verzeiht, dass ich Euch nicht wiedererkannt habe! Was habe ich nur im Kopf, Don Diego! Diese Gemeinschaft steht tief in Eurer Schuld und ist Euch in tiefer Dankbarkeit verbunden! Verzeiht mir! Verzeiht mir!«

Während er seine Entschuldigungen hervorstieß, zog der Pförtner die schweren Riegel zurück, mit denen die Mönche ihre Tür versperrten, und einer der Flügel drehte sich mit einem durchdringenden Quietschen in den Angeln.

Als der Mediziner die Schwelle überschritt, zog er seinen Hut, bekreuzigte sich und grüßte mit einer kleinen Verneigung des Kopfes.

»Danke für Eure Liebenswürdigkeit und dass ihr Euch an mich erinnert. Kann ich den Abt sprechen?«

»Aber selbstverständlich, Don Diego! Folgt mir bitte, folgt mir, Ihr seid zu liebenswürdig!«

Der Mönch, ein spindeldürres, kleines Kerlchen, redete wie ein Wasserfall, während er zugleich unaufhörlich theatralische Gebärden vollführte. Er führte den Arzt in einen Raum, dessen Möblierung und Dekoration von gewissem Luxus zeugte, ein deutlicher Kontrast zur Kargheit des Klostergangs, durch den sie gekommen waren. Hier wartete er, bis einige Minuten später der Abt der Kartäuser von Jerez eintrat. Bruder Tomás war in mancherlei Hinsicht das Gegenstück zu dem Mönch, der Diego hergeführt hatte: Er war ein Mann von beträchtlichem Körperumfang, und er hatte ein ernsthaftes, aber sanftmütiges Gesicht. Sein Blick war durchdringend, und seine leuchtenden schwarzen Augen konnten unter gewissen Umständen drohend dreinblicken. Sein Gebaren war bedächtig und aristokratisch. Nach einer kurzen Begrüßung erklärte Diego dem Abt den Grund seiner Anwesenheit in Jerez. Ohne etwas zu verschweigen, erläuterte er ihm den Anlass für seine Reise und den Auftrag, der ihn hierher geführt hatte. Bruder Tomás war, oder zumindest hielt er ihn dafür, eine Person seines Vertrauens. Er erklärte ihm, dass es ihn stutzig gemacht habe, nirgendwo Gerede über die Krankheit zu hören, die unter der Bevölkerung an der Küste angeblich so viele Menschenleben forderte.

Obwohl die Mönche ihre Vesper bereits eingenommen hatten und die Küche geschlossen war, gab der Abt Anweisung, seinem Gast eine Klosterzelle zuzuweisen und ihm dort etwas zu essen zu servieren. Er begleitete ihn zu seiner Unterkunft. Das Mahl bestand aus geschmorten Artischocken mit Fleisch, einigen Scheiben geräuchertem Schinken und einem Krug Milch sowie einem Stück Quittenbrot. Der Abt zog sich zurück, solange Diego speiste und sich ein wenig ausruhte, kündigte jedoch an, dass er bald zurückkehren würde.

»Es war Gott der Herr, der Eure Schritte zu dieser Wohnstatt Seiner Diener gelenkt hat.«

Der Arzt, der einen merkwürdigen Unterton in den Worten des Mönchs wahrnahm, antwortete mit einer Redensart:

»Gott lenkt unsere Schritte immer, Bruder Tomás.«

»Das ist richtig, das ist richtig. Aber mitunter tut er es auf besondere Weise ... Ihr werdet sehen ... Ihr werdet sehen. Jetzt ruht Euch aus, kommt wieder zu Kräften und wartet auf meine Rückkehr.« Er verließ die Zelle ohne einen Laut und mit einem rätselhaften Lächeln auf den Lippen.

Weniger als eine Stunde nach seiner Ankunft in seiner Kammer, die komfortabler war als die spartanischen Mönchszellen der Kartäuser und sogar mit einem Bett mit Matratze ausgestattet war, kehrte der Abt zurück. Ihn begleitete ein Mann, schwarz gekleidet in weltliche Gewänder, dessen Aussehen schwer zu bestimmen war. Seine Bewegungen waren anmutig und seine Umgangsformen höflich, aber sein Gesicht und seine Hände waren von der Sonne gegerbt. Offensichtlich übte er eine Arbeit aus, die ihn Wind und Wetter aussetzte, doch er kleidete sich mit einer eleganten Schlichtheit, die von gutem Geschmack und hohem Stand zeugte; man brauchte sich nur den Schnitt seines Gewands anzusehen, die Form seiner Stiefel und seine Art zu gehen – einmal abgesehen davon, dass er O-Beine zu haben schien. Bruder Tomás, der dem Arzt bedeutete, ihm zu folgen, beschränkte sich auf eine knappe Vorstellung:

»Doktor, dies ist Don Juan de Lastres. Don Juan, dies ist Doktor Ruiz de Acevedo.«

Die drei Männer gingen zu dem Raum, in dem die Mönche Besucher empfingen, der Gleiche, in dem der Sevillanische Arzt noch vor kurzem gesessen hatte. Auf dem Weg dorthin sprachen sie kein Wort. Erst als sie Platz genommen hatten, begann der Abt das Gespräch.

»Wahrhaftig, die Wege des Herrn sind unergründlich. Es muss die Hand des Allmächtigen gewesen sein, die göttliche Vorsehung, die dafür gesorgt hat, dass sich am heutigen Tage die Wege Don Juans und Don Diegos«, er blickte die beiden an, als er ihren Namen nannte, »in diesem Haus des Gebets und der Sühne gekreuzt haben. Unserem guten Freund Doktor Ruiz de Acevedo, dem dieses Kartäuserkloster für die Dienste, die er unserer Gemeinschaft aus bescheidenen Dienern Gottes geleistet hat, unendliche Dankbarkeit schuldet, wurde vom Stadtrat von Sevilla eine Mission anvertraut: Er soll feststellen, ob in den Ortschaften an der Küste von Cádiz eine Pestepidemie ausgebrochen ist.«

Als er diese Worte hörte, merkte Diego, wie eine Hitzewallung in seinem Körper aufstieg und sein Gesicht zum Glühen brachte. Er konnte nicht glauben, was er da hörte. Er hatte Bruder Tomás für diskret gehalten, hatte ihm blind vertraut und konnte sich nun nicht erklären, wie er dazu kam, einem Fremden zu erzählen, was er ihm gewissermaßen als Beichtgeheimnis anvertraut hatte. Er war so fassungslos, dass er zu keiner Reaktion fähig war.

»... im Verlauf seiner Reise«, fuhr der Mönch fort, »hat er trotz des Interesses, das er an den Tag legte, kein einziges Gespräch, keinen einzigen Satz, keine einzige Andeutung über die Existenz einer solchen Krankheit vernommen. Weder auf dem Markt oder im Gasthaus, noch an irgendeinem anderen Ort. Das hat ihn, verständlicherweise, einigermaßen verblüfft. Doch die allmächtige Hand Gottes Unseres Herrn, der die Fäden unserer armseligen Leben in der Hand hält, lenkt unsere Schritte mitunter an unerwartete Orte …«

Diego bemühte sich, gegen die Lähmung anzukämpfen, in die ihn die Bestürzung versetzt hatte, und war im Begriff aufzuspringen, als die Rede des Kartäusers eine unerwartete Wendung nahm.

»… wenige Stunden vor Euch ist dieser weitere Gast hier eingetroffen«, sagte er mit Blick auf den Arzt, »Señor Lastres, Erster Steuermann auf der Indien-Flotte, die vor zwei Tagen in Sanlúcar de Barrameda eingelaufen ist. Mein guter Freund Doktor Ruiz de Acevedo hat sich soeben gefragt – nicht ohne Zorn, wie man seinem offensichtlichen Unbehagen ansieht –, warum ich eine solche Indiskretion begehe und Euch, einem für ihn völlig Fremden, verrate, in welcher Mission ihn das Schicksal heute Abend hierher geführt hat.« Er blickte aus dem Fenster, wo er die Sterne an einem schwarzen Himmel hell funkeln sah.

Einen Moment lang löste sich der Arzt von den Gedanken, die in seinem Geiste brodelten, um darüber nachzudenken, wer der Fremde war: »Juan de Lastres ist also Seemann, Erster Steuermann im Dienste Seiner Majestät des Königs. Und zwar nicht irgendein Steuermann, sondern der der Indien-Flotte. Das ist eine außerordentlich anspruchsvolle Aufgabe. Auf seinen Schultern ruht die Verantwortung, die spanischen Galeonen, in die die Monarchie ihre gesamten finanziellen Hoffnungen setzt und in die Händler aus halb Europa enorm hohe Summen und bedeutende wirtschaftliche Interessen gesteckt haben, über den Ozean und in den Hafen zu schiffen. Diesem Mann obliegt die sichere Ankunft der königlichen Galeonen. Juan de Lastres ist der Erste Steuermann der Indien-Flotte. Das erklärt auch sein sonnengegerbtes Gesicht und die Hände: Er ist ein Mann des Meeres. Aber nicht irgendeiner.« Doch diese Überlegungen lieferten ihm immer noch keine vernünftige Erklärung für das Verhalten des Kartäuserabtes.

Bruder Tomás fuhr mit weitschweifigen Worten fort, bis der Arzt eine Atempause in seinen barocken Ausführungen nutzte und bemerkte:

»Hochwürden, sicherlich begreift Ihr, dass ich angesichts dieser Situation etwas erstaunt bin, denn wenn ich auch größten Respekt und höchste Wertschätzung für Señor Lastres empfinde, so sehe ich dennoch nicht, welche Verbindung zwischen meiner Mission, bei der Diskretion ein so fundamentaler Bestandteil ist, und seiner Anwesenheit in diesem Kloster bestehen könnte.«

»Ein wenig Geduld, mein lieber Freund. Habt nur ein wenig Geduld.«

»Ein wenig Geduld, sagt Ihr, wenn ich soeben Zeuge war, wie meine Mission, über die ich Euch im Vertrauen aufgeklärt habe, vor einem für mich Fremden ausgebreitet wurde? Ich staune immer noch, Bruder Tomás.«

Der Mönch wandte sich an den Seefahrer und bat ihn mit sanfter, fast flüsternder Stimme:

»Hättet Ihr die Güte zu erklären, worin die Verbindung zwischen Euch und der Mission, die unserem Freund Doktor Ruiz de Acevedo anvertraut wurde, besteht?«

»Mit dem größten Vergnügen, Bruder Tomás«, antwortete Juan de Lastres.

5

An jenem Tage, an dem Doktor Ruiz de Acevedo noch vor Morgengrauen zu der Mission aufgebrochen war, die ihm der Stadtrat von Sevilla anvertraut und die ihn bis zur Abenddämmerung ins Kartäuserkloster von Jerez geführt hatte, pulsierte das Leben in Sevilla mit besonderer Leidenschaft. Auf den Straßen und Plätzen hatte sich in diesem Frühling die Nachricht verbreitet, dass die Flotte in Sanlúcar de Barrameda eingetroffen war, was bedeutete, dass die Galeonen in Kürze im hiesigen Hafen einlaufen würden und ganz Sevilla von der Betriebsamkeit ihrer Ankunft profitieren würde. Darüber hinaus gingen Gerüchte um, dass die Ladung dieser Flotte besonders bedeutend war – so bedeutend wie schon seit sehr langer Zeit nicht mehr. In den Kneipen und Wirtshäusern von Compás de la Laguna und Arenal würde das Gold in Strömen fließen. Zwar gehörten die Schätze an Bord Seiner Majestät dem König, seinen Statthaltern und Bankiers, den Händlern und Kaufleuten. Aber das Geld, das aus den Kolonien kam, würde über zahlreiche Umwege auch viele andere erreichen: die Verlader im Hafen, die Stauer, die Lastenträger, die Wasserverkäufer, die Schiffszimmermänner wie die Tischler auf dem Festland, die Seiler, die Schlauchmacher, die Töpfer, die Espartograsflechter, die Gerber und die Weber, Gießer, Goldschmiede und Silberschmiede. Geld für die Schankwirte, die Gasthausbesitzer und die Krämer, deren Geschäfte sich mit Kunden füllen würden. Geld für die Gerichtsdiener und Häscher, die man bestechen musste, um Komplikationen zu vermeiden. Geld für Pfarreien und Klöster, für Laienbruderschaften und religiöse Orden, für Wachszieher, Maler und Bildhauer. Geld für die Huren in den Bordellen und die Straßenmädchen, denn zu der üblichen Kundschaft gesellte sich mit Ankunft der Schiffe noch eine Schar von Soldaten und Matrosen, die nach Wochen auf hoher See, wo sie zu fleischlicher Abstinenz gezwungen waren, erstmals wieder festen Boden unter den Füßen hatten. Geld für Gauner, Zuhälter und Diebe, denn auch die würden ihren Reibach machen in dem Aufruhr, den das großartige Ereignis, das nur zweimal im Jahr eintrat, verursachen würde. Jede Flotte besaß ihre Eigenheiten, durch die ihre Ankunft zu etwas Einzigartigem wurde, und die Fracht dieses Frühlings kündigte sich als etwas ganz Besonderes an, sowohl was ihren Umfang als auch was ihren Inhalt betraf.

Schon jetzt lebte die Stadt im Taumel der bevorstehenden Wochen, in der sie den Geschmack des Reichtums und des Überflusses kosten würde. Wie jedes Mal, kurz bevor die Galeonen ihren hoch aufragenden Masttopp mit dem Ausguck sehen ließen, dann ihre eindrucksvolle Takelage und zum Schluss ihren Bug mit den Galionsfiguren, die sie vor allen Übeln sowie vor der Brandung des Meeres schützen sollten, bereitete sich Sevilla darauf vor, die Ankunft der Flotte zu feiern. Überall brodelten die Gerüchte und das Gerede, und man dankte Gott für die glückliche Reise, die nun zu Ende ging und die in dieser wunderbaren Stadt ihr Ziel gefunden hatte.

Die Flugschriften, die frisch aus den Druckpressen kamen, konnten die Nachfrage des erwartungsvollen Publikums nach Neuigkeiten kaum befriedigen. Texte wie diese waren in jenen Blättern und Heften zu lesen:

Auflistung der Galeonen der Flotte Seiner Majestät unseres Königs, die die gefährliche Meerenge der so genannten Barra de San Lucas durchquert haben:
Das Flaggschiff, die *Nuestra Señora de Atocha*, mit zwanzig Kanonen und drei Brücken, unter dem Kommando Seiner Exzellenz des Señor Marquis de Santa Cruz, Admiral der Flotte auf Befehl Seiner Majestät des Königs.
Die *Santa Bárbara*, mit achtzig Kanonen und drei Brücken, unter dem Kommando des Señor Don Leonardo de Figueroa.
Die *San Cristóbal*, mit zweiundsiebzig Kanonen und zwei Brücken, befehligt durch Don Andrés de Ovando.
Die *Atrevido*, mit siebzig Kanonen und zwei Brücken, befehligt durch Don Gaspar de la Cerda.
Die *Alquilón*, mit siebzig Kanonen und zwei Brücken, …
Die *San Roque* …

Andere Blätter druckten neben den Einzelheiten über die Flotte auch die Neuigkeiten, die jene Schiffe mitbrachten, die die Galeonen Seiner Katholischen Majestät – diese beeindruckende Formation der Herren des Meeres – einige Meilen vor der Küste gesichtet hatten. Manche bezogen sich auf die Reichtümer in den Frachträumen der Schiffe: Schellack, Kampecheholz, Chinin, Indigopflanzen, Zimt, Pfeffer, Kakao, Gewürznelken, Perlen und Edelsteine und, vor allem, das am meisten Ersehnte: Gold und Silber. Keines der Blätter nannte konkrete Zahlen, doch jedes betonte, dass überaus vertrauenswürdige Quellen darin übereinstimmten, dass die Fracht der Flotte nur das Beste verspräche.

Auf diese Weise nährten sie die Hoffnungen vieler

Menschen auf das überreiche Manna, das sich mit der Ankunft der Schiffe über Sevilla ergießen würde. Die Kommentare der Kritiker – die nur sporadisch und selbstverständlich ohne Hinweis auf den Urheber an unauffälliger Stelle erschienen – machten auf die Tatsache aufmerksam, dass für den größten Teil dieser Reichtümer Sevilla und die Krone Kastiliens nur mehr Durchgangsstationen sein würden: Danach würden die Schätze in die Hände der Genuesen oder Flamen gelangen, und sogar – und das wog deutlich schwerer – den Franzosen oder den englischen und holländischen Ketzern zufließen, deren Kaufleute Zweigstellen in Sevilla unterhielten, um das Monopol zu sprengen, das Kastilien in diesem fabelhaften Geschäft hielt.

Diese Szenerie einer Stadt in Aufruhr wurde vollendet durch die Aufführung einer Komödie. Das Ereignis, denn als solches musste es betrachtet werden, würde im Coliseo stattfinden, dem spektakulärsten Schauspielhaus von Sevilla – und dem einzigen Theater Europas, das vollständig überdacht war: Es besaß ein hölzernes Dach, das von starken Säulen aus Marmor gestützt wurde. Der hintere Teil des Parketts, direkt vor dem Gebälk, war mit lederbezogenen Sesseln ausgestattet – ein höchst außergewöhnlicher Luxus –, und die Bänke im hinteren Teil waren fest verschraubt. Das für den einzigartigen Anlass vorgesehene Programm war exquisit: ein Vorspiel namens *Der Reifrock* von Quiñones de Benavente, ein noch nie zuvor aufgeführtes Sakramentspiel von Don Pedro Calderón de la Barca und, als Krönung des Tages, eine Komödie von Don Agustín Moreto: *Der Schöne Don Diego*.

Die Aufführung war für vier Uhr nachmittags angesetzt. Zu dieser Uhrzeit hatte der Stadtrat, der Eigentümer des Coliseo war, das Theater verpflichtet, um die Kritik wichtiger Gruppierungen des örtlichen Klerus an den Darbietungen von Komödien zu mildern. Diese kämpften für die Schließung sämtlicher Schauspielhäuser und das Verbot von Aufführungen, die in ihren Augen Schauplatz und Auslöser von Skandalen waren. Ihrer Meinung nach stifteten sie die Menschen zur Sünde an und begünstigten die Zusammenkunft der Geschlechter – Nährboden für jede Art von Beleidigungen Gottes des Allmächtigen.

Wie in sämtlichen Programmheften angekündigt, wurden die Schalter für den Verkauf von Eintrittskarten um zwölf Uhr mittags geöffnet, doch schon lange vorher bildeten sich endlose Schlangen von Theaterfreunden, die das Spektakel um nichts auf der Welt verpassen wollten. Die Ungeduldigen warteten in zwei Reihen auf den Augenblick, in dem sie ihr Billett bekamen: eine für die Frauen und die andere für die Männer, in angemessenem Abstand voneinander getrennt, um die Übel zu vermeiden, die aus der Vermischung der Geschlechter entstehen konnten. Manch ungehaltener Wortwechsel erhob sich während der langen Wartezeit, und in der näheren Umgebung des Schauspielhauses standen zahlreiche Häscher und Gerichtsdiener bereit, um einen möglichen Tumult, der unter solchen Umständen leicht ausbrechen konnte, im Keim zu ersticken. Einige versuchten, sich auf irreguläre Weise die lange Wartezeit zu ersparen, und viele andere nutzten die Zeit, um über ihre gegensätzlichen Meinungen zu diskutieren oder gar offen zu streiten. Weiterhin trug zu der herrschenden Anspannung bei, dass die Arbeiter und Handwerker der unterschiedlichsten Stände, Gewerke und Berufe, die ihre Werkstätten und Arbeitsräume schon zu so früher Stunde allein gelassen hatten, um sich das Vergnügen einer Theateraufführung erster Güte zu gönnen, mit riesigen Schwertern gekommen waren. Die hingen ihnen nun, gehalten von breiten, reich verzierten Wehrgehängen aus Leder, von der stolzen Brust, und sie marschierten mit ihrem blitzenden Stahl ebenso eitel daher wie jeder Ordensritter.

Irgendwo in der Mitte der Männer-Reihe hatte sich ein Streit entfacht, der über die üblichen Auseinandersetzungen hinausging. Es schien, als könne die Sache ernst werden.

»Bei Gott! Nehmt das sofort zurück! Entschuldigt Euch, wenn Ihr nicht wollt, dass …!«, und dabei legte der Mann, der dies brüllte, die Hand an den Griff seines Schwerts, das er in einer riesigen Scheide mit großen Bügeln trug.

Der Angesprochene machte ebenfalls eine Geste, als wolle er seine Waffe ziehen:

»Mein Schwert wird Euch die angemessene Antwort geben!«

»Meine Herren, meine Herren … so bewahrt doch Ruhe und Frieden, so wichtig ist die Sache doch nicht«, mischte sich einer der Umstehenden ein. Er stellte sich zwischen die Streitenden, die wahrscheinlich wegen einer bloßen Kleinigkeit Stärke zeigen wollten, und beschwichtigte sie mit einer ausladenden Geste. Sein Bemühen war tatsächlich von Erfolg gekrönt: Nach ein paar versöhnlichen Worten gingen die beiden Streithähne wieder dazu über, die Ereignisse des Tages zu diskutieren.

Der Frieden, der genau genommen ohne große Mühe wiederhergestellt worden war, wurde nach diesem gescheiterten Versuch, einen Kampf anzufangen, nur noch durch die Pfiffe und Schreie derjenigen unterbrochen, die des langen Wartens überdrüssig waren. Doch dann entstand plötzlich doch noch ein richtiger Aufruhr. Grund war die Ankunft einer großen Gruppe Schuster, angeführt durch Meister Bigorra, die mit Applaus empfangen wurde. Sie bildeten die größte, bestorganisierte und gefürchtetste Truppe von Musketieren, die es in Sevilla gab. Nichtsdestotrotz wurden aus den Beifallsbekundungen schnell Pfiffe und Beleidigungen, als sie versuchten, vermeintliche Vorrechte geltend zu machen, um die lange Warteschlange zu umgehen. Eine Gruppe Häscher musste eingreifen und schaffte es nur mit größter Mühe, die beleidigten Schuster auf den Platz zu befördern, der ihnen gebührte.

In der Schlange der Frauen herrschte noch größere Aufregung als in der der Männer – oder zumindest mehr Tumult, mehr Gelächter, und viel mehr Lärm. Das aufgesetzte Gehabe und das Säbelrasseln, das die Männer an den Tag legten, gab es dort nicht. Hier ging es viel natürlicher, viel echter zu, es gab weniger zeremonielle Begrüßungen, weniger »Bei Gott, das nehmt Ihr zurück«. Wenn es hier – was unvermeidlich war – zu einem Streit kam, dann war es ein echter, wenn hier zwei aneinander gerieten, dann war es ernst. So beklagte sich beispielsweise eine über den schlechten Geruch, und eine andere schrieb ihn kurzerhand einer großen Frau mit breiten Hüften und dickem, aus dem Mieder quellendem Busen zu – sie sei es, die den Gestank absondere, was ja kein Wunder sei, angesichts ihrer allseits bekannten Abneigung gegen Wasser. Die Gekränkte wehrte sich natürlich und ließ sich in der Aufregung des folgenden Disputs dazu hinreißen, die andere als Schlampe zu bezeichnen. Die Antwort darauf folgte auf dem Fuße und mit Nachdruck: Ihre Gegnerin stemmte die Hände in die Hüften und fauchte sie mit blitzenden Augen an:

»Wenn hier jemand eine Schlampe ist, dann deine Mutter! Du Miststück!«

»Meine Mutter eine Schlampe?«, schrie die Erste, die ihrer Gegnerin bezüglich ihres Aussehens in nichts nachstand, und hämmerte sich mit dem Zeigefinger auf die Brust. »Meine Mutter eine Schlampe?«, wiederholte sie energischer.

»Ja, Señora, Schlampe und Hure! Nur damit du Bescheid weißt!«

»Schlampe und Hure sagst du, Miststück?«

»Schlampe und Hure! Und damit meine ich sowohl Dirne wie auch Maulhure!«

»Das wirst du bereuen!«

Es war ein unglaublicher Anblick. Die beiden Matronen Lucía und Rosario umklammerten einander in einem rasenden Ringkampf, in dem alles erlaubt war: Faustschläge, Tritte, An-den-Haaren-Ziehen, Beleidigungen, Spucken und Beißen. Die Umstehenden traten ein Stück zurück, um den Kämpferinnen genug Platz zu lassen, und begannen, sie durch Händeklatschen und begeisterte Rufe anzufeuern.

»Gib's ihr, Rosario, gib's ihr! Sie hat es verdient!«

»Fester, Lucía, fester! Kratz dem Dreckstück die Augen aus!«, feuerte eine alte Frau, schwarz gekleidet und dünn wie ein Stecken, diejenige an, die der Ausdünstungen bezichtigt worden war.

»Dreh ihr den Hals um!«, forderte eine andere Zuschauerin, als es Lucía gelang, ihre Gegnerin mit einer geübten Handbewegung an der Kehle zu packen – ein Manöver, das man eher einem im Nahkampf geschulten *Tercio*-Veteranen zugetraut hätte als einem dicken Weibsstück vom Markt auf der Plaza del Salvador.

Mit bemerkenswerter Behändigkeit schaffte es Rosario, sich aus der Umklammerung zu befreien, indem sie ihrer Gegnerin den Arm umdrehte und sie mit der freien Hand vor die Brust stieß. Diese Geste entzückte eine andere der Frauen, die sich an dem Spektakel ergötzten.

»Jetzt gehört sie dir, Rosario! Schlag ihr fest auf den Busen, sie stillt nämlich!«

Die Leidenschaft, die dieser Kampf weckte, war im Begriff, sich auf die Zuschauer zu übertragen, deren Vorlieben sich zu gleichen Teilen auf die beiden Frauen verteilt hatten, und die nur allzu bereit waren, ihre Seite mit mehr als nur mit Worten zu unterstützen. Doch bevor die Schlägerei sich auch auf die Umstehenden ausweiten konnte, kamen die Gerichtsdiener und trennten die beiden Kämpferinnen – nicht ohne selbst ein paar Schläge einstecken zu müssen. Einer der Schlichter landete sogar mit seinem Hintern auf dem Boden und beschmutzte seine schwarze Uniform mit Staub und Flecken.

Es kostete die Repräsentanten der Obrigkeit einige Mühe, die beiden wilden Furien zu trennen, und entsprechend nachdrücklich fielen hinterher die Vorwürfe aus. Dann jedoch erlaubten sie ihnen, sich wieder in die Warteschlange einzureihen, allerdings getrennt durch ein gutes Dutzend anderer Wartender. Dass dabei die eine weiter vorne und die andere weiter hinten landete, führte beinahe zu einem neuen Disput, der nur durch den Einsatz der Häscher und die Mithilfe der umstehenden Frauen vermieden werden konnte.

Dann war endlich die Stunde gekommen, zu der die Schalter geöffnet wurden, wodurch sich die allgemeine Stimmung wieder aufhellte, weil sich die Schlange nun, wenn auch sehr langsam, immerhin bewegte. Just in diesem Augenblick geschah etwas Unerwartetes.

In der Calle San Eloy erschien ein halbes Dutzend Jesuitenmönche, von denen jeder ein Kruzifix mittlerer Größe wie eine bedrohliche Waffe über dem Kopf schwang und gleichzeitig mit lauter Predigerstimme – noch unverständlich aufgrund der Entfernung – Appelle an die Sünder, die dort Schlange standen, um Gott zu beleidigen, ausstießen. Allein der Anblick der Gruppe in Soutanen, eskortiert von mehreren Rittern, die wegen ihrer Kleidung als Adlige zu erkennen waren, löste eine gewisse Nervosität und Unruhe unter den Getadelten aus, und nach und nach legte sich eine Besorgnis erregende Stille über die Menge.

Die Gruppe bestand aus fünf jüngeren Mönchen, vermutlich alle kurz davor, die dreißig zu vollenden, sowie einem reiferen, der wohl schon ein halbes Jahrhundert zählen dürfte – er führte die Gruppe an. Als nur noch wenige Ellen sie von der Menschenansammlung, die ihre Ankunft bereits unruhig erwartete, trennten, kamen sie wie ein disziplinierter Militärtrupp alle gleichzeitig zum Stehen. Schon drängten die Menschen sich dichter zusammen, um die respektvolle Distanz zu wahren, die die Jesuiten mit ihrem Halt festgelegt hatten.

Die Stimme des Anführers donnerte mit der Macht des geübten Predigers:

»Ich ermahne euch im Namen unseres Heiligen Gottes dem Allmächtigen, dass ihr innehaltet in dem sündhaften Tun, mit dem ihr Jesus Christus unseren Herrn beleidigen wollt, wenn ihr in diesen Sündenpfuhl eintretet, in diesen teuflischen Ort, wo Unzucht, Wollust und Lüsternheit zu Hause sind! Ich befehle euch, im Namen der Heiligen Dreifaltigkeit, die Schwelle dieses Höllenpfuhls, an dem sich die Welt, der Dämon und das Fleisch auf abscheuliche Weise vereinen, nicht zu überqueren! Ich beschwöre euch, innezuhalten in eurem Tun, und der Krone, die die göttliche Stirn unseres Erlösers in Golgatha bluten ließ, nicht noch einen weiteren Dorn hinzuzufügen. Bringt nicht die Rettung unserer Seelen in Gefahr, sie werden über Jahrhunderte verdammt sein, ohne Erlösung schreckliche Qualen zu leiden im ewigen Höllenfeuer! Ich fordere euch auf, im Namen der Heiligen Jungfrau, der Mutter des Erlösers, diesen Ort der Sünde, des spirituellen Todes, der Beleidigung des göttlichen Namens Jesu Christi Unseres Herrn, zu verlassen, denn wenn ihr das nicht tut …«

Die Ermahnung des Jesuiten, der das Kruzifix voller Zorn über seinem von einem Birett mit vier Spitzen und einer Quaste bedeckten Kopf schwang, verstummte, als ihn ein Steinwurf mitten ins Gesicht traf und ihn taumeln ließ.

Der Jesuitenpater verdrehte die Augen, Blut lief ihm aus Nase und Mund über das Gesicht, dann schüttelte er mehrmals den Kopf, als wolle er sich von einem schlechten Gedanken befreien, und stürzte der Länge nach auf den staubigen Boden. Die übrigen Ordensmitglieder umringten ihn eilig, um ihm Hilfe zu leisten, und die Ritter, die die Jesuiten eskortierten, zogen ihre Schwerter, ohne zu wissen, wer der Feind war, den sie bekämpfen wollten.

Tödliche Stille hatte sich nun über den gesamten Platz gelegt. Man hörte das Summen der Fliegen und ein paar entfernte Rufe aus angrenzenden Vierteln. Alle warteten wie gebannt auf den nächsten Schritt. Die Männer, aus deren Reihen der Steinwurf gekommen war, zogen sich instinktiv ein paar Schritte zurück, die Frauen verharrten still und reglos, wo sie waren, und die Polizisten blickten von einer Seite auf die andere, ängstlich, verwirrt, wie betäubt. Etwas Vergleichbares war noch niemals geschehen. Gewiss, die Mönche des Jesuitenordens führten einen offenen Kreuzzug gegen das Theater und die Freudenhäuser, mit dem Ziel, die Schließung beider Institutionen zu erreichen. Gewiss, dieses kriegerische Vorgehen erntete zwar den Beifall gewisser Kreise der Stadt, stieß jedoch unter dem größten Teil der Bevölkerung auf harsche Ablehnung, denn die meisten Menschen liebten die Darbietungen und das sprudelnde Leben in den Schauspielhäusern, amüsierten sich mit den Huren im Freudenhausviertel oder genossen die anderen Vergnügungen der dortigen Wirtshäuser und Spelunken, wie Tanz, Gesang, Musik, Wein oder Unterhaltungen, die mit pikanten, heroischen, außergewöhnlichen Geschichten gewürzt waren. Die Angriffe der Jesuiten gegen diese beiden Institutionen hatten schon kleinere Auseinandersetzungen ausgelöst, doch zu einem solchen Angriff war es noch nie gekommen.

Die Stille wurde gebrochen, als sich aus der dicht gedrängten Menge eine Stimme erhob, schwer, zornig und provokativ:

»Fort mit den Theatinern! Die Heuchler sollen verschwinden!«

Und als hätten sie die Aktion zuvor geprobt, vereinten sich zahlreiche weitere Stimmen zu einem Chor, der skandierte:

»Fort! Fort! Fort!«

Schnell gesellten sich zu den Männerstimmen auch die der Frauen.

»Sie sollen uns in Ruhe lassen!«

»Fort mit ihnen!«

»Sie sollen verschwinden! Sie sollen verschwinden!«

»Wir wollen das Theater!«

»Fort! Fort! Fort!«

Das Geschrei wurde immer lauter, die Erregung der Männer und Frauen, die nun beieinander standen, immer größer. Die Häscher, überrascht von dieser Reaktion, stellten sich an die Seite der Ritter und bildeten so einen schützenden Kreis um die Geistlichen, die sich um ihren verletzten Kollegen kümmerten. So erhitzt waren die Gemüter der Theaterfreunde, dass das Schlimmste zu befürchten stand, falls sie beschlossen, die kleine Gruppe, die sich zu ihrem eigenen Schutz dicht zusammengerottet hatte, anzugreifen. Die Tatsache, dass viele der Anwesenden Waffen trugen, machte die Lage überaus gefährlich. Es brauchte bloß jemand den Docht dieses Pulverfasses anzuzünden, und die angestaute Wut von Menschen, die der ewigen Verwarnungen, sich das ewige Leben zu sichern, überdrüssig waren, wo sie doch so große Schwierigkeiten hatten, sich ihr jetziges Leben jeden Tag zu verdienen, würde explodieren.

Die Jesuiten, die »Theatiner«, wie man sie im Volksmund auch verächtlich nannte, moralisierten und kritisierten die Sitten des Volkes und hatten sich dabei allzu weit entfernt von der Realität, der sich die Menschen tagtäglich stellen mussten. Dafür konnten sie zwar auf das Wohlwollen der guten Gesellschaft der Stadt zählen, doch auch bei diesem Schulterschluss zur Verteidigung der guten Sitten und der öffentlichen Moral gab es einige bemerkenswerte Ausnahmen: darunter Granden wie der Herzog de Osuna, ein unverbesserlicher Trinker und Frauenheld, der Graf de Cantillana, der beste Torero und Lanzenstecher des Königreichs, sowie der Marquis de Santiponce, ein Spieler und streitsüchtiger Duellant. Auch zahlreiche *Veinticuatros* des Sevillanischen Stadtrats, die Miete von diesem oder jenem Komödienhaus und zahlreichen Bordellen, die ihnen gehörten, einstrichen und die ihnen stattliche Einkünfte sicherten, zählten dazu. Gleichermaßen gab es die ein oder andere Bruderschaft, die aus den Aufführungen von Komödien und der Pacht einiger Häuser der Kuppelei Mittel für ihre frommen Zwecke erzielten und die Augen davor verschloss, auf welchem Wege die Einnahmen erzielt wurden, die es ihnen ermöglichte, ihren frommen Aktivitäten nachzugehen.

Das Vorgehen der Jesuiten hatte eine Welle der Ablehnung gegen ihren Orden ausgelöst – führten sie doch einen Kampf auf einem für die einfachen Menschen sehr sensiblen Terrain: Das Theater erweckte in ihnen Leidenschaften, und die Zerstreuungen, die sie in Compás de la Laguna fanden, boten ihnen vorübergehend Auswege aus ihrem alltäglichen Elend.

Nichtsdestotrotz war die Abneigung gegenüber den Anhängern des Heiligen Ignatius von Loyola bisher nie über geflüsterte Bemerkungen und Proteste hinausgegangen, wenn sie die Sündenpfuhle, die sie zu schließen beabsichtigten, energisch stürmten. Niemand, der halbwegs bei Verstand war, hätte mit einem Angriff wie dem soeben erfolgten gerechnet – nicht einmal die Obrigkeit hatte vermutet, dass die Gemüter so aufgeheizt waren. Und nun bestand die Gefahr, dass der Tumult vor den Türen des Coliseo sich zu einem Aufruhr größeren Umfangs steigerte und möglicherweise in einem echten Volksaufstand endete, vergleichbar mit denen, die der Hunger schon mehrfach provoziert hatte.

Schritt für Schritt hatte sich die Menschenmenge auf die Gruppe der Priester, Ritter und Polizisten, etwa zwanzig an der Zahl, zubewegt und bildete jetzt einen bedrohlichen Kreis um sie. Die Anspannung war mit Händen zu greifen.

In diesem Augenblick erhob sich aus dem Gedränge eine kräftige Stimme:

»Seid ruhig! So bewahrt doch Ruhe! Um Gottes willen, das ist doch Irrsinn! Keiner rührt sich vom Fleck!«

Man sah Menschen beiseite treten, und wie durch Zauberhand öffnete sich ein Korridor, durch den ein schlicht, aber elegant gekleideter Mann sich der bedrohten Gruppe näherte. Sein Anblick löste unter den Geistlichen, Rittern und Gerichtsdienern ein Murmeln aus:

»Es ist Maestro Jerónimo!«

»Loaysa, der Bildhauer!«

In der Tat, es war Jerónimo de Loaysa, der Bildhauer, der an den Hof des Königs berufen worden war, dieses Angebot aber mit der Erklärung, dass er Sevilla niemals verlassen würde, abgelehnt hatte. Das hatte dem Künstler nicht nur den Respekt der Sevillaner eingebracht, sondern ihn sogar zu einer Art Volksheld gekürt, was ihn fortan zu einer Institution machte. Loaysa war nicht nur ein genialer Künstler, dessen Plastiken den Gebeten in den Herzen der Menschen Form und Leben schenkte, sondern er zog darüber hinaus auch die Stadt Sevilla dem königlichen Hof von Madrid, dem Bestimmungsort sämtlicher Genies der Monarchie, vor. *Maestro* Jerónimo, wie man ihn nannte, war der Künstler, dem es gelang, die Glut und Hingabe eines ganzen Volkes, *seines* Volkes, zu vergegenständlichen; ein genialer Künstler, und darüber hinaus vor allem und in erster Linie Sevillaner. Kurzum: Loaysa war ein bewunderter, geliebter und respektierter Mann.

Jeder andere wäre in dieser Situation wohl mindestens ausgepfiffen worden und hätte seine körperliche Unversehrtheit riskiert. Doch als Jerónimo sich an die aufgebrachte Menge wandte, wandelte sich die angespannte Stille, die bis jetzt geherrscht hatte, in ein respektvolles Schweigen. Man musste diesen Mann einfach anhören, hatte er doch die Herzen so vieler hier Anwesender mit Gottesglauben erfüllt und nicht wenige von ihnen zum Weinen gebracht mit der Dramatik und Ausdruckskraft seiner Gekreuzigten und Nazarener oder mit dem Schmerz und der Bitterkeit seiner Jungfrauen.

Seine Worte waren energisch und doch voller Ruhe, er hatte sie sorgfältig gewählt, um die Gemüter abzukühlen und zu besänftigen.

»Seid vernünftig. Seid friedlich. Lasst uns nichts tun, was wir nachher alle bereuen müssen. Wenn hier Blut vergossen wird, so ist das kaum wiedergutzumachen, und Taten, die in der Hitze des Augenblicks verübt werden, werden später, wenn jeder Einzelne über das Vorgefallene nachdenkt, unerklärlich sein. Das heißt, falls wir überhaupt noch in der Lage sind, darüber nachzudenken ... gestatten wir den Ordensbrüdern«, fuhr der Bildhauer mit ruhiger Stimme fort, »sich zurückzuziehen und dem Verletzten Linderung zu verschaffen, und gestatten wir den Rittern, sie bis in ihr Kloster zu eskortieren. Ich bitte euch, den Weg freizugeben und die Dinge so zu belassen, wie sie sind.«

Es gab keinen Protest. Die Stille, die auf seinen mit lauter Stimme gemachten Vorschlag folgte, bedeutete Zustimmung. Die Häscher nutzten den Augenblick, um die Situation, die außer Kontrolle geraten war, wieder zu beherrschen.

»Los doch, stellt euch wieder in die Schlange! Mit Ordnung und Anstand. Die Frauen hierher!«, rief einer der Polizisten und deutete mit seinem Stab, dem Zeichen seiner Autorität, in die entsprechende Richtung, während eine Hand an seinem noch immer gezogenen Schwert lag.

»Einer nach dem anderen, ganz ruhig!«

Der Kreis löste sich auf, und rasch formierten sich vor den Theaterkassen wieder zwei Reihen. Kurioserweise stritt nun niemand mehr, noch wurde darüber diskutiert, welchen Platz man in der Schlange bekommen hatte, was unter anderen Umständen sicher zu Auseinandersetzungen und möglicherweise sogar zu heftigen Schlägereien hätte führen können. Nach und nach begannen die Menschen, die jede Bewegung der Gruppe der Jesuiten und Ritter beobachteten, sich wieder zu unterhalten – Gespräche mit gesenkter Stimme, die sich ausnahmslos um das soeben Vorgefallene drehten. Die Meinungen gingen sehr auseinander. Während viele bedauerten, was geschehen war, und einen der zudringlichen Musketiere des Steinwurfs gegen den Priester beschuldigten, sprachen andere über das Auftreten Meister Jerónimos, dessen Mut eine Situation gerettet hatte, von der niemand sich vorstellen mochte, wie sie hätte enden können.

Während die Menschen ihre Eintrittskarten erwarben – zwei Dukaten für eine Loge mit acht Sitzen, anderthalb Reales für die Sitze in den ersten Reihen des Parketts, zwanzig Maravedis für die Bänke und die Galerie, wo die Frauen saßen, und zwölf Maravedis für die Stehplätze, die sich hinter dem Gebälk befanden, dem bevorzugten

Platz der Musketiere, wo sich auch die Lehrjungen und alle anderen drängten, deren Einkommen ihnen keinen besseren Platz ermöglichten – betrat Jerónimo entschlossen das Schauspielhaus, obwohl bis zum Beginn der Vorstellung noch drei Stunden blieben. Und die Stimmung im Coliseo hob sich allmählich, während immer mehr Zuschauer hineinströmten. Das war die Natur des Theaters: Das lange Vorspiel gehörte dazu und war für viele schon ein unentbehrlicher Teil des Vergnügens. Wenn dann die eigentliche Vorstellung begann, konnte sie entweder die Erwartungen erfüllen oder zum Fiasko werden; in diesem Fall lag die eigentlich Attraktion nicht auf der Bühne, sondern im Zuschauerraum, wo die Einwürfe und Kommentare des Publikums die Arbeit der Schauspieler zu einer Zerreißprobe machten. Der Epilog schließlich, nach Verlassen des Theaters, endete unausweichlich auf den Tanzböden und in den Schankräumen, wo dann sachliche Kommentare und heftige Diskussionen über die Einzelheiten der Darbietung ausgetauscht wurden.

Die Ecke, wo der Platz in die Seitenstraße Calle San Eloy mündete, der Ort, wo die Jesuiten mit ihrer Kohorte so energisch Einzug gehalten hatten, war nun menschenleer, sodass die Geistlichen und die Ritter, die sie begleiteten, den Rückzug antreten konnten. Obwohl die Theaterbesucher ihnen nicht sonderlich viel Aufmerksamkeit zu schenken schienen, blickten die meisten doch aus dem Augenwinkel hin und versuchten, sich kein Detail entgehen zu lassen. Dem verletzten Jesuiten hatte man das Gesicht mit nassen Tüchern abgewaschen, getränkt im Wasser eines Wasserverkäufers, der in dem Menschenauflauf vor den Theaterkassen ein recht einträgliches Geschäft machte. Bei der Berührung der kühlen Flüssigkeit hatte der Mönch das Bewusstsein wiedererlangt, obgleich er die Situation, in der er sich befand, nicht sogleich zu erfassen schien.

Nachdem seine Glaubensbrüder seine Wunde, die eher skandalös als wirklich ernst war, gesäubert hatten, legten sie ihm ein Tuch als Verband an, halfen ihm aufzustehen und brachten ihn in den Schutz eines Hauseingangs, der zu einem aristokratischen Haus zu gehören schien.

Dann wurden sie vom Herrn des Hauses, Don Juan de Zárate, dem Sekretär der Münzanstalt, höflich und respektvoll empfangen. Er war sofort nach draußen geeilt, als ihn einer seiner Diener über die Vorgänge in seinem Portal informiert hatte. Man brachte den Patienten in einen der unteren Salons und rief einen Bader aus der Nachbarschaft, um ihn angemessen zu versorgen. Während der Verletzte verarztet wurde, servierte man den anderen zur Erfrischung kalte, mit Zucker und Zimt gewürzte Milch. Don Juan wies eine Dienerin an, die Soutane Padre Boniches – so lautete der Name des attackierten Priesters – zu reinigen, damit diese wieder in dem Glanz erstrahlte, der für das Erscheinungsbild eines Priesters des Herrn unerlässlich war.

Die Ritter und Geistlichen informierten Señor de Zárate ausführlich über das Vorgefallene, ja, so groß war ihr Bedürfnis sich mitzuteilen, dass sie sich gegenseitig ständig ins Wort fielen und zu übertönen suchten, während sie ihm erzählten, was geschehen war, und sich beklagten, dass man in einer Zeit lebe, in der weder Habit noch Stand respektiert würden.

»Wie viel wir Euch auch erzählen«, befand einer der Ritter mit abgrundtiefer Entrüstung, »Ihr macht Euch keine Vorstellung davon, was geschehen ist. Was sind das für Zeiten, in denen wir leben müssen, Señor de Zárate! Was sind das für Zeiten!«

»Ich weiß nicht, wo wir noch hinkommen! Wohin sollen uns all diese Veränderungen noch führen!«, rief ein anderer, weniger beherrscht als sein Vorredner. »Die Würde der Heiligen Mutter Kirche lag auf dem Boden! Heiliger Gott, was werden unsere Augen noch alles mit ansehen müssen!«

»Und das nur, weil der ehrwürdige Padre Boniches sie mit christlicher Frömmigkeit und Sanftmut ermahnt hat, die Höhlen Satans, die diese Komödienhäuser nun einmal sind, nicht zu betreten. Nur weil er versuchte, ihre Seelen vor der Verdammnis zu bewahren, die diese öffentlichen, unkeuschen Sünder unausweichlich erwartet!« Die Inbrunst, mit der dieser Jesuit sprach, wurde durch einen der Ritter fortgeführt.

»Ich sage dazu, Padre, ich sage: eine harte Hand! Eine harte Hand ist es, die dieses Gesindel braucht, denn ansonsten werden sie uns auf der Nase herumtanzen! Ich habe es schon zu anderen Gelegenheiten gesagt: Die Heilige Inquisition ist seit einiger Zeit viel zu milde!«

»Ich stimme Euch zu, Don Andrés, eine ordentliche Tracht Prügel wäre nötig, um die Dinge wieder an ihren rechten Platz zu rücken!«

Dies war der Tenor der Gespräche in Don Juan de Zárates Salon während des Imbisses, der die gleiche Zeit in Anspruch nahm wie die Behandlung von Bruder Boniches' Kopf. Als der Bader seine Arbeit getan hatte, nannte er den Preis für seine Dienste.

»Das macht zwanzig Maravedis für das Reinigen und Nähen, für den Balsam und den Verband.«

Obwohl er mit lauter, klarer Stimme gesprochen hatte, schien keiner der Anwesenden seine Forderung vernommen zu haben, sodass er sich genötigt sah zu beharren:

»Don Juan, der Preis für meine Dienste und das Material beläuft sich auf zwanzig Maravedis.«

Nachdem er direkt angesprochen worden war, ließ Señor de Zárate den Blick über all die Männer schweifen, denen er in seinem Hause Unterschlupf gewährt hatte:

Einige blickten zur Seite, andere senkten den Kopf und wieder andere taten, als seien sie mit anderen Dingen beschäftigt. Der Hausherr lächelte höhnisch und läutete eine Glocke, worauf einer seiner Hausdiener erschien.

»Isidoro, zahle dem Bader zwanzig Maravedis für seine Dienste. Wir schulden Ihm darüber hinaus Dank für die Schnelligkeit, mit der Er unserem Ruf gefolgt ist.«

»Ich bin es, der zu danken hat, Don Juan. Nun habe ich das Geld für den Eintritt ins Theater.« Mit diesen Worten setzte der Bader seinen Hut auf, nahm die Schale mit den Gerätschaften, die er für seinen Beruf benötigte, und folgte dem Burschen, der ihn bezahlen sollte.

Nachdem der Bader sich zurückgezogen hatte, erkundigte sich Don Juan de Zárate nach dem Zustand des Jesuitenmönchs, der, obgleich genäht und bandagiert, nun wieder einen vorzeigbaren Anblick bot.

»Euer Ehren, fühlt Ihr Euch kräftig genug, um in Euren Konvent zurückzukehren? Oder werden wir eine Sänfte für den Weg benötigen?« Bruder Boniches dankte dem Gastgeber für die Höflichkeit gegenüber seiner Person, die zugleich auch Höflichkeit gegenüber dem heiligen Orden war, dem er angehörte, und bedeutete ihm, dass er den Weg zu seinem Wohnheim zu Fuß bewältigen würde. »In diesem Falle gestattet mir, dass ich mich zurückziehe, denn ich muss mich zurechtmachen, um meine Gattin ins Theater zu begleiten. Sie ist eine Bewunderin Don Pedro Calderóns und der Werke Moretos, zwei Genies der Theaterwelt, die, wie die Señores sicher wissen«, und er lächelte spöttisch, »dem gleichen geistlichen Stand angehören wie Eure Hochwürden. Ich wünsche den Herren einen guten Tag.«

6

Obwohl er ein großer Theaterliebhaber war, konnte Jerónimo die Vorstellung dieses Nachmittags nicht so genießen, wie er es unter anderen Umständen getan hätte. Dabei würde just diese Aufführung als einzigartiger Erfolg in die Annalen der Sevillanischen Theaterwelt eingehen. Auf der Galerie, wo die Frauen saßen, war man der Entwicklung von Calderóns Stück mit ungewöhnlicher Aufmerksamkeit gefolgt und hatte sich dann, ebenso wie die Krawallmacher und Musketiere, hingebungsvoll der Inszenierung von Moretos Werk gewidmet. In den Wirtshäusern und Tavernen rund um das Coliseo sprach man von nichts anderem als von der heutigen Vorstellung, die das Gerede rund um die Ankunft der Flotte kurzerhand verdrängt hatte. Bei einem solchen Erfolg würde das Stück noch mindestens sechs weitere Tage auf der Bühne bleiben! Man bewunderte die Vielfalt der Kulissen, man lobte den Einfallsreichtum der Kostüme und die Kraft der Inszenierung, die Moreto mit der Meisterhaftigkeit des ganz großen Genies ersonnen hatte. Man sprach über die Dummheit des Don Diego, der Hauptfigur des Stücks, der der Intrige eines anderen Bewunderers der Frau, die er liebte, zum Opfer fiel und ihm tatsächlich abkaufte, dass eine seiner Dienerinnen – sie war an dem Betrug beteiligt – eine edle Dame von hohem Stande sei. Ebenfalls gerühmt wurde die Schönheit der Schauspielerinnen, die die männlichen Zuschauer mit ihren Tänzen, ihrem wiegenden Gang und ihrer Koketterie verblüfften – und ihnen darüber hinaus mit genau einstudierten Bewegungen immer wieder einen kurzen Blick auf ihre Rundungen gönnten. So etwas hatte es im Sevillanischen Theater noch nie gegeben, und es führte nahezu zu einem Eklat – dem einzigen während der Darbietung –, als eine Gruppe Hitzköpfe während einer Pause versuchte, sich Zugang zu den Künstlergarderoben zu verschaffen.

Der Bildhauer, der als Anerkennung für sein Verhalten in der kritischen Situation vor den Theatertoren vom Publikum beklatscht worden war, hatte von einem Mitarbeiter des Coliseo eine Nachricht erhalten. Sie stammte von Leonor, die ihm mitteilte, dass er unbedingt noch an diesem Abend ins Wirtshaus *Tres de Oros* kommen müsse – es handele sich um eine schwer wiegende Angelegenheit, die keinen Aufschub duldete.

Dies zu lesen versetzte Jerónimo einen beunruhigenden Stich. Er war nicht nur ins Coliseo gekommen, weil er das Theater liebte, sondern auch um die Unruhe, die sein Gemüt peinigte, zu lindern, um ein wenig Frieden zu finden. Er hatte gehofft, hier für wenige Stunden die schreckliche Erinnerung an die vergangene Nacht und an das Komplott, das im Hause des Herzogs de los Alcores geschmiedet wurde, zu vergessen. Quälende Zweifel zerrissen ihn, und er hatte keine Ahnung, was er in dieser verzwickten Lage unternehmen sollte. Als er das Haus seiner Geliebten gestern Nacht verließ, hatte ihre Zofe gesagt, er solle sich fern halten, bis er Nachricht bekäme. Nach allem, was gestern geschehen war, schien ihm das heutige Schreiben zu früh zu kommen. Nur etwas sehr Gravierendes konnte der Anlass für dieses Treffen sein.

Die verstörende Nachricht wurde ihm kurz vor dem Ende des Schauspiels überreicht, doch die wenige noch verbleibende Zeit erschien ihm endlos. Er hörte nicht mehr zu, war mit Kopf und Herz ganz woanders. Sobald der Vorhang gefallen war, verließ er hastig das Coliseo.

Es schlug gerade sieben Uhr – die Aufführung hatte drei Stunden gedauert –, als er auf die Straße hinaustrat und den Weg zum *Tres de Oros* einschlug. Er durchquerte die Calle Sucia und die Calle de la Malparida bis zum Cruz del Negro und von dort aus zur Plaza de San Francisco. Anschließend folgte er der Calle Génova zu den Treppen der Kathedrale, die ihn zum Treffpunkt nahe dem berühmten Patio de los Canónigos führen würden. Er nahm die Abkürzung durch die Ancha de San Pablo und den Compás, denn weil er sehr in Eile war, musste er das Risiko unerwünschter Begegnungen vor den Wirtshäusern und Tavernen dieses Viertels in Kauf nehmen.

Als Jerónimo das Gasthaus erreichte, war es bereits heillos überfüllt. Die großen Tische im Schankraum waren im Kreis aufgestellt und dicht besetzt, auf den Bänken saßen die Gäste auf Tuchfühlung beieinander. Es wurde gesungen und ohne Maß und Ziel getrunken, die Stimmung war hitzig, wozu die Schankmädchen, die die stetigen Forderungen der ausgelassenen Kunden nach Wein oder Bier erfüllten, mit provokativen Gesten und obszönen Bemerkungen das Ihre beitrugen.

In der Mitte des Kreises, zu dem sich praktisch alle Anwesenden zusammengefunden hatten, spielte sich ein so sehenswertes Spektakel ab, dass hinter den Bänken der ersten Reihe gut drei Reihen Neugieriger drängelten, um auch einen Blick zu erhaschen. Die Attraktion war eine junge Frau, nicht älter als achtzehn Jahre, die barfuß auf einem Tisch tanzte. Sie gab eine Sarabande, einen aufregenden arabischen Tanz – die geistliche Obrigkeit hatte ihn als sündhaft verboten –, den sie meisterlich beherrschte. Ihre Hüftschwünge waren voller Laszivität, ihre Mimik voller Sinnlichkeit. Hin und wieder hob sie mit einstudierter Koketterie, ganz langsam, wie jemand, der in aller Ruhe ein Geheimnis lüftet, den Saum ihres

Rocks, bis er ein großes Stück ihrer weißen Schenkel offenbarte. Dann plötzlich, als die Schaulustigen richtig angeheizt waren, ließ sie ihn wieder fallen und verbarg ihre Reize vor den geblendeten Blicken der Anwesenden. Dann schnaubten die Zuschauer enttäuscht, um gleich darauf wieder weiterzubrüllen. Ohne Umschweife bot ein Zuschauer auf einem der privilegierten Bankplätze dem Mädchen einen Golddukaten, damit sie das enge Mieder, das ihre Taille zusammenpresste und nur den obersten Teil ihrer runden Brüste sehen ließ, aufknöpfte. Die Tänzerin zögerte nicht: Sie streckte die Hand aus, nahm den Obolus entgegen und knöpfte mit weichen, langsamen Bewegungen, unter Gesten und Gebärden voller Hinterlist, ihr Mieder auf, bis ihr prachtvoller, wogender Busen, dessen dunkle Warzen betörend hervorstachen, für jedermann sichtbar war. Aus den Schreien des Publikums wurde ein wonniges Heulen, und die Zurufe steigerten sich auf ein Niveau, das so mancher Dirne in den zahllosen Bordellen der Stadt Schamesröte ins Gesicht getrieben hätte.

Über dem ganzen Lokal lag ein durchdringender Geruch nach Rauch und Saurem, der die Gäste, deren Aufmerksamkeit einzig dem Spektakel vor ihren Augen galt, allerdings wenig scherte. Der Rauch stammte von den Feuern in den Kaminen auf beiden Seiten des Schankraums, deren Abzüge so dreckig und verstopft waren, dass der größte Teil des Qualms nicht auf dem vorgesehenen Weg abziehen konnte. Das Saure rührte von den Getränken, die die Gäste in sich hineinschütteten: vor allem der gesäuerte Wein und der billige Fusel, der hier in weit größeren Mengen konsumiert wurde als die ebenfalls angebotenen feinen trockenen Sherry-Sorten, die für die meisten Kunden dieses Etablissements völlig unerschwinglich waren.

Der Wirt, dessen Augen Jerónimo gleich nach dessen Eintreten gefunden hatten, erkannte ihn auf Anhieb und eilte herbei, um ihn persönlich zu bedienen. Für die große Masse seiner Gäste jedoch ging die Ankunft des Bildhauers völlig unbemerkt vonstatten, so aufmerksam und verzückt starrten sie auf die Reize der sinnlichen Tänzerin.

»Gott schütze Euch, *Maestro* Loaysa. Was wünscht Ihr von meiner bescheidenen Person oder von diesem Haus, das auch das Eure ist?«

»Gott schütze Euch ebenfalls. Das Erste, was ich wünsche, ist, zu erfahren, ob jemand gekommen ist und nach mir gefragt hat.«

»Nach Euch gefragt? Heute Abend, sagt Ihr?«

»Richtig, heute Abend.«

Zerknirscht verneinte der Wirt Don Jerónimos Frage.

»Ich bedaure sehr, Señor, aber es war niemand hier, der Euch gesucht hat.«

»In diesem Fall möchte ich ein Zimmer in Eurem Hause mieten, in dem ich warten kann – einen ruhigeren und diskreteren Ort als diesen ... diesen überfüllten Salon.«

»Ich bin hocherfreut, Euren Wunsch erfüllen zu können, *Maestro* Jerónimo, denn ich verfüge über einen Raum, wie Ihr ihn benötigt.« Sein listiger Blick wanderte zu der Tänzerin, und er bot dem Bildhauer mit spöttischem Lächeln an: »Falls Ihr Euch allerdings hier vergnügen möchtet, bis die Person kommt, die Ihr erwartet, kann ich Euch einen privilegierten Platz verschaffen, um der unvergleichlichen Elisenda zuzusehen – von ihrer Schönheit schwärmt ganz Sevilla.«

»Ich danke für Eure Freundlichkeit, aber ich ziehe es vor, in der Ruhe jenes Zimmers, von dem Ihr gesprochen habt, zu warten, in Gesellschaft eines guten Weines. Ich vermute, Ihr habt auch etwas Besseres als den übel riechenden Essig, der meine Nase schon aus der Ferne beleidigt hat.« Jetzt war es Jerónimo, der ein spöttisches Lächeln aufsetzte, sehr zum Missfallen des Wirts.

»Euer Gnaden, dieses Haus ist ein renommiertes, wie Ihr wisst, und Euer bescheidener Diener ist durchaus in der Lage, einen Tropfen zu servieren, wie er einem Gast höheren Ranges, der uns mit seiner Anwesenheit beehrt, gebührt. So auch in Eurem Falle, *Maestro* Jerónimo. Übrigens möchte ich Euch meine Glückwünsche aussprechen für das einzigartige Werk, das Ihr für die Heilige Bruderschaft geschaffen habt. Man hört von allen Seiten nichts als Lobreden über Euren Christus. Ich wünschte, sie würden die angekündigte Prozession bald durchführen, damit die Straßen Sevillas das Wunderwerk, das Eure Hände geschaffen haben, bewundern können. Sind denn Datum und Strecke bereits bekannt?«

»Ich kann es nicht mit Sicherheit sagen, aber die Santa Caridad hat die Prozession für das Ende des Quinariums, das jetzt beginnt, festgesetzt. Man wartet noch auf Richtlinien des Ordinariats, um den Ablauf festzulegen.«

Nachdem sie den Schankraum durchquert hatten, standen sie in einem Korridor mit Türen unterschiedlichster Formen und Größen, dennoch alle im reinsten kastilischen Stil. Der Wirt zog an dem Riegel, der eine der Türen notdürftig verschloss, und führte seinen Gast in eine kleine Schlafkammer, spärlich beleuchtet von einer winzigen Laterne. Ins Auge fielen sofort die zahlreichen Bilder und Drucke, die an den Wänden hingen, allesamt von billiger Machart.

»Nehmt Platz und macht es Euch bequem, fühlt Euch wie zu Hause. Ich selbst werde Euch sogleich einen guten Krug Wein bringen. Reiner Montilla! Aus den besten Gärten des Marquis Priego! Wünscht Ihr auch etwas zu essen?«

Jerónimo nickte und fragte:

»Was könnt Ihr mir anbieten?«

Der Wirt rasselte eine lange Liste von Gerichten herunter, so schnell, dass Jerónimo kaum folgen konnte.

»Könntet Ihr Euer Angebot etwas langsamer wiederholen?«

Nun spulte der Wirt, nicht ohne ein gewisses Vergnügen, das kulinarische Angebot seines Hauses noch einmal langsamer ab, wobei er hie und da eine Erklärung hinzufügte:

»Señor, mit der Garantie, dass es sich um beste Qualität handelt, biete ich Euch ein Gericht aus mariniertem Spargel mit Schinken. Eine Fleischpastete, aromatisiert mit Thymian. Kanincheneintopf nach Jägerart, mit Zwiebelsauce. Rebhuhn in Marinade. Fischeier vom Stör aus unserem Guadalquivir, gedünstet in Wein aus Jerez. Schweinehoden und Nieren, sehr sauber und gut zubereitet. Dann wären da noch die Tagesgerichte: weiße Rüben mit Kichererbsen, Bohnen mit *Chorizo* oder Gemüseeintopf, aber diese Mahlzeiten, da bin ich sicher, sind Eures exquisiten Gaumens nicht würdig.«

Der Bildhauer entschied sich für das Rebhuhn in Marinade, denn für dieses war das Tres de Oros zu Recht berühmt. Bevor der Gastwirt sich zurückzog, fragte er den Bildhauer noch:

»Kennt Ihr schon die Strecke der Prozession?«

»Über den Weg, den die Bruderschaft vorgesehen hat, kann ich Euch Auskunft geben. Ich war zu der Ratssitzung geladen, auf der die Route beschlossen wurde, für die man die Erlaubnis des Dekans einzuholen gedenkt. Falls dieser sie für angemessen befindet, verläuft sie von dem kleinen Platz, auf dem die Kapelle der Bruderschaft steht, zur benachbarten Plaza del Salvador, um dann in die Calle de las Culebras und auf die Plaza del Pan einzubiegen und von dort aus auf die Calle Francos und die

Calle de Placentines bis zur Kathedrale. Dort wird die Prozession durch die Puerta de los Palos eintreten, um dort die Messe zu feiern. Anschließend wird die Prozession fortgesetzt, und zwar, nachdem sie die Kathedrale einmal vollständig umrundet hat, durch die Calle de Génova zur Plaza de San Francisco, wo der Stadtrat sie empfängt. Durch die Calle de los Papeleros und die Calle de los Polaineros erreicht sie dann von neuem die Plaza del Salvador und sammelt sich im dortigen Gotteshaus. Anscheinend haben alle Orden der Stadt sowie der größte Teil der Bruderschaften, die in der Karwoche Buße tun, ihre Teilnahme zugesagt.«

Aus dem Ausdruck zu schließen, der sich über das Gesicht des Wirts gelegt hatte, ging diese Erklärung weit über das Erhoffte hinaus.

»Ich bringe Euch sogleich Euren Wein und das Rebhuhn.« Ohne einen Laut bewegte er seinen fülligen Körper aus dem Zimmer, wobei er die Tür halb offen stehen ließ.

Es dauerte etwas länger, als er versprochen hatte, bis der Wirt zurückkehrte, dafür kam er in Begleitung einer Frau. Sie trug eine Art Nonnenhaube und verbarg ihr Gesicht unter dem Tuch eines Mantels, den sie wie ein Cape um die Schultern gelegt hatte und der so weit war, dass sie sich mühelos darin einhüllen konnte.

»Diese Dame fragte nach Euch, *Maestro,* und da Ihr ja …«

Jerónimo ließ ihn nicht zu Ende sprechen:

»Das habt Ihr gut gemacht. Lasst uns allein!«

Mit der Durchtriebenheit, die den Menschen seines Berufsstands eigen ist, fragte der Wirt:

»Lasse ich den Wein und das Rebhuhn hier, oder nehme ich es wieder mit, damit Euer Gnaden wirklich allein sind?«

Darauf traf ihn ein so böser Blick des Bildhauers, dass

der Wirt seine Keckheit sofort bereute, alles auf dem Tisch abstellte und das Zimmer ebenso lautlos verließ wie beim letzten Mal, nur dass er diesmal die Tür hinter sich schloss.

Ohne auf eine Aufforderung zu warten, nahm die verhüllte Dame Platz und lüftete ihre Identität. Es war Isabel de Leiría. Ihr Gesicht war gerötet von der Hitze unter ihrem schweren Umhang und den Atemschwierigkeiten, die ihr der Schleier verursachte. Aus tiefster Brust stieß sie mehrere Seufzer hervor, während sie sich gleichzeitig, in einem nutzlosen Versuch sich Luft zuzufächeln, mit der Hand vor ihrem Gesicht hin und her wedelte. Jerónimo, den die Anspannung schier zerfraß, seit er im Schauspielhaus Leonors Nachricht erhalten hatte, geriet völlig außer sich.

»Um Gottes willen, Doña Isabel, wollt Ihr wohl aufhören zu seufzen und mir verdammt noch einmal sagen, was so entsetzlich dringlich war? Ich sitze schon die ganze Zeit auf glühenden Kohlen. Was ist geschehen? Warum das Treffen an diesem Ort?«

»Im Namen des heiligen San Antonio, *Maestro* Jerónimo, Ihr macht Euch keine Vorstellung, wie heiß und stickig der Weg hierher war in dieser Aufmachung, in der ich aussehe wie eine Vogelscheuche und die ich auf strenge Anordnung Doña Leonors anziehen musste, um indiskrete Blicke zu vermeiden! Allerdings glaube ich«, fügte sie mit gesenkter Stimme hinzu, »dass ich gerade durch dieses Aussehen die Blicke jedes einzelnen Menschen, der mir begegnet ist, auf mich gezogen habe. Und natürlich war ich eine Zielscheibe für diese Bande von Schamlosen«, hierbei hob sie verärgert die Stimme, »die sich da vorn an den zweifelhaften Reizen dieser Dirne ergötzen, die sich ohne jedes Schamgefühl auf einem Tisch zur Schau stellt!«

»Um Himmels willen, Doña Isabel! Werdet ihr mir nun endlich die Nachricht übergeben? Vielleicht möchtet Ihr ein wenig Wein, um Euch zu erfrischen?«

»Wein darf ich nicht trinken, aber ein wenig von diesem Rebhuhn würde mir nicht ungelegen kommen, angesichts der späten Stunde und meines leeren Magens. Meine Herrin ist ganz außer sich. Es scheint, als stehe sie völlig neben sich, seit sie heute Morgen aufgestanden ist. Nicht einmal Zeit zum Essen habe ich gehabt, du liebe Güte!«

Die Zofe kramte in ihren wallenden Röcken, zog ein versiegeltes Schreiben hervor und reichte es Jerónimo. Nachdem sie ihm die Nachricht, deren Inhalt sie vermutlich nicht kannte, übergeben hatte, zog sie die irdene Kasserolle, in der das marinierte Rebhuhn einen appetitlichen Anblick bot, zu sich heran, nahm ein Stück Brot, das der Wirt in einem geflochtenen Körbchen gebracht hatte, und machte sich mit Appetit daran, mit dem Geflügel ihren hungrigen Magen zu beruhigen.

Es nahm sie ganz und gar in Anspruch, das Rebhuhn mit verblüffender Geschicklichkeit mit den Fingern zu zerteilen und genüsslich große Stücke Fleisch in die Sauce zu tunken, daher sah sie nicht, wie der Bildhauer die Farbe wechselte. Sein Gesicht hatte eine weißlich-aschgraue Farbe angenommen, so blutleer und leblos wie die Christusfiguren, die er mit seinen Meißeln und Sticheln schuf. Nach der Lektüre des Briefes blieb er wie erschlagen sitzen, sein Blick ruhte verloren auf irgendeinem unbestimmten Punkt im Zimmer. Nach einer Weile blickte er Isabel an, die mit erstaunlicher Beharrlichkeit fortfuhr, sich unbeirrt dem Rebhuhn zu widmen, und er beschloss, die Stille zu brechen.

»Entschuldigt mich einen Moment, während ich etwas zum Schreiben besorge. Ihr werdet Doña Leonor eine

Antwort mitnehmen müssen. Nutzt die Zeit, um Eure Mahlzeit zu beenden.«

Kurz darauf kehrte Loaysa mit einem halben Blatt rauen Papiers, einer alten Schreibfeder und einem Tintenfass aus Steingut zurück. Die Zofe verspeiste soeben die letzten Stücke aus der Kasserolle, die noch vor wenigen Augenblicken ein ganzes Rebhuhn enthalten hatte. Er setzte sich und schrieb eilig einige Zeilen. Nur das Kratzen der Feder auf dem Papier war in dem kleinen Zimmer zu hören. Als er fertig war, blies Jerónimo auf seine Schrift und schüttelte das Papier ein paar Mal, damit die Tinte schneller trocknete. Er blickte die Frau vor sich mit festem Blick an und sagte sehr leise:

»Ich muss Euch etwas überaus Wichtiges mitteilen. Die Nachricht, die Ihr mir überbracht habt, enthält Informationen von ungeheurer Tragweite …«

Als die Portugiesin dies hörte, konnte sie sich einen Kommentar nicht verkneifen:

»Ich sagte ja schon, dass die Señora sehr aufgewühlt war, obwohl ihre Erziehung sie gelehrt hat, sich zu beherrschen und ihre Gefühle nicht nach außen zu tragen. Aber es war offensichtlich, dass die Angelegenheit, die sie bedrückt, sehr schwer wiegend sein muss. So schwer wiegend, dass sie den ganzen Tag völlig durcheinander war. Wie ich schon sagte …« Nach und nach war sie immer lauter geworden, bis der Bildhauer sie zur Ordnung rief:

»Unterbrecht mich nicht noch einmal und passt genau auf, was ich Euch sage. Niemand sonst darf es hören. Ich will weder Schreie noch Ausrufe, ist das klar?«

Diese Warnung, in sanftem, aber keinen Widerspruch duldendem Ton ausgesprochen, ließ Isabel de Leiría überrascht verstummen. Jerónimo erhob sich ohne einen Laut, öffnete die Tür und blickte in den Flur, um sich zu vergewissern, dass niemand dort war.

»Ist Euch der Inhalt dieses Schreibens bekannt?«

»Nein, aber ich vermute, dass es sich auf die Gerüchte bezieht, die besagen, es sei eine Pestepidemie ausgebrochen. Die Señora hat mir jedoch nichts erzählt.«

»Ihr habt erfahren, dass uns möglicherweise eine Pestepidemie bedroht und bleibt so ruhig?«

»Etwas in der Richtung habe ich gehört … und … wenn es wahr ist … was nützt es, sich aufzuregen?«

Der Bildhauer blickte ungläubig auf die Frau, die gerade mit gesundem Appetit sein Essen verspeist hatte.

»Schon gut. Hört mich an: Die Herzogin hat erfahren, dass eine Pestepidemie in Cádiz und anderen Ortschaften an der Küste bereits die ersten Opfer gefordert haben soll. Die Krankheit kann in den nächsten Tagen und Wochen auch Sevilla erreichen. Es ist sogar möglich, dass sich der tödliche Erreger bereits unter uns befindet, auch wenn er sich noch nicht gezeigt hat. Aber alles deutet darauf hin, dass das Risiko sehr hoch ist und die Situation überaus heikel. Es wird nicht lange dauern, bis die Nachricht sich verbreitet hat, und dann wird Panik um sich greifen. Die Herzogin benachrichtigt mich, weil sie wünscht, dass ich so weit wie möglich von hier fortgehe, solange mir noch Zeit bleibt. Sie schreibt, es sei ein Kinderspiel für mich, zum Hof des Königs nach Madrid zu reisen, wo meine Gegenwart schon seit langem erwünscht ist und wo ich einfach und komfortabel eine gewisse Zeit verbringen könnte. Zugleich informiert sie mich, dass sie selbst die Stadt nicht verlassen wird, weil ihr Gatte zwar ebenfalls über die Bedrohung, die sich über uns zusammenbraut, informiert ist, jedoch Pläne hat, die ihn zwingen, in Sevilla zu bleiben. Sie erwähnt nicht, woher sie ihre Informationen bezogen hat, betont aber, dass sie aus gesicherter Quelle stammen.«

Jerónimo nahm den Krug und trank einen großen

Schluck von dem Wein, der bis zu diesem Moment noch unangetastet dagestanden hatte. Er schnalzte anerkennend mit der Zunge, als er seine Qualität schmeckte, und fuhr fort:

»Überbringt Doña Leonor dieses Antwortschreiben. In ihm bekräftige ich meinen Willen – ebenso fest wie der ihre –, in Sevilla zu bleiben, geschehe was wolle. Sagt ihr außerdem, dass ich meine Freunde, Mitarbeiter und Lehrlinge informieren werde. Darüber hinaus schlage ich ihr ein Treffen in San Laureano vor.«

Während die Portugiesin das Papier zwischen ihren Röcken verstaute, steckte Jerónimo den Kopf aus der Tür und rief nach dem Wirt. Obwohl er über eine kräftige Stimme verfügte, bezweifelte er, dass ihn bei dem Geschrei in der Schankstube jemand hören könne. Trotzdem erschien zu seiner Überraschung nur wenige Augenblicke später der Chef des Lokals und fragte diensteifrig:

»Habt Ihr gerufen?«

»So ist es. Sagt mir, wie viel ich Euch schulde.«

Der dickbäuchige Wirt des *Tres de Oros* tat, als rechne er, als sein Blick auf den Krug fiel, der noch fast voll war:

»Hat Euch der Wein nicht geschmeckt, *Maestro?* Ich versichere Euch, dass Ihr in ganz Sevilla keinen besseren finden werdet.«

»Es stimmt, dies ist ein hervorragender Tropfen, macht Euch keine Sorgen. Sagt mir, wie viel ich Euch schulde«, drängte Jerónimo.

Wieder schien der Wirt, die Augen an die Decke gerichtet, zu rechnen.

»Vierzehn Maravedis, Señor.«

Dies war ein angemessener Preis, wenn man die Qualität des kaum angerührten Weins und des hervorragenden Rebhuhns bedachte. Jerónimo reichte ihm einen halben

Dukaten und verzichtete auf sein Wechselgeld von zwei Maravedis. Der Wirt dankte für das Trinkgeld, nahm den Krug und die Kasserolle und zog sich unter Verbeugungen zurück.

Jerónimo erhob sich, um für Isabel, die Frau, die die schreckliche Bedrohung durch eine Pestepidemie als das Natürlichste von der Welt zu betrachten schien, galant den Stuhl zurückzuziehen. Doch bevor sie aufstand, begann sie zu sprechen – mit einer Stimme, die zu einer anderen zu gehören schien:

»Ihr seid noch so jung, aber Ihr müsst wissen, ich habe selbst erlebt, was eine Pestepidemie bedeutet: in Lissabon. Obwohl seither viele Jahre verstrichen sind, habe ich die entsetzlichen Bilder dieser Tage des Grauens noch allzu genau vor Augen. All diese Häuser, deren Fenster und Türen man mit Brettern vernagelt hatte, damit ihre Bewohner nicht herauskonnten, weil es unter ihnen einen Todesfall gegeben hatte. Die Schreie, die herzzerreißenden Hilferufe dieser Menschen, die man eingesperrt und ihrem Schicksal überlassen hatte. Die Toten in den Straßen, die von den frei herumlaufenden Hunden und Schweinen zerfressen wurden, bis die Arbeiter der Stadtverwaltung kamen, um das, was von ihnen übrig geblieben war, wegzuräumen. Niemals werde ich den Anblick dieser Männer vergessen. Sie trugen schwarze Umhänge, Handschuhe und Masken, die auf der Höhe der Nase eine Art Vogelschnabel hatten; darin waren duftende Kräuter und ein in Essig getränkter Schwamm, den sie aus einer Feldflasche, die sie zu diesem Zweck mit sich führten, ständig befeuchteten. Ihr Aussehen und ihre Gesten jagten einem kalte Schauer den Rücken hinunter. Sie wirkten wie Geister direkt aus der Hölle. Ich erinnere mich auch an die langen Korsos von Fuhrwerken voller Kadaver, die die Toten in die Gruben fuhren.«

Im abwesenden Blick der Portugiesin spiegelte sich das Grauen dieser Erinnerungen. »*Carneros* nannten sie sie, Fleischgruben. Zusammen mit großen Mengen Ätzkalk wurden die Toten dort hineingeworfen, geschmissen besser gesagt. Ihre Haut war bläulich verfärbt und bedeckt von Pusteln und eitrigen, blutenden Geschwüren ...«

»Man entzündete«, fuhr sie mit müder Stimme fort, »große Feuer, in denen die Gerätschaften, Möbel, Kleider und Wäschestücke der Pestkranken verbrannt wurden. Ich erinnere mich noch immer an den Gestank, der während der Monate der Seuche über der Stadt lag und sich selbst danach noch lange Zeit hielt. Ich weiß nicht, ob es wirklich so war, oder ob wir ihn nur nicht mehr aus unseren Nasenhöhlen bekamen. Tag für Tag und Nacht für Nacht dieser Gestank nach Fäulnis und Tod, dass einem schwindelig wurde und man sich übergeben musste. Nicht einmal den Westwind vom Atlantik, der immer eine Meeresbrise und Salzgeruch brachte, spürte man mehr, geschweige denn, dass er es schaffte, die von all den Kerzen, die auf den Plätzen brannten, trockene heiße Luft aufzufrischen. Als sei es gestern gewesen, bewahre ich in meiner Erinnerung das Bild der Menschen, die in langen Reihen wie in einer Prozession standen und sich geißelten. Sie peitschten sich gegenseitig auf ihre nackten Rücken, ein Opfer, das sie darboten, um Gottes Zorn zu besänftigen, der uns diese Strafe für unsere Sünden und unsere Schlechtigkeit gesandt hatte. Ich war damals vierzehn Jahre alt, schon eine Frau, und begleitete meinen Vater, der nur wenige Tage darauf starb – ebenso wie meine Mutter, die eines der letzten Opfer der Pest war, als die Quarantäne bereits begonnen hatte. Wir gingen zu einer dieser Prozessionen, in der Hand eine Laterne, um die Finsternis der Nacht zu erhellen. Noch heute hallen die trockenen Schläge dieser Geißelungen in meinen Ohren wider. Jeder Gegenstand war recht, um auf den Rücken desjenigen, der, gebeugt unter dem Gewicht des geschulterten Kreuzes, vor uns ging, einzuschlagen. Mein Vater hatte Glück, denn der, der hinter ihm lief und seinen Rücken peitschte, benutzte nur einen einfachen Lederriemen. Andere wurden mit Ketten oder Pferdepeitschen geschlagen. Am schlimmsten jedoch war, dass einige, die wohl ihre Wut auslassen wollten, an den Enden ihrer Peitsche eiserne Widerhaken befestigt hatten, unter denen die Haut des Gegeißelten sofort aufriss. Zahllose Gläubige in dieser Prozession ertrugen die Geißelung nicht, stürzten zu Boden und wurden von den Hieronymiten-Patern, den Initiatoren dieses Irrsinns, weggezogen. Die Peitschenhiebe vermischten sich in dieser Nacht des Grauens und des Leids mit den erbärmlichen Schreien derjenigen, die in ihren verbarrikadierten Häusern praktisch lebendig begraben waren. Das heisere Dröhnen der Trommeln, die man mit schwarzen Tüchern bedeckt hatte, um ihren Klang zu dämpfen, gab den Rhythmus für die langen Reihen von Büßern vor. Ganz langsam bewegten sie sich vom Kloster der Hieronymiten zum Turm von Belem und dann über das Flussufer, wo sich die Wasser des Tejo mit denen des Ozeans vermischen. Es war eine Nacht wie ein Albtraum.« Isabel de Leiría schien unendlich weit weg zu sein, während sie weitersprach. »Ein Albtraum, der mich auch heute noch nachts überfällt und meinen Schlaf stört und aufrüttelt. Solange ich lebe, werde ich auch niemals den blinden Zorn vergessen, mit dem ein Mönch aus dem Kloster Santo Domingo von der Kanzel seiner Kirche, in die so viele Menschen gegangen waren, um Trost zu suchen, die Frauen beschuldigte, der Ursprung aller Sünde in der Welt zu sein, Quell allen Übels und Hauptschuldige an der Strafe, die der gerechte Zorn Gottes den Menschen als Lektion für ihre Sünden geschickt hatte. Ich, die ich mich, wie ich bereits sagte, schon als Frau betrachtete, mich aber der langen Reihe schrecklicher Sünden und Vergehen, derer er uns so heftig anklagte, nicht schuldig fühlte, richtete die Augen auf das Bildnis eines unglückseligen, mit dem Tode ringenden Gekreuzigten, das sich in meiner Nähe befand, und dachte an das endlose Erbarmen, das Jesus Christus gezeigt hatte, als Er zuließ, dass sie Ihm das für unsere Sünden antaten – auch für die Sünden der Frauen. Dann wandte ich mich in die andere Richtung und mein Blick fiel auf eine Schmerzensreiche Muttergottes, die um den Tod ihres Sohnes trauerte, und mir wurde bewusst, dass es eine Frau war, die ihn geboren hatte. Da dachte ich daran, dass der zornige Mönch, der ohne Unterlass Schmähungen und Drohungen über unsere Köpfe donnern ließ, ebenfalls von seiner Mutter geboren worden war – oder etwa nicht? Einen Augenblick lang ergriff mich ein Zweifel, den ich jedoch rasch wieder verwarf. Trotz allem, was er sagte, war dieser Besessene der Sohn einer Frau, war an den Brüsten einer Frau genährt worden. Der Gott dieses Mönchs war ein rächender, zorniger Gott, der schon eine gewisse Gemeinheit besitzen musste, wenn er uns auf eine Weise strafte, die in keinem Verhältnis zu irgendeiner begangenen Sünde stand. Dies war nicht der Gott, der für die Menschen – auch für die Frauen – gestorben war. Ich verstand das nicht, ebenso wenig wie ich den Groll verstand, der allerorts gegen die Juden aufgestachelt wurde, wo doch Jesus, ebenso wie Seine Mutter und die zwölf Apostel, selbst auch Jude gewesen war.«

»Kurz und gut«, rief Isabel schicksalsergeben aus, »meine Herrin, die meine Ängste kennt, wollte diese schlechte Nachricht vor mir verborgen halten, um mir ein paar Stunden Leid zu ersparen, aber das Gerücht machte bereits unter der Dienerschaft des Hauses die Runde und ist mir sowieso schon zu Ohren gekommen. In jedem Falle steht fest, dass, wenn sie bleibt, auch ich bleibe, und dass Gott der Herr uns vor jedem Übel beschützen wird. Und Ihr«, sie blickte Jerónimo mit einem sanften Lächeln an, »der Ihr ja einen gewissen Einfluss dort oben haben müsst, wenn man die Christusbildnisse und die Heiligen Jungfrauen betrachtet, die unter Euren Händen entstehen, solltet die Gnade des Herrn erflehen, der einen Fehler beginge, wenn Er nichts dagegen täte.«

Isabel de Leiría bekreuzigte sich und stand, wegen ihrer schweren Gewänder unter einigen Schwierigkeiten, von ihrem Stuhl auf. Der Bildhauer half ihr, Haube und Umhang zu richten, als sie sich wieder vermummte, um ihre Identität vor indiskreten Blicken zu schützen, verließ mit ihr gemeinsam das Zimmer und begleitete sie noch bis zur Tür des Wirtshauses. Als sie den Schankraum durchquerten, wo die Tanzdarbietung noch in vollem Gange war, bedachten einige der Zecher sie wegen ihrer Aufmachung mit spöttischen und ein wenig obszönen Bemerkungen. Die Portugiesin murmelte leise:

»Wenn die Pest in die Stadt kommt, ist euer Schicksal besiegelt.«

Es war bereits finstere Nacht, als Jerónimo de Loaysa den Heimweg in die Calle de la Muela antrat. Doch dann beschloss er trotz der späten Stunde, noch einmal im Haus seines Freundes Doktor Ruiz de Acevedo vorbeizuschauen; zumindest Catalina würde er dort um diese Uhrzeit ganz sicher antreffen. Eine Welle der widersprüchlichsten Gefühle durchströmte ihn, er war zutiefst aufgewühlt von den erschütternden Ereignissen, die sein Leben binnen vierundzwanzig Stunden so aus der Bahn geworfen hatten. Um ein Haar wäre er in einer kaum zu erklärenden Situation im Hause seiner Geliebten entdeckt worden, was sowohl für ihn als auch für die Frau, für die er notfalls ohne zu zögern sein Leben gegeben hätte, entsetzliche Folgen gehabt hätte. Darüber hinaus war er Zeuge eines furchtbaren Komplotts geworden, das der Herzog de los Alcores mit einer Hand voll Gefolgsleute schmiedete. Und als sei das noch nicht genug, hatte er durch Leonor auch noch von einer drohenden Pestepidemie erfahren. Angesichts der bloßen Erwähnung der Gefahr, die all jene, die in der Vergangenheit Erfahrungen mit der schrecklichen Krankheit gehabt hatten, in angstvolle Erstarrung versetzte, wurde ihm eiskalt. Er selbst hatte solche erschütternden Erlebnisse nicht gehabt, doch er hatte schon viele Ältere von ihrem Leiden erzählen hören. Haarsträubende Erzählungen waren dies gewesen, doch keine hatte ihn so sehr ergriffen wie die, die er soeben aus dem Munde Isabel de Leirías gehört hatte.

Jerónimo dachte noch einmal an ihre Schilderung der Katastrophe, die ihr Vater und Mutter geraubt hatte, und musste auch an das Geständnis denken, das sie ihm über ihre Vorstellung von Gott gemacht hatte. Inmitten der Traurigkeit ihrer Erzählung hatte der berühmte Bildhauer, der Mann, der mit seinen Händen, seinen Meißeln und seinen Sticheln einfachem Holz Leben einhauchen konnte, der fähig war, die Massen mit seinen Passionsfiguren zu bewegen und zu begeistern, die gleichen Überlegungen herausgehört, die er selbst schon unzählige Male angestellt hatte. Gedanken, die ihn in der Einsamkeit seines Ateliers überfielen, in jenen Momenten, wenn er die Eingebung zu spüren glaubte und das Bedürfnis hatte, seine Lehrlinge mit den unterschiedlichsten Botengängen und unter den abenteuerlichsten Vorwänden wegzuschicken, weil er diese Augenblicke mit niemandem teilen konnte. Der Gott, der ihn inspirierte, wenn er jene Bildnisse schuf, die bei dem Betrachter tiefen Glauben und fromme Hingabe hervorriefen und ihn in Verzückung versetzten, war ein gütiger Gott, der seine Kreaturen als Teil seiner selbst behütete. Er sagte sich, dass Gott keinesfalls der gnadenlose Richter sein konnte, den die kirchlichen Würdenträger auf ihren Kanzeln beschrieben. Immer wieder musste er dabei den hochmütigen Gedanken verjagen, dass die Liebe Gottes für seine Kreaturen die gleiche sein musste, die er für die seinen empfand: für die Skulpturen, die er schuf, die Gekreuzigten und Schmerzensreichen, die unter seinen Händen entstanden!

Jerónimo glaubte an einen Gott der Güte und des Mitgefühls, an den Gott, der sein Leben für die Menschheit hingegeben hatte. Dieser und kein anderer war der Herr, der seine Werke inspirierte. An einen strengen Gott, der drohte und eine kranke Menschheit, die Opfer ihrer eigenen Sünden war, mit Übeln wie der Pest bestrafte, konnte und wollte er nicht glauben. Es tröstete ihn zu wissen, dass andere Menschen eine ähnliche Vorstellung vom Allmächtigen hatten wie er, Menschen wie Leonor de Mascarenhas, sein Freund Diego Ruiz de Acevedo und dessen Frau … Vielleicht waren es sogar viel mehr, als er ahnte? Wie viele Menschen gab es wohl in diesem Sevilla, das er so sehr liebte, die seine Meinung teilten? Die Antwort darauf würde er niemals erfahren, denn die Orthodoxie und die Gebote der Heiligen Mutter Kirche gaben andere Wege vor, und es wäre gefährlich, Meinungen zu äußern, die nicht mit der anerkannten Wahrheit übereinstimmten.

Undenkbar auch, welche Wirkung es unter den klerikalen Würdenträgern der Stadt, in den Bruderschaften und Orden hervorrufen würde, wenn laut würde, dass Meister Jerónimo de Loaysa sich von dem Weg entfernt hatte, den die Priester des Konzils von Trient im Kirchenrecht vorgegeben hatten! Dort war die Wahrheit, die Jesus Christus und die Heiligen Evangelien verkündet hatten, ein für alle Mal festgelegt worden, und niemand durfte Gottes Wort – und erst recht nicht seine Absichten für die Menschheit – außerhalb der von diesen Würdenträgern festgelegten Bahnen interpretieren. Eine Äußerung in diesem Sinne wäre unverzüglich Gegenstand für Ermittlungen der Heiligen Inquisition geworden, und das hätte mit Sicherheit einen nachhaltigen Schatten auf den Ruf eines solch Wagemutigen geworfen. Er wäre in den gefährlichen Ruch gekommen, ein Anhänger Erasmus' von Rotterdam, Martin Luthers, Luis de Molinas oder einer anderen der zahlreichen protestantischen Sekten zu sein, die in Europa Verwirrung stifteten. Jedenfalls wäre er mit ketzerischen Praktiken in Verbindung gebracht worden. Nichtsdestotrotz war nicht zu leugnen, dass die Wogen in Bezug auf die Dogmen der Kirche und der religiösen Obrigkeit zurzeit ziemlich hoch schlugen, wenn so etwas geschah wie an diesem Tag vor dem Theater, was die religiösen Eiferer der Bruderschaften und Orden mit ihren strengen Geboten auf den Plan gerufen hatte.

Noch mehr Zündstoff bargen die anderen Überlegungen, die Loaysa anstellte bezüglich der unglaublichen Kosten einer Liturgie, die sich in Prunk und Pracht hüllte und keinen Aufwand scheute, um Frömmigkeit und religiöse Hingabe des Volkes in Szene zu setzen. Ihm hatte diese Haltung der Kirche zahlreiche Aufträge verschafft, gelegentlich hatte man ihn sogar genötigt, die Rechnung für seine Arbeiten zu erhöhen, indem man ihn verpflichtete, seine Statuen mit einer größeren Vielfalt Schmuckwerks zu versehen. Er beruhigte sich damit, dass er solche Aufträge nur zu Anfang seiner Laufbahn angenommen hatte, als die Bezahlung für ein Werk ihm den Lebensunterhalt für mehrere Monate sicherte. Doch ab einem bestimmten Punkt in seinem Künstlerleben, seit sein Ruhm und sein guter Ruf es ihm erlaubten, weigerte er sich, seine Bildnisse mit Schmuck und Juwelen zu verzieren, oder sorgte zumindest dafür, dass dies nur noch in eingeschränktem Maße geschah. Er wusste, dass er damit gegen den Strom schwamm, in einer Zeit, in der die Liebe für das Überladene und Aufwändige sämtliche Lebensbereiche beherrschte. Er wusste auch, dass er sich seinen Widerstand nur deshalb erlauben konnte, weil seine Werke mit nichts anderem zu vergleichen waren, wenn es darum ging, Schmerz, Leid, Angst oder Einsamkeit auszudrücken, und dass man seine Weigerungen für Überspanntheit hielt, die seinem Genie zugeschrieben wurden. Einem Genie, das allseits gerühmt wurde, ihn jedoch noch nie zu Dünkel oder Hochmut verleitet hatte. Jerónimo war froh und dankte Gott dafür, dass er trotz seines Ruhms ein einfacher, ehrlicher Mann geblieben war; vor allem in seinen künstlerischen Überzeugungen, die einen wichtigen Teil seines Glaubens und seiner Frömmigkeit darstellten.

Als er das Haus seines Freundes erreichte, fühlte er sich niedergeschlagen. Nachdem ihn den ganzen Tag über Ängste und Sorgen gepeinigt hatten, empfand er nun das dringende Bedürfnis, das schreckliche Geheimnis, das das Schicksal vor ihm gelüftet hatte, mit dem Arzt und seiner Frau zu teilen. Hinzu kam nun die drohende Pestepidemie, von der er soeben erfahren hatte. Im Hause seines Freundes erfuhr er, dass Diego Sevilla im Auftrag des Stadtrats verlassen hatte, in einer Mission, die mit einer möglichen Epidemie in der Gegend um Cádiz zusammenhing. Er erfuhr außerdem, dass die Gattin seines Freundes sich des Risikos, das diese Mission bedeutete, sehr wohl bewusst war, und dass sie sich schreckliche Sorgen machte, welches Schicksal ihren Mann dort möglicherweise erwartete. Angesichts dieser Situation beschloss Jerónimo, über die beiden anderen Angelegenheiten, die ihn hierher geführt hatten, Schweigen zu bewahren, um nichts in der Welt wollte er den Ängsten dieser Frau noch weitere hinzufügen. Er beschränkte sich also darauf, ihr zu versprechen, dass er sie bis zu Diegos Heimkehr weiterhin täglich besuchen würde.

Ohne sich länger als unbedingt nötig aufgehalten zu haben, machte sich der Bildhauer, immer noch zutiefst aufgewühlt, auf den Rückweg. In den nächsten Tagen würden sich in Sevilla außergewöhnliche Dinge ereignen, und aufgrund einer Laune des Schicksals würde er mittendrin stecken.

7

Als Doktor Ruiz de Acevedo durch die Puerta de Tierra – so wurde das Haupttor der Stadt genannt, das die Landzunge mit dem Festland verband – nach Cádiz einritt, fiel ihm sofort auf, dass das Leben hier seinen völlig normalen Gang zu gehen schien. Offenbar, dachte er, hatte die Obrigkeit die Situation gut unter Kontrolle. Doch er besaß seit dem gestrigen Abend neue, glaubwürdige Informationen über die Krankheit, deren Symptome die der todbringenden schwarzen Pest waren: Geschwülste, Entzündungen und eitrige Pusteln auf den Körpern der Kranken, die ihr auch den Namen Beulenpest eingebracht hatten.

Seine Gewissheit rührte von dem Gespräch, das er am Vorabend in Gegenwart des Kartäuserabts von Jerez, Bruder Tomás de la Consolación, mit Juan de Lastres geführt hatte, dem Ersten Steuermann der *Nuestra Señora de Atocha,* Flaggschiff der sagenumwobenen Indien-Flotte, die soeben die Untiefen des Guadalquivir in der Mündung von Sanlúcar überquert hatte. Señor de Lastres, ein Mann, den die langen Jahre der Reisen abgehärtet hatten, hatte sich als hervorragender Gesprächspartner erwiesen und Jerónimo über beinahe alles, was er wissen wollte, informiert. In dieser Nacht hatte Diego lange gegrübelt, ob er seine Reise für beendet erklären und gleich nach Sevilla zurückkehren, oder ob er an sein ursprüngliches Ziel weiterreisen sollte, um seine Verabredung mit dem Repräsentanten der spanischen Regierung in Cádiz einzuhalten. Am Ende entschied er sich für Letzteres, denn er wusste, wie peinlich genau ihn die Sevillanischen Stadträte ins

Verhör nehmen würden, wenn er dieses Gespräch nicht führte. Darüber hinaus, und das war das Entscheidende, würde er dort aus erster Hand die Version des Mannes hören, der den Stadtrat von Sevilla auf die gesundheitliche Situation in der Bucht von Cádiz aufmerksam gemacht hatte.

Die Sonne stand schon sehr hoch, wenn auch noch nicht im Zenit, als er das Wirtshaus rechts des Stadttores betrat. Dies war der vereinbarte Treffpunkt, hier würde er nach Raimundo de Lantery fragen, einem Geschäftsmann savoyischer Herkunft, der einen hervorragenden Ruf genoss. Vor vielen Jahren hatte er sich hier in Cádiz niedergelassen und sich seither nicht nur den Respekt, sondern auch die Sympathie seiner Mitbürger verdient. Er besaß direkte Verbindungen nach Madrid und zum Hof des Königs. Er verfügte über hervorragende Informationsquellen von den bedeutendsten Handelsplätzen in ganz Europa. Er pflegte exzellente Beziehungen zu den größten Bankhäusern in Cádiz, von denen viele von seinen Landsleuten geführt wurden. Er unterhielt intensive, fruchtbare Geschäftsbeziehungen mit den angesehensten Handelsfirmen. Und er verfügte über außergewöhnliche Kontakte in die Neue Welt. Kurzum, niemand könnte geeigneter sein, die Interessen Sevillas in einer Stadt wie Cádiz zu vertreten, deren Finanz- und Handelsaktivitäten sich seit einiger Zeit so rasant entwickelten, dass man sie in gewissen Kreisen schon für eine gefährliche Konkurrentin der Sevillanischen Interessen zu halten begann.

Im Wirtshaus fiel Jerónimo sofort auf, wie außergewöhnlich sauber es hier war. Normalerweise hatten Schmutz und Dreck in Lokalen dieser Art eine Vormachtstellung inne und wurden von so manchem Pächter oder Besitzer offenbar als Prädikat betrachtet, das man mit Stolz trug. Obwohl um diese Uhrzeit kaum Gäste da waren und der Schankraum sehr ruhig war, setzte Diego sich an einen etwas abseits stehenden Tisch. Er hatte kaum Platz genommen, als eines der Mädchen, die hier bedienten, diensteifrig auf ihn zukam, um seine Bestellung aufzunehmen. Eigentlich war es noch zu früh zum Mittagessen, aber der Arzt war mit der Morgendämmerung aufgestanden, hatte nur den Imbiss der Kartäuser, deren Mahlzeiten überaus karg waren, eingenommen und war dann die verbleibenden vier Meilen von Jerez hierher geritten. Die Mühsal des Ritts hatte ihm Appetit gemacht, und in seinem Magen rumorte der Hunger. Der Vorschlag des Mädchens, ihm geschmortes Kaninchen und einen schönen Krug Bier – ein Getränk, dass er in Flandern lieben gelernt hatte, ohne je in Exzesse verfallen zu sein – erschien ihm ganz hervorragend.

Er hatte beschlossen, nach Señor de Lantery zu fragen, nachdem er sich gestärkt hatte. Ein wenig ungeduldig erwartete er sowohl das Essen als auch das Treffen, als sich ihm ein junger Bursche in ärmlicher, aber sauberer Kleidung näherte und ihm einen Bund Spargel, blassgelb und so dick wie sein Daumen, anbot.

»Ich verkaufe ihn Euch zu einem guten Preis, Señor. Wenn Ihr ihn mit Schinken zubereiten lasst, wird ein köstliches Mahl daraus.«

»Bedaure, aber ich habe mein Essen schon bestellt. Tut mir Leid, tut mir wirklich Leid«, entschuldigte sich der Arzt.

»Señor, dieser Spargel eignet sich auch hervorragend fürs Abendessen, und er ist sehr gut für die Blase. Falls Ihr damit Probleme habt, werdet Ihr sehen, was für ein gutes Mittel er ist«, beharrte der Junge.

Der Arzt konnte ein Lächeln nicht unterdrücken, die Aufgewecktheit und die Intelligenz, die aus dem offenen Blick des Jungen sprachen, gefielen ihm.

»Wofür willst du das Geld aus dem Verkauf denn haben?«, fragte Diego ihn.

Die Frage überraschte den Jungen – und erschien ihm seltsam, wie aus seinem Gesichtsausdruck zu schließen war –, und er antwortete ohne nachzudenken:

»Es ist, um meiner Mutter zu helfen, Señor, sie ist Witwe und hat sieben Mäuler zu stopfen. Der Spargel ist ganz frisch, Señor, ich habe ihn heute Morgen gestochen. Ich bin vor Sonnenaufgang aufgestanden und eben erst fertig geworden; ich habe mich nur so lange aufgehalten, wie ich gebraucht habe, um mich zu waschen.«

Die Aufrichtigkeit des Jungen bewegte ihn.

»Nenn mir deinen Namen und den Preis für deinen Spargel.«

»Ich heiße Santiago, Señor, und ich gebe ihn Euch für den Preis, den Ihr zu zahlen bereit seid.«

»Wie alt bist du, Santiago?«

»Zwölf Jahre, Señor, ich bin der älteste von meinen Geschwistern«, antwortete er nicht ohne Stolz.

Doktor Ruiz de Acevedo kramte in seiner Rocktasche und holte einen schimmernden Golddukaten heraus; Geldstücke aus solch edlem Metall waren in dieser Epoche, in der die verwünschten Kupferreales das Königreich überschwemmt hatten, ein alles andere als gewöhnlicher Anblick.

»Erscheint dir das ein guter Preis für deinen Spargel?«

Santiago hatte es den Atem verschlagen, er brachte nicht mehr als ein schwaches Achselzucken zustande, während er seine hübschen, großen schwarzen Augen nicht von dem Dukaten lösen konnte, zu verblüfft, um eine Antwort zu geben. Der Arzt nahm seine Hand, legte sanft die glänzende Münze hinein und schloss sie mit sanftem Druck.

»Na, erscheint dir das gut?«

Santiago nickte bloß, seine Sprache hatte er noch nicht wiedergefunden. Diego nahm das Bündel Spargel und gab es ihm zurück.

»Dies ist ein Geschenk für dich, deine Mutter und deine Geschwister. Esst ihn heute für mich – mit Schinken zubereitet.«

Der Junge war so durcheinander, dass er auf die Tür zustürmte und fast vergessen hätte, sich zu verabschieden. Kurz vor dem Ausgang jedoch drehte er sich noch einmal um, kam ein Stückchen auf den Arzt zu und sagte so leise, als sei es ein Geheimnis, das die beiden unter sich bewahren müssten:

»Señor, Ihr seid ein wahrer Edelmann.«

Und dann ging er wirklich.

Diego hatte eben begonnen, sich seinem Essen zu widmen, als ein Mann auf ihn zutrat, der seinem Aussehen und seiner Kleidung nach ein Diener sein musste. Nachdem er seinen breitkrempigen Hut abgenommen und zur Begrüßung eine Verbeugung angedeutet hatte, fragte er den Arzt, ob dieser zufällig mit der Absicht gekommen sei, Señor Raimundo de Lantery zu treffen. Diego blickte den Mann an, der ihn so direkt fragte, und erinnerte sich an das Schreiben des Repräsentanten, in dem dieser erwähnt hatte, dass er jeden Tag, morgens und abends, einen Diener in das Wirtshaus an der Puerta de Tierra schicken wollte.

»In der Tat, ich bin Doktor Ruiz de Acevedo, und ich bin im Auftrag des Statthalters von Sevilla gekommen, um mit Señor de Lantery zu sprechen. Und wer seid Ihr?«

»Ich bin ein Diener Don Raimundos, Euer Gnaden, und soll Euch ausrichten, dass mein Herr bereit ist, Euch zu empfangen, sobald Ihr es wünscht.«

»Wo soll das stattfinden?«

»Wo immer Ihr wünscht. Allerdings lässt mein Herr

Euch ausrichten, dass er Euch gerne sein Haus anbieten würde, falls Ihr keine Einwände habt. Ich darf hinzufügen, falls dies für Euch von Interesse ist, dass sich dieses in unmittelbarer Nähe dieses Gasthauses befindet. Falls Ihr Euch für diese Option entscheidet, können wir es gemächlichen Schrittes innerhalb weniger Minuten erreichen.« Mit Blick auf die Teller vor dem Arzt fügte er hinzu: »Ich werde am Tisch dort neben den Fässern auf Euch warten, bis Ihr Eure Mahlzeit beendet habt.«

Der Lakai hatte nicht übertrieben, sie erreichten ihr Ziel in weniger als fünf Minuten. Señor de Lanterys Haus, man konnte es fast schon als Villa bezeichnen, war äußerst großzügig. Seine Fassade erstreckte sich über nicht weniger als hundert kastilische Ellen. Die Vorderseite des ersten Stockwerks bestand aus Bossenquadern, und sie war durchsetzt von zahlreichen, mit kunstvollen Gittern versehenen Fenstern, die von dreieckigen Giebeln gekrönt wurden. Zwei Türen führten ins Haus, von denen die größere, der Haupteingang, von einem majestätischen Portal beschattet wurde: ebenfalls im klassischen Stil gehalten und flankiert von zwei Säulen, die einen flachen Sims stützten; darüber befand sich einer von zwei großzügigen Balkonen. Die andere Eingangspforte lag seitlich des Gebäudes und war für Fuhrwerke bestimmt. Zwischen den Balkonen des oberen Stockwerks prangten zwei steinerne Wappen, und Diego fand es etwas seltsam, dass diese Abzeichen des Adels am Hause eines Kaufmanns wie Señor de Lantery angebracht waren.

Dieser war ein ehrbar aussehender Mann, der etwa ein halbes Jahrhundert alt sein musste. Er trug schlichte schwarze Kleidung, und sein Haar war kurz, aber dicht und vollkommen weiß. Er empfing den Arzt in einem geräumigen Büro, dessen Mobiliar sich auf das Notwendige beschränkte und vom guten Geschmack seines Besitzers zeugte. Da Diego Ruiz de Acevedo sofort hineingeführt wurde, traf er Señor de Lantery beim Arbeiten an. Er saß hinter einem Schreibtisch, auf dem sich dicke Stapel von Dokumenten türmten, und studierte Geschäftsbücher. Sobald der Mediziner eintrat, erhob er sich und eilte höflich auf ihn zu, um ihn zu begrüßen.

»Ich vermute, Ihr seid die Person, die der Statthalter mit der Aufgabe betraut hat, weitere Informationen bezüglich meiner Mitteilung einzuholen. Gestattet mir, dass ich mich vorstelle: Ich bin Raimundo de Lantery.« Er streckte seine Rechte aus und fragte, ohne die Antwort abzuwarten: »Wen habe ich das Vergnügen zu empfangen?«

Mit einem breiten Lächeln antwortete der Arzt, dem der freundliche Empfang sehr gefiel, mit einer knappen Verneigung:

»Mein Name ist Doktor Diego Ruiz de Acevedo, und wie Ihr richtig vermutet, hat mich der Stadtrat von Sevilla geschickt, damit ich mich über alle Einzelheiten zur Seuche, von der Ihr in Eurem Schreiben berichtet, informiere. Ich kann Euch versichern, Señor de Lantery, dass Eure Nachricht unter denjenigen, die mir diese Mission anvertraut haben, tiefste Beunruhigung und größte Sorge ausgelöst hat.«

»Aber gewiss doch, mein verehrter Freund, das überrascht mich nicht. Aber ich kann Euch versichern, dass meine Nachricht genauestens der Wahrheit entspricht und dass es keinesfalls meine Absicht war zu beunruhigen, sondern lediglich, über eine Angelegenheit zu informieren, die meines Erachtens für die Stadt, deren Repräsentation mir anvertraut wurde, von höchstem Interesse ist. Aber bitte, nehmt doch Platz, mein verehrter Freund«, sagte er und wies auf zwei mit rotem Samt bezogene, sehr bequem aussehende Sessel auf einer Seite des Büros. »Sehr Ihr, vor etwas mehr als einer Woche begannen hier in der Stadt Gerüchte laut zu werden, dass die Indien-Flotte wenige Meilen vor der Küste von Huelva gesichtet worden sei. Es dauerte nicht lange, bis sich das Gerücht bestätigte, allerdings dauerte es aufgrund der Windstille noch mehrere Tage, bis sie tatsächlich vor Sanlúcar auftauchte. Überall war zu hören, dass die Flotte eine höchst außergewöhnliche Fracht bringe, neue Gewürze und exotische Lebensmittel, dazu Gold, Silber, Perlen und Edelsteine. Obwohl niemand die Ladung mit eigenen Augen gesehen hat, gilt es als sicher, dass diese Flotte aus Westindien Reichtümer birgt, wie man sie seit vielen Jahren nicht mehr gesehen hat. Es erwies sich als höchst schwierig, die Galeonen durch die Mündung des Guadalquivir zu lotsen, denn es ist schon allzu lange her, dass der Schlamm ausgebaggert wurde. Noch dazu hat der Fluss wegen der Trockenheit der letzten Winter an Tiefe verloren und führt viel weniger Wasser als üblicherweise. Gleich mehrere Schiffe drohten auf Grund zu laufen, und man stand große Ängste aus. Doch mit Gottes Hilfe konnte die gesamte Flotte die gefährlichen Untiefen ohne erwähnenswerte Zwischenfälle überwinden. Allerdings hat diese Operation deutlich mehr Zeit in Anspruch genommen als vorgesehen und konnte erst gestern beendet werden. Den Schiffsbesatzungen war es während dieser Zeit verboten, an Land zu gehen, alle mussten an Bord bleiben, mit Ausnahme einiger weniger Offiziere Seiner Majestät, die der Admiral der Flotte, Don Luis de Bazán, Marquis de Santa Cruz, mit der Klärung dieser oder jener Frage oder der Ausführung ganz konkreter Aufgaben betraut hatte. Der einzige Mensch, der die Erlaubnis bekam, die Flotte endgültig zu verlassen, weil sein Vertrag mit der Ankunft der Galeonen in Sanlúcar endete, war der Erste Steuermann der *Nuestra Señora de Atocha,* dem Schiff, das die Flotte anführt.«

»Dieser Steuermann heißt Juan de Lastres«, bemerkte Diego, »ein Kantabrer, dessen Fähigkeiten und erprobte Kompetenz, soweit ich es weiß, unter Seeleuten verdienten Ruhm und großes Ansehen genießen.«

»In der Tat, Juan de Las…« Lantery war so versunken in seiner Erzählung, dass er eine Weile brauchte, um auf die Unterbrechung des Arztes zu reagieren. »Wie … wie kommt es, dass Ihr den Namen des Ersten Steuermanns kennt?«

Mit leicht belustigtem Blick sah Ruiz de Acevedo in das verblüffte Gesicht des Repräsentanten.

»Weil ich die letzte Nacht in derselben Unterkunft verbracht habe wie er, bei den Kartäusermönchen in Jerez.«

»Ihr wart gestern Abend mit Lastres zusammen?«, fragte der Repräsentant aufgeregt.

»So ist es, und er hat mich mit detaillierten Informationen über die Situation auf der Flotte versorgt.«

Raimundo de Lantery kam aus dem Staunen nicht heraus.

»Dann wisst Ihr ja bereits alles, was Ihr wissen müsst …«

»In der Tat, mein verehrter Freund.«

Der savoyische Geschäftsmann strich sich mit der Hand über das Kinn und dachte schweigend nach. Es verstrich eine geraume Weile, bis er fragte:

»In diesem Fall, Señor de Acevedo, müsst Ihr mir bitte eine Frage beantworten, nur aus Neugier. Aus welchem Grund habt Ihr Eure Reise bis zu dieser Stadt fortgesetzt, wenn die Aufgabe, die man Euch übertragen hatte, bereits erfüllt war?«

»Diese Frage aus Eurem Mund zu hören, versetzt mich in Erstaunen, Señor de Lantery.«

»Sie versetzt Euch in Erstaunen, sagt Ihr?«

»In der Tat. In Eurer Nachricht an den Grafen de Paredes teiltet Ihr ihm mit, dass Ihr über gesicherte Informationen verfügtet, dass die Pest nicht nur in Cádiz, sondern auch in anderen Orten nahe der Stadt ausgebrochen sei.«

Als er diese Worte hörte, sprang der Savoyarde mit einer Energie, die seinem Alter nicht entsprach, auf. Sein Gesicht hatte sich rot verfärbt, er wirkte aufgebracht. Er blickte dem Sevillanischen Arzt fest in die Augen, und seine Stimme überschlug sich, als er ausrief:

»So etwas habe ich ihm keineswegs mitgeteilt!«

»Was soll das heißen!« Nun sprang auch Ruiz de Acevedo auf. »Was glaubt Ihr, warum ich hier bin, wenn nicht, um genaue Informationen über die Epidemie, die in diesem Landstrich ausgebrochen ist, einzuholen. Señor de Lastres hat meinen Vermutungen nicht widersprochen, obwohl ich hier in der Stadt auf den ersten Blick keinerlei Anzeichen habe erkennen können.«

»Heiliger Himmel! Wie ist es möglich, dass Ihr so etwas sagt?« De Lanterys Verwirrung schien von Minute zu Minute zu wachsen. »Wie ist es möglich, dass Ihr sagt, Don Juan de Lastres habe diesem dummen Gerücht nicht widersprochen?«

Nun war der Mediziner gänzlich perplex.

»Habt Ihr vielleicht nicht per Sonderkurier eine verschlüsselte Nachricht an den Herrn Statthalter geschickt, in der Ihr ihn über den Ausbruch einer Seuche informiertet?«

Statt zu antworten ging de Lantery zu einer kleinen Kommode an einer Wand, öffnete sie mit einem winzigen goldenen Schlüssel, den er um den Hals trug, und holte aus einer ihrer zahllosen Schubfächer ein Bündel Papiere, zusammengehalten von einem breiten Band aus roter Seide. Er trug es zum Schreibtisch, öffnete den Knoten und suchte das Papier heraus, um das es ihm ging. Er faltete es auseinander und legte es auf den Tisch. Anschließend holte er aus dem Sockel eines kleinen, überaus kunstvoll gefertigten Jungfrauenbildnisses auf einem Kaminsims ein weiteres Stück Papier, das er dort versteckt hatte, und legte es neben das andere.

»Habt die Güte und tretet näher. Wie Ihr seht, ist dies die Nachricht, die ich dem Grafen de Paredes geschickt habe; und hier ist der Schlüssel, nach dem ich es kodiert habe. Wenn Ihr wünscht, kann ich es für Euch dechiffrieren, Ihr könnt es aber auch selbst tun.« Er blickte Diego an, der ihm mit einer Geste bedeutete fortzufahren.

De Lantery setzte sich, und schrieb mit der Mühelosigkeit eines Mannes, der derlei Aufgaben gewöhnt ist, die Übersetzung der chiffrierten Nachricht auf ein Stück Papier. Der Arzt sah schweigend zu, während aus dem für ihn unverständlichen Kauderwelsch des Ausgangsschreibens ein spanischer Text wurde. Als de Lantery geendet hatte – er hatte nicht mehr als eine Viertelstunde gebraucht, denn der Text war nicht sehr lang –, legte er die Feder nieder und seufzte tief, sog viel Luft in seine Lungen, als habe die Anstrengung ihn außer Atem gebracht.

»Dies ist der Text, den ich geschickt habe. Hört zu:

Cádiz, am 14. Tag des Monats April
im Jahre des Herrn 1646

Mir ist zu Ohren gekommen, auf streng vertraulichem, aber absolut glaubwürdigem Wege, dass auf der Indien-Flotte, die soeben unsere Küste erreicht hat, Fälle von Pesterkrankung aufgetreten seien. Es gibt keinerlei Hinweise, dass sich die Krankheit bereits auf diese oder andere Städte an der Küste übertragen haben könnte. Angesichts der Tragweite dieser Angelegenheit, die Euch, Euer Gnaden, sicher nur allzu bewusst ist, wird sie mit höchster Geheimhaltung behandelt. Ich

versichere Euch, dass hier in der Stadt nicht das leiseste Gerücht zu vernehmen ist, kein Wort wird über dieses Thema verloren. Nichtsdestotrotz bekräftige ich, dass die Information gesichert sowie durch und durch glaubwürdig ist.
Zwei Erkrankte wurden nahe der hiesigen Küste ins Meer geworfen, beschwert mit großen Steinen, um sie auf den Grund zu ziehen. Diese Operation wurde des Nachts und mit großer Diskretion erledigt.
Weil eine solche Krankheit für diese Stadt von überaus großer Bedeutung ist und daher mit größter Vertraulichkeit behandelt werden muss, sende ich Euch diese Nachricht nicht mit gewöhnlicher Post, sondern per eiligem Sonderkurier und chiffriert.
Solltet Ihr, Euer Gnaden, diesbezüglich ausführlichere Informationen wünschen, so werde ich einen von Euch geschickten Gesandten gerne über alles aufklären. Er komme ins Wirtshaus, das man Puerta de Tierra nennt, ein gut besuchtes Haus, das keinerlei Umweg bedeutet. Dorthin werde ich für den Fall, dass Ihr Näheres zu erfahren wünscht, mehrere Tage lang am Morgen und am Abend schicken und nach Nachrichten fragen lassen.
Es verbleibt wie stets mit den respektvollsten Grüßen und größter Ergebenheit gegenüber Eurer Person

Euer ergebenster Diener
RAIMUNDO DE LANTERY

In der kurzen Zeit, die de Lantery benötigt hatte, um diesen Text laut zu lesen, hatte sich das Gesicht von Ruiz de Acevedo zu einer entsetzten Grimasse verzogen. Das entging dem Savoyarden nicht, der besorgt fragte:
»Was ist mit Euch? Fühlt Ihr Euch nicht wohl?«

»Wenn es nicht zu viele Umstände macht, wäre ich Euch dankbar für ein wenig Wasser.«

Lantery läutete ein kleines, fein gearbeitetes Glöckchen aus Silber, worauf sofort eine Dienerin erschien, die er bat, so schnell wie möglich Wasser zu holen. Nur Augenblicke später brachte sie einen Krug aus edelstem geschliffenen Kristall und zwei dazu passende Gläser auf einem Tablett, das mit einem reich bestickten Tuch aus feinstem holländischen Garn bedeckt war. Das Inventar dieses Hauses zeugte in jeder Hinsicht vom Vermögen seines Besitzers.

Der Gastgeber füllte die beiden Gläser bis zu dem Abstand vom Rand, den die guten Manieren vorgaben, und reichte eins davon dem aufgewühlten Don Diego, der es sofort mit kleinen, stetigen Schlucken leerte. Der Repräsentant wartete, bis sein Besucher sich von dem Schrecken erholt hatte und sein Schweigen von selbst brach.

»Ihr müsst wissen, mein guter Señor de Lantery«, begann Don Diego, nachdem er sich offenbar ein wenig beruhigt und seine Gedanken geordnet hatte, »dass dieser Text nicht mit dem übereinstimmt, was man mir im Hinblick auf Eure Warnung mitgeteilt hat. Der Graf de Paredes hat in einem eiligen Sondertreffen im Rathaus mehrere Mitglieder des Stadtrats sowie einen kirchlichen Würdenträger informiert, dass er durch eine Nachricht von Euch vom Ausbruch einer Epidemie sowohl hier in Cádiz als auch in einigen umliegenden Städten erfahren habe. In Sevilla geht man davon aus, dass die Pest bereits zahllose Todesopfer gefordert hat und dies nur deshalb bisher nicht an die Öffentlichkeit gedrungen ist, weil die Obersten der betroffenen Städte sich aus ökonomischen Gründen nach Kräften bemühen, die Schwere der Lage zu bemänteln. Gewiss, die Teilnehmer der erwähnten Sitzung waren durchaus verwundert, dass, abgesehen von

Eurem Schreiben, niemandem von ihnen auch nur das kleinste diesbezügliche Gerücht zu Ohren gekommen ist, zumal sich Nachrichten über Seuchen üblicherweise blitzartig ausbreiten. So wurde es mir von dem Mitglied des Stadtrats mitgeteilt, das mich vor zwei Tagen aufsuchte, über die Lage informierte und mir den Auftrag erteilte, mich auf den Weg zu machen und dieses Treffen mit Euch in die Wege zu leiten. Weil es sich um ein Problem von so großer Tragweite handelte, wünschte man gesicherte Informationen über die Lage hier vor Ort sowie nähere Angaben über die Zahl der Erkrankungen in allen betroffenen Städten. Begreift Ihr jetzt meine Erschütterung, als Ihr sagtet, dass weder in Cádiz noch in den umliegenden Ortschaften Fälle von Pest bekannt sind? Im Augenblick kann ich mir nicht erklären, wie dieser folgenschwere Irrtum entstehen konnte, der … der …«

»Mein verehrter Freund, mir ist ebenso unbegreiflich, wie es zu dieser Situation kommen konnte, aber ich schwöre Euch bei der Erlösung meiner Seele, dass die Nachricht, von der Ihr berichtet, auf keinen Fall von mir gekommen ist. Ich habe Euch soeben eine genaue Kopie des Textes, den ich an Seine Exzellenz den Grafen de Paredes geschickt habe, vorgelesen. Ich bin ein Mann, der in seiner Arbeit überaus methodisch und vorsichtig vorgeht, daher bewahre ich von allen wichtigen Dokumenten, die ich verfasse, Kopien auf, wovon Ihr Euch selbst überzeugen konntet.« Ruiz de Acevedo nickte zu diesen Erklärungen de Lanterys, die von beteuernden Gesten seiner Hände begleitet wurden, mehrmals mit dem Kopf.

»Señor, auch ich begreife nicht, wie es zu alldem kommen konnte, und selbstverständlich hege ich keinen Zweifel an dem, was Ihr sagt. Wie Ihr selbst sagtet, habe ich ja den verschlüsselten Text gesehen. Würde es Euch etwas ausmachen, mir eine Kopie desselben zu überlassen, damit ich sie nach Sevilla bringen und dieses Durcheinander, dessen Ursprung ich mir noch nicht zu erklären weiß, auszuräumen?«

»Es würde mir nicht nur nichts ausmachen, ich werde das mit dem größten Vergnügen tun. Schließlich ist dies der eindeutige Beweis, wie meine eigentliche Nachricht an Seine Exzellenz lautete. Glaubt mir, ich bin ebenso überrascht wie Ihr. Es ist unerklärlich ... unerklärlich ... ich begreife einfach nicht, wie das geschehen konnte!«

Als erfahrener Mann wusste deLantery, welches Unheil aus diesem schwer wiegenden Missverständnis – das vermutlich auf einer falschen Deutung seines Schreibens beruhte – entstehen konnte. Wenn sich in Sevilla durch irgendeinen Umstand die Nachricht verbreitete, dass in Cádiz und rund um die Bucht eine Epidemie ausgebrochen sei, wären die Folgen unberechenbar. Gut, dass er diese Kopie besaß und sie in Gegenwart des Sevillanischen Arztes dechiffriert hatte! Wenn die Geschichte größere Kreise zog und sein Name in diesem Zusammenhang auftauchte, wäre sein Ruf, den er sich in langen Jahren mit harter Arbeit und unter großen Opfern aufgebaut hatte, im Nu zerstört. Er wusste, wie sensibel die Welt des Handels und der Finanzen war: Vertrauen und ein guter Name zählten dort weit mehr als die eigentlichen finanziellen Mittel.

Er nahm Feder und Papier und kopierte Wort für Wort die Nachricht, die vor ihm auf dem Tisch lag, und die exakt mit dem Schreiben übereinstimmte, das er vor einigen Tagen an den Statthalter von Sevilla geschickt hatte. Langsam und mit größter Sorgfalt, damit ihm ja kein Fehler unterlief, schrieb er das Kauderwelsch des chiffrierten Textes ein weiteres Mal nieder. Als er fertig war, bat er den Arzt, den neuen Text mit dem Dokument, das er aus der kleinen Kommode geholt hatte, zu vergleichen.

»Nehmt Euch alle Zeit, die Ihr benötigt, bis Ihr zu Eurer vollständigen Zufriedenheit feststellt, dass die beiden Kopien genau identisch sind.« Er erhob sich aus seinem Schreibtischstuhl und bedeutete dem Mediziner, sich dorthin zu setzen, damit er bequemer arbeiten konnte. »Wünscht Ihr mehr Licht, um die Dokumente zu vergleichen?«

Ruiz de Acevedo, der noch immer unter Schock stand, widmete sich dieser Tätigkeit in aller Ruhe und Sorgfalt, er wollte keinesfalls einen Fehler machen. Auch er hatte bereits angefangen, sich die entsetzlichen Folgen auszumalen, falls sich in Sevilla die Nachricht verbreitete, die der Statthalter erhalten zu haben glaubte, nämlich dass die Seuche bereits zahlreiche Städte verwüstet habe, wenn in Wahrheit bisher erst einige wenige Besatzungsmitglieder der Indien-Flotte betroffen waren. Bisher ließ sich nicht einmal bestätigen, dass alle Galeonen betroffen waren. Er verglich die Dokumente, indem er mit beiden Zeigefingern Buchstabe für Buchstabe die Zeilen entlangfuhr und den Blick ständig vom einen zum anderen Text wandern ließ – eine langwierige, mühsame Arbeit. Als sie vollbracht war, teilte er Lantery mit, dass seines Ermessens die Kopie exakt gelungen sei.

»Identisch, mein Freund!«, rief er. »Wie zwei Wassertropfen!«

»Ich glaube, das Wichtigste ist jetzt, keine Zeit zu verlieren, denn Zeit ist in dieser Sache der wichtigste Faktor. Meiner Meinung nach, Señor Ruiz de Acevedo, ist es von enormer Wichtigkeit, dass sich eine so schwer wiegende Nachricht, die darüber hinaus auch noch falsch ist, nicht in Sevilla verbreitet. Ihr wisst ja selbst, was sich in diesen Fällen abzuspielen pflegt … Es beginnt als Gerücht, weil dem ein oder anderen Beteiligten etwas herausrutscht, und dieses Gerücht, vor allem wenn es eine

Krankheit oder sonstiges Unheil betrifft, breitet sich mit der größten Geschwindigkeit aus – wie der Funke einer brennenden Lunte. Darüber hinaus lehrt uns die Erfahrung, dass die ursprüngliche Neuigkeit mit jedem Schritt weiter anwächst. Während sie sich ausbreitet, wird sie deformiert: Manche verändern sie böswillig, aus irgendwelchen eigenen Interessen heraus, andere fügen aus reiner Torheit eigene Ergänzungen hinzu, um den Eindruck zu erwecken, sie wüssten mehr, als man ihnen tatsächlich gesagt hat. Meiner Meinung nach dürft Ihr keine Zeit verlieren, Eure Reise zurück nach Sevilla anzutreten, denn dort ist Eure Anwesenheit unerlässlich, um das Missverständnis aufzuklären. Nehmt es mir nicht übel, und bitte betrachtet diese Empfehlung keinesfalls als Unhöflichkeit Eurer Person gegenüber – mein Haus und ich stehen ganz zu Eurer Verfügung, und wenn Ihr etwas benötigt, so müsst Ihr es nur aussprechen –, aber ich glaube, unter den gegebenen Umständen ist dies der beste Rat, den ich Euch erteilen kann. Gebe Gott und Seine Heilige Mutter, dass es nicht bereits zu spät ist, wenn Ihr Euer Ziel erreicht! Dies gesagt, glaube ich außerdem, dass Ihr angesichts der fortgeschrittenen Stunde«, er blickte auf eine bronzene Tischuhr – ein wunderschön ziseliertes und mit Email verziertes Stück – und stellte fest, dass es fast drei Uhr nachmittags war, »noch eine Kleinigkeit zu Euch nehmen müsst, bevor Ihr Euch auf den Weg macht. Habt die Güte, mich ins Esszimmer zu begleiten!«

Während sie aßen, erwähnte der Kaufmann noch einmal, wie merkwürdig ihm das Verhalten des Don Juan de Lastres erschien.

»Ich kann mir nicht erklären … mir fällt einfach kein vernünftiger Grund ein, warum der Erste Steuermann Euch nicht gesagt hat, dass es in dieser Stadt keinerlei Anzeichen für eine Seuche gibt und lediglich auf der Flotte einige Fälle aufgetreten sind.«

»Auch ich habe keine Erklärung für dieses seltsame Benehmen. Aber als ich ihm sagte, man gehe in Sevilla davon aus, dass bereits mehrere Städte in der Bucht betroffen seien, widersprach er mir mit keinem Wort.«

»Das ist in der Tat höchst merkwürdig«, wiederholte de Lantery.

8

Es war bereits tiefe Nacht, einen Tag nach seiner Abreise aus Cádiz, als Doktor Ruiz de Acevedo wieder nach Sevilla zurückkehrte. Die Stadtmauer lag direkt vor ihm, doch er musste noch den Umweg zur Puerta de Carmona reiten, eine beträchtliche Wegstrecke von der Puerta de Jerez, die ihn auf direktem Wege in die Stadt geführt hätte, entfernt. Doch die Puerta de Carmona war das einzige Stadttor, das auch während der Nacht besetzt war, damit es in Notfällen unter strikter Kontrolle benutzt werden konnte. Ihm fiel auf, dass sich auf den Wehrgängen der Mauer deutlich mehr Wachen befanden als üblicherweise: Er sah zahlreiche Lichtpunkte – vermutlich Wachmänner mit Fackeln –, die sich ohne Unterlass hin und her bewegten. Als er dann auch noch bemerkte, dass die kleinen Nebentüren, die in kurzen Abständen in die Stadtmauer eingelassen waren, um den Zugang zu den umliegenden Feldern zu erleichtern, zugemauert worden waren, und zwar offensichtlich erst vor kurzer Zeit, überfielen ihn die schlimmsten Vorahnungen. Das konnte nur eins bedeuten: Sevilla hatte sich gegen die Pest verschanzt, die Obrigkeit hatte erste Maßnahmen ergriffen, um die Stadt vor dem Eindringen von Erkrankten zu schützen. Die Nachricht, dass in und um Cádiz die Pest ausgebrochen war, hatte sich herumgesprochen! Ein eiskalter Schauer lief ihm den Rücken herunter, und zugleich wurde ihm bewusst, dass er selbst sich in ernster Gefahr befand. Hier in der Dunkelheit konnte er leicht mit einem Fremden verwechselt werden, mit jemandem, der versuchte, heimlich in die Stadt einzudringen. Auf den Schauer folgte eine unangenehme Hitzewallung. Er lenkte seine Stute von der Stadtmauer weg und hielt fortan respektvollen Abstand. Er war noch mehr als hundert Schritte von der Puerta de Carmona entfernt, als eine warnende Stimme die Stille der Nacht durchdrang:

»Halt! Wer da? Das Losungswort!«

Dieser Ruf ließ ihn erstarren. Er wusste nicht, wie er reagieren sollte. In nachhaltiger Stille verstrichen mehrere Sekunden, bis die gleiche Stimme, noch durchdringender und mit drohendem Unterton, wiederholte:

»Das Losungswort!«

Er hatte keine Ahnung, was zu tun war. Die Parole, die vereinbart war, um sich den Wächtern gegenüber auszuweisen, kannte er nicht. Offenbar hatte man eine Streife zusammengestellt, die vor den Stadtmauern patrouillierte, damit niemand auch nur in die Nähe von Sevilla gelangte – auch wenn er bis jetzt noch nichts davon bemerkt hatte. Von diesem Gedanken kurz abgelenkt, drang wieder das Schreien des Wächters zu ihm:

»Das Losungswort, oder ich eröffne das Feuer!«

Alles, was er zuwege brachte, war, seinen Namen zu sagen, und er wusste nicht, wie der Wachtposten darauf reagieren würde:

»Ich bin Doktor Ruiz de Acevedo! Diego Ruiz de Acevedo!«

»Das Losungswort! Oder ich schieße!«

»Ich bin Diego Ruiz de Aceve…«

In der Dunkelheit der Nacht leuchtete ein Mündungsfeuer auf, und ein Schuss löste sich. Das Ross des Arztes bäumte sich auf, wieherte und warf ihn ab. Er fiel im hohen Bogen zu Boden, und die edle Stute galoppierte fluchtartig davon. Der Arzt hörte, wie sich die Schläge ihrer Hufe entfernten und schließlich in der Nacht verloren. Das war im Augenblick jedoch seine geringste Sorge. Ihm blieb schon noch Zeit, sie wieder einzufangen! Was ihm wirklich Verdruss bereitete, war seine augenblickliche Lage, auch wenn die Dunkelheit seine Verbündete war, denn wer auch immer da geschossen hatte, hatte es aufs Geratewohl getan. Er wusste nicht, wohin die Kugel geflogen war, aber er war unversehrt, einmal abgesehen von den Prellungen, die er sich bei seinem Sturz eingefangen hatte. Er hörte Lärm und Stimmen auf dem Mauergang, verstand jedoch nicht, was gesprochen wurde. Dann sah er, wie sich zwei der Lichtpunkte, wahrscheinlich zwei Fackeln, in Bewegung setzten. Er war unschlüssig, wie er sich verhalten sollte – rufen, aufstehen, oder gleich beides auf einmal? Aber seine Stimme oder jedes andere Geräusch, das er verursachte, waren der einzige Weg, wie sie seine Position bestimmen konnten. Sich nach drei erschöpfenden Tagen der Reise und dem Scheitern seiner Mission kurz vor dem Ziel in dieser Situation wiederzufinden war so ziemlich das Letzte, was er erwartet hatte.

Es vergingen mehrere Minuten, die ihm wie eine Ewigkeit vorkamen, während er weiterhin die Bewegungen der Fackeln auf dem Wehrgang beobachtete und den Gesprächen der Wachen lauschte, ohne jedoch mehr zu verstehen als hier und da ein einzelnes Wort: »Statthalter«, »Arzt«, »Losungswort«, »geflohen« … Nach längerem Zweifeln beschloss er, sich erneut zu erkennen zu geben. Er dachte, wenn sie ihn erklären ließen, vielleicht … Doch plötzlich fiel es ihm wie Schuppen von den Augen: Er besaß ja ein Dokument, das ihm nützlich sein konnte! Eine Urkunde, die man ihm mitgegeben hatte, damit er sich in Cádiz als Gesandter des Stadtrats von Sevilla ausweisen konnte! Das könnte seine Rettung sein! Er erinnerte sich an den knappen Text: »Der Träger dieses Dokuments, Don Diego Ruiz de Acevedo, Arzt des Stadtrats von Sevilla, ist bevollmächtigt, über die Angelegenheit, die uns beschäftigt, so viele Informationen einzuholen, wie Ihr für nötig haltet.« Das Schreiben war vom Grafen de Paredes unterzeichnet und trug das Siegel mit dem Wappen der Stadt.

Darüber hinaus enthielt der Text keinerlei Hinweis auf die Stadt Cádiz noch auf die Epidemie, was unter den gegebenen Umständen sicherlich weitere Probleme verursacht hätte – umso besser! Es belegte nur, dass er Arzt war und seine Reise vom Stadtrat angeordnet war. Er flehte innerlich, dass das Schreiben ausreichen würde, um ihm aus der Patsche zu helfen, in der er steckte. Er kramte in seinen Kleidern und fand das Dokument.

»Mein Name ist Doktor Ruiz de Acevedo, und Seine Exzellenz der Statthalter hat mich mit einer offiziellen Mission betraut!«

Keine Reaktion, obwohl er sah, dass die Lichter aufgehört hatten sich zu bewegen – und zumindest hatte er keinen weiteren Schuss zur Antwort erhalten. Er ließ eine kurze Weile, die er als klug empfand, verstreichen und rief ein weiteres Mal:

»Ich bin Diego Ruiz de Acevedo, Arzt des Stadtrates!«

Nichts. Stille.

Er wollte seinen Namen gerade ein drittes Mal rufen, als man ihn von der Stadtmauer her anrief:

»Was habt Ihr gesagt, wer Ihr seid?«

Unwillkürlich erhob er sich. Sein ganzer Körper schmerzte.

»Ich bin Doktor Ruiz de Acevedo, Arzt des Stadtrats!«, schrie er so laut er konnte.

»Könnt Ihr beweisen, was Ihr sagt?«

»Ja, das kann ich. Ich habe ein Dokument Seiner Exzellenz des Grafen de Paredes, das belegt, wer ich bin! Darüber hinaus ist es auch möglich, dass Ihr mich wiedererkennt! Ich bin eine recht bekannte Person!« Er dachte, das sei ein gutes Argument, um jeglichen Zweifel über seine Identität zu zerstreuen.

Wieder hörte er sie untereinander sprechen.

»Seid Ihr allein, oder ist noch jemand bei Euch?«, fragten sie.

»Ich bin allein. Ich habe auch mein Pferd verloren. Es ist nach dem Schuss geflohen!«

Nach einer kurzen Stille, während der er meinte, einen Disput zu hören, forderten sie ihn auf näher zu kommen.

»Kommt bis an die Tür und bleibt stehen, sobald wir es befehlen!«

Er hörte, wie mehrere Feuerwaffen entsichert wurden, ob Arkebusen, Gewehre oder Pistolen wusste er nicht zu sagen. Er ging etwa dreißig Schritte auf die Stadtmauer zu und stand schon so nahe, dass die Fackeln auf den Wehrgängen ein schwaches Licht auf ihn warfen. Man hatte zusätzlich Laternen herbeigeschafft, um die Nacht zu erhellen.

»Rührt Euch nicht!«, schrie ihn von oben eine autoritäre Stimme an.

Er erstarrte in der Bewegung und rührte sich nicht mehr. Kurz huschte der Gedanke durch seinen Kopf, ob das alles eine List gewesen war, um ihn in die Falle zu locken: Jetzt gab er ein perfektes Ziel ab. Doch er verwarf die Idee gleich wieder – es wäre pure Dummheit, ihn zu töten.

»Kommt näher, bis an die Tür der Stadtpforte! Und zwar langsam!«

Er ging auf die Tür zu, in der sich sogleich eine Luke öffnete. Dahinter erschien im Schein einer Laterne ein Gesicht und auf gleicher Höhe die bedrohliche Mündung einer Pistole.

»Mal sehen! Gebt es mal her, dieses Dokument, von

dem Ihr sprecht! Legt es hier auf das Brett!« Aus der Luke schob sich eine Art Holzruder, und Diego legte vorsichtig seine Urkunde darauf, die er nun mehr denn je als seine Rettung betrachtete.

Wortlos und mit einem dumpfen Schlag wurde die Luke wieder geschlossen. Diego wappnete sich mit Geduld und wartete die weitere Entwicklung ab. Ihm blieb genügend Zeit, darüber nachzudenken, dass die Situation in der Stadt offenbar sehr heikel war, denn nur so ließen sich die massiven Schutzmaßnahmen erklären. Wieder verstrich eine geraume Weile. Dann hörte er auf der anderen Seite des Tors ein Gespräch; es schien, als würde gestritten, aber es gelang ihm nicht, zu verstehen, was gesagt wurde. Seine Erschöpfung wuchs. Endlich hörte er das metallische Reiben von Türriegeln, gefolgt vom Quietschen der Blendtür, die sich nun öffnete.

Als er die Schwelle überschritt, wurde sogleich klar, dass sich die Situation wie durch Zauberhand gewandelt hatte.

»Gewährt ihm Durchgang! Gebt den Weg für den Doktor frei!«

»Macht Platz. Lasst ihn durch!«

Drinnen standen nicht weniger als ein Dutzend Männer, viele von ihnen bewaffnet; hinzu kamen weitere, die oben auf dem Wehrgang und in den kleinen Türmen links und rechts des Stadttors standen. Derjenige, der offenbar das Kommando führte, kam auf ihn zu, das Dokument in der Hand.

»Seid willkommen! Entschuldigt die Unannehmlichkeiten, aber wir haben sehr strenge Befehle!« Er streckte die Hand aus und reichte ihm sein Dokument. »Zumindest seid Ihr nicht auf eine der Patrouillen gestoßen, die die Umgebung der Stadt ablaufen, damit sich niemand nähern kann.«

»Wünscht Ihr, dass man Euch zu Eurem Hause eskortiert? Wenn ich es recht bedenke, wird das wohl das Beste sein, damit Euch keine unangenehme Begegnung widerfährt, Euer Gnaden! Die Gemüter sind sehr erhitzt!«

»Ich danke Euch für Eure Höflichkeit und die Aufmerksamkeit gegenüber meiner Person, aber ich wäre Euch noch viel dankbarer, wenn …«

»Macht Euch keine Sorgen um Euer Pferd«, unterbrach er ihn – offenbar hatte er seine Gedanken erraten. »Mit dem ersten Licht der Dämmerung werde ich Anweisung geben, es zu suchen und in Euer Haus zu bringen. Das Tier kann nicht weit sein. Ihr lebt gegenüber von Santa María la Blanca, nicht wahr?«

»Das ist richtig, und ich danke Euch auch für Eure Mühe um meine Stute. Aber was mich vor allem interessieren würde, ist der Grund für all dies.«

»Woher kommt Ihr, Doktor?«, fragte sein Gegenüber zerstreut.

Diegos Verstand funktionierte noch: Wenn er ihm die Wahrheit sagte, würde er Schwierigkeiten bekommen. Er durfte nicht offenbaren, dass er aus Cádiz kam, denn dann wäre es möglich, dass er die Pest mitbrachte. Also improvisierte er.

»Ich komme aus Llerena, in der Extremadura. Dort habe ich gewisse Informationen erhalten, die zur Kenntnisnahme des Stadtrats bestimmt sind.«

Diese Antwort schien die Neugier des Fragenden zu befriedigen, denn er begann sofort, Diego die Lage in aller Ausführlichkeit zu erklären.

»Entschuldigt, Euer Gnaden, aber wir sind hier so durcheinander, dass ich Ihnen noch eine Erklärung schuldig bin. Seht Ihr, heute Morgen, ganz früh, begann an einigen Orten in der Stadt ein Gerücht umzugehen, das sich rasch auf sämtliche Straßen und Plätze ausweitete.

Man sprach nach der Frühmesse in den Kirchen und Klöstern darüber, und es erreichte auch die Märkte der Stadt, wo die Bauern ihr Obst und Gemüse verkaufen. Gegen neun Uhr wurde auch in den Fleisch- und Fischhandlungen von nichts anderem mehr gesprochen. Das anfängliche Gerücht besagte, dass an der Küste rund um Cádiz eine Pestepidemie ausgebrochen sei, die schon entsetzliche Verheerungen angerichtet habe. Nach und nach wurden weitere Einzelheiten bekannt. Als ein paar Maultiertreiber aus Biscaya mit Salzladungen von der Isla de León heraufkamen, wurden sie von einer aufgebrachten Menge mit Steinen beworfen und mussten von den Gerichtsdienern bis weit vor die Stadt eskortiert werden. Man weiß, dass in Cádiz so viele Tote zu beklagen sind, dass keine Zeit bleibt, sie zu beerdigen, und sie mit schweren Gewichten an den Füßen im Meer versenkt werden. Die Krankheit verläuft so blitzartig, dass sie selbst Menschen, die ganz gesund und munter wirken, den sofortigen Tod bringen kann. Es heißt, in El Puerto de Santa María habe ein Schwein, das durch die Straßen streifte, in einem Haufen Lumpen gewühlt und sei plötzlich, wie vom Blitz getroffen, unter schrecklichen Zuckungen und lautem Quieken zusammengebrochen. Alle, die diese Szene beobachtet hatten, sind vor Entsetzen erstarrt gewesen. Die außergewöhnliche Geschwindigkeit, mit der die Seuche zuschlägt«, fuhr der aufgeregte Kommandeur der Patrouille fort, »ist auch der Grund, warum sie sich so schnell in so vielen Orten ausbreiten konnte, ohne dass Zeit blieb, die wichtigsten Vorkehrungen zu treffen, um dem Übel zu begegnen. Obwohl man bereits weiß, dass unter solchen Umständen einzig der Wille Gottes Unseres Herrn«, er bekreuzigte sich, »uns die Gesundheit und den Trost schenken kann, die wir benötigen. Auch aus Jerez wird Entsetzliches berichtet. Vor vier Tagen noch herrschte dort vollkommene Gesundheit, es gab nicht mehr als fünf Begräbnisse täglich, und dabei handelte es sich meist um Kinder, die erst kurze Zeit gelebt hatten. Vorgestern dann verwüstete die Pest die Stadt und hinterließ mehrere tausend Tote. Die Ansteckung zeigte sich zuerst im Armenviertel Santiago, aber kein einziger Bezirk sollte vor den Verheerungen verschont bleiben. Wir wissen auch, dass der größte Teil der dortigen Kartäusermönche, eine Gemeinschaft, die, Laien und Ordensbrüder zusammengenommen, weit über hundert Brüder umfasst, das Zeitliche gesegnet hat. Es wird berichtet, dass der Tod grauenvoll ist und unter entsetzlichen Schmerzen eintritt. Den Angesteckten wachsen, wie es bei der Pest immer der Fall ist, Beulen von einer hässlichen schwarzen Farbe auf Leisten und Achselhöhlen. Nach kürzester Zeit platzen die Geschwüre, und es quillt widerwärtiger Eiter hervor, der so übel stinkt, dass der Geruch nicht zu ertragen ist.«

Der Arzt hörte ihn sprachlos an, es verschlug ihm den Atem, was er da erfuhr. Anfangs war er mehrmals versucht, den Wachtmann zu unterbrechen, hielt es dann jedoch für klüger, Schweigen zu bewahren.

»Schrecklich sind auch die Nachrichten«, fuhr der Kommandant der Wachtpatrouille fort, »die uns aus Sanlúcar de Barrameda erreichen. Dort hat das Massensterben solche Panik ausgelöst, dass die Menschen fast verrückt vor Angst in Kirchen, Klöster und Kapellen fliehen. Solche Massen drängen sich in den heiligen Stätten, dass die Kirchen bis oben hin voller Leichen liegen und es niemanden gibt, um die Gotteshäuser zu säubern: Sie sind voll von Kadavern und überschwemmt von dem Eiter, der aus den geplatzten Beulen der Toten sickert. Es wurden Fälle bekannt von Menschen, die angesichts ihres sicheren Todes in aller Öffentlichkeit kopuliert haben wie die Tiere und so auf haarsträubende Weise ihre Seelen der Verdammnis anheim gaben. Man hört auch von Männern, die, von der Krankheit gepeinigt, die Körper toter Mädchen schänden, deren Leichen in den Straßen lagen. In Lebrija sind die Straßen wie leer gefegt, weil sämtliche Bewohner voller Furcht in ihre Häuser geflohen sind. Von daher gibt es zwar Zahlen über das Massensterben an diesem Ort, die besagen, wie viele Menschen bereits ihr Leben verloren haben, aber man fürchtet, dass die eigentliche Zahl noch viel höher wird, wenn man all die Toten im Verborgenen hinzuzählt. Viele Familienangehörige verstecken ihre Pestkranken und auch ihre Toten, um den angeordneten Maßnahmen der Verbrennung ihres Hab und Guts zu entgehen.«

Ruiz de Acevedo konnte nicht fassen, was er da hörte. Dieser Mann präsentierte ihm als eindeutige, unbestrittene Wahrheit eine Ansammlung der unglaublichsten Lügen, die mit einer Unzahl peinlich genauer Einzelheiten ausgeschmückt waren.

Der heutige Tag hatte für Diego sehr früh begonnen und war überaus anstrengend gewesen. Schon in der Dämmerung hatte er das Kartäuserkloster verlassen, wo er, wie auf dem Hinweg, die Gastfreundschaft der Mönche genossen hatte. Auch durch Lebrija war er noch vor Mittag gekommen und hatte sich nur gerade so lange aufgehalten, wie nötig war, um seine Notdurft zu verrichten, eine Stärkung zu sich zu nehmen und seiner Stute die unverzichtbare Ruhepause zu gönnen. Die Kartäuser erfreuten sich bester Gesundheit, das Leben in der Gemeinschaft ging in dem Frieden, der Ruhe und der Harmonie vonstatten, die dem Leben dieser Männer, die sich dem Gebet verschrieben hatten, eigen war. Und auch in Lebrija lebten die Menschen ihr Leben in vollkommener Normalität.

Er konnte sich nicht erklären, wieso der menschliche Geist zu solch übertriebenen Verzerrungen imstande war. Er begriff nicht, wie dieses Märchengebilde zu einer unumstößlichen Wahrheit hatte wachsen können, deren erste Folgen er gerade zu spüren bekommen hatte. »Wirklich«, dachte er, »menschliche Leidenschaften können zu den größten Verirrungen führen, wenn sich die Unvernunft einer Gemeinschaft bemächtigt.« Genau das war in Sevilla geschehen. Einer Stadt, die bei seiner Abreise kein anderes Thema gekannt hatte als die Reichtümer an Bord der Indien-Flotte. Und drei Tage später sprach man von nichts anderem mehr als von Pest, Siechtum und Tod, die nur in der wahnhaften Vorstellung einiger Menschen existierten. Dennoch hatte diese Vorstellung eine der größten Städte der Welt offensichtlich in ihren Grundfesten erschüttert.

Der Arzt, von seinem Schreck über die eben gehörten Lügen und Gerüchte, die den Sevillanern scheinbar als unbestrittene Wahrheit galten, überwältigt, fragte nicht ohne Sarkasmus:

»Und welche Auswirkungen hat die Krankheit in unserer Stadt gehabt?«

Die Augen des Mannes, der ihn soeben noch mit allen Einzelheiten der grauenvollen Seuche versorgt hatte, leuchteten auf.

»Bis zu diesem Augenblick erfreut sich unsere Stadt bester Gesundheit. Wir wissen gar nicht, wie wir Gott dem Herrn dafür danken sollen, dass er inmitten von so viel Leid uns von der Krankheit verschont hat! In Sevilla ist kein einziger Fall bekannt! Gelobt sei Gott der Allmächtige!«

»Dann gilt es als wahrscheinlich, dass die Krankheit noch gar nicht innerhalb der Stadtmauern angelangt ist?«

»Das gilt als höchst wahrscheinlich, denn wo doch die

Krankheit so blitzartig zuschlägt, so hätte es sich längst zeigen müssen, wenn es Pestkranke unter uns gäbe.«

»Sehr richtig, was Ihr da sagt«, antwortete der Arzt mit einem Unterton, den sein Gegenüber nicht wahrnahm.

»Es freut und beruhigt mich, aus Eurem Munde zu hören, dass Ihr den Eindruck bestätigt, den wir von der Gesundheit unserer Stadt haben.«

Wenn dieser Trottel aus meinem Munde hören würde, was ich ihm eigentlich sagen müsste, dachte Diego, würde ich meine müden Knochen, zumindest für diese Nacht, in einer Gefängniszelle des Carcél de las Sierpes ausruhen.

Ermutigt durch die Zustimmung einer angesehenen medizinischen Autorität, schilderte der Wachtposten dem Mediziner, wie der heutige Tag in Sevilla verlaufen war.

»Gegen zehn Uhr morgens hatte sich auf der Plaza de San Francisco eine riesige Menschenmenge versammelt, die lauthals forderte, man möge der Lage Abhilfe schaffen, worauf seine Exzellenz der Graf de Paredes eine dringende Ratssitzung einberief. Der Stadtrat diskutierte die Sachlage und kam zu dem Schluss, dass die Gerüchte, die zahlreiche Neuigkeiten direkt aus den betroffenen Orten enthielten, der Wahrheit entsprechen mussten. Man kam überein, Gelder aus den Mieteinkünften der Stadt zu entnehmen, damit in aller Eile sämtliche Maueröffnungen und Eingänge in der Stadtmauer verschlossen werden konnten. Der Befehl wurde ausgegeben, unter Androhung schwerer Strafen, dass alle Meister der Maurerinnung ihre Arbeit niederzulegen und sich dem obersten Baumeister zur Verfügung zu stellen hatten, um die besagten Arbeiten durchzuführen. Das verursachte zwar einige kleinliche Streitereien unter den verschiedenen Meistern der Maurerinnung, doch sie uferten nicht aus. Gleichzeitig wurde beschlossen, dass eine Abordnung, bestehend aus zwei Ratsmitgliedern und zwei Schöffen, die Anführer aller Innungen der Stadt zusammenrufen sollte, um Wachtrupps einzurichten, die bis auf weiteres rund um die Stadtmauer, innen wie außen, patrouillieren, und um an allen Zugängen zusätzliche Kontrollen zu postieren, damit kein Fremder die Stadt betreten und kein Sevillaner sie verlassen kann; mit Ausnahme von Personen im Besitz eines Passierscheins mit dem Siegel der Stadt. Es wurden auch Vorkehrungen für die Abschottung von Triana getroffen, einem Stadtteil, der offen liegt und daher schwieriger zu kontrollieren ist. Dort ist die Zahl der Patrouillen nun so zahlreich, dass ein regelrechter Sperrgürtel entstanden ist. Die Innungen forderten, dass die Kosten dieser Streifgänge aus den Mitteln der Stadtkasse getragen werden müssten, da die Schließung der Stadt ihnen erhebliche Verluste zufügte und sie ihre Arbeit niederlegen müssten. Am Ende kam man überein, dass aus der Stadtkasse eine Entschädigung gezahlt wird: zwei Reales pro Tag für alle, die an der Bewachung teilnehmen, vorausgesetzt, sie sind zwölf Stunden täglich mit dieser Aufgabe beschäftigt. Eine weitere Abordnung des Rathauses versammelte alle niedergelassenen Bader, Mediziner und Chirurgen, um die wichtigsten medizinischen Maßnahmen zu beschließen. Allem Anschein nach sind die geladenen Mediziner anhand der beschriebenen Symptome zu dem Schluss gekommen, dass es sich um die schwarze Pest, auch Beulenpest genannt, handeln muss, die gefürchtetste und tödlichste von allen. Es wurde beschlossen, die diversen Mistgruben, die diese Stadt vergiften, zu beseitigen, ebenso wie alle Müllhaufen, Exkremente und sonstigen Schmutz, der sich auf diversen Plätzen, insbesondere auf der Plaza de la Alameda de Hércules, angesammelt hat. Gleichzeitig kam man überein, die Apotheker mit der Herstellung von

Tränken, Duftarzneien und parfümierten Salben in den größtmöglichen Mengen zu beauftragen. Der Stadtbevölkerung hatte man nahe gelegt, ihre Häuser sehr reinlich zu halten, ihre Kessel im heißen Wasser für die Kleiderwäsche zu reinigen, ihre Häuser mit Rosmarin auszuräuchern sowie Böden und Wände mit verdünntem Essig – ein Teil Essig auf zwei Teile Wasser – abzureiben. Es heißt, in einigen Wirtshäusern und Tavernen sei schon der Essig ausgegangen. Als Krankenhaus für die Erkrankten – falls man, Gott möge es verhindern, eines benötigen sollte – wurde wegen seiner Größe das Hospital de las Cinco Llagas, gegenüber dem Stadttor in Macarena, bestimmt. Man hat ausgerechnet, dass sich hier bis zu zweitausend Betten unterbringen lassen. Ihr Unterhalt wird auf drei Reales pro Tag pro Person geschätzt. Es wurden bereits Schritte eingeleitet, mit denen sich die hohe Summe finanzieren lässt, die im Falle einer Epidemie in Sevilla – möge dies nicht Gottes Wille sein! – benötigt würde.«

»Das sind sehr vernünftige Maßnahmen«, bemerkte Diego.

»Um die Mittagszeit hat Seine Exzellenz der Graf de Paredes«, setzte der Wachtmann beflissen fort, »in Begleitung zweier Adliger aus dem Stadtrat die Hauptsakristei der Kathedrale aufgesucht, um sich dort mit einer Abordnung des Domkapitels zu beraten, wie mit der Lage umzugehen sei. Anscheinend hatte der Señor Generalvikar der Diözese, der in Abwesenheit Seiner Hochwürden des Erzbischofs dessen Funktionen übernommen hat, bereits Kenntnis von der Epidemie rund um Cádiz. Ziel der Beratungen war, gemeinsam mit den kirchlichen Würdenträgern eine Bußprozession zu organisieren, Gott um Schutz anzurufen und den gerechten Zorn, mit dem der Herr unsere Schlechtigkeit und unsere Sünden straft, zu besänftigen. Es wurde beschlossen, sie am morgigen Nachmittag stattfinden zu lassen, mit der Auflage, dass sie bis Sonnenuntergang beendet sein muss. Alle Bruderschaften und Religionen der Stadt haben ihre Teilnahme mit zahlreichen Mitgliedern zugesagt, ebenso wie der Laienklerus der verschiedenen Kirchengemeinden. Ich habe außerdem gehört – ich kann es aber nicht beschwören –, dass die Prozession von zwei verschiedenen Orten ausgehen wird. Die eine wird das Bildnis von der Heiligen Jungfrau *de los Reyes* mitführen und beginnt an der Kathedrale, die andere kommt aus der Salvador-Kirche und trägt das neue Christusbildnis, das Meister Loaysa für die Santa Caridad gefertigt hat. Beide Büßergruppen werden mit ihren heiligen Bildnissen ihre jeweilige Strecke zurücklegen und dann auf der Plaza de San Francisco zusammenkommen. Dort wird eine Heilige Messe gefeiert, um für unsere Schuld um Vergebung zu bitten, für unsere Sünden zu büßen und darum zu beten, dass wir den gerechten Zorn Gottes besänftigen können.«

»Das heißt, morgen wird eine Prozession stattfinden?«, unterbrach ihn der Arzt.

»So ist es, Euer Gnaden. Ihr müsst wissen, dass von allen Maßnahmen, die in die Wege geleitet wurden, diese den größten Applaus geerntet hat – neben den zahlreichen Novenen, Septenarien, Quinarien und Triduen, die die Glaubensgemeinschaften von heute an für jene heiligen Bildnisse, die von den Gläubigen am hingebungsvollsten verehrt werden, angeregt haben. Der Andrang zu diesen Messen ist außergewöhnlich, nicht nur im Hinblick auf die große Menge an Gläubigen, sondern auch auf ihr vorbildliches Benehmen, das sie überall an den Tag legen. Auch zu der morgigen Prozession wird eine außergewöhnliche Zahl Gläubiger erwartet.«

Als der Arzt schließlich noch die letzte dieser nicht enden wollenden Neuigkeiten erfuhr, drohte er endgültig die Fassung zu verlieren.

»Ihr solltet außerdem wissen, dass Seine Exzellenz der Graf de Paredes zwei Dekrete verabschiedet hat, die die Schließung der Freudenhäuser von Compás de la Laguna sowie der Schauspielhäuser der Stadt anordnen. Diese Orte, an denen unendliche Sünden begangen und die Gebote der Heiligen Mutter Kirche verletzt werden, sind Schauplätze von Ehebruch, Fleischeslust und der Vermischung der Geschlechter und so voller Sünde, dass sie allein schon genügen, um den Zorn Gottes zu erregen. Ich weiß aus zuverlässiger Quelle«, sein Informant senkte die Stimme, sodass ihn nur noch der Arzt hören konnte, »dass die Schließung der Bordelle und der Schauspielhäuser Ergebnis einer Übereinkunft zwischen dem Stadtrat und dem Domkapitel waren. Die Würdenträger der Kirche haben die Prozession nur im Austausch gegen die Schließung der betreffenden Etablissements erlaubt. Anfangs weigerte sich der Statthalter, die Schließung anzuordnen, aber in diesem Punkt zeigten sich die Geistlichen so unnachgiebig, dass er sich ihren Forderungen beugen musste.«

»Aber Ihr werdet mir doch zustimmen«, unterbrach der Arzt ihn, »dass die Stadt sich trotz der Existenz des Freudenhauses, das uns vor anderen Problemen schützt, und der Darbietungen der Komödienhäuser bester Gesundheit erfreut und bisher von der Pest verschont geblieben ist – Ihr habt es selbst gesagt.«

»Euer Gnaden, Ihr habt vollkommen Recht, was diesen Punkt betrifft«, er senkte die Stimme noch mehr, als fürchte er sich vor seinen eigenen Worten. »Nach allem, was ich weiß, war offenbar die Tatsache entscheidend, dass ein Jesuitenpater durch einen Steinwurf verletzt wurde, als er vor dem Coliseo die Menschen ermahnte, die dort ihre Eintrittskarten kaufen wollten. Bisher ließ sich der Vorfall noch nicht zufrieden stellend aufklären, die Nachforschungen laufen noch. Glücklicherweise sah Padre Boniches' Verletzung schlimmer aus, als sie war, und er erholte sich rasch wieder. Dennoch hat die kirchliche Obrigkeit dieses Ereignis als Angriff auf ihre Würde betrachtet und die Statuierung eines Exempels gefordert. Irgendetwas sah man offenbar schon vor Bekanntwerden der Seuche kommen, denn von den Kanzeln aller Kirchen der Stadt wurde mit Nachdruck gefordert, den Sevillanern angesichts einer solchen Respektlosigkeit eine harte Lektion zu erteilen.«

»Und wie reagierte das Volk auf die Schließungen?«, fragte der Arzt.

»Euer Gnaden, wenn Ihr damit meint, ob es Proteste gab, so kann ich Euch sagen: nein. Die Angst, die diese Stadt befallen hat, ist so groß, dass die Menschen jedes Mittel für angemessen halten – und dieses ist es ohne Zweifel –, uns von der schrecklichen Krankheit, die bereits viele andere Städte verwüstet hat, zu befreien. Daher wurde die Entscheidung gut aufgenommen. Ich glaube, als die Gerichtsdiener die Bordelle von Compás betraten, um sie zu schließen, verließen die wenigen Kunden die Lokale mit eingezogenen Schwänzen und ohne dass es Zwischenfälle gab. Der Besitzer protestierte selbstverständlich gegen die, wie er es nannte, Ungerechtigkeit, aber das war mehr fürs Protokoll. Den Huren wurde eine Unterkunft im Beginenhof de la Magdalena angeboten, dort will man sie unterrichten und sie lehren, ein sittsames Leben zu führen. Doch nur ein sehr geringer Teil der mehr als hundert Verirrten, die in Compás ihr unzüchtiges Gewerbe ausübten, hat diesen Vorschlag angenommen. Die Mehrheit zog es vor, bei ihren Zuhältern Unterschlupf zu suchen. Auch in den Schauspielhäusern hat die Schließung kaum für Ärger gesorgt. Wie ich schon sagte, die Menschen besinnen sich im Augenblick auf das Gebet, die Messe und die Prozession – und darauf, die göttliche Vorsehung zu besänftigen.«

Nachdem er diese Fülle von Neuigkeiten aufgenommen hatte, machte Diego Ruiz de Acevedo sich in Begleitung zweier Wächter und ausgestattet mit einer Laterne, die sanft den Schleier der Nacht aufriss, auf den Heimweg. Es war drei Uhr morgens. Nach außen hin wirkte alles ruhig und friedlich, aber Sevilla war ein Pulverfass.

Diego war völlig zermürbt, sein ganzer Körper schmerzte, sein Geist war aufgewühlt angesichts dieser Woge der Unvernunft, und er bedauerte das Scheitern seiner Mission. Er war nicht rechtzeitig zurückgekehrt, um den fatalen Fehler zu berichtigen, aufgrund dessen mehr als einhundertfünfzigtausend Menschen nun vom Irrsinn besessen waren.

Er war körperlich wie geistig völlig erschöpft und ausgelaugt. Er wollte nur noch nach Hause und seine Frau in die Arme schließen.

9

Am folgenden Morgen, nach einigen Ruhestunden in der Nacht, die er in unerträglichem Halbschlaf verbracht hatte, sprach Doktor Ruiz de Acevedo lange mit seiner Frau. Catalinas Bericht entsprach weitgehend dem, was er bereits erfahren hatte, obgleich sie ihm natürlich nichts von den grauenhaften Einzelheiten erzählen konnte, die er in der Nacht gehört hatte. Diego seinerseits konnte ihr eröffnen, dass es keine Epidemie gab und dass alles nur ein bedauernswerter Irrtum war.

Es war gerade erst neun Uhr durch, als Diego, der seinen Diener Simón Carnero ins Rathaus geschickt hatte, um den Statthalter über seine Rückkehr zu informieren und ihn um eine dringende Audienz zu bitten, erfuhr, dass Seine Exzellenz ihn im Augenblick nicht empfangen konnte. Daraufhin beschloss er, sich ein wenig der Fechtkunst zu widmen. Diese Ertüchtigung diente oft dazu, Körper und Geist zu entspannen, wenn ihn etwas quälte. Außerdem hatte er das dringende Bedürfnis, seinen besten Freund Jerónimo zu sehen, der außer seiner Frau der einzige Mensch war, mit dem er stundenlange, entspannte und harmonische Gespräche führen konnte. Catalina hatte gesagt, sie mache sich Sorgen um Jerónimo, der während Diegos Abwesenheit besorgt und bedrückt gewirkt habe.

»Er wollte mir nichts sagen. Ich glaube, er wollte lieber warten, bis du zurück bist. Irgendetwas bedrückt ihn, aber ich weiß nicht, was es ist.«

Diego gab seinem Diener genaue Anweisungen:

»Simón, geh ins Haus von *Maestro* Loaysa und sag ihm,

dass ich wieder in Sevilla bin. Ich gehe jetzt in die Fechtschule, und wenn er will, wird er mich dort antreffen. Falls er nicht kommen kann, soll er vorschlagen, wo wir uns stattdessen treffen können.«

Nachdem der Diener mit seinem Auftrag losgeschickt worden war, fragte der Arzt seine Frau:

»Glaubst du, Jerónimo hat ein Problem wegen … in Sachen Liebe? Ob der Herzog etwas ahnt? Diese Geschichte wird wohl kein gutes Ende nehmen!«

»Ich sage doch, ich weiß nicht, was er hat, aber er kommt mir sehr seltsam vor. Was immer er auf dem Herzen hat, es muss etwas Ernstes sein. Am Tag deiner Abreise – es war schon Nacht – kam er mich besuchen, und ganz offensichtlich musste er sich etwas von der Seele reden. Aber er tat es nicht. Vielleicht weil ich mir so große Sorgen um dich machte, wegen deiner gefährlichen Reise nach Cádiz. Ich erzählte ihm, auf welche Mission man dich geschickt hatte und dass ich nicht genau wüsste, wann du wiederkämst, dass du aber spätestens in drei oder vier Tagen wieder hier sein müsstest.«

»Nun, Catalina«, sagte Diego zu seiner Gattin, einer schönen Frau in der Blüte ihres Lebens, »ich jedenfalls gehe jetzt zu *Maestro* Della Riva. So wie die Dinge liegen, kann ich im Augenblick ohnehin nicht mehr tun als abwarten, und meinem geschundenen Körper wird ein bisschen Bewegung gut tun. Ich hoffe, Jerónimo dort zu sehen. Wenn Nachricht vom Stadtrat kommt und ich noch nicht zurück bin, schicke mir bitte sofort Simón.«

Im Hause Piero Della Rivas, eines berühmten Fechtmeisters aus Genua, der sich in Sevilla als Fechtlehrer niedergelassen und eine offene Akademie eröffnet hatte, sah Doktor Ruiz de Acevedo tatsächlich seinen Freund, den Bildhauer Jerónimo de Loaysa wieder, der kurz nach ihm dort eintraf. Obwohl die beiden sich nur fünf Tage nicht gesehen hatten, war ihre Begrüßung sehr herzlich. Diese Herzlichkeit zog die Aufmerksamkeit des italienischen Fechtlehrers auf sich, der solche Gefühlsbezeigungen von den spröden Spaniern nicht gewohnt war. Er sah die beiden Freunde regelmäßig hier zusammentreffen, und noch nie hatten sie ihre Zuneigung so deutlich bekundet wie an diesem Morgen. Er vermutete, dies sei auf die allgemeine Anspannung, die in der Stadt herrschte, zurückzuführen.

Die Freundschaft zwischen dem Arzt und dem Bildhauer, die noch in die Zeit vor Diegos Aufenthalt in Flandern zurückreichte, hatte vor Jahren genau hier, im Hause des Meisters Della Riva, begonnen. Beide waren gekommen, um das Fechten zu erlernen, eine Kunst, in der sich Jerónimo als höchst begabter Schüler erwiesen hatte. Und hier entdeckten sie, dass sie viele Gemeinsamkeiten hatten: ob ihre Begeisterung für das Schachspiel oder ihre Liebe für die Kunst und das Theater. Diese Berührungspunkte führten dazu, dass der Arzt den Bildhauer recht häufig in seinem Atelier besuchte, um dessen Sammlung von Kupferstichen und Gravuren aus den Niederlanden und Italien zu bewundern – aus jenen fremden Ländern, in denen die neuen Formen und Muster entstanden, die dann bis in die abgelegensten Winkel die Mode bestimmten. Er verbrachte auch viele Stunden damit, seinen Freund zu beobachten, wie er mit Meißel und Stichel hantierte – mit jener Geschicklichkeit und Genialität, die ihn zur unbestrittenen Leitfigur der andalusischen Bildhauerkunst einer ganzen Generation machte. Gleichermaßen wurde Jerónimo zu einem regelmäßigen Gast im Hause des Arztes, wo sie entspannt plauderten, sich über Literatur austauschten – beide liebten den Sittenroman, in dem Gauner und Menschen von zweifelhaftem Lebenswandel die Hauptrolle spielten – und gemeinsam zu Abend aßen. Hin und wieder begleitete

Jerónimo Diego und Catalina auch in ihren Garten in Aljarafe, weniger als eine Meile vor der Stadt, wo Orangen- und andere Obstbäume gediehen. Dort pflegten sie der unerträglichen Hitze des Sevillanischen Sommers zu entkommen: die Tage zwischen den Feiern zu Ehren der Jungfrau Carmen und der Jungfrau *de los Reyes,* oder, wie die Sevillaner sagen, die Zeit zwischen Jungfrau und Jungfrau, das heißt von Mitte Juli bis Mitte August. In diesem kleinen, vorbildlich gepflegten Landhaus trugen sie lange, erbitterte Schachwettkämpfe aus, die in der Regel keinen erklärten Sieger hatten. Dort war es auch, wo Jerónimo Diego und Catalina – als einzigen Menschen überhaupt – seine Liebe zu Doña Leonor de Mascarenhas gestand, der wunderschönen Herzogin de los Alcores. Der Arzt hatte diese Beziehung von Anfang an mit Sorge betrachtet, weniger wegen ihrer Existenz an sich, sondern vor allem wegen der unabsehbaren Folgen, falls der streitsüchtige und gewalttätige Herzog je von ihr erfahren sollte. Immer wieder riet er seinem Freund, sich bloß klug und vorsichtig zu verhalten. Außerdem tauschten die Freunde in dem Landhaus ihre Ideen über Gott und Religion aus, wobei beide darin übereinstimmten, dass Gott, der das Universum erschaffen hatte, ein gütiger Gott sein musste. Auch befürworteten beide die private Ausübung des Glaubens, abseits der Dogmen und Rituale, die die römische Kirche den Gläubigen auferlegte. Dort sprachen sie über den freien Willen als unantastbares Recht des Menschen und über die unerträgliche Lage der Frauen, deren Unterordnung unter Väter und Ehemänner beide ablehnten. In dieser Hinsicht, wie auch in vielerlei anderer, war ihre Kritik an der Haltung der Kirche mehr als offenkundig. Hätte ein indiskreter Lauscher einige der Gespräche, die sie in der Abgeschiedenheit des schattigen Orangenbaumhains führten, gehört, hätten die beiden Männer der Heiligen Inquisition mehr als nur Erklärungen geben müssen.

Nicht nur die Zeit hatte ihre Freundschaft immer mehr gefestigt, sondern vor allem die Übereinstimmungen in ihren Ansichten, die Seelenverwandtschaft ihrer Charaktere, das Vertrauen, das sie sich gegenseitig schenkten, aber auch der gegenseitige Respekt für die Unterschiede zwischen ihnen. Zum Beispiel waren sie sich uneins, was die Gestalt des Kosmos anging: Während Diego an ein heliozentrisches Weltsystem glaubte, hing Jerónimo dem Anthropozentrismus an. Sie führten auch lange Diskussionen über die Ansichten eines italienischen Physikers namens Galileo Galilei, der behauptete – auch wenn er diese Aussage auf Druck der Heiligen Mutter Kirche im Nachhinein widerrufen hatte –, dass die Erde sich bewege. Während der Arzt die Meinung des Italieners, dessen Dialog über das Ptolomäische und das Kopernikanische Weltsystem, *Dialogo sopra i due massimi sistemi del mondo, tolemaico e copernicano,* er gelesen hatte, teilte, war der Bildhauer gar nicht dieser Ansicht und brachte als Beleg den gesunden Menschenverstand vor: Wenn sich die Erde tatsächlich bewegte, so müsse er diese Bewegung doch spüren können, ob er zu Pferde ritt oder in einer Kutsche fuhr. Eine Bewegung nicht spüren zu können, die noch dazu so viel gewaltiger sein musste, da es sich schließlich um die ganze Erde handelte, schien ihm undenkbar. Beide glaubten jedoch einvernehmlich an die brandneue These eines Engländers, die sie von einem Schiffskapitän aus eben diesem Land gehört hatten, nach der die Erde auf alle Körper, die sich auf ihrer Oberfläche befanden, eine Anziehungskraft ausübte. Diese Kraft erklärte, warum jeder Körper, der ins Leere geworfen wurde, auf den Boden zurückkehrte. Hier stimmten wissenschaftliche Theorie und gesunder Menschenverstand überein, und es störte sie nicht im Geringsten, dass es ein anglikanischer Ketzer war, der diese Beobachtung gemacht hatte. Ebenfalls stimmten beide in der Ansicht überein, dass es ein großes Unrecht der Kirche war, harte Strafen über all jene zu verhängen, die Thesen, Meinungen, Ansichten oder Doktrinen vertraten, die nicht mit ihren Dogmen übereinstimmten, und sie zu Ketzern zu stempeln.

Doch im Sevilla dieser Epoche hätten sie diese Positionen niemals in die Öffentlichkeit tragen können; bevor sie es sich versehen hätten, hätten sie sich in Triana wiedergefunden, dem am Fluss gelegenen Stadtviertel, in dem die Inquisition mit dem Castillo de San Jorge ihren Sitz – und ihre Verliese – hatte. Der Arzt und der Bildhauer teilten als Freunde also Geheimnisse und so manche gefährliche Meinung.

An diesem Tag war der Fechtsaal kein guter Ort zum Reden, denn Meister Piero, vielleicht angezogen von ihrer überschwänglichen Begrüßung, beobachtete unablässig alle Manöver seiner Schüler – was sonst keineswegs immer der Fall war. Während sie verschiedene Geschicklichkeitsübungen absolvierten, bei denen Diego seine Fähigkeit unter Beweis stellte, einem Stoß oder einer gefährlichen Situation zu entkommen, während Jerónimos Degenstöße, die das Lob und gelegentlich sogar den Applaus des Italieners ernteten, sein großes Können in dieser schwierigen und komplexen Kunst belegten, drehte sich ihre Unterhaltung um die augenblickliche Lage in Sevilla. Auch der Italiener nahm an dem Gespräch teil, indem er hier und da Einzelheiten einflocht, wenn er den Fechtenden Anweisungen gab oder Positionen korrigierte, die er als mangelhaft oder wenig orthodox empfand – Letzteres betraf jedoch ausschließlich den Arzt.

»Ich weiß nicht, wie sich eine Nachricht, die so schwer

wiegend ist, dass sie genauere Überprüfung erfordert, als es hier offenbar der Fall war, mit solcher Geschwindigkeit verbreiten konnte«, sagte Ruiz de Acevedo und attackierte Jerónimo so hart mit dem Degen, dass dieser sich elegant und höchst versiert vor dem Angriff seines Freundes in Sicherheit bringen musste.

»Sehr gut, Don Jerónimo, sehr gut«, applaudierte Della Riva den geschickten Finten des Bildhauers.

»Ich selbst kann nicht aus eigener Erfahrung über die Lage sprechen, aber gestern hörte ich einige ältere Menschen sagen, dass es bei früheren Epidemien stets mehrere Tage lang nur Gerüchte gegeben habe, wirre Berichte, die sogleich wieder dementiert wurden, was sich später als fatal erwies, weil sich die Seuche deshalb innerhalb weniger Tage in Sevilla ausbreiten konnte«, antwortete der Bildhauer.

»Was du da sagst, ist schon richtig«, antwortete der Arzt und bewegte sich mit der Waffe vorwärts, »aber was hier geschehen ist, ist doch alles andere als üblich.«

»Es ist nicht falsch, dass Maßnahmen ergriffen werden, meine verehrten Freunde«, mischte sich Della Riva ein. »Die Stadt Genua hat Grauenvolles durchgemacht, weil sie nicht vorbereitet war, als die große Fleckfieber-Epidemie kam. Ich begrüße die Entscheidungen der Obrigkeit. Den Kopf höher, Don Diego, höher!«

Auf dem holzgetäfelten Fußboden des Saales hallten die Schritte der beiden Fechter wider, die sich, wie Della Riva es sie gelehrt hatte, ohne Unterlass bewegten. Der Meister verfolgte die Bewegungen und Degenstöße Jerónimos, dem er nur noch wenig beizubringen hatte, mit ungewohnter Aufmerksamkeit. Er lehrte, abgesehen von höchster Konzentration, zwei grundlegende Maximen: Bewegung und Flexibilität. Erstere galt für den ganzen Körper, Letztere für das Halten der Waffe; man durfte sie nicht umklammern, sondern musste sie ganz leicht in der Hand führen.

Der Schweiß lief den beiden Kämpfenden in Strömen über die Gesichter, die durch leichte Netzmasken geschützt waren, und durchnässte ihre Kleidung. Als sie sich in einem bestimmten Augenblick so nahe kamen, dass ihre Gesichter sich fast berührten, flüsterte Jerónimo Diego ins Ohr:

»Ich muss dringend mit dir sprechen! Ich habe ein Problem!«

Sie trennten sich und setzten ihre Übungen unter den Blicken Della Rivas fort. Nach einer Zeit, die der Meister für angemessen hielt, rief er ihnen mit seiner tiefen Stimme, die durch den ganzen Raum hallte, zu, dass sie die Waffen sinken lassen sollten. Er korrigierte noch diesen und jenen Fehler, den sie gemacht hatten, wozu er selbst die Waffe aufnahm, um seine Erklärung zu veranschaulichen, und empfahl ihnen verschiedene Übungen. Dann lud er sie auf eine Art, die keinen Widerspruch duldete, zu einer Tasse heißer Schokolade ein, einer Köstlichkeit, die vor einigen Jahren aus Amerika gekommen war und sich zu einem der beliebtesten Getränke Europas entwickelt hatte. Sie wurde nicht überall gleich zubereitet. So trank man sie in Frankreich sehr leicht, stark verdünnt mit Milch, während sie in Spanien dickflüssig und zäh zubereitet wurde. Basis des Getränks war der Kakao, der Samen einer tropischen Pflanze, den die Spanier als Erste in die Alte Welt gebracht hatten. Della Riva schwärmte von den Vorzügen dieses Getränks und lobte die Qualität der letzten Lieferung, die er erhalten hatte und deren Vorrat zu seinem Bedauern schon fast erschöpft war.

Während sie das bittere, sämige Getränk genossen, drehte sich ihr Gespräch erneut um die Epidemie, die die Stadt bedrohte, und den Aufruhr, den sie verursachte.

Diego, der noch keine Gelegenheit gehabt hatte, seinem Freund die Erlebnisse der vergangenen Tage und seine Sicht der Lage zu schildern, schwieg diskret. Abgesehen von seiner Frau, die er sogleich aufgeklärt hatte, dem Statthalter und Jerónimo hatte er nicht die Absicht, jemandem mitzuteilen, was er wusste, und die Gegenwart des Italieners hielt ihn davon ab, in dieser Hinsicht auch nur ein Wort zu verlieren.

Ein weiteres Mal bekam der Arzt die gleiche Schilderung des gestrigen Tages zu hören, mit leichten Abweichungen in den Einzelheiten. Doch dann trug der Fechtlehrer eine echte Neuigkeit bei:

»… und wie ich Euren Gnaden sagte«, erklärte Della Riva, »nahm ich meine erste Mahlzeit des Tages sehr früh am Morgen im Gasthaus La Media Luna ein. Unbeabsichtigt wurde ich Zeuge eines Gesprächs einiger, mir allesamt unbekannter Männer über die Krankheit. Dies war das Erste, was ich über dieses heikle Thema hörte. Sie sagten etwas, dem ich in diesem Moment keine große Bedeutung beimaß. Der Schrecken über die Nachricht, dass uns eine Pestepidemie drohte, überwog. Doch in den langen Stunden der vergangenen Nacht, in der ich, wie vermutlich viele andere auch, kaum Schlaf fand, musste ich noch oft daran denken.«

»Und worum handelte es sich, Maestro Piero, wenn es nicht indiskret ist zu fragen?«, erkundigte sich Diego.

»Diese Männer sagten, wie gelegen es ihnen käme, dass sich die Nachricht von der Pestepidemie so rasch ausbreite, bei all den Vorteilen, die dies mit sich brächte. Zuerst ging ich davon aus, dass sie meinten, man könne die Bedrohung auf diese Weise besser bekämpfen, obgleich jeder weiß, dass man in diesen Dingen nur auf die Gnade Gottes hoffen kann. Doch bei meinen nächtlichen Grübeleien ließ mich die Art und Weise, in der sie über das Thema gesprochen hatten, etwas anderes argwöhnen. Was sie sagten, war keineswegs normal, und noch weniger das, was ihr Anführer – zumindest schien er das zu sein – später erklärte: ›Das Wichtigste ist jetzt, die Nachricht zu verbreiten, um die Flotte kümmern wir uns später.‹« In diesem Augenblick veränderte sich der Gesichtsausdruck des Bildhauers. »Da frage ich mich«, fuhr der Italiener fort, »was wohl die Seuche mit der Flotte zu tun haben mag. Vermutlich ist die Indien-Flotte gemeint, die in diesen Tagen erwartet wird, aber …«

»Erinnert Ihr Euch, wie der Mann aussah, der dies sagte, Signore?«, fragte Jerónimo nervös.

»Ja doch, ich erinnere mich. Er war ein hagerer Mann mit schmalem Gesicht und dunkler, sonnengegerbter Haut, obwohl seine Manieren auf einen hohen Stand schließen ließen. Ich sah ihn zwar nur im Sitzen, doch er war offensichtlich von hoher Gestalt, nicht weniger als sechseinhalb Fuß groß. Er trug einen gepflegten Schnurrbart und einen Kinnbart, wie er in Mode ist. Seine Augen waren schwarz, er hatte einen durchdringenden Blick. Seine Kleidung war schwarz, von feinem Tuch und edlem Schnitt. Einer rief ihn beim Namen: Don Juan. Dass man seinen Namen dort laut nannte, gefiel dem Mann gar nicht.«

Ruiz de Acevedo dachte sofort, es könne sehr wohl Juan de Lastres sein, von dem der Fechtmeister da sprach, der Steuermann, mit dem er einen Abend im Kartäuserkloster von Jerez verbracht hatte. Deshalb bemerkte er:

»Möglicherweise handelt es sich bei diesem Mann um einen Steuermann der Handelsflotte. Er könnte sogar der Erste Steuermann der Flotte sein, die in diesem Augenblick flussaufwärts segelt.«

»Das würde die Anspielung auf die Flotte erklären«, antwortete der Fechtmeister.

Ihre Unterhaltung wurde durch das Eintreten eines Dieners der Fechthalle unterbrochen; er kam in Begleitung von Simón, dem Diener Ruiz de Acevedos.

»Verzeiht die Störung, *Signore,* aber der Diener des Arztes sagt, er bringe dringende Nachricht für seinen Herrn.«

»Was gibt es, Simón?«

»Mich schickt Eure Gattin, meine Herrin Doña Catalina. Sie lässt Euch ausrichten, dass ein Bote des Stadtrats gekommen ist, um mitzuteilen, dass der Statthalter Euch sofort empfangen wird.«

Der Arzt wandte sich an seinen Fechtlehrer.

»Ich bedaure Euch verlassen zu müssen, Maestro Piero, aber ich darf Seine Exzellenz nicht warten lassen. Vielen Dank für die Schokolade, sie wird den Lobpreisungen, die Ihr ihr gewidmet habt, in der Tat gerecht: Sie ist von exzellenter Qualität. Jerónimo, du bleibst noch?«

»Nein, nein, ich muss auch gehen. Ich habe Angelegenheiten zu regeln, die keinen Aufschub dulden, erst recht nicht unter den gegebenen Umständen.«

Die beiden Freunde verließen die Akademie unter dem großen Bedauern des Italieners, der gehofft hatte, seine Neugier zumindest in Teilen befriedigen zu können, nachdem die Unterhaltung gerade an einem Höhepunkt angelangt war. Er verfluchte die unpassende Ankunft der Diener, hatte die Geschichte aber kurz darauf schon wieder völlig vergessen:

»Francisco! Francisco! Wo steckt denn dieser Faulenzer schon wieder?«, schrie er nach seinem Diener, damit dieser die Waffen reinigte und das Schokoladengeschirr abräumte. »Francisco! Muss ich dir etwa erst einen Peitschenhieb verpassen? Francisco!«

Kaum waren sie auf der Straße, fragte Diego Jerónimo mit so leiser Stimme, dass sie seine Nervosität und Sorge nicht einmal im Ansatz widerspiegelte:

»Um Gottes willen, Jerónimo! Weißt du etwas über diesen Juan de Lastres?«

»Zuerst musst du wissen, dass ich gestern um die Mittagszeit bei dir zu Hause war, weil ich wusste, dass dich deine Reise an die infizierten Orte führte, und in großer Sorge war. Ich kam auch, um Catalina ein wenig zu beruhigen, die ebenfalls zutiefst besorgt und traurig war. Wir haben alle um dein Leben gebangt. Auf meine Fragen wusste sie nur zu sagen, dass dich am Vorabend deiner Abreise ein Schöffe aufgesucht hatte, um dir die Mission aufzutragen, für die der Stadtrat dich vorgesehen hatte.«

»Das ist ja alles schön und gut. Aber, um Himmels willen, so antworte mir doch! Woher kennst du Juan de Lastres?«

Als habe er seine Frage nicht gehört, fragte Jerónimo ihn ungläubig:

»Bist du bis nach Cádiz gekommen?«

Der Arzt blickte in alle Richtungen, um sich zu vergewissern, dass niemand ihn hören konnte, dann zischte er seinem Freund noch leiser als zuvor zu:

»Ja, ich bin bis nach Cádiz gekommen, und du solltest wissen, dass dort weder die Pest noch irgendeine andere Seuche ausgebrochen ist! Das Leben dort verläuft in völliger Normalität! Und nicht nur in Cádiz, auch in Jerez und Lebrija, die ich auf meinem Rückweg nach Sevilla durchquert habe, konnte ich nichts anderes feststellen.«

Als er dies hörte, blieb Jerónimo unvermittelt stehen:

»Habe ich richtig gehört, oder fantasiere ich vielleicht?«

»Du hast ganz richtig gehört, lauf weiter! Weder in Cádiz, noch in irgendeiner anderen Stadt dieser Region gibt es auch nur das kleinste Anzeichen für eine Pestepidemie.«

»Aber dann … wie erklärst du dir dann, was sich seit gestern hier in der Stadt abgespielt hat?«

»Das alles beruht auf einem bedauerlichen Irrtum, vielleicht müssen wir sogar viel mehr als einen Irrtum in Betracht ziehen. Aber das ist keine Frage, die uns jetzt beschäftigen sollte. Später erzähle ich dir alles genau, aber nun muss ich so schnell wie möglich beim Statthalter vorsprechen. Wir können uns um ein Uhr bei mir zu Hause treffen und gemeinsam essen. Dann erzählst du mir in aller Ruhe die Geschichte, die dir den Schlaf raubt – und glaub mir, man sieht es dir an. Du scheinst völlig außer dir zu sein. Aber nun sag mir, verdammt, noch eins: Was weißt du über Juan de Lastres?«

»Er ist Teil der Geschichte, die ich dir erzählen will, und die mich fast um den Verstand bringt, seit ich von ihr weiß. Auch das werde ich dir erklären, wenn wir uns zum Mittag in deinem Hause sehen.«

Doktor Ruiz de Acevedo gab sich geschlagen. Sie hatten nun die Plaza de San Francisco erreicht, und er beschloss, dass es besser sei, das Gespräch auf später zu verschieben. Die Freunde verabschiedeten sich, und der Arzt beschleunigte seine Schritte, um das Rathaus rasch zu erreichen. Simón trug er auf, seiner Frau auszurichten, dass Jerónimo ihnen beim Mittagessen Gesellschaft leisten würde.

Im Rathaus wurde Diego sofort in das Büro des Grafen de Paredes geführt. An der Tür kündigte der Gerichtsdiener ihn mit einem gewissen Zeremoniell an:

»Doktor Ruiz de Acevedo«, rief er eindringlich und trat beiseite, um den Angekündigten hindurchzulassen.

Beim Statthalter saß ein Mönch mittleren Alters, ein dicklicher Mann, dem Kahlköpfigkeit und Tonsur kaum ein Haar auf dem Kopf gelassen hatten. Er trug eine Dominikanerkutte. Diego kannte den Mönch, pflegte jedoch keinen Umgang mit ihm.

»Exzellenz«, grüßte der Arzt, der seinen Hut in der Hand trug, seit er das Rathaus betreten hatte, mit einer höflichen Verneigung des Kopfes, »zu Euren Diensten.«

»Mein lieber Doktor!« Der Graf, der in einem Sessel saß und sich mit dem Mönch unterhielt, sprang auf und eilte auf ihn zu. »Ihr ahnt nicht, wie sehr mich Euer Kommen erfreut! Erzählt, erzählt! Denn hier, wie Ihr ohne Zweifel bereits wisst, sind die Dinge außer Kontrolle geraten! Sobald Ihr mir Eure Neuigkeiten mitgeteilt habt, werde ich Euch gebührend informieren. Aber zuerst sprecht Ihr.«

Der Arzt blickte bedeutungsvoll in Richtung des Mönchs, und der Statthalter verstand.

»Ich bitte um Verzeihung. Padre Juan de Loja genießt mein vollstes Vertrauen. Er ist mein Beichtvater. Ihr könnt vor ihm frei sprechen.«

Diego näherte sich dem Mönch, um ihn zu begrüßen, doch der machte keinerlei Anstalten, sich von seinem Sessel zu bewegen, und als Diego diese Unfreundlichkeit gewahr wurde, beschränkte er sich darauf, kurz mit dem Kopf zu nicken und den Namen des Dominikaners auszusprechen. Der Statthalter bot dem Arzt einen Stuhl an, der nahm Platz und kam ohne Umschweife zum Thema:

»Vor wenigen Stunden bin ich in die Stadt zurückgekehrt, und ich komme aus dem Staunen nicht heraus, welche Lage ich hier vorfinde. In der vergangenen Nacht, als ich die Stadt durch die Puerta de Carmona betreten habe, übrigens nach einem wenig angenehmen Zwischenfall, den ich Eurer Exzellenz ersparen möchte …«

»Über diesen Vorfall bin ich bereits informiert, und ich bedauere ihn zutiefst, das könnt Ihr mir glauben, mein verehrter Freund. Aber die erteilten Befehle sind so streng, dass sie mit großem Eifer ausgeführt werden …«, räumte der Statthalter mit einem viel sagenden Achselzucken ein.

»Nichtsdestotrotz hatte die Geschichte auch ihr Gutes, denn der Mann, der an diesem Tor das Kommando über die Wache führte, hat mich sehr ausführlich über alle Ereignisse des gestrigen Tages informiert. Ich muss Euch gestehen, Exzellenz, dass ich überaus bestürzt bin über die Dinge, die hier geschehen …«

Wieder unterbrach der Statthalter seine Ausführungen: »Obgleich wir uns nicht erklären können, wie es geschehen ist, hat sich die Kunde von der Epidemie in Windeseile in der ganzen Stadt verbreitet. Die Teilnehmer der Versammlung, die ich vor einigen Tagen in diesem Raum einberief, schwören – und ich muss hinzufügen, dass sie einen Eid abgelegt haben –, dass kein einziges Wort über ihre Lippen gekommen sei. Es ist uns ein Rätsel, wie dies geschehen konnte.«

»Ich glaube, Exzellenz, ich kann Euch möglicherweise später eine hilfreiche Information hierzu liefern, aber zunächst einmal müsst Ihr das Ergebnis der Mission, mit der Ihr mich betraut habt, erfahren.« Diego Ruiz de Acevedo blickte dem Statthalter fest in die Augen, wohl wissend, dass die Worte, die er nun aussprechen würde, die Wirkung einer explodierenden Bombe haben würden.

»Exzellenz, Ihr müsst wissen, dass weder in Cádiz noch in anderen Städten irgendeine Form von Seuche ausgebrochen ist.«

Wie vorhergesehen war die Wirkung seiner Worte ganz außerordentlich. Der Mönch, der die Hände über seinem umfangreichen Bauch gefaltet und träge in seinem Sessel geruht hatte, setzte sich abrupt auf und umklammerte mit aller Kraft die Armlehnen seines Sessels, als fürchte er hinunterzufallen. Der Graf de Paredes sprang so heftig aus seinem Sessel, dass dieser nach hinten umkippte.

»Keine Pest? Weder in Cádiz noch sonst irgendwo!?«, schrie er, so aufgeregt, dass er irgendwo auf halbem Wege zwischen Ausruf und ungläubiger Frage stecken blieb. »Das ist unmöglich, Doktor! Uns liegen eindeutige Informationen vor, die das Gegenteil beweisen!« Mit großen, langen Schritten stürmte der Statthalter von einer Seite des Zimmers auf die andere und gestikulierte dabei aufgebracht mit den Armen. »Was Ihr da sagt, ist doch Irrsinn! Die Pest fordert ihre Opfer überall, überall! Man erzählt sich von Begebenheiten in Cádiz, in Rota, in Sanlúcar, in den Häfen, in Jerez, dass sich einem beim bloßen Zuhören die Haare aufstellen! Die Lage, damit Ihr es wisst, ist so ernst, dass niemand von der Indien-Flotte, weder die Besatzung noch die Soldaten, die an Bord der Galeonen sind, auch nur einen Fuß auf die Erde setzen darf! Ihr befindet Euch in einem schweren Irrtum, Señor Ruiz de Acevedo! In einem sehr schweren Irrtum!«

Der Statthalter war wie von Sinnen. Diego hatte zwar eine heftige Reaktion erwartet, jedoch nicht gedacht, dass sie sich auf diese Weise äußern würde: Er hatte eher mit Ungläubigkeit als mit Zorn gerechnet. Er beschloss, dass es wohl das Beste sein würde, geduldig abzuwarten, bis Seine Exzellenz sich beruhigt hatte. Auch der Mönch saß wortlos da ohne einzuschreiten. Diego fand, dies sei eine schlechte Form, einem Menschen geistlichen Beistand zu leisten. Nachdem eine ganze Weile verstrichen war, unterbrach der Graf de Paredes endlich seinen Ausbruch und fragte den Arzt:

»Könnt Ihr mir erklären, warum Ihr behauptet, es gebe keine Epidemie?«

Diego wurde klar, dass er äußerste Vorsicht walten lassen musste, um auf diesem Wege voranzukommen:

»Eure Exzellenz, hättet Ihr die Güte, mit mir gemeinsam noch einmal das Schreiben in Augenschein zu nehmen, das Señor de Lantery Euch schickte, um Euch über die Epidemie zu informieren?«

»Señor de Lanterys Nachricht?«

»Genau, Exzellenz. Seine verschlüsselte Botschaft.«

Statt zu antworten läutete der Graf lediglich ein Glöckchen, auf deren Klang sofort ein Gerichtsdiener erschien.

»Schickt mir die Schlüsselbewahrer, sofort.«

Umgehend verließ der Gerichtsdiener das Büro wieder und kehrte kurz darauf in Begleitung zweier gepflegter, bedächtig wirkender Herren zurück: dem Depositar und dem obersten Beamten des Sevillanischen Stadtrats, Verwahrer jeweils eines Schlüssels – einen dritten besaß der Statthalter selbst – zu der dreischlossigen Truhe, in der, wie es das Gesetz vorsah, einerseits die Stadtkasse verwahrt wurde und andererseits all jene Dokumente, die aufgrund ihrer Wichtigkeit besonders sicher aufbewahrt werden mussten. In dieser Truhe lag auch das Schreiben des Repräsentanten von Cádiz. Man öffnete sie, holte das fragliche Dokument heraus, verschloss sie wieder und verabschiedete die beiden Schlüsselbewahrer.

»Hier, nehmt«, rief der Statthalter und wedelte mit dem Stapel Blätter in seiner Hand, »den Brief von Señor de Lantery, den Schlüssel für seine Kodierung sowie den entschlüsselten Wortlaut.«

Auch der Arzt holte aus seinem Wams Papiere hervor, womit er einen erstaunten Blick des Grafen auf sich zog. Der Mönch saß noch immer wie versteinert auf seinem Sessel und umklammerte die Armlehnen.

»Seht Ihr, Exzellenz, Señor de Lantery hat mir erklärt, dass er Euch in seinem Schreiben keineswegs über die Existenz einer Seuche in Cádiz oder anderen Städten informiert habe …«

»Dann lügt der Repräsentant! Er lügt wie ein Schurke! Hier habe ich den Beweis! Hier seht Ihr den Brief, den mir dieser Gauner per Sonderkurier geschickt hat!«, explodierte der Graf de Paredes.

»Beruhigt Euch, Exzellenz, beruhigt Euch. Ihr werdet sehen, das alles hat seine Erklärung«, versuchte der Arzt den Statthalter zu beruhigen, der sich in eine wahre Furie verwandelt hatte – nicht nur aus dem Mund schien Rauch zu quellen, auch seine schwarzen Pupillen sprühten Feuer.

»Diese Erklärung will ich hören! Ich schwöre Euch bei der Erlösung meiner Seele … verzeiht, *Padre*!«, unterbrach er sich mit Blick auf den Dominikaner. »Ich bin außer mir!«

»Hier habe ich eine getreue Kopie der verschlüsselten Nachricht, die man Eurer Exzellenz aus Cádiz geschickt hat. Wenn Ihr einverstanden seid, können wir zunächst die Gleichheit der beiden Dokumente überprüfen.«

Der Statthalter erklärte sich einverstanden, und die beiden Schreiben wurden Wort für Wort verglichen. Anschließend, auf Bitte Diegos, wiederholten sie den Vorgang. Nun erhob sich endlich auch der Mönch aus seinem Sessel, um ebenfalls einen genauen Blick auf die Dokumente zu werfen. Am Ende waren sich alle drei einig, dass die vorliegenden Nachrichten exakt übereinstimmten, es war nicht der geringste Unterschied zu erkennen.

»Und nun, mein lieber Freund, wohin führt uns diese Feststellung, wollt Ihr mir das erklären?«, fragte der Graf de Paredes nicht ohne Hohn.

»Mit dem größten Vergnügen, Exzellenz. Hier habe ich eine Transkription dieser Nachricht in unsere Sprache, ausgeführt von Señor de Lantery persönlich. Diese Transkription …« Diego wusste, dass nun unausweichlich ein weiterer Wutausbruch des Grafen folgen würde, »diese Transkription, Exzellenz, enthält keinerlei Hinweis auf eine Epidemie in Cádiz oder einer der umliegenden Ortschaften.«

»Das ist unmöglich! Über ebendies hat uns dieses Schreiben informiert: über eine Epidemie! Aus genau diesem Grund, Señor, wurdet Ihr beauftragt, nach Cádiz zu reisen, um nähere Informationen einzuholen, damit unsere Stadt angesichts dieser immensen Bedrohung die geeigneten Maßnahmen ergreifen könne! Ich lese Sie Euch vor! Wir werden diese Verwirrung ein für alle Mal aus der Welt schaffen!«

Der Statthalter griff nach einem schwarzen Gestell aus Eisen mit zwei geschliffenen Gläsern, das vor seiner Brust hing. Er setzte es sich auf die Nase, räusperte sich, um seine vom unablässigen Schreien ein wenig mitgenommene Kehle frei zu bekommen, und las so ruhig er es vermochte:

Cádiz, am 14. Tag des Monats April
im Jahre des Herrn 1646

Mir ist auf streng vertraulichem, aber absolut glaubwürdigem Wege zur Kenntnis gelangt, dass auf der Indien-Flotte, die soeben unsere Küste erreicht hat, Fälle von Pesterkrankungen aufgetreten seien. Es gibt Hinweise, dass sich die Krankheit bereits auf diese sowie andere Städte der Küste übertragen hat. Angesichts der Tragweite dieser Angelegenheit, die Euch, Euer Gnaden, sicher nur allzu bewusst ist, wird sie mit höchster Geheimhaltung behandelt. Ich versichere Euch, dass hier in der Stadt nicht das leiseste Gerücht zu vernehmen ist, kein Wort wird über dieses Thema verloren. Nichtsdestotrotz bekräftige ich, dass die Information gesichert sowie durch und durch glaubwürdig ist.
Die Erkrankten werden nahe der hiesigen Küste ins Meer geworfen, beschwert mit großen Steinen, um sie auf den Grund zu ziehen. Diese Operation wird des Nachts und mit großer Diskretion erledigt.
Weil eine solche Krankheit für diese Stadt von so über-

aus großer Bedeutung ist und daher mit größter Vertraulichkeit behandelt werden muss, sende ich Euch diese Nachricht nicht mit gewöhnlicher Post, sondern per eiligem Sonderkurier und chiffriert.
Solltet Ihr, Euer Gnaden, diesbezüglich ausführlichere Informationen wünschen, so werde ich einen von Euch geschickten Gesandten gerne über alles aufklären. Er komme ins Wirtshaus, das man Puerta de Tierra nennt, ein gut besuchtes Haus, das keinerlei Umweg bedeutet. Dorthin werde ich für den Fall, dass Ihr Näheres zu erfahren wünscht, mehrere Tage lang am Morgen und am Abend schicken und nach Nachrichten fragen lassen.
Ich küsse die Hand Eurer Exzellenz und verbleibe wie stets mit den respektvollsten Grüßen und größter Ehrerbietung gegenüber Euer Gnaden.

Euer ergebenster Diener
RAIMUNDO DE LANTERY

Als er geendet hatte, setzte der Statthalter seine Brille wieder ab und blickte dem Arzt herausfordernd ins Gesicht:

»Es ist offensichtlich, dass der Repräsentant Sevillas in Cádiz mich in diesem Schreiben über die Existenz einer Pestepidemie informiert – und Ihr verneint dies nun.« Der Graf de Paredes reichte Diego den Text, den er ihm soeben vorgelesen hat. »Nehmt und überzeugt Euch selbst, damit diese Zeitverschwendung ein für alle Mal ihr Ende findet.«

Diego war sich bewusst, dass nun der schwierigste Teil seiner Aufgabe gekommen war. Jetzt musste er dem Statthalter sagen, dass ihm bei der Entschlüsselung des Textes mehrere kleine Fehler unterlaufen waren, die die Bedeutung des Textes ganz entscheidend verändert hatten.

»Exzellenz, wünscht Ihr, dass wir die Nachricht von neuem entschlüsseln?«

Der Graf de Paredes starrte Diego an, der seinem Blick standhielt, ohne auch nur zu blinzeln. Auf dem Gesicht des Statthalters, das trotz der Jahre nicht an Kraft verloren hatte, lag ein harter, ja sogar Furcht erregender Ausdruck. Aber ganz tief in diesen Augen war auch ein Hauch von Unruhe entstanden, der Schatten eines Zweifels:

»Warum sollten wir die Nachricht nochmals dechiffrieren?«

Bevor er die Frage beantwortete, holte der Mediziner tief Luft, um sich für die Flut der Verwünschungen zu wappnen, die gleich auf ihn niederprasseln würde:

»Exzellenz, ich habe hier eine andere Transkription der Nachricht, die Señor de Lantery Euch gesandt hat, und sie stimmt nicht genau mit der überein, die Ihr soeben verlesen habt.«

Der Blick des Statthalters verfinsterte sich:

»Wollt Ihr damit vielleicht andeuten, dass der Text, den ich verlesen habe, fehlerhaft ist?«

Diego wagte sich entschlossen vor.

»Exzellenz, ich möchte es nicht andeuten, ich sage es mit Bestimmtheit. Der Person, die den Code aufgeschlüsselt hat, sind mehrere Fehler unterlaufen.«

Die Hände des Dominikaners, der als Beichtvater Seiner Exzellenz die Seele des Grafen in all ihren Tiefen kennen musste, umklammerten wieder krampfhaft die Armlehnen seines Sessels. In diesem Augenblick brach das Gewitter los: Eine endlose Flut von Flüchen und Beleidigungen barst aus dem Mund des Statthalters, so stetig wie die Litanei eines Rosenkranzes.

»Bei der Heiligen Jungfrau *de los Reyes!* Mehrere Fehler sagt Ihr? Das werdet Ihr beweisen müssen! Wisst Ihr vielleicht, wer diese Dechiffrierung vorgenommen hat? Ich werde es Euch sagen! *Ich* war es! Ich *persönlich!* Hätten wir nicht die erforderlichen Maßnahmen ergriffen, würde es unserer Stadt heute ebenso ergehen, wie allen anderen rundherum! Verseucht!! Hunderte von Toten! Was sage ich, hunderte … tausende! Zeigt mir diese angeblichen Fehler, Señor Ruiz de Acevedo!«

Diego ließ das Gewitter über sich ergehen, ohne die Fassung zu verlieren. Ihm war klar, dass all dies nur laute Worte waren, er kannte den alten Brummbären, der stets versuchte, seine Leiden zu verbergen, viel zu gut, und er wusste ebenso genau wie der Beichtvater, dass seine schrecklichen Wutausbrüche zügig wieder verrauchten. Das hatte er schon häufig genug erlebt. Viel mehr fürchtete er sich vor dem Eingeständnis, wenn der Graf bestätigt fand, dass er sich geirrt hatte. In diesem Augenblick würde Diego all sein Taktgefühl brauchen – und er hoffte, dass dieser Einfaltspinsel von einem Mönch ihn dabei unterstützen würde –, um zu verhindern, dass der Statthalter einen Anfall erlitt, der in seinem Alter wahrhaft gefährlich werden konnte. Jetzt war es das Beste, ihn sich austoben zu lassen – beruhigen würde er sich schon von allein.

Und so kam es auch. Nachdem er noch ein paar Minuten weitergeschrien, geflucht und gedroht hatte, bat der Graf ihn, ihm seine Fehler zu zeigen:

»Habt Ihr zufälligerweise die korrekte Transkription bei Euch?«

»Gewiss, Exzellenz.« Und er reichte ihm das Papier.

Der alte Regent von Sevilla setzte sich die Brille auf und las, leise vor sich hinmurmelnd, den Text. Je weiter er in seiner Lektüre voranschritt, desto stärker begannen seine Hände zu zittern, wie das Rascheln des Papiers in seinen Händen deutlich verriet. Als er geendet hatte, blickte er den Arzt aus den Augenwinkeln an. Sein Gesicht war hochrot, und eine Vene, die aus seiner Schläfe hervortrat, klopfte gefährlich:

»Sehen wir uns den Schlüssel an!«

Zu dritt machten sie sich an diese Aufgabe: Jetzt zeigte auch der Mönch wieder Interesse. Die Arbeit war mühsam und langwierig, aber nach und nach nahmen die Zeilen des rätselhaften Kauderwelschs allmählich Form an, und vor ihren Augen entstand ein Text, der dem Ergebnis des Statthalters vor einigen Tagen sehr ähnelte – mit Ausnahme einiger weniger, aber höchst bedeutender Unterschiede. Die neue Transkription, die der Graf soeben selbst vorgenommen hatte, enthielt nun keinen Hinweis mehr auf eine Epidemie in Cádiz. Ihm waren kleine Fehler unterlaufen, die sich als fatal erwiesen hatten! Als sie fertig waren, ließ sich der Statthalter ermattet in einen Sessel fallen. Er war die lebendige Verkörperung der Niedergeschlagenheit, tiefer Kummer zeichnete sein Gesicht. Niemand, der ihn nicht kannte, hätte ihn für den gleichen Mann gehalten, der noch vor wenigen Augenblicken die Welt verschlingen wollte.

Der Mönch schob dringende Verpflichtungen vor und bat Seine Exzellenz um Erlaubnis, sich zurückziehen zu dürfen. Dem Regenten blieb gerade noch die Kraft, ihm mit auf den Weg zu geben, dass er alles, was er gehört hatte, als Beichtgeheimnis betrachten solle.

»Kein Sorge, Euer Exzellenz. Meine Lippen sind versiegelt«, flötete er mit honigsüßer Stimme.

Als sie allein waren, zeigte sich Diego besorgt um den alten Brummbären.

»Exzellenz, Ihr solltet Euch das nicht so sehr zu Herzen nehmen, das ist in Eurem Alter nicht gut.«

Der Graf de Paredes hob den Blick.

»Nach dem hier wird es wohl das Beste sein, wenn ich Seine Majestät bitte, mich aus dem Amt zu entheben.

Dies ist eine zu schwere Last für meine alten Schultern und meine erschöpften Kräfte.« Sein Blick ging verloren ins Leere.

»Möchtet Ihr einen Schluck Wasser, um Euch zu erfrischen, und einige Tropfen stärkenden Sirups, um Eure Niedergeschlagenheit zu vertreiben?«

Er bejahte mit einem Kopfnicken. Diego bereitete ihm einen Trank aus Wasser, das er einem Krug auf dem Tisch entnahm, und einigen Tropfen einer zähen, gelblichen Flüssigkeit aus einem kleinen Fläschchen, das er gemeinsam mit anderen Arzneien, die er in Notfällen einzusetzen pflegte, in einem kleinen Lederbeutel stets bei sich trug. Als der Statthalter sich ein wenig beruhigt hatte, fühlte sich der Arzt verpflichtet, ihm von seiner Begegnung mit Juan de Lastres zu erzählen.

»Seht, Exzellenz, als ich die Stadt in Richtung Cádiz verließ, um meinen Auftrag zu erfüllen, führte mich meine erste Tagesreise bis Jerez, wo ich im Kartäuserkloster die Gastfreundschaft der Mönche in Anspruch nahm, denen ich freundschaftlich verbunden bin. Dort traf ich auf einen anderen Übernachtungsgast, einen gewissen Don Juan de Lastres, den Ersten Steuermann Seiner Majestät auf der Indien-Flotte, die vor einigen Tagen Cádiz erreichte und nun den Guadalquivir hinaufsegelt. Wie Ihr wisst, Exzellenz, überlassen die Steuermänner das Führen ihrer Schiffe von der Sandbank in Sanlúcar bis zur Ankunft in Sevilla den Lotsen, die alle Sandbänke, Strömungen und sonstigen Besonderheiten des Flusses genauestens kennen. Gelegentlich bleiben sie dennoch an Bord, bis sie Sevilla erreichen, doch in diesem Fall ging der Steuermann schon in Sanlúcar an Land. Worauf ich ihm im Kartäuserkloster von Jerez begegnete. Vielleicht fragt Ihr Euch, Exzellenz, warum ich Euch das alles erzähle. Der Grund ist, dass ich einen Verdacht hege, der auf den ersten Blick ganz unglaublich erscheint.«

»Worum handelt es sich?«, fragte der Statthalter interessiert.

»Exzellenz, ich glaube, über die Verwirrung, die das Schreiben Señor de Lanterys hervorgerufen hat, hinaus gibt es auch Menschen, die ein Interesse daran haben, dass sich das Gerücht über eine Pestepidemie ausbreitet.«

»Das ist verrückt, Don Diego! Wer könnte an einer solchen Unsinnigkeit interessiert sein?«

»Obgleich ich Euch keine Beweise vorlegen kann, gibt es doch einige Indizien, die in diese Richtung weisen und von denen ich überzeugt bin, dass sie sich im Laufe der nächsten Tage bestätigen werden.«

»Dummes Zeug, Ruiz, dummes Zeug!«, brummte der Statthalter.

Weil er dem Stadtoberhaupt nicht widersprechen wollte, beharrte Diego nicht weiter auf seiner Meinung.

»Nun, dass die Bedrohung durch die Seuche doch nicht so groß ist, ist ja letzten Endes eine gute Nachricht! Das ist der einzige Trost, der bleibt!«

»Und was, Euer Exzellenz, gedenkt Ihr bezüglich der Bußprozession, die für den heutigen Nachmittag vorgesehen ist, zu unternehmen?«, fragte der Arzt.

»Unter allen Umständen daran festhalten, mein Sohn. Um nichts in der Welt darf man ein solches Ereignis unterdrücken! Darüber hinaus bietet die Prozession eine gute Gelegenheit, über die tatsächliche Situation, in der wir uns befinden, aufzuklären!«

»Was gedenkt Ihr zu tun?«

»Irgendetwas wird mir schon einfallen, und selbstverständlich denke ich da an etwas Sensationelles.«

10

Catalina de Arana hatte sich ein weiteres Mal als hervorragende Gastgeberin erwiesen und ihnen ein fürstliches Mahl serviert. Als Vorspeise gab es Fleischaufschnitt aus der Sierra de la Huelva: Schinken, luftgetrocknetes Rindfleisch, Schwartenmagen, Blutwurst und *Chorizo* – Köstlichkeiten, die ihre Schwester Luisa alljährlich aus Aracena schickte, wo ihr Mann das Amt des Stadtschreibers bekleidete. Danach wurde eine herrliche Hühnerbrühe serviert, anschließend Thunfisch aus Tarifa, frisch aus den Netzen der Fischer des Herzogs de Medinasidonia und in Zwiebelsauce gekocht, und einen wundervollen, mit Rosinen und anderen Früchten gefüllten Kapaun. Begossen wurde dies alles mit einem außergewöhnlichen Montillawein, den Catalina nur zu besonderen Anlässen entkorkte – und sie fand, dass dies einer sei. Als Nachtisch folgte eine Cremespeise, verziert mit exquisiten Meringuen aus Zucker und geschlagenem Eiweiß, von einer Konsistenz, die nur sie ihm zu geben verstand. Von ihren Tischgästen wurde diese Fülle von Gaumenfreuden allerdings nicht angemessen wertgeschätzt, denn sowohl ihr Gatte als auch Jerónimo waren vollkommen auf das Gespräch konzentriert, das sie an diesem Abend zusammengeführt hatte. Dennoch war die Frau des Arztes nicht beleidigt, denn auch ihre ganze Aufmerksamkeit galt dem, was hier gesprochen wurde. Catalina teilte mit den beiden Männern viele ihrer Sorgen, und sie nahm an den meisten ihrer Gespräche und Diskussionen teil, obwohl jeder Außenstehende die Hände über dem Kopf zusammengeschlagen hätte: eine Frau, die sich in die Angelegenheiten von Männern einmischte – welche Anmaßung!

Jerónimo hatte das Gespräch mit einer Frage eingeleitet:

»Obwohl ich ein paar schreckliche Tage hinter mir habe und auf glühenden Kohlen sitze, mich bei euch auszusprechen und euch von einem schrecklichen Geheimnis zu erzählen, das ich durch eine Laune des Schicksals erfahren habe, musst du mir zunächst erklären, Diego, was du heute Morgen nur andeuten konntest: Was soll das heißen, es gibt weder in Cádiz noch sonst wo in der Umgebung eine Pestepidemie?«

Diego kannte die Halsstarrigkeit des Bildhauers zu gut, um dessen Wunsch nicht nachzukommen. Er begann damit, ihm seine Begegnung mit jenem Juan de Lastres im Kartäuserkloster von Jerez zu schildern.

»Es ärgerte mich, dass der Abt vor ihm über den Grund meiner Reise nach Cádiz sprach – ihm hatte ich zuvor davon erzählt, um ihn zu fragen, was er über den Ausbruch einer Epidemie wüsste. Doch der Abt hatte seine Gründe: Jener Juan de Lastres hatte ihm nämlich mitgeteilt, dass es auf der Indien-Flotte Fälle von Pest gegeben habe. Zwei Männer seien auch daran gestorben, er könne jedoch weder sagen, wie viele Männer an Bord sich angesteckt hätten, noch wisse er die Zahl der Schiffe zu nennen, die Kranke an Bord haben. Nach Einschätzung des Ersten Steuermanns musste sich jedoch ein guter Teil der Flottenbesatzung infiziert haben, denn die Ansteckung mit der Seuche hatte auf Teneriffa, auf den Kanarischen Inseln, stattgefunden. Dort hatten die Galeonen angelegt, nachdem ein entsetzliches Unwetter sie gezwungen hatte, vom Kurs abzuweichen und in einer geschützten Bucht namens Puerto de la Santa Cruz Schutz zu suchen. Den dortigen Aufenthalt nutzten die Besatzungen, um kleinere Schäden an den Schiffen zu reparieren, die Wasservorräte aufzufüllen und frische Vorräte an Bord zu holen. Zum Erledigen dieser Aufgaben wurden von allen Schiffen Männer an Land geschickt, noch dazu bekamen sowohl die Matrosen als auch die an Bord stationierten Truppen zwei Tage Landurlaub. Laut de Lastres seien die Männer durch sämtliche Bordelle und Tavernen der Bucht gezogen, hätten ohne jedes Maß getrunken und sich auch auf andere Weise amüsiert. ›Dieser verdammte Zwischenaufenthalt‹, sagte de Lastres, ›war der Ursprung jenes Übels, unter dem wir nun leiden.‹ Er fügte hinzu, dass man die gesundheitliche Lage auf der Flotte geheim halten wolle, denn falls sie bekannt würde, rechne er mit großen Schwierigkeiten beim Anlegen in Sevilla und beim Entladen der Schätze aus den Laderäumen der Galeonen.«

»Wenn sie geheim halten wollten, dass es mit der Gesundheit auf den Schiffen nicht zum Besten bestellt war, wieso hat er es dann öffentlich erzählt, sogar einem Unbekannten, wie du es für ihn warst?«, fragte Catalina interessiert.

»Es kommt noch viel schlimmer, Liebste, denn ich war für ihn kein Unbekannter, denn er wusste bereits, dass ich Arzt aus Sevilla war und mich auf dem Weg nach Cádiz befand, um mich über ebendies zu informieren: ob eine Pestepidemie ausgebrochen sei. Darüber hatte ihn der Abt der Kartäuser von Jerez zuvor informiert. Meine Überraschung wuchs noch, als ich mich mit dem Repräsentanten unserer Stadt in Cádiz unterhielt, einem Mann namens Raimundo de Lantery, und aus seinem Munde erfuhr, dass seine Information über die Pesterkrankungen an Bord der Indien-Flotte, die er sogleich an Seine Exzellenz den Statthalter weiterleitete, ebenfalls von jenem Ersten Steuermann stammte.«

»Also hat sich dieser Erste Steuermann höchst merkwürdig verhalten«, bemerkte Jerónimo.

»Heute Morgen, in der Akademie *Maestro* Della Rivas, haben wir erfahren«, fuhr Diego fort, »dass dieser Mann mit fast absoluter Sicherheit an einer Art Geheimtreffen in einem Wirtshaus teilgenommen hat. Dort sprach man darüber, wie gelegen es käme, dass sich die Nachricht von der Seuche mit solcher Windeseile verbreitet habe. Eine Bemerkung, die Aufmerksamkeit verdient, wenn doch Señor de Lastres ebenso genau weiß wie ich, dass diese Seuche in Cádiz und dem Umland gar nicht existiert. Aber dazu später mehr. Wenn Jerónimo«, er blickte den Bildhauer an, »uns die geheimnisvolle Geschichte erzählt, die er auf dem Herzen hat, können wir uns diesen seltsamen Steuermann und sein nicht weniger seltsames Verhalten vielleicht ein wenig besser erklären. Am darauf folgenden Tag erreichte ich jedenfalls Cádiz und erfuhr bei meinem Treffen mit Señor de Lantery den Grund für das missverständliche Gerücht, dem die Stadt Sevilla aufgesessen ist. Der Repräsentant erklärte, er habe den Stadtrat in seinem Schreiben über Pestfälle auf einem oder mehreren Schiffen der Indien-Flotte informiert, sich jedoch mit keinem Wort auf Cádiz oder andere Städte bezogen. Als Beweis dafür legte er mir eine Kopie des chiffrierten Schreibens, das er an den Grafen de Paredes gesandt hatte, vor. Als ich Seine Exzellenz heute Morgen im Rathaus aufsuchte, konnte eindeutig nachgewiesen werden, dass das ganze Dilemma die Folge eines bedauerlichen, schwer wiegenden Fehlers beim Dechiffrieren der verschlüsselten Nachricht ist. Wie sich das Gerücht von der Seuche so rasch verbreitet hat, weiß ich nicht, obgleich ich mir allmählich ausmalen kann, wie es dazu kam. Sollte wirklich jemand ein Interesse daran gehabt haben, so hat er sein Ziel offenbar erreicht. Ich vermute, dass einige versuchen werden, ihren Nutzen aus der so entstandenen Stimmung zu schlagen. Ich weiß nicht, was das für Intrigen sind, noch welche Absichten sie verfolgen, aber ich zweifle nicht, dass all dies Teil eines abgekarteten Plans ist. Als ich vergangene Nacht Sevilla erreichte, sah ich, dass meine finstersten Vorahnungen wahr geworden waren und die Stadt sich nun in dieser verfahrenen Lage befindet. So liegen die Dinge – so unglaublich das auch scheinen mag.«

Als Diego diese Erklärungen beendet hatte, schenkte er sich eine Tasse Kaffee ein – ein fremdartiges Getränk, das aus dem Osmanischen Reich stammte. Man bereitete es aus gerösteten Pflanzensamen: Sie wurden gemahlen, und das erhaltene Pulver wurde mit heißem Wasser aufgebrüht. Es besaß einen kräftigen, bitteren Geschmack, den Catalina mit einigen Löffeln Honig versüßte. Das Getränk wirkte stimulierend und half, Müdigkeit und Erschöpfung zu vertreiben.

Er blickte Jerónimo an und bot ihm ebenfalls eine Tasse des Getränks an, die er dankend annahm.

»Und jetzt hoffe ich, dass du mir endlich erzählst«, sagte de Diego mit leisem Spott, »was du über diesen verteufelten de Lastres weißt. Denn er scheint der Schlüssel zu dem Rätsel zu sein, das wir lösen müssen.«

»Ich habe über Leonor von diesem Juan de Lastres erfahren. Ich weiß, dass er sich mit dem Herzog de los Alcores getroffen hat. Es gab eine Zusammenkunft anlässlich dieser finsteren Angelegenheit, die mich in den Zustand ständiger Beklemmung gestürzt hat und die mir den Schlaf raubt, seit ich von ihr erfahren habe. Passt auf!«

In aller Ausführlichkeit erklärte Jerónimo seinen Freunden, was ihm solche Sorgen bereitete. Er schilderte ihnen, wie er einige Nächte zuvor zu Leonor in den herzoglichen Palast geschlichen und wie er durch einen Zufall dazu gekommen war, das Treffen des Herzogs de los Alcores mit mehreren Männern zu belauschen.

»Ihr ahnt nicht, aus welchem Anlass dieser Unhold seine Gefolgsleute dort versammelt hatte«, betonte Jerónimo.

Catalina, die erwartungsvoll mit dem Kaffee neben ihm stand, um ihm einzuschenken, bat ihn aufgeregt:

»Bei der Heiligen Mutter Gottes, nun erzähl uns schon, was sie dort besprachen!«

»Sie waren zusammengekommen, um einen Plan auszuarbeiten, der sie in den Besitz des Goldes auf dem Flaggschiff der Indien-Flotte bringen sollte.«

Catalina verschüttete den Kaffee und rief aus:

»Jesus! Gelobt sei das heilige Sakrament!«

Bei Diego trat an die Stelle der anfänglichen Überraschung, als er dies vernahm, rasch Besorgnis, die sich in Form von tiefen Falten auf der Stirn und zwischen den Augenbrauen in sein Gesicht zeichnete.

»Jerónimo, bist du dir dessen ganz sicher?«

»Vollkommen. So sicher, wie wir drei hier sitzen.«

Unruhig fragte Diego nach:

»Weiß jemand von dem, was du uns gerade erzählt hast?«

»Ich habe es nur Leonor gesagt, die ich dank einer List, die wir ersonnen hatten, gestern in der Sakristei der San-Laureano-Kirche sehen konnte: Ich besuchte den Pfarrer unter dem Vorwand, mit ihm die Einzelheiten eines Bildnisses, das ich für den Titularbischof anfertigen soll, zu besprechen, und Leonor fand sich dort ein, um als Dank für einen empfangenen Gefallen ein Almosen zu spenden. Zur gleichen Zeit kam Isabel de Leiría in entsprechender Kleidung und erbat die Anwesenheit des Priesters in einer höchst wichtigen Angelegenheit, von der sie ihm jedoch außerhalb des heiligen Ortes erzählen müsse. Diese Strategie gewährte uns einige Minuten unter vier Augen, die ich nutzte, um Leonor über alles in Kenntnis zu setzen und sie vor der Gefahr, in der sie schwebt, zu warnen. Ein wenig wusste sie bereits, aber die Neuigkeit überraschte sie nicht. Das verwunderte mich, weil es sich um das handelte, was ich euch soeben erzählt habe. Dann begriff ich: Es scheint, Diego, als sei die Epidemie auf der Flotte ebenfalls reine Erfindung! Und hier kommt Don Juan de Lastres ins Spiel, der das Haus des Herzogs de los Alcores aufsuchte, sobald er in Sevilla eingetroffen war.«

»Er muss einen harten Tag gehabt haben. Ich weiß, dass er das Kartäuserkloster von Jerez mit dem ersten Licht des Tages verlassen hat. Alle Indizien deuten darauf hin«, erklärte der Arzt, »dass die Ankunft dieses Mannes in Sevilla der Schlüssel für die Falschmeldung über die Epidemie ist. Mit dieser Meldung hat er eine Situation geschaffen, die er für seine eigenen, unaussprechlichen Zwecke nutzen will.« Er verstummte und schien eine lange Weile in seine eigenen Überlegungen zu versinken. Auch Jerónimo und Catalina schwiegen.

»Das würde auch erklären«, sagte Diego scheinbar zu sich selbst, »warum er, als er erfuhr, dass ich Arzt war und der Stadtrat mich geschickt hatte, um Informationen über die Epidemie einzuholen, mich so genau und ausführlich über die angebliche Seuche auf der Flotte informierte. Wenn darüber hinaus die Quelle, aus der Señor de Lantery seine Informationen über diese Angelegenheit bezog, dieselbe ist, nämlich jener Erste Steuermann, so kennen wir ja bereits den Grund für den Aufruhr, in dem sich Sevilla nun befindet und aus dem alle Welt eine Pestepidemie erwartet, die es gar nicht gibt.«

»Wahrhaftig, ein teuflischer Plan! Wir haben es mit einer gefährlichen Intrige zu tun, geschmiedet von einer Gruppe Gewissenloser, die damit ihre niederträchtigen Ziele erreichen will.« Nur mühsam gelang es Catalina, die Entrüstung in ihrer Stimme zu bändigen. »Sie scheuen nicht davor zurück, die Stadt in einen Belagerungszustand zu versetzen, und das bedeutet Angst, Leid, Schmerz und Ruin. Sie scheuen nicht davor zurück, die Menschen in Angst und Schrecken zu versetzen, tausende von Menschen und Familien um ihr Leben bangen zu lassen. Solche Schlechtigkeit ward noch nie gesehen!«

Der Nachtisch zog sich sehr lange hin. Die drei saßen zusammen und versuchten, die Versatzstücke dieser unglaublichen Geschichten, die sie gehört hatten, sinnvoll miteinander in Verbindung zu bringen. So gut es möglich war, verknüpften sie all die losen Enden und gingen ein ums andere Mal alles durch, was sie über die finstere Intrige wussten. Unermüdlich wiederholten sie den Vorgang, denn jedes Mal, wenn sie einen Aspekt des Komplotts betrachteten, tauchten neue Elemente auf, die sie zuvor nicht bedacht hatten, ergaben sich andere Perspektiven und stellten sich neue Fragen. Es war beinahe fünf Uhr am Nachmittag, als Catalina daran erinnerte, dass die Prozession, sowohl von der Kathedrale als auch von der Salvador-Kirche aus, um sechs Uhr begann, und sie verpflichtet waren, daran teilzunehmen. Außerdem konnte in der augenblicklichen Lage alles Mögliche geschehen. Alles war denkbar – immerhin hatten sie von dem unglaublichen Komplott auch nur durch eine Verkettung reiner Zufälle erfahren. Bei der heutigen Prozession würde ganz Sevilla auf die Straßen strömen, um die göttliche Vorsehung angesichts der schrecklichen Epidemie, die vermeintlich die umliegenden Städte verwüstete, um Rettung anzuflehen. Zahllose Menschen würden auf der Straße sein, es würde viel geredet werden, und vielleicht … vielleicht …

Das Ehepaar Ruiz de Acevedo machte sich zur Kathedrale auf. Von dort aus würde das Heiligenbild der Prozession, die Jungfrau *de los Reyes,* durch die Puerta de los Palos getragen werden, die erzbischöfliche Kirche einmal umrunden und sich dann entlang der Calle de Génova zur Plaza de San Francisco bewegen. Jerónimo machte sich auf den Weg zur Plaza del Salvador, von wo aus sein Christus vom Guten Tode über die Calle de los Polaineros und die Calle de los Chicarreros ebenfalls den Platz erreichen würde, dem der Heilige Franz von Assisi seinen Namen gegeben hatte. Der Vorsteher der Bruderschaft hatte den Bildhauer eigens gebeten zu kommen, und dieser hatte die Einladung angenommen, weil die öffentliche Zurschaustellung seines neuen Werkes ausgerechnet anlässlich dieser bedeutungsvollen Prozession eine große Ehre war.

Auf Weisung der Kirchenoberhäupter mussten beide Prozessionen nach der religiösen Zeremonie auf der Plaza de San Francisco vor dem Rathaus vor Einbruch der Dunkelheit wieder in ihre Gotteshäuser zurückkehren, denn es galt, eine Vermischung der Geschlechter zu jeder Zeit zu vermeiden, vor allen Dingen aber in der Nacht. Deshalb vereinbarten Catalina, Diego und Jerónimo, sich anschließend wieder im Hause des Ehepaars zu treffen.

Am Kopfende des Platzes ragte die eindrucksvolle gotische Kathedrale mit dem Wetterhahn auf der Turmspitze auf, nach dem der Turm benannt war: La Giralda, das Symbol für den Glauben. An einer Seite stand der erzbischöfliche Palast, in dem die Prälaten der spanischen Bistümer residierten, und auf der anderen Seite der Corral de los Olmos, das Theater, der zum Viertel Santa Cruz führte. Auf diesem Platz fanden sich jetzt allmählich Menschen aller Schichten und Stände ein. Lange vor sechs Uhr abends schon bevölkerten sie den großen Platz zwischen den betreffenden Gebäuden. Nach und nach trafen auch die Oberhäupter der siebzehn Bruderschaften ein, deren Bußprozession dort beginnen würde. Die Übrigen würden von der Salvador-Kirche losziehen. Angeführt von ihren Bannern und Standarten, mit ihren Kreuzen und zum Klang von Trommeln, die mit Trauertüchern bedeckt waren, um den Klang der Stöcke auf dem straff gespannten Fell zu dämpfen, erreichten sie in der gleichen Formation den Platz, in der sie auch ihre jeweiligen Prozessionen abhalten würden. Bei ihrer Ankunft bildeten die Menschen eine Gasse zum Inneren des Gotteshauses, das sie durch eine der Blendtüren der großen Puerta de los Palos betraten – auf dem gleichen Weg, auf dem später das ehrwürdige Bildnis der Jungfrau *de los Reyes* herausgetragen würde. Auch die Vertreter der in der Stadt ansässigen Orden, erkennbar an ihren jeweiligen Habiten, erschienen mit zahlreichen Mitgliedern. Wie die Bruderschaften folgten auch sie ihren jeweiligen Standarten und Kreuzen, doch als man ihnen den Weg ins Innere der Kathedrale freimachte, öffnete sich nicht nur eine Blendtür, sondern beide Flügel taten sich auf – eine Geste, die ihrer Ankunft größere Feierlichkeit verleihen sollte. Die Ersten, die eintrafen, waren die Dominikaner aus dem Kloster San Pablo, zwei lange Reihen Mönche, herausgeputzt in ihren schwarz-weißen Habiten. So einheitlich ihre Kleidung war, so auffällig groß war die Bandbreite der Physiognomien, die sich darunter verbargen. Auch die Art zu gehen, die Bewegungen ihrer Körper waren vollkommen uneinheitlich, es war das Gegenteil einer Militärparade. Nach ihnen trafen die Franziskaner aus ihrem Kollegium San Buenaventura in ihren graubraunen Mönchskutten ein; wie die Dominikaner zählten auch sie etwa ein halbes Hundert. Sie wirkten im Großen und Ganzen weniger finster als ihre Vorgänger, mit denen sie keine sonderlich guten Beziehungen unterhielten – die beiden Orden führten heftige Dispute über Themen wie die Verehrung des Heiligen Rosenkranzes. Anschließend kamen die Kapuziner aus ihrem Kloster gegenüber der Wallfahrtskirche San Hermenegildo. In ihren schwarzen Soutanen erschienen dann die hochmütigen Vorsteher des Jesuitenordens, unter denen sich auch der verletzte Padre Boniches befand. Einige Minuten vor Beginn der Prozession waren auch die Augustiner, die Trinitarier, barfuß oder mit Schuhen, die Brüder des San Francisco, die Tertiarer, die Brüder von San Juan de Dios und die Mercedarier eingetroffen.

Der niedere Klerus betrat die Kathedrale durch die Puerta de San Miguel: Durch diese Pforte kamen alle Kirchenvertreter der einzelnen Stadtviertel und Gemeinden, die die Prozession von hier aus beginnen sollten. Die übrigen Pfarrer und Priester waren in der Salvador-Kirche versammelt, ebenso wie andere Gemeindewürdenträger, zahlreiche einfache Geistliche und Kapläne.

Am meisten Aufsehen erregte jedoch der Einzug der Stadtregierung unter der Führung des Statthalters auf dem Platz. Die Stadträte marschierten hinter zwei Reihen von Arkebusieren, die sich rücksichtslos den Weg durch die Menschenmenge bahnten. Ihnen folgten mehrere Querreihen Tamboure, deren donnernde Trommelschläge eher an einen Feldzug erinnerten als an einen Akt der Buße und schon aus der Ferne zu hören waren, weil die Trommler ihrer Aufgabe mit bemerkenswertem Eifer nachkamen; sie füllten die Straße von einem Ende zum anderen. Hinter ihnen lief ein Corps von zwei Dutzend

Gerichtsdienern mit schwarzen Uniformen und schwarz befiederten Hüten. Zwei Standartenträger in festlichen, mit dem Wappen der Stadt bestickten Gewändern und mit prachtvollen Perücken und riesigen Hüten, machten den Weg für die städtischen Würdenträger frei, die mit sämtlichen Attributen ihrer Macht ausstaffiert waren. Das Schlusslicht des Gefolges bildete ein weiteres Paar Stabträger, identisch mit den ersten, und wiederum eine Abteilung Arkebusiere. Dieser außergewöhnliche Anblick wirkte unter den gegebenen Umständen geradezu wie Protzerei und erregte entsprechend viel Aufmerksamkeit und eine Menge Gerede. Auch der Statthalter hatte sich wie für eine Festlichkeit herausgeputzt, statt in dieser heiklen Situation demütig göttlichen Schutz zu erflehen für die Stadt, die zu regieren seine Aufgabe war. Seine dunklen Augen wirkten kleiner als sonst und verliehen seinem Gesicht etwas Verschmitztes, und unter seinem enormen, ordentlich gestutzten grauen Bart konnte man ein beunruhigendes Lächeln erahnen. Es schien fast, als mache er sich über etwas lustig. Damit hob er sich nur allzu deutlich ab von den Stadträten, die alle einen überaus gequälten Eindruck machten, ihre Haltung war gramgebeugt, ihre Gesichter todernst. Auch sie waren überrascht von dem Pomp, den Seine Exzellenz hier aufbot, und es war sogar zu einem kleinen Tumult im Rathaus gekommen, als er das Gefolge zusammengestellt hatte. Der ein oder andere Stadtverordnete hatte Widerspruch geäußert oder gar gesagt, unter den gegebenen Umständen keinesfalls Teil dieses Aufzugs sein zu wollen. Aber keiner von ihnen machte seine Drohung wahr. In ihrem tiefsten Inneren mochten alle das feierliche Zeremoniell.

Die herausfordernde Haltung, die der Statthalter jetzt bot, hatte nichts mehr mit dem bekümmerten alten Mann zu tun, für den vor wenigen Stunden die ganze Welt zusammengebrochen zu sein schien. Mit Sicherheit hing dieser Auftritt mit dem Plan zusammen, den er nach seinem Gespräch mit Doktor Ruiz de Acevedo ersonnen hatte.

Diego und Catalina, die in einer Ecke der Kathedrale, neben der Puerta del Sagrario, einen Platz gefunden hatten, waren möglicherweise die einzigen Anwesenden, die für die Parade, mit der der Statthalter die Sevillaner verwirrte, eine Erklärung hatten.

»Seine Exzellenz ist wirklich immer für eine Überraschung gut«, murmelte der Arzt seiner Gattin zu. »Heute Morgen, nachdem er erfahren hatte, wie die Situation sich wirklich darstellt, wies er mich an, die Geheimnisse, die ich ihm anvertraut hatte, und die, abgesehen von seinem Beichtvater, den er schwören ließ, sie unter dem Siegel des Beichtgeheimnisses zu wahren, nur noch Jerónimo und du kennen, unter allen Umständen für mich zu behalten. Er gab Befehl, die Wachtposten zu verdoppeln und die Kontrollen zum Abriegeln der Stadt noch zu verstärken. Der alte Gauner! Er kündigte an, dass es eine Überraschung geben würde, und dies hier ist ein Paukenschlag. Wenn er wüsste, was für ein Problem wir haben!«

Immer mehr Menschen versuchten, auf den Platz zu drängen, sie füllten die Stufen vor der Kathedrale, die Calle Placentines und die Calle de los Abades. Auch in der Calle Alcaicería war kein Fußbreit Platz mehr. An der Tür des Theaters de los Olmos, einem der populärsten Schauspielhäuser der Stadt, direkt neben der Kathedrale, hing der handgeschriebene Hinweis, dass dieses Haus auf Befehl der Obrigkeit bis auf weiteres geschlossen bliebe. Es war eine unfassbar große Menschenansammlung, niemand konnte sich erinnern, schon einmal so viel Volk in der Stadt gesehen zu haben, nicht einmal, als Seine Majestät Don Felipe IV. vor mehr als einem Vierteljahrhundert hier gewesen war.

Die Gespräche drehten sich allerorten um das gleiche Thema: die schreckliche Seuche, die das Königreich verwüstete. Nur Sevilla, von der Umgebung abgeriegelt und durch die Mauer geschützt, war von der Hekatombe, mit der Gott die Menschen für ihre Sünden und ihre Schlechtigkeit strafte, bisher verschont geblieben. In den vielen dicht gedrängten Grüppchen, die sich in gespannter Erwartung, was da kommen möge, gebildet hatten, wusste jeder etwas zum Thema beizutragen.

Durch die zahlreichen Wachtposten war es praktisch unmöglich, in die Stadt einzudringen oder sich ihr auch nur zu nähern, seit Sevilla in Alarmbereitschaft versetzt worden war, und es war daher ebenso unmöglich, dass Berichte über neue Pestfälle hereinkommen konnten. Dennoch vervielfachten sich die Neuigkeiten und die bisher noch unbekannten Nachrichten in unbeschreiblichem Ausmaß. Doch niemand hegte auch nur den geringsten Zweifel, niemand stellte die angeblichen Tatsachen infrage, denn in einer so großen Stadt wie Sevilla war es natürlich unmöglich herauszufinden, welcher Wissensstand zum Zeitpunkt der Schließung der Stadttore geherrscht hatte. Außerdem war es an der Tagesordnung, dass jeder, der eine neue Geschichte über die ausnahmslos tragischen Todesfälle und Grauen erregenden Situationen in den infizierten Städten hörte, selbst noch dieses oder jenes Detail hinzufügte, welches dann kurz darauf von seinen Zuhörern als Tatsache weitergetragen wurde. Wendungen wie »ich weiß aus zuverlässiger Quelle«, »jemand, der vertrauliche Informationen besitzt, hat mir gesagt«, »man hat mir unter dem Siegel der Verschwiegenheit erzählt« und ähnliche waren in aller Munde. Ein Gerücht, das am Morgen in der Alameda de Hércules von einem Toten im Kloster von Jerez gewusst haben wollte, hatte sich mittags, an der Tür der Kirche San Laureano, in ein Massensterben verwandelt, das niemand in der Gemeinde überlebt hatte.

Auf der Plaza del Salvador hatte sich ebenfalls eine vielköpfige Menschenmenge versammelt, wenn auch kleiner als die am erzbischöflichen Gotteshaus. Der Grund dafür lag in der Rivalität zwischen den Bruderschaften: Jede einzelne war der Meinung, ihre jeweiligen Sakramentalien, die ihre Gottesfurcht, ihre religiöse Hingabe und auch ihre Gottesdienste darstellten, verdienten es am ehesten, dass sich zu diesem besonderen Anlass die ganze Stadt zu ihren Füßen einfand. Es waren heftige Streitgespräche entbrannt, als es darum ging, eine Wahl zu treffen. Das galt allerdings nicht für die Jungfrau *de los Reyes*. Sie, die als Schutzpatronin der Stadt verehrt wurde, war einhellig durch die Kirchenoberhäupter ausgewählt und ohne Murren seitens der Bruderschaften angenommen worden. Die Entscheidung für ein Christusbildnis gestaltete sich ungleich schwieriger. Um Meister Loaysas Christus vom Guten Tode ins Gespräch zu bringen, hatte Don Juan de Mañara all seinen Einfluss sowie seine langjährige Freundschaft mit dem Dekan der Kathedrale – während der Abwesenheit des Bischofs die höchste religiöse Autorität der Stadt – geltend gemacht. Nichtsdestotrotz rief diese Entscheidung unter den Bruderschaften, die man zu der dringenden Zusammenkunft gerufen hatte, allgemeinen Protest hervor. Besonders heftig wehrten sich die Bruderschaften San Roque und San Sebastián, deren Namenspatrone die geistliche Obrigkeit höchstselbst als beste und mächtigste Anwälte gegen die Pest anerkannt hatte. Andere argumentierten, San Laureano, ein Heiliger, dessen Anrufung sich in der Stadt großer Beliebtheit erfreute, sei das Bildnis, das unter diesen widrigen Umständen den Tribut des Volkes empfangen sollte. Noch andere Brüder schlugen ihre jeweiligen

Heiligen vor, mit dem Hinweis, dass ihre Qualitäten der Notlage, in der sich Sevilla befand, angemessener seien. Viele teilten die Auffassung, dass der Christus vom Guten Tode immerhin ein neues, noch nicht renommiertes Bildnis sei, dessen Verehrung durch die Bevölkerung Sevillas sich erst erweisen müsse. Letzten Endes wurde aber eingeräumt, dass es sich bei der Statue, die Meister Loaysa für die Santa Caridad geschaffen hatte, um ein Werk von außerordentlicher Kraft und Schönheit handelte. Mit dem Hinweis, dass die Aufnahme eines Bildnisses, das keinerlei Tradition besaß und im Widerspruch stand zu den Sitten und Gebräuchen, die sich in der Stadt etabliert hatten, in die Prozession eine gefährliche Neuerung sei, verteidigte die geistliche Obrigkeit ihre Weigerung bis aufs Äußerste.

Doch dieser Streit, der sich mit seinen Abhandlungen und Argumentationen am Vorabend der Prozession über drei lange Stunden erstreckte, war nicht dazu angetan, den Vorschlag zu stürzen. Beendet wurde die Diskussion schließlich durch eine Entscheidung der obersten Instanz der Geistlichkeit, repräsentiert durch ihre Minister, deren Herablassung in dieser Versammlung ein unerfreuliches Ausmaß annahm: Kein einziger Vorschlag, egal wie respektvoll formuliert, der nicht ihren Plänen entsprach, wurde zugelassen. Die Entscheidung, dass der Christus vom Guten Tode das Bildnis sein würde, das durch die Straßen von Sevilla getragen würde, wurde von den Bruderschaften letztlich in frommer Demut akzeptiert – wie es sich gehörte, wenn es um das Gesetz Gottes und die Rettung der Seelen aller Sterblichen ging.

In der Salvador-Kirche hatten sich also auch diejenigen Bruderschaften eingefunden, die das Bildnis des Christus vom Guten Tode begleiten sollten. Sie taten dies ohne Begeisterung, aus bloßer Verpflichtung den Entscheidungen der Kirchenoberen gegenüber. Darüber hinaus waren auch Mönche der wichtigsten Orden, die in Sevilla religiöse Einrichtungen betrieben, wie etwa die Dominikaner und die Franziskaner, in die Kirche gekommen. Als Jerónimo eintraf, waren die Vorsteher der Santa Caridad bereits dort, allen voran Don Juan de Mañara, gehüllt in eine Kutte aus grobem Tuch, barfuß und mit Asche auf dem Haupt, als Zeichen seiner Demut und Buße. Auch viele andere Brüder der Santa Caridad trugen Büßergewänder und hatten sich Asche auf den Kopf gestreut.

Mit einiger Mühe gelang es dem Bildhauer, bis zur Kanzel vorzudringen, wo die Reihenfolge der Prozession besprochen wurde. De Mañara hatte soeben den erbitterten Disput zwischen Dominikanern und Franziskanern, wer in der Prozession den Vorrang haben sollte, mit einer salomonischen Entscheidung geschlichtet: Sie würden in zwei Reihen nebeneinander gehen, und ein Münzwurf sollte entscheiden, wer links und wer rechts lief.

Dies beschlossen, begrüßte er Jerónimo mit den Worten:

»Willkommen, *Maestro* Jerónimo. Wenn es Euch recht ist, könnt Ihr Euch neben dem Bildnis platzieren, an einer der vorderen Ecken.«

Er wies liebenswürdig auf den entsprechenden Ort, doch in Wirklichkeit handelte es sich um einen Befehl, der keinen Widerspruch duldete.

»Es ist mir eine Ehre«, lautete sodann auch die schlichte Antwort des Bildhauers.

Auch hier drehten sich alle Gespräche um das gleiche Thema, und auch hier war der unglaublichste Unsinn zu vernehmen. Die Pest hatte Sevilla in helle Aufregung versetzt. Nicht wenige ließen sich stolz darüber aus, wie einzigartig ihre Stadt gegenüber all den Ortschaften des Umlands sei: Nur Sevilla war – ein besonderes Geschenk –

von der Göttlichen Vorsehung vom Übel verschont geblieben.

Offenbar betrachteten einige die heutige Prozession weniger als einen Akt der Buße, denn als Lobpreisung Gottes und der Heiligen Muttergottes, weil die Stadt auserkoren war, der Seuche zu entgehen. Sevilla stellte den Fels des Wohlergehens dar, inmitten der Brandung von Leid und Verderbnis, die die Welt befallen hatte. Und so schwankten ihre Bürger zwischen Furcht und Frohlocken. Ein Frohlocken, das dem Stolz entsprang, den die Sevillaner in Bezug auf ihre Stadt grundsätzlich zur Schau trugen. Sevilla war nach Madrid die bevölkerungsreichste Stadt der Monarchie, übertraf die Hauptstadt jedoch noch, was den Handel und die Betriebsamkeit anging. Sie war vielseitiger, weil hierher, angelockt vom Geruch des Geldes, das der Guadalquivir hereinschwemmte, Menschen aus allen Nationen kamen. Und auch der Fluss selbst unterschied Sevilla von Madrid, denn an seinem Ufer machten schließlich die Galeonen des Königs fest.

Die Furcht wiederum rührte natürlich von der Angst vor Ansteckung. Die Stadt war schon früher von der Pest befallen gewesen, und die Älteren erinnerten sich voller Entsetzen an die erlittenen Qualen: die schrecklichen Leiden, die sie verursachte, den Tod und den Schmerz, den sie gebracht hatte. Der Sevillanische Klerus hatte es am heutigen Morgen übernommen, sich von den kirchlichen Altarräumen und Kanzeln herab dieser Zeiten zu erinnern. Feurige Redner hatten dort aufgerufen – oder vielmehr befohlen –, Demut und Buße zu üben, Sünden zu beichten und Reue öffentlich kundzutun, damit der gerechte Zorn Gottes nicht auch Sevilla treffen und ihre Bewohner für ihre Schlechtigkeit und ihre Sünden strafen würde. Aus ebendiesem Grund hatte man der Schließung jener Orte des Verderbens, der Bordelle von

Compás de la Laguna und der Komödienhäuser, nicht widersprochen, sondern sie als nützliches Mittel zur Rettung sowohl der Körper als auch der Seelen verstanden. Ohne die außerordentlichen Umstände, unter denen sie stattgefunden hatten, wären diese Schließungen niemals möglich gewesen. Nur wenige Tage vorher hätten sie noch heftige Proteste und möglicherweise sogar einen regelrechten Aufstand ausgelöst. Sehr frisch im Gedächtnis war noch der tätliche Angriff auf Padre Boniches. Dieser Vorfall wurde in einigen Predigten angeführt, aber nicht allzu häufig. Vielleicht dachte der Großteil der Redner, dass nach einem solchen Ereignis die Strafe Gottes in erster Linie jene Menschen hätte treffen müssen, die ruchlos genug waren, einen Gesandten Gottes anzugreifen, als dieser sie für ihre Sündhaftigkeit tadelte. Diese Geschichte, deren Widersprüchlichkeit etwas ungelegen kam, wurde besser nicht zu sehr aufgerührt. Trotzdem schlossen einige Prediger sie als Warnung für künftige Zeiten in ihre Reden ein.

Zur festgesetzten Stunde erklang das volltönende Läuten der Glocken der Kathedrale – man hatte das Läuten aller Glocken von La Giralda, in all ihren verschiedenen Tonlagen, als Signal festgesetzt, auf das die beiden Prozessionen sich in Marsch setzen würden, um am Ende der Strecke aufeinander zu treffen.

Nach und nach, unter den Schwierigkeiten jeder großen Zusammenkunft, setzten sich die beiden Bildnisse, die Jungfrau *de los Reyes* und der Christus vom Guten Tode, in Bewegung. Sie standen jeweils auf Tragbahren, die mit schwarzen Hussen bezogen waren und deren lange Stangen es erlaubten, ihr Gewicht auf mehrere Träger zu verteilen, damit die Bildnisse würdevoll gehalten werden konnten. Darauf standen Sockel, um die Heiligen höher emporragen zu lassen. Eine Gruppe Gerichtsdiener begleitete die heiligen Figuren und ließ lange, durchdringende Trompetenstöße erschallen. Um die Muttergottes-Statue scharten sich besonders viele.

Der Klerus und die Laienorden, die zivile Obrigkeit, die Kirchenvertreter und die Bruderschaften stellten sich an ihren jeweiligen Positionen auf. Dabei legten sie ausgesprochen schlechte Manieren an den Tag: Man rempelte und stieß mit den Ellenbogen, man tauschte unfreundliche und sogar offen herausfordernde Blicke aus, um an einen besseren Platz zu gelangen. Unter größten Schwierigkeiten und indem sie all ihre Kräfte aufboten, brachten die Protokollwächter ein wenig Ordnung in das Durcheinander, das den Beginn der Prozession prägte. Noch schlimmer ging es in der Menge zu, wo ebenfalls geschoben und gedrängelt wurde, um sich den bestmöglichen Platz zu verschaffen, sprich, einen Platz möglichst nahe bei den Heiligen. Hier und da kam es zu tätlichen Auseinandersetzungen, die jedoch schnell geschlichtet werden konnten, aus dieser und jener Ecke waren erboste Schreie zu hören, doch durch das beherzte Einschreiten der Gerichtsdiener ließen sich die Gemüter beruhigen. Endlich setzte sich die Prozession in Bewegung. Den Rhythmus gaben die Trommeln vor, kunstvoll geschlagene Wirbel halfen den Marschierenden, ihre Schritte anzugleichen, und da sich die Trommeln über die gesamte Wegstrecke verteilten, schufen sie eine Einheitlichkeit, die für einen harmonischen Verlauf der Prozession unverzichtbar war. Auch die Arbeit einiger Küster in schwarzen Soutanen und weißen, mit Spitzen und Stickereien reich verzierten Röcken, die die Menschen anhielten, nicht stehen zu bleiben und ihre Buße mit Anstand zu vollziehen, trug zu einem reibungslosen Ablauf bei. Immer wieder mischten sich Lausbuben unter die Menschen, teils von ihren Eltern mitgebracht, teils allein gekommen, und brachten Missklänge in die Prozession, indem sie zwischen den Reihen umherrannten, in die Aufstellungen hinein- und wieder herausliefen und wegen ihres jungen Alters und geringen Verstandes laut schrien und lachten. Hin und wieder erschallten ohrenbetäubend große Trompeten. In den Reihen der Büßer wurden mehrfach Loblieder und Bußgesänge angestimmt, allerdings ohne großen Erfolg, denn die Tonarten wollten einfach nicht harmonieren. Obwohl die mit dieser Aufgabe Betrauten sich alle erdenkliche Mühe gaben, erwies es sich auch als höchst schwierig, Einheitlichkeit in die Gebete an den Bußestationen zu bringen, welche durch den Klang eines höchst komplizierten, gedrehten Blasinstruments markiert wurden, gespielt von einem Mann in Soutane, dessen Pausbacken sich so sehr blähten, dass zu befürchten stand, sie würden gleich platzen, als er mit Inbrunst in die Flöte blies.

Das Christusbildnis hatte gerade die Calle de Chicarreros erreicht, als in unmittelbarer Nähe seiner Träger eine alte Frau von heftigen Krämpfen geschüttelt wurde und zu Boden fiel. Rasch bildete sich rund um die arme Frau, die zuckte und unverständliche Laute hervorstieß, ein Kreis. Ein Anflug von Angst zeichnete die Gesichter der Umstehenden, stumm und unschlüssig blickten sie einander an.

Niemand wagte es, sich der Frau zu nähern und ihr zu helfen. Sie wand sich, schüttelte Arme und Beine, während aus ihrem Mund, obwohl sie die Zähne fest zusammenpresste, Geifer tropfte. Sie zappelte so heftig, dass sie fast eine Handbreit vom Boden abhob. Da erhob sich aus der Menge der rat- und sprachlosen Zuschauer ein gellender Schrei:

»Die Pest! Die Pest! Sie hat die Pest!«

Das Furcht erregende Wort breitete sich aus wie Wellen auf einer Wasseroberfläche.

»Wir haben Pestkranke in der Stadt!«

»Infizierte sind unter uns!«

»Die Seuche ist ausgebrochen!«

Jetzt war alles nur noch Gerenne und Geschrei, Angst und Wehklagen. Die Rempeleien zu Beginn der Prozession nahmen sich wie ein Vorgeplänkel aus, verglichen mit der Gewalttätigkeit, die jetzt um sich griff. Voller Entsetzen und von Grauen erfüllt flohen die Menschen. Ein Arzt versuchte vergeblich, sich zu der Kranken hindurchzukämpfen, aber es gelang ihm nicht, sich einen Weg durch die aufgebrachte Menge zu bahnen, die von dem vermeintlichen Pestherd wegströmte. Jeder versuchte, von dort zu fliehen, koste es, was es wolle. Vergebens flehten jene, die hingefallen waren und nun von allen, die in kopfloser Flucht über sie hinwegstürmten, getreten und zertrampelt wurden, um ein wenig Rücksicht. Menschen wurden an Hausmauern gedrückt und standen nun eingezwängt zwischen der Wand und dem Menschenstrom, der in alle Richtungen zugleich floss. Die Panik hatte die Menge in ein großes Gewimmel verwandelt, das stolperte, stürzte und versuchte aufzustehen, um sogleich wieder hinzufallen. In diesem Chaos vermischten sich Klagerufe und Schmerzensschreie mit wilden Flüchen und Verwünschungen.

Weder den Brüdern der Santa Caridad gelang es, ein wenig Ordnung zu schaffen in dem Babel, in das sich die Prozession verwandelt hatte, noch waren die Bemühungen Don Juan de Mañaras, der große Autorität besaß, von Erfolg gekrönt. Franziskaner und Dominikaner waren schon in der Verwirrung der ersten Augenblicke geflohen, während die säkulare Geistlichkeit einen Fluchtweg durch die Calle de las Escobas gefunden hatte, wohin sie hastig lief, um dem Ansteckungsherd zu entfliehen. Zuerst versuchten sie noch, sich mit einer gewissen Haltung zurückzuziehen, ein wenig von der Würde an den Tag zu legen, die ihrer Stellung entsprach, doch sehr schnell verwandelte sich auch ihr Rückzug in ein »Rette sich wer kann!«, und es wurde gerempelt, gestürzt und brutal gestoßen.

Innerhalb kürzester Zeit erreichte die Nachricht auch die Calle Génova, durch die das Bildnis der Jungfrau *de los Reyes* getragen wurde, und auch hier wurden die Reihen von Büßern blitzschnell von blankem Entsetzen ergriffen. Die Ermahnungen einiger Geistlicher, Ruhe zu bewahren, bewirkten nichts – ebenso wenig die Schreie des Statthalters, der immer wieder aus voller Brust schrie:

»Es gibt keine Epidemie! Es gibt gar keine Epidemie! In Sevilla gibt es keine Pest!«

Es half alles nichts. Schon wurden die unglaublichsten Geschichten ausgetauscht, geflüstert oder im Brustton der Überzeugung hervorgebracht:

»In der Calle Alcicería gab es mehrere Tote!«, hieß es in der Calle Génova.«

»Mehrere Frauen sind in der Calle Chicarreros wie vom Blitz getroffen zu Boden gefallen!«

»Man hat mir eben gesagt, dass vor der Tür des Corral de los Olmos ein Kind im Sterben liegt!«, rief eine zerzauste Frau in Lumpen im Davonrennen einer Gruppe zu, die in die entgegengesetzte Richtung lief.

Dieser ganze Tumult war innerhalb von kaum mehr als fünfzehn Minuten entstanden. Auf der Strecke, der die Prozession mit den Heiligenbildnissen hätte folgen sollen, und in den umliegenden Straßen blieben nur die Überreste eines so ungewöhnlich großen Menschenauflaufs und Spuren des Chaos zurück. Diverse völlig zerrissene Kleidungsstücke lagen auf dem Boden, auch einzelne Sandalen, Latschen und Schuhe waren zu sehen. Aus dem Hospital de Agudos waren auf Aufforderung Doktor Ruiz de Acevedos und zweier anderer Ärzte, die nach der Massenpanik herbeigeeilt waren, Pfleger gekommen, um die Verletzten zu versorgen und abzutransportieren. Mehr als vier Dutzend Opfer hatte die Flucht der Massen gefordert. Einige hatten nur Prellungen oder kleinere Verletzungen und wurden nach kurzer Behandlung mit einer Salbe oder einem Verband nach Hause geschickt. Sechs Menschen hatten ernsteren Schaden genommen und mussten auf Bahren weggetragen werden. Weitere acht hatten Knochenbrüche erlitten und wurden noch auf der Straße geschient, wobei sich die Ärzte dessen bedienten, was vor Ort greifbar war.

Das Schlimmste jedoch war der Tod zweier Kinder, beide – ein Junge und ein Mädchen – waren etwa fünf oder sechs Jahre alt, und beide hatten zerquetschte Brustkörbe und gebrochene Rippen; einem war darüber hinaus der Schädel zertrümmert worden. Auch eine junge Frau war gestorben: Sie war erstickt, als die Menge sie gegen eine Hauswand gedrückt hatte. Darüber hinaus versorgten die Ärzte die alte Frau, die von Krämpfen und Konvulsionen geschüttelt wurde und sich in sehr schlechtem Zustand befand. Aber nirgendwo fand sich ein Kranker, der an Pest litt – ebenso wenig tauchten all die Leichen auf, über die so viel gesprochen worden war.

Als die Nacht hereinbrach, war Sevilla eine Stadt in Angst und Schrecken, die überwältigende Mehrheit ihrer Bewohner verbarg sich hinter verschlossenen Türen. Kaum ein Passant war in den Straßen zu sehen, und die wenigen, die unterwegs waren, bewegten sich verstohlen, als wollten sie sich verbergen, versuchen, ihre Anwesenheit so unbemerkt wie möglich vonstatten gehen zu lassen. Nur unter großen Schwierigkeiten und dank des entschlossenen Einsatzes der Gerichtsdiener gelang es, die Wachpatrouillen wieder zusammenzutreiben und die Kontrolle an den Stadttoren wiederherzustellen.

Zur selben Stunde fand im Hause des Herzogs de los Alcores, eine Versammlung statt, zu der sich insgesamt acht Männer mit finsterem Gesichtsausdruck und bösartiger Gesinnung einfanden. Unter den Geladenen waren der Erste Steuermann, Don Juan de Lastres, und der Herzog selbst. Ihre Mienen spiegelten deutliche Zufriedenheit – es war offensichtlich, dass die unglückselige Episode, die die Stadt erschüttert hatte, ganz in ihrem Sinne war.

»Der Anfall dieser alten Verrückten passt uns wie ein Ring an den Finger«, bemerkte der Herzog. »Lasst uns darauf trinken! Und darauf, dass unsere Operation nicht besser hätte laufen können!«

Alle Anwesenden stimmten unter Gelächter und scherzhaften Bemerkungen zu, während Gläser aus edelstem Kristall mit dem schweren dunklen Wein des Gastgebers gefüllt wurden.

Auch im Rathaus fand eine Versammlung statt: Der Statthalter und die *Veinticuatros* waren zusammengekommen, um die Ereignisse des Tages zu besprechen. Besondere Aufmerksamkeit erregte der Bericht der drei Ärzte, die vor Ort die Verletzten versorgt hatten: Laut ihnen gab es keinen einzigen Pestfall, die drei Toten waren lediglich der panischen Menschenmenge zum Opfer gefallen.

Die Regenten von Sevilla waren ratlos. Es gab endlose Tiraden und ausführliche Analysen der schwierigen Situation, aber weder trug jemand Wissenswertes über die tatsächlichen Ereignisse bei noch wurden Lösungen für das Problem vorgeschlagen. Der Statthalter wirkte bei alledem wie abwesend. Er schien gar nicht anwesend zu sein.

11

Als Diego Ruiz de Acevedo nach Hause kam, war es bereits nach Mitternacht. Dort erwarteten ihn voller Unruhe Catalina und sein Freund Jerónimo de Loaysa, die sich die angstvolle Wartezeit mit Gesprächen über die Ereignisse des turbulenten Nachmittags vertrieben hatten. Als der Arzt eintraf, bestürmten sie ihn mit Fragen, noch bevor er richtig zu Atem gekommen war.

»Diego, was ist wirklich geschehen? Welche Neuigkeiten bringst du? Wie viele Tote hat es gegeben? Gab es einen Fall von Pest?«

Erschöpft ließ der Arzt die rissige, durch die vielen Jahre seiner Berufstätigkeit abgewetzte Ledertasche fallen, in der er die Instrumente für Notfälle bei sich trug. Sein Gesicht war gezeichnet von der Anspannung und der harten Arbeit, die er vollbracht hatte. Er nahm Platz und schenkte sich aus der Karaffe auf dem Tisch ein großes Glas Wein ein. Dann, nachdem er einen kräftigen Schluck getrunken hatte, blickte er nacheinander seine Frau und seinen Freund an und erklärte:

»Wie so etwas geschehen konnte, ist mir unbegreiflich. Wir wissen noch sehr wenig, aber die Gerichtsdiener, die in der Sache ermitteln, sind der Meinung, es sei bloß ein Unfall gewesen, der aufgrund der angespannten Situation eine Panik ausgelöst habe.«

»Um Himmels willen, Diego, nun sag uns doch, was vorgefallen ist«, drängte Catalina aufgeregt.

»Nach Einschätzung der Gerichtsdiener hat in der Calle de Chicarreros eine Frau einen so genannten epileptischen Anfall erlitten. Offenbar ist sie unter heftigen Krämpfen und Zuckungen zu Boden gefallen – so lauten zumindest die Aussagen einiger Augenzeugen, die befragt wurden.«

»Das stimmt«, warf Jerónimo ein. »Ich stand ganz nahe an der Frau, als sie stürzte und von Krämpfen geschüttelt wurde. Weil sofort darauf Panik ausbrach, konnte ich nicht zu ihr, die Menge drängte mich zurück zur Plaza del Salvador. Um ein Haar wäre ich von dem Tragegestell mit meinem Christus erdrückt worden. Gott sei Dank konnte de Mañara mich am Arm packen und fortziehen. Mehrere Brüder schützten die Statue und retteten auch uns aus dieser Menschenlawine, die zu diesem Zeitpunkt allerdings längst noch nicht so bedrohlich war, wie sie später wurde.«

»Und was geschah dann, Jerónimo?«, fragte Diego interessiert.

»Was meinst du, was geschah? Das habe ich dir doch schon erzählt!«

»Nein … nein. Ich meine, was war es, das die Menschen so entsetzt davonlaufen ließ? Irgendetwas muss doch noch geschehen sein.« Diego schien kurz nachzudenken. »Die instinktive Reaktion in einem solchen Moment ist doch, sich demjenigen, der Hilfe benötigt, zu nähern.«

»Nun«, sagte Jerónimo, als handele es sich um etwas, mit dem er von Anfang an gerechnet habe, »jemand rief: ›Sie hat die Pest!‹ Diese Schreie waren es, die die Panik auslösten. Denn vorher …« Er stockte und schaute drein, als habe er soeben eine Eingebung gehabt. »… waren die Umstehenden eher überrascht, ratlos. Alle standen da wie gelähmt – niemand hat sich anfangs von seinem Platz gerührt, mit Ausnahme derjenigen unmittelbar neben der Frau, die einen Schritt zurücktraten. Glaubst du, dass vielleicht …? Glaubst du, diese ›Pest‹-Schreie waren möglicherweise …?«

Catalina und Diego tauschten einen komplizenhaften Blick – es war der Blick zweier eng verbundener Menschen, denen eine Geste, ein kurzer Seitenblick genügt, um sich zu verstehen.

»Glaubst du, das alles könnte Teil eines Komplotts sein, einer Intrige, die geschmiedet wurde, um sich die Folgen zunutze zu machen?«, sprach Catalina die Worte aus, die ihrem Gatten durch den Kopf gingen.

Diego nickte mehrmals hintereinander.

»Trotzdem, etwas passt da nicht hinein«, merkte er dann gedankenverloren an.

»Was passt nicht?«, fragte Jerónimo.

»Die Tatsache, dass diese Frau tatsächlich einen Anfall erlitten hat. Wenn sie geschauspielert hätte, wäre sie geflohen, sobald der Tumult ausgebrochen war. Ich habe die Frau selbst behandelt, die Tritte, die sie abbekommen hat, haben ihr zusätzlich noch beide Beine gebrochen und diverse Quetschungen zugefügt. Sie wäre beinahe erstickt, weil ihre Zunge, in der sie eine klaffende Wunde hat, ihr die Kehle verstopfte und sie nicht atmen konnte. Sie war voller Schleim und Speichel, der ihr wegen des Anfalls aus dem Mund rann, und noch zwei Stunden später hatte sie einen stark erhöhten Puls. Sie hat keinesfalls simuliert. Ich weiß nicht einmal genau, wie die Ärmste es geschafft hat, am Leben zu bleiben!«

»Gibt es denn keinen Zusammenhang zwischen ihren Krämpfen und der Pest?«, fragte Jerónimo.

»Nein, da besteht keinerlei Verbindung. Ihre Krämpfe und Zuckungen sind auf die Fehlfunktion eines Organs zurückzuführen, auch wenn diese Ansicht in den medizinischen Fakultäten und von der Mehrheit meiner Kollegen nicht geteilt wird. Welches Organ dies ist, darüber scheiden sich die Geister. Wir, die wir diese Meinung vertreten, lehnen die Ansicht, es handele sich um Fälle von Teufelsbesessenheit, ab, doch ausgerechnet das ist die am weitesten verbreitete These.«

»Wenn ihr Anfall echt war«, sagte Catalina, »lässt sich die Behauptung, die Massenpanik sei geplant gewesen, schwer aufrechterhalten.«

»Dennoch könnt ihr nicht leugnen«, Diego blickte abwechselnd seine Frau und seinen Freund an, »dass ein solcher Vorfall normalerweise nicht ausreicht, um auszulösen, was heute geschehen …«

Jerónimo unterbrach ihn:

»Wir dürfen jedoch nicht aus den Augen verlieren, dass wir uns im Augenblick in einer höchst ungewöhnlichen Situation befinden. Es überrascht mich keineswegs, dass völlig verängstigte Menschen auf diese Weise reagieren.«

»Ich wollte nur sagen, Jerónimo«, antwortete Diego erschöpft, »dass sich die Nachricht, es habe Pesttote gegeben, außergewöhnlich schnell verbreitet hat. Fast kommt es mir vor, als hätten die Beteiligten eine Art Losung gerufen. Mein Eindruck ist, dass jemand, der ein Interesse daran hatte, entsprechende Instruktionen gegeben hat, mit dem Ziel, eine Panik auszulösen und die Menschen glauben zu machen, die Krankheit habe uns nun unwiderruflich in der Hand. Nun sorgt die Gerüchteküche dafür, dass sich die Zahl der Toten um ein Vielfaches multipliziert. Heute Abend wird niemand, der halbwegs bei Verstand ist, daran zweifeln, dass die Seuche Sevilla befallen hat.«

»Eine Seuche, die gar nicht existiert«, rief Catalina aufgeregt aus.

»Richtig.« Zorn trat in die Augen des Arztes. »Sie ist nur ein Gerücht. Und zwar eins, das künstlich erschaffen wurde, als Teil des Komplotts einer Hand voll Schurken –

just zu dem Zeitpunkt, zu dem die Indien-Flotte mit der wertvollsten Fracht, die es je gab, in Sevilla eintrifft.«

Sie schwiegen. Die beiden Männer und die Frau schienen ihren Überlegungen nachzuhängen, versuchten, ein wenig Licht in all diesen Irrsinn zu bringen. So verstrich eine geraume Weile, bis Catalina, aus deren schwarzen Augen die Intelligenz ihres wachen Verstandes sprühte, die Stille unterbrach.

»Mir scheint, als sei der Moment gekommen zu handeln. Ich weiß nicht, ob die heutigen Ereignisse Teil eines Plans oder bloßer Zufall waren, aber ich bin überzeugt, dass wir nicht tatenlos zusehen dürfen.«

»Was schlägst du vor?«, wollte Jerónimo wissen.

Seine Frage sollte unbeantwortet bleiben, denn in diesem Moment wurde die friedliche Ruhe durch das laute Klappern von Pferdehufen und das Knirschen von Kutschrädern auf dem Pflaster im Hof unterbrochen. Unmittelbar darauf folgten einige heftige Schläge an die Tür.

»Wer mag das sein, um diese Uhrzeit?«, fragte Jerónimo.

Die drei schauten sich an. Nach wenigen Sekunden ertönten die Schläge ein weiteres Mal, noch lauter, falls das überhaupt möglich war. Dann hörten sie, dass gesprochen wurde, gleich darauf das Quietschen der Tür, als sie geöffnet wurde. Eine gewisse Unruhe lag in Diegos Blick, als er aufstand:

»Wer auch immer das ist, er hat es eilig«, bemerkte er.

Er wollte eben hinausgehen zu dem Besucher, der sich mit solchem Nachdruck Einlass verschafft hatte, als Simón hereinstürzte:

»Don Diego, Don Diego! Rasch! Es ist ein *Veinticuatro* in Begleitung zweier Gerichtsdiener, der nach Euch fragt!«

In diesem Augenblick fiel der schwarze Schatten von drei Männern durch die Tür ins Zimmer.

Catalina zuckte erschreckt zusammen, und Jerónimo sprang auf.

»Entschuldigt diesen höchst unhöflichen Überfall, aber die Angelegenheit erfordert höchste Dringlichkeit.« Ganz offensichtlich war der Mann sehr aufgebracht. »Ich bitte um Verzeihung und die Erlaubnis, mich vorzustellen: Ich bin Gonzalo de Rojas, zu Euren Diensten, Señora.« Er blickte zunächst Catalina an und wandte sich dann an Diego: »Caballero und Mitglied des Stadtrats, und ich komme, um Euch um Eure Dienste zu ersuchen. Seine Exzellenz der Statthalter hat einen Anfall erlitten. Er liegt bewusstlos im Rathaus, von wo ich so schnell ich konnte gekommen bin. Ich bitte Euch, Doktor, habt die Güte, mich zu begleiten.«

Der da sprach, war ein junger, gut aussehender Mann, kaum älter als fünfundzwanzig Jahre. Aber in seinem Auftreten lag etwas Unverfrorenes, das unangenehm wirkte. Es war allgemein bekannt, dass er eine übermäßige Leidenschaft für das Glücksspiel hatte und trotz seiner Jugend bereits mehr als einen Zusammenstoß mit gehörnten Ehemännern hinter sich hatte – wie auch mit so manchem Spieler, mit dem er eine Rechnung offen hatte. Trotz alledem war der Statthalter ihm sehr zugetan, und er gehörte dem engen Kreis von Stadträten an, mit denen der Graf de Paredes selbst die heikelsten Angelegenheiten in den Regierungsgeschäften teilte.

Diego blickte den Stadtrat an. Er kannte ihn, hatte jedoch noch nie ein Wort mit ihm gewechselt. Der junge Mann gehörte einem der ältesten Adelsgeschlechter der Stadt an, das sich eine ständige Vertretung in der Regierung schon vor Generationen für harte Dukaten erkauft hatte. Und so war auch der Ruf des Schürzenjägers und Spielers, den sich der Spross der Familie de Rojas auf eigene Faust verdient hatte, weit verbreitet. Ein Teil der von ihm verursachten Skandale hatte sich durch den Einfluss und das Geld seiner Familie, das so manche Münder verschloss, vertuschen lassen und das Eingreifen der Justiz verhindert.

Die beiden Gerichtsdiener, die ihn eskortierten, hielten sich diskret im Halbdunkel zurück, zwei bedrohliche Gestalten im Hintergrund. Catalina erschauderte, trat neben ihren Mann und ergriff seine Hand.

»Seine Exzellenz hat einen Anfall erlitten, sagt Ihr?«, fragte der Arzt und blickte dem *Veinticuatro* fest in die Augen.

»So ist es, er erlitt eine Ohnmacht und fiel bewusstlos zu Boden. Ich glaube, es ist sehr ernst. Wir dürfen keine Zeit verlieren.«

»Zeigt er noch weitere Symptome?«, fragte Diego, wobei er das Gesicht seines Gegenübers genau musterte.

»Sonst nichts, die Ohnmacht kam ganz plötzlich.«

»Ist sein Körper steif oder eher schlaff?«, fragte der Doktor weiter.

»Ich glaube Letzteres. Sein Körper war ganz kraftlos«, antwortete der Stadtrat widerwillig.

»Hatte er Krämpfe oder Spasmen?« Diego ließ sich von seinem Verhalten nicht beeindrucken.

»Señor Ruiz de Acevedo, wir verlieren wertvolle Zeit mit dummen Fragen, während das Leben Seiner Exzellenz ernsthaft in Gefahr schwebt! Lasst uns verdammt noch einmal gehen!«, schrie Don Gonzalo. Wie weggefegt waren die guten Manieren, die er bis zu diesem Augenblick noch mit viel Mühe zur Schau getragen hatte.

»Ist gut, wir gehen ja sofort. Aber nehmt zur Kenntnis, dass diese Fragen keineswegs dumm sind. Je mehr Einzelheiten ich weiß, desto besser ist es für den Patienten …«

»Aber all das kann ich Euch doch auf dem Weg beantworten!«

»In diesem Fall«, Diego blickte ihn an, und ein Anflug von Hohn blitzte aus seinen Augen, »würden wir vielleicht wertvolle Zeit damit verlieren, umzukehren und ein Instrument oder eine Medizin zu holen, wenn ich erst unterwegs etwas erfahren hätte, das es ratsam machte, es mitzunehmen.«

Zornerfüllt loderten die Augen des Stadtrats ihn an – Diego hatte ihn lächerlich gemacht. Ihm fiel nur ein Ausweg ein:

»Dann nehmt eben das ganze verdammte Instrumentarium mit!«

»Das ist schwierig, angesichts der Menge und des Volumens der Instrumente. Aber Ihr habt völlig Recht, wenn Ihr sagt, dass wir keine Zeit verlieren dürfen. Simón, meine Tasche! Eil dich, ich gehe jetzt gleich, zusammen mit diesen Herren!«

Hastig verließen die vier das Haus. Jerónimo und Catalina eilten mit zur Tür, um sie zu verabschieden. Einer der Gerichtsdiener zog sich seinen großen Umhang vor das Gesicht – er verhüllte sich! Ganz offensichtlich wollte er nicht erkannt werden. Jerónimo schaute ihn an, konnte aber sein Gesicht nicht richtig sehen. Irgendetwas an diesem Mann schien ihm vertraut. Ein sorgenvoller Schauer durchlief ihn. Auch Catalina hatte ein ungutes Gefühl:

»Jerónimo, irgendetwas hier macht mich argwöhnisch. Die Sache gefällt mir nicht.«

Der Bildhauer sah sie an. Er versuchte, seine eigenen Gefühle, die mit den ihren übereinstimmten, zu unterdrücken und Catalina zu beruhigen.

»Sorge dich nicht. Ich glaube, uns hat einfach dieser unangenehme Stadtrat ein wenig beunruhigt.«

»Auf dich hat er ebenfalls einen schlechten Eindruck gemacht?«

»Und auf wen nicht in Sevilla? Er ist ein Spieler, den nur

der Einfluss seiner mächtigen Familie vor größeren Problemen bewahren konnte, als er sie bisher schon hatte. Aber das braucht uns nicht zu kümmern.«

»Und die Gerichtsdiener? Findest du nicht, dass sie sich merkwürdig benommen haben?«, fragte Catalina nervös.

»Respektvoll, Catalina, nur respektvoll. Sie haben sich im Hintergrund gehalten, wie es ihrer Stellung gebührt.«

»Respektvoll, sagst du? Ich fand sie eher finster. Darüber hinaus: Wozu braucht es zwei Gerichtsdiener und einen *Veinticuatro,* um meinen Mann zu holen?«

Ein Schatten legte sich über Jerónimos Gemüt. Catalina hatte vollkommen Recht. Warum sollten ein *Veinticuatro* und zwei Gerichtsdiener nötig sein, um einen Arzt zu holen?

»Da du ein wenig aufgebracht bist«, sagte Jerónimo und legte alle Ruhe, zu der er fähig war, in seine Stimme, »bleibe ich hier bei dir, bis Diego zurück ist. Die Anwesenheit des Stadtrats und der Gerichtsdiener erklärt sich durch den Ausnahmezustand, der in der Stadt herrscht. Du weißt ja, dass es streng verboten ist, sich nach dem Abendgebet auf der Straße aufzuhalten, und nun ist es mitten in der Nacht.«

Kaum zehn Minuten nachdem Diego das Haus verlassen hatte, ertönten die Schläge des Türklopfers erneut. Fragend kreuzten Catalina und Jerónimo einen Blick – es war viel zu früh, als dass Diego schon zurück sein konnte. Hastig sprang Catalina auf und lief zur Tür. Dort traf sie auf eine Dienerin, die herbeigeeilt war, um zu öffnen.

»Still! Mach nicht auf! Warte einen Augenblick«, befahl die Herrin.

Ihre Dienerin blieb stehen und wartete.

»Wer klopft da um diese Zeit? Was wollt Ihr?«, fragte Catalina energisch.

Eine verzweifelte Stimme drang durch die dicke, getäfelte Holztür – die Stimme einer Frau:

»Ich bitte um Verzeihung! Aber es ist dringend, sehr dringend!«

»Ich bedaure, aber der Doktor ist außer Haus«, stieß Catalina hervor, als sei sie von einer schweren Last befreit worden. In ihrer namenlosen Sorge hatte sie nicht bedacht, dass zu später Stunde noch jemand um die Dienste ihres Mannes ersuchen könnte.

»Verzeiht, Señora! Aber es ist nicht der Doktor, den ich suche!«, antwortete die Besucherin mit gedämpfter Stimme, um die Nachbarn nicht zu wecken. »Ich wollte wissen, ob Jerónimo de Loaysa hier anzutreffen ist. *Maestro* Loaysa, der Bildhauer!«

Jerónimo glaubte, einen Faustschlag in den Magen bekommen zu haben. Jetzt hatte er die verängstigte Stimme erkannt. Das konnte nur ein schlechtes Zeichen sein. Noch bevor er reagieren konnte, fragte Catalina:

»Wer will ihn sprechen?«

»Ich bin Isabel de Leiría.«

»Rasch, Catalina, rasch! Öffne die Tür! Es ist Isabel, Leonors Zofe! Ich erkenne ihre Stimme! Es muss etwas sehr Schlimmes passiert sein, wenn sie mich zu dieser Unzeit suchen kommt!«

Die Dienerin öffnete die Tür, und eine Frau, deren Gesicht mit einer dicken, dunklen Decke verhüllt war, überquerte die Schwelle. In der Diele ließ sie ihre Vermummung sofort fallen:

»Gott sei Dank, dass ich Euch gefunden habe!« Ihre Augen waren geschwollen vom Weinen, und sie keuchte, zum Teil vor Anstrengung, zum Teil, weil sie unter ihrem Gewand nicht richtig hatte atmen können. »Es war nicht einfach, Euch aufzuspüren! Ich habe einen wahrhaften Hindernislauf hinter mich gebracht, um Euch zu finden!

Und das in einer Nacht wie dieser! Nicht weniger als vier der zahllosen Patrouillen, die die Stadt durchstreifen, musste ich belügen.«

Dann bat die nervöse, aufgewühlte Isabel um ein Glas Wasser. Ein Blick Catalinas genügte, und die Dienerin eilte davon, um dem Wunsch der Besucherin nachzukommen. Die Portugiesin sank auf den unbequemen Stuhl, der in der Diele stand, und trank das Wasser, das man ihr gebracht hatte, in kleinen Schlucken. Das schien ihre Nerven ein wenig zu beruhigen. Jerónimo ertrug die Zeit, die die Zofe brauchte, um sich zu fassen, so gut er konnte, doch dann musste es heraus:

»Nun sagt mir doch, um Gottes willen, was hat Euch auf so unorthodoxe Weise hierher geführt?«

»Etwas Entsetzliches, Jerónimo! Etwas ganz Entsetzliches!«

»Was ist es, Doña Isabel? Um Jesus Christus willen!«

»Man hat Doña Leonor in ihren Gemächern eingesperrt! Der Herzog hat Wachen vor der Tür ihres Schlafzimmers postiert, sodass sie nicht herauskann! Männer seines Vertrauens! Nicht einmal ich darf hinein!«

Entsetzt stieß Jerónimo hervor:

»Aber was ist denn geschehen? Sprecht, Doña Isabel, sagt es mir! Hat er sie geschlagen?«

Die Frau begann von neuem zu schluchzen, so heftig, dass sie nicht weitersprechen konnte. Catalina und zwei Dienerinnen – eine andere war herbeigerufen worden – versuchten, sie zu beruhigen und zu trösten. Nach geraumer Zeit und unter Zuhilfenahme von Riechsalzen, fasste sie sich schließlich ein wenig, und Catalina schickte die Dienerinnen fort.

»Ob er sie geschlagen hat, weiß ich nicht, denn als die Aufregung begann, erlaubte man mir nicht einmal mehr, in die Nähe ihres Zimmers zu kommen.«

»Aber sagt doch: Was war der Grund für all das?« Jerónimo war sichtlich mitgenommen.

»Mit Gewissheit kann ich es Euch nicht sagen! Alles ging so schnell! Seht, heute Mittag, vor dem Essen, gab der Herzog Befehl, Doña Leonor in ihre Gemächer einzusperren. Mich schlossen sie in meine kleine Kammer im Erdgeschoss ein, im Hinterhof. Doch gegen sechs Uhr gelang es mir zu fliehen, denn sie hatten keine Wache vor meiner Tür postiert, sondern sich einzig auf das Türschloss verlassen. Außerdem waren zu dieser Stunde fast alle außer Haus, um an der Prozession teilzunehmen. Also wartete ich, bis es im Hof so still geworden war, dass ich vermutete, es sei niemand mehr dort, und probierte mein Glück mit meinem Schlüsselbund, den sie vergessen hatten, mir wegzunehmen. Das Schicksal wollte es, dass einer der Schlüssel passte – es ist nur ein einfaches Schloss, schließlich verschließt es nur eine sehr unbedeutende Kammer. Ich floh dann durch die Tür, die Ihr sehr gut kennt, und habe seither nichts unversucht gelassen, um Euch zu finden. Ich schwöre, das war keine einfache Aufgabe! Euer Atelier war geschlossen und menschenleer, Gehilfen wie Lehrlinge waren zur Prozession gegangen. Gegen acht, nach dem großen Aufruhr, kam ich noch einmal, in der Hoffnung, dass Ihr zurückgekehrt wärt. Aber ich traf nur einen Eurer Lehrlinge an, der mir sagte, er habe Euch den ganzen Tag nicht gesehen. Er kümmerte sich um mich und gab mir zu essen. Gott sei Dank, denn ich hatte seit dem Abend zuvor keinen Bissen bekommen. Er bot mir an, dort auf Eure Rückkehr zu warten. Das tat ich auch, zwei endlose Stunden lang, während ich fast umkam vor Angst und Sorge um meine arme Herrin. Nach langer Überlegung beschloss ich dann, hierher zu kommen.«

Jerónimo verstand, dass die Frau sich alles von der

Seele reden musste, und hörte ihr ungeduldig zu, ohne sie zu unterbrechen. Er wusste, am Ende würde sie ihm sagen, was er wissen musste. Und tatsächlich, schließlich kam es:

»Obwohl ich es nicht mit Sicherheit weiß, vermute ich, dass der Herzog auf irgendeinem Weg von Eurer Liebschaft mit meiner Herrin Kenntnis erhalten hat.«

Jerónimo verschlug es den Atem. Wenn das stimmte, drohte Leonor ein furchtbares Schicksal. In der ganzen Zeit, die ihre Beziehung andauerte, hatten beide – Leonor und er – sehr genau gewusst, dass die Folgen verhängnisvoll wären, wenn ihr Mann davon erführe. Jerónimo hatte sich zwar darauf vorbereitet, sich der Situation zu stellen, wenn sie käme, aber jetzt, wo es so weit war, stellte er fest, dass ihm das nicht im Geringsten half. Er war wie zerschmettert, wie zerstört. Angst umklammerte sein Herz mit eiserner Faust, und wie Hammerschläge donnerten Fragen durch seinen Kopf: Wie ging es Leonor? Was mochte ihr in diesen letzten Stunden widerfahren sein? Was empfand sie? Wie ertrug sie all das? Nur daran zu denken versetzte ihm einen unerträglich schmerzvollen Stich, und dazu, das wusste er, würde sich noch die quälende Sorge addieren, die es bedeutete, keine Nachricht von ihr zu erhalten.

Sie boten ein Bild des Jammers. Isabel de Leiría begann wieder zu schluchzen, wimmerte um das Schicksal ihrer Herrin, und in Jerónimos Miene spiegelten sich die Angst und die Qualen, die er litt. Auf Catalinas Herz lasteten, schwer wie ein Grabstein, die dunklen Vorahnungen, die der Weggang ihres Mannes in ihr ausgelöst hatte – neben dem, was sie gerade erfahren hatte. In der Stille der Nacht war kein Laut zu hören als das gedämpfte Schluchzen der Zofe, die nicht aufhören konnte zu weinen.

Doch irgendwann verzog sich das Gesicht des Bildhauers zu einer Grimasse, und ein Leuchten blitzte in seinen Augen auf.

»Doña Isabel, wo ist Bastinhas?«

Die Zofe sah ihn aus geröteten Augen an.

»Ihr fragt nach Sebastián?«

»Nach ebendem.«

»Ich weiß nicht, wo er im Augenblick ist. Aber falls Ihr denkt, er könne uns helfen, so müsst Ihr Euch das aus dem Kopfe schlagen.«

»Warum sagt Ihr das?«

»Weil er sich seit einiger Zeit sehr merkwürdig verhält. Er ist nicht mehr der Bastián, den wir kannten. Schweigsam und grüblerisch ist er, läuft nur noch mit gesenktem Kopf herum und … mit einem Blick … mit einem Blick, der mir nicht gefällt. Er verbringt viel Zeit mit den Schurken, die den Herzog überallhin begleiten und …« Plötzlich verstummte sie und blickte Jerónimo entsetzt an. Der fragte alarmiert:

»Ja glaubt Ihr …? Glaubt Ihr vielleicht, dass Bastián …? Verdammter Verräter! Wenn er es war, der die Herzogin verraten hat, dann schwöre ich …«, er kreuzte zwei Finger und drückte seine Lippen darauf, »dass ich ihn mit meinen eigenen Händen töte!«

»Wie lange schon erscheint Euch Bastinhas verändert? Wann habt Ihr die Veränderung an ihm bemerkt?«, fragte Jerónimo.

Jetzt zeigte Isabels Gesicht mehr Wut als Schmerz, mehr Empörung als Kummer:

»Es werden etwa vierzehn Tage sein, ja zwei Wochen. Genauer kann ich es Euch nicht sagen, aber ungefähr zwei Wochen.«

Jerónimo fragte noch einmal nach:

»Habt Ihr an seinem Verhalten etwas Bestimmtes bemerkt, ist Euch etwas aufgefallen?«

»Ja, ja, wie ich Euch sage, er benimmt sich sehr eigenartig. Immer mit gesenktem Kopf, kaum bereit, seine Arbeit zu machen, und scheu. Das ist es, er ist regelrecht menschenscheu! Es ist Tage her, dass ich ihn zuletzt gesehen habe. Erinnert Euch, ich musste selbst zum Wirtshaus Tres de Oros gehen, um Euch Doña Isabels Nachricht zu übergeben, denn es war unmöglich, ihn zu finden. Er geht uns aus dem Weg. Es ist, als verberge er etwas und schäme sich, uns in die Augen zu sehen. Jetzt verstehe ich sein Verhalten in diesen letzten Tagen! Dieser Sohn sündiger Eltern! Bei allem, was er der Señora zu verdanken hat! Sie war wie eine Mutter zu ihm!«

»Dieser Sebastián hat dir Nachrichten von Leonor gebracht?«, fragte Catalina.

»Ja, er hat mir Nachrichten von ihr gebracht und meine Antworten mitgenommen. Sie vertraute ihm blind. Er war als Junge mit Leonor aus Portugal gekommen, als ihr Page. Inzwischen ist er ein Bursche von etwa zwanzig Jahren.«

»Er wusste also von … über alles Bescheid?«

»Ja, wusste er.« Jerónimo fühlte sich wie erschlagen.

»Bastián hat sich in der letzten Zeit so sehr verändert«, erzählte die Zofe, »dass er jetzt sogar an den Orgien des Herzogs teilnimmt. Ihr wisst schon … Trinkgelage, Hurerei, Schlägereien. Vor einigen Tagen hat er bei einer davon einen Hieb hierhin erhalten«, sie deutete unter ihr linkes Auge, »der ihn das Augenlicht hätte kosten können.«

»Horizontal, von der Nase bis zur Schläfe?«, fragte Jerónimo entsetzt.

»Genau. Habt Ihr ihn gesehen?«

»Ja, und zwar vor sehr kurzer Zeit!« Jerónimo blickte die Frau seines Freundes an. »Catalina, dein Gefühl hat dich nicht getrogen! Diego schwebt in großer Gefahr! Die Männer in Begleitung dieses Stadtrats, Gonzalo de

Rojas, waren keine Gerichtsdiener! Sie sind Büttel des Herzogs de los Alcores! Einer von ihnen war Sebastián Bastinhas, der Junge, von dem wir gesprochen haben! Nun gibt es keinen Zweifel mehr: Er war es, der Leonor verraten hat!«

Catalina de Arana presste sich die Hand vor den Mund und versuchte, einen Schrei zu unterdrücken. Mit weit aufgerissenen Augen fragte sie:

»Dann … dann … war die Krankheit des Statthalters nur eine Lüge – eine List, um Diego mitzunehmen, zu weiß Gott welchem Zweck!«

»Die Antwort darauf ist sehr einfach, Catalina. Sie haben Diego mitgenommen, weil er zu viel weiß. Weil er weiß, dass es keine Pestepidemie gibt, und weil er darüber hinaus über Informationen verfügt, die für die Pläne dieser Bande Gottloser eine Bedrohung darstellen!«

»Es gibt keine Pestepidemie?«, fragte Isabel ungläubig.

»So ist es, Doña Isabel, es gibt keine Pest, Ihr könnt es ruhig glauben! Aber das ist eine lange Geschichte, und im Augenblick bleibt uns keine Zeit, sie Euch zu erzählen.«

»Ich glaube, ich werde verrückt«, seufzte die Portugiesin und hob die Hände an den Kopf. »Aber mir bleibt gerade noch genügend Verstand, um Euch etwas mitzuteilen, falls es dienlich ist. Ihr müsst wissen, dass dieser … dieser Stadtrat, den Ihr erwähntet, Don Gonzalo de Rojas, enge Verbindungen zum Herzog pflegt. Erst heute Morgen haben sie sich in seinem Hause getroffen.«

Nach einer kurzen Stille rief Catalina aus:

»Der Einzige, der uns jetzt noch helfen kann, ist der Statthalter.«

Da ertönte zum dritten Mal in dieser Nacht der Türklopfer. Der durchdringende Schlag hallte durch die nächtliche Stille und ließ ihr Gespräch verstummen. Eine Dienerin lief an die Tür und fragte mürrisch:

»Wer klopft da zu dieser Unzeit?«

»Im Namen der Justiz! Öffnet!«

Als die drei dies hörten, sprangen sie entsetzt auf.

»Lasst mich öffnen.« Jerónimo ging an die Tür und zog den Riegel vor der kleinen Luke. »Wer spricht da im Namen der Justiz?«

Vor ihm standen zwei Männer in Schwarz: Sie trugen die Tracht der Gerichtsdiener. Zumindest einer von ihnen schien ihn zu erkennen, denn er sprach Jerónimo mit Namen an:

»Entschuldigt die Störung und die späte Stunde, Maestro Loaysa, aber es ist sehr dringend. Doktor Acevedo …«, er unterschlug Ruiz, »muss schnellstmöglich kommen und Seine Exzellenz den Grafen de Paredes behandeln. Er hat einen Anfall erlitten, und man fürchtet um sein Leben. Sein Zustand ist überaus ernst.«

Jerónimo öffnete die Tür nicht ohne Widerwillen und ließ die beiden Männer ein. Diese beiden verhüllten weder ihr Gesicht noch war ihr Verhalten in anderer Hinsicht merkwürdig. Catalina sah sie argwöhnisch an:

»Ihr müsst wissen, dass vor kaum einer halben Stunde bereits zwei Gerichtsdiener … oder Männer, die sich als solche ausgaben … gekommen sind, um meinen Mann zur Behandlung Seiner Exzellenz zu holen.« Die Stimme der Arztgattin klang scharf wie ein geschliffenes Messer.

»Vor einer halben Stunde, sagt Ihr?«

»Richtig, vor einer halben Stunde.«

»Gerichtsdiener?« Auf seinem Gesicht lag ein zweifelnder Ausdruck.

»Sehr richtig.«

»Das ist unmöglich, Señora. Die einzigen Gerichtsdiener, die zurzeit im Rathaus Dienst haben, sind wir.«

»Dann solltet Ihr wissen, dass sich zwei Subjekte als Gerichtsdiener ausgaben und aus dem gleichen Grund, den ihr eben nanntet, die Dienste meines Mannes einforderten.«

Die Gerichtsdiener blickten sich verständnislos an und zuckten die Achseln.

»Señora, wir führen nur unsere Befehle aus, und die lauten, den Doktor zu holen.«

»In diesem Falle«, ertönte energisch die Stimme Jerónimos, »nehmt zur Kenntnis, dass Doktor Ruiz de Acevedo entführt wurde. Wir erstatten hiermit Anzeige wegen seines Verschwindens. Die beiden vorgeblichen Gerichtsdiener kamen in Begleitung des *Veinticuatro* Don Gonzalo de Rojas.«

»Don Gonzalo de Rojas?«, fragte einer der Gerichtsdiener.

»So ist es.«

»Don Gonzalo war anwesend, als Seine Exzellenz den Anfall erlitt. Ich erinnere mich, dass er das Rathaus eilig verließ. Vielleicht … vielleicht fuhr er hierher und traf auf dem Weg zwei Gerichtsdiener, die ihn begleiteten.«

»Wir haben Grund zu der Annahme, dass sich die Dinge anders abgespielt haben und dass Don Gonzalo Doktor Ruiz de Acevedo entführt hat«, erklärte Jerónimo.

»*Maestro* Loaysa, Ihr wisst, dass Ihr da einen sehr schwer wiegenden Vorwurf gegen einen *Veinticuatro* aus unserem Stadtrat erhebt.«

»Ich bin mir der Schwere meines Vorwurfs durchaus bewusst und möchte diesen überdies offiziell zu Protokoll geben.«

»Wenn das so ist, müsst Ihr uns begleiten.«

»Mit dem größten Vergnügen. Obwohl ich der Meinung bin, dass wir zunächst die Hilfe eines anderen Mediziners suchen sollten. Ich sage das aus Sorge um Seine Exzellenz.«

»Ich begleite dich ins Rathaus«, verkündete Catalina entschieden.

Mit der gleichen Entschiedenheit widersprach Jerónimo ihrem Ansinnen:

»Du musst hier bleiben. Wenn es dir nichts ausmacht, gewähre Isabel Unterschlupf, zumindest für diese Nacht. Ich werde versuchen, ausfindig zu machen, wo sich Diego befindet, und ich werde dich stets auf dem Laufenden halten.«

Catalina de Arana gefiel diese Ablehnung nicht, sie akzeptierte Jerónimos Vorschlag jedoch unter einer Bedingung: Wenn sie bis zum Morgen nichts erführe, würde sie auf eigene Verantwortung handeln.

Der Bildhauer und die beiden Gerichtsdiener machten sich auf den Weg zum Rathaus, wo die allergrößte Aufregung herrschte: Der Graf de Paredes hatte soeben das Zeitliche gesegnet. Vor allem die Ursache seines Todes sorgte unter den zahlreichen anwesenden Stadträten für Bestürzung: Sein Hinscheiden war die Folge einer Vergiftung.

Seine Exzellenz war Opfer einer tödlichen Dosis Gift, das ihm in einem Getränk, möglicherweise Wasser, verabreicht worden war. Er hatte schmerzhafte Krämpfe erlitten, die seinen Todeskampf eingeleitet hatten – und damit sein unvermeidliches Ableben.

12

Sevilla erwachte verstört und vor Gerüchten brodelnd. Die Menschen waren fassungslos. Um die Mittagszeit gab es große Neuigkeiten und viele Widersprüche. Frühmorgens begann man sich zu erzählen, die Stadt sei gar nicht von der Seuche befallen und der Tumult des Vortags, inmitten der Prozession der Jungfrau *de los Reyes* und des Christus vom Guten Tode, sei nur die Folge eines schwer wiegenden Irrtums gewesen, der durch die herrschende Stimmung begünstigt worden sei. Sevilla sei also, dank ihres göttlichen Schutzes, weiterhin frei von der Pest. Die Frau, die in der Calle de Chicarreros einen Schwächeanfall mit heftigen Zuckungen erlitten habe, sei eine Kranke, die schon seit Jahren unter diesen Krämpfen litt. Das hatten mehrere Ärzte, die zur Versorgung der Verletzten herbeigeeilt waren, bestätigt. Großes Gewicht besaß in dieser Hinsicht auch die Aussage ihrer Hausnachbarn in der Calle del Vidrio, wo die alte Frau eine Kammer mit Küchenbenutzung gemietet hatte. Ein weiteres Gesprächsthema für die Grüppchen von Klatschlustigen war die Zahl der Toten und Verletzten des gestrigen Tages.

»Mehr als fünfzig!«, erklärte ein großer Mann, der mit seinen breiten Schultern und sehnigen Armen aussah wie ein Bär; er verkaufte neben dem Kloster San Pablo gepökelte Heringe und Stockfisch aus notdürftig zusammengenagelten Holzkistchen. Das halbe Dutzend Frauen, das mit ihm über den Preis seiner Fische feilschte, trug diese Zahl sofort in alle vier Himmelsrichtungen. Doch immerhin, so sehr die Zahl der Toten in den verschiedenen Geschichten, die man sich erzählte, auch differierte, klar schien immerhin, dass sie alle totgetreten, erstickt oder zerdrückt worden waren. Pestkranke gab es nicht.

Viele Menschen, die während der Morgenstunden wohlweislich in ihren Häusern geblieben waren, um die Ereignisse abzuwarten, steckten nun vorsichtig die Köpfe aus den Türen oder gingen hinaus auf die Straße. In sämtlichen Vierteln der Stadt wurden in den großen Wohnhäusern, in denen zum Teil bis zu hundert Familien lebten, regelrechte Bürgerversammlungen abgehalten, in denen man einhellig feststellte, dass es in Sevilla keinen Pestfall gab und die Stadt weiterhin sauber war. An manchen Orten wurden Zusammenkünfte improvisiert, zu denen jeder, der etwas hatte, Essen und Trinken beisteuerte.

Echte Bestürzung rief jedoch der Tod des Statthalters hervor. Noch größer war die Erschütterung, als bekannt wurde, dass sein Tod durch Vergiftung herbeigeführt worden war. So hatten es mehrere Mitglieder des Ärzterats diagnostiziert, die noch in der Nacht ins Rathaus geeilt waren, jedoch nichts mehr für das Leben Seiner Exzellenz tun konnten. Vergeblich flößten sie ihm ein Brechmittel ein, damit er das Gift erbrechen konnte, das im Begriff war, ihn zu töten. Auch das Kitzeln der Kehle mit einer Vogelfeder zum gleichen Zwecke brachte nicht die erhoffte Wirkung. Gegen Mitternacht dann übereignete der Statthalter von Sevilla im großen Saal des Rathauses in Gegenwart seines Beichtvaters und der meisten Mitglieder des Stadtrats seine Seele Gott dem Allmächtigen.

Der Tod des Sevillanischen Regenten wurde als unverrückbare Tatsache verkündet, doch die Art, auf die er eingetreten sein sollte, bot Raum für sehr unterschiedliche Spekulationen. Manche behaupteten, der Gifttrank sei aus politischen Motiven verabreicht worden und stehe in Zusammenhang mit Fragen der Regierung der Stadt.

Es war allgemein bekannt, dass der Statthalter schon seit Beginn seines Mandats mit einer mächtigen Gruppe von Stadträten harte Konflikte austrug. In einigen Kreisen wurde behauptet, sein Tod sei eine Folge der strikten Maßnahmen, die er zur Vorbeugung gegen die Seuche angeordnet hatte. Die Stadt war verriegelt und verrammelt, was bedeutete, dass sowohl der Handel als auch alle anderen Aktivitäten, für die Beziehungen mit der Außenwelt unverzichtbar waren, lahm gelegt waren. Die Gewinneinbußen einiger Händler und Kaufleute beliefen sich auf beträchtliche Summen, und es hieß, einige der mächtigsten Zünfte der Stadt hätten dem Verstorbenen eine Bittschrift überreicht, in der sie ihre Beschwerden darlegten und ihrer Ablehnung gegen die ergriffenen Maßnahmen Ausdruck verliehen.

Die Stadt war so voll von Neugierigen, dass die üblichen Plauderecken der Stadt größeren Zulauf fanden als je zuvor. Das führte dazu, dass sich noch mehr Klatsch und Gerede verbreitete als sonst. Die Stadt war ein Hexenkessel, in dem die unterschiedlichsten Versionen der Ereignisse zusammen mit gänzlich unsinnigen Geschichten brodelten. Weil jeder die eigene Darstellung als die einzig wahre verteidigen wollte, entbrannten wilde Diskussionen und Dispute, die sich nicht selten zu lautstarken Auseinandersetzungen oder gar Handgreiflichkeiten steigerten.

Im Hause Doktor Ruiz de Acevedos war die Nacht lang und sorgenvoll gewesen. Jerónimo war niedergeschlagen ins Haus seines Freundes zurückgekehrt, ohne Catalina auch nur die kleinste Antwort mitbringen zu können. Im Rathaus herrschte nach dem Tod des Statthalters pure Kopflosigkeit, sodass Jerónimo es nach zwei fruchtlosen Stunden für nutzlos befand, noch mehr Zeit dort zu verbringen, und es vorzog, an der Seite der Frau seines Freundes zu sein. Noch nie in seinem Leben hatte er eine so zentnerschwere Last auf sich gefühlt wie in dieser Nacht, ihm schien, als sei die Welt um ihn herum untergegangen. Leonor war eine verheiratete Frau, die eben durch diese Ehe der höchsten Sevillanischen Aristokratie angehörte, und sie hatte die schlimmste aller Sünden begangen: Ehebruch. Leonor hatte ihren Gatten gedemütigt und seine Ehre befleckt, und das war für eine Frau absolut unverzeihlich. Dass ihr Liebhaber darüber hinaus auch noch ein Bürgerlicher war, ganz gleich wie groß sein Ruhm als Bildhauer und wie gefeiert seine Werke waren, würde die Strafe noch zusätzlich verschärfen. Die finstersten Gedanken überschlugen sich in Jerónimos gepeinigtem Kopf, während er in tiefster Nacht durch die Straßen lief, die zum Hause seiner Freunde führten. Sein Unglück über die Gewissheit, die Frau, die er liebte, für immer zu verlieren, wurde nur noch übertroffen von der Angst vor dem Schicksal, das sie erwartete.

Und als ob das noch nicht genügte, war nun auch noch sein bester Freund verschleppt worden, und er hatte keine Ahnung, wohin. Er konnte nicht einmal sicher sein, dass er noch am Leben war. Und hinter all seinen Nöten steckte immer die gleiche Person: der Herzog de los Alcores.

Als er Diegos und Catalinas Haus erreichte, bestürmte Letztere ihn mit einer ganzen Flut von Fragen:

»Gelobt sei der Herr, der dich so rasch hierher zurückgeführt hat! Was hast du herausgefunden? Was ist geschehen? Was weißt du über Diegos Verbleib? Weißt du, ob es ihm gut geht?«

Trotz seines erregten Gemütszustands bemühte sich Jerónimo, sie zu beruhigen – auch wenn er nicht eine einzige ihrer Fragen beantworten konnte. Er nahm all seine Kraft zusammen und versuchte, etwas Tröstliches zu sagen: »Wir müssen bis morgen ausharren, Catalina. Der Statthalter ist tot, niemand zweifelt daran, dass er vergiftet wurde. Im Rathaus herrscht völlige Verwirrung. Dort heißt es, Don Manuel de Girón würde sich der Situation annehmen, bis der König verfügt, in wessen Hände er die Regierung Sevillas legen will. Morgen werde ich versuchen, mit Girón zu sprechen. Jetzt halte ich es für das Beste, dass wir die Stunden bis Tagesanbruch nutzen, um uns auszuruhen. Der morgige Tag wird anstrengend … sehr anstrengend.« In seinen Augen schimmerten tiefer Kummer und Bitterkeit, die ihm zusetzten.

»Keinesfalls werde ich unter diesen Umständen zu Bett gehen«, entgegnete Catalina de Arana in einem Tonfall, der keinen Widerspruch duldete. »Ich bleibe wach. Ihr jedoch«, wandte sie sich an die Dienerinnen, »geht zu Bett! Schlaft! Und führt Doña Isabel ins Gästezimmer!«

Schweigend gehorchten die Dienstmädchen ihrer Herrin und baten die Portugiesin, ihnen zu folgen. Jerónimo allerdings folgte dem Wunsch der Hausherrin und bot an, Catalina bei der langen Nachtwache, die vor ihr lag, Gesellschaft zu leisten. Er würde sich bemühen, ihrem wunden Herzen Linderung zu verschaffen, obwohl er ebenso dringend seelischen Beistand benötigte. Wenn möglich, würden sie auch einen Aktionsplan für den morgigen Tag ausarbeiten.

Gegen zwölf Uhr Mittag breitete sich eine Neuigkeit, deren Ursprung in Arenal lag, wie ein Lauffeuer über die ganze Stadt aus:

»Die Galeonen der Indien-Flotte sind da!«

»Die Flotte ist schon kurz vor Arenal!«

Sobald sie dies vernommen hatten, lösten sich die

Grüppchen von Klatschbasen sofort auf, Ladenbesitzer schlossen ihre Geschäfte, Handwerker ihre Werkstätten und Ateliers. Ein Strom von Menschen schob sich durch die Straßen und auf die großen steinernen Festungsmauern zu, die die Stadt vor Arenal umschlossen. Männer und Frauen, Junge und Alte sowie eine beträchtliche Kinderschar liefen in Richtung Fluss – ein wahrer Volksauflauf näherte sich dem Guadalquivir. Doch dann geriet die ganze Flut von Menschen plötzlich ins Stocken. Die Pforten der Stadtmauer waren geschlossen und wurden von einem großen Aufgebot bewaffneter Männer bewacht, die den Sevillanern den Ausgang aus dem ummauerten Bereich untersagten. Zur Verstärkung waren sogar mehrere Patrouillen altgedienter Soldaten aus dem *Tercio*-Regiment zugeteilt worden. Sie alle hatten strikte Befehle erhalten: Ohne die entsprechende Bewilligung kam niemand hinaus, und um diesen Befehl umzusetzen, würden sie sich notfalls aller zur Verfügung stehenden Mittel bedienen. Die Verantwortlichen hatten keinen Raum für Zweifel gelassen, als sie der Truppe ihre Befehle erteilten:

»Kein Mensch durchquert diese Pforte ohne ausdrücklichen Befehl der Obrigkeit!«

Auf dieser Seite hatte die Stadt acht Tore: Jerez, Arenal, Real, San Juan, Triana und Barqueta, dazu das Öltor und das Kohletor, und an jedem einzelnen kam es zu Wortgefechten zwischen den Wachtposten und den Menschen, die hinauswollten, um das unvergleichliche Spektakel zu bewundern, wenn die Galeonen am Flussufer vor Anker gingen. Allmählich breitete sich unter den Schaulustigen die Kunde aus, dass es unmöglich war, die Stadt zu verlassen.

Die Soldaten waren sogar darauf vorbereitet, sich nötigenfalls einem Aufstand entgegenzustellen, doch so weit kam es nicht. Nur hier und da erhoben sich einzelne Protestschreie, und nach einigen Minuten zog die Menge, die durch die Anhäufung derartiger Wechselfälle in den vergangenen Tagen ausgelaugt war, enttäuscht und mit gesenktem Kopf davon. Nur am Stadttor San Juan und an zwei kleineren Pforten führte der Widerspruch der Sevillaner fast zu einem Zusammenstoß. In einem Fall konnte die kluge Reaktion des Befehlshabers das Schlimmste verhindern, und an den beiden Nebenpforten warnte das bedrohliche Aussehen der Soldaten die Protestierenden vor echten tätlichen Übergriffen. Niemand wollte das große Ereignis verpassen, doch letzten Endes gewann der gesunde Menschenverstand die Oberhand gegenüber anderen Erwägungen.

Es war in der Tat ein Ereignis, vom Flussufer aus zu beobachten, wie sich das lange Ufer des Guadalquivir, an dem die Ozeanriesen vor Anker gingen, in einen Wald aus Schiffsmasten und Takelagen verwandelte. Durch ihren Freibord waren die Schiffe von außen unzugänglich, und ihre Flanken waren mit bis zu drei Reihen von Luken bestückt, durch die für den Fall einer kriegerischen Auseinandersetzung die Mündungen von Kanonen herausragten. Traurig verabschiedeten sich die Sevillaner von dem Gedanken, die Schiffe aus der Nähe sehen zu können. Jene Galeonen, deren Namen den Klang von Legenden trugen, von Geschichten, die man sich in langen Winternächten beim Lagerfeuer erzählte, Geschichten von Piraten, Helden und dem grenzenlosen Mut, den es erforderte, die Wasser eines Meeres zu befahren, das so Furcht erregend war wie der Atlantik. Von der Stadtmauer aus konnte man nur einige wenige Galeonen sehen. Sie kamen mit gesetzten Segeln in Arenal an, und allein zu beobachten, wie die Seeleute diese gewaltigen Segel bargen, war eine Attraktion. Sie bewegten sich mit der gleichen Leichtigkeit durch die Schwindel erregend hohen Takelagen wie normale Menschen über den Erdboden. Ebenfalls große Aufmerksamkeit erregten die aus Holz geschnitzten Galionsfiguren am Bug: von den Heiligen, auf deren Schutz das Schiff vertraute, über wollüstige Sirenen, die freizügig ihre Brüste enthüllten, bis hin zu Darstellungen von Fabeltieren. Doch den Höhepunkt der Ankunft bildete immer das Löschen der sehnsüchtig erwarteten Fracht. Damit konnte jedoch erst begonnen werden, wenn die Beamten der Handelsbörse die notwendigen Kontrollen vorgenommen hatten, das heißt, wenn den gesetzlichen Vorschriften Genüge getan und die Entladung der unvergleichlichen Schätze bewilligt war. Erst dann wurde damit begonnen, aus den Bäuchen jener Riesen eine Unzahl Kisten, Bündel und Fässer zu bergen, in denen sich kostbare Gewürze wie Zimt, Nelken oder Pfeffer verbargen, Färbemittel wie Koschenille, Indigo, Chinin sowie Vicuña-Felle und Tabak. Und vor allem natürlich die Schatztruhen und Schatullen, mit Eisen ausgeschlagen und verschlossen durch dicke, ebenfalls eiserne Beschläge sowie mehrere Schlösser mit komplizierten Mechanismen nebst schweren Riegeln mit Vorhängeschlössern, die Perlen, Edelsteine, Gold oder Silber sicherten. Diese Prozedur wurde unter strengsten Sicherheitsmaßnahmen vorgenommen, bei größtmöglicher Bewachung der Schiffe. Unter den Augen eines riesigen Aufgebots von Streitkräften brachte man sonst die Schätze an Land und überführte sie in die Handelsbörse, wo ihr Wert berechnet wurde. Dies geschah in Kutschen, die ihre Ladung vom Fuß des Goldturms aus – manche sagten, er habe seinen Namen aus eben diesem Grund erhalten – auf direktem Wege zur Handelsbörse transportierten, eskortiert von Soldaten, die auch entlang der ganzen Wegstrecke postiert waren und Querstraßen und Kreuzungen, die auf dem Weg lagen, abriegelten.

Doch dieses Mal vollzog sich die Ankunft der Schiffe unter dem ungewöhnlichen Umstand, dass die Stadt der Pest wegen nach außen abgeriegelt war. Zusätzlich erschwert wurde diese Situation dadurch, dass inzwischen allgemein bekannt war, was man den Behörden vor einigen Tagen mitgeteilt hatte, dass nämlich auf den Schiffen Fälle von Pest aufgetreten waren, die unter den Besatzungen auch schon mehrere Todesopfer gefordert hatte. Am heutigen Morgen stand die Regierung der Stadt vor der Entscheidung, ob sie die Schiffe, ihre Besatzungen und ihre kostbare Ladung unter Quarantäne stellen musste, um eine Ansteckung zu vermeiden.

Die Frage der Quarantäne löste eine erbitterte Debatte aus, waren doch mächtige und einflussreiche Bevölkerungsteile daran interessiert, dass die Waren, vor allem das Gold, das Silber und die Edelsteine, baldmöglichst ausgeladen würden. Die mächtige Kaufmannsgilde verfasste noch am Morgen ein Manifest, in dem aufgerechnet wurde, welch hohe Verluste und empfindliche wirtschaftliche Schäden entstünden, wenn man die Flotte unter Quarantäne stellte. Auch die Handelsbörse ließ verlautbaren, dass es erhebliche Risiken berge, die edlen Metalle und Steine noch tagelang in den Schiffen zu belassen. Nun richteten sich alle Blicke auf den Stadtrat, der in dieser Angelegenheit das letzte Wort hatte, sofern nicht vom Staatsrat konkrete Anweisungen eintrafen, wie mit der ungewöhnlichen Situation zu verfahren sei. Eine Order von dieser hohen Regierungsinstanz würde jedoch mehrere Tage benötigen, um Sevilla zu erreichen.

Und als ob das nicht mehr als genug wäre, hatte die Stadtregierung nun auch noch ihren Vorsitzenden verloren, zudem unter mehr als absonderlichen Umständen.

Der Stellvertreter des Statthalters, Don Manuel de Girón aus der mächtigen Familie der Herzoge von Osuna, der die Geschicke der Stadt im Namen Seiner Katholischen Majestät lenken sollte, bis es eine neue Nominierung gäbe, war zutiefst verwirrt. Er wusste nicht, wie er in dieser schwierigen Lage entscheiden sollte. Darüber hinaus war angesichts des Chaos, das die drohende Pest angerichtet hatte, die Quarantäne zwar das vordringlichste Problem, dem sich die Behörden zu stellen hatten, jedoch bei weitem nicht das einzige. Noch viele andere Aufgaben stapelten sich auf seinem Tisch – darunter die Aufklärung des Mordes am Grafen de Paredes.

Doch dann beseitigte eine Unterredung mit dem *Veinticuatro* Don Gonzalo de Rojas all seine Zweifel, die die Quarantäne der Flotte betrafen.

Auf Ersuchen des einflussreichen Don Juan de Mañara empfing der stellvertretende Statthalter um vier Uhr nachmittags dann den Bildhauermeister Jerónimo de Loaysa, der ihn über eine Angelegenheit von größter Wichtigkeit in Kenntnis setzen wollte. Nur widerwillig hatte Girón sich bereit erklärt, ihm in der augenblicklichen Lage eine Audienz zu gewähren. Eingewilligt hatte er letztlich nur wegen der Beharrlichkeit des mächtigen Mañara, dem er nicht nur diverse Gefallen schuldete, sondern auch die stattliche Summe von sechstausendfünfhundert Dukaten. Die hatte er sich vom Oberhaupt der Santa Caridad geliehen, um die Mitgift einer seiner Töchter bezahlen zu können, welche dank dieses Betrags eine überaus vorteilhafte Ehe mit Señor de Baños de la Encina hatte eingehen können.

An diesem Morgen glich auch das Haus des Herzogs de los Alcores einem siedenden Kessel. Wahrhaftige Wallungen gab es hier, und das nicht nur wegen der kopflosen

Aufregung, die am Vortag das Einsperren der Herzogin ausgelöst hatte, sondern auch wegen der Männer, die sich zu einem weiteren konspirativen Treffen hier eingefunden hatten. Neben den Gemächern der Herzogin, vor denen Wächter postiert waren, wurde auch der Eingangsbereich des Hauses strikt bewacht, jedes Kommen und Gehen streng kontrolliert. Auch hatte der Herzog bei Strafe verboten – aus welchem Grund auch immer –, den Weinkeller zu betreten. Das Gesinde interpretierte diesen Befehl auf unterschiedlichste Weise. Einige behaupteten, dort unten befinde sich eine Leiche, andere sprachen von einem Gefangenen. Eine dritte Version glaubte zu wissen, dass dort ein riesiges Waffenarsenal lagere, das sowohl Stich- als auch Feuerwaffen umfasste. Und falls doch ein Mann dort gefangen gehalten werde, so hieß es, müsse dieser irgendwie in Zusammenhang mit der Einkerkerung der Herzogin stehen.

Mit dem Herzog waren es neun Männer, die an der Versammlung teilnahmen. Rund um einen großen, ovalen Tisch hatten neben Don Rodrigo Ponce de León noch der Erste Steuermann Don Juan de Lastres, der *Veinticuatro* Don Gonzalo de Rojas, Sebastián Bastinhas und fünf weitere Personen Platz genommen. Drei von ihnen hatten das Aussehen von Verbrechern und Mördern und besaßen äußerst unangenehme Umgangsformen und Manieren. Die anderen beiden trugen Mönchshabite.

»Gut«, sagte der Herzog, »nun, wo der Statthalter beseitigt und Doktor Ruiz de Acevedo unter Kontrolle ist, müssen wir uns nur noch eines Problems entledigen, das jedoch, so wie die Dinge liegen, wahrscheinlich nicht allzu ernst ist …« Er blickte die Anwesenden herausfordernd an. »Allerdings dürfen wir auch nicht unvorsichtig werden …« Dabei richtete er den Blick auf den *Veinticuatro,* der sich sogleich angesprochen fühlte.

»Ich bedaure, dass ich den Bildhauer Loaysa nicht aufhalten konnte«, entschuldigte sich Don Gonzalo unbehaglich, »als er letzte Nacht ins Rathaus kam. Ich weiß, dass er um eine Audienz bei Girón gebeten und sie mit der Hilfe Mañaras für heute Nachmittag bekommen hat. Dass er dort vorstellig wird, beweist, dass er Kenntnisse über die Epidemie besitzt. Wir lassen ihn überwachen und warten, bis er das Rathaus nach dem Treffen verlässt, um ihn uns zu schnappen.«

»Wenn er Don Manuel de Girón die Wahrheit über die Pest mitteilt, so ist das ein ernstes Problem«, bemerkte einer der Mönche.

»Das wäre es unter anderen Umständen«, entgegnete Rojas, »aber nicht in der augenblicklichen Situation. Es kursieren so viele Gerüchte über die Seuche, dass Girón dies nur als ein weiteres werten wird. Überfordert, wie er mit all den anderen Problemen ist, die er zu lösen hat, wird er Loaysa keine allzu große Aufmerksamkeit schenken. Vergessen wir nicht, dass ihm das Amt gerade erst in den Schoß gefallen ist. Ich kenne Girón gut und habe gleich den Boden geebnet, als ich von dem Gesuch des Bildhauers erfuhr. Er wird ihn anhören, und er wird ihn für einen Schwätzer halten. Darüber hinaus haben wir den neuen Statthalter in der Hand. Wie wir es gestern beschlossen hatten, habe ich ihm heute Morgen zehntausend Dukaten geboten, damit er die Flotte unter Quarantäne stellt und …« Alle Anwesenden richteten ihre Blicke auf den Stadtrat, um nicht zu verpassen, was er jetzt sagen würde, »und … er hat angenommen! Ihm mangelt es immer an Bargeld, wegen der Verschwendungssucht seiner Ehefrau!«

Erleichterte Seufzer waren zu vernehmen. Alle wussten, dass das Gelingen des Plans untrennbar mit der Quarantäne verknüpft war, die die Galeonen mehrere Wochen lang am Flussufer festhalten würde. Für ihren Plan benötigten sie zwar nur einen Bruchteil dieser Zeit, doch war es unbedingt nötig, dass das Gold nicht, wie sonst üblich, unmittelbar nach der Ankunft der Schiffe in die Handelsbörse überführt wurde.

»Nichtsdestotrotz«, wiederholte der Herzog, »dürfen wir nicht unvorsichtig werden.«

»Natürlich nicht, natürlich nicht«, pflichtete der Stadtrat ihm bei.

»Vergesst nicht«, der Herzog blickte den *Veinticuatro* an, und in seinen Augen blitzte Zorn auf, »je eher dieser Holzschnitzer gefangen ist, desto besser.«

»Keine Sorge, Exzellenz, darum kümmere ich mich. Sobald er das Rathaus verlässt, ist er unser!« Rojas zwirbelte selbstzufrieden seine Schnurrbartspitze.

»Nun, dann kommen wir zu unserem heutigen Thema.« Der Herzog blickte den Ersten Steuermann an. »Ihr habt das Wort, Señor de Lastres.«

Der Genannte holte mehrere Papierrollen aus einem langen, schmalen Lederzylinder und breitete sie ohne ein Wort zu sagen auf dem Tisch aus. Alle Anwesenden wandten ihre Aufmerksamkeit den Papieren zu: vier Pläne eines Schiffes. Einer zeigte es im Profil, die anderen drei waren Grundrisse der einzelnen Decks, allesamt mit größter Präzision und Sorgfalt gezeichnet. Selbst die kleinsten Einzelheiten konnte man ihnen entnehmen, vom Kielraum bis zur Kapitänskajüte, von den Räumen, die den Offizieren vorbehalten waren, bis zu den Kojen der einfachen Matrosen, die Standorte der Kanonen, die Waffenkammern, in denen Magazine und Munition aufbewahrt wurden, die Laderäume zur Lagerung der Waren und Lebensmittel, die für die Ozeanüberquerung benötigt wurden, alle Gänge, alle Treppen und selbst die entlegensten Schlupfwinkel des Schiffes. In der unteren rechten Ecke der Pläne stand jeweils der Name NUESTRA SEÑORA DE ATOCHA in dicken, sauberen Lettern, darunter in kleinerer Schrift: »Galeone mit zweiundsiebzig Kanonen«.

Lastres ließ eine gewisse Zeit verstreichen, damit alle Anwesenden ihre Neugier an den Plänen stillen konnten. Anschließend verkündete er mit volltönender Stimme:

»Wie die Señores festgestellt haben, haben wir hier die Pläne der *Nuestra Señora de Atocha*, des Flaggschiffs der Indien-Flotte, die seit heute Morgen bei Arenal vor Anker liegt. Es handelt sich dabei um eine der großen Galeonen der Flotte, die repräsentativste von allen, weil sie erstens die Flotte anführt und zweitens den größten Teil des Goldes und Silbers geladen hat.«

»Handelt es sich wirklich um so große Mengen, wie die Gerüchte besagen?« Habgier klang aus jedem Wort des zwielichtigen Gesellen, der gerade gesprochen hatte.

Lastres musterte ihn:

»Was die Gerüchte sagen, weiß ich nicht, aber ich kann Euch versichern, dass diese Flotte von allen, die ich bisher begleitet habe – und glaubt mir, es waren nicht wenige –«, fügte er nicht ohne Stolz hinzu, »bei weitem die größten Schätze geladen hat.«

Nun blitzte die Habgier in den Augen aller am Tische auf.

»An Bord sind siebenundzwanzig große Truhen, von denen jede zwischen vier und sechs Arrobas wiegt und bis zum Bersten gefüllt ist – sechs von ihnen mit Gold und die restlichen mit Silber. Die edlen Metalle sind entweder zu Schmuck verarbeitet, in der Münzstätte von Lima geprägt oder in Barren gepresst. Darüber hinaus gibt es fünf kleinere Truhen – zwischen anderthalb und zwei Arrobas – voller Perlen und Edelsteine, vor allem Smaragde, Topase und Saphire. Ihr Wert beläuft sich auf schätzungsweise achtundzwanzig Millionen Dukaten.«

Andächtiges Schweigen breitete sich im Raum aus. Als Folge des immensen Interesses aller und der Verzückung, in die sie bei der Nennung dieser Zahlen verfallen waren, herrschte vollkommene Stille. Mehr als einer der Anwesenden ließ bereits seine Fantasie schweifen und sah sich in Bergen von Gold baden, dessen Klang die schönste Melodie sein würde, die er je vernommen hatte.

»Der größte Teil dieses Schatzes«, fuhr der Steuermann fort, »befindet sich in einer Kammer der *Nuestra Señora de Atocha,* die speziell für diesen Zweck konstruiert wurde. Sie liegt neben der Admiralskajüte, und ihr einziger Zugang führt durch ebendiese. Sie befindet sich im zweiten Stock der Galeone, sprich dem ersten unter Deck.« Er legte den Plan des zweiten Decks in die Mitte des Tisches und deutete mit dem Zeigefinger genau auf die Stelle, an der der Schatz lag. »Wie Euer Gnaden sehen, befindet sich die Kammer am sichersten Ort des Schiffes; überdies ist sie von innen mit Eisenplatten von einem halben Zoll Dicke ausgeschlagen.«

Einer der Männer stieß einen lauten Pfiff aus und wedelte in einer überzogenen Geste mit der Hand. Der Herzog sandte ihm einen so bösen Blick, dass er die Augen senkte, weil er unfähig war, ihm standzuhalten.

»Die Kammer, wie ich bereits sagte«, fuhr de Lastres unbeirrt fort, »hat nur einen einzigen Zugang: durch die Kajüte des Admirals, dessen Tür ständig bewacht wird. Die Wachtposten wechseln tagsüber alle vier Stunden und nachts alle sechs Stunden; eine Ablösung kommt um Mitternacht, die nächste um sechs Uhr morgens.«

Don Gonzalo de Rojas schüttelte mehrmals den Kopf:

»Es ist also unmöglich, zu diesem Schatz vorzudringen. Darüber hinaus sehe ich nicht, wie wir ihn unbemerkt ausladen können, wenn sowohl die Besatzung als auch die Truppen an Bord sind, wo doch allein schon das Gewicht dieser riesigen Menge an Truhen und Kisten ein ernsthaftes Problem darstellt. Das ist unmöglich!«

»Es ist nicht unmöglich, Señor!« Zum ersten Mal wurde der gleichförmige Tonfall de Lastres' laut: »Wie Ihr noch sehen werdet, falls Ihr die Güte hättet, mich zu Ende anzuhören!«

Der *Veinticuatro* hatte eine solche Reaktion nicht erwartet und hob entschuldigend die ausgestreckten Hände. Der Erste Steuermann sprach mit undurchdringlicher Miene weiter: »Bis jetzt habe ich mich darauf beschränkt, Euch über die Lage, wie sie sich darstellt, zu informieren. Ich habe bewusst jegliche Einschätzung meinerseits ausgelassen, die sich auf unser Urteilsvermögen auswirken könnte. Wir müssen die Lage, in die wir uns begeben werden, genauestens kennen. Um mit ihr umzugehen, haben wir einen Plan, den ich nun, mit Erlaubnis Eurer Exzellenz, darlegen werde.« Ohne den Kopf zu bewegen blickte er den Herzog an, um auf seine Erlaubnis zu warten. Don Rodrigo gewährte sie mit einer kaum wahrnehmbaren Geste. »Die Panzerung der Schatzkammer«, fuhr der Steuermann befriedigt fort, »ist einer der Faktoren, die uns zugute kommen. Aufgrund der besagten Sicherheitsausstattung verzichtet man nämlich auf eine besondere Bewachung. So groß ist das Vertrauen in die Schatzkammer, dass die Bewachung gelockert wurde und die Wachtposten nachts schlafen. Dazu kommt, dass bei verhängter Quarantäne alle Welt denken wird, dass niemand, der halbwegs bei Verstand ist, versuchen wird, an Bord zu kommen.«

»Aber an Bord weiß man doch, dass es in der Flotte keine Pest gibt«, unterbrach ihn einer der Galgenvögel.

»Das ist richtig, aber wenn sie unter Quarantäne stehen, dann deshalb, weil man an Land glaubt, die Schiffe seien infiziert«, antwortete de Lastres ruhig.

»Es stimmt, was Ihr sagt, aber das Vortäuschen der Seuche, das uns vor drei Tagen gelungen ist, wird sich nicht viel länger aufrechterhalten lassen. Wir haben die Abriegelung der Stadt erreicht, aber … aber wie lange noch?« Wieder war es Rojas, der Zweifel säte.

»Genau aus diesem Grund dürfen wir keine Zeit verlieren«, sagte der Steuermann mit einer Grimasse, die ein Lächeln darstellen sollte. »Heute wird die Quarantäne verhängt. Von Seiten der Flotte wird man diese Auflage, die aus ihrer Sicht keinen Sinn ergibt, ablehnen und versuchen, die Situation zu forcieren. Das lässt uns möglicherweise nur wenige Stunden, selbst mit dem Beistand des neuen Statthalters … und auf den können wir doch bauen, nicht wahr?« De Lastres warf Don Gonzalo einen hämischen Blick zu.

»Dafür lege ich meine Hand ins Feuer«, antwortete dieser und erwiderte den Blick des Steuermanns kämpferisch.

»Gut, in diesem Falle erläutere ich nun den Aktionsplan«, beschied der Steuermann. »Bevor ich beginne, muss ich alle Anwesenden bitten, mich nicht zu unterbrechen, bis ich zu Ende gesprochen habe. Sämtliche unklaren Punkte, Fragen und zusätzlichen Erklärungen werde ich im Anschluss daran erläutern. Ist das klar?« Alle Anwesenden stimmten wortlos zu. »Wir müssen bei Nacht zuschlagen. Wir beginnen gleich, nachdem es zwölf Uhr geschlagen hat, also unmittelbar nach der Wachablösung, denn wir müssen unsere Arbeit vor sechs Uhr morgens, dem Zeitpunkt des nächsten Wachwechsels, abgeschlossen haben. Während dieser Stunden wird uns die Dunkelheit eine wertvolle Verbündete sein. Um bis Mitternacht an Bord der Galeone zu sein, müssen wir Sevilla deutlich früher verlassen. Dies tun wir durch eines der Bordelle, das unmittelbar an der Stadtmauer liegt. Das Loch, durch das wir aussteigen, ist bereits vorbereitet: Es wurden so viele Mauersteine entfernt, dass ein Mann hindurchsteigen kann. Wir müssen sie nur herausziehen und können uns durch die Lücke schieben. Nach unserer Rückkehr werden sie wieder an ihren Platz gesetzt. Zu den Galeonen gelangen wir in einer Barkasse, die ebenfalls schon bereitliegt. Es ist eine von jenen, wie sie zum Be- und Entladen der Schiffe benutzt werden, mit einer Kapazität von bis zu zweihundert Arrobas, allerdings ist es nicht empfehlenswert, dieses Gewicht voll auszuschöpfen. Problemlos können wir bis zu einhundertundfünf Arrobas transportieren, was bedeutet, dass wir alle Truhen mit Gold und Silber sowie die Schatullen mit den Perlen und Edelsteinen mitnehmen können …«

In der monotonen Stimme, die seine Art zu sprechen charakterisierte, fuhr de Lastres fort, seinen Plan in allen Einzelheiten darzulegen.

Nachdem dieser seine Ausführungen beendet hatte, schaute der Herzog de los Alcores allen Anwesenden mit bohrendem Blick ins Gesicht, einem nach dem anderen. Als er die Runde beendet hatte, fragte er:

»Gibt es noch irgendwelche Unklarheiten?«

Er erhielt keine Antwort, weshalb er noch einmal wiederholte:

»Gibt es noch irgendwelche Unklarheiten?«

Auch jetzt sagte niemand etwas. Offenbar hatten de Lastres' Erläuterungen keine Fragen offen gelassen.

»Gut«, verkündete der Herzog. »Dann solltet Ihr nur noch wissen, dass wir die Operation noch heute Nacht durchführen.«

Überraschung zeichnete sich auf den Gesichtern der Anwesenden ab – mit Ausnahme des Ersten Steuermanns, der schon vorher informiert gewesen sein musste. Der *Veinticuatro* fragte mit brüchiger Stimme:

»Heute Nacht?«

»So ist es, Don Gonzalo, noch heute Nacht. Und jetzt macht sich jeder an die Aufgabe, die ihm zugewiesen wurde.« Mit diesen Worten erhob sich der Herzog, womit er zu verstehen gab, dass die Versammlung beendet war und es nichts weiter zu sagen gab.

13

Jerónimo de Loaysa war zutiefst niedergeschlagen, als er das Büro des Mannes verließ, den der Zufall in einer höchst dramatischen Situation überraschend zum Regenten von Sevilla gemacht hatte. Die Audienz, widerwillig und nur auf Drängen Mañaras gewährt, hatte nur wenige Minuten gedauert. Diese rückgratlose Person, die vorübergehend die Amtsgeschäfte des Statthalters übernommen hatte, hatte angesichts dessen, was der Bildhauer ihm anvertraute, kaum mit der Wimper gezuckt. Eine Nachricht wie diese hätte eigentlich genügen müssen, um ihn aus dem Sessel aufspringen zu lassen. Er hätte sofort aktiv werden, die Echtheit der Informationen überprüfen lassen müssen und gegebenenfalls schnellstmöglich Gegenmaßnahmen einleiten sollen. Es gab keine Pest, und es existierten Pläne, den Schatz an Bord der Indien-Flotte zu rauben!

Jerónimo war wegen des Verhaltens des Statthalters immer noch erschüttert. Er stieg die Stufen der Rathaustreppe zur Plaza de San Francisco hinunter, und in seinem Inneren breitete sich tiefe Bitterkeit aus. Er konnte die Reaktion – oder besser die fehlende Reaktion – des Mannes, in dessen Händen unter diesen heiklen Umständen die Entscheidungsgewalt über eine Stadt wie Sevilla lag, einfach nicht fassen. Er überquerte den Platz und schlug, ohne sich dessen bewusst zu sein, gewohnheitsmäßig den Weg zu seinem Atelier ein. So versunken war er in seine Gedanken, dass er die drei Männer, die ihm folgten, nicht bemerkte. Ihre Gesichter waren unter den breiten Krempen ihrer riesigen Hüte verborgen. Sobald er den belebten Platz verlassen hatte und in die eng gewundene Calle de los Papeleros einbog, kamen sie näher und nutzten eine der Biegungen der Gasse, um ihn zu umstellen. Als er sie bemerkte, war es bereits zu spät. Sie hatten ihn gegen eine Hauswand gedrängt.

»Lauft weiter, ohne Aufsehen zu erregen.« Die Stimme, die ihn bedrohte, war leise, aber scharf. Jerónimo hegte nicht den geringsten Zweifel, dass diese Drohung ernst zu nehmen war, ein Eindruck, der ihm bestätigt wurde, als er eine Degenspitze in der Nierengegend spürte.

»Geht langsam, so als würden wir einen gemütlichen Spaziergang machen«, flüsterte ihm wieder die drohende Stimme zu. »Ich würde Euch nur allzu gerne aufspießen, und ich warte nur darauf, dass Ihr mir einen Grund liefert.«

Jerónimo glich sein Schritttempo dem der Männer an und spielte die Möglichkeiten, ihnen zu entkommen, durch: So wie sie jetzt liefen, würden sie unter den wenigen Passanten, die auf der Straße unterwegs waren, keinen Verdacht erregen. Auch die Lehrjungen, die vor den Türen der Papiermacher in breiten, flachen Zubern einen teigigen weißen Leim rührten, während sie scherzten und sich gegenseitig neckten, würden nichts bemerken. Wenn es überhaupt eine Gelegenheit gäbe auszureißen, dachte er, dann auf der Plaza del Salvador; die mussten sie auf jeden Fall überqueren, denn die Straße hatte in dieser Richtung keinen anderen Ausgang. Er wog seine Chancen ab, etwas zu unternehmen, sobald sie den offeneren und belebteren Platz erreichten, doch da sah er am Ende der Straße eine alte, klapprige schwarze Kutsche stehen, die den Zugang des Platzes praktisch abriegelte. Dann spürte er einen kräftigen Stoß und fand sich im Inneren des Gefährts wieder, wo ein Mann auf der Rückbank saß und eine Pistole auf ihn richtete. Mit bemerkenswerter Geschwindigkeit sprangen die drei Männer, die ihn verschleppt hatten, ebenfalls in die Kutsche, worauf diese sich sofort in Bewegung setzte. Die Vorhänge vor den Fenstern waren zugezogen, niemand konnte ihn sehen. Es gab einen kurzen Wortwechsel zwischen dem, der in der Kutsche gewartet hatte, und den anderen dreien, danach breitete sich ein zähes, drückendes Schweigen aus. Nur die Rufe des Kutschers, der die Pferde antrieb, das Knarren des Holzes und der Klang der metallbereiften Räder, die sich auf den Pflastersteinen des Platzes drehten, waren zu hören.

Jerónimo wusste weder, wer seine Entführer waren, noch wohin sie ihn brachten, doch er hegte keinen Zweifel über den Grund, aus dem er sich hier befand. Er hoffte, den Männern irgendeine Auskunft entlocken zu können, doch seine Versuche schlugen fehl. Als Antwort auf seine ersten beiden Fragen schwiegen sie nur, doch bei seinem dritten Vorstoß fauchte der Mann mit der Pistole, der ihm gegenübersaß und die Waffe nicht einen Augenblick lang gesenkt hatte, ihn an:

»Wenn du uns noch einmal mit deinen Fragen belästigst, jage ich deinen Kopf in die Luft!«

Die Reise in diesem Ungetüm auf Rädern dauerte endlose Minuten, und Jerónimo wusste weder, wo sie sich befanden, noch wo sie hinfuhren. Als er den Eindruck hatte, dass sich die Fahrt ihrem Ende zuneigte und sie aussteigen würden, nahm er sich vor, sich alles, was er sah und hörte, genau zu merken. Jede Einzelheit, jede noch so kleine Information über den Ort, an dem er sich befand, würde ihm vielleicht einen Hinweis liefern. Dieser Gedanke beschäftigte ihn gerade, als ihn ein wuchtiger Schlag auf den Kopf traf. Er war betäubt, verlor jedoch nicht vollständig das Bewusstsein. Das allerdings entging den Entführern, die überzeugt waren, er sei ohnmächtig.

Ohne ihn richtig anzusehen, zerrten sie ihn aus der Kutsche. Zwei der Männer kreuzten seine Arme vor dem Körper, packten sie und schleppten seinen reglosen Körper in ein Haus. Jerónimo unterdrückte seine Reaktion so gut er konnte, als er bemerkte, dass es sich um den Palast des Herzogs de los Alcores handelte. Er wurde durch die gleiche Tür, die er so viele Male für seine heimlichen Treffen mit Leonor benutzt hatte, hineingetragen. Nur weil ihm dieser Ort so vertraut war, erkannte er ihn nun wieder. Die Männer trugen ihn durch den Hof und eine dunkle Treppe hinunter, notdürftig beleuchtet vom flackernden Schein einer Fackel, die jemand in der Hand hielt, dann warfen sie ihn in einen Raum, der sehr an eine Höhle erinnerte. Das Letzte, was er hörte, war das Quietschen zweier Türriegel, sodass ihm klar wurde, dass er an diesem modrig riechenden und vollkommen finsteren Ort gefangen gesetzt war.

In absoluter Stille und erdrückender Einsamkeit ließ er etliche Minuten verstreichen, bevor er es wagte, sich zu bewegen. Nach und nach gewöhnten sich seine Augen an die Dunkelheit, und er konnte schemenhafte Umrisse und Schatten erkennen. Er stand auf und klopfte sich die Kleider ab, ohne eigentlich zu wissen, warum. Mit überaus kleinen, vorsichtigen Bewegungen begann er, den Raum zu durchqueren, bis er gegen etwas Rundes, Raues stieß, das er behutsam betastete. Langsam wurde der Radius seiner Hände immer größer, und er fand das Ende des Gebildes: Es reichte vom Fußboden bis zur Höhe seiner Brust. Ein Sack Korn! Was er gefühlt hatte, war das Gewebe eines Jutesacks zur Aufbewahrung von Getreide. Nun verwandelte sich die Vorsicht seiner ersten Erkundungsaktion in hektische Bewegungen. Hier stand nicht nur ein Getreidesack, es gab noch mehr, viele mehr – wie viele konnte er nicht sagen, aber er befühlte ihre gewölbten Bäuche, die einer neben dem anderen aufgereiht waren. Er befand sich im Kornspeicher des Palastes.

Nach und nach nahm er Maß von dem Raum, in den man ihn gesperrt hatte. Die Reihe Getreidesäcke bestand aus siebzehn Stück, die von einer Wand zur anderen reichten. Die Wände waren aus rauem Stein, notdürftig gerade so weit behauen, um ihnen eine in etwa senkrechte Form zu geben. Der freie Platz zwischen der Reihe Getreidesäcke und der Wand mit der Tür maß sechs Schritte. Die Tür selbst hing fest in ihren Angeln, nur unten ließ sie einen Spalt von etwa einem Daumen Dicke. Er wusste nicht, wie viel Zeit er auf diese Erkundungen verwandt hatte, aber die Dunkelheit wirkte nun weniger dicht, die Schatten und Umrisse nahmen Formen an. Jerónimo war müde, und er fühlte noch die Schmerzen von dem Schlag.

Er setzte sich auf den Fußboden und lehnte den Rücken an einen Getreidesack. Er wollte versuchen, sich ein wenig auszuruhen und zu entspannen. Doch schon kurz darauf fuhr er zusammen: Da war ein Geräusch an der Tür. Es hörte sich an wie ein leises Kratzen oder so etwas Ähnliches. Nervös sprang er auf, er rechnete mit dem Schlimmsten. Doch die Sekunden verstrichen, ohne dass etwas geschah. Unendlich viele Gedanken jagten ihm durch den Kopf, einen kurzen Augenblick lang wurde er fast verrückt bei dem Gedanken, dass man eine Viper hereingesetzt haben könnte, damit sie seinem Leben hier im Dunkeln ein Ende bereitete, ohne dass er sich verteidigen konnte. Mühsam versuchte er, sich zu beruhigen und sich wieder unter Kontrolle zu bringen. Ganz langsam und vorsichtig näherte er sich der Tür, hockte sich hin und betastete den Fußboden, bis seine Finger ein Stück Papier berührten.

Also das war das Geräusch gewesen, das ihn so erschreckt hatte. Jemand hatte ihm eine Nachricht unter der Tür durchgeschoben!

Er nahm das Papier in die Hände, konnte aber nichts lesen. Zwar hatten seine Pupillen sich mittlerweile ausreichend an die Dunkelheit gewöhnt, um Formen und Umrisse zu erkennen, doch einen Text zu entziffern war völlig ausgeschlossen. Vergeblich hielt er sich das gefaltete Papier immer näher vor die Augen. Eine Nachricht, die er in dieser verzweifelten Lage erhielt, musste wichtig sein. Also musste er auch einen Weg finden, sie zu lesen. Er setzte sich wieder hin, lehnte sich an die Getreidesäcke und sah sich um. Sein Blick fand einen dunklen Fleck auf einer Wand, einen Umriss, der so schwarz war, dass er hervorstach. Jerónimo stand wieder auf und befühlte ihn. Nach einer Weile erkannte er, dass es sich um einen metallenen Leuchter handelte, eins dieser zylindrischen Gefäße, die man mit Öl füllte und mit einem Docht anzündete. Seine Finger wurden feucht von der öligen Flüssigkeit, die den Tiegel fast bis zum Rand füllte. Er tastete weiter und fand am gleichen Nagel, an dem die Laterne hing, einen wollenen Stoffbeutel, in dem Feuerstein und Zunder lagen.

Er konnte die Öllampe also anstecken. Er legte den Beutel mit den Utensilien zum Feuermachen auf den Boden und zog die Kordel von einem der Getreidesäcke. Geduldig entflocht er sie und formte aus den erhaltenen Espartograsfasern eine lockere Kugel. Er nahm Zunder und Feuerstein zur Hand und erzeugte mit geübten Bewegungen einen Funken, mit dem er den Espartograsball entzündete. Eine kleine, aber stetig wachsende Flamme erleuchtete den Kellerraum. Er wusste, dass er sich beeilen musste, denn Espartogras verbrannte unglaublich schnell. Die Öllampe hielt er in der einen Hand, mit der anderen näherte er den ölgetränkten Docht der brennenden Kugel, aber der Versuch schlug fehl: Er hatte zu viel Zeit damit verloren, den Docht zu holen. Nun legte er ihn neben sich auf den Boden und wiederholte die ganze Prozedur. Diesmal schaffte er es: Der Docht brannte. Eine kleine, flackernde Flamme war es zwar, die gleich wieder zu verlöschen drohte, doch nach einigem Zaudern fing sie sich, wurde größer und zerriss die Finsternis im Raum. Ein Schauder lief ihm über den Rücken, als es hell wurde. Er war so begierig darauf gewesen, die Nachricht zu lesen, dass er voreilig gehandelt hatte; er hatte völlig vergessen, auch nur minimale Vorsichtsmaßnahmen zu treffen. Das Licht der Kerze konnte durch den Spalt in der Tür nach außen dringen. Er war fast sicher, dass er eben ein Geräusch gehört hatte – jemand oder etwas hatte sich bewegt, als das Licht angegangen war.

Ohne lange nachzudenken, streifte er sein Wams ab, zog die Ärmel lang und legte es vor den Türspalt auf den Boden. Dann trug er die Öllampe, die noch auf dem Fußboden stand, in die am weitesten von der Tür entfernte Ecke des Kellers. Er setzte sich so davor, dass er den Schimmer der Flamme weitestgehend abfing, halb damit rechnend, dass im nächsten Augenblick die Tür aufgerissen würde und jemand in den Keller gestürmt käme. Mehrere Sekunden vergingen, endlose Sekunden, aber nichts von dem, was er befürchtete, trat ein. Nachdem er die größte Angst überwunden hatte, versuchte er, sich zu beruhigen, und befand, dass es nun das Allerwichtigste sei, so schnell wie möglich die Nachricht zu lesen. Er brach das grüne Siegel, das die Vertraulichkeit des Inhalts garantierte, faltete die Blätter auseinander und begann mit klopfendem Herzen und angehaltenem Atem zu lesen. Sofort hatte er die elegante, schmale Handschrift erkannt. Die Verfasserin war Leonor.

Du bist im Keller des Palastes eingesperrt, in einem der Kornspeicher. An der rechten Wand, von der Tür aus gesehen, befindet sich ein verborgener Durchgang zu einem weiteren Kellerraum. Es ist der Weinkeller, in dem Doktor Ruiz de Acevedo gefangen gehalten wird. Das Fass, das mit den Buchstaben JHS markiert ist, ist kein echtes, in Wirklichkeit markiert es den Eingang eines Geheimgangs, der zu den Pferdeställen führt. Von dort aus erreicht man das Kutschenportal und dann die Straße. Flieh, je eher desto besser, und bring dich in Sicherheit. Sorge dich nicht um mich, mir geht es gut. Vernichte diesen Brief, den ich dir durch eine freundliche Hand habe zukommen lassen.

Jerónimo zitterte vor Aufregung. Mit dem Handrücken wischte er sich den Schweiß von der Stirn. Wieder drang durch die Stille das Geräusch von eben zu ihm. Er hielt das Papier, das ihm so Wichtiges offenbart hatte, an die Flamme der Öllampe. Es war von guter Qualität und brauchte eine Weile, bis es sich entzündete. Als es dann brannte, erhellte eine zuckende weiße Flamme den Raum. Der Bildhauer sah zu, wie sich das Blatt in seiner Hand in Asche verwandelte, bis nur noch ein kleiner Zipfel übrig war, den er zu Boden fallen ließ und der schließlich auch vom Feuer gefressen wurde. Als das erledigt war, trat er so lange auf der Asche herum, bis sie sich mit der gestampften Erde des Bodens vermischt hatte und nicht mehr zu sehen war.

Aber das Geräusch, das schon wieder ertönte, hatte keinerlei Folgen.

Jerónimo nahm den Leuchter und ging auf die Wand

zu, die Leonors Nachricht beschrieben hatte. Mithilfe der Laterne war es nicht schwer, die Öffnung zu finden, die den Kornspeicher mit dem Weinkeller verbinden musste. Sie begann in Höhe des Fußbodens und war mit einem Brett verschlossen, plump verborgen unter einer Schicht Mörtel, den die Zeit hatte nachdunkeln lassen. Müheloser als erwartet gelang es Jerónimo, die Bretter vor dem Hohlraum zu entfernen: Er konnte die Hand dahinter stecken und sie mit einem Ruck abziehen. Vor seinen Augen tat sich ein rechteckiges Loch auf, höher als breit, das vom Boden bis in etwa eine Elle Höhe reichte. Er leuchtete hinein und rief leise:

»Diego, Diego! Bist du hier?«

Es dauerte einige Sekunden, bis die Antwort kam:

»Ja, ja … hier bin ich. Bist du das, Jerónimo?«, fragte Diego mit belegter Stimme.

Jerónimo nahm sein Wams, kroch durch die Öffnung und stand in dem Weinkeller, in dem sein Freund eingesperrt war. Als die Freunde sich sahen, drückten sie sich in einer kräftigen Umarmung.

Diego war sprachlos. Er war alarmiert gewesen, als er den Lärm von der anderen Seite der Wand gehört hatte, ohne zu ahnen, was da vor sich ging. Das Letzte, was er erwartet hätte, war, Jerónimo aus einem Loch in der Mauer kriechen zu sehen.

»Wie? Woher wusstest du, dass ich hier bin?«, fragte der Arzt überwältigt.

»Das erzähle ich dir später. Jetzt müssen wir uns beeilen, wenn wir von hier fliehen wollen.« Jerónimo hob die Öllampe, so hoch es sein Arm gestattete, um einen möglichst großen Lichtkegel zu erzeugen. Vor ihnen standen etwa fünfzig Weinfässer, ordentlich in Reihen gestapelt, die sich nach oben hin verjüngten – eine perfekte Pyramide. Er ging auf die Fässer zu und begann, sie sorgfältig zu untersuchen. Diego sah ihm schweigend und voller Staunen zu. Dann blieb Jerónimo stehen, hielt die Laterne noch näher an die Fässer und erkannte auf den alten, schwarzen Holzdauben die Buchstaben, die er suchte: JHS.

»Komm, Diego, beeil dich! Wir dürfen keine Minute verlieren!«

Er stellte die Lampe auf den Boden und begann, das Holzfass abzutasten.

»Um Himmels willen, Jerónimo! Darf man erfahren, was du da tust?«

»Auch wenn du es nicht glauben wirst, ich suche den Ausgang aus diesem Kerker.«

Er machte sich daran, den Eisendeckel, der das Fass verschloss, zu öffnen. Es erforderte eine weit größere Kraftanstrengung, als man erwarten könnte, doch schließlich gelang es ihm, den Deckel zu heben, während Diego ihn sprachlos anstarrte. Wieder griff der Bildhauer sich die Laterne und hielt sie in das dunkle Loch, das sich vor ihm aufgetan hatte. Das Licht war zu schwach, um die Tiefe zu erkunden, das Einzige, was er feststellte, war, dass der Durchmesser des Gangs sie zwingen würde, sich auf allen vieren hindurchzuzwängen.

»Folge mir!«, raunte er seinem Freund zu und schob sich ohne zu zögern selbst in das Fass. Das Vorwärtskommen wurde durch die zusätzliche Schwierigkeit, die Laterne festzuhalten, noch beschwerlicher. Diego entschied sich dafür, Jerónimo zu folgen und keine weiteren Fragen zu stellen.

Der Tunnel, durch den sie krochen, blieb über die ganze Strecke von zwanzig Ellen etwa gleich groß, bei einem leichten, gegen Ende steiler werdenden Anstieg. Er endete in einem großen Heuhaufen, den die Öllampe um ein Haar in Brand gesetzt hätte. Jerónimo reagierte gerade noch rechtzeitig und löschte sie, bevor sie ein Feuer verursachen konnte, das für Diego und ihn hätte tödlich sein können. Diego beobachtete diese Szene schweigend und sagte auch kein Wort, als sein Freund vorsichtig einen Arm voll Heu nach dem anderen zur Seite räumte, um den Durchgang freizuschaufeln. Jetzt kamen sie wesentlich langsamer und mühevoller voran, doch schon bald kündigte ein schwacher Lichtschein an, dass sie das Ende des Heuhaufens fast erreicht hatten. Die beiden waren buchstäblich im Heu begraben und blieben zunächst einmal reglos liegen. Immerhin hatten sie keine Ahnung, was sie hier erwartete, vor allem Diego nicht, denn Jerónimo wusste zumindest, dass sie in den Pferdeställen sein mussten, doch es war ungewiss, ob sich jemand hier aufhielt.

Ganz vorsichtig machte Jerónimo sich daran, das Heu in kleinen Büscheln beiseite zu schieben. Er war sich des Risikos, das er damit einging, bewusst, aber ihm blieb keine andere Wahl. Eins immerhin sprach zu ihren Gunsten: Es war kein Laut zu hören. Mit angehaltenem Atem streckte er den Kopf aus dem Heuhaufen, blickte sich rasch in alle Richtungen um und stellte fest, dass niemand zu sehen war. Alles was er dort sah, waren drei Kutschen – eine davon die, in der man ihn entführt hatte. Hastig sprangen die beiden Männer aus dem Heuhaufen und klopften sich die Kleider ab. Ohne einen Laut liefen sie auf das Kutschenportal des herzoglichen Palastes zu – das Tor, das Leonor in ihrer Nachricht erwähnt hatte und das sie in die Freiheit führen würde. In wenigen Worten umriss Jerónimo Diego jetzt ihre Lage: den Gifttod des Statthalters, die Einkerkerung Leonors und seine eigene Entführung. Er schilderte ihm auch kurz, auf welchem Wege er erfahren hatte, wo sein Freund gefangen gehalten wurde und wie er ihn befreien konnte.

Jerónimo hatte bereits die Hand ausgestreckt, um den eisernen Torriegel beiseite zu schieben, als er innehielt. Sein Blick schweifte einen Moment lang ins Leere, als erinnere er sich gerade an etwas, das er vergessen hatte:

»Lauf, schnell, bring dich in Sicherheit! Ich habe noch eine Rechnung zu begleichen, bevor ich gehe.«

»Ich nehme an, diese Rechnung hat mit Leonor zu tun, oder irre ich mich?«

»Nein, du irrst dich nicht.«

»Dann werde ich dich begleiten. Ich kann dir vielleicht nützlich sein«, verkündete Diego mit größter Entschiedenheit.

»Nein, du musst draußen unbedingt davon berichten, was hier vor sich geht. Und im Palast kann ein Mann sich besser bewegen als zwei.«

»Aber falls Schwierigkeiten auftreten, haben zwei Männer bessere Chancen, sich zu retten«, beharrte Diego.

»Wir können nicht riskieren, dass sie uns wieder beide einsperren, falls es misslingt. Und wir dürfen jetzt keine Zeit verlieren! Geh! Ich komme später nach. Wir sehen uns bei dir zu Hause.«

Als Jerónimo weiterhin Zweifel in den Augen seines Freundes sah, nutzte er seine Position, um ihn plötzlich und überraschend auf die Straße zu stoßen und rasch das Tor hinter ihm zu schließen. Ohne eine weitere Sekunde zu verlieren, öffnete er die andere Tür des Schuppens einen Spaltbreit und spähte hindurch. Sie führte in den Innenhof, ebenjenen, den er so viele Male durchquert hatte, um zur Galerie zu gelangen, auf der sich Leonors Gemächer befanden. Er wartete einige Sekunden, bis er sicher sein konnte, dass der Hof leer war. Jetzt, bei Sonnenuntergang, war es immer noch so hell, dass er Gefahr lief, entdeckt zu werden. Andererseits war es ebenso riskant, hier zu bleiben. Er beschloss, den Hof zu überqueren.

Er öffnete die Tür und lief mit ruhigen Schritten los, doch das Schicksal wollte es, dass in der gleichen Sekunde, in der er aus dem Wagenschuppen trat, eine der zahlreichen Mägde, die in diesem Hause ihre Dienste taten, aus einer anderen Tür ebenfalls den Hof betrat. Sie trug einen riesigen Korb voller weißer Wäsche. Der hatte mehr Volumen als Gewicht, und das verursachte seiner Trägerin erhebliche Mühe und erforderte ihre ganze Aufmerksamkeit. Jerónimo befand sich in einer Lage, in der er weder zögern noch umkehren konnte, ohne sich verdächtig zu machen, also lief er, äußerlich mit einer Ruhe, die er keineswegs empfand, weiter, als gehöre er zu den vielen Menschen, die in einem Haus dieser Größe arbeiten. Seine Taktik ging auf, denn die Frau, deren Weg den seinen in der Mitte des Hofs kreuzte, würdigte ihn keines Blickes.

Er stieg die kleine Treppe hinauf und erreichte die Galerie, die zu Leonors Zimmer führte. Bereits nach wenigen Schritten erkannte er, dass er sich zurückziehen musste: Ihre Tür wurde bewacht. Der Wächter saß auf einem Stuhl und hatte Jerónimo glücklicherweise noch nicht bemerkt – er verharrte reglos. Der Bildhauer versteckte sich hinter den großen Vorhängen vor einem Balkon, der zum Haupthof des Hauses zeigte. Sein Vorteil war, dass dieses Versteck ihm einen halbwegs sicheren Unterschlupf bot, hier konnte er sich eine Zeit lang verbergen. Allerdings war Zeit genau das, was ihm fehlte. Von seinem Versteck aus beobachtete er, wie die Minuten verstrichen, ohne dass jemand die Galerie betrat. Das überraschte ihn nicht, er wusste, dass dieser Teil des Palastes abgelegen und wenig frequentiert war. Das größte Problem, das er nun lösen musste, war der Wachtposten. Der saß so unbeweglich da, dass Jerónimo vermutete, er müsse wohl schlafen. Sein Blick fiel auf eine reich verzierte Säule, auf der eine Marmorbüste stand – die Nachbildung eines Frauenkopfes in Lebensgröße. Jerónimo zögerte nicht lange: Dieses Stück Marmor gab eine hervorragende Waffe ab, um das Hindernis, das ihn von Leonor trennte, zu beseitigen. Flink und lautlos trat er hinter dem Vorhang hervor, ergriff die schwere Marmorbüste und schlug sie dem Mann, der tatsächlich auf seinem Stuhl eingeschlafen war, über den Kopf. Der Schlag ließ ihn bewusstlos zu Boden rutschen. An seinem Gürtel hing ein eiserner Schlüsselring mit etlichen Schlüsseln – für Leonors Schlafzimmertür. Jerónimo nahm sie an sich und stellte fest, dass sich die beiden Schlösser an der Tür seiner Geliebten problemlos damit öffnen ließen.

Jerónimo trat ein und sah Leonor in einer Ecke des Schlafzimmers sitzen, im Schein einer schönen Öllampe mit gut einem Dutzend Flammen, die diesen Teil des Schlafzimmers erleuchteten und wärmten. Als sie ihn sah, zeichnete sich zuerst Erstaunen, dann Freude in ihren Augen ab. Sie lief auf ihn zu, während der Bildhauer die Tür hinter sich schloss.

»Jerónimo! Wie ist das möglich? Was tust du hier?«

»Leonor, Geliebte!« Er schloss sie in die Arme, und ihre Lippen vereinigten sich zu einem leidenschaftlichen Kuss. »Für Erklärungen ist jetzt keine Zeit! Wir müssen uns beeilen, von hier fortzukommen! Ich bin gekommen, um dich zu befreien und mit dir zu fliehen!«

Leonor trat einen Schritt zurück, und ein Hauch von Befremden legte sich über ihr Gesicht:

»Fliehen, sagst du?«

»Genau! In der jetzigen Situation darfst du keine Minute mehr hier bleiben! Ich bin gekommen, um dich zu befreien!«

Die Verwunderung in Leonors Blick trat noch deutlicher hervor:

»Ich … ich verstehe nicht. Welche … Situation …«

»Jetzt, wo dein Mann von unserer Beziehung weiß, darfst du keine Minute mehr hier bleiben! Dein Leben ist keinen Pfifferling mehr wert, und ich fürchte seine Grausamkeit …!«

Jerónimo konnte nicht zu Ende sprechen. Leonor starrte ihn aus weit aufgerissenen Augen an – jetzt lag weniger Verwunderung als Ungläubigkeit in ihrem Blick:

»Wer hat dir gesagt, mein Gatte wisse von unserer Beziehung? Wer hat dir so etwas gesagt? Sprich!«

Jerónimo blickte sie überrascht an:

»Hat er dich nicht deshalb eingesperrt, weil er von unserer Liebe erfahren hat?«

Ein Seufzer entrang sich der Brust der Herzogin:

»Nein, das ist nicht der Grund, aus dem man mich eingesperrt hat!« Leonor ergriff Jerónimos Hand. »Ich bin hier, weil sie herausgefunden haben, dass ich von ihrem Plan weiß, sich des Goldes auf der Indien-Flotte zu bemächtigen. Das und kein anderer ist der Grund, aus dem ich eingesperrt bin! Mein Gatte hegt keinen Verdacht in Bezug auf unser Verhältnis. Wenn das der Fall gewesen wäre, glaube ich … glaube ich, dass …«

»Isabel hat gesagt …«

»Wo ist Isabel?«, fragte die Herzogin ängstlich. »Weißt du etwas von ihr? Ich bin einsamer als je zuvor. Gerade zwei Mädchen habe ich, denen ich vertrauen kann. Eine von ihnen hat dir meine Nachricht überbracht.«

»Sei unbesorgt. Man hatte Isabel ebenfalls eingeschlossen, aber sie konnte fliehen und ist jetzt in Sicherheit. Sie befindet sich in guten Händen. Sie war es, die mir berichtet hat, dass du eingesperrt bist. Sie … sie glaubt, es hinge mit unserer Beziehung zusammen. Sie glaubt … dass es Bastinhas war, der dem Herzog von uns erzählt hat.«

»Isabel irrt sich. Es ist wahr, dass Bastián durcheinander ist und sich eigenartig verhält«, erklärte Leonor mit bewundernswerter Ruhe. »Ich glaube, er ist geblendet von Habsucht und dem unbotmäßigen Wunsch, sich Besitztümer zu verschaffen, die außerhalb seiner Reichweite liegen. So ist er auf Abwege geraten und weiß nicht mehr, was er tut. Die Kreise, in denen er sich bewegt, werden ihm nichts als Probleme bereiten, und das wird böse für ihn enden. Aber ein ihm anvertrautes Geheimnis nicht zu bewahren, noch dazu eins, bei dem meine Ehre und mein Leben auf dem Spiel stehen – diesen Schritt würde er niemals, niemals tun. Oder zumindest …« – ein Anflug von Zweifel trat in ihre schönen Augen –, »zumindest glaube ich das nicht.«

Jerónimo atmete tief ein und betrachtete mit unendlicher Zärtlichkeit die Frau, die er liebte und die aus Liebe zu ihm ihr Leben und ihre Stellung in der geschlossenen Gesellschaft des Sevillanischen Adels riskiert hatte. Eine Frau, die bereit war, für die Liebe, die ihr ein Handwerker schenkte, alles aufs Spiel zu setzen. Denn letzten Endes war Jerónimo de Loaysa, der beste Schnitzer von Sevilla, nicht mehr als das: ein Kunsthandwerker mit eigener Werkstatt, der seinen Lebensunterhalt mit seiner Hände Arbeit verdiente.

»Nichtsdestotrotz ist in der jetzigen Lage das Beste, was wir tun können«, Jerónimo zog Leonor wieder in seine Arme, »Land zu gewinnen. Deine Situation hier wird unhaltbar.«

»Nein, Jerónimo, ich kann nicht gehen. Mein Herz und mein Leben gehören dir, aber ich muss den Verpflichtungen nachkommen, die mein Stand mir auferlegt. Wenn ich fortginge, befänden wir uns für den Rest unseres Lebens auf der Flucht, was für uns beide unerträglich wäre … Außerdem ist da noch mein Sohn.«

Jerónimo seufzte tief, dann nickte er voller Resignation. Leonor küsste ihn leidenschaftlich, und eine Träne rollte ihr die Wange hinunter.

»Sei unbesorgt, meine Situation ist nicht mehr und nicht weniger kritisch, als sie es vor einigen Tagen war. Vielmehr gibt es sogar einen Funken Hoffnung durch den Irrsinn, in den mein Gatte sich verstrickt hat. Ich weiß nicht, wie es enden wird, aber in jedem Fall werden sich bald viele Aspekte meiner Beziehung zu ihm klären. Du bist es, der jetzt gehen muss, denn es ist dein Leben, das nichts mehr wert ist, wenn sie dich hier entdecken. In diesem Fall würde sich auch meine Lage erheblich verschlimmern. Geh nur.«

Die Herzogin trat ans Fenster und betrachtete die Schatten der Nacht, die sich immer tiefer über Sevilla senkten. Jerónimos Flucht würde im Schutz der Dunkelheit, die bereits alles umhüllte, stattfinden. Sie ging zu der Kommode, die an einer Wand des Zimmers stand, öffnete eine Schublade und entnahm ihr mehrere Tücher aus weißem Leinen, deren Duft den Raum mit dem intensiven Aroma von Wildblumen erfüllte. Mit ungewöhnlicher Geschicklichkeit für eine Frau ihrer Herkunft faltete die Herzogin die Tücher auseinander und begann sie so schnell und behände zusammenzuknoten, dass sie innerhalb weniger Augenblicke ein Seil von nicht weniger als acht Ellen Länge geknüpft hatte. Daran konnte er ungefährdet hinunter in den Hof klettern.

Nach einer zärtlichen Verabschiedung wagte Jerónimo den Abstieg und überquerte den Hof im Schutz der hereinbrechenden Nacht. Er erreichte die Hintertür, die er so gut kannte, öffnete sie lautlos – und musste sie hastig wieder schließen. Gerade noch rechtzeitig, denn an der Ecke des großen Hauses, neben dem Kutschenportal, durch die sein Freund, der Arzt, vor einer Weile entschwunden war, standen mehrere Männer und unterhielten sich mit gedämpfter Stimme. Er war ihnen nahe genug, um ihr Murmeln zu hören, konnte jedoch nicht verstehen, was sie sagten. Jerónimo beschloss zu warten, bis sie fortgingen, und kauerte sich neben dem Tor, wo die Dunkelheit ihn verbarg, auf den Boden. Die Minuten verstrichen in verzweifelter Langsamkeit, und das Murmeln hörte nicht auf. Für ihn bedeutete das, dass er sich nicht vom Fleck rühren konnte. Ohne zu wissen, warum, vielleicht um seine Angst und Anspannung abzubauen, traf er eine riskante Entscheidung. Mit der allergrößten Vorsicht öffnete er das Tor ein Stück weit. Nur einen winzigen Spalt, aber der reichte aus, um dem unverständlichen Gemurmel Sinn zu entnehmen. Jetzt verstand er einiges von dem, was die Männer sprachen, allerdings nur unzusammenhängende Sätze. Trotzdem genügte das, was er aufschnappte, um deutlich zu erkennen, dass sie über den Raub des Goldes von der Indien-Flotte sprachen. Trotz seiner heiklen Lage befand er, dass er es riskieren müsse, sich zu nähern. Er dachte an sein Bildnis *Cristo de la Clemencia,* Christus voll der Gnaden, und sandte ihm einen Hilferuf, ein stilles Stoßgebet. Das war etwas ganz Persönliches zwischen seinem Christus und ihm – mit den öffentlichen, von der Kirchenobrigkeit initiierten Gebeten, in eine starre Liturgie gepresst und überladen mit all den Ritualen und dem Zierwerk, die das Volk so sehr liebte, hatte seine Art des Betens nur ganz entfernt zu tun.

Er öffnete das Tor gerade so weit, dass er hindurchpasste, dann huschte er auf die Straße, drückte sich eng an die Wand und schlich sich zu einem der Pfeiler seitlich des Kutschenportals. Die Lücke zwischen ihm und der Wand bot jetzt in der Dunkelheit ein hervorragendes Versteck, von dem aus er hören und sehen konnte, ohne selbst entdeckt zu werden. Nur wenige Schritte trennten ihn von den Männern, die auf jemandes Ankunft zu warten schienen, bevor sie aufbrachen. Sie waren, das konnte er jetzt sehen, fünf an der Zahl.

Er spitzte die Ohren, um wenigstens einen Hinweis aufzuschnappen. Und weiß Gott, es gelang ihm: Der Raub der Schätze war bereits im Gange! Genau das hatte er gehört! Sie waren bereits dabei, ihren Plan in die Tat umzusetzen! Jerónimo glaubte sogar gehört zu haben, dass das Verbrechen noch heute Nacht verübt werden sollte! Heiliger Himmel, diese Geschichte entwickelte sich so viel schneller, als Diego und er vermutet hatten! Noch heute Nacht!

Das Gespräch, das er belauschte, wurde brüsk unterbrochen: Die Ankunft eines Mannes, den sie respektvoll begrüßten, ließ sie alle sogleich verstummen.

»Alles in Ordnung?«, fragte der Neuankömmling.

»Alles in Ordnung, Exzellenz.« Der da geantwortet hatte, war Bastinhas, Jerónimo erkannte ihn am nasalen Timbre seiner Stimme und dem leichten portugiesischen Akzent.

»Dann brechen wir jetzt auf. Wir haben keine Zeit zu verlieren.«

Die Männer folgten dem Herzog. Und Jerónimos Herz blieb beinahe stehen. Entgegen seinen Erwartungen kamen sie genau auf ihn zu. Instinktiv hielt er den Atem an und versuchte, sich so klein wie möglich zu machen. Die Dunkelheit, die in seinem Versteck undurchdringlich war, schützte ihn zwar, doch die Männer würden so dicht an ihm vorbeigehen, dass sie ihn praktisch streiften. Sein Gehirn setzte aus, und instinktiv duckte er sich, in der Hoffnung, das Glück auf seiner Seite zu haben. Er merkte, wie die Gruppe an ihm vorüberging, spürte die Berührung ihrer Kleider, nahm den Atem eines von ihnen wahr und sogar den Geruch, den ihre Körper absonderten. Der Geruch! Bestimmt konnten sie auch seine Gegenwart riechen. Erschreckt fiel ihm ein, dass ihm jemand einmal erzählt hatte, der Geruch der Angst sei intensiv und säuerlich! Er musste in diesem Augenblick eine wahre Dunstwolke von Säure absondern!

Noch nie in seinem Leben war ein so kurzer Moment wie der, den die Männer brauchten, um an ihm vorbeizugehen, so lang gewesen. Es waren nur wenige Sekunden, doch Jerónimo erschienen sie endlos.

Erleichtert, als sei eine schwere Last von seinen Schultern genommen worden, sah er, wie sie sich entfernten, und der Klang ihrer Schritte verlor sich in der Nacht.

14

Die Wasser des Guadalquivir waren zu dieser Stunde – es fehlte noch eine halbe Stunde bis Mitternacht – ein Ort der Ruhe und des Friedens. Die Oberfläche des Flusses kräuselte sich leicht in der frischen, angenehmen Brise, die auch die dunklen Wolken am Himmel über Sevilla hinwegtrieben. Es war eine finstere Nacht, die sich nur ganz selten einmal aufhellte, wenn ein kleiner Fleck Himmel zwischen den Wolken hervorlugte und das Schimmern des abnehmenden Mondes freigab, ein weißliches Licht, das metallisch glänzte und etwas Kaltes, Bedrohliches verströmte. Die Stille war vollkommen, absolut, einzig gebrochen durch das leise Plätschern des Wassers. Hin und wieder gewann die Brise an Intensität und schüttelte die Binsen und das Ried, das an manchen Stellen das breite Flussbett des Guadalquivir säumte, und auch die gigantischen Galeonen, die hier vor Anker lagen und in der tiefen Dunkelheit kaum einen Schatten auf die Wasseroberfläche warfen, in sanfte Bewegung versetzte. Diese Bewegung ließ die Wanten knirschen und schüttelte die Takelage, die Taue, die gerefften Segel – ein etwas beunruhigendes Geräusch. Hier und da durchstachen Lichtpunkte die Schwärze der Nacht: die Fanale, die im Bug und im Heck jedes Schiffes entzündet worden waren.

Auf dem Flaggschiff der Flotte wartete der Admiral nach allen Strapazen, die er auf der langen Reise hinter sich gebracht hatte, voller Unruhe auf den angekündigten Besuch.

Die Merkwürdigkeiten hatten schon in den ersten Stunden des Tages begonnen – seit sein Schiff neben dem Goldturm von Sevilla angelegt hatte. Arenal war wie ausgestorben. Das war keineswegs normal, obgleich die breiten Sanddünen, die dem Viertel außerhalb der Stadtmauern seinen Namen gegeben hatten, nicht völlig leer waren: Entlang des ganzen Flussufers trabten ohne Unterlass Reiterpatrouillen auf und ab, dazu kamen mehrere Trupps Arkebusiere zu Fuß. Normalerweise wurden die Galeonen der Indien-Flotte von einer aufgeregten Menge empfangen, die fieberhaft und voller Neugier auf die Schiffe, ihre Besatzungen und vor allem ihre wertvolle Fracht warteten. Jede Ankunft einer Flotte aus den Kolonien verwandelte sich in ein wahres Volksfest, in einen fürstlichen Empfang für die Seeleute. Normalerweise. Und nicht nur das merkwürdige Fehlen jeglicher Schaulustiger beunruhigte den Admiral, hinzu kam auch noch der Befehl, den man ihm sogleich zugerufen hatte. Sprachlos hatte er vernommen, wie ein wild gestikulierender Mann ihm zuschrie, dass seine Schiffe einer medizinischen Untersuchung unterzogen werden müssten und gegebenenfalls, »bei Bestätigung, dass die Flotte infiziert ist«, unter Quarantäne gestellt würden. Bis das geschah, war er nicht autorisiert, »einen einzigen Mann, noch ein einziges Frachtstück, noch irgendeinen sonstigen Gegenstand« von Bord zu lassen. Don Luis de Bazán konnte nicht fassen, was seine Ohren da hörten. Mit mächtiger, ungläubiger Stimme forderte er den Mann auf, den Befehl zu wiederholen.

Seine Proteste gegen diesen Irrsinn – so bezeichnete er den Befehl – und seine Beteuerungen, dass es auf seinen Schiffen keinesfalls eine Epidemie gäbe, verhallten ungehört. Der Mann stellte sich als *Veinticuatro* des Stadtrats von Sevilla vor, wiederholte ein weiteres Mal die gleiche Litanei und verkündete, als wolle er die Verantwortung für die Tragweite dieser Anweisungen abschütteln, er führe lediglich seine Befehle aus. Er fügte jedoch hinzu, dass er die Genehmigung habe, jede Waffe in seiner Reichweite zu benutzen, falls diese Anweisungen nicht genau befolgt würden. Bei diesen Worten ließ er seinen Blick viel sagend zu den bewaffneten Männern an seiner Seite wandern.

Es schien, als sei die ganze Welt verrückt geworden. Don Luis' Verwirrung wuchs noch, als man ihm mitteilte, es lägen »gesicherte und bestätigte Informationen vor, dass auf den Galeonen der Indien-Flotte die Pest ausgebrochen sei«. Niemand dürfe einen Fuß auf die Erde setzen, bis eine Gesundheitskommission, berufen von den städtischen Behörden und Mitgliedern des Ärzterats, der Flotte nicht absolute Gesundheit bescheinigte. Die Flotte stehe unter Quarantäne.

Er hatte versucht, den Sevillanischen Stadtrat zur Vernunft zu bringen – ohne Erfolg. Zu nichts führten seine wiederholten Beteuerungen, dass es keine Seuche gebe und jede diesbezügliche Information falsch sei. So oft er auch schwor, dass die Männer der Flotte sich bester Gesundheit erfreuten – einmal abgesehen von den Krankheiten, die bei jeder Überquerung des Ozeans auftraten –, auf alle seine Einwände folgte die gleiche Antwort: Die Flotte müsse sich einer medizinischen Prüfung unterziehen, die am folgenden Tage um elf Uhr durchgeführt würde, und nach dieser Prüfung und der entsprechenden Bescheinigung würden »solche Maßnahmen ergriffen, wie sie für das Wohl der Stadt Sevilla und ihre Umgebung am geeignetsten erscheinen«.

Doch damit endeten weder die Überraschungen noch die Sorgen. Als der Abend hereinbrach, nutzte ein Kahn die ersten Schatten der Nacht und die Selbstüberschätzung derjenigen, die am Ufer von Triana – wo die Posten am zahlreichsten, aber die Überwachung wegen des offenen Ufers am schwierigsten war – Wache hielten, und ruderte von der Küste aus an die Galeone heran. Offenbar waren die Insassen des Kahns aus einem dunklen Winkel zwischen dem Ufergestrüpp hervorgekommen. Sie kamen nicht an Bord, sondern ließen ihm lediglich eine höchst ungewöhnliche Nachricht zukommen.

Don Luis de Bazán, Marquis de Santa Cruz und Admiral der Flotte, starrte zum wiederholten Mal missmutig auf das Papier auf dem Tisch seiner Kajüte, ebenjenes, das ihm die beiden Männer auf dem Boot in einer Hülle aus gewachstem Leder zugeworfen hatten. Anschließend waren sie mit der gleichen Heimlichkeit, mit der sie gekommen waren, wieder verschwunden. Ihre Nachricht hatte er nicht weniger als ein Dutzend Mal gelesen, um zwischen den Zeilen irgendeine zusätzliche Information zu entdecken, irgendeinen Hinweis. Die Nachricht war anonym.

Wieder nahm er das Schreiben – in vornehmer Schrift auf hochwertigem Papier abgefasst – zur Hand und las es noch ein weiteres Mal. Es gab Absätze, die er bereits auswendig wiedergeben konnte, ohne sich auch nur in einem einzigen Wort zu irren. Aber so oft er es auch studierte, er gelang ihm nicht, etwas herauszulesen, was er nicht bereits wusste – und das war genau das, was dort geschrieben stand:

An Seine Exzellenz, Señor Don Luis de Bazán, Marquis de Santa Cruz und Admiral der Flotte Unseres Herrn des Königs

Hochverehrter Señor!
Die Absicht dieser Zeilen ist es, Euch darüber zu informieren, dass Sevilla sich in einer höchst komplizierten Situation befindet. Dies bedingt sich in großem Maße

durch den plötzlichen Tod Seiner Exzellenz des Grafen de Paredes, Statthalter von Sevilla durch Mandat Seiner Majestät des Königs. Böse Zungen behaupten, sein Tod sei durch Vergiftung herbeigeführt worden. Diese außergewöhnlichen Umstände, in Zusammenspiel mit dem in der Stadt verbreiteten Gerücht, die Häfen rund um Cádiz seien von der Pest befallen, haben den Lauf der Ereignisse dergestalt beeinflusst, dass die Flotte unter Eurem Kommando sich nun den einzigartigen Umständen ausgesetzt sieht, die Ihr bereits zur Kenntnis nehmen musstet. Die Verwunderung Eurer Exzellenz muss erheblich sein, denn wie Ihr wisst, beruht der Glauben die Pest sei auf den Galeonen unter Eurem Kommando ausgebrochen, auf bloßen Gerüchten.

Verzweifelt nicht, denn schon in den nächsten Stunden werden sich die Ereignisse überstürzen. Heute Nacht, gegen zwölf Uhr, werden wir zu Eurer Galeone kommen; wir nähern uns von der linken, also der vom Ufer abgewandten Seite Eures Schiffes. Wir bitten Eure Exzellenz, uns die notwendigen Leitern herunterzulassen, damit wir an Bord kommen und ein Treffen mit Eurer Exzellenz abhalten können, bei dem wir Euch über alles Notwendige informieren.

Angesichts dieser außergewöhnlichen Umstände, zu denen das Verbot hinzukommt, an oder von Bord der Galeonen oder der kleineren Schiffe der Flotte unter Eurem Kommando zu gehen, und zwar unter Androhung höchster Strafen, bitten wir Euch, bezüglich unseres Besuchs auf der Nuestra Señora de Atocha größtmögliche Diskretion zu wahren. Die heruntergelassenen Leitern, die es uns ermöglichen, an Bord zu kommen, werden das Signal sein, das uns mitteilt, dass wir willkommen sind. Die Beleuchtung des Schif-

fes sollte auf die für Schiffe im Hafen üblichen Fanale an Bug und Heck reduziert sein. Auch ist es aus Gründen der Sicherheit wünschenswert, dass nur die kleinstmögliche Zahl von Matrosen und Besatzungsmitgliedern Kenntnis von unserer Anwesenheit erhält.
Das Risiko, das dieses Unterfangen für unser Leib und Leben bedeutet, nehmen wir mit Freuden in Kauf, da wir es im Interesse Seiner Majestät des Königs für unverzichtbar halten.
Das Komitee, das Euch aufsuchen wird, steht unter der Führung einer Person Eures vollsten Vertrauens, wie Ihr rasch Gelegenheit haben werdet festzustellen, da er der Erste sein wird, der an Bord geht.
Wenn wir zur vereinbarten Zeit keine heruntergelassenen Leitern vorfinden, verstehen wir, dass Eure Exzellenz kein Interesse hat an besagter Begegnung, deren einziges Ziel es ist, Euch wertvolle Informationen zu liefern über die außergewöhnliche Lage, in der sich Sevilla zurzeit befindet und die Euch und die Flotte, die Seine Majestät unter Euren Befehl, Eure Herrschaft und Eure Verantwortung gestellt hat, in solch hohem Maße betrifft.
In jedem Falle bitten wir Eure Exzellenz, wie auch immer Eure Entscheidung ausfallen mag, um die sofortige Zerstörung dieses Schreibens, sobald Ihr seinen Inhalt kennt.

Der Admiral musste lange mit sich ringen, welche Antwort er der in diesem merkwürdigen Schreiben formulierten Bitte erteilen sollte. Am Ende entschied er sich, die Besucher zu empfangen. Er empfand Neugier auf das, was sie ihm erzählen mochten, und sie anzuhören bedeutete keinerlei Risiko. Ein wenig müde erhob er sich aus dem lederbezogenen Sessel, in dem er Nickerchen hielt, Pläne schmiedete und seine Gedanken schweifen ließ, ob an den langen Tagen, die eine Überquerung des Ozeans mit sich brachte, oder in den schlaflosen Nächten, in denen Morpheus sich ihm nicht gnädig zeigte. Die Formen des Sessels hatten sich den seinen angepasst, sein Körper passte hinein, als sei das Möbelstück für ihn maßgeschneidert worden. Er warf einen Blick auf seine schöne Bronzeuhr mit dem emaillierten Zifferblatt. Es war Viertel vor zwölf.

Der Admiral erklomm den schmalen Niedergang, der an Deck führte, öffnete die vergitterte Tür und ging hinaus in die kühle Nacht. Ein sanfter Windstoß blies ihm ins Gesicht. Er atmete tief ein, füllte seine Lungen mit der frischen Luft und spürte, wie sehr sie ihn stärkte, nach den Stunden in seiner Kajüte, wo der Geruch nach Harz und Pech, wenn auch weniger durchdringend als in anderen Teilen des Schiffes, beharrlich und wenig angenehm in der Luft hing. Neben der Tür standen zwei stämmige Matrosen und ein dritter Mann, schmaler gebaut, fast grazil und elegant. An Letzteren wandte sich der Admiral:

»Gibt es etwas Neues, Anselmo?« Die Stimme des Admirals klang sanft und freundlich, als er sich an seinen Obermaat Anselmo Couto wandte, einen Seemann von echtem Schrot und Korn, der den Ozean schon so oft überquert hatte, dass er längst zu zählen aufgehört hatte.

»Nein, Exzellenz.« Die galizische Herkunft war seinen Worten deutlich anzuhören. »Es ist eine sehr dunkle Nacht, wegen der Wolken, aber bisher war alles ruhig und friedlich.«

»Sehr gut, sehr gut. Befiehl den Männern, die Leitern herunterzulassen. Zwei Leitern, backbord.« Anselmo machte sich eben daran, den Befehl auszuführen, als der Admiral, so leise, dass niemand sonst ihn hören konnte, zu ihm sagte: »Ich gehe davon aus, dass Ihr angemessen bewaffnet seid, und diese zwei«, er deutete mit dem Finger auf die Matrosen, »Männer Eures Vertrauens sind.«

»Seid beruhigt, Señor, ich lege meine Hand für sie ins Feuer. Überdies wisset, dass wir sehr gut bewaffnet sind.« Bei diesen Worten hob er den Umhang, den er um die Schultern trug, um sich vor Nässe zu schützen, und offenbarte die Hefte zweier Dolche, die er jeweils in einer Lederscheide um die Hüfte gegürtet trug.

Der Admiral nickte billigend.

»Ist gut. Nun lasst die Leitern herunter und haltet die Augen auf!«

Zur festgesetzten Stunde, um Punkt Mitternacht, kündigte ein leises Plätschern, das kaum vom Fließen des Wassers, das sich in der Brise bewegte, zu unterscheiden war, die erwarteten Besucher an. Eine sanfte Bewegung des Schiffes verriet, dass jemand auf die Leiter gestiegen war. Die ganze Aufmerksamkeit der Matrosen und des Obermaats galt den Männern, die nun, fast ohne einen Laut zu verursachen, an Deck sprangen. Die Silhouette des Marquis de Santa Cruz, an das Vordeck neben dem Eingang zu seiner Kajüte gelehnt, war im Dunkeln kaum auszumachen.

Sie waren fünf an der Zahl. Ihre Gesichter waren in der nächtlichen Finsternis nicht zu erkennen; außerdem hatten sie die Kragen ihrer Umhänge hochgeschlagen, um sich vor der feuchten Brise zu schützen.

Breitbeinig und mit vor der Brust verschränkten Armen blieb der Admiral genau da stehen, von wo aus er die Ankunft der Fremden beobachtet hatte. Er wartete, bis alle die Leiter hochgestiegen und an Bord gesprungen waren. Ohne sich vom Fleck zu rühren, begrüßte er sie mit leiser Stimme, kaum mehr als ein Murmeln:

»Willkommen an Bord der *Nuestra Señora de Atocha*.

Ich bin Luis de Bazán, Marquis de Santa Cruz und Admiral dieser Flotte.«

Erst als seine Stimme verstummt war, bemerkten die fünf Neuankömmlinge seine Anwesenheit. Mit zögerlichen Schritten näherten sie sich der Silhouette. Der Erste, der ihn ansprach, war der Herzog de los Alcores:

»Ich bin Rodrigo Ponce de León«, sagte er und streckte dem Admiral seine Hand entgegen. Sie zu ergreifen, war die erste Bewegung, die Don Luis de Bazán machte.

»Rodrigo, alter Freund!« Sein Gesicht verzog sich zu einem ungläubigen Grinsen. »Du hier?«

»Wie du siehst!«, lautete die Antwort des Herzogs, dann zogen sich die beiden Männer in eine kräftige Umarmung. Als Kinder waren sie Spielkameraden gewesen, am Hofe des Königs, wohin ihre Familien sie zur Erziehung und Ausbildung geschickt hatten. Dann stellte Ponce de León seine Begleiter vor:

»Staatsrat Matías de Hinojosa, Medizinalrat der Stadt.«

»Miguel de Linares, Mitglied des Schöffenrats von Sevilla.«

»Agustín de Villavicencio, Vertreter der Handelsbörse.«

»Andrés Fernández de Hinestrosa, Eichbeamter der Münzanstalt.«

Nach den entsprechenden Begrüßungsformeln bat der Admiral seinen Freund um eine Erklärung für diesen Besuch:

»Ich glaube, du solltest mir nun den Grund nennen, der zu …«, er zögerte einen Moment, suchte das richtige Wort, »zu deiner Anwesenheit an Bord dieser Galeone geführt hat.«

»Zunächst möchte ich dir danken, dass du so höflich warst, unserer Bitte um eine Unterredung nachzukommen. Ich muss dich darüber hinaus um Entschuldigung bitten für unsere höchst außergewöhnliche Vorgehensweise, dich um dieses Treffen zu bitten. Einzig die besondere Lage, der sich Sevilla zurzeit ausgesetzt sieht, erklärt dieses befremdliche Vorgehen. Du hast dich heute Morgen schon selbst von dieser Lage überzeugen können. Sie ist auch der Anlass, dich zu dieser fortgeschrittenen Stunde auf deinem Schiff aufzusuchen. Wenn du keine Einwände erhebst, würde ich vorschlagen, dass wir uns an einen diskreteren Ort begeben und dir darlegen, was uns solche Sorgen bereitet und uns zu diesem Besuch veranlasst hat.«

Der Admiral legte dem Herzog freundschaftlich eine Hand auf die Schulter:

»Meine Kajüte ist dafür der geeignetste Ort, und der beste, den ich dir unter diesen Umständen anbieten kann.«

Die sechs Männer stiegen den Niedergang zu dem bezeichneten Raum hinunter. Sie bewegten sich so leise wie möglich, konnten jedoch nicht verhindern, dass das Holz der Stufen unter ihren Füßen knarrte. Als der letzte von ihnen durch die schmale Tür eingetreten war, hörten sie den Schrei eines Uhus, der die Stille der Nacht zerriss. Viele sahen in dem Uhu ein Unheil verkündendes Tier, für andere war er das vollendete Symbol der Weisheit. So laut und schrill tönte der Ruf des Vogels, dass es schien, als säße er direkt über ihren Köpfen.

Was in den nächsten Minuten geschah, vollzog sich mit atemberaubender Geschwindigkeit.

Keiner der drei auf Deck der Galeone zurückgebliebenen Männer – der Obermaat und die beiden Matrosen – hatte das Plätschern des Wassers ganz in ihrer Nähe bemerkt. Dieses Geräusch war durch das Anlegen eines Schleppkahns verursacht worden, der sich mit der Strömung längsseits der *Nuestra Señora de Atocha* hatte treiben lassen. Es war eine kleine Schaluppe, die normalerweise dazu diente, Waren über den Fluss zu transportieren. Die drei Männer, die am Niedergang zur Admiralskajüte beisammenstanden und lauschten, schenkten der Unterredung der sechs Männer unter Deck mehr Aufmerksamkeit als den Vorgängen an Deck. Entscheidend war jedoch die Tatsache, dass der Obermaat, der die beiden Matrosen zu einer Runde Kautabak eingeladen hatte, ihnen gerade eine Geschichte aus seiner Heimat Galizien erzählte, eine Geschichte von *Meigas,* Hexen und Uhus, die die beiden Matrosen vergessen ließ, was um sie herum geschah. Legenden, Glaube und Aberglaube, Seemannsgarn eben, haben unter den Seeleuten schon immer ein begeistertes Publikum gefunden. Dieser Umstand erleichterte es den Insassen des Kahns erheblich, unbemerkt an Bord der Galeone zu gelangen – über die gleiche Leiter, die die ersten Besucher benutzt hatten.

Als die beiden Männer neben dem Obermaat – denn Anselmo Couto selbst schien von den Ereignissen überhaupt nicht überrascht – endlich bemerkten, was vorging – ein heimliches Entern nach allen Regeln der Kunst –, war es zu spät zum Handeln. Sie waren umzingelt und von den Pistolen der Angreifer in Schach gehalten.

»Rührt euch nicht, wenn euch euer Leben lieb ist!«, befahl ihnen eine kalte, harte Stimme. Es war die Stimme eines Mannes, der nicht zögern würde, seine Drohung wahr zu machen.

Einer der Matrosen unternahm einen Versuch, Widerstand zu leisten, doch der Obermaat hielt ihn zurück:

»Sei nicht unvernünftig, Nicolás! Wir haben keine Chance!« Und der Matrose ließ von seinem Vorhaben ab.

Der Anführer der Männer, die sie überrascht hatten, erteilte schnelle, präzise Anweisungen – ein Mann, der seine Autorität mit bloßen Worten auszuüben wusste:

»Schnell! Wir müssen uns beeilen! Fesselt und knebelt

sie! Zur Sicherheit legt sie getrennt voneinander!« Die Männer, die seine Befehle ausführten, bewegten sich flink und vollkommen geräuschlos. »Die beiden Matrosen ins Heck!«

Der Befehlshaber war schwarz gekleidet, eingehüllt in einen weiten Umhang und den Kopf mit einem ledernen Birett bedeckt. Als Einziger hatte er sich bisher selbst kaum bewegt, während die Übrigen ihre Gefangenen gefesselt und geknebelt hatten. Nun reichte er einem der Männer ein kleines Fläschchen. Der schüttete eine großzügige Portion der Flüssigkeit, die sie enthielt, in ein Taschentuch und drückte es einem der beiden Matrosen auf die Nase. Als der geknebelte Mann die Lösung einatmete, sank er sogleich ohnmächtig zu Boden. Die Männer, die ihn gefesselt hatten, hielten ihn, um zu verhindern, dass der bewusstlose Körper lautstark auf das Deck polterte. Danach kam der zweite Matrose an die Reihe. Bei ihm wirkte das inhalierte Mittel ebenso rasch wie bei seinem Kameraden.

Als der Mann mit dem Betäubungsmittel das Gleiche mit dem Obermaat tun wollte, legte ihm der Schwarzgekleidete eine Hand auf die Schulter, umklammerte sie mit eisernem Griff und flüsterte ihm mit leiser, aber schneidender Stimme zu:

»Den nicht! Jetzt den Ballast!«

Er beobachtete aufmerksam, wie seine Männer Gewichte an den Füßen der betäubten Matrosen befestigten. Als das getan war, ordnete er mit eiskalter Stimme an:

»Werft sie über Bord, aber ohne einen Laut. Nehmt eins der Taue und lasst sie langsam in den Fluss hinunter.«

Danach wandte er sich an den Obermaat.

»Alles in Ordnung, Anselmo?«

Der alte Seebär nickte mehrmals mit dem Kopf.

»Die anderen sind schon unten beim Admiral. Wegen der Besatzung müsst Ihr Euch keine Gedanken machen, die werden alle bis Tagesanbruch schlafen. Ich habe ihnen heute die doppelte Ration Rum gegeben und den Schlaftrunk, den gleichen«, er hob den Kopf und schnupperte, indem er zwei oder drei rasche Atemzüge einsog, »den ich jetzt in der Luft rieche. Der Admiral ist vollkommen allein. Die Galeone ist Euer, Don Juan.«

Don Juan de Lastres, Erster Steuermann der Armada, legte Anselmo freundschaftlich eine Hand auf die Schulter:

»Ihr werdet die versprochene Belohnung erhalten, Ihr habt gute Arbeit geleistet, mein Freund.« Während er diese Worte aussprach, stieß er ihm einen Dolch mitten ins Herz – so zielsicher setzte er den Stoß, dass der Obermaat kaum gewahr wurde, dass man ihn getötet hatte.

»Werfen wir den auch in den Fluss?«, fragte einer der Männer den Ersten Steuermann.

»Ja, den auch!«, lautete die lakonische Antwort.

Juan de Lastres öffnete die kleine Gittertür und stieg die Treppe zur Kajüte des Admirals hinunter. Sie stand offen, und heraus strömte das Licht der zahlreichen Kerzen, die den ersten Raum – der Admiral pflegte ihn als Versammlungsraum zu nutzen – erhellten. Darin waren nur zwei Männer, bei einem von ihnen handelte es sich um Don Luis de Bazán, Marquis de Santa Cruz, Grande von Spanien und – auf ausdrücklichen Wunsch Seiner Majestät des Königs von Spanien – Admiral der Indien-Flotte. Er kniete auf allen vieren, das Gesicht zur Wand und die Hände auf dem Rücken gefesselt. Hinter ihm stand einer der Männer, die in Begleitung des Herzogs gekommen waren, und richtete eine großkalibrige Pistole auf seinen Kopf. Als er jemanden kommen hörte, fuhr er herum und richtete die Waffe drohend auf die Tür, jedoch ohne einen Laut von sich zu geben. Der Ausdruck des Schreckens auf seinem Gesicht verwandelte sich sogleich in ein erleichtertes Grinsen, als er den Steuermann erkannte.

Juan de Lastres durchquerte den Raum auf Zehenspitzen, doch die Bodenbretter knarrten unter seinem Gewicht, und Don Luis de Bazán wollte instinktiv den Kopf wenden. Doch kaum hatte er zu dieser Bewegung angesetzt, als sein Bewacher ihm den Lauf der Pistole auf die Wange drückte und ihn zwang, das Gesicht wieder zur Wand zu drehen. Der Steuermann ging weiter in den nächsten Raum, wo ihn die vier übrigen Männer erwarteten. Es handelte sich um die Schlafkoje des Admirals; darin standen ein Himmelbett, ein Kleiderschrank, ein Waschtisch mit Zuber und diverse andere Möbel, darunter ein Schreibtisch und zwei lederbezogene Sessel. Die Wände waren gepolstert und mit Seide bespannt, und auch die sonstige prächtige Ausstattung des Raumes zeugte vom Reichtum und hohen Stand seines Eigentümers. Welch ein Unterschied zum Rest der Galeone! Der Erste Steuermann trat ein und schloss die Tür hinter sich.

»Noch nie sind mir so wenige Minuten so lang erschienen.« Es war der Herzog de los Alcores, der den Steuermann mit diesen Worten und schlecht verhohlener Erleichterung empfing. Gleich darauf fügte er im Befehlston hinzu: »Wir müssen uns beeilen, unsere Zeit ist begrenzt.«

Aus einem Beutel, den er um die Hüfte gebunden trug, holte Juan de Lastres ein kleines hölzernes Kästchen hervor. Wortlos legte er es auf den Tisch und öffnete es. Darin lagen auf dem roten Gänselederfutter drei schwarz schimmernde Schlüssel, ähnlich in der Größe, aber mit vollkommen unterschiedlicher Kerbung der Bärte. Behutsam nahm er sie in die Hand und trat vor den Kleiderschrank. Neben diesem Möbel hing ein Wandleuchter mit einer Öllampe, deren brüniertes Messing so sehr glänzte, dass es offenkundig war, dass man sie noch nie benutzt hatte. Der Steuermann drehte den Leuchter um neunzig Grad. Alle sahen ihm erwartungsvoll und mit angehaltenem Atem zu. Augenblicke später drehte sich der Schrank mit leisem Quietschen auf einem seiner Füße, bis er senkrecht zur Wand stand. Vor den Augen der Anwesenden erschien ein glattes Holzpaneel, in dessen Mitte sich zwei Türen mit metallenen Ringen und drei ins Holz eingelassenen Schlössern auftaten. Juan de Lastres steckte die Schlüssel hinein, trat beiseite und überließ dem Herzog mit bedeutungsvoller Geste die Ehre, die Türen selbst zu öffnen – dahinter verbargen sich jene Truhen und Schatullen, die den größten Teil der Edelmetalle und Juwelen dieser Flotte enthielten.

Don Rodrigo öffnete die drei Schlösser, in denen die Schlüssel sich mühelos drehten.

»Glückwunsch«, bemerkte er, indem er sich dem Ersten Steuermann zuwandte, »der Schmied hat hervorragende Arbeit geleistet.«

»Auch die Wachsabdrücke, die ich selbst von den Originalen nahm, waren gut, Exzellenz«, merkte de Lastres mit einem triumphierenden Grinsen an.

»Richtig, hätten die Wachsformen einen Makel gehabt, hätte kein Schmied der Welt ihn korrigieren können. Ich gratuliere auch Euch.« Indem er dies sagte, ergriff der Herzog einen der Ringe an den dicken Eichenbrettern, die die Schatzkammer verschlossen, und zog kräftig daran. Gleichzeitig zog der Erste Steuermann am Griff des anderen Flügels. Es kostete Kraft, bis die beiden schweren Türen sich in ihren Angeln bewegten, denn das Holz wurde von innen verstärkt durch dicke, mit Nägeln beschlagene, eiserne Beschläge. Dies war ein richtiger Tresor, gepanzert nicht nur an allen vier Wänden, sondern auch an der Decke und dem Fußboden.

Vor ihren Augen erschienen nun, zu großen Stapeln aufgeschichtet, die begehrten Truhen, Kisten und Schatullen. Alle waren verstärkt mit beschlagenen Metallplatten, die meisten zudem noch an den Seiten mit Eisen bewehrt. Einige hatten gewölbte, andere flache Deckel. Bei diesem Anblick verfielen die Männer in andächtiges Schweigen. Zu hören war nur noch das leise Knarren des Holzes der Galeonen als Antwort auf die sanften Bewegungen des leichten Windes und des Wassers.

15

Als Jerónimo noch einen Block vom Haus seines Freundes entfernt war, fühlte er sich einem Zusammenbruch nahe. Dies war der längste, gefährlichste und anstrengendste Tag seines Lebens gewesen – und er war noch nicht zu Ende. Um zu Diego zu gelangen, hatte er nicht den kürzesten, aber den unter den gegebenen Umständen sichersten Weg gewählt. Er hatte den Patrouillen ausweichen müssen, die überall Streife liefen, und das hatte seine Anspannung nach all den aufwühlenden Erlebnissen dieses Tages bis ins Unerträgliche gesteigert. In seinem Kopf wirbelten die Gedanken ohne Unterlass, während er versuchte, einen Weg zu finden, mit dieser verworrenen, höchst heiklen und alles in allem ganz unglaublichen Situation umzugehen.

Es war offensichtlich, dass der Urheber dieses teuflischen Plans den Verstand eines Genies besaß. Nach seinen Wünschen hatte er eine ganze Stadt – dazu eine von der Größe Sevillas – in Alarmzustand versetzt, indem er Gerüchte über Verheerungen einer Pestepidemie verbreitete, die es in Wahrheit gar nicht gab. Ganz im Sinne der Absichten, die er verfolgte, hatte er den Ursprung dieser Seuche auf der Indien-Flotte angesiedelt, mit deren Ankunft in Sevilla täglich gerechnet wurde. Das Glück hatte sich auf seine Seite geschlagen und den Statthalter einen Fehler begehen lassen, durch den sich die schlimmste aller Seuchen angeblich auf die gesamte Bucht von Cádiz ausgeweitet hatte und nun über den Guadalquivir auf Sevilla zubewegte, um allen den Tod zu bringen. Auf diese

Weise war es dem genialen Geist gelungen, die Stadt von ihrer Umgebung abzuschotten und lahm zu legen, den Lebensrhythmus der Sevillaner auf den Kopf zu stellen, da diese voller Angst Maßnahmen ergriffen hatten, die sie in Katastrophensituationen für die effektivsten hielten. Er hatte erreicht, dass die Bildnisse, die von den Gläubigen am innigsten verehrt wurden, für eine Prozession auf die Straße geholt wurden und dass mit solchen Ereignissen die Aufmerksamkeit der Bürger wie der Obrigkeit so stark beansprucht war, dass jedes Ereignis, das nicht mit der Pest zusammenhing, an Interesse verlor. Und vor allem hatte er erreicht, dass über die Indien-Flotte, deren Schätze sein ultimatives Ziel waren, ein Bann verhängt wurde und die Schiffe und ihre Besatzungen als vorbeugende Maßnahme unter Quarantäne gestellt wurden. Unter diesen Voraussetzungen wurde das Vorhaben, sich des Goldes und des Silbers zu bemächtigen – unter normalen Umständen blanker Irrsinn –, zu einem zwar schwierigen, aber realistischen Vorhaben.

Die Stadt und ihre Regierung verharrten in ängstlicher Erwartung der Seuche, die Sevillaner waren verwirrt und erschreckt von der panischen Angst vor der Epidemie – so konnte sich der Mann, der diesen Plan ersonnen hatte, frei bewegen. Auf der Flotte würde die Nachricht, unter Quarantäne zu stehen, ebenfalls Verwirrung auslösen und denjenigen, die das Gold und Silber an Bord rauben wollten, ihr Vorhaben erleichtern.

Der Herzog de los Alcores war der Urheber dieses Schlages gegen das ganze Königreich und verfügte darüber hinaus über die notwendigen Mittel und Kapazitäten, allen Erfordernissen gerecht zu werden, die sich im Verlauf der Planung ergeben würden. Er war in der Lage gewesen, den Statthalter ermorden zu lassen, als dieser den faulen Zauber, der hinter der Nachricht von der Pest steckte, aufgedeckt hatte, und zwar auf eine Art und Weise, die verhinderte, dass jener alte Störenfried seine Pläne durcheinander bringen konnte. Und er hatte Komplizen in den richtigen Positionen, um einen solchen Mord nicht nur ausführen zu lassen, sondern auch so zu tarnen, dass keinerlei Verdacht auf seinen Urheber fiel. Er besaß sogar genügend Einfluss, um zu bewirken, dass der verstorbene Regent der Stadt – zumindest für die Zeit, die er für die Durchführung seines Plans benötigte – durch eine Person ersetzt wurde, die er leicht manipulieren konnte. Er war außerdem imstande, die einzigen Menschen, die genug wussten, um sich ihm in den Weg zu stellen, entführen und einsperren zu lassen: Doktor Ruiz de Acevedo, den Bildhauer Jerónimo de Loaysa und Leonor, seine eigene Frau.

Zu diesem Zeitpunkt gab es nur einen einzigen Faktor, den der Drahtzieher dieser verbrecherischen Maschinerie nicht unter Kontrolle hatte: die Tatsache, dass Jerónimo de Loaysa den Plan, den sie ausgeklügelt hatten, um die Indien-Flotte auszurauben, ebenfalls kannte. Der Maler hatte weiterhin den großen Vorteil, dass sie nicht ahnen konnten, dass er davon wusste. Andernfalls wäre er bereits tot. Doch die Organisatoren des skandalösen Raubes waren zurzeit noch mit anderen Sorgen beschäftigt, außerdem dachte der abergläubische Herzog de los Alcores, es bringe Unglück, in seinem eigenen Haus ein Leben zu vernichten – beides zusammen hatte Diego und ihm die Haut gerettet. Was diese Bande von Kanaillen jedoch noch nicht wusste, war, dass es den beiden gelungen war zu fliehen.

Zaghaft betätigte er den Türklopfer. Er wollte nicht mehr Lärm machen als unbedingt notwendig, und er hoffte, dass nur der ihn hörte, der ihn auch hören sollte. Erleichtert stellte er fest, dass es Diego selbst war, der

»Wer ist da?« fragte und nach seiner Antwort sogleich den Riegel zurückzog und die Tür öffnete. Dann standen sich die Freunde wieder gegenüber.

»Gott sei Dank, dass du hier bist, Jerónimo, wir hatten schon angefangen, um dein Leben zu bangen!« Diego umarmte ihn, und dabei sah er aus den Augenwinkeln einen Schatten vorbeihuschen, der ihm verdächtig vorkam.

Als er die Tür wieder verriegelt hatte, fragte er Jerónimo:

»Weißt du, ob dir jemand gefolgt ist?«

Der Bildhauer sah ihn beunruhigt an:

»Ich glaube nicht, aber warum fragst du?«

»Ich dachte, dort im Dunkeln hätte sich ein Schatten …«

»Du hast gesehen, wie sich dort jemand bewegt hat?«, fragte Jerónimo besorgt.

»Ja. Als ich die Tür schloss, hatte ich das Gefühl, jemand beobachtet uns.«

Jerónimo blickte seinem Freund fest in die Augen und schwieg einige Sekunden lang:

»Vielleicht habe ich deine Frage etwas leichtfertig beantwortet, denn in Wahrheit war ich auf dem Weg hierher so in Gedanken versunken, dass es durchaus möglich ist, dass mir jemand gefolgt ist, ohne dass ich ihn bemerkt habe. Vielleicht, vielleicht …« Es fiel ihm offenbar schwer, auszusprechen, woran er dachte.

»Vielleicht was?«, half sein Freund ihm weiter.

»Als ich hier vor der Tür stand, hatte ich das Gefühl, beobachtet zu werden. Ich hatte Angst, ein zweites Mal an die Tür zu klopfen. Ich dachte, dass … ich weiß nicht … dass jemand …«

»Glaubst du also, man ist dir gefolgt?«, fragte Diego.

»Ich glaube nicht, aber ich habe ein seltsames Gefühl.«

Jeweils zwei Stufen auf einmal nehmend liefen die beiden die Treppe hinauf. Sie durchquerten eine Diele und betraten Diegos und Catalinas Schlafzimmer. Es war zur Straße gelegen und hatte ein Fenster mit einem engmaschigen Gitter, das vor indiskreten Blicken schützte, jedoch den Blick nach draußen freigab. Wie von einem Wachturm aus bot das Fenster einen weiten Überblick über die ganze Straße, fast den ganzen Block. Doch in dieser Nacht hatten die Wolken alles in tiefe Dunkelheit getaucht. Die beiden bemühten sich angestrengt, zwischen den Schatten etwas zu erspähen, aber es war weder etwas zu hören noch zu sehen. Alles war ruhig und friedlich. Dort draußen war niemand, offenbar hatten ihnen ihre Nerven einen Streich gespielt.

Wieder unten bei Catalina und Isabel erzählte Jerónimo, während er sich mit einer Tasse heißer Brühe stärkte, ihnen seine Erlebnisse. Von Isabels »Nein« zu seinem Vorschlag, mit ihm zu gehen, und seiner Flucht aus dem Palast durch die Dienstbotenpforte bis hin zur Unterhaltung der Gefolgsleute des Herzogs de los Alcores. Isabels Freude war groß, als sie hörte, dass die Gefangenschaft ihrer Herrin nichts mit ihrem Ehebruch zu tun hatte.

»Du glaubst also«, begann der Arzt, als sein Freund geendet hatte, »dass just in diesem Augenblick das Gold von der Flotte geraubt wird?«

Jerónimo bejahte mit einem kurzen Nicken und nippte an seiner Brühe.

Diego stand auf und lief mehrmals im Raum auf und ab. Sie alle waren erstaunt und sprachlos angesichts der rasanten Entwicklung, die die Dinge genommen hatten. Die Ereignisse waren völlig aus dem Ruder gelaufen.

»Unter den gegebenen Umständen«, sagte Diego, »können wir nur sehr wenig tun. Da alle Stadttore und Pforten verschlossen sind, ist es unmöglich, Sevilla zu verlassen. Obwohl, obwohl …«

Er verstummte, als wolle er für sich behalten, was ihm durch den Kopf ging.

»Bei der heiligen Jungfrau, Diego! Obwohl was?«, rief Catalina aus.

»Obwohl«, lächelte der Arzt seine Frau liebevoll an, »es ihnen schwer fallen wird, das Gold in die Stadt zu bringen. Sie stoßen dabei auf die gleichen Hindernisse wie wir beim Hinauskommen. Noch dazu lässt sich eine derartige Diebesbeute nicht ohne weiteres tarnen. Mit Sicherheit haben sie einen sicheren Ort vorgesehen, um sie zu deponieren, denn sobald morgen die Nachricht von dem Diebstahl bekannt wird, entsteht ein riesiger Aufruhr, und eine ganze Legion wird sich auf die Suche nach einer Spur machen, nach irgendeinem Indiz, das sie auf die richtige Fährte setzt. Schließlich stehen viele, sehr mächtige Interessen auf dem Spiel.«

»Dieser Ort müsste sich außerhalb der Stadtmauern befinden!«, bemerkte Catalina.

»Genau, anders kann es nicht sein«, pflichtete Diego ihr bei.

»Dann sollten wir nachdenken, welche Orte infrage kommen.«

»Da gibt es wohl unendlich viele Möglichkeiten«, meinte Jerónimo mit einem hoffnungslosen Schulterzucken.

»Diese Meinung teile ich nicht, Jerónimo«, widersprach Catalina. »Du weißt, dass zum Unterbringen einer so großen und so wertvollen Fracht nicht viele Orte infrage kommen. Wenn sich diese unglaublichen Reichtümer in ihrem Besitz befinden, können sie sich nicht den kleinsten Fehler leisten. Da wir darüber hinaus wissen, wie genial sie die ganze Operation geplant haben, können wir sicher sein, dass sie einen Platz vorgesehen haben, der vollkommene Sicherheit bietet.«

»Ich glaube auch, dass es die Mühe lohnt auszuloten, welche Orte infrage kommen«, bemerkte Diego.

Das Schweigen, das auf seine Worte folgte, dauerte länger, als sie angenommen hatten. Keiner der vier sagte ein Wort – ein untrügliches Zeichen dafür, dass es so viele geeignete Orte nicht gab.

»Wir gehen davon aus, dass ihnen das Ausrauben der Galeonen gelingt«, stellte Catalina fest.

»Das ist richtig, Liebste. Im Falle, dass die Pläne der Schurken fehlschlagen, würde sich ohnehin alles von selbst lösen: Entweder sterben sie bei dem Versuch, oder sie werden verhaftet. Aber wenn sie ihr Ziel erreichen, ist es nicht nur unsere Pflicht, sie nicht davonkommen zu lassen – andernfalls würden sie unsere ganze Nation der Lächerlichkeit und dem Spott preisgeben sowie unserem König und unserem Vaterland schweren Schaden zufügen –, sondern außerdem steht auch unser Leben auf dem Spiel. Wenn wir sie nicht kriegen, kriegen sie uns.«

Betroffenes Schweigen folgte auf die Worte des Arztes. Was er da gesagt hatte, war unwiderlegbar wahr. Ihre Leben galten nichts mehr, wenn diese Gewissenlosen das Gold in Händen hatten. Sie würden mit allen Mitteln versuchen, sie zu eliminieren, bevor sie ihr Wissen weitergeben konnten.

»Ich weiß«, sagte Diego jetzt, »ihr denkt, wir hätten der Übermacht unserer Feinde so gut wie nichts entgegenzusetzen. Doch wir verfügen über eine mächtige Waffe, die es uns ermöglicht, sie zu demaskieren und gleichzeitig unsere eigene Haut zu retten.«

»Was ist denn diese Waffe, die unser Leben retten soll?«, fragte Isabel de Leiría mit so dünner Stimme, dass sie kaum zu verstehen war.

»Mir ist da ein Gedanke gekommen. Hört mich genau

an: Ich denke schon darüber nach, seit ich das Haus des Herzogs verlassen habe. Wir müssen noch heute Nacht …« Doktor Ruiz de Acevedo erläuterte seine Idee, von der das Leben aller Anwesenden und auch das der Herzogin de los Alcores abhing.

16

Gegen sechs Uhr morgens, noch bevor die ersten Sonnenstrahlen den Tagesanbruch verkündeten und Lichtpunkte auf die Dächer der Stadt schickten, entstand unter den schläfrigen Haufen von Arkebusieren, die das Flussufer und die Schiffe bewachten, eine gewisse Unruhe. Vom Flaggschiff der Flotte her drangen Schreie und unzusammenhängende Worte zu ihnen. Die Befehlshaber versetzten ihre Männer in Alarmbereitschaft. Alle Blicke richteten sich auf das Deck des eindrucksvollen Schiffes, das keine dreißig Schritte vom Standort der Soldaten vor Anker lag. Der Hauptmann, der das Kontingent in unmittelbarer Nähe der *Nuestra Señora de Atocha* befehligte, beschloss, seine Vorgesetzten zu informieren, dass etwas Ungewöhnliches vorging, ohne dies jedoch näher benennen zu können. Er bat um konkrete Befehle.

Es war bereits heller Tag, als ein offensichtlich höchst aufgebrachter und verstörter Matrose sich über die Reling beugte und schrie:

»Die Schatztruhen sind gestohlen! Der Admiral wurde ermordet!«

Wieder und wieder schrie er diese beiden Sätze, sie waren Ausdruck des Entsetzens und der Angst. Die Soldaten, die anfangs wie gelähmt stehen geblieben waren, begannen leise miteinander zu reden. Ihr Murmeln verstummte, als neben dem Matrosen, der die unglaubliche Nachricht überbracht hatte, ein Mann erschien, dessen Kleidung ihn als Person von hohem Stande identifizierte:

»Ich bin Graf Fernán Núñez. Wer befehligt diese Truppe?«, fragte er die Männer, die ihm praktisch gegenüberstanden, nur durch wenige Schwimmzüge Wasser von ihm getrennt.

Eine energische Stimme antwortete:

»Ich, Señor! Pedro López, Hauptmann der Ersten Kompanie des *Tercio Viejo de la Armada!* Zu Diensten Seiner Majestät und Eurer Exzellenz, abgestellt zur Bewachung dieser Galeonen, auf ausdrücklichen Befehl des Obersten Don Íñigo de Parias!«

»Gut, Hauptmann! Ich muss Euren Oberst sprechen und bitte Euch, ihn augenblicklich zu benachrichtigen! Ich bin Álvaro de Medina, Graf de Fernán Núñez, Befehlshaber dieser Flotte seit dem unglückseligen Tod Seiner Exzellenz Don Luis de Bazán, Admiral derselben durch Mandat des Königs Unseres Herrn. Es handelt sich um diesen Mord sowie weitere Angelegenheiten von höchster Wichtigkeit, die auf dieser Galeone vorgefallen sind! Ich fordere Euch auf, meinem Anliegen ohne Verzögerung nachzukommen!«

»Ist es wahr, Señor, dass das Gold geraubt und der Admiral ermordet wurde?«, fragte der Hauptmann mit deutlicher, aber leiser, respektvoller Stimme.

»Es ist wahr, aber wir können jetzt keine Zeit mit Erklärungen verlieren! Erfüllt Eure Pflicht!«

Der Hauptmann verzog das Gesicht und spuckte auf den Boden. Dann salutierte er, machte eine Kehrtwende und gab mit fester Stimme einige Befehle.

Die erwartungsvolle Stille, die die Anwesenheit des Grafen ausgelöst hatte, zerbrach nun auf allen Seiten wie ein Glas, das in tausend Scherben zerspringt.

»Es ist wahr! Es ist wahr! Das Gold wurde geraubt und der Admiral ermordet! Das Gold aus den Kolonien ist gestohlen! Sie haben die Schätze der Flotte gestohlen!«

Der Tod des Admirals trat völlig in den Hintergrund.

Die Neuigkeit, die nun in aller Munde war, kündete vom Raub des Goldes.

Don Íñigo de Parias verließ Sevilla durch das Jerez-Tor, dabei ritt er auf einer anmutigen, zimtfarbenen Stute und wurde begleitet von mehreren seiner Offiziere, die den Regimentsstab seines Korps bildeten. Die dumpfen Schläge ihrer Trommeln dröhnten weithin durch Sevilla und erhöhten an diesem Morgen die Anspannung noch. Der Oberst hatte die vierzig längst überschritten, war aber hervorragend in Form. Er war von kleinem Wuchs und kräftiger Statur, hatte einen olivfarbenen Teint, und sein Gesicht, gezeichnet von den Folgen einer Pockenerkrankung in der Kindheit, strahlte Energie und Selbstsicherheit aus. Sein kurzes schwarzes Haar begann, an den Schläfen silbrig zu werden, und in seinem dichten Bart hatten die grauen Haare bereits eindeutig die Oberhand über die ursprüngliche Farbe gewonnen. Seine großen schwarzen Augen verliehen seinem Blick außergewöhnliche Kraft; seine Männer, die ihn für seine Rechtschaffenheit, seine Tatkraft und seinen Mut bewunderten – jeder von ihnen hätte sich ohne zu zögern für ihn töten lassen –, sagten, er sei in der Lage, Blitze aus ihnen zu schleudern.

An vielen Orten der Stadt wurde der Raub bereits als allgemein anerkannte Tatsache gehandelt, und der Oberst und seine Männer zogen ein Gefolge von Neugierigen hinter sich her, die ihnen, weil sie nichts Besseres zu tun hatten, bis zum Jerez-Tor hinterherliefen. Dort angelangt, wo man ihnen den Durchgang verwehrte, kletterten sie auf die Wehrgänge der Stadtmauern, denn die boten einen guten Ausblick auf einen Teil der Flotte und die Begegnung zwischen Militär und Marine, die sich dort vollziehen würde. Aufgrund der Entfernung konnten die Schaulustigen von der Zusammenkunft kaum etwas hören, aber es war unstrittig, dass sie mit dem Gerücht zu tun hatte, das in der Stadt laut geworden war. Als der Oberst das Ufer erreichte, an dem die *Nuestra Señora de Atocha* vor Anker lag, erwartete ihn Graf de Fernán Núñez bereits.

Es folgte ein protokollgemäßer Austausch von Begrüßungen zwischen den beiden Edelleuten, der von allen Anwesenden aufmerksam verfolgt wurde: von den Offizieren, die in Begleitung des Obersten gekommen waren, von den Arkebusieren, die hier Wache hielten, und von den zahlreichen Mitgliedern der Besatzung und der Militärtruppen der Galeone, die in die Takelage geklettert waren, an der Reling lehnten oder sich auf die Brücken in Bug und Heck verteilt hatten.

»Exzellenz, möchtet Ihr an Bord kommen oder soll ich herunterkommen?«, rief Fernán Núñez ihm in ernstem Ton zu.

Don Íñigo blickte dem Grafen fest ins Gesicht und rief zurück:

»Wisst Ihr denn nicht, dass diese Flotte unter Quarantäne steht, wegen der Pest?«

»Ich versichere Euch, dass wir an Bord dieses Schiffes keine Pest haben! Es ist mir unbegreiflich, wie sich eine solche Dummheit verbreiten konnte.«

»Warum wurde dann die Quarantäne verhängt?«, fragte Don Íñigo mit einem Achselzucken.

»Donnerwetter, ich weiß es nicht! Aber ich schwöre Euch bei meiner Ehre, es gibt auf dieser Galeone keine Pest!« Der Graf schien im Begriff zu explodieren.

»Das schwört Ihr bei Eurer Ehre?«

»Allerdings schwöre ich! Bei meiner Ehre und bei allen Aposteln!«

»Das ist nicht nötig! Mir genügt Euer Wort als Ehrenmann!«

Diese Antwort wirkte beruhigend auf die zerrütteten Nerven des Fernán Núñez, der antwortete:

»Es ist offensichtlich, Don Íñigo, dass Ihr selbst ein Ehrenmann seid, da Ihr das Wort eines Caballeros zu schätzen wisst. Möchtet Ihr nun heraufkommen, oder soll ich hinunterkommen?«

Der Oberst überlegte nicht lange:

»Ich komme an Bord. Besorgt mir einen Kahn!«

Vermittels einer Ankerwinde und der zugehörigen Flaschenzüge wurde von der Galeone eine Schaluppe mit zwei Ruderern heruntergelassen. Mühelos ob der kurzen Entfernung erreichten sie das Ufer und halfen dem Offizier ins Boot. Kurz darauf stand er in Begleitung eines seiner Hauptleute auf dem Deck der *Nuestra Señora de Atocha*.

Nachdem sie sich zur Begrüßung kurz die Hände geschüttelt hatten, folgten die beiden Männer unter den erwartungsvollen Blicken der Besatzung, die eine beeindruckende Ruhe wahrte, dem Marineoffizier in die Kajüte des verstorbenen Admirals. Dort auf dem Fußboden lag sie, die Leiche von Don Luis de Bazán. Sein Genick war gebrochen. Sein Blut war inzwischen geronnen und von schwärzlicher Farbe und bildete eine Art Paste, die sein Haar verklebte. Sein Körper war vornübergefallen und neben ihm, inmitten der Blutlache, lag ein bronzener Kandelaber.

Als Zeichen ihres Respekts vor dem Toten zogen die beiden Militärs ihre Hüte. Íñigo de Parias sagte mit kaum hörbarer Stimme:

»Möge Gott Unser Herr Erbarmen mit seiner Seele haben.« Anschließend fragte er vernehmlich: »Wisst Ihr, wann es geschah?«

»Nein, das kann ich Euch nicht genau sagen, aber es muss nach Mitternacht gewesen sein, jedoch nicht viel später – das sage ich wegen des Zustands des Leichnams, den wir gegen sechs Uhr morgens entdeckt haben.«

Der Oberst trat an die Tür der gepanzerten Kammer, in der das Gold, das Silber und die Juwelen gelagert gewesen waren:

»Sie haben alles mitgenommen! Heilige Mutter Gottes!«

»So ist es«, lautete die lakonische Antwort Fernán Núñez'.

»Diese Kanaillen haben ganze Arbeit geleistet! Erzählt mir alles, was Ihr wisst.«

Der Befehlshaber der Flotte räusperte sich, als habe er einen Frosch im Hals:

»Seht, Don Íñigo, was ich Euch sagen kann … was ich weiß … ist leider überaus wenig. Gestern Nacht aßen die Männer wie üblich zu Abend, anschließend wurde der Wachwechsel vollzogen. Das geschieht immer um Mitternacht. Die beiden Männer, die zu diesem Zeitpunkt in die Wache eintraten, sind verschwunden …«

»Verschwunden, sagt Ihr?«

»So ist es. Wir wissen nicht, wo sie sind.«

»Wisst Ihr, ob sie am Leben sind?«

»Auch das ist ungewiss. Das Einzige, was wir im Augenblick sagen können, ist, dass sie verschwunden sind. Ihr Aufenthaltsort ist unbekannt. Möglicherweise wurden sie ermordet, wie der Admiral … Ebenso wenig wissen wir, was mit dem Obermaat geschehen ist.«

»Ihre Leichen sind nicht aufgetaucht?«, fragte der Oberst.

»Die Mörder und die Diebe, bei denen es sich um die gleichen Personen handeln muss, haben sich ihrer Leichen vielleicht entledigt. Ihr wisst schon, ein Wurf, und sie liegen auf dem Grund des Flusses.«

»Möglich, möglich. Aber warum haben sie dann nicht das Gleiche mit dem Admiral getan?«

»Das kann ich Euch nicht beantworten. Ich weiß ja nicht einmal, ob die Matrosen tot sind oder nicht. Mit Sicherheit weiß ich nur, dass sie nicht auf der Galeone sind. Die Suche, das kann ich Euch garantieren, erfolgte sehr gewissenhaft.«

»Gut. Ihr sagtet, die nächtliche Wachablösung habe stattgefunden …«

»So ist es, und darüber hinaus wissen wir nichts mehr.«

Der Militär richtete die Augen auf den Marineoffizier, sein Blick war schwer zu deuten – er lag irgendwo zwischen ungläubig und spöttisch:

»Ich soll Euch also glauben, dass man den Admiral ermordet und einen Schatz geraubt hat, der aus einer Unmenge von Truhen, Kisten und Schatullen besteht, jede davon schwer beladen mit Gold, Silber und Juwelen, dass man diesen Schatz aus der Galeone ausgeladen und darüber hinaus zwei Matrosen und den Obermaat hat verschwinden lassen – und niemand hat etwas bemerkt?«

»Zweifelt Ihr vielleicht an meinen Worten?« Das Unbehagen des Grafen war seinen Worten deutlich anzuhören.

»Nichts liegt mir ferner, als Euch zu kränken, aber Ihr werdet mir zustimmen, es erscheint doch mehr als unglaublich, dass niemandem etwas aufgefallen sein soll.«

»Ihr solltet wissen, dass die Besatzung betäubt wurde.«

»Was? Ihnen allen wurde Betäubungsmittel verabreicht?«

»Ja, mit dem Abendessen, oder genauer gesagt, im Rum, der gestern Nacht ausgegeben wurde. Es gab eine doppelte Ration für alle, um das Ende der Reise zu feiern und weil es angesichts des von der Stadt verhängten Verbots, von Bord zu gehen, ratsam erschien, dass die Männer sich entspannten. Einzig den Männern, die Wache schieben mussten, wurde es untersagt zu trinken. Ich selbst trank auch einen Becher. Der Rum war das Einzige, das wir gestern Abend alle zu uns nahmen, woraus ich schließe, dass er das Mittel enthalten haben muss, das uns verabreicht wurde. Bereits kurz nach dem Trinken fühlten sich alle sehr schläfrig. Ich glaube aber, Seine Exzellenz der Marquis de Santa Cruz, Gott hab ihn selig, trank nicht davon.«

Don Íñigo fuhr sich mehrere Male mit der Hand über die Stirn:

»In diesem Falle hatten die ruchlosen Missetäter wohl einen Komplizen unter den Männern an Bord.«

»Davon könnt Ihr mit Sicherheit ausgehen«, bekräftigte Fernán Núñez.

Es folgte ein langes Schweigen, bis der Offizier neugierig fragte:

»Ist es wahr, dass es auf den Galeonen keine Pest gibt?«

»So wahr wie Don Luis tot ist und Ihr und ich hier stehen.«

»Doch der Regierung Sevillas liegen gesicherte Informationen vor, dass die Flotte befallen ist. Man bestätigt ohne den geringsten Zweifel, dass es unter den Besatzungsmitgliedern zahlreiche Todesfälle gab.«

»Das ist alles nicht wahr. Eine grobe, freche Lüge, die ich mir nicht zu erklären weiß.«

»In Sevilla hat man auch Nachricht erhalten, dass die gesamte Küste um Cádiz sowie zahlreiche Städte im Landesinneren von der Seuche befallen sind.«

»Cádiz und die Städte der Bucht?«, fragte der Marineoffizier.

»Ja, Cádiz und zahlreiche weitere Städte in der Umgebung. Man erzählt sich grauenvolle Geschichten von den Geschehnissen an diesen Orten, die Opferzahlen sollen in die tausende gehen.«

»Wart Ihr selbst in dieser Region?«, fragte der Seemann.

»Nein, mein Regiment ist seit drei Wochen in Sevilla, um die Ankunft dieser Flotte zu erwarten und beim Löschen der Ladung Unterstützung zu leisten. Wie Ihr wisst, lockt der Geruch des Honigs so manche Fliege an ...«

»Nun, wir haben Sanlúcar de Barrameda erst vor vier Tagen hinter uns gelassen, und die Bevölkerung dort erfreute sich bester Gesundheit – in dieser wie auch in allen umliegenden Städten. Es gab weder das kleinste Anzeichen noch den entferntesten Hinweis, dass dort eine Seuche ausgebrochen sei, wie man es in Sevilla als Tatsache anzunehmen scheint. Hier, mein lieber Freund, gehen äußerst merkwürdige Dinge vor.«

»Ihr habt völlig Recht«, pflichtete der Offizier ihm bei.

17

Die Zusammenkunft im Hause der Handelsbörse hatte die höchsten Repräsentanten der Stadt in einem Raum versammelt. Auf Einladung des Präsidenten jenes mächtigen Organs der Kolonialregierung waren gekommen: der Leiter der Königlichen Münzanstalt, der Oberste Richter des Sevillanischen Gerichtshofs, der Oberst des *Tercio Viejo de la Armada,* der stellvertretende Statthalter, der Dekan der Heiligen Kathedrale in Vertretung Seiner Hochwürden des Erzbischofs der Diözese, der Oberste Richter der Heiligen Inquisition in Sevilla, der Präsident der mächtigen Kaufmannsgilden, ebenso wie ein Vertreter der vier wichtigsten Zünfte der Stadt. Auch ein Theologe war anwesend, denn das Gesetz verlangte dies für jede Versammlung von Bedeutung, die im Hoheitsgebiet Seiner Katholischen Majestät abgehalten wurde, um die Rechtgläubigkeit der getroffenen Entscheidungen zu gewährleisten. In diesem Falle handelte es sich um ein mageres Mitglied des Dominikanerordens, bekannt für seinen rigorosen Dogmatismus und berühmt für die Askese, die er sich in seinem alltäglichen Leben auferlegte.

Der Grund für diese Zusammenkunft war ein wahrhaft ungewöhnlicher: der Raubüberfall auf die *Nuestra Señora de Atocha.* Alle Machthaber Sevillas unterschiedlichster Herkunft waren zusammengekommen – Einrichtungen, deren ständige Streitigkeiten und Differenzen in allen Bereichen, die bezüglich ihrer jeweiligen Kompetenzen Reibungspunkte boten, allgemein bekannt und berüchtigt waren. Zutage treten mochten diese Differenzen beispielsweise in Fragen des Vorrangs oder des Protokolls bei öffentlichen Festlichkeiten, an denen sie teilnahmen, seien es Autodafés, Prozessionen wie die des Corpus Christi oder der Jungfrau *de los Reyes,* oder die Tedeums, die zu den unterschiedlichsten Anlässen abgehalten wurden. Auch bei Stierkämpfen oder den Ritterkampfspielen, die der Adel wie das Volk von Sevilla so sehr liebten, war es schon zu ausgewiesenen Konfrontationen in Fragen der Ehre und der Würde gekommen, wenn es darum ging, auf welchen Sitz diese Würdenträger ihren illustren Allerwertesten platzieren sollten. Es war sogar schon zu höchst Aufsehen erregenden Situationen gekommen. Zum Beispiel als Don Gaspar de Moraleda y Santibáñez, der Oberste Richter von Sevilla, sich einen Sessel holen ließ, um sich damit mitten auf einen öffentlichen Platz zu setzen und so seine Entschlossenheit zu demonstrieren, keinesfalls den Weg für das Oberhaupt der Heiligen Inquisition, Bruder Juan de Salizanes y Otolaza, freizugeben. Die beiden waren sich in Begleitung ihres jeweiligen Gefolges auf einem großen Platz begegnet, der eigentlich für mehrere hundert Menschen ausgereicht hätte, doch keiner der beiden angesehenen Männer zeigte sich bereit, dem anderen aus dem Wege zu gehen, beide waren der Meinung, der Vortritt gebühre der Institution, die sie repräsentierten. Die Antwort des Inquisitors auf diese Kraftprobe der Standhaftigkeit war, dass er Befehl erteilte, ihm einen Sessel zu bringen, der den des Richters an Vornehmheit und edlem Aussehen überträfe. Nur wenige wussten, dass der Richter sich auf dem Weg zu einer Freundin befand, die ihm regelmäßig ihre Gefälligkeiten erwies, und der Inquisitor unterwegs war zu einer höchst weltlichen Gesellschaft, bei der der Wein in Strömen floss. Über den Ausgang dieser seltsamen Konfrontation kursierten in Sevilla verschiedene Gerüchte. Sicher ist jedoch, dass, nachdem sie gelöst war,

Don Gaspar versuchte, den Geistlichen zu verklagen – nicht bezahlte Schulden bei einer Witwe waren der Anlass –, sein Ziel jedoch nicht erreichte, weil am Ende der Tonsurierte eine Quittung vorlegte, wenn auch böse Zungen behaupteten, er habe sie sich auf ungesetzlichem Wege verschafft, um sich vor dem Prozess zu retten. Bruder Juan seinerseits versuchte den Richter in Misskredit zu bringen, indem er in dessen Liebschaften mit der besagten Dame herumstocherte. Doch auch diese Bemühungen waren von keinerlei Erfolg gekrönt, weil die fragliche Dame eine Kurtisane von Format war und sich die Dienste, die sie leistete, in harten Dukaten bezahlen ließ. Don Gaspar beichtete zerknirscht und reuevoll, gestand zu, dass diese Unzucht Sünde war, aber sein Fleisch schwach sei und seine Rückfälle häufig. Da es sich um eine Prostituierte handelte und er seine Schuld anerkannte, gab es für das Tribunal, das über die Rechtgläubigkeit wachte, nichts zu befinden. Seither war öffentlich bekannt, dass die beiden Gegner ihre Schwerter erhoben hielten und bereit waren, sie bei der ersten Gelegenheit, die sich bot, gegen den anderen zu schwingen.

Und es saßen noch viele andere verhärtete Fronten um den Tisch in der Handelsbörse, sie erschwerten die Lösung von Problemen, unter denen die Sevillaner litten, und verkomplizierten jede Angelegenheit, die für die Stadt und ihr weites Herrschaftsgebiet von Belang war. Don Pascual de Bustamante y Solís, so hieß der Präsident der Handelsbörse, hatte wohlweislich einen runden Tisch bereitgestellt, um auf diese Weise die gewichtigen Probleme zu umgehen, die sonst zweifellos aufgetreten wären, als es darum ging, den Teilnehmern Plätze zuzuweisen.

Nachdem Don Pascual die Sitzung eröffnet und den Grund für die außerordentliche Versammlung dargelegt hatte, informierte Oberst Íñigo de Parias die Anwesenden über seinen Besuch auf der *Nuestra Señora de Atocha*. Als er geendet hatte, ergriff der stellvertretende Statthalter von Sevilla das Wort:

»Oberst, wollt Ihr damit sagen, dass Ihr an Bord des Flaggschiffs der Flotte wart?«

»So ist es, ich habe den Leichnam des Marquis de Santa Cruz und den Diebstahl der Schätze aus der gepanzerten Kammer, die zu ihrer Lagerung in der Galeone eingerichtet wurde, mit eigenen Augen gesehen.«

»Meine Frage zielte weniger darauf ab, mir die Nachricht von dem Raub bestätigen zu lassen, als darauf festzuhalten, dass Ihr gegen die Befehle bezüglich der Quarantäne, der die Flotte unterworfen wurde, verstoßen habt.« Die Stimme des Statthalters klang zuckersüß, und sein Mund verzog sich zu einem böswilligen Lächeln.

Wut blitzte in den Augen des Militärs auf, er konnte nicht glauben, was er da hörte. Er stand auf, und obwohl seine Haltung nicht bedrohlich war, versetzte er die übrigen Anwesenden in sichtbare Anspannung:

»Nehmt zur Kenntnis, dass wir nur deshalb gesicherte Informationen über den Raub besitzen, weil ich das Risiko auf mich nahm, an Bord zu gehen – und dort nicht den kleinsten Hinweis darauf vorfand, dass unter der Besatzung die Pest ausgebrochen sein könnte! Wichtiger ist: Alles deutet darauf hin, dass die Pest, von der es heißt, sie habe halb Andalusien entvölkert, pure Erfindung ist. Laut Graf de Fernán Núñez, dem augenblicklichen Befehlshaber über die Flotte, erfreuten sich vor vier Tagen, als die Flotte in den Guadalquivir einsegelte, auch Cádiz und alle umliegenden Orte bester Gesundheit.«

Bei diesen Worten erhob sich ein Chor von Gemurmel unter seinen Zuhörern.

»Nehmt Platz und beruhigt Euch, Don Íñigo. Wir sind alle ein wenig erregt aufgrund der Ereignisse.« Der Gastgeber versuchte, sich die Versammlung nicht aus den Händen gleiten zu lassen – womit angesichts der verbissenen Rivalität unter den Anwesenden und des heiklen Themas, das sie hierher geführt hatte, jeden Augenblick zu rechnen war.

Es war schließlich der Dekan, dem es gelang, seine Stimme über das allgemeine Gemurmel zu erheben – vielleicht, weil er genau die Frage laut aussprach, die sie alle umtrieb:

»Habe ich mich verhört oder sagtet Ihr tatsächlich, die Stadt Cádiz und ihre Länder befänden sich in bester gesundheitlicher Verfassung?«

»Genau das sagte ich! Genau das sagte mir der Kommandeur der Flotte und, Donnerwetter, ich glaube, er spricht die Wahrheit! Alles Übrige war eine Lüge! Eine Lüge, aufgrund derer die Flotte festgesetzt und von der Außenwelt isoliert wurde! Eine Situation, die den Raub des Goldes erst ermöglichte! Wäre die Flotte wie üblich gestern entladen worden, müssten wir heute nicht hier beisammensitzen!«

Das Gemurmel wurde lauter, und der eine oder andere rutschte unruhig auf seinem Stuhl hin und her.

»Es ist … als hätte eine teuflische Hand diesen schrecklichen Plan entworfen, um uns alle ins Unglück zu stürzen.« Es war Pedro de Cardeñosa, Repräsentant der Kaufmannsgilden, der diese Worte sprach, während er sich gleichzeitig bekreuzigte und ein namenloser Schrecken sein Gesicht zeichnete.

Diese Worte zeigten sofort Wirkung: Alles Gerede verstummte augenblicklich, stattdessen legte sich eine vollkommene, eisige Stille über den Raum. Don Pascual de Bustamante ließ seinen Blick über die Anwesenden schweifen, die nach Cardeñosas Worten nun perplex und wie gelähmt dasaßen.

Bruder Juan de Salizanes fing sich als Erster.

»Bei allem Respekt, Señor de Cardeñosa, ich muss sagen, das ist lächerlich. Niemand kann eine Pestepidemie erfinden, um das Gold der Indien-Flotte zu rauben! Das ist schlicht unmöglich! Darüber hinaus empfehle ich Euch, den Teufel aus dem Spiel zu lassen! Das ist nicht anständig und ziemt sich für einen guten Christen nicht!«

Als er diesen Tadel vernahm, schrumpfte der Händler in seinem Sitz zusammen, und ihm blieb gerade noch der Rest einer zittrigen Stimme, um unterwürfig zu antworten:

»Padre, Ihr wisst um meinen makellosen Katholizismus und meinen blinden Glauben an die Gesetze unserer Heiligen Mutter Kirche.«

Darauf ergriff der Präsident der Handelsbörse das Wort:

»Was Pedro de Cardeñosa da sagt, ist keineswegs eine Dummheit.« Anders als der Kaufmann sprach er mit energischer, entschlossener Stimme.

Einige der Herren runzelten die Stirn, und alle warteten erwartungsvoll darauf, dass Bustamante fortführe. Der holte ein gefaltetes Stück Papier aus seinem Wams und erklärte:

»Vergangene Nacht, etwa um vier Uhr morgens, wurde mir dieses Schreiben gesandt. Meine Diener nahmen es durch die Luke der Eingangstür meines Hauses entgegen, nachdem sie auf mehrere kräftige Schläge an die Tür geeilt waren. Die Überbringer sagten meinen Dienern, dass es sich um eine Angelegenheit von so großer Wichtigkeit und Eile handele und dass sie mich trotz der unangemessenen Stunde so rasch wie möglich informieren sollten. Doch bedauerlicherweise warteten meine Diener, bis es zu spät war, um Maßnahmen zu ergreifen, die die augenblickliche Situation womöglich hätten verhindern können. Wünschen Euer Hochwürden dieses Schreiben zu lesen?« Er reichte das Blatt dem Dekan, der zu seiner Rechten saß.

Erwartungsvolle Stille hatte sich ausgebreitet. Die Worte Bustamantes waren schier unglaublich …!

Der Kanoniker nahm das Papier an sich, hielt sich einen Zwicker mit geschliffenen Lupengläsern vor die Augen und las mit seiner tiefen, klangvollen Stimme:

Sevilla, um drei Uhr morgens am 21. April 1646

An Seine Exzellenz Señor Don Pascual de Bustamante y Solís
Präsident der Handelsbörse

Wir möchten Eure Exzellenz auf diesem ungewöhnlichen Wege und zu dieser vorgerückten Stunde über eine Angelegenheit in Kenntnis setzen, die der lebendigste Ausdruck für den verstörten Geisteszustand ist, in dem sich die Unterzeichner befinden. In der augenblicklichen Lage sehen wir jedoch keine andere Möglichkeit, als Euch mittels dieses Schreibens zu informieren, dass alle Ereignisse hier in Sevilla, die in Zusammenhang mit der vermeintlichen Pestepidemie stehen, Teil eines finsteren Komplotts sind, geschmiedet in der verwerflichen Absicht, diese Stadt von der Außenwelt abzuriegeln und zu lähmen. Vor allem aber in der Absicht – und dies war für die Organisatoren der Intrige der wichtigste Aspekt – die Flotte festzusetzen und zu isolieren, indem man sie wegen einer nicht existierenden Seuche unter Quarantäne stellen ließ.
Erst die außerordentliche Lage, die Sevilla in den vergangenen Tagen beherrschte, die in den Annalen der Stadtgeschichte ohne Beispiel ist, ermöglichte es jenen

Verbrechern, ihre kriminellen Pläne in die Tat umzusetzen. Ziel dieser Pläne ist der Raub des Goldes, des Silbers und der Juwelen an Bord des Flaggschiffs der Indien-Flotte, der Galeone Nuestra Señora de Atocha. Um dieses verwerfliche Ziel zu erreichen, war es für die Urheber der niederträchtigen Verschwörung notwendig, die Stadt in Chaos und Verwirrung zu versetzen, denn nur so konnten sie die Voraussetzungen schaffen, die die Ausführung ihrer finsteren Absichten ermöglichten. Ferner möchten wir Eure Exzellenz davon in Kenntnis setzen, dass der Tod des Statthalters, Folge eines gemeinen Mordanschlags jener, die weder Gott noch Gesetz noch König ehren, ebenfalls den Urhebern des besagten verbrecherischen Plans anzulasten ist. Der heimtückische Mord an Seiner Exzellenz dem Grafen de Paredes wurde begangen, weil dieser bezüglich der angeblichen Pestepidemie die Wahrheit erfahren hatte, nämlich dass es sich bei der Nachricht, die Küste des Sevillanischen Reichs und die Indien-Flotte, die gerade von jenseits des Meeres eingetroffen war, seien von der Pest befallen, um vorsätzlich und böswillig gestreute Gerüchte handelt. Seine Exzellenz der Statthalter kannte jedoch nicht die Verbindung zwischen der vermeintlichen Seuche und den verbrecherischen Plänen, die Galeonen Seiner Majestät des Königs, dessen Leben Gott schützen möge, zu berauben. Dennoch machte sein Wissen über die Vortäuschung der Pestepidemie seinen Tod für die Urheber des Komplotts zu einer zwingenden Notwendigkeit, denn dieses Wissen erschwerte und gefährdete die Umsetzung ihrer Pläne. Für diese war es unerlässlich, dass die Flotte unter Quarantäne gestellt würde, was bei Fortbestehen des Verdachts, auf den Schiffen sei die Seuche ausgebrochen, unweigerlich geschehen musste.

Im Mittelpunkt dieses Verbrechens steht Don Rodrigo Ponce de León, Herzog de los Alcores …

Als dieser Name fiel, erhob sich ein Raunen unter den Anwesenden, deren Reaktionen von Ungläubigkeit bis Erstaunen reichten. Don Pascual musste erst um Ruhe bitten, damit der Dekan fortfahren konnte.

… Wir beschreiten auf diese ungewöhnliche Weise den Rechtsweg und wenden uns an die Autorität Eurer Exzellenz, weil Ihr den höchsten Rang bekleidet, was die Angelegenheiten der Flotte betrifft, die zu ebendieser Stunde beraubt wird. Wir informieren Eure Exzellenz, weil sich unsere Versuche, andere Wege zu beschreiten, sämtlich als fruchtlos erwiesen haben. Uns ist durchaus bewusst, wie unglaublich Euch diese Zeilen erscheinen müssen und dass Ihr möglicherweise erwägt, sie als bloßes Hirngespinst zweier Irrsinniger abzutun. Doch wir müssen Euch davon in Kenntnis setzen, dass das Leben der Unterzeichnenden, bescheidene Diener Eurer Exzellenz, in ernster Gefahr schwebte und auch weiterhin schwebt, weil wir nicht nur den geschilderten Plan kennen, sondern darüber hinaus auch noch etliche weitere Einzelheiten, die von überaus großer Bedeutung sind.
Wir bitten Eure Exzellenz daher einerseits um Schutz und andererseits darum, alles in Eurer Macht Stehende zu unternehmen, um den verbrecherischen Machenschaften Einhalt zu gebieten. Zugleich stehen wir voll und ganz zu Eurer Verfügung, um unser gesamtes diesbezügliches Wissen mit Euch zu teilen.

Eure ergebensten Diener
Doktor Ruiz de Acevedo und Jerónimo de Loaysa

Entgegen allen Erwartungen dauerte die Stille, die während des Verlesens des Schriftstücks geherrscht hatte – lediglich unterbrochen in dem Augenblick, als der Name des Herzogs de los Alcores gefallen war –, unvermindert an. Einzig das erregte Atmen mancher und das Geräusch, das verursacht wurde, weil einige unruhig auf ihren Sesseln herumrutschten, war in der Weite des Saals zu vernehmen. Es war Don Pascual de Bustamante, der das Schweigen schließlich brach.

»Gegen halb zehn heute Morgen erfuhr ich von dem Schreiben, das der Dekan soeben verlesen hat. Das Papier wurde mir mit dem Frühstück überbracht, als es zum Handeln bereits zu spät war.«

»Seid Ihr sicher, Don Pascual, was die Uhrzeit betrifft, zu der dieses Schreiben Euer Haus erreichte?«, fragte der Dekan und wedelte heftig mit dem Papier in der Hand.

»Es geschah um die Uhrzeit, die ich Euch nannte. Warum fragt Ihr?«

»Weil der Inhalt dieser Zeilen wahrhaft unglaublich erscheint. Er mag in der Tat eher das Produkt eines Wahnsinnigen sein als eine Schilderung der Wahrheit. Obwohl …«

»Obwohl angesichts der jetzigen Lage und nachdem geschehen ist, was geschehen ist«, unterbrach ihn der Oberst, »klar ist, dass die Verfasser des Briefes ganz offensichtlich weder verrückt sind noch fantasieren. Sie hatten Kenntnis von den kriminellen Plänen der Täter, davon, in welcher Beziehung sie zu der Falschmeldung von der Epidemie standen – Letzteres wurde mir vom Befehlshaber der Flotte bestätigt – und wie es zum Raub des Goldes und Silbers auf der Flotte kommen konnte.«

»Soweit ich weiß, hatte der verstorbene Statthalter, Gott hab ihn selig, Doktor Ruiz de Acevedo beauftragt, die Nachricht von der besagten Epidemie zu überprüfen.«

Der Vorsteher der Münzanstalt strich sich mit der rechten Hand die Spitze seines eindrucksvollen Schnurrbarts glatt, während er sprach. »Wir müssen voraussetzen, dass er diesbezüglich glaubwürdige Informationen besitzt. Dennoch verwundert es mich, dass der Doktor, wenn er diese Informationen besaß, nicht bereits früher gehandelt hat, um die Pläne der Diebe zu vereiteln.«

Diese Aussage hatte eine durchschlagende Wirkung auf die Anwesenden: Sie säte endlich ein Korn des Zweifels in jedem von ihnen, und die Reaktion erfolgte unmittelbar.

»Ich stimme mit dem Eindruck, den der Leiter der Münzanstalt soeben darlegte, überein und stelle fest«, es war der Oberste Richter des Sevillanischen Gerichtshofs, der nun das Wort ergriffen hatte, »dass Behauptungen, wie sie in diesem … diesem Papier«, er deutete aufgeregt mit der Hand in die Luft, »enthalten sind, zunächst einer strengen Überprüfung unterzogen werden müssen. Daraus ergibt sich die Notwendigkeit, amtliche Ermittlungen einzuleiten …«

Dies veranlasste den Inquisitor, augenblicklich zu intervenieren und festzuhalten, dass in diesem Falle ganz spezielle Umstände aufeinander träfen. So speziell, dass es in seinen Augen, angesichts der teuflischen Taten, die hier begangen worden seien, unerlässlich sei, die Heilige Inquisition vorrangig in den weiteren Verlauf der Ereignisse einzubinden. Er forderte, dass der Fall unter die Gerichtsbarkeit des Tribunals, das er repräsentiere, gestellt würde, damit diese sich des Verfahrens, das nun in die Wege geleitet werde, annehmen könne.

Er hatte kaum zu Ende gesprochen, als die Repräsentanten der Handelsbörse und der Münzanstalt seinem Ansinnen schon mit überdeutlicher Ablehnung widersprachen. Beide stimmten darin überein, dass es sich um eine rein zivile Angelegenheit handelte, in der vonseiten der Heiligen Inquisition keinerlei Handlungsbedarf bestand. Doch damit endete die Einigkeit auch schon, denn sofort verstrickten sich beide in einen erbitterten Disput darüber, welche der beiden Einrichtungen – Handelsbörse oder Münzanstalt – die notwendige Kompetenz besaß, sich aller Aspekte des Problems anzunehmen.

Um nicht hinter ihnen zurückzustehen und ungeachtet der Tatsache, dass es sich hier keineswegs um Glaubens- oder Moralfragen handelte, die die Rechtgläubigkeit der Heiligen Mutter Kirche in Gefahr bringen konnten – vielleicht einmal abgesehen vom Verlust der Seelen jener, die diesen teuflischen Plan ausgeheckt hatten und sich daher unwiderruflich und unausweichlich der ewigen Verdammnis ausgesetzt hatten –, hob der Theologe zu einem langen Diskurs mit zugehörigem Prolog an, den seine Zuhörer als so bleiern empfanden, dass er in der Runde mehr als ein gelangweiltes Gähnen hervorrief. Das Schlusswort seiner Tirade ging im allgemeinen Gemurmel unter, einem kurzen Meinungsaustausch über alles Gehörte, der innerhalb weniger Sekunden sowohl an Lautstärke als auch an Intensität zunahm.

»Señores, ich rufe Euch zur Ordnung!«, versuchte Bustamante zu verhindern, dass die Versammlung sich in kleine Grüppchen aufspaltete, in denen jeder seine Ansichten lediglich mit seinem Tischnachbarn besprach.

»Mit Erlaubnis Eurer Exzellenz würde ich gerne etwas sagen.« Es war eine machtvolle Stimme, die da um das Wort bat, so energisch, dass die Bitte eher einem Befehl gleichkam. Sie gehörte Roque Barcia, dem Vertreter der Sevillanischen Zünfte, und er wartete nicht, bis ihm die Erlaubnis erteilt wurde: »Diese Stadt ist im Augenblick eine brodelnde Gerüchteküche und wird es noch viele Tage lang bleiben, aber das ist belanglos. Meiner Meinung nach ist es nun das Wichtigste, der ›Verbarrikadierung‹ Sevillas aufgrund einer Epidemie, die – daran hege zumindest ich nicht den geringsten Zweifel – gar nicht existiert, schnellstmöglich ein Ende zu setzen. Die momentane Lage ist so, dass Sevillas Handel, ihren Zünften, ihrer Versorgung, ihrer Landwirtschaft und Viehzucht sowie ihren Bewohnern im Allgemeinen bereits schwerer Schaden zugefügt worden ist. Es ist unverzichtbar, über alle uns zur Verfügung stehenden Wege zu verkünden, dass das Königreich in Wirklichkeit keinerlei gesundheitlicher Bedrohung ausgesetzt ist, und die Stadttore und Pforten sofort wieder zu öffnen. Zu diesem Zwecke muss die Wahrheit mittels öffentlicher Ausrufung und Anschläge bekannt gegeben werden. Des Weiteren müssen wir uns der schwer wiegenden Tatsache des Raubes der Schätze stellen, wofür es in der Tat unerlässlich ist, entsprechende Nachforschungen anzustellen. Auch wenn ich für diese Maßnahmen nicht zuständig bin, so möchte ich doch noch einmal darauf hinweisen, dass Seine Exzellenz des Nachts und somit weit vor dem öffentlichen Bekanntwerden über den Raub wie auch über die Nichtexistenz der Epidemie informiert wurde: durch ein Schreiben, das von bekannten und integren Personen wie Doktor Ruiz de Acevedo und *Maestro* Loaysa unterzeichnet wurde. Darüber hinaus bieten beide an, weitere Einzelheiten über die Diebe zu liefern. Ich bin der Ansicht, dass man sie befragen muss, um alles in Erfahrung zu bringen, was sie wissen. Ich bin überdies der Meinung, dass man ihnen auch den notwendigen Schutz gewähren muss, denn keiner der Anwesenden wird bezweifeln, dass sie sich unter den gegebenen Umständen in großer Lebensgefahr befinden. Das ist alles, was ich dazu zu sagen habe.«

Sobald der Vertreter der Zünfte geendet hatte, erhob

sich der Oberst und wandte sich Barcia zu. Alle blickten ihn erwartungsvoll an.

»Euer Gnaden, was Ihr da soeben gesagt habt, ist das Vernünftigste, was ich seit langem gehört habe.«

Sofort erhob sich wieder ein vielstimmiges Raunen, das jetzt darauf hindeutete, dass die Versammlung endlich in die Zielgerade einlief. Der Statthalter versprach, die notwendigen Maßnahmen einzuleiten, um bekannt zu machen, dass die Gefahr einer Seuche nicht mehr bestehe und die Stadt wieder zu ihrem normalen Leben zurückkehren konnte, obgleich der Überfall auf die Flotte ein Ereignis von solcher Gewichtigkeit und Tragweite war, dass die Erschütterung darüber weite Kreise ziehen würde. Einer nach dem anderen bekundete seine Bereitschaft, mit der Justiz zusammenzuarbeiten, und bezeugte noch einmal die Kompetenzen seiner jeweiligen Institution sowie die Zweifel, die einige unter ihnen am Verhalten Doktor Ruiz de Acevedos und Meister Jerónimo de Loaysas hegten. Der Offizier bot an, seine Truppe für die Ermittlungen zur Aufklärung des Verbrechens zur Verfügung zu stellen. Als die Übrigen sich zurückzogen, bat der Präsident der Handelsbörse Don Íñigo, noch ein Weilchen zu bleiben. Als sie alleine waren, sagte Don Pascual zu ihm:

»Ruiz de Acevedo und Loaysa sind hier. Ich möchte, dass Ihr mich zu der Unterredung, die ich mit ihnen führen werde, begleitet. Ich möchte Euch als Zeugen, denn irgendwie gefällt mir diese Sache nicht, etwas daran riecht schlecht. Das alles klingt zu fantastisch! Zu irreal! Eine Epidemie zu erfinden und zu erreichen, dass eine Stadt wie Sevilla eine solche Lüge glaubt, mit dem Ziel, die Indien-Flotte auszurauben! Ich weiß nicht, ich weiß nicht!« Bustamante zuckte fortwährend die Achseln, um seine Bedenken zu unterstreichen. »Woher wussten die beiden, dass der Raub stattfinden würde? Warum informieren sie mich darüber auf diese merkwürdige Weise? Auf welchem Wege ist ihnen diese außergewöhnliche Geschichte zu Ohren gekommen? Alles Vermutungen! Alles Verdächtigungen! Ich bin völlig verwirrt!«

Der Militär richtete einen bohrenden Blick auf ihn, und ein gewisses Erstaunen lag auf seinem Gesicht.

»Ich verstehe Euch nicht, Don Pascual. Hegt Ihr etwa irgendeinen Zweifel an dem Schreiben, das die Anwesenden so aufgebracht hat?«

»Ich zweifle gewaltig, mein lieber Freund, ganz gewaltig. Obwohl sowohl Doktor Ruiz de Acevedo als auch *Maestro* Loaysa Personen von hohem Stand und Ansehen sind, erwähnen sie in ihrem Schreiben mit keinem Wort, wie sie Kenntnis von dem Plan, die Flotte auszurauben, erhalten haben. Sicher ist es möglich, dass der Doktor – der, das haben wir überprüft, vom Grafen de Paredes beauftragt wurde, die Existenz der Epidemie zu überprüfen – festgestellt hat, dass die angeblich verseuchten Ortschaften frei von der Pest sind, aber … aber … warum wurde dieser Irrtum nicht früher aufgeklärt? Welche Rolle spielte Ruiz de Acevedo dabei? Und vor allem, wie hat er von dem Raub erfahren? Und da ist noch mehr: Welche Rolle spielt der Bildhauer bei alldem? Ich weiß nicht … ich weiß nicht, mein lieber Oberst. Ich hege in der Tat viele Zweifel.«

»Exzellenz, was wollt Ihr mit diesen Worten andeuten?«, fragte der Militär ein wenig gereizt.

»Ja, ich will aufrichtig zu Euch sein und muss Euch daher sagen, dass mir niemand ausreden wird, dass Ruiz de Acevedo und Loaysa in den Raub verwickelt sind. Sprich: dass sie Komplizen bei dieser hässlichen Tat waren!«

»Ich begreife nicht, aus welchem Grund Ihr so etwas denkt. Was hätten sie dabei gewonnen, Euch über die Existenz des Plans zu informieren?«

Jetzt war es Don Pascual, der seine durchdringenden, stahlgrauen Augen auf den Oberst richtete. Dieser hielt seinem Blick stand.

»Die erste Frage ist: Warum informieren sie mich über den Raubzug, wenn es bereits zu spät ist, wirksame Maßnahmen zu ergreifen, um ihn zu verhindern? Daraus ergeben sich weitere Fragen, zum Beispiel: Was hat Ruiz de Acevedo getan, seit seine Mission erfüllt und er nach Sevilla zurückgekehrt ist? Wie lange wissen die beiden schon, dass ein Überfall auf die Flotte geplant ist? Wie kommt es, dass sie so viele Einzelheiten kennen? Es sind zu viele lose Fäden, und Ihr müsst zugeben, dass die offenen Fragen meinen Zweifel rechtfertigen.«

Es folgte eine kurze Stille, bis Don Íñigo sagte:

»Nichtsdestoweniger, Ihr habt meine Frage nicht beantwortet: Was hätten sie dadurch gewonnen, ihr Wissen mitzuteilen?«

»Das ist doch eindeutig! Mit diesem Verhalten gedenken sie sich von jedem Verdacht reinzuwaschen! Erscheint Euch das zu wenig?« Der Präsident der Handelsbörse hatte die Stimme erhoben und war sehr aufgebracht.

»Ich bedaure, Euch sagen zu müssen, dass mir das in der Tat wenig erscheint, sehr wenig. Niemandem, der halbwegs bei Verstand ist, fiele es ein, seinen eigenen Plan zu offenbaren, noch bevor er ausgeführt ist. Dazu kommt noch ein weiterer wichtiger Aspekt, von dem Ihr wissen solltet. Ich kenne Doktor Ruiz de Acevedo seit vielen Jahren und fühle mich ihm eng verbunden. Ich betrachte ihn als einen Mann ohne Makel, unfähig, eine unmoralische Tat zu begehen und noch viel weniger einen Verrat wie jenen, dessen Ihr ihn verdächtigt, Exzellenz.«

»Woher kennt Ihr Doktor Ruiz de Acevedo?«, fragte Bustamante ungläubig.

»Er hat vor Jahren in Flandern gedient«, antwortete der gereizt.

»In Flandern, sagt Ihr?«

»In Flandern, im gleichen Regiment, dem auch die Kompanie angehörte, die ich damals als Hauptmann befehligte. Er ist ein opferbereiter, mutiger Mann, das kann ich Euch versichern. Nicht nur einmal wurde ich Zeuge, wie er sein Leben auf den Kanälen und Mauergängen der belagerten Städte aufs Spiel setzte, um unseren kranken und verletzten Soldaten ein wenig Linderung und Trost zu verschaffen.«

»Warum sagt Ihr das erst jetzt?«

»Es bestand keine Veranlassung, es eher zu sagen.« Don Íñigos Stimme klang scharf wie ein Messer.

Langsam nickte Don Pascual de Bustamante y Solís mehrmals hintereinander:

»Nun gut, auch wenn ich nach wie vor Zweifel hege, glaube ich, dass wir den Dingen zumindest einige Stunden lang ihren Lauf lassen können. Ich wage nicht einmal daran zu denken, was bei Hofe geschieht, wenn die Nachricht über die Vorfälle in Sevilla dort anlangt! Falls es uns nicht gelingt, diese Sache zufrieden stellend aufzuklären, werden in den nächsten Wochen viele Köpfe rollen!«

Die Zusammenkunft des Präsidenten der Handelsbörse und des Obersten mit Diego und Jerónimo fand in höchst spannungsgeladener Atmosphäre statt, denn Don Pascual de Bustamante gab sich misstrauisch und stur. Statt sie wie respektable Bürger, die ihm ihre Hilfe angeboten hatten, zu behandeln, verfuhr er mit ihnen wie mit zwei Delinquenten. Durch die Weigerung des Arztes und des Bildhauers preiszugeben, wie sie von dem geplanten Raub erfahren hatten, wurde er in seinem Misstrauen bestätigt, und auch Diegos Erklärungen bezüglich der Lüge über die Seuche und seines Vorgehens in dieser Hinsicht reichten nicht aus, um Bustamantes Haltung zu ändern. Einzig die Einwände des Offiziers verhinderten, dass die Situation sich weiter zuspitzte.

Als die Unterredung beendet war, hatte jeder von ihnen seine eigenen Schlüsse gezogen.

Der Oberst machte sich auf den Weg zu der Wohnung, die ihm für die Dauer seines Aufenthalts in Sevilla zugewiesen worden war. In seinem Kopf arbeitete er einen Aktionsplan aus, den er noch niemandem mitgeteilt hatte. Er glaubte die Version der Ereignisse, wie sie sein Freund Doktor Ruiz de Acevedo dargestellt hatte, und dessen Erklärungen für sein Verhalten unbesehen. Und er verfügte über die notwendigen Männer und Mittel, seinen Plan in die Tat umzusetzen: den Herzog de los Alcores Tag und Nacht beschatten zu lassen. Von diesem Augenblick an würde Seine Exzellenz keinen Schritt mehr gehen, ohne dass er davon erführe. Darüber hinaus würden sich einige seiner Männer, verkleidet als Bettler, Händler, müßig gehende Adlige oder faulenzende Geistliche in den Gasthäusern und Herbergen sowie den notorischen Gerüchteküchen der Stadt verteilen, um den gewaltigen Strom an Informationen, der dort ohne Unterlass floss, anzuzapfen. Er war überzeugt, dass ein Komplott, dem es gelang, eine ganze Stadt in panische Angst vor der Pest zu versetzen, um anschließend die Indien-Flotte auszurauben, die Beteiligung so vieler Menschen erforderte, dass zwangsläufig irgendwann irgendwo eine Bemerkung, ein Satz oder eine leise Anspielung fallen mussten, die ihn auf eine Spur führen konnten.

Diego und Jerónimo ihrerseits waren zutiefst desillusioniert und verbittert – sie hatten von Don Pascual de Bustamante wahrhaftig eine völlig andere Reaktion erwartet.

Der Präsident der Handelsbörse hatte unmittelbar nach Beendigung des Treffens Nachricht erhalten, dass der Herzog de los Alcores ihn dringend sprechen wollte. Dieser Besuch, so hatte man ihm gesagt, gestatte keinerlei Aufschub. Nach kurzem Zögern beschloss er, der Aufforderung nachzukommen. Kurz nach ein Uhr saßen die beiden in Bustamantes Büro beieinander.

18

Je weiter der Tag voranschritt, desto schwieriger gestaltete sich die Situation in Sevilla. Zu dem Gerücht über den Raub des Goldes und des Silbers, das sich im Laufe der Stunden unglücklicherweise bestätigt hatte, war kurz nach der Mittagszeit noch eine andere unglaubliche Neuigkeit gekommen: Es gab keine Pest! Das alles war nur ein Irrtum gewesen!

Auf den wichtigsten Plätzen der Stadt und an den öffentlichen Orten mit dem größten Zulauf wie der Alameda de Hércules, den Stufen der Kathedrale und den Bereichen rund um die Kirchen und Klöster wiederholten die öffentlichen Ausrufer in dem für sie typischen monotonen Tonfall ein ums andere Mal diese Verlautbarung:

»Auf Befehl und Geheiß Seiner Exzellenz des Statthalters von Sevilla wird bekannt gegeben, zur Kenntnis aller Bewohner der Stadt, dass Seine Exzellenz Kenntnis darüber erhalten hat, dass an den Küsten des Königreichs Sevilla und allen übrigen Ortschaften beste Gesundheit herrscht und es dort keinerlei Anzeichen für eine Pestepidemie gibt, wie vor Tagen irrtümlich verkündet worden war.

Desgleichen werden Bewohner wie Besucher der Stadt informiert, dass die aufgrund der falschen Nachricht über die drohende Seuche verschlossen gebliebenen Stadttore und Pforten, die den Zugang zur Stadt und den Ausgang in die Umgebung gewähren, vom jetzigen Augenblick an geöffnet bleiben, womit die unterbrochene Verbindung und der Handel mit allen Orten wiederhergestellt wird.

Desgleichen wird allgemein bekannt gegeben, dass die Quarantäne über die Indien-Flotte, die zurzeit an den Ufern des Guadalquivir vor Anker liegt, aufgehoben wird, weil sie sich als unbegründet erwiesen hat.

Desgleichen wird angeordnet und befohlen, dass es keinem Einwohner gestattet ist, Gerüchte zu verbreiten, die die Wahrhaftigkeit dieser Bekanntmachung infrage stellen oder im Gegensatz zu den Anordnungen der Regierung dieser Stadt stehen. Diese Veröffentlichung erfolgt auf Anordnung Seiner Exzellenz und zur allgemeinen Kenntnisnahme.«

An allen Stadttoren und Pforten, an denen die Tafeln mit dieser Bekanntmachung angeschlagen worden waren, drängten sich zahllose Menschen, die den ummauerten Teil Sevillas verlassen und hinaus nach Arenal und in andere Außenbereiche der Stadt wollten. Es waren Menschen, die die Flotte mit ihren gigantischen Galeonen sehen wollten, deren Spundwände so viele Fantasien und Träume bargen, Menschen, die von den Geschichten träumten, die man sich über die wundersamen Dinge auf der anderen Seite des Ozeans erzählte.

Inmitten des allgemeinen Aufruhrs waren Diego Ruiz de Acevedo und Jerónimo de Loaysa ins Haus des Ersteren zurückgekehrt – zutiefst entmutigt nach ihrem Treffen mit Don Pascual de Bustamante und Don Íñigo de Parias, vor allem durch die misstrauische Haltung Bustamantes, der sie einem regelrechten Verhör unterzogen hatte, so als seien sie die Verbrecher.

Angesichts dieser Entwicklung beschlossen sie, dass es wohl das Beste sei, Sevilla zu verlassen und an einem

Ort Unterschlupf zu suchen, an dem sie ihre Lage in Ruhe überdenken konnten. Bustamante hatte in einem Wutausbruch durchblicken lassen, dass ihm ihr Verhalten verdächtig erschiene, und da sie überdies fürchteten, durch die Männer des Herzogs de los Alcores verfolgt zu werden, der inzwischen bereits von ihrer Flucht erfahren haben musste, nutzten sie das allgemeine Durcheinander, das die neuesten Ereignisse in der Stadt ausgelöst hatten, um sich aus dem Haus zu schleichen. Sie gingen durch die Hintertür, nachdem sie sich vergewissert hatten, dass niemand in der Umgebung etwas argwöhnte. Um ganz sicherzugehen, kleideten sie sich in Umhänge mit großer Kapuze, in denen sie aussahen wie Dienstboten. Nur ein Gerichtsdiener, der an der Straßenecke stand und offenbar gerade Informationen von den Nachbarn erfragte, sah sie herauskommen. Ohne weitere Begegnungen, Hindernisse oder Zwischenfälle gelang es ihnen, Sevilla durch die Puerta Real zu verlassen, und auch die Männer, die der Herzog de los Alcores dort postiert hatte, konnten sie ohne Mühe täuschen. Denn auch die Totschläger, die den Auftrag hatten, den Arzt und den Bildhauer umzubringen, hatten sich von der Flut der Neuigkeiten mitreißen lassen und sich den Menschenmassen angeschlossen, die nach Arenal zogen, um die Flotte aus der Nähe zu sehen und zu beobachten, wie die ersehnten exotischen Reichtümer aus den Frachträumen geladen wurden, womit man nun, da die Quarantäne aufgehoben war, endlich begonnen hatte. Vier Männer hatte der Herzog beauftragt, das Stadttor zu bewachen, und die hatten beschlossen, dass diese Arbeit auch leicht von zweien ausgeführt werden konnte. Sie losten aus, wer bleiben musste. Um die zwei verbliebenen Männer kümmerte sich mit bemerkenswertem Geschick Juana, ein zwangloses junges Mädchen, anschmiegsam und hübsch anzuschauen, das zum Gesinde des Arztes gehörte und die Aufgabe hatte, die Männer abzulenken.

Diego und Jerónimo verließen die Stadt zu Fuß. Sie hatten vor, an der Posta von Juan de Maluenda, am Eingang zum Stadtteil Triana, neben dem Castillo de San Jorge, Pferde zu mieten. Von dort aus würden sie zu dem Aussiedlerhof gelangen, den Diego in Aljarafe besaß, und dort versuchen, ihren aufgewühlten Geist zu beruhigen und über alles nachzudenken.

Doch bevor sie sich auf den Weg nach Aljarafe machten, würden sie noch dem Kloster Santa María de las Cuevas einen Besuch abstatten. Diego musste für seinen Freund, den Abt der Kartäuser in Jerez, noch etwas erledigen: Dieser hatte ihm Briefe für Bruder Miguel de Guevara, den Abt der Sevillanischen Kartäuser, mitgegeben, und aufgrund der ungewöhnlichen Ereignisse war der Arzt noch nicht dazu gekommen, diese abzugeben. Jerónimo besuchte dieses Kloster immer besonders gerne, denn in der dortigen Hauptkapelle stand sein Christus voll der Gnaden, das Werk, das er von den vielen, die er durch seine Hände geschaffen hatte, am meisten ins Herz geschlossen hatte. Dieser Gekreuzigte, angefertigt im Auftrag von Don Mateo Vázquez de Leca, dem Erzdiakon der Heiligen Erzbischöflichen Kathedrale, hatte Sevilla in Erstaunen versetzt, als das Bildnis in der Woche nach seiner Einsegnung und vor der Überführung an seinen endgültigen Standort in der Kapelle Santa Ana, in Santa María de las Cuevas, im Altarraum der Kathedrale zum ersten Mal öffentlich zur Schau gestellt worden war. Nie würde der Bildhauer die wahrhaft göttlichen Momente vergessen, als das heilige Bildnis in einer Prozession von der Kathedrale ins Kartäuserkloster getragen wurde. Niemals, so viele Jahre er auch leben mochte, würde er vergessen, wie es war, als sie die Brücke über den Guadalquivir überquerten. Am Himmel über Sevilla hatten sich bereits die ersten Schatten der Nacht abgezeichnet, und orangefarbene Streifen durchzogen den Horizont, so als widersetze sich die Sonne, hinter den weißen Häusern von Tirana zu verschwinden. Auch der überwältigende Augenblick, als sie im flackernden Lichtschein der Fackeln in das Kloster eintraten, würde ihm für immer im Gedächtnis bleiben. Dieser sichtbare Ausdruck volkstümlicher Frömmigkeit war gegen den ausdrücklichen Rat der kirchlichen Obrigkeit durchgeführt worden.

Die Anlage des Klosters Santa María de las Cuevas erstreckte sich über ein riesiges Gelände am Ufer des Guadalquivir, in unmittelbarer Nähe des dicht bevölkerten Viertels Triana, doch inmitten von Feldern gelegen. Abgesehen von der kleinen Anlegestelle am Fluss und, im nördlichen Teil, den ärmlichen Hütten, in denen einige Fischerfamilien vom Fischfang, einer recht kümmerlichen Landwirtschaft sowie von dem, was im Kloster übrig blieb, mehr schlecht als recht ihr Leben fristeten, lag es ein gutes Stück entfernt von allen Behausungen, die sich außerhalb seiner Lehmmauern befanden. Das Kloster selbst beherbergte eine recht große Gemeinde: Etwa hundertundfünfzig Kartäuser waren es, die sich hier den strengen Regeln des Ordens unterwarfen. Doch nicht alles, was auf diesem Gelände zur höchsten Ehre und Lobpreisung Gottes errichtet worden war, war Gebet, Meditation, Andacht und Askese. Hier gab es auch eine andere, weltliche und weniger erhabene Betriebsamkeit.

Um die Bedürfnisse einer so großen Gemeinde zu versorgen, verfügte das Kloster über weitläufige Liegenschaften für Ackerbau und Viehzucht: Eine üppige Vielfalt von Gärten säumte die lang gestreckten Lehmmauern an den

Grenzen des Klosters, auf den umzäunten Weiden grasten unzählige Rinder, Schafe und Schweine. Außerdem besaßen die Kartäuser ausgedehnte Ländereien, die über das ganze Erzbistum verteilt waren. Sie wurden größtenteils von Pächtern bestellt, die ihre Pacht teils in barer Münze, teils in Naturalien bezahlten. Sie stellten die ergiebigen Einkünfte für den Unterhalt der Gemeinde, den Erhalt der Gebäude und für die zahlreichen Fürsorgedienste und wohltätigen Zwecke, die die Kartäuser unterhielten, sicher.

Neben dem eigentlichen Klostergebäude standen große Ställe, in die die Schaf- und Rinderherden, die tagsüber auf den Wiesen des Ordens weideten, des Nachts hineingetrieben wurden. Ebenfalls Teil des Anwesens waren riesige Lagerräume: Obstkonserven in schier unglaublichen Mengen, getrocknete Aprikosen und Kisten mit Quittenbrot stapelten sich in den Regalen, Knoblauchzöpfe hingen neben Reihen mit Mais und Bündeln voller Zwiebeln von der Decke. Auch Schinken gab es, geräucherte Rinderkeulen, lange Därme *Chorizo* und anderer Würste, eingesalzener Kabeljau und Thunfisch hingen an großen Haken, dutzende von Käsen mit verschiedenen Reifegraden lagen ausgebreitet auf endlosen, über Böcke gelegten Holztafeln, Holzfässchen waren zum Bersten gefüllt mit Heringen, Sardinen oder Kabeljau in Salzlake, es gab geschnittene Seiten von durchwachsenem Speck, große Tonkrüge mit in Öl eingelegtem Käse oder marinierten Schweinelenden. Unter dem Kloster dienten eindrucksvolle Gewölbe als Weinkeller, in denen der Wein aus den Trauben der Landgüter und einigen dem Kloster direkt angeschlossenen Weingärten mit der nötigen Zeit und Ruhe gelagert wurde. Es waren die Mönche selbst, die ihn kelterten, und etliche dieser Fässer enthielten einen köstlichen Nektar, hergestellt mit größter Sorgfalt und dem unverzichtbaren Zutun der Jahre. Im selben Weinkeller standen sechs Dutzend großer Tonkrüge, jeder mit einem Fassungsvermögen von einem halben Hundert Arrobas, in dem der Most gor, bis er zu Wein wurde. Auch eine eigene Destille besaß das Kloster, in der die Alchimisten unter den Mönchen in einem komplizierten Verfahren Branntwein herstellten, der in ganz Andalusien berühmt war. Gleiches galt auch für das Bier, das die Kartäuser auf Basis von fermentiertem Hopfen und Gerste brauten. Es gab riesige Kornkammern, in denen das Getreide aus den verpachteten Höfen aufgehäuft wurde und das zu verwalten Aufgabe des Kornmeisters war. Solche Dimensionen hatte die Lagerhaltung des Klosters, dass die Kartäuser in schlechten Zeiten, die öfter eintraten, als man es sich wünschen würde, und Hunger, Krankheit und Tod nach sich zogen, schon mehr als einmal die Probleme der Sevillanischen Obrigkeit gelöst hatte, die andernfalls nicht gewusst hätte, wohin sie sich hätte wenden sollen, um einige Fuder Weizen zu erstehen und damit die dringendsten Bedürfnisse der hungernden Bevölkerung zu stillen.

Das Klostergebäude selbst war das Ergebnis zahlreicher Anbauten, die man im Laufe der Jahre dem ursprünglichen Gebäude zugefügt hatte. Durch diese Erweiterungen hatte es nun etwas von einem Labyrinth, mit seinen vielen Höfen und Kreuzgängen, dem Refektorium, den Küchen, den Vorratsräumen und Lagern, dem Trakt mit den Mönchszellen, der Apotheke, der Krankenstation, den Gästezimmern, den Ställen, den Obst- und Gemüsegärten mit den Hütten, in denen Kräuter, Pflanzen, Samen und Gerätschaften für die Feldarbeit aufbewahrt wurden. Es gab auch Werkstätten für die Tischler, Steinmetze und Schmiede. Aber der größte Luxus in Santa María de las Cuevas waren die prächtige Bibliothek, in der alte Handschriften von unschätzbarem Wert bewahrt wurden, und die Schreibstube, wo sich viele der Mönche dem Studium und sogar – wenn auch aufgrund der Ausbreitung des Buchdrucks nur noch in geringerem Maße – dem handschriftlichen Kopieren und Illustrieren von Handschriften widmeten.

Im Untergeschoss gab es ein ganzes Netz von Geheimgängen, das zahlreiche Gewölbekeller miteinander verband. Ihr ursprünglicher Zweck war unbekannt, heute befanden sich dort Kerker für den Arrest und die Bestrafung aufmüpfiger Mönche. Man erzählte sich Legenden – ihre Herkunft war mit den Jahren verloren gegangen –, nach denen die Gänge aus der Zeit stammten, als Sevilla und Umgebung unter der Herrschaft der Mauren standen. »Maurenbauten« nannten die Mönche diese Gänge, in denen man sich allzu leicht verirren konnte und in denen es zu früheren Zeiten auch Töpfereien und Gerbereien gegeben hatte. In einem dieser höhlenartigen Gewölbe war einst, um das Jahr 1400, die Jungfrau Maria erschienen, was den Anstoß zur Gründung des Klosters gegeben hatte, das bis heute der Maria aus den Höhlen gewidmet war – der Santa María de las Cuevas.

In viele dieser Tunnel und Gänge hatte seit unzähligen Jahren niemand mehr einen Fuß gesetzt, dafür lieferten die dicke Staubschicht und die Spinnenweben den greifbaren Beweis. Was nur sehr wenige wussten, war, dass man dieses Labyrinth auch von außen betreten konnte: durch eine der Höhlen, deren Eingang jedoch von Pflanzen und Büschen zugewuchert und somit gut verborgen war. Lediglich zwei Mönche des Kartäuserklosters kannten diesen vergessenen Zugang: Bruder Antón de Laredo und Bruder Remigio de la Cruz. Zahllose Stunden hatten sie damit verbracht, das unterirdische Labyrinth zu erkunden, bis sie es so gut kannten, dass sie sich mit verbundenen Augen in diesen unwirtlichen, ja finsteren Gängen zurechtgefunden hätten. Diese Kenntnisse und die besonderen Eigenschaften dieses Ortes nutzten sie nun, um ihn in den sichersten aller Lagerräume zu verwandeln und die Beute von der *Nuestra Señora de Atocha* dort zu verwahren.

Nachdem die Schätze aus dem gepanzerten Tresor in der Galeone geborgen waren, hatte man sie erst auf den Schleppkahn verladen und anschließend über Land zum Kloster transportiert. Die überraschende Verbindung zum Kloster erklärte sich dadurch, dass Bruder Antón de Laredo und Juan de Lastres, beide aus Kantabrien stammend, sich schon seit vielen Jahren kannten. Ihre Beziehung rührte noch aus der Zeit, als der Kartäuser ein höchst ausschweifendes Leben geführt und sich vor allem durch Diebstähle und Gewalttaten hervorgetan hatte. Es war de Lastres gewesen, der es ihm ermöglicht hatte, den Fängen der Justiz zu entkommen und im Kartäuserkloster, zunächst in Jerez und später in Sevilla, Zuflucht zu finden. Trotz der vielen Jahre, die seither vergangen waren, hatten beide den Kontakt gehalten – bis schließlich der Erste Steuermann den Mönch in Versuchung geführt und ihn am Raub des Goldes und Silbers von der Indien-Flotte beteiligt hatte –, und das schon ganz zu Anfang, als er gemeinsam mit dem Herzog de los Alcores die ersten Pläne für dieses Komplott schmiedete.

Da die großen Truhen mit Gold und Silber wegen ihres Gewichts kaum ohne Lärm zu transportieren gewesen wären, verteilten sie die edlen Metalle auf große Lederbeutel, wie sie üblicherweise für den Transport von Geld benutzt wurden, sodass sie nun wesentlich leichter zu handhaben waren. Kaum mehr als zwei Stunden dauerte es, dann hatten sie die Beute an Bord des Frachtkahns und ließen sich lautlos von der Strömung des Guadalquivir ans Ufer von Triana treiben, bis zu der kleinen Anlegestelle, hinter der sich das Kloster Santa María de las Cuevas erhob. Von dort aus trugen Lastesel ihre Beute zu dem verborgenen Eingang jenes Höhlenlabyrinths unter dem Kartäuserkloster von Sevilla.

Als der Herzog und der Erste Steuermann mit ihren Gefolgsleuten in dieser stillen, finsteren Nacht dort anlangten, hatte sich die Gruppe auf fünf Personen verkleinert: nur noch Bastinhas und die beiden Mönche blieben bei ihnen. Alle Übrigen wurden verabschiedet und entfernten sich. Als sie unter sich waren, trugen sie die kostbare Last zu der dunklen Öffnung und verwahrten sie an der Stelle, die die Mönche vorbereitet hatten.

Anschließend bemühten sie sich, den Eingang zur Höhle wieder unkenntlich zu machen. Ohnehin hatten sie zuvor große Vorsicht walten lassen, um den Bewuchs, der ihn verschloss und verbarg, nicht zu beschädigen. Ihre letzte Aufgabe in dieser Nacht war es, die Spuren, die die Verladung in der Umgebung hinterlassen hatte, zu verwischen. Dafür benutzten sie Zweige, die die Mönche vorsorglich bereitgelegt hatten. Hinterher deutete keine Spur mehr darauf hin, was sich hier abgespielt hatte. Als die ersten Sonnenstrahlen auf den Guadalquivir fielen, waren die beiden Mönche bereits zurück in ihrem Kloster und sprachen gemeinsam mit ihren Ordensbrüdern ihr Morgengebet. Der Herzog de los Alcores, der Portugiese und der Erste Steuermann ihrerseits, zufrieden über die getane Arbeit, überquerten den Fluss in einem Boot, das an der Anlegestelle des Klosters bereitstand, und betraten die Stadt auf dem gleichen Wege, auf dem sie sie verlassen hatten. Wie vom Blitz getroffen vernahm Don Rodrigo bei seiner Heimkehr, dass es dem Arzt und dem Bildhauer gelungen war zu fliehen. Verflogen war die hämische Freude, die er soeben noch empfunden hatte, eine rasende Wut, die lediglich die Erschöpfung nach der Plackerei und Anspannung dieser Nacht etwas besänftigen konnte, brach aus ihm heraus. Er beschloss, sich zurückzuziehen und ein wenig zu ruhen, während er darüber nachdachte, was diese Flucht für Konsequenzen haben würde.

Als Diego und Jerónimo unter dem Mauersims hindurchritten, der den Eingang zum Klostergelände markierte, wurden sie vom Pförtnermönch begrüßt und willkommen geheißen. Sie banden ihre Rösser an Pfosten, die zu diesem Zweck am Eingang bereitstanden, und durchquerten zu Fuß den hübschen Garten, der die Pforte vom Mönchstrakt trennte. Dort nahm sie ein anderer Bruder in Empfang, der den Grund ihres Besuchs kannte und sie zu dem großen Kreuzgang neben der Kirche führte. In der friedvollen Stimmung des überdachten Klostergartens warteten der Arzt und der Bildhauer darauf, dass dem Abt ihr Kommen mitgeteilt würde.

Lange Minuten verstrichen, ohne dass etwas geschah, sodass sie schließlich beschlossen, in das Gotteshaus einzutreten und vor dem Christusbildnis, das den Bildhauer am tiefsten berührt hatte, ihren Geist zur Ruhe kommen zu lassen. Diese Kirche lud wahrlich zur Andacht ein: Ihre Leere zu dieser Stunde, das Halbdunkel, in das sie getaucht war, die Stille, die ihr die dicken Wände, die sie von der Außenwelt trennten, auferlegten, schufen den vollendeten Rahmen für die Versenkung des Geistes. Zwei dünne Kerzen zu Füßen des Christus voll der Gnaden zerrissen rund um das Bildnis das Halbdunkel, das im Rest der Kirche herrschte, und schufen auf der kunstvollen Schnitzerei ein Spiel von Licht und Schatten. Nach einem Kniefall nahmen die beiden Freunde auf der vordersten Bank der Kapelle Platz. Das Antlitz des Christus, mit Augen, die zwar umflort vom nahenden Tod waren, in denen jedoch noch immer ein Rest von Leben atmete, schien bewusst so platziert zu sein, dass sein Blick den der beiden Männer zu kreuzen schien, die in der Stille des heiligen Ortes ihren Gedanken nachhingen, jeder für sich und doch zutiefst vertraut, zwei reglose, fast unsichtbare Schatten in der Dunkelheit. Doch kaum waren einige Minuten verstrichen, als die Stille gebrochen wurde: Sie hörten Schritte, das Geräusch von ledernen Sandalen auf den steinernen Fliesen. Ohne Zweifel hatte man sie gleich hier vermutet, nachdem man sie im Kreuzgang nicht mehr vorgefunden hatte. Schon wollten sie sich von der Bank erheben, doch da verstummte der Klang der Schritte, ohne dass jemand näher getreten war. Wer auch immer dort war, er stand nun in der Kapelle vor der Santa Ana, nur durch eine Mauer von ihnen getrennt.

Dieser Mönch war nicht gekommen, um sie zum Abt zu bringen, er musste aus einem anderen Grund hier sein. Nur wenige Sekunden später hörten sie wieder Schritte, die auf sie zukamen. Auch dieser neue Besuch galt nicht ihnen, denn ebenso wie die vorige Person verharrte auch diese vor der Kapelle, in der sie sich befanden. Die beiden Mönche begannen eine Unterhaltung, die in der Stille des heiligen Ortes klar zu verstehen war.

»Remigio, bist du sicher, dass dies der geeignete Ort ist?« Die Stimme hatte einen näselnden Klang, der in Jerónimo Erinnerungen wachrief: Er hatte sie schon einmal gehört. Er wusste nicht, wo, aber dieser gutturale Unterton erschien ihm vage bekannt.

»Aber natürlich. Um diese Zeit ist niemand hier, keiner kann uns hören. Wir sind ganz allein.«

Der Arzt und der Bildhauer saßen auf der Kirchenbank wie zwei Statuen. Diego setzte an, sich zu erheben und ihre Anwesenheit kundzutun, aber Jerónimo hielt ihn am

Arm fest und bedeutete ihm, indem er sich den Zeigefinger auf die Lippen legte, sich ruhig zu verhalten. Reglos verharrten die beiden auf der Kirchenbank, und Jerónimo stellte fest, dass sein Herzschlag sich beschleunigt hatte. Diego, der das Verhalten seines Freundes nicht begriff, warf ihm einen fragenden Blick zu. Es erschien ihm falsch, dass sie durch einen Zufall zu Ohrenzeugen eines Geheimnisses wurden, das zwei Mönche miteinander teilten. Das Klosterleben steckte voll von Geheimnissen, sie waren fundamentaler Bestandteil der Kämpfe, Rivalitäten und Streits, die sich traditionell in diesen abgeschlossenen Orten, die kaum Verbindungen zum Leben außerhalb unterhielten, entspannen. Mitunter flammten diese Kämpfe, die sich im Allgemeinen eher im Verborgenen abspielten, sogar so heftig auf, gaben Anlass zu so harten Auseinandersetzungen in den Bruderschaften, dass sie über die Klostermauern hinausschwappten und Wellen des Skandals schlugen.

»Gut, dann sag mir jetzt: Was ist der Grund für dieses Treffen? Was hast du mir so Wichtiges zu sagen, dass du mich hierher zitiert hast? Du wirst dich doch erinnern, dass wir beschlossen hatten, absolute Geheimhaltung walten zu lassen, bis sich die Wogen, die in den kommenden Wochen entstehen werden, geglättet haben.«

Die Antwort des Mönchs namens Remigio, der dieses Treffen vorgeschlagen hatte, auf diesen Verweis lautete schlicht:

»Antón, ich habe kein Vertrauen zu …« Die letzten Worte – ohne Zweifel handelte es sich um den Namen der Person, der er misstraute – verhallten ungehört, denn als er sie aussprach, senkte er die Stimme so sehr, dass nur ein unverständliches Murmeln an die Ohren des Arztes und des Bildhauers drang.

»Jesus Christus, Remigio! Um mir das zu sagen, hast du

mich hierher bestellt? Du bist verrückt! Vollkommen verrückt!«

»Nein, ich bin nicht verrückt, und sprich leise, man kann uns hören.«

»Man kann uns hören, sagst du? Wer soll uns denn hören können, hast du mir nicht gerade gesagt, dies sei ein sicherer Ort, wo niemand uns belauschen könne? Du bist verrückt, Remigio, hörst du? Vollkommen übergeschnappt!«

»Um Gottes willen, Antón! Willst du wohl still sein und mich anhören?«

»Ich höre dich ja an! Ich weiß nicht, wie ich es mache, aber ich höre dich an! Fasse dich kurz!«

Wieder senkte Bruder Remigio die Stimme, war aber von der Kapelle Santa Ana aus trotzdem noch klar zu verstehen.

»Als ich sagte, ich traue diesem Kerl nicht, hatte ich meine Gründe. Seit Stunden habe ich es immer wieder durchdacht! Außerdem gefällt mir dieser Kerl schlicht und einfach nicht! Immer so aalglatt, so verschlossen!«

»Ich glaube, du bist in deinen Verdächtigungen ungerecht, Remigio. Wir sind seit vielen Jahren Freunde, und er hat mich nie im Stich gelassen.«

»Ungerecht sagst du? Hör mir gut zu, dann wirst du mir Recht geben. Dieser Juan …«

Genau in diesem Augenblick ertönte eine sonore Stimme an der Kirchentür:

»*Maestro* Jerónimo, *Maestro* Jerónimo, seid Ihr hier? Seid Ihr hier?« Als er keine Antwort erhielt, wiederholte die Stimme, nun lauter, weil der Mönch, der sie rief, durch das Kirchenschiff auf sie zukam: »*Maestro,* seid Ihr hier?«

Diego und Jerónimo blickten sich an und begriffen, dass sie antworten mussten:

»Wir kommen schon, wir kommen, Bruder. Wir sind

hier!«, rief Diego zurück. »Mein Freund wollte vor dem barmherzigen Christus voll der Gnaden beten.«

Rasch erhoben sich die beiden Männer, durchquerten das Gotteshaus und traten durch die Tür zu dem Mönch, der sie gerufen hatte. Sie warfen keinen Blick auf die Kapelle, wo unbeweglich und verborgen in den Schatten die beiden Mönche standen, deren Gespräch so abrupt unterbrochen worden war. Auf halbem Wege zu der Kirchentür, die zum Kreuzgang und der Kapelle Santa Ana führte, trafen sie den Mönch, der sie suchte.

»Seine Hochwürden wird Euch nun empfangen, Eure Gnaden«, verkündete er ihnen mit einer graziösen Verbeugung, die fast etwas Närrisches hatte. Dann wandte er sich dem Bildhauer zu und erklärte herzlich: »Euer Christus, *Maestro* Jerónimo, ist ein so eindrucksvolles Werk, dass es selbst einen Stein sanftmütig machen könnte. Welche Ausdruckskraft! Welche Gnade! Welch ergreifende Kraft! Nur die feine Empfindsamkeit eines Künstlers von Eurer Kategorie ist fähig, so viel Gefühl auszudrücken!«

Jerónimo dankte dem Geistlichen, der sie nun eiligen Schrittes zum Büro des Klostervorstehers führte, für seine Freundlichkeiten.

Der Abt war ein Mann mittleren Alters, ziemlich rundlich, auch wenn man nicht sagen konnte, er sei fett. Aber er hatte ein kreisrundes Gesicht mit Bart, unter dem sich noch ein mächtiges Doppelkinn wölbte. Mit übertriebener Herzlichkeit begrüßte er sie und stand ruhig da, während sie auf ihn zutraten. Er empfing sie in der Kammer vor seiner Zelle, einem relativ großen Raum, nüchtern eingerichtet, aber mit Möbeln, die von Qualität und gutem Geschmack zeugten.

Nachdem der Abt ihnen die beringte Hand zum obligatorischen Kuss hingestreckt hatte, überreichte Diego ihm die an ihn adressierten Briefe.

»Hochwürden, Ihr müsst die Verspätung entschuldigen, aber die Ereignisse in Sevilla machten es mir unmöglich, den Auftrag mit der gebotenen Pünktlichkeit und der Schnelligkeit, die ich selbst mir gewünscht hätte, zu erledigen.«

»Das ist mir bewusst, mein guter Doktor, das ist mir bewusst, und ich verstehe Eure Gründe«, sagte der Mönch und rieb sich die Hände.

Bruder Miguel de Guevara fragte den Arzt, mehr aus Höflichkeit denn aus Interesse, nach seinen Ordensbrüdern in Jerez, und Diego antwortete in der der Fragestellung entsprechenden Kürze. Während dieser sachlichen Unterhaltung versuchte Jerónimo, sich zu erinnern, wo er die näselnde Stimme, deren Eigentümer auf den Namen Antón hörte, schon einmal vernommen hatte. So versunken war er in diese Grübelei, dass ihm beinahe entging, wie der Abt das Bildnis des Christus voll der Gnaden lobte und ihn fragte, welchen Projekten er sich im Augenblick widmete. Ein wenig konfus antwortete der Bildhauer, dass er neben einigen kleineren Atelierarbeiten dabei war, im Auftrag einer Bruderschaft aus Córdoba einen Nazarener zu schnitzen.

Der Rest des Gesprächs bestand aus Bemerkungen über die Entwarnung wegen der Seuche und den Raub des Goldes von der Flotte, welchen der Abt als Sakrileg bezeichnete. So gelangten sie ans Ende dieser Begegnung. Weder wollte der Abt sie über die strikt protokollarische Länge hinaus andauern lassen, noch waren seine Besucher daran interessiert, sie zu verlängern. Alle drei hatten Besseres zu tun, als ihre Zeit mit Banalitäten zu vertrödeln.

Der Abt verabschiedete sich mit aufgesetzten Zuneigungsbekundungen, ohne sich die Mühe zu machen, seine Gäste über die Tür der Kammer hinaus zu begleiten. Davor erwartete sie der kleine Mönch, der sie schon hierher geführt hatte und der nun neben dem Eingang kauerte und döste.

»Bruder Agustín, begleite die Herren!«, befahl in scharfem Ton der Abt.

Sie hatten sich bereits zum Gehen gewandt, als Jerónimo plötzlich zurückrief:

»Hochwürden, wäret Ihr so freundlich, Bruder Antón in meinem Namen zu grüßen?«

»Aber gewiss, ich werde Bruder Antón de Laredo Eure Grüße ausrichten.«

19

Die Sonne stand noch zwei Handbreit über dem Horizont, als Diego und Jerónimo das Kartäuserkloster Santa María de las Cuevas mit ihren Pferden durch die gleiche Pforte verließen, durch die sie es betreten hatten. Kaum hatten sie die Lehmmauer, die die Gärten und Gemüsebeete rund um das Kloster umschloss, hinter sich gelassen, fragte der Arzt seinen Freund:

»Wer ist denn dieser Bruder Antón, dem du Grüße hast ausrichten lassen?«

»Ich habe keine Ahnung, wer er ist, aber jetzt weiß ich, dass er Antón de Laredo heißt.«

»Wäre es nicht möglich, dass es mehr als einen Bruder Antón gibt?«, fragte Diego.

»Das glaube ich nicht. Dann hätte der Abt gefragt, welchen von ihnen ich meine.«

»Warum hast du ihn grüßen lassen, wenn du nicht weißt, wer er ist?«

»Weil Bruder Antón einer der Mönche ist, die sich in der Kapelle unterhalten haben, und mir seine Stimme bekannt vorkam, auch wenn ich sie nicht einordnen kann.«

Nach dieser Antwort hingen beide ihren eigenen Gedanken nach. So ritten sie im Schritt dahin, ohne richtig zu bemerken, dass sie die letzten Häuser von Triana schon hinter sich gelassen hatten. Eine geraume Weile war verstrichen, als Jerónimo plötzlich aufschrie:

»Jetzt weiß ich es!«

Überrascht fragte sein Freund:

»Was weißt du?«

»Diego, ich weiß, woher ich die Stimme kenne!«

»Von welcher Stimme redest du, Jerónimo?«

»Von Bruder Antón de Laredo!«

»Woher denn?«, fragte verwundert der Arzt.

»Ich bin sicher, dass dieser Mönch einer der Männer war, deren Gespräch ich letzte Nacht vor der Tür des Herzogs de los Alcores belauscht habe.«

»Bist du ganz sicher?«, fragte Diego.

»Absolut. Ich weiß nicht, ob es dir aufgefallen ist, aber er sprach ein wenig nasal, sehr charakteristisch – eine Stimme, die nicht leicht zu verwechseln ist. Jetzt weiß ich, wem sie gehört.«

»Bist du sicher, dass du dich nicht täuschst?«, beharrte der Arzt.

»Ich würde meinen gesamten Besitz darauf verwetten, dass einer der Männer, die sich vor dem Haus trafen, um den Raub auf der *Nuestra Señora de Atocha* zu besprechen, dieser Kartäuser war! Er war auch bei dem Treffen im Hause des Herzogs, wo ich zum ersten Mal hörte, was sie planten!«

»Wenn das so ist …«

»So ist es, Diego, so ist es! Es gibt nicht den geringsten Zweifel!«

»Gütiger Gott! Das heißt, dass die Kartäuser in den Raub verwickelt sind!«, rief Diego aus.

»Vielleicht ist es übertrieben zu sagen, ›die Kartäuser‹ seien darin verwickelt«, korrigierte sein Freund ihn.

»Warum sagst du das?«

»Weil die beiden Mönche, die sich in der Kirche trafen, dies im Verborgenen taten. Sie hatten Angst, entdeckt zu werden. Dieses Gespräch unter vier Augen war ein heimliches Treffen. Du hast ja gesehen, wie sie sich versteckten, als der Mönch uns suchen kam. Ich vermute, dass nur diese beiden Mönche in den Raub verwickelt sind –

möglicherweise auch noch ein anderer, aber ganz sicher nicht die ganze Bruderschaft.«

»Glaubst du, diese Mönche wissen, wer wir sind?«, fragte Diego.

»Möglicherweise haben sie uns nicht erkannt, als wir an ihnen vorbeiliefen. In der Kirche war es sehr dunkel, und darüber hinaus dürften sie mehr damit befasst gewesen sein, nicht entdeckt zu werden, als uns in Augenschein zu nehmen. Ich vermute jedoch, dass sie inzwischen die entsprechenden Nachforschungen angestellt haben.«

»Das bedeutet«, stellte Diego fest, »dass die Gefahr, in der wir uns befinden, stetig größer wird.«

»In der Tat, unser Leben ist keinen Pfifferling mehr wert«, befand Jerónimo.

Sie hatten Triana schon ein gutes Stück hinter sich gelassen und befanden sich inmitten der Gärten und Höfe von Aljarafe. Ihre Unterhaltung über das ausgeklügelte Komplott, das den skandalösen Raub ermöglicht hatte, nahm sie so sehr in Anspruch, dass sie nicht bemerkten, wie ein halbes Dutzend Reiter ihnen in sicherer Entfernung folgte, ohne sie einen Augenblick aus den Augen zu verlieren. Der Weg war sehr belebt, überall kamen und gingen Bauern mit ihren Eseln und Maultieren von und zu ihren Feldern und kleinen Höfen, nachdem sie tagelang von der Stadt abgeschnitten gewesen waren. Auch zahlreiche Maultiertreiber kamen mit ihren Herden aus Sevilla. In der Geschäftigkeit dieses Nachmittags fiel es den Reitern nicht schwer, unbemerkt zu bleiben.

Inzwischen gelangten Jerónimo und Diego an einen Steilhang, der fast senkrecht vom Weg aufragte, welcher sich nun in engen Kurven ein ums andere Mal wand statt wie bisher einen weiten Blick zu bieten. Außerdem trug die dichte Belaubung der Bäume zu beiden Seiten des

Pfads noch dazu bei, dass das schwindende Licht der untergehenden Sonne den Weg in ein dämmriges Halbdunkel tauchte. Diese Stelle nutzten die Reiter, um sich den beiden Freunden zu nähern: Sie stürzten sich plötzlich auf sie, bevor die Ahnungslosen merkten, was vor sich ging.

Diese Männer sahen zwar nicht aus wie Verbrecher oder Straßenräuber, aber dennoch griffen sie sie an. Drei von ihnen richteten sogar Pistolen auf sie. Die Männer waren Sevillanische Gerichtsdiener.

»Haltet an!« Die Stimme war ruhig, aber energisch.

»Darf man erfahren, was …« Diego konnte nicht zu Ende sprechen.

»Im Namen Seiner Majestät, Unseres Herrn des Königs, sowie auf Befehl Seiner Exzellenz, des Präsidenten der Handelsbörse: Ihr seid verhaftet!«

»Verhaftet?«, fragte Jerónimo verwundert.

»Genau! Verhaftet!«

»Und … darf man wissen, was uns zur Last gelegt wird?«

»Der Überfall auf die *Nuestra Señora de Atocha* und der Raub der Schätze!«

Fassungslos vernahmen die beiden seine Worte:

»Der Überfall auf die Galeone?«, fragte der Bildhauer.

»Richtig, der Überfall auf die Galeone«, sagte der Anführer der Gerichtsdiener, zog ein Papier aus dem Ärmelaufschlag und reichte es ihm. »Lest den Befehl selbst!«

Jerónimo nahm das Dokument an sich und las es. Je weiter er dabei voranschritt, desto deutlicher war zu sehen, wie seine Gesichtszüge sich verkrampften.

»Das ist nicht möglich! Das kann einfach nicht wahr sein!« Nur mit Mühe stieß er diese Worte hervor, während er das Papier an Diego weiterreichte. Auch das Gesicht des Arztes verzog sich, während er las.

»Nun, laut diesem Papier«, rief er und schwenkte das Dokument aufgebracht durch die Luft, »wurde die Anzeige erstattet durch den Herzog de los Alcores und den stellvertretenden Statthalter von Sevilla. Ersterer klagt uns einer ›fälschlichen Anschuldigung‹ an, Letzterer wirft mir vor, der Stadt mit meinem Verhalten nach der Mission, die mich nach Cádiz führte, ›schweren Schaden zugefügt zu haben‹. Darüber hinaus werden ›diverse Fälle von Fehlverhalten‹ erwähnt sowie ›bemerkenswerte Indizien, die ihm zur Kenntnis gelangt sind‹.« Er hob den Blick und sah den Anführer der Gerichtsdiener scharf an: »Weder sind unsere Anschuldigungen falsch noch haben wir bezüglich der Flotte gelogen, im Gegenteil, wir haben die Wahrheit ans Licht gebracht. Was meine Mission in Cádiz betrifft, so habe ich diese in aller Sorgfalt erfüllt, die man mir aufgetragen hatte. Unsere diversen Fälle von Fehlverhalten werden hier nicht einmal ausgeführt, haben aber dennoch genügt, die Zustimmung des Präsidenten der Handelsbörse zu gewinnen, der diese Anklage mit auf den Weg gebracht hat.«

»Ich erfülle nur meine Befehle, Señor«, stotterte fast entschuldigend der Anführer der Truppe.

Diego senkte die Augen wieder auf das Dokument und las weiter:

... aufgrund des Rangs der Anzeigenden und der erwähnten Indizien, die in die gleiche Richtung deuten wie ihre Aussagen, darunter die Tatsache, dass Loaysa und Ruiz de Acevedo im Voraus von dem Raub wussten. Des Weiteren, weil die Anzeige, die beide vor Don Pascual de Bustamante formulierten, wobei sie versuchten, Seine Exzellenz den Herzog de los Alcores zu beschuldigen, auf der Abneigung Jerónimo de Loaysas gegen Seine Exzellenz beruht, und zwar wegen einer

Frage der Ehre, in der der Herzog Genugtuung verlangt.
Des Weiteren, weil Doktor Ruiz de Acevedo grundlegenden Anteil an dem Betrug hatte, der zur fälschlichen Verbreitung des Gerüchts über die Pestepidemie führte, indem er die Falschheit derselben bei seiner Rückkehr nicht sofort offen legte, weil dies seinem verwerflichen Interesse, die Flotte unter Quarantäne stellen zu lassen, widersprochen hätte.

Diego und Jerónimo wechselten einen unbehaglichen Blick: Man würde sie wie gemeine Verbrecher und unter schwersten Anschuldigungen nach Sevilla zurückbringen. Außerdem hatte Jerónimo soeben vernommen, dass der Herzog ihm eine Ehrverletzung vorwarf. Das konnte nur bedeuten, dass er nun doch von seiner Beziehung zu Leonor erfahren hatte, daran gab es jetzt nicht mehr den geringsten Zweifel. Das war noch sehr viel schlimmer als die Erniedrigung, die vor ihm lag. Das war schlimmer als der Tod selbst. Achselzuckend reichte er dem Gerichtsdiener das Dokument zurück und seufzte:

»Das alles ist eine große Lüge!«

»Ob das der Fall ist, weiß ich nicht, und es ist auch nicht meine Aufgabe. Mein Befehl lautet, Euch zu verhaften und zur Handelsbörse zu bringen, wo ich Euch zu übergeben habe, vorzugsweise lebendig, aber falls das nicht möglich sein sollte …«

»Ihr habt Befehl, uns zu töten, wenn … falls zufällig …?« Fassungslosigkeit und Angst schwangen in Diegos Worten mit.

»So ist es. So lauten die Befehle, die ich erhalten habe«, bestätigte der Gerichtsdiener, »aber wenn es nach mir geht, ist dies die allerletzte Möglichkeit. Falls Euer Gnaden mir Ihr Wort als Ehrenmänner geben … denn als solche schätze ich Maestro Loaysa und Euch …, werde ich Euch auch nicht in Fesseln legen, das erspart Euch die Schande, wie Verbrecher in Sevilla einzureiten. Obwohl die Anschuldigungen gegen Euch sehr ernst sind.«

»Ihr habt unser Wort. Wir danken Euch für dieses Entgegenkommen«, antwortete Diego, denn Jerónimo war sprachlos und außerstande zu reagieren.

Die acht Reiter traten den Weg zurück nach Sevilla an. Die beiden Freunde ritten in der Mitte der Gruppe, von allen Seiten umgeben von ihrer Eskorte. Wenn sie sich ein wenig beeilten, würden sie die Stadt in einer guten Stunde erreichen. Der Gerichtsdiener, der vermeintlich einen Nachbarn um Auskunft gebeten hatte, als sie Diegos Haus verließen, hatte sie in Wahrheit beschattet. Der Präsident der Handelsbörse hatte sie keinen Augenblick lang aus den Augen gelassen!

Diego und Jerónimo waren so bedrückt durch den fatalen Lauf, den die Ereignisse genommen hatten, dass sich der Rückweg nach Sevilla für die Verhafteten wie ein Kreuzweg ausnahm. Bei ihrer Ankunft im Haus der Handelsbörse wurden sie in eine kleine Kammer im Erdgeschoss gesteckt, wo man sie einschloss und Wachen vor den Türen postierte, ohne ihnen weitere Auskunft zu geben.

Entmutigt und mit gesenkten Köpfen ließen Jerónimo und Diego eine geraume Weile verstreichen, ohne zu sprechen. Hin und wieder versuchte Diego, Jerónimo ein wenig aufzumuntern, und ließ mit leiser, resignierter Stimme eine Bemerkung darüber fallen, in welche unglaubliche Lage sie da geraten waren. Er merkte auch an, wie naiv sie sich verhalten hatten, vor allem, indem sie den Präsidenten der Handelsbörse ins Vertrauen gezogen hatten. Ebenso dumm waren sie gewesen zu glauben, sie hätten die Verfolger, die man ihnen auf den Hals geschickt hatte, ausgetrickst. Es waren nicht nur die Männer des Herzogs de los Alcores gewesen, die ihnen gefolgt waren.

Viel zu spät hatten sie begriffen, welche Falle sie sich mit ihrem Verhalten selbst gestellt hatten und wie schwer es werden würde, sich aus dem Sumpf, in dem sie nun steckten, zu befreien. Sie waren Opfer mächtiger Interessen geworden, die in diesem Spiel aufeinander getroffen waren. Ein Spiel, an dem nicht nur ein bedeutender Edelmann, Oberhaupt einer der ältesten Familien der mächtigen Aristokratie der Stadt, beteiligt war, sondern auch angesehene Mitglieder des Stadtrats, Mitglieder der adligen Familien, aus deren Reihen die *Veinticuatros* schon seit vielen Generationen gestellt wurden, Männer in wichtigen Positionen auf der ausgeraubten Flotte und sogar Angehörige eines der mächtigsten religiösen Orden von Sevilla, der Kartäuser. Es war unmöglich einzuschätzen, bis wohin sich die Verästelungen dieses Komplotts noch ausbreiteten, aber was sie wussten, reichte aus, um sicher zu sein, dass unglaublich mächtige Interessen dahinterstanden. Sie stellten auch Vermutungen darüber an, welche Rolle der neue Statthalter in diesem Spiel bekleidete – und welche der Präsident der Handelsbörse.

Die Freunde waren in dem ganzen großen Plan nun zu einer bedrohlichen Schwachstelle geworden: zwei arme Teufel verglichen mit dem Zusammenspiel der gewaltigen Kräfte dieser Intrige – es war der ungleiche Kampf zwischen David und Goliath. Ein Kunsthandwerker und ein Arzt gegen Repräsentanten der mächtigsten Institutionen der Stadt, die allesamt getrieben waren von der Aussicht auf ein sagenhaftes Vermögen. Sie würden versuchen, sie zu vernichten, auf welche Weise auch immer. Warum sie es nicht längst getan hatten, konnten sie sich nicht erklären.

Jerónimo wirkte deutlich verzweifelter als Diego, denn neben der Verhaftung bekümmerte ihn noch die Anschuldigung des Herzogs de los Alcores wegen jener Frage der Ehre. Unaufhörlich zermarterte er sein Hirn mit diesem Thema und kam stets aufs Neue zu dem gleichen Schluss: Es konnte nur bedeuten, dass der Herzog nun doch Beweise für seine Beziehung zu Leonor hatte. Wieder und wieder peinigte er sich mit dem Gedanken an die Folgen, die das für die Frau, die er liebte, haben konnte.

Mehr als eine Stunde, nachdem man sie in diesen Raum gesperrt hatte, führte ein Gerichtsdiener, begleitet von zwei Häschern, sie in eins der oberen Stockwerke, wo sich der Versammlungsraum befand. Trotz der späten Stunde erwartete sie dort Don Pascual de Bustamante, neben vier anderen Herren hinter einem Tisch sitzend, vor dem Diego und Jerónimo stehen bleiben mussten wie Angeklagte vor einem Gericht. Die Mienen dieser Männer waren undurchdringlich, unversöhnlich, grimmig und gefühllos, schienen jedes Leben verloren zu haben. Sie drückten gar nichts aus, es war, als mangele es ihren Trägern ganz und gar an Menschlichkeit. Die Stille, in der nichts zu hören war als das leise Knarren der Bodenbretter, trug noch ihr Übriges zu der Atmosphäre von Bedrohung und Angst bei, die drückend über diesem Ort lag und eine unerträgliche Stimmung schuf.

An einem kleineren Tisch auf der Seite saß, offenbar in der Funktion eines Gerichtsschreibers, eine mickrige Gestalt, dürr wie ein Rechen und gekleidet in einen abgetragenen, durchgescheuerten Anzug aus grobem Tuch. In der rechten Hand hielt er die Schreibfeder, lauerte vor einem Tintenfass, einer Ablage und einem Bündel Papier und erwartete die Anweisung, mit der Arbeit zu beginnen.

Da ertönte auch schon die scharfe Stimme Don Pascual de Bustamantes:

»Die Erschienenen mögen ihre Namen und sonstigen Daten nennen.«

Diego und Jerónimo blickten sich verwundert an. Der Arzt reagierte als Erster:

»Beabsichtigt Ihr etwa, uns hier einem Verhör zu unterziehen?«

»Beantwortet die Fragen, die Euch gestellt werden, ohne Kommentare und Umschweife!«, wies ihn unfreundlich der Präsident der Handelsbörse zurecht.

Die beiden Freunde sahen sich erneut an, und beide zuckten ergeben mit den Achseln.

»Mein Name ist Diego Ruiz de Acevedo, examinierter Arzt der Medizin und Chirurgie, wohnhaft hier in Sevilla, geboren in Osuna, einer zum Königreich gehörenden Stadt. Am vergangenen San-Marcos-Tag habe ich die achtunddreißig Jahre vollendet. Ich bin verheiratet in erster und einziger Ehe mit Catalina de Arana, ohne dass aus dieser Ehe Kinder hervorgegangen sind. Ich bin Mitglied des Ärzterats dieser Stadt, Arzt des Stadtrats und übe eine Lehrtätigkeit als Professor an der medizinischen Fakultät der hiesigen Universität aus.«

»Und Ihr?«, fragte Don Pascual Jerónimo mit kaltem Blick.

»Ich bin Jerónimo de Loaysa, Bildhauermeister, Schnitzer und Sgrafitto-Maler mit eigenem Atelier hier in Sevilla. Ich wurde vor fünfunddreißig Jahren in Alcalá la Real im Reich Jaén geboren und lebe seit mehr als fünfzehn Jahren in dieser Stadt. Ich bin Sachkundiger im Gremium für Maler und Bildhauer. Mein Familienstand ist ledig, ich wohne in der Calle de la Muela. Ich bin Rechtgläubiger, Sohn und Enkel rechtgläubiger Christen.«

»Ihr beide müsst wissen«, Bustamantes Stimme klang

eisig, »dass auf Euch sehr schwere Anschuldigungen lasten. Es geht um den letzte Nacht begangenen Raub des Goldes und Silbers von der Galeone *Nuestra Señora de Atocha*. Bedeutende Persönlichkeiten mit glaubwürdigen Beweisen beschuldigen Euch, an diesem Raub beteiligt gewesen zu sein. Habt Ihr angesichts dieser Anklage etwas vorzubringen?«

»Wir sind in allen Punkten der Anklage unschuldig!«, stieß Diego energisch hervor.

»Wenn das so ist … gibt es seitens der Angeklagten ein Hindernis, diesem … diesem Ausschuss zu erklären, auf welchem Wege Ihr im Vorhinein Kenntnis über den geplanten Raub erhalten habt?«, fragte Don Pascual hämisch. Diese Frage verfehlte ihre Wirkung auf Jerónimo nicht, der eine heftige Gefühlswallung nicht unterdrücken konnte und mit geballten Fäusten hervorstieß:

»Diese Frage können wir nicht beantworten, denn es steht die Ehre von Menschen auf dem Spiel, deren guter Name unausweichlich Schaden nehmen würde!«

»Soll das heißen, Ihr weigert Euch, unsere Frage zu beantworten?«

»Es handelt sich nicht um eine Weigerung, Exzellenz«, entgegnete Diego, der versuchte, so weit wie möglich Ruhe zu bewahren, »sondern um die Absicht, den guten Namen und den Ruf gewisser Personen zu schützen.«

»Angesichts der besonderen Umstände dieses Falles, bei dem die höchsten Interessen der Katholischen Monarchie auf dem Spiel stehen, stellten der Ruf und der gute Name einer Person kein ausreichendes Hindernis dar, die Urheber eines Verbrechens von diesem Ausmaß zu demaskieren«, entgegnete Don Pascual mit verhaltenem Zorn.

»Diese Einschätzung teile ich nicht, Exzellenz. Ich stimme mit Euch überein, dass jeder von uns für Unseren König seinen Besitz und sein Leben geben muss, sollte die Situation dies erfordern. Aber Ruf und Ehre eines Menschen sind ein Gut, das sehr viel weitergeht als die Rechte Seiner Katholischen Majestät. Und ebendiese Ehre und dieser Ruf sind es, die infrage stehen würden«, antwortete Jerónimo etwas ruhiger.

»Diese Worte belegen deutlich Eure Halsstarrigkeit, die sich unserer Meinung nach nur als List verstehen lässt, mittels derer Ihr Eure Komplizen schützen und Eure Schuld an dem genannten Verbrechen verschleiern wollt.«

»Wir appellieren an Eure Ehre und Euren Stand als Ehrenmann, uns das Geheimnis bewahren zu lassen, auf welchem Wege wir die Information, die wir Euch zukommen ließen, erhalten haben und die der einzige Grund ist, aus dem wir uns in der augenblicklichen Lage befinden – abgesehen von den Anschuldigungen dieser … dieser ›bedeutenden Persönlichkeiten‹.«

»Wäret Ihr bereit, den Weg, auf dem Ihr von dieser Angelegenheit Kenntnis erhalten habt, unter dem Siegel der Verschwiegenheit zu offenbaren?«

»Niemand kann uns garantieren, dass dieses Geheimnis auch gewahrt wird, Exzellenz!«, antwortete Jerónimo kämpferisch.

Don Pascual de Bustamante sprang auf und schrie, indem er mit ausgestrecktem Arm und Zeigefinger auf Jerónimo zeigte:

»Das bedeutet, Ihr misstraut meinem Wort! Das werde ich Euch nicht gestatten!«

Den Bildhauer hielt es vor Wut ebenfalls nicht am Platz:

»Wohin hat es uns denn geführt, Euch zu vertrauen, als wir Euch über den geplanten Raub auf der *Nuestra Señora de Atocha* informierten!«

»Ich schwöre bei Gott, für diese Frechheit werdet Ihr bezahlen!« Don Pascual war außer sich.

Um die Situation nicht außer Kontrolle geraten zu lassen, packte Diego Jerónimo, der eine impulsive Bewegung gemacht hatte, am Arm und sagte so ruhig es ihm eben möglich war:

»Wir verneinen jegliche Schuld im Sinne der gegen uns erhobenen Anklage und geben zu Protokoll, dass wir die Autorität jener, die dort hinter dem Tisch verschanzt sitzen und sich die Gerichtsbarkeit anmaßen, ohne den dafür notwendigen Titel zu besitzen, nicht anerkennen.«

Die ernsten Caballeros, die er meinte, verzogen bei dieser Antwort, die sie als ehrabschneidend auffassen mussten, wütend das Gesicht. Don Pascual schrie mit sich überschlagender Stimme:

»Damit habt Ihr die letzte Gelegenheit verspielt, die Ihr hattet, Eure miserablen Leben zu retten! Schreiber, haltet fest: Die anwesenden Mitglieder der Handelsbörse, als da wären Don Pedro de la Vallina Heredia, Don Gaspar de Benquerencia y Castroviejo, Don Luis de Ávalos y Daza, Don Tomás Salcedo und Don López de Guzmán, unter dem Vorsitz von Don Pascual de Bustamante y Solís erheben als Sevillas Repräsentanten dieser Institution, dem obersten Organ zur Regierung und Verwaltung der Länder jenseits des Meeres als Teil der Vizekönigreiche Peru und Neu-Spanien durch Mandat Seiner Majestät des Königs, dessen Leben Gott schützen möge, förmlich Anklage gegen Diego Ruiz de Acevedo, Arzt und Chirurg, geboren in der Stadt Osuna im Reich Sevilla, und gegen Jerónimo de Loaysa, Bildhauermeister, gebürtig im Reich Jaén und zurzeit Bürger dieser Stadt, wegen der Mithilfe an der Ermordung von Don Luis de Bazán, dem Marquis de Santa Cruz, ebenso wie am verbrecherischen Raub der Schätze, die die Galeone *Nuestra Señora de Atocha* aus den Kolonien brachte. Die Handelsbörse legt zur Verfügung der Königlichen Gerichtshofs von Sevilla die Beweise und Zeugenaussagen bei, auf die sich diese schweren Anschuldigungen gründen«, hierbei deutete er mit dem Finger auf ein dickes Aktenbündel auf dem Tisch, »von den eigenen Aussagen der Angeklagten bis hin zu den Aussagen zahlreicher verbürgter Personen. Die Beweislast gegen die Angeklagten Ruiz de Acevedo und Loaysa, die sich aus diesen Dokumenten ergibt, zeugt so deutlich von ihrer Schuld, dass wir im Namen der Gerechtigkeit und für die Regierung in aller Form die Verhaftung und Verwahrung der Angeklagten an einem sicheren Ort beantragen. Sevilla, am 21. Tag des April im Jahre Unseres Herrn Jesus Christus 1646.«

Bustamante bewahrte einige Sekunden lang Schweigen. Dann donnerte er von neuem los:

»Kraft der Autorität, die unserer Person und dieser Institution durch Mandat Unseres Herrn des Königs, dessen Leben Gott schützen möge, übertragen wurde, befehlen wir, dass bis zum Erlass eines offiziellen Haftbefehls, den der Königliche Gerichtshof ohne Zweifel aussprechen wird, die beiden Angeklagten einzeln in den Kerkern dieses Gebäudes gefangen gehalten werden. Die Kosten des Unterhalts gehen zu Lasten der Angeklagten. Häscher, ergreift die beiden!«

Und so wurden Diego und Jerónimo in eine der feuchten unterirdischen Zellen befördert, von denen es im Keller der Handelsbörse zahlreiche gab. Üblicherweise saßen hier all jene ein – Reisende, Matrosen, Soldaten oder andere –, die während der Überquerung des Atlantiks irgendein Vergehen begangen hatten und nun festgehalten wurden, bis die ordentliche Justiz sich ihrer annahm. Abgeriegelt von der Außenwelt hielt man sie dort fest, weder erfuhren ihre Nächsten etwas über ihren Verbleib noch erhielten sie Gelegenheit, sich an jemanden zu wenden, um Gerechtigkeit in eigener Sache zu fordern.

Bustamante hatte Diego und Jerónimo durch diese willkürliche Verhaftung, die eine himmelschreiende Ungerechtigkeit war, völlig in der Hand. Und er hatte offenbar kein Interesse daran, die Angelegenheit, die seine beiden Opfer zur Anzeige gebracht hatten, einer näheren Überprüfung zu unterziehen.

20

Lange bevor Diego und Jerónimo in den Kerkern der Handelsbörse festgesetzt wurden, hatte der Herzog de los Alcores entschieden, persönlich das Schlafgemach aufzusuchen, in dem seine Gattin eingeschlossen war. Der Grund für diesen Besuch ergab sich aus der Flucht Loaysas und Ruiz de Acevedos und aus der Tatsache, dass der Herzog sich gezwungen sah, nun in die Offensive zu gehen, um die Beschuldigungen von sich abzuwenden. Denn kurz nachdem er sich zurückgezogen hatte, um zu ruhen, hatten ihn eine Nachricht des Statthalters über die außerordentliche Versammlung im Haus der Handelsbörse informiert. Ohne einen Moment zu zögern, hatte er daraufhin die Anzeige gegen den Arzt und den Bildhauer formuliert.

Er war aus tiefstem Herzen überzeugt, dass die Wurzel der Anschuldigungen gegen ihn nicht nur in dem lag, was diese beiden Störenfriede über ihn wissen mochten, sondern dass auch seine Frau ihren Teil dazu beigetragen hatte. Ohne Zweifel war sie es gewesen, die ihnen zur Flucht verholfen hatte, und da sie außerhalb des Kreises der Beteiligten der einzige Mensch war, der von seinen verbrecherischen Aktivitäten wusste, musste sie die beiden auch über seine Pläne informiert haben. Vor allem anderen wollte er nun herausfinden, in welcher Beziehung die Herzogin zu diesen beiden Plebejern stand und wie diese erfahren hatten, was sie wussten.

Zu seinem Zorn über die flüchtigen Gefangenen kam noch seine Verwunderung, dass einer von ihnen, bevor er den herzoglichen Palast verlassen hatte, offenbar die Gemächer seiner Gattin aufgesucht hatte. Obwohl niemand Einzelheiten dieses merkwürdigen Verhaltens wusste, war doch der Angriff auf den Wachtposten vor der Tür ein unwiderlegbarer Beweis. Dieser war überrascht worden und wusste nicht zu sagen, um wen es sich bei dem Angreifer gehandelt hatte, doch es konnte einfach niemand anderes sein als einer dieser beiden Narren – und sein Ziel war es gewesen, die Herzogin zu sehen, denn er hatte sich Zugang zu ihr verschafft.

So viel der Herzog auch nachforschte, die einzige nachweisbare Tatsache, die herauszufinden war, blieb die Aussage einer Waschfrau, dass sie auf dem Hof vor dem Wein- und Kornkeller einem Fremden begegnet sei. Nun ja, es gab keinen Zweifel, dass dieser Fremde, wer auch immer er gewesen war, wusste, wo die Herzogin gefangen gehalten wurde, denn er hatte ihr Schlafzimmer angesteuert, und er hatte niemanden fragen müssen, um es zu finden. Eine Vermutung des verblüfften Herzogs war, dass sich hinter alldem womöglich die verschwundene Isabel de Leiría verbarg.

Am Ende war es Bastinhas gewesen, der ihn, in der Hoffnung die Sympathie seines neuen Herrn zu gewinnen, auf die richtige Fährte gesetzt hatte, und was er aus dem Mund des Portugiesen erfahren musste, hatte einen rasenden Tobsuchtsanfall ausgelöst. Alle die ihn kannten, fürchteten seinen Jähzorn und seine Gewalttätigkeit, aber keiner von ihnen konnte sich erinnern, ihn schon einmal so außer sich gesehen zu haben wie jetzt, als er die Gemächer betrat, die als Gefängnis für die Herzogin dienten. Lediglich die Dringlichkeit des Treffens mit Bustamante, bei dem er sich gegen die Anschuldigungen zur Wehr setzen musste, hatte ihn veranlasst, den Besuch bei seiner Frau um einige Stunden zu verschieben.

Seit vielen Monaten spielte sich das Leben des Herzogs zum größten Teil außerhalb seines Heims ab. Der einzige Sohn, der aus seiner Ehe hervorgegangen war, weilte seit mehr als einem Jahr in Madrid, wo er den Palast bewohnte, den die Familie Ponce de León in der Carrera de San Jerónimo besaß, und am Hof des Königs als Page und Spielkamerad für den Prinzen diente. Dort sollte er wichtige Freundschaften für die Zukunft schließen sowie die höfische Lebensart und die gesellschaftlichen Umgangsformen erlernen. Offizieller Grund für die Reisen des Herzogs war also, die Fortschritte seines Stammhalters zu überwachen, in Wirklichkeit jedoch ging es darum, mit den dort niedergelassenen Bankiers die Erneuerung der hohen Darlehen auszuhandeln, die sein Vermögen belasteten und ihn fast in den Bankrott getrieben hatten. In dieser Situation, die über kurz oder lang an die Öffentlichkeit dringen würde, hatte er umgehend drastische Gegenmaßnahmen ergreifen müssen. In Sevilla unterhielt er nicht nur seine Konkubinen, sondern feierte auch regelmäßig skandalöse Orgien mit Personen von geringem Stande und noch geringerem Anstand, über die sich die ganze Stadt das Maul zerriss, weil die Verschwendung jedes Maß und die Obszönität jede Vorstellungskraft überstieg. Eines dieser Gelage fand aufgrund einer verlorenen Wette mit Maladros, einem der berüchtigtsten Verbrecher von Sevilla, mit dem er enge Beziehungen pflegte, in den Gärten seines eigenen Palasts statt, und zur Unterhaltung der geladenen Gäste engagierte der Herzog sechs Dutzend Huren. Der Skandal war immens und beherrschte über Tage hinweg das Stadtgespräch.

Der Herzog, der ohne Wahrung der Form und des Anstands in Leonors Gemächer gestürmt war, redete nicht lange um den heißen Brei herum. Breitbeinig und mit in die Hüfte gestemmten Fäusten baute er sich in der Mitte des Zimmers auf und richtete seine kalten, grausamen Augen auf seine Frau, die neben dem Fenster saß und zu lesen schien. Zumindest hielt sie ein kleines Buch mit aufwändigem Einband aus blauem, mit goldenen Stickereien verziertem Saffianleder in den Händen.

»Wem hast du erzählt, was deine Hexenkünste dir zu erfahren ermöglicht haben?« Obwohl er leise sprach, war die Drohung in jedem einzelnen seiner Worte nicht zu überhören.

»Ich weiß nicht, wovon Ihr redet«, antwortete Leonor ruhig, während sie ihren Ehemann von oben bis unten musterte. Ihr Blick war herausfordernd. Nicht einmal sie selbst, die schon so häufig die Beleidigungen, Schläge und Grausamkeiten ihres Gatten hatte erdulden müssen, konnte sich erklären, woher sie die Selbstsicherheit nahm, dieses fast provozierende Verhalten an den Tag zu legen. Sie schloss ihr Buch und hielt seinem Blick stand.

»Stell dich nicht dumm! Ich weiß mehr über deine Taten, als du dir vorstellen kannst!« Sein angriffslustiger Tonfall wurde immer offenkundiger.

»Ich weiß weiterhin nicht, wovon Ihr sprecht. Wenn Ihr nicht deutlicher werdet, fürchte ich, dass ich Euch nicht zufrieden stellend antworten kann«, entgegnete Leonor nicht ohne ironischen Unterton. Der Herzog trat mehrere Schritte auf sie zu, seine Blicke schienen sie zu erdolchen.

»Nun gut, vielleicht fällt es dir ein, wenn ich dir sage, dass ein Arzt namens Diego Ruiz de Acevedo und der Bildhauer Jerónimo de Loaysa heute verhaftet und des Raubes angeklagt wurden. Aber nicht irgendeines Raubes. Diese Verbrecher haben das Gold und Silber vom Flaggschiff der Indien-Flotte, die gestern in Sevilla eintraf, gestohlen.«

Leonor musste das Buch auf ihren Schoß fallen lassen

und die Arme verschränken, um zu vermeiden, dass ihr Mann ihr ihren Schreck anmerkte. Doch die tödliche Blässe, die sich über ihr Gesicht gelegt hatte, ließ sich nicht verbergen, ebenso wenig wie das winzige Beben ihrer Nasenflügel – beides entging dem bohrenden Blick ihres Mannes nicht.

»Wie ich sehe, wühlt dich die Nachricht, dass ein paar Diebe und Kriminelle verhaftet und eingekerkert wurden und die Justiz bald ihre Rechnung mit ihnen begleichen wird, mächtig auf.«

Leonor nahm all ihre Kraft zusammen und antwortete:

»Ich nehme an, dieser Raub, von dem Ihr sprecht, ist derselbe, den Ihr über Wochen hinweg mit Euren Schergen und Handlangern geplant habt. Noch dazu in diesem Hause, das Ihr mit Eurer Niedertracht und Gemeinheit beschmutzt habt.«

»Portugiesische Hure! Du hast nicht nur an Türen gelauscht und deinen Gatten ausspioniert, du hast auch meinen Namen entehrt, indem du Fremden Vertraulichkeiten erzählt hast, die die Wände dieses Hauses niemals hätten verlassen dürfen!«, schrie der Herzog.

»Ihr seid ein Schurke und ein Verbrecher! Abschaum!« Leonor sprang aus ihrem Sessel auf und spuckte ihrem Gatten voller Abscheu ins Gesicht. »Ganz offensichtlich steckt Ihr in Schwierigkeiten, ansonsten hättet Ihr Euch nicht dazu herabgelassen, hierher zu kommen! Hoffentlich bringt die Justiz, falls sie in diesem Reich existiert, Eure Missetaten ans Tageslicht und bestraft Euch angemessen!«

Die Ohrfeige knallte wie ein Schuss. Sie landete mit voller Wucht auf Leonors Wange. Die Geschlagene stürzte zu Boden, aus ihrem Mundwinkel sickerte Blut. In blinder Wut riss der Herzog eine der Seidenschnüre, mit denen die Vorhänge zusammengebunden waren, herunter, zerrte seine Frau zum Bett und fesselte sie mit ausgestreckten Armen an eine der massiven gedrechselten Säulen, die den Baldachin stützten. Dann zerriss er ihr das Mieder, sodass sie von der Taille aufwärts nackt war. Er packte sie an den Haaren, riss ihren Kopf nach hinten und zischte ihr ins Ohr:

»Dein Diener Bastinhas hat dich verraten. Als guter Portugiese ist er eben ein verräterisches Schwein! Ich weiß von deiner Liebschaft mit diesem Loaysa!«

Leonor konnte ein ängstliches Wimmern nicht unterdrücken.

»Dieser verdammte Plebejer und du, ihr werdet es noch bereuen, geboren zu sein!« Die Augen des Herzogs waren Furcht einflößend wie noch nie, sein Blick wild und voller Mordlust, seine Worte purer Hass und Groll. »Jetzt habe ich Wichtigeres zu tun, als meine Rechnung mit dir zu begleichen. Aber wenn ich später zurückkomme, wirst du lernen, was Schmerz bedeutet!«

Mit langen Schritten stürmte er aus dem Zimmer, schlug die Tür hinter sich zu und forderte vom Wachtposten vor der Tür die Schlüssel ein. Er verriegelte beide Schlösser und schrie den Mann an, indem er ihn am Schlafittchen packte:

»Wenn jemand ohne Erlaubnis diese Schwelle überquert, wirst du dafür mit deinem Leben bezahlen!«

Danach gab er Befehl, die Bewachung zu verstärken: ein weiterer Mann vor der Tür und zwei im Hof unter dem Balkon des Zimmers, in dem die gedemütigte Herzogin schluchzte. So blieb Doña Leonor mehr als eine Stunde gefesselt liegen, bis eine Zofe, die das Essen brachte, sie losband.

Es war nach elf Uhr nachts, als ein grimmiger, nervöser Juan de Lastres das Haus des Herzogs de los Alcores erreichte. Unwirsch hämmerte er mit der gewundenen Bronzeschlange, die als Türklopfer diente, auf die Palasttür ein.

Nach einer Weile antwortete ihm eine unfreundliche Stimme:

»Ich komme ja! Ich komme! Was für ein Benehmen! Und zu dieser Unzeit!«

Die beiden Diener, die auf sein Klopfen hin lustlos herbeigekommen waren, öffneten die vergitterte Luke in der Tür und erfragten den Grund für diesen unerwarteten Besuch.

»Ich muss dringend mit Seiner Exzellenz sprechen! Es handelt sich um eine überaus wichtige Angelegenheit, die keinen Aufschub duldet!«

»Wer möchte Seine Exzellenz sprechen?«, fragten sie ihn und hielten eine Fackel vor das Fensterchen.

»Ich bin Don Juan de Lastres! Ich muss Seine Exzellenz umgehend sprechen!«

»Wir bedauern, aber Seine Exzellenz kann Euch im Augenblick nicht empfangen.«

»Er wird mich empfangen! Sagt ihm, wer ich bin!«

»Das ist unmöglich, Señor de Lastres. Es ist deshalb unmöglich, weil Seine Exzellenz sich nicht im Palast aufhält. Er ist vor einiger Zeit ausgegangen und noch nicht zurückgekehrt. Wir wissen nicht einmal, ob er zurückkehren wird.«

»Wer klopft da mitten in der Nacht?« Die Stimme, die diese Frage stellte, klang weiter entfernt und hatte einen unverkennbar portugiesischen Akzent. Als sie sie hörten, runzelten die beiden Diener missbilligend die Stirn.

»Ist das womöglich Bastinhas?«, fragte der Erste Steuermann.

»Ja, es ist Bastinhas. Der verfluchte Portugiese, dem der Teufel den Verstand geraubt hat«, murmelte der ältere Diener.

»Sagt ihm, dass ich Don Juan de Lastres bin!«

Das war nicht nötig, denn Bastián stand schon an der Tür:

»Señor de Lastres!«, rief der Portugiese überrascht. »Öffnet, öffnet, ihr Nichtsnutze!«

Als der Steuermann eingetreten war, befahl Bastinhas den Dienern zu gehen, was sie mit zusammengebissenen Zähnen taten. Seit der Portugiese in die engsten Kreise des Herzogs vorgedrungen war, gab er sich der übrigen Dienerschaft gegenüber wie ein großer Herr, behandelte sie mit Verachtung und Geringschätzung und hatte sich so die Feindseligkeit aller zugezogen. Er fragte den Steuermann nach dem Grund seines plötzlichen Besuchs.

»Ich muss unbedingt mit dem Herzog sprechen! Es sind ernste Probleme aufgetreten, die ein schnelles Einschreiten erfordern! Wenn möglich, sofort!« De Lastres sprach leise, aber mit Nachdruck.

»Ich bedaure Euch sagen zu müssen, dass Seine Exzellenz nicht im Hause ist. Was ist es denn, das Euch so aufbringt?«

»Das werde ich nur dem Herzog mitteilen. Wisst Ihr, wo er ist?«

»Das kann ich Euch nicht mit Sicherheit sagen. Er ist vor einiger Zeit fortgegangen, in Begleitung von Maladros und zweier seiner Männer. Wohin sie aufgebrochen sind, weiß ich: Der Herzog wollte seiner genuesischen *Puttana* einen Besuch abstatten.« Während der Portugiese dies mitteilte, verzog er das Gesicht zu einem spöttischen, boshaften Grinsen.

»Wie lange ist es her, dass er fortgegangen ist?«, fragte de Lastres unruhig.

»Eine Stunde dürfte es wohl her sein.«

»Wenn das so ist, haben wir vielleicht Glück und treffen ihn noch dort an! Begleitet Ihr mich?«

»Mit dem größten Vergnügen! Wartet einen Augenblick, ich hole Mantel und Degen!«

In dieser Nacht amüsierten sich die Menschen überall in den Straßen und genossen das Leben, nachdem die schweren Tage der drohenden Pestepidemie hinter ihnen lagen – auch wenn diese sich als bloßer Betrug herausgestellt hatte. Doch ihre quälende Sorge, die Augenblicke der Unruhe, der Angst, ja sogar der Panik, die der vermeintlich bevorstehende schwarze Tod ihnen beschert hatte, waren echt gewesen. Und die Sevillaner hatten das Bedürfnis, zu feiern, dass alles zu einem glücklichen Ende gekommen war. Auf Befehl des Statthalters war für den heutigen Abend das Nachtgeläut ausgesetzt worden, das die Stadtbewohner theoretisch – praktisch hatten sie sich allerdings nie sehr genau an die Ausgangssperre gehalten – verpflichtete, bis zum Morgengrauen in ihren Häusern zu bleiben. Das Betreten öffentlicher Straßen war offiziell nur aus dringenden Gründen gestattet gewesen. Das Entsetzen wegen des Überfalls auf die Flotte vermischte sich mit der Begeisterung über die Aufdeckung der Lüge von der Pest. An den Fassaden vieler Häuser brannten Lichter, die Türen von Gasthäusern und Weinstuben waren sperrangelweit geöffnet, und überall auf den Straßen wurde getrunken und gesungen, als sei die ganze Stadt ein Volksfest.

Trotz des Getümmels und des ohrenbetäubenden Lärms fanden Juan de Lastres und Bastinhas den Herzog an einer Straßenecke vor dem Palais, das er für seine italienische Geliebte unterhielt. Don Rodrigo verabschiedete Maladros und seine Leute großzügig mit einem Beutel voller Münzen, damit sie in seinem Namen weiterfeiern konnten. Dann machten sich der Herzog, der Portugiese und der Steuermann auf Drängen des Letzteren, auf den Weg zum Wirtshaus de la Estrella, im Corral de la Montería, nahe der königlichen Festung und gegenüber der Kathedrale. Der Wirt, ein gefährlicher Gauner, zählte zu den Vertrauensleuten Don Rodrigos, der ihn großzügig bezahlte, um sich seiner stetigen Dienstbarkeit zu versichern. Gleich nach ihrer Ankunft führte er die drei in einen Nebenraum und bewirtete sie zuvorkommend mit Schmorfleisch und Wein. Dann hielten sie eine kurze, aber intensive Besprechung ab.

Der Erste Steuermann informierte den Herzog, dass Bruder Antón de Laredo ihm über einen Mann seines Vertrauens (es handelte sich um einen der Viehtreiber, der im Lohn des Klosters stand) eine Nachricht hatte zukommen lassen. Aus seinem Wams zog er ein Blatt Papier, auf dem das Folgende geschrieben stand:

Am heutigen Nachmittag haben Doktor Ruiz de Acevedo und der Bildhauer Loaysa das Kloster besucht. Dem Anschein nach galt ihr Besuch der Übergabe von Briefen, die man unserem Abt aus dem Kloster in Jerez schickt. Dort war der Arzt auf seiner Reise nach Cádiz, wo er sich über die angebliche Seuche informieren wollte, abgestiegen. Den Grund, aus dem der Bildhauer ihn begleitete, kenne ich nicht, doch als Schöpfer des verehrten Bildnisses Christus voll der Gnaden ist er hier stets willkommen. Aus einer seltsamen Laune des Schicksals, die ich hier nicht kommentieren möchte, haben sie eine vertrauliche Unterredung zwischen Padre Remigio und mir mitgehört, die zweifellos eine gewisse Spur zu unserem Geheimnis gelegt haben könnte. Genaueres kann ich über diese unglückselige Angelegenheit nicht mitteilen. Jedoch müssen dringend Maßnahmen ergriffen werden, um größere Risiken und Komplikationen zu vermeiden.

»Weiteres sagt dieses Schreiben nicht?«, fragte der Herzog.

»Nichts weiter.« Nervös wedelte de Lastres mit dem Papier vor seinem Gesicht hin und her.

»Sind wir sicher, dass niemand sonst seinen Inhalt kennt?«, beharrte der Herzog.

»Ich selbst habe das Siegel gebrochen«, antwortete der Steuermann.

»Gut, das ist Garantie genug«, befand Don Rodrigo mit einem Kopfnicken. »Doch der Inhalt der Nachricht ist so knapp gehalten, dass wir weder wissen können, wie viel diese beiden Mistkerle erfahren haben, was sie zuvor noch nicht wussten, noch wem sie es inzwischen mitteilen konnten.«

»Nach ihrem Besuch im Kartäuserkloster und ihrer Verhaftung wurden sie einem Ausschuss der Handelsbörse vorgeführt! Sie haben sich geweigert preiszugeben, unter welchen Umständen sie erfahren haben, was sie wissen!«, erklärte Bastinhas beunruhigt.

»Von dieser Seite haben wir im Augenblick nichts zu befürchten. Wir haben Don Pascual unter Kontrolle, zumindest achtundvierzig Stunden lang! Das hat uns tausend Dukaten gekostet sowie zwei der teuersten Huren von ganz Sevilla: Er hat heute Nacht die Mendes und die Melindres bei sich im Bett!«, lachte der Herzog lauthals und hob seinen Weinkrug, als wolle er ihnen zuprosten. »Gleich nach Mittag haben wir einen Vertrag mit ihm geschlossen. Ich sagte ihm, ich wünsche nicht, dass eine Sache der Ehre, die mich bedrückt und in die Loaysa verwickelt ist, öffentlich wird. Aber sein Versprechen, über alle Aussagen Schweigen zu bewahren, gilt nur bis morgen. Diese Kanaille verkauft sich teuer!«

»Vielleicht hätte Bruder Antón sich ausführlicher geäußert, wenn er gewusst hätte, dass diese beiden große

Teile unseres Plans kannten«, räumte de Lastres entschuldigend ein. »Ich vermute jedoch, er wollte mit dieser Mitteilung kein zu großes Risiko eingehen. Schließlich hätte sie, auch wenn er sie einem Vertrauensmann übergab, leicht in falsche Hände gelangen können.«

Auf diese Worte folgte ein längeres Schweigen. Es war der Herzog, der es schließlich brach, indem er seinen Blick zwischen seinen beiden Tischgenossen hin und her wandern ließ:

»Wenn sich die beiden auch morgen nicht zum Sprechen entschließen, was sehr wahrscheinlich ist, wird Bustamante übermorgen dem Gericht vorschlagen – auch das ist durch die tausend Dukaten und die Huren abgedeckt –, Gewalt anzuwenden, um sie zum Reden zu bringen, sprich die Folterbank und die Streckbank. Das ist unsere große Gelegenheit, sie uns vom Hals zu schaffen! Dem Folterknecht rutscht die Hand aus und ...!«

»... unsere Probleme sind gelöst. Wir müssen also nur den Folterknecht für uns gewinnen!«, rief Bastinhas vergnügt aus.

»Ja, aber darüber hinaus müssen wir sie auch während der nächsten Stunden im Auge behalten, bis er sie tatsächlich in seinen Händen hat!«, seufzte der Herzog.

»Glaubt Ihr, es wird Schwierigkeiten geben?«, erkundigte sich de Lastres.

»Mit dem Folterknecht?«, fragte Don Rodrigo.

»Mit wem auch immer«, meinte der Steuermann.

Der Herzog schien seine Antwort gründlich abzuwägen:

»Ich bin sicher, dass ein gut gefüllter Beutel, sagen wir fünfzig Dukaten, ausreicht, um dem Folterer die Hand ausrutschen zu lassen. Darum kümmerst du dich«, befahl er dem Portugiesen. »Er ist ein Lahmer, der in Compás de la Laguna lebt. Er hat eine Vorliebe für Wein, es wird also ein Leichtes sein, ihn in einem der Wirtshäuser dieser Gegend ausfindig zu machen. Viel größere Sorgen macht mir diese Nachricht des Mönchs. Irgendwie gefällt mir dieses Schreiben nicht! Da stinkt etwas! Morgen früh bei Tagesanbruch«, er blickte de Lastres an, »reiten wir zum Kartäuserkloster und beseitigen unsere Zweifel! Ich werde nicht ruhig schlafen, bis die beiden Mönche für das Kopfzerbrechen, das sie uns bereitet haben, bezahlt und wir endgültig alle losen Enden verknüpft haben! Und jetzt lasst uns gehen, ich habe bei mir zu Hause noch etwas zu erledigen!« Er leerte seinen Krug, wischte sich den Mund mit dem Ärmel ab und stand behände auf.

Auch die anderen beiden erhoben sich und folgten ihm eilig zur Tür, zu der der Wirt sie dienstbeflissen geleitete. Dort verabschiedete sich Juan de Lastres, während der Herzog und Bastinhas den Weg zum Palast einschlugen. Auf den Straßen wurde immer noch gefeiert, vor allem vor den Tavernen und Gasthäusern, und überall zerrissen die Fackeln an den Türen den Schleier der Dunkelheit. Keiner der beiden bemerkte, dass sich eine Gruppe von Männern an ihre Fersen heftete. Als der Herzog und Bastinhas im Palast verschwunden waren, sagte der Anführer der heimlichen Verfolger zu seinen Männern:

»Ich nehme an, Ihr habt alles mitbekommen!«

Alle bejahten.

»Der Herzog, der größere von beiden, wird von nun an keinen Schritt mehr tun, ohne dass wir es merken! Verstanden?«

Wieder stimmten alle zu.

»Du, du und du!«, er deutete auf drei von ihnen, »Ihr übernehmt die erste Nachtwache! Marcos, Fernández und Roque lösen Euch vor dem Morgengrauen ab! Wenn es etwas Neues gibt, folgen zwei ihm weiterhin, während der dritte Bericht erstattet! Noch Fragen?« Aus der Art, wie er die Situation handhabte, wurde offensichtlich, dass er es gewöhnt war, Befehle zu erteilen. Nun ließ er seinen Blick über die Männer schweifen. Alle schwiegen.

»Dann wäre alles geklärt. An die Arbeit!«

Die drei, denen die erste Wache zugefallen war, postierten sich entsprechend, während der Rest der Truppe davonzog.

Der Herzog ließ derweil nach seiner alten Haushälterin Rosario schicken. Eine gute Weile saßen Don Rodrigo und seine ehemalige Amme zusammen und diskutierten über die finstere Zukunft, die sie für Leonor planten. Sie erwogen die Möglichkeit, sie zu töten, indem sie einen Unfall vortäuschten oder eine Situation schufen, die nahe legte, dass die Herzogin sich das Leben genommen hätte, doch am Ende verwarfen sie diese Idee, weil der Herzog der Meinung war, die Risiken einer solchen Tat seien zu groß. Auch Rosario überzeugte der Gedanke, ihre Herrin zu töten, nicht, aber aus anderen Gründen: So groß war der Hass der alten Dienerin aus Maragatería gegen Leonor, dass ihr der Tod als zu barmherziges Schicksal für die »Portugiesin«, wie sie sie voller Verachtung nannte, erschien. Ihr glühendster Wunsch war, dass die Leiden, die die Herzogin erdulden musste, lang und anhaltend wären. Und so kam der Vorschlag, den der Herzog schließlich annahm und der das unglückliche Schicksal der Herzogin de los Alcores besiegeln sollte, wenn alles nach Wunsch verlief, auch von ihr. Als ihre Unterredung endete, war es spät geworden. Der Herzog begleitete Rosario noch in ihre Kammer, und zum Abschied sagte die alte Hexe zu ihm:

»Obwohl du einen sehr beschwerlichen Tag hattest, habe ich dafür gesorgt, dass dich in deinen Gemächern zwei Mädchen erwarten. Vergnüge dich mit ihnen! Diese

Huren werden bereitwillig alles tun, was du von ihnen verlangst!«

Ein hämisches Grinsen verzog den Mund des Adligen:

»Du bist wahrhaft unersetzlich. Du denkst an alles! Morgen wirst du mich begleiten, wenn wir die Portugiesin besuchen, um ihr mitzuteilen, welches Schicksal wir für sie vorgesehen haben. Ich weiß, dass du diesen Augenblick um nichts in der Welt verpassen möchtest!«

21

Leichter Nebel waberte über Sevilla, als die ersten Sonnenstrahlen sich am Horizont zeigten und sich anschickten, die Schatten der Nacht endgültig zu vertreiben. Es würde ein strahlender, wolkenloser Tag sein, wenn der Dunst sich gehoben hatte.

Die Stadt reckte und streckte sich mit den ersten Anzeichen ihrer täglichen Geschäftigkeit. An den gewohnten Orten breiteten die Verkäufer und Verkäuferinnen – viele von ihnen waren ausgemachte Wucherer – ihre Ware aus. In den Backstuben dufteten die letzten Brote, und in den Geschäften erhob sich der Lärm, den die Frühaufsteher unter den Kunden verursachten. Wie jeden Tag waren die Maultiertreiber aus Alcalá mit ihren Herden bereits eingetroffen und brachten große Sattelkörbe und weiße Leinensäcke voll mit Brotlaiben. Heute war der erste Tag, an dem die Stadt nach der angeblichen Pestbedrohung wieder geöffnet war, der erste Tag, an dem die Brotbäcker aus dem Nachbardorf – es lag etwa eine Meile entfernt, und in seinen Öfen wurde traditionell ein guter Teil des Brots gebacken, das die Sevillaner verzehrten – wieder in die Stadt hineinkonnten. Auch die Gemüsebauern, die in der Umgebung ihre kleinen Höfe bestellten, strömten wieder in Scharen herbei und tranken an den Straßenecken ihren morgendlichen Krug *Cazalla,* einen starken Anisschnaps, der zwar brannte, wenn er durch die Kehle rann, aber die Eingeweide und das Herz angenehm erwärmte. Auch die Holzkohlenlager waren wieder geöffnet: schwarze Flecken – sowohl die Ware als auch die Köhler waren schwarz – in den Straßen mit Haufen dieses Brennstoffs, der die Wälder der andalusischen Berge in Brachland verwandelte. Die Fleischer hatten ebenfalls bereits geöffnet und boten ihre Waren unter den strengen Augen der städtischen Kontrolleure feil. In dieser Branche waren Unterversorgung und Betrügereien zu einem ständigen Quell von Problemen geworden: Nicht selten bekam man hier eine Katze statt eines Hasen angeboten. Lange Schlangen hatten sich auch in den Kerzenziehereien gebildet, denn das Eingesperrtsein der letzten Tage hatte die Kerzenvorräte vieler Haushalte arg verringert. Gleiches galt für die Ölstände, an denen die wertvolle Flüssigkeit verkauft wurde, die sowohl als Nahrungsmittel diente, als auch die Behälter der Öllampen füllte. Besonders viel Andrang herrschte vor der größten Ölhandlung, direkt neben der Stadtpforte dieses Namens, von der aus man nach Arenal gelangte.

Dort am Fluss herrschte schon außergewöhnliche Geschäftigkeit: Das Löschen der Ladung aus den Frachträumen der Flotte hatte begonnen. Der Raub des Goldes und Silbers war ein schrecklicher Schlag gewesen, doch die Galeonen brachten noch so vieles andere: Campecheholz, aus dem man, wenn man es aufkochte, Färbemittel gewann, und andere Substanzen zum Färben wie Koschenille und Indigopflanzen; Chinarinde, um Arzneien und Mixturen gegen Fieber und Erkältungen herzustellen; die verschiedensten Substanzen, so kostbar wie Gold, zum Würzen von Essen, darunter Pfeffer, Vanille oder Zimt; Kakao, um Schokolade zuzubereiten, die in den Versammlungen, Salons und Gesellschaften der Damen zum begehrtesten Getränk avanciert war; wertvolle Hölzer wie Mahagoni oder Ebenholz für Möbel, Treppen oder Deckentäfelungen; Karettschildkröten zum Herstellen von Ziergegenständen und Intarsien, Ballen von Tabak, zum Kauen oder zum Rauchen, was mittlerweile nicht nur eine weit verbreitete Angewohnheit war, sondern auch Quell beträchtlicher Einkünfte für die leeren Schatullen der Königlichen Schatzkammer, die den Verkauf dieses Produkts erst monopolisiert hatte und nun gänzlich kontrollierte. Trotz des erbitterten Widerstands der Kirche, die so etwas Abscheuliches wie Rauch aus Mund und Nase nicht zuließ, weil es ganz offensichtlich nach dem Satan roch, waren inzwischen auch viele Geistliche diesem Laster verfallen.

In diesem Pandämonium, in dem die Flotte aus den Kolonien entladen wurde, war es ein beliebtes Vergnügen zu beobachten, wie Fässer, Kisten und Ballen mit diesen hochgeschätzten Waren in Netzen über die Relings hingen, und zuzusehen, wie wacker die muskulösen Matrosen schufteten, um die bei dieser grandiosen Ankunft anfallenden Arbeiten zu verrichten. Selbstverständlich unter andauerndem Geschrei; man konnte fast sagen, dass die Flüche und Verwünschungen, die diese Männer beständig ausstießen, zwingend zu ihrem Beruf gehörten. Sehenswert waren auch die unzähligen Lasttiere, vor allem Esel und Maultiere, auf deren Rücken all das gepackt wurde, was von den Schiffen kam. Allerorten schrillten die Pfiffe der Treiber, ertönte das Eselsgeschrei und das Wiehern der Rösser, auf denen die Besitzer der Reichtümer ritten. Natürlich sah man auch lange Reihen von Maultierkarren und Ochsenfuhrwerken, die drei oder vier Dutzend Arrobas transportieren konnten. Fuhrleute, Träger und Tagelöhner wimmelten durcheinander, Händler und Kaufleute ereiferten sich, um mithilfe ihrer Arbeiter das Ausladen ihrer Bestellungen in der bestmöglichen Verfassung zu erwirken. Am anderen Ende des Hafens gab es Käufer, die nach einem besonders günstigen Angebot oder exotischen Kleinigkeiten Ausschau hielten, die die Matrosen und Soldaten mitgebracht hatten, um auf diese Weise ihre magere Heuer aufzurunden – oder vielleicht auch der eine oder andere Passagier, der darin eine Möglichkeit sah, einen Teil seiner Reisekosten hereinzuholen. Es fanden sich Hausierer und Wasserverkäufer ein, um ihre Ware feilzubieten. Krämer bauten ihre Stände auf, um Bänder, Spitzen, Glasperlen oder allerlei anderen Tand zu verkaufen, der in Situationen, wo die Geldbörse locker sitzt, gut an den Mann zu bringen war. Außerdem gab es einen Wein- und Weinbrandausschank, denn die Gelegenheit lud zum Feiern ein; Huren auf der Suche nach Matrosen und Soldaten, die es nach Wochen auf See nach einer Frau dürstete; Menschen, die Neuigkeiten zu erfahren suchten, Post erwarteten oder einfach nur neugierig waren.

Die Sonne stand bereits hoch am Himmel, als der Herzog de los Alcores, der Steuermann Juan de Lastres und Maladros durch das Öltor, wo sich weiterhin eine große Schar von Kauflustigen drängte, Sevilla verließen. Während sie Arenal durchquerten, auf dem Weg zur Brücke über den Guadalquivir, hatten sie alle Mühe, ihre Tiere im Zaum zu halten, denn die erschreckte die hektische Betriebsamkeit und der Lärm so sehr, dass sie sich trotz ihrer sonstigen Fügsamkeit mehrfach aufbäumten. Die drei hatten mit all den Schwierigkeiten zu kämpfen, die eine so große Menschenmenge hervorrief, und kamen nur sehr langsam vorwärts. Auch auf der Brücke und in Triana drängten sich zahllose Schaulustige, sodass es für die beiden Männer, die ihnen zu Fuß folgten, ein Leichtes war, sie nicht aus den Augen zu verlieren, ohne entdeckt zu werden.

Auf der Höhe des Castillo San Jorge, dem Sitz der Heiligen Inquisition, bogen sie nach rechts ab, in Richtung des Klosters Santa María de las Cuevas, wo sie innerhalb weniger Minuten anlangten, weil die Entfernung gering und hier kaum ein Mensch unterwegs war. Durch die äußeren Lehmmauern des Klosters betraten sie das Gelände und verschwanden aus dem Blickfeld ihrer Verfolger. Diese hielten sich im Schatten einer Pinie mit breiter Krone, wo sie vor der Sonne, deren Strahlen nun schon kräftig wärmten, geschützt waren. Einer von ihnen verabschiedete sich, um weisungsgemäß Bericht zu erstatten.

Der Oberst lehnte sich in seinem ledernen Armsessel zurück und kraulte nachdenklich den Bart, der sein Kinn zierte. Er ließ eine gewisse Zeit verstreichen, bevor er dem Hauptmann, der ihm die Nachricht überbracht hatte, den Grund für seine Nachdenklichkeit erklärte:

»Es ist so, gestern Abend hat man Doktor Ruiz de Acevedo und den Bildhauer verhaftet, nachdem sie dem Kartäuserkloster de las Cuevas einen Besuch abgestattet hatten, und heute Morgen sind auch der Herzog de los Alcores und Juan de Lastres zusammen mit diesem Verbrecher Maladros zum Kartäuserkloster geritten. Welchen Schluss legt das nahe, Alonso?«

»Ich kann mir ihren Besuch dort nicht erklären, Señor. Nach allem was wir wissen, neigt der Herzog keineswegs zu übertriebener Frömmigkeit.«

»Richtig«, nickte der Oberst. »Daher bin ich auch sicher, dass dieser Klosterbesuch mit unserer Geschichte zu tun hat. Ganz sicher bin ich!«

Mit einem Satz sprang er auf. Die Anspannung war seinem alternden Körper, der noch kein Anzeichen nachlassender Kraft aufwies, auf den ersten Blick anzusehen. Seine großen schwarzen Augen, die einen mit ihrem durchdringenden Blick geradezu durchbohren konnten, hefteten sich auf seinen Hauptmann. Der ahnte, dass sein Vorgesetzter soeben eine wichtige Entscheidung getroffen hatte:

»Alonso, ein berittener Trupp soll den Berichterstatter sofort begleiten! Rasch, wir dürfen diese Spur nicht verlieren! Und du kommst mit mir, sobald du die entsprechenden Befehle gegeben hast! Wir haben einen dringenden Besuch zu machen! Lass unsere Pferde satteln!«

Don Íñigo de Parias und sein Adjutant Alonso Enríquez ritten so schnell es ihre Pferde erlaubten ins Zentrum der Stadt, wo die Straßen von Menschen verstopft waren. Ihr Ziel war der Sitz der Handelsbörse, wo der Offizier dem ersten Mann, dem sie begegneten – einem Männlein, das sich in Tonfall und Gestik wie ein großer Herr gab, aber eigentlich nur der Pförtner war –, sagte, er wünschte, Doktor Ruiz de Acevedo und den Bildhauer Jerónimo de Loaysa zu sprechen. Die Antwort, für die der Zwerg nicht einmal den Blick hob, lautete, dies sei unmöglich, weil Seine Exzellenz Don Pascual de Bustamante die strengste Haft der Gefangenen angeordnet habe. Der Militär biss die Zähne zusammen, bohrte seine schwarzen Pupillen in den Pförtner und verkündete unmissverständlich und mit gezogenem Schwert:

»Ich schwöre bei Gott, dass ich nicht wieder gehe, ohne mit den beiden gesprochen zu haben! Geht zu Don Pascual und richtet ihm meinen Wunsch aus! Sagt ihm, ich bin Íñigo de Parias, Oberst des *Tercio Viejo de la Armada*!«

Als der kleine Mann hörte, wen er da verärgert hatte, verflog sein Hochmut plötzlich spurlos, und ihm blieb kaum genug Atem, um zu stottern:

»Ich bedaure, Exzellenz, aber Don Pascual befindet sich im Augenblick nicht hier. Er ist außer Haus, um einige dringende amtliche Angelegenheiten zu regeln. Ich bedaure sehr, Exzellenz.«

Don Íñigo funkelte ihn wütend an:

»Es schert mich einen Dreck, wo Don Pascual ist! Jemand muss mir die Erlaubnis gewähren! Und ich schwöre Euch bei diesem hier«, er hob sein Schwert, »dass ich weder die Zeit noch die Geduld habe, noch viel länger zu warten!«

In diesem Augenblick machte sich einer der höchsten Beamten der Handelsbörse, Don Tomás de Salcedo, bemerkbar, der von einem Diener benachrichtig worden war und nun in majestätischer Haltung die Treppe herunterschritt. Er begrüßte den hochrangigen Militär respektvoll und freundlich:

»Mein lieber Don Íñigo! Welcher gute Wind trägt Euch in dieses Haus, das ganz zu Euren Diensten steht? Kann ich Euch irgendwie von Nutzen sein?« Während er sprach, trat er auf den Oberst zu und ergriff seine Hand.

»Wie überaus erfreulich, Euch zu sehen«, antwortete Don Íñigo, grüßte ihn und steckte seine Waffe weg. »Ich muss dringend mit den Gefangenen Ruiz de Acevedo und Loaysa sprechen, aber es scheint, als seien dafür gewisse Formalitäten notwendig, die Ihr, da bin ich sicher, aus dem Weg schaffen könnt.«

»Ohne Zweifel, mein lieber Freund, ohne Zweifel!«

Don Tomás blickte den Pförtner an und befahl ihm nachdrücklich:

»Kommt Don Íñigos Wunsch nach und zeigt ihm den Weg!«

»Señor«, wandte der Pförtner mit zittriger Stimme ein, »laut Befehl von Don Pascual dürfen diese Gefangenen mit niemandem sprechen.«

Der Blick von Salcedo war Furcht erregend:

»Ihr habt wohl nicht gehört, was ich befohlen habe!«

Der Pförtner zuckte die Achseln, als wolle er sich damit jedweder Verantwortung entziehen:

»Wie Ihr meint, Señor.«

Der Oberst dankte Don Tomás für seine Hilfe und bekundete ihm seine höchste Wertschätzung. Dann folgte er dem Pförtner eine schmale, steile Treppe hinunter, deren Stufen in der Mitte stark ausgetreten waren. Die Beleuchtung war karg und wurde von Schritt zu Schritt schlechter. Gleichzeitig verstärkte sich mit jeder weiteren Stufe abwärts ein unangenehmer Modergeruch. Am Ende der Treppe lag ein Gang, von dem zu beiden Seiten Türen abgingen; vor der dritten blieben sie stehen. Der Pförtner öffnete die Tür ohne ein Wort und ließ die beiden Soldaten eintreten.

»Wenn Ihr wieder hinauswollt, klopft an die Tür; ich werde hier warten«, sagte er nur.

Die Zelle, in der man den Arzt und den Bildhauer eingesperrt hatte, war klein und nur spärlich beleuchtet durch ein kleines Fenster unter der Decke, das zu einem Innenhof zeigte. Der Besuch überraschte die Gefangenen. Nachdem der Soldat und der Arzt sich mit der Herzlichkeit alter Freunde begrüßt hatten, kam Don Íñigo direkt zum Grund seines Kommens:

»Es wird Euch nicht überraschen, dass der Grund für unseren Besuch mit dem Überfall auf die Flotte und Eurer Verhaftung zusammenhängt. Da wir keine Zeit zu verlieren haben und die Sache eilt, hört mir bitte aufmerksam zu und antwortet deutlich und ohne Umschweife auf die Fragen, die ich Euch stelle.«

Schweigend nickten die beiden Gefangenen.

»Ich habe ausreichend Gründe«, fuhr der Militär fort, »die ich jetzt nicht näher ausführen möchte, an Eure Unschuld und an die Schuld des Herzogs de los Alcores und seiner Männer zu glauben. Gestern gab ich Befehl, ihn nicht aus den Augen zu lassen und mich über jeden seiner Schritte zu informieren. Daher weiß ich, dass er eine Zusammenkunft mit dem Vorsitzenden dieses Hauses hatte. Auch wenn ich den Grund dafür nicht kenne, so argwöhne ich ihn doch: Meiner Überzeugung nach war eine Folge dieser Unterredung Eure Verhaftung. Darüber hinaus muss in diesen letzten Stunden etwas vorgefallen sein, von dem Ihr wisst, was den Herzog überaus nervös gemacht hat. Nach meinem Kenntnisstand habt Ihr gestern das Kartäuserkloster besucht, ist das richtig?«

»Ist es«, antwortete Diego.

»Was war der Grund für diesen Besuch?«

»Die Übergabe mehrerer Briefe an den Abt von Santa María de las Cuevas, die der Abt des dortigen Kartäuserklosters mir in Jerez anvertraut hatte.«

»Ist darüber hinaus bei diesem Besuch noch etwas vorgefallen, das der Erwähnung wert wäre?«

»In der Tat«, antwortete Diego, »ist etwas geschehen, das für die Aufklärung des Raubes auf der *Nuestra Señora de Atocha* von höchster Bedeutung sein dürfte.«

»Ich höre«, lautete der Kommentar des Militärs.

»Zufällig wurden wir Zeugen eines Gesprächs zwischen zwei Mönchen, während wir darauf warteten, vom Abt empfangen zu werden. Sie sprachen über den Raub.«

»Sind Kartäuser darin verwickelt?«

»Zumindest die beiden, die sich dort unterhielten, sind es. Jerónimo hat die Stimme des einen Mönchs erkannt: Er gehörte zu der Gruppe, die vom Hause des Herzogs des los Alcores aus zur Galeone aufbrach.«

»Gibt es noch weitere Informationen über dieses Gespräch, die ich kennen sollte?«, fragte Don Íñigo weiter.

»Die beiden Mönche waren über irgendetwas beunruhigt. Was dies war, haben wir nicht mehr erfahren, denn das Gespräch wurde genau in diesem Augenblick unterbrochen, weil ein anderer Mönch uns zum Abt rief.«

»Wissen diese Mönche, dass Ihr gehört habt, was sie sagten?«

»Mit Sicherheit«, antwortete der Arzt. »Anfangs ahnten sie nichts von unserer Anwesenheit, doch dann verriet uns das Rufen des Mönchs.«

»Dann wissen wir bereits, warum der Herzog heute Morgen zum Kloster geritten ist.«

»Er ist in Santa María de las Cuevas?«, fragte Jerónimo.

»Möglich, dass er noch immer dort weilt. Aber das Wichtigste ist, dass wir uns auf der richtigen Spur befinden und dass er der Ruchlose ist, der hinter diesem ganzen Komplott steckt.«

Nach einer kurzen Pause fügte der Oberst hinzu:

»Gut, nun dürfen wir keine Minute mehr verlieren; ich werde die Ermittlungen weiterführen. Es ist wohl nicht nötig zu betonen, dass Euer beider Leben in höchster Gefahr schwebt. Sie werden versuchen, Euch zu eliminieren, weil sie glauben, dass sie auf diese Weise ungestraft davonkommen. Ich werde tun, was in meiner Macht steht, um Euch zu schützen, wobei ich glaube, dass es im Augenblick vor allem darauf ankommt, größte Eile walten zu lassen.« Er wandte sich zu Hauptmann Enríquez um und befahl ihm: »Alonso, klopfe an die Tür! Wir gehen! Und Ihr: Kopf hoch!«

Wieder auf der Straße machten die beiden Soldaten sich auf den Weg zu dem Haus, das der Kompanie als Quartier diente, ein Gebäude in eher mittelmäßigem Zustand, das die Stadtregierung nutzte, weil es ausreichend Platz bot und die ungeliebte Unterbringung von Soldaten bei den Bürgern vermied.

»Ich glaube, wir kennen schon recht viele Schlüsselelemente für die Aufklärung dieses Verbrechens«, bemerkte Don Íñigo zu seinem Hauptmann. »Nimm dir ein paar deiner besten Männer und halte sie in Alarmbereitschaft. Eine Sache habe ich noch zu regeln, anschließend werde ich ebenfalls zum Kloster kommen.« Der Hauptmann war schon im Begriff zu gehen, als sein Vorgesetzter ihm noch eine letzte Anweisung zurief:

»Alonso, absolute Diskretion ist in diesem Fall der Schlüssel des Erfolges!«

Es war schon nach Mittag, als Maladros das Kloster verließ und den Weg nach Coria einschlug, flussabwärts entlang des Ufers von Triana. Der Herzog de los Alcores und der Erste Steuermann kamen eine Stunde nach ihm heraus. Während sie im Schritttempo in Richtung Sevilla ritten, plauderten sie in bester Stimmung darüber, wie gut ihnen die List gelungen war, die sie angewandt hatten, um keinen Verdacht zu erregen. Während der Herzog beim Abt vorgesprochen und ihm ein Almosen von fünfzig Dukaten übergeben hatte, damit man zehn Messen für ihn las, bat der Erste Steuermann darum, seinen Landsmann Bruder Antón de Laredo zu sprechen, der wie er aus Asturien stammte.

»Ich glaube«, sagte der Erste Steuermann, »die beiden Mönche waren besorgter, als es nötig gewesen wäre.«

»Dennoch dürfen wir kein Risiko eingehen«, bemerkte der Herzog. »Wenn die beiden Vorwitzigen das Versteck gekannt hätten und ihnen genügend Zeit zum Reden geblieben wäre, hätten sie alles ruiniert.«

»Vertrauen wir in die guten Dienste von Bustamante!«

»Darauf hoffe ich, obwohl wir zur Sicherheit noch heute Nacht alles in das neue Versteck verlagern werden, in das Haus in Coria, so wie wir es vereinbart hatten. Es ist besser, kein Risiko einzugehen. Hoffen wir, dass Maladros seine Aufgabe erfüllt und auch Liendres keine Probleme macht und uns um Mitternacht mit dem Frachtkahn am Steg erwartet. Vor uns liegt eine weitere aufregende Nacht, aber es ist die Mühe wert.«

Don Íñigo de Parias verließ sein Quartier in der Alameda de Hércules und machte sich umgehend auf den Weg zum Königlichen Gerichtshof, wo er mit dem Obersten Richter Gaspar de Moraleda ein längeres Gespräch führte.

Den Offizier und den Talarträger verband eine lange, freundschaftliche Beziehung, obwohl ihre Charaktere nicht verschiedener hätten sein können und sie höchst unterschiedliche Auffassungen vom Leben hatten. Ersterer war ein Mann der Tat, streng in seinen Ansichten und opferbereit bis zur letzten Konsequenz. Der Richter dagegen war ein Lebemann, hatte eher eine Neigung zur Schwäche, zum Amüsement und zum Müßiggang. Aber er war ausgesprochen penibel in Fragen des Protokolls, das den Soldaten wiederum überhaupt nicht kümmerte. Aber bei all diesen Verschiedenheiten teilten sie eine große Liebhaberei beziehungsweise eine große Leidenschaft: Beide hielten die Literatur für die vollendete Form der Kunst – sie waren unermüdliche Leser und vollführten zahlreiche literarische Exerzitien, ohne einen größeren Anspruch als die Unterhaltung. Und beide hatten eine unbezwingbare Schwäche für das andere Geschlecht und lebten sie in zahlreichen leidenschaftlichen Liebesgeschichten aus. Vielleicht waren deshalb auch beide eingefleischte Junggesellen – um dieser Leidenschaft ohne jeden Vorbehalt frönen zu können. Ihre Verbindung war entstanden, als sie noch jung waren und in Salamanca Jurisprudenz studierten. Jene bereits lange zurückliegenden Jahre waren geprägt von herzlicher Brüderlichkeit und gemeinsamen Streifzügen. Don Gaspar schloss das Studium mit seiner Promotion in Bologna ab und entwickelte sich im Laufe der Zeit zu einer wichtigen Figur in der Welt der Talare. Wenn er dabei keinen höheren Rang erreichte als den Vorsitz an einem der beiden Obergerichte – Granada oder Valladolid –, so lag dies an ebenjener Leidenschaft zu den Frauen, die immer wieder Skandale verursachte und seinen Ruf befleckte. Aber in einer Stadt wie Sevilla, wo er seinen Charakter und sein Gesicht bewahren konnte, lebte er ganz nach seinem Gusto. Don Íñigo schloss kurzerhand mit den Gesetzestexten und Hörsälen von Salamanca – wo er auf Wunsch seines Vaters hingegangen war – ab, um mithilfe eines Onkels mütterlicherseits, der einige Kompanien befehligte, die in Flandern die Ketzer bekämpften, die militärische Laufbahn einzuschlagen.

Doch die Verzweigung ihrer Lebenswege änderte nichts an der in den Jugendjahren geschmiedeten Freundschaft, und vor Gericht schien sie ihre jeweilige Arbeit des Öfteren zusammenzuführen. Darüber hinaus erledigte der Militär getreu alle Bestellungen, die Don Gaspar ihm mit auf seine Reisen gab, ob Spitzen aus Mechelen, Klöppelarbeiten aus Brügge oder jene feinen Batiste aus holländischen Gestaden, die jede Frau verrückt machten und die der Richter gerne unter seinen Liebhaberinnen verteilte. Im Austausch versorgte er seinen Freund aufs Edelste mit Büchern, wenn in dessen Abwesenheit die neuesten Werke der bedeutendsten Köpfe der Hauptstadt gedruckt wurden: Phoenix Lope oder Don Francisco de Quevedo.

Das heutige Treffen zwischen den alten Freunden sollte nicht folgenlos bleiben: Der Oberste Richter des Sevillanischen Gerichtshofs forderte mit sofortiger Wirkung die Gerichtsbarkeit über die beiden Gefangenen des Vorsitzenden der Handelsbörse ein. Er widersprach dem angeblichen Vorrecht, das dieser geltend gemacht hatte, weil der Raub, dessen die beiden Gefangenen beschuldigt wurden, auf der Indien-Flotte stattgefunden hatte, beanspruchte seine eigene Zuständigkeit in diesem Fall und forderte die umgehende Freilassung der Gefangenen.

Etwa zur selben Stunde, zu der der Herzog de los Alcores und der Erste Steuermann das Kloster Santa María de las Cuevas verließen, forderte ein großer Trupp von Don Gaspars Gerichtsdienern mit einem Beschluss, den der Oberste Richter unterzeichnet hatte, die Herausgabe der Gefangenen Ruiz de Acevedo und Loaysa. Don Pascual de Bustamante, der inzwischen an seinen Amtssitz zurückgekehrt war, verweigerte sich dem Gerichtsbeschluss, indem er behauptete, das Vorrecht läge bei der Handelsbörse, und seine Männer anwies, die Herausgabe zu verweigern. Es folgten Wortwechsel, Beleidigungen und auch körperlicher Widerstand, der zum Glück nicht außer Kontrolle geriet, denn zu guter Letzt schlug man die Pforten der Handelsbörse vor den Nasen der Gerichtsdiener zu. Don Gaspar de Moraleda wurde über diese unglaublichen Ereignisse sofort informiert. Seine Wut war gewaltig, denn in Kompetenzfragen duldete er keinerlei Widerspruch. Aufgrund seines guten Verhältnisses zu Bustamante hatte er zugelassen, dass sich zunächst die Handelsbörse des Falles annahm, da es sich um die Flotte handelte. Doch deren Gerichtsbarkeit war rein administrativ und nicht juristisch – auf diesem Feld gehörten die Kompetenzen einzig dem Gerichtshof, also ihm. Es war eine Sache, auf herablassend-großzügige Weise Zugeständnisse bei gewissen Formalitäten zu machen, ganz anders lagen die Dinge jedoch, wenn man seine Autorität infrage stellte und seinen Männern die Tür vor der Nase zuschlug.

Die Gefangennahme von Diego und Jerónimo war eine Amtsanmaßung, die er nicht zu dulden gedachte. Don Gaspar schlug Alarm:

»Ich will alle Gerichtsdiener hier sehen! Sofort!«

»Um alle Männer zusammenzutrommeln, werden wir ein wenig Zeit benötigen, Exzellenz«, wandte der Kommandeur ein.

»Ich sagte: Sofort! Diesen Bastard von Bustamante werden wir's schon lehren!«

»Die Männer werden sich mit größter Schnelligkeit hier einfinden, Exzellenz. Wünscht Ihr, dass sie mit Schlagstöcken gehen oder bewaffnet?«

»Bewaffnet bis an die Zähne! Wir ziehen in den Krieg!« Don Gaspar war in haltlose Wut geraten, er war ein Wirbelsturm, ein Orkan. »Lasst mein Pferd satteln!«

Gegen vier Uhr nachmittags marschierte ein riesiger Trupp Gerichtsdiener, begleitet von zwei Tambouren und angeführt von Don Gaspar de Moraleda y Santibáñez in vollem Ornat seiner Amtswürde, in zweifelhafter Formation und noch zweifelhafterem Gleichschritt, aber mit höchst kriegerischer Haltung zum Sitz der Handelsbörse. Dieser ungewöhnliche Aufmarsch erregte die Aufmerksamkeit der Passanten, sodass sich sehr schnell eine Menschenmenge an ihre Fersen heftete und sie händeklatschend anfeuerte. Schon bald machten sich Gerüchte aller Art breit.

»Sie haben das Gold von der Galeone gefunden!«, vermutete einer.

»Sie nehmen den Vorsitzenden der Handelsbörse fest!«, glaubte ein anderer.

»Ist er denn der Dieb?«, hörte man einen fragen.

»So scheint es!«, bestätigte eine andere Stimme.

»Sie sagen, Don Gaspar habe vor, die Börse anzugreifen!«

»Fähig dazu ist er!«

So oder ähnlich verliefen die Gespräche der Menschen, die schon eine ansehnliche Gruppe bildeten, als sie den kleinen Platz erreichten, der das Ziel der Gerichtsdiener war. Viele rieben sich schon erwartungsvoll die Hände in Erwartung des Spektakels, in dessen Genuss sie kommen würden, noch dazu gratis.

Die Handelsbörse war verriegelt und verrammelt. Auf Anweisung Don Gaspars, der auf seinem Pferd, das den korpulenten Leib seines Reiters mit erstaunlicher Anmut trug, nicht aufhörte zu krakeelen, forderte ein Gerichtsdiener lauthals, dass man der Justiz die Türen öffnen solle. Er trommelte gleichzeitig mit aller Kraft gegen die Tür, aber seine Bemühungen waren vergeblich, als Antwort erhielt er nichts als Stille.

Die Menge der Schaulustigen wuchs derweil stetig an. Der Gerichtsdiener unternahm einen neuen Versuch. Nichts. Stille.

Unter zwei Zuschauern entspann sich eine Wette:

»Wetten, dass sie nicht aufmachen?«

»Wetten doch?«

»Wetten nicht? Wetten, der Richter zieht mit eingezogenen Schwanz wieder ab?«

»Einen Dukaten?«

»Abgemacht!«

Ein Händedruck besiegelte das Abkommen, das auch der nahebei stehende Richter gehört hatte. Don Gaspar wandte sich zur Seite, um die Wettenden anzuschauen, und zugleich gewahrte er auch die Holzbalken eines Wagenmachers, dessen Werkstatt an dem Platz lag. Sein Blick fiel auf ein Holz mittlerer Größe – etwa einen Fuß dick und vier oder fünf Ellen lang –, das vor ihm auf dem Boden lag. Seine Augen leuchteten auf.

»Eh! Hör auf zu schreien!«, rief er den Gerichtsdiener an. »Ihr«, er wandte sich an zwei andere seiner Männer, »nehmt diesen Stamm und benutzt ihn als Rammbock!«

Während die Gerichtsdiener sich daranmachten, den Befehl auszuführen, nahmen die Umstehenden ihn mit donnerndem Beifall auf. Wie bei einer Erstürmung begannen zehn Männer, fünf auf jeder Seite, in immer schnellerem Rhythmus die Türen des Gebäudes zu rammen. Da lehnte sich aus einem Fenster im oberen Stockwerk ein Mann und schrie wie ein Besessener:

»Sie schlagen die Tür ein! Sie schlagen die Tür ein! Die vom Gerichtshof sind verrückt geworden!«

Don Gaspar warf dem Schreihals einen boshaften Blick zu.

»Du nennst mich verrückt?« Ohne zu zögern zog er eine der Pistolen, die am Sattel im Halfter hingen, und feuerte einen Schuss auf den Mann ab. Die Kugel prallte neben ihm am Fensterrahmen ab.

Ein weiterer Beifallssturm begleitete den Schuss.

Augenblicke später erschien Bustamante auf dem großen Balkon und schrie:

»Um Himmels willen, Don Gaspar! So bleibt doch friedlich! Diese Angelegenheit läuft völlig aus dem Ruder!«

Die Männer am Rammbock verharrten einen Augenblick, die Tür zeigte schon die ersten Anzeichen nachzugeben. Als er das Zögern seiner Untergebenen bemerkte, schrie der Richter mit einer Stimme, die sich vor Jähzorn überschlug:

»Keine Müdigkeit vorschützen! Bis er herunterkommt!«

Angesichts der Entschlossenheit des wutentbrannten Richters lenkte Don Pascual ein:

»Haltet ein, Don Gaspar, haltet ein! Wir öffnen ja!«

Unter weit größeren Anstrengungen, als sie normalerweise nötig waren, wurden die schweren Türen, die der Ansturm aus den Angeln gehoben und aus dem Rahmen gedrückt hatte, geöffnet. Drinnen waren ebenso viele Männer nötig wie draußen, um das Vorhaben zu bewerkstelligen. Viele der Neugierigen bedauerten das Ende der Schauspiels, andere dagegen warfen ihre Hüte in die Luft, um den Erfolg ihrer Favoriten zu feiern. Aber die allgemeine Erwartungshaltung dauerte an – niemand würde sich vom Fleck rühren, bevor klar war, wie die

Geschichte ausging –, denn über die Gründe für diesen Skandal wurde weiterhin wild spekuliert und gemutmaßt.

Endlich ins Innere des Gebäudes vorgedrungen, forderte der Oberste Richter von Sevilla, der als eindeutiger Sieger aus diesem Kampf hervorgegangen war, die unverzügliche Übergabe der Gefangenen. Don Pascual de Bustamantes Widerstand war nur noch symbolisch. Die Gerichtsdiener hatten das Gebäude buchstäblich eingenommen, und er wusste, dass es für sein ohnehin angeschlagenes Ansehen sehr viel schlimmer wäre, wenn man die Gefangenen mit Gewalt hier fortholen würde, und genau das drohte Don Gaspar ihm an.

Jerónimo und Diego wurden aus ihrer Zelle geholt und in einer Kutsche, die zu diesem Zwecke bereitstand, zum Gerichtshof gebracht, wo man sie unter Bewachung in einen Gerichtssaal führte. Dort blieben sie, beunruhigt und ohne zu wissen, welchen Kurs die Ereignisse eingeschlagen hatten, denn ihre Bewacher gaben ihnen weder einen Hinweis, noch beantworteten sie die Fragen, die sie ihnen stellten.

Es war fast fünf Uhr nachmittags, als sie Besuch vom Obersten Richter Sevillas erhielten. Bei ihm war Don Íñigo de Parias, der sich für die beiden verbürgt hatte, damit sie auf freien Fuß gesetzt würden, sofern sie ihr Wort gaben, die Stadt unter keinen Umständen zu verlassen und vor Gericht zu erscheinen, sowie sie dazu aufgefordert würden.

Maladros hatte seinem Pferd ordentlich die Sporen geben müssen, um, wie der Herzog es ihm aufgetragen hatte, vor Einbruch der Dunkelheit wieder zurück in Sevilla zu sein, wo die Vorbereitungen für die kommende Nacht getroffen werden mussten. Doch er war zufrieden, denn mit Liendres hatte sich alles nach Wunsch regeln lassen. Der hatte sich zwar zunächst ein wenig widersetzt, doch als Maladros sagte, dass er im Auftrag des Herzogs de los Alcores kam und der Fährmann in seiner Hand fünfundzwanzig Golddukaten blitzen sah, die er als Vorauszahlung bekommen sollte – nach getaner Arbeit würde er noch einmal so viel erhalten –, waren sogleich alle Zweifel beseitigt. Für eine solche Summe musste er normalerweise viele Monate arbeiten. Doch bevor sie den Handel abschlossen, stellte Maladros noch eine Bedingung: Liendres sollte absolutes Stillschweigen bewahren, kein Wort an niemanden. Nachdem der Schiffer auch das akzeptiert hatte, erklärte Maladros ihm gerade so viel, wie er wissen musste für die kommende Nacht: Sie würden eine Ladung von hundertsiebzig Arrobas vom Flussufer in Triana an einen Ort transportieren, den sie ihm erst zu gegebener Zeit nennen würden, der jedoch nicht weiter als drei Stunden entfernt war.

Der Herzog de los Alcores seinerseits war nach seinem Besuch im Kartäuserkloster ebenfalls guter Dinge: Alles war unter Kontrolle, sofern sie nur rasch handelten. Vor ihnen lag eine Menge Arbeit, doch die Mühe würde auch die Lösung ihrer Probleme bedeuten. Die Schwierigkeiten, die ihm seine Frau und diese beiden Mistkerle eingebrockt hatten, waren so gut wie beseitigt, und von dieser Nacht an, wenn sein unermesslich wertvoller Schatz in Sicherheit war, würde er einer der reichsten und mächtigsten Männer des Königreichs sein. Er konnte seine angeschlagenen Vermögensverhältnisse sanieren und würde darüber hinaus noch über schier unerschöpfliche Mittel verfügen. Außerdem dachte er auf dem Rückweg in die Stadt noch an andere Dinge, die sein Herz erfreuten: Endlich würde er sich dieser verdammten Portugiesin entledigen, mit der er eines schlechten Tages die Ehe eingegangen war. Das Schicksal, das er für sie ersonnen hatte, war, sie lebendig zu begraben. Er würde sie in ein Zisterzienserinnenkloster einschließen lassen, das seine Familie gegründet hatte und über das er uneingeschränkte Befehlsgewalt hatte. Asunción hieß der Ort seiner Wahl. Der dortigen Äbtissin würde er den ausdrücklichen Befehl erteilen, Leonor das Leben zur Hölle zu machen, sprich zahlreiche Disziplinarmaßnahmen – einschließlich Büßergürtel und Geißelungen –, wenig Essen und lange Fastenzeiten sowie vollständige Isolierung. Was diese beiden Plebejer betraf, so waren ihre Stunden bereits gezählt – Bastinhas hatte seinen Auftrag weisungsgemäß ausgeführt –, und er ergötzte sich an dem Gedanken, dass sie nicht einfach so ins Jenseits hinübergleiten würden. Ein paar zusätzliche Dukaten in den Händen des Folterknechts – er hatte den Portugiesen angewiesen, sie ihm zu geben, sobald der Handel, sie die Folter nicht überleben zu lassen, geschlossen war – dürften ausreichen, damit er sie, bevor er sie auf ihre letzte Reise schickte, auf eine Weise peinigte, die sie den Tag ihrer Geburt verfluchen lassen würde.

So abgrundtief war der Groll, der in seinem Herzen nistete, dass der bloße Gedanke an die Einzelheiten dieser Folter und das Schicksal, das seine Frau erwartete, ihn in Hochstimmung versetzte, ja ihm sogar Appetit machte. Und so beschloss er, dass er bei seiner Ankunft sofort etwas zu sich nehmen wollte. Sie näherten sich bereits der Brücke, die sie auf die Sevillanische Seite bringen würde, als er zu de Lastres sagte:

»So viel Aufregung und so viel Arbeit haben mich hungrig gemacht. Zuallererst essen wir einmal.«

»Wenn dies Euer Wunsch ist, Exzellenz, kenne ich eine Straßenschenke, nicht weit von hier an diesem Flussufer, wo man recht gut isst. Allerdings müssten wir die Pferde wenden, denn sie liegt auf dem Weg nach Cantillana. Die Schweinshaxen dort sind unübertrefflich«, erklärte der Steuermann.

Don Rodrigo sah ihn mit hochgezogenen Augenbrauen und einem Anflug von Zweifel an.

»Gutes Essen in einer Straßenschenke?«

»Verlasst Euch darauf! Ich kenne das Lokal gut, und wir könnten in kürzester Zeit dort sein!«

»Dann sei es so!«, beschied der Herzog. »Wie sagtet Ihr, heißt die Spelunke?«

»Ich habe Euch den Namen noch nicht gesagt, Señor, aber man nennt sie *El Abrevadero* – die Tränke.«

»Weiß Gott, das ist ein übler Name, de Lastres! Scheint mir eher ein Ort für Tiere zu sein!«

»Ist es auch, Señor!«, scherzte der Steuermann. »Wie ich Euch sagte, die Schweinshaxe ist unübertrefflich.«

Es war drei Uhr vorbei, als sie *El Abrevadero* betraten. Die Schenke war voll besetzt, doch das hinderte den Wirt, der den Rang der Neuankömmlinge gleich erkannte, nicht, hastig herbeizueilen und ihnen seine besten Plätze anzubieten.

Geradezu gesundheitsgefährdende Zustände prägten diesen Ort, doch die Qualität der Schweinshaxe blieb nicht hinter de Lastres' Lobpreisungen zurück – sie war exzellent. Der Herzog genehmigte sich zwei davon. Sie wurden serviert mit Sauce und einer Garnitur aus verschiedenen Gemüsen, gewürzt mit kleinen Stückchen Räucherspeck. Er hatte sich als Vorspeise bereits eine großzügige Portion *Migas* einverleibt: gewürzter und heiß ausgebackener Mehlteig mit Schinken, zubereitet nach Art der Hirten in den Bergen nördlich von Sevilla. Der Wein allerdings war widerwärtig, schmeckte sauer wie Essig und verströmte einen unangenehmen Geruch nach Fell und Talg von dem Lederbeutel, in dem er aufbewahrt wurde. Trotzdem zeigte sich der Herzog zufrieden. Dazu trug wohl auch die Tochter des Wirts bei, die sie bediente, ein dralles Mädchen mit schmaler Taille, breiten Hüften und üppigen Brüsten, die sich ohne großes Gehabe vom Herzog anfassen ließ, worauf er ihr nach dem Essen einen Achterreal schenkte sowie das Versprechen, in Kürze zurückzukehren, um sie zu wiederzusehen.

Sie traten ihren Rückweg in zügigem Tempo an. Als die beiden Männer durch die Puerta Real nach Sevilla einritten, stand die Sonne noch hoch; erst in zwei Stunden würde die Dämmerung über die andalusische Hauptstadt hereinbrechen. Sobald sie die Stadt betreten hatten, nicht ahnend, was in der Zwischenzeit vorgefallen war, trennten sie sich. Der Erste Steuermann hatte den Auftrag erhalten, den Ausritt von Maladros' Männern aus der Stadt zu organisieren: Sie sollten Sevilla zwischen dem Abend- und dem Nachtgeläut verlassen, jeweils in Zweiergruppen, damit sie keine Aufmerksamkeit erregten. In einer verlassenen Färberei am Flussufer von Triana, zwischen dem Castillo San Jorge und dem Kartäuserkloster, würden sie wieder aufeinander treffen. Um zehn Uhr erwarteten die Mönche sie an der Höhle, die zu den unterirdischen Gängen von Santa María de las Cuevas führte. Dann würden sie beginnen, die Truhen und Beutel aus dem Versteck zu tragen. Vor dem Kartäuserkloster würde ein weiterer Bereich – etwa fünfhundert Schritte entlang des Flussufers – unter der Bewachung eines Dutzends von Arkebusieren stehen, damit sich niemand dem Schauplatz der Verladung nähern konnte. Jeder der Männer würde zwei Arkebusen sowie zwei Pistolen mitbringen, geladen und schussbereit, falls dies notwendig werden sollte. Um Mitternacht würde der Frachtkahn kommen, der ihren Schatz weitertransportieren sollte.

Der Herzog seinerseits ritt direkt nach Hause. Dort angekommen befahl er dem Diener, der ihm die Tür geöffnet hatte, nach der alten Haushälterin zu schicken, mit der er noch etwas vorhatte:

»Rasch, schick mir Rosario! Ich erwarte sie in meinem Salon!«

Der Diener nickte und zog sich leise zurück. Der Herzog blieb kaum zwei Minuten allein, da trat die greise Amme seiner Mutter ein.

Don Rodrigo nahm ihre Hand und sagte zu ihr:

»Komm mit, *Mama* Rosario, begleite mich! Jetzt statten wir der Portugiesin den Besuch ab, den wir geplant haben!«

Die Haushälterin blickte ihm ins Gesicht:

»Du machst es nicht richtig! Du machst es nicht richtig! Du solltest sie härter bestrafen!«

Der Herzog schaute sie mit gehässigem Lächeln an:

»Ich weiß schon, *Mama,* ich weiß. Genau aus diesem Grund möchte ich, dass du mich begleitest!«

So machte sich das ungleiche Paar, das die beiden bildeten, auf den Weg zum Schlafgemach, dem Gefängnis der Herzogin.

Die alte Frau aus Maragatería genoss den Augenblick, in dem der Herzog de los Alcores seiner Frau eröffnete, dass er sie für den Rest ihrer Tage in einem Kloster einzusperren gedachte, in vollen Zügen:

»Dort werden sie dich zu behandeln wissen, du Hure! Nichts anderes verdienst du, nachdem du mich so schäbig hintergangen hast! Deinen eigenen Mann!«

Leonor konnte sich nicht zurückhalten:

»Hintergangen, sagst du? Nur eine Kanaille wie du kann die Wahrheit so verdrehen!«

»Schweig, Lästermaul!«, schrie mit gellender Stimme die alte Haushälterin.

»Hintergangen hast du mich«, fuhr der Herzog fort,

»doch geführt hat es zu nichts, denn noch heute Nacht werden wir den Plan zu Ende führen, der mich zum reichsten Mann des ganzen Königreichs macht!« Er näherte sein Gesicht dem seiner Frau bis auf wenige Zoll und wiederholte: »Zum reichsten Mann des Königreichs! Und der wird dich schon morgen lebendig begraben!«

»Wohin schickst du mich, Unhold?«

»Das merkst du schon, wenn du ankommst!«, knurrte er und versetzte Leonor de Mascarenhas eine Ohrfeige, die sie erst straucheln und dann zu Boden stürzen ließ. »Bis zum Sankt-Nimmerleins-Tag, Portugiesin! Da, wo ich dich hinschicke, wird es sein, als wärst du tot!«

»Nur viel schmerzhafter! Viel schmerzhafter!«, keifte die Alte mit sich überschlagender Stimme.

Leonor lag noch immer auf dem Boden, als Rosario sich vor sie stellte und ihr voller Inbrunst ins Gesicht spuckte.

Nachdem der Herzog die Gemächer seiner Gattin verlassen hatte, zog er sich in sein Büro zurück, jedoch nicht ohne vorher nach Bastinhas zu schicken. Ein Diener teilte ihm mit, dass der Portugiese nicht im Hause sei, man ihn aber gleich nach seiner Rückkehr informieren werde, dass Seine Exzellenz ihn zu sehen wünschte.

Es dauerte nicht lange, bis Bastián mit sanften Schlägen an die Tür darum bat, seinen Herrn stören zu dürfen. Der Portugiese war offensichtlich aufgebracht, und das aus gutem Grund. Er hatte erfahren, was in der Handelsbörse vorgefallen war und dass der Arzt und der Bildhauer sich auf freiem Fuß befanden. Der Herzog, der von alldem nichts gewusst hatte, war einen Augenblick lang sprachlos ob dieser Neuigkeit, doch in Sekundenschnelle schlug seine Verblüffung in blinde Wut um, und ein schöner, kunstvoll bemalter Krug musste dafür büßen.

»Wie konnte es dazu kommen? Verfluchter Bustamante!«

»Señor, die Einzelheiten kenne ich nicht. Ich weiß nur, dass es heute am Nachmittag geschehen sein muss, und nachdem ich davon gehört und mich vergewissert hatte, dass es wahr ist, kam ich so schnell es mir möglich war hierher«, stotterte Bastinhas entschuldigend.

Der Herzog tigerte in bleiernem Schweigen wie eine Raubkatze von einer Seite des Zimmers zur anderen, und sein Untergebener verharrte in ängstlicher Erwartung der Dinge, die da kommen würden. Dann machte der Herzog seinem Ärger mit Ausrufen Luft, die eher laute Gedanken waren:

»Dieses Mal sind sie entkommen! Aber ihre Stunde wird schon noch schlagen! Und so sehr sie sich auch beeilen, sie kommen zu spät, Bastinhas!«

Offenbar hatte seine Wut mehr damit zu tun, dass Diego und Jerónimo dem entsetzlichen Schicksal, das er für sie vorgesehen hatte, entflohen waren, als mit dem möglichen Scheitern seiner Pläne, die ihre Freilassung darstellte. Er ließ noch ein paar Verwünschungen los, dann blickte er den Portugiesen an und schien sich an etwas zu erinnern.

»Du und ich, wir verlassen die Stadt um neun Uhr! Durch den Ausgang im Bordell! Bereite alles vor!«

»Keine Sorge, Exzellenz«, nickte Bastinhas. »Benötigt Ihr sonst noch etwas?«

Zur Antwort erhielt er nur ein Kopfschütteln.

Während der Herzog de los Alcores und der Erste Steuermann alles Notwendige in die Wege geleitet hatten, um den Schatz der *Nuestra Señora de Atocha* in Sicherheit zu bringen, hatte Don Íñigo gemeinsam mit Diego und Jerónimo seinen eigenen Aktionsplan entworfen. Nach Auswertung aller ihnen vorliegenden Hinweise kamen sie zu dem Schluss, dass die Kartäuser in diesem Spiel mit dem Versteck des Goldes und Silbers eine Schlüsselrolle spielen mussten. Im Armeequartier in der Alameda de Hércules, wo ohne Unterlass Meldungen über alle Bewegungen des Herzogs einliefen, wurde fieberhaft gearbeitet. »Ein Mann hat das Kartäuserkloster verlassen und reitet am rechten Flussufer stromabwärts, wir folgen ihm.« »Der Herzog und der Mann, der ihn begleitet, haben das Kloster gegen zwei Uhr verlassen.« »Sie essen in einer Straßenschenke namens *El Abrevadero*.« Durch die hilfreichen Beiträge des Arztes und des Bildhauers, denen es trotzdem gelang, ihre Informationsquelle nicht preiszugeben, bestätigten sich die Vermutungen des Offiziers Punkt für Punkt. Als die drei gerade im Begriff waren, ihre Arbeit für beendet zu erklären, traf eine neue Meldung ein, die da lautete: »Maladros war in Coria. Er hat sich dort mit einem Fährmann getroffen und ihm eine ordentliche Summe Dukaten zugesteckt.«

22

Mündungsfeuer und das Donnern einer Arkebuse zerrissen die Dunkelheit und die Stille der Nacht – es war der Beginn einer unerwarteten nächtlichen Schlacht, in der sich bald von allen Seiten Schreie, gebrüllte Befehle, Flüche und Schüsse kreuzten.

Sie begann etwa eine Stunde nach Mitternacht. Die Nacht war finster und kühl, dazu lag seit einigen Stunden ein feuchter Dunst in der Luft. Der Ostwind kündigte Regen an und brachte den Geruch von nasser Erde. Bereits mit dem letzten Tageslicht waren am Horizont breite Wolkenfelder aufgezogen, die einen Wetterumschwung ankündigten. Die Wolken verdeckten den abnehmenden Mond und versenkten die Nacht in eine undurchdringliche Finsternis.

Der Herzog de los Alcores und seine Männer hatten kurz vor Mitternacht damit begonnen, die Beutel und Truhen entlang der bewachten Linie vom Höhleneingang zur Anlegestelle zu befördern. Die Mönche hatten sie direkt vor die Höhle gebracht, damit niemand in den unterirdischen Gängen des Klosters herumschnüffelte. Alles sollte bereit sein, wenn Liendres' Kahn käme. Der allerdings verspätete sich. Wegen der Wetterverschlechterung und vor allem wegen des fehlenden Mondlichts musste er überaus langsam fahren und benötigte die ganze Kraft eines Dutzends Ruderer. Maladros' Anordnung, an Bord keinerlei Lampen zu entzünden, die die Position des Schiffes verraten könnten, erschwerte die Fahrt. Liendres konnte sich lediglich an einigen wenigen Bezugspunkten orientieren: zwei Kerzen, die er an bestimmten Punkten aufgestellt hatte, die Fackeln, die an der Stadtmauer von Sevilla brannten, sowie ein paar Lichter auf dem letzten Wegstück irgendwo in Triana.

Als der Kahn endlich angekommen war und die Verladung der Fracht begonnen hatte, ertönte auch schon der Schuss, und die ersten Schreie wurden laut:

»Alarm! Alarm! Wir werden angegriffen!«

»Schnell! Beeilt euch! Sie dürfen nicht entkommen!«

In der tiefen Finsternis dieser Nacht entstand völlige Verwirrung. Ein weiteres Mündungsfeuer, noch ein Schuss. Der Herzog, der nach dem Herbeikarren des Schatzes aus den Höhlen nun das Beladen des kleinen Schiffes befehligte, konnte von seiner Position aus unmöglich sagen, ob es Angreifer waren, die da schossen, oder seine Männer, die er als Wachen postiert hatte. Aber er erkannte, dass die Schüsse von flussabwärts kamen. Von jetzt an dröhnten immer mehr Gewehrfeuer durch die Stille der Nacht. Die Feuergewalt seiner Männer war beträchtlich, aber in dieser Dunkelheit wusste niemand genau, wohin er zielen sollte. Einzig das Aufflackern der Mündungsfeuer konnte als Orientierung dienen.

Was sich Don Rodrigo Ponce de León in diesem schrecklichen Augenblick einfach nicht erklären konnte, war, wie diese Situation überhaupt hatte zustande kommen können. Um wen handelte es sich bei diesen Angreifern, wie viele waren sie, und woher wussten sie von dieser Aktion? Zähneknirschend schlug er sich mit der Faust in die Handfläche.

Alles ging so schnell, dass er nicht wusste, wie er reagieren sollte. Schon hörte er den Klang sich kreuzender Klingen, dann weitere Schreie. Instinktiv zog er sein Schwert und stellte gleichzeitig fest, dass die Männer aufgehört hatten, die Beute zu verladen. Sie waren wie gelähmt vor Schreck über den Angriff. Also versuchte er, sie zunächst einmal zum Weiterarbeiten zu bewegen:

»Los doch, ihr Gauner! Wir verladen so viel wir können! Los, macht schon!«

Ein paar der Männer unmittelbar neben dem Herzog nahmen ihre Arbeit wieder auf, waren jedoch sichtlich nervös.

Einige Momente später ertönte der Ruf:

»Wir werden von Triana her angegriffen! Es scheinen viele zu sein!«

Aus den Reihen der Männer, die das Gold und Silber verladen sollten, war daraufhin zu hören:

»Sie greifen an! Wir hauen ab!«

Es war unglaublich: Diejenigen, die ihre Arbeit zögerlich wieder aufgenommen hatten, ließen fallen, was sie in den Händen hielten, und begannen, in alle Richtungen davonzulaufen. Voller Angst versuchten sie zu fliehen und verloren sich in der finsteren Nacht. Es herrschte einen Augenblick lang vollkommenes Chaos. Doch sie waren erst wenige Schritte weit gekommen, als man sie schreien hörte:

»Sie kommen auf uns zu!«

Doch wer da auf sie zukam, war Maladros:

»Bleibt hier, ihr Feiglinge! Macht euch bereit, wir stellen uns ihnen entgegen!«

Juan de Lastres näherte sich dem Herzog mit verzerrtem Gesicht und gezogenem Schwert. Hier, direkt am Schiff, erhellte nur das schummerige Licht einfacher Lampen, die aus einem Gestell von zusammengebundenen Stöcken und Kaninchenblasen, in deren Innerem ein kleines Stück Brennstoff glühte, bestanden, das Gelände. Jetzt begannen auch die Männer auf dem Kahn die Nerven zu verlieren:

»Schnell, schnell! So schnell wie möglich alles aufladen!«, rief Liendres. Doch nur Augenblicke später hatte der Schiffer es sich offenbar anders überlegt und schrie eine Reihe von Befehlen: »Esteban, Anker lichten! Manuel, Taue lösen! Du, Roque, zieh die Stege ein! Wir verschwinden, das hier wird ungemütlich!«

»Niemand rührt sich, bis ich es sage!« Mit einem eindrucksvollen Sprung landete Maladros auf dem Deck des Kahns und hielt Liendres einen Dolch an die Kehle. Die Übrigen standen wie erstarrt da.

»Sag ihnen, dass sie gar nichts tun sollen!« Maladros presste dem Schiffer die Klinge noch ein wenig fester an den Hals.

»Tut, was er sagt! Er bringt mich um! Er bringt mich um!«, wimmerte Liendres.

»Wie lauten Eure Befehle, Exzellenz?«, fragte der Verbrecher den Herzog, der nervös war und unschlüssig, was er tun sollte.

Die Schreie der Angreifer kamen immer näher, dazwischen erhoben sich vereinzelte Flüche und Schmerzensschreie.

Man hörte einen Körper über den Boden rollen und einen weiteren Fluch. Jemand war hingefallen. Dann ein Schuss und wieder ein Schrei.

Jetzt brüllte eine Stimme, sie musste wohl hundert Schritte entfernt sein, aus vollem Hals:

»Dort, dort! Da sind sie! Auf sie! Auf sie!«

Juan de Lastres reagierte als Erster:

»Auf das Boot, Exzellenz, kommt aufs Boot!« Er zog Don Rodrigo, der abwesend wirkte, am Arm und bugsierte ihn an Bord. Auch Bastinhas sprang behände an Deck. Jetzt bestimmte der Erste Steuermann im Befehlston des erfahrenen Seemanns:

»Du, schneid das Ankerseil durch!«

Der Angesprochene fragte ungläubig zurück:

»Ich soll es durchschneiden?«

»Mit dieser Axt, schnell!«, schrie er ihn an und bedrohte ihn mit seinem Degen.

Danach stieß er mit Blick auf den Mann am Steuer hervor:

»Steuermann, hart Steuerbord, in die Mitte des Flusses! Das Ruder ganz nach Steuerbord! Schnell! In die Strömung, na los doch!« Während er diese Befehle schrie, hieb er die Taue durch und stieß mit einem Tritt die Bretter fort, die als Steg gedient hatten. Der Kahn, der jetzt in der Strömung lag, begann sich langsam und schwerfällig in Bewegung zu setzen, während der Bug, dem harten Einschlag des Steuers gehorchend, sich immer weiter vom Ufer entfernte.

Als die ersten Angreifer die Anlegestelle erreichten, war es schon unmöglich, den Kahn zu entern, zu weit hatte sich nun selbst das Heck vom Ufer entfernt. Das Manöver des versierten Steuermanns hatte das Boot schnell außer Reichweite gebracht. Ein paar Soldaten eröffneten das Feuer, schossen blind in die Richtung, in der sie den davonschwimmenden Kahn vermuteten.

In diesem Augenblick zerriss ein Blitz den Himmel, erhellte die dunkle Nacht und tauchte die Szene einen Moment lang in sein zuckendes Licht. Das kleine Schiff bot sein flaches Profil auf dem Wasser des Flusses dar, darauf die Umrisse seiner Ladung und der Männer an Bord. Am Ufer musste der Trupp der Soldaten des *Tercio Viejo de la Armada* hilflos zusehen, wie ihnen ihr Fang entging. Doch sie nutzten den Schein des Blitzschlags, und jeder, der konnte, feuerte einen Schuss auf das Boot ab. Was diese Schüsse bewirkten, sahen sie nicht, denn sogleich hatte sich wieder die Finsternis über den Fluss gesenkt. Am Ufer rannten und kämpften die Gegner noch immer, Verletzte stöhnten, andere lagen leblos auf dem Boden.

Auf dem Steg standen noch unzählige Truhen, Kisten und Säcke, teils ordentlich gruppiert, teils einfach fallen gelassen. Im Hintergrund ragte wie ein Scherenschnitt das Kartäuserkloster Santa María de las Cuevas majestätisch und herausfordernd empor. Augenblicke später folgte ein Donner, der lange dröhnte, als rolle etwas unermesslich Großes und Schweres durch das Firmament. Dann öffnete der Himmel über Sevilla seine Schleusen, und der Regen, der die ganze Zeit als Drohung in der Luft gelegen hatte, prasselte nieder. Es schien, als habe der Donnerschlag eine Sintflut angekündigt, die nun im Sturm herniederging und das Wasser des Flusses peitschte.

Der Morgen des 23. April begann in Sevilla grau und trist. Der Regen, der fast die ganze Nacht über gefallen war, ließ erst mit der Dämmerung nach. Alles war nass und schlammig, die Dünen von Arenal hatten sich in einen Sumpf verwandelt. Der angeschwollene Guadalquivir floss ungestüm, sein Wasser war schmutzig und aufgewühlt, doch die Deiche und Schotten hatten diesmal der Macht der Flut widerstanden. Die Stadt war dem Hochwasser, das sie mit beklagenswerter Häufigkeit überschwemmte, entgangen.

Das Entladen der Galeonen wurde trotz der Unbilden, die das Gewitter gebracht hatte, fortgesetzt, auch wenn Fuhrwerke wie Lasttiere zum Teil im Schlamm stecken blieben. Die Schar der Schaulustigen war noch immer bemerkenswert groß, wenn auch nicht mit der vom Vortag zu vergleichen.

Auf der Höhe des Goldturms hatten sich schon im Morgengrauen zahlreiche Neugierige eingefunden, die, so gut sie konnten, die Überreste eines gestrandeten Lastkahns begutachteten, wobei ein Trupp Soldaten sie weitestgehend auf Distanz hielt. Das verunglückte Boot war an einem der steinernen Schutzwälle zerschellt, von dort abgeprallt und gegen den Rumpf einer Galeone geschleudert worden, wo es einigen Schaden angerichtet hatte, unter anderem ein kleines Leck, das Schiffszimmerleute und Kalfaterer gerade abdichteten. Alles deutete darauf hin, dass der Steuermann die Kontrolle über das Boot verloren und die Strömung es mitgerissen hatte. Ein paar Mitarbeiter der Handelsbörse waren dabei, das Wrack einer sorgfältigen Untersuchung zu unterziehen. Diese ergab, dass zwei der Leichname, die sich auf Deck befanden, Schussverletzungen hatten, die offenbar ihren Tod herbeigeführt hatten. Auch das Ruderblatt wies mehrere Einschusslöcher auf.

Kurz darauf wurden zwei weitere Tote gefunden. Einen entdeckten die Soldaten in der Ankerkette einer Galeone, wo sich die Leiche verfangen hatte, einen weiteren stöberten Hunde auf einer Böschung am rechten Flussufer auf; das Bellen der Tiere hatte ein paar Bauern aus der Umgebung alarmiert. Es war insgesamt ein halbes Dutzend Todesopfer, das der heftige Kampf am Ufer von Triana gekostet hatte – unter ihnen befand sich auch der *Veinticuatro* Don Gonzalo de Rojas.

Schon bald kursierten die unterschiedlichsten Geschichten und Gerüchte. Ein großer Teil des gestohlenen Goldes sei gerettet, hieß es. Man habe die Diebe gestellt, als sie es am Ufer von Triana gegenüber dem Palast der Inquisition auf den Lastkahn verladen wollten. Wer vor Ort war, konnte sich davon überzeugen, dass die Beutel, Truhen, Kisten und anderen Behälter voller Gold, Silber und Juwelen nun unter eindrucksvollen Sicherheitsvorkehrungen an ihren Bestimmungsort gebracht wurden. Die gesamte Strecke wurde durch Arkebusiere des *Tercio Viejo de la Armada* bewacht. Diese hatten auf der gesamten Strecke, auf der jetzt eine Herde Maultiere mit der wertvollen Fracht auf den Rücken entlangzog, alle Querstraßen abgeriegelt.

Riesig war die Menschenmenge, die sich entlang der bewachten Wegstrecke drängte. Wo es das Gelände gestattete, hatten die Soldaten mit ihren Piken einen Pfad von nicht weniger als zwanzig Ellen Breite freigehalten, damit Eseln, Viehtreibern und den mitmarschierenden Soldaten, die ohnehin schon mit dem Schlamm zu kämpfen hatten, nicht noch zusätzlich das Leben schwer gemacht wurde. Zwischen zwei Pikenträgern stand jeweils ein Arkebusier, und auf jedem Wegabschnitt wachte ein Hauptmann über die Disziplin der Soldaten. Ihre Befehle waren eindeutig: »Haltet die Augen auf« und »Falls notwendig, greift ohne jede Rücksicht durch«. Alle hielten ihre Waffen bereit, geladen und mit aufgesteckter Zündschnur.

Über diese unverkennbare Wahrheit hinaus gab es nur Gerüchte und Mutmaßungen. Jeder spekulierte über die Menge der wiederaufgefundenen Reichtümer, und die Bandbreite reichte von »alles, was gestohlen wurde« bis »weniger als ein Drittel«. Man fantasierte über die Umstände, unter denen das Boot gefunden worden war, wobei einige behaupteten, ein paar Bauern aus Triana hätten Meldung gemacht, weil sie »seltsame Dinge« beobachtet hätten, und andere zu wissen glaubten, es habe »Meinungsverschiedenheiten zwischen den Dieben selbst« gegeben. Wieder andere sahen den Ursprung allen Übels in einer »mysteriösen Erscheinung«. Und schließlich gab es solche, die behaupteten: »Die Kartäusermönche haben den entscheidenden Hinweis gegeben« – was in unvereinbarem Widerspruch zu der Theorie anderer stand, die sagten, dass die Kartäuser als Komplizen mitgewirkt hatten. Einig waren sich alle Gerüchte darin, dass Don Rodrigo Ponce de León, der Herzog de los Alcores, im Mittelpunkt des schurkischen Komplotts zum Raub des königlichen Goldes stand. Ziemlich uneinig war man sich aber über die Annahme, ob auch die angebliche Pestepidemie, die Sevilla in Angst und Schrecken versetzt hatte, mit dem Raub auf der Galeone zusammenhing. Manche Behauptungen lauteten dahin gehend, dass beide Ereignisse Teil desselben Komplotts seien. Einige Ausführungen deuteten sogar darauf hin, dass die Vergiftung des Statthalters, des Grafen de Paredes, ebenfalls Teil dieser Geschichte war. Es kursierte weiterhin das Gerücht, dass der stellvertretende Statthalter unter Arrest gestellt worden sei – in seinem eigenen Hause, schließlich gehörte er dem Adel an – und man ihm vorwerfe, in diese skandalösen Missetaten verstrickt zu sein. Auch einige *Veinticuatros* aus dem Stadtrat, deren Namen jedoch noch nicht bestätigt waren, stünden unter Arrest. Darüber hinaus erzählte man sich noch zahllose weitere Geschichten, die offenkundig zu abseitig zu sein schienen.

In dieser Stadt, die bis in ihr Innerstes aufgewühlt, aber fröhlich und zuversichtlich war, nachdem die durch die »Seuche« gesäten Sorgen und Ängste verwunden waren und der Raub der Schätze ein glückliches Ende gefunden hatte, suchten die Behörden fieberhaft nach dem Herzog de los Alcores, dessen Verhaftung die zahlreichen dunklen Punkte, die diese unglückselige Geschichte noch immer aufwies, klären würde. Bei keinem der Toten, die man gefunden hatte, handelte es sich um Don Rodrigo Ponce de León.

Um zehn Uhr morgens wurden Doktor Diego Ruiz de Acevedo und der Bildhauer Jerónimo de Loaysa aufgrund von Zeugenaussagen sowie wegen der Ereignisse der vergangenen Nacht von allen Anschuldigungen freigesprochen. Stattdessen wurde Don Pascual de Bustamante in der Handelsbörse unter Arrest gestellt. Innerhalb des Gebäudes durfte er sich frei bewegen, doch es war ihm ausdrücklich untersagt, das Gebäude zu verlassen oder gar Versammlungen der in Amerika reich gewordenen Spanier einzuberufen. Die Funktion de Bustamantes übernahm vorübergehend der dienstälteste Beamte, so lange bis alles endgültig geregelt wäre. Sowohl der Arrest de Bustamantes als auch die Rehabilitation Ruiz de Acevedos und Loaysas erfolgten auf Anordnung des Obersten Richters von Sevilla.

Zwischen Sevilla und Coria fanden am Vormittag ein paar ausgehungerte Landstreicher, die sich von wildem Spargel, Pilzen, Golddisteln und anderen Kräutern ernährten, Maladros, schwer verletzt und mit einer Kugel im Leib.

Der Verbrecher leistete keinen Widerstand, sondern flehte um Hilfe, da das Leben ihm in Strömen aus der Wunde floss. Diese Kunde wurde dem Kommandeur der Gerichtsdiener überbracht, der die notwendigen Anordnungen erteilte, ihn nach Sevilla zu bringen. Maladros landete im Königlichen Gefängnis, wo ihn ein Arzt und ein Bader versorgten. Dort legte er, als man ihm vage Versprechungen gemacht hatte, vor einem Richter, einem Amtsschreiber und mehreren Mitgliedern der Handelsbörse und der Münzanstalt ein volles Geständnis ab. Im Kern bestätigte seine Aussage, was man bereits wusste, nämlich, dass in der Tat eine Verbindung zwischen der vermeintlichen Pestepidemie und dem geplanten Raub existierte, dass sie den geraubten Schatz in einer Höhle unter dem Kartäuserkloster versteckt hatten und dass zwei der Mönche an dem Raub beteiligt waren: Einer hieß Bruder Remigio und der andere Bruder Antón. Maladros sagte ferner aus, dass der Obermaat der *Nuestra Señora de Atocha* ihnen geholfen hatte, auf die Galeone zu gelangen. Er bestätigte, dass der Herzog de los Alcores der Anstifter des Verbrechens gewesen war, er habe darüber hinaus auch alle entstandenen Kosten getragen. Gehirn des Plans sei jedoch ein gewisser Juan de Lastres gewesen, königlicher Steuermann der Indien-Flotte. Er berichtete auch, dass sie bei dem Versuch, die Beute auf den Frachtkahn eines gewissen Liendres, Einwohner von Coria und von Beruf Fährmann, zu verladen, überrascht worden waren. Von wem, konnte er nicht sagen, es sei jedoch eine bewaffnete und offenkundig reguläre, soldatische Truppe gewesen. Besagter Kahn habe Schiffbruch erlitten, nachdem ein Schuss die Ruderanlage zerstört hatte und das Schiff abgetrieben worden war. Eigentliches Ziel der wertvollen Fracht, so sagte er, sei ein Palast im Besitz Ponce de Leóns in Coria gewesen.

Befragt nach dem Verbleib des Herzogs de los Alcores, erklärte Maladros, diese Frage könne er nicht beantworten, weil er die Antwort nicht kenne. Seine Exzellenz sei, genau wie er selbst, in dem Frachtkahn geflohen – er sei in Begleitung jenes de Lastres und eines Portugiesen namens Bastinhas an Bord gekommen –, doch kurz darauf sei alles in Chaos und Verwirrung versunken. Das Einzige, was er bestätigen konnte, war, dass der Herzog noch an Bord war, als der Unfall sich ereignet hatte.

Etliche Patrouillen durchkämmten die Umgebung der Stadt und sollten Bauernjungen, Bauern, Hirten und Viehtreiber befragen, um auch noch den letzten Mittäter aufzustöbern. Kurz vor Mittag kehrte ein Trupp von Gerichtsdienern nach Sevilla zurück. Mehrere Aussagen hatten ihn zu einer jämmerlichen Gestalt geführt, die sich völlig erschöpft über die Straßen schleppte. Ihrem Auftreten und ihrer Kleidung nach zu schließen, war es eine Person von gewissem Rang, doch als es darum ging, ihre Identität zu offenbaren und die Gründe zu nennen, aus denen sie sich in solch beklagenswertem Zustand befand, zeigte der Mann sich störrisch. Damit erregte er den Argwohn der Gerichtsdiener, die ihn sogleich festnahmen. Der Gefangene wurde zum Gerichtshof gebracht, wo man ihn als Juan de Lastres, Ersten Steuermann der Indien-Flotte, identifizierte und ihn anklagte, Teil eines Komplotts zu sein, dessen Ziel es war, die königlichen Galeonen auszurauben. Im Verhör bestätigte er Maladros' Geständnis Punkt für Punkt, aber auch er konnte keine Aussage über den Verbleib des Herzogs machen.

Angesichts des rätselhaften Verschwindens des Adligen, der sich auch in seinem eigenen Hause nicht gezeigt hatte, beschloss der Oberste Richter von Sevilla, mittels Ausrufern und Anschlägen an den üblichen Stellen eine Bekanntmachung mit folgendem Wortlaut zu publizieren:

Don Felipe, König von Castilla, León, Aragón, Granada, Navarra … Herzog von Mailand und Brabant … Herr von Vizcaya und Molina und in Seinem Namen Don Gaspar de Moraleda y Santibáñez, durch Sein Mandat Oberster Richter am Königlichen Gerichtshof von Sevilla, gibt allen Veinticuatros und Edelmännern sowie allen Anwesenden, Bürgern und Besuchern der Stadt Sevilla bekannt, dass durch meine Person der Beschluss angeordnet wurde, Don Rodrigo Ponce de León, Herzog de los Alcores, und seinen Diener, einen Portugiesen namens Sebastián de Bastinhas, zu suchen und gefangen zu nehmen. Beide werden der Majestätsbeleidigung schwersten Grades beschuldigt.

Anlass für diese öffentliche Bekanntmachung ist die Tatsache, dass der Aufenthaltsort beider weiterhin unbekannt ist. Da es jedoch unabdingbar erscheint, dass sie vor dieses Gericht gestellt werden, um sich für ihre

Verbrechen zu verantworten sowie nach ihren Wünschen alles zu ihrer Verteidigung vorzubringen, ermahnen wir jeden, der Indizien, Informationen oder Hinweise über ihren Aufenthaltsort beitragen kann, diese den Behörden umgehend mitzuteilen, so wie es die Gesetze Seiner Majestät des Königs vorschreiben.
Weiterhin wird bekannt gegeben, dass die Person, ohne Unterscheidung ihres Standes und ihres Ansehens, die glaubwürdige Angaben bringt, welche zur Verhaftung und Gefangennahme der Genannten, vor allem jedoch des Don Rodrigo Ponce de León führen, die Summe von fünfzig Dukaten erhält, ausgezahlt in guten Goldmünzen …
Genehmigt, gedruckt und veröffentlicht.
Sevilla, am 23. Tage des Monats April im Jahre des Herrn 1646.

Bis zum Mittag war Sevilla übersät von diesen Anschlägen, und an jeder Ecke und auf allen Plätzen verkündeten die Ausrufer lauthals den Inhalt der Bekanntmachung. Die Nachricht erreichte schließlich auch Compás de la Laguna und das geschlossene Freudenhaus der Stadt. Der Besitzer dieses Etablissements, Mateo Abrás, eilte sichtlich nervös und mit hastigen Schritten zum abgelegensten Separee des Lokals, einem großen Raum, dessen Außenwand die Stadtmauer bildete. Es war ein dunkler Ort, nur spärlich beleuchtet durch einen Lichtschacht zum Innenhof, aber gemütlich und sehr diskret. Er war luxuriös möbliert und wurde von den vermögendsten Besuchern des Hauses gern als Liebesnest genutzt. Doch nun war er schon seit geraumer Zeit der Öffentlichkeit nicht mehr zugänglich – zumindest nicht ohne die drei Dukaten, die der Eintritt kostete, zu verdoppeln. Abrás vergewisserte sich, dass ihm niemand durch den langen, dunklen Gang zu diesem Raum gefolgt war, unter anderem weil sein Geschäft seit Tagen offiziell geschlossen war, dann klopfte er behutsam an die Holztür, zweimal langsam, dann dreimal schneller und fester. Nach kurzer Stille kam die Antwort aus dem Inneren:

»Seid Ihr es, Abrás?«, fragte ganz leise eine Stimme mit hörbar portugiesischem Akzent.

»Ja, ich bin es. Öffnet rasch, ich bringe wichtige Neuigkeiten.«

Er hörte das Quietschen des Riegels, dann öffnete sich die Tür. Der Bordellbesitzer betrat die Kammer, die durch ein Feuer im großen Kamin, in dem dicke Eichenholzscheite glommen, behaglich aufgeheizt war. Daneben lag auf einem riesigen, aus edlem Holz kunstvoll gearbeiteten Bett unter einem Baldachin Don Rodrigo Ponce de León. Er sah verwahrlost aus, und er schien zu schlafen.

Abrás blickte Bastinhas fragend an.

»Er ruht seit etwa zwei Stunden. Er sagte, falls er einschliefe, solle ich ihn bei Sonnenuntergang wecken«, erklärte der Portugiese.

»Hier bringe ich die Bestellung, die Seine Exzellenz mir heute Morgen aufgetragen hat«, sagte der Wirt und legte ein mittelgroßes Paket auf einen Sessel.

»Ist alles dabei, was er bestellt hat?«

»Alles.«

»Und auch die Männer stehen bereit?«

»Auch das.«

»Sie sind absolut vertrauenswürdig?«

»Ich lege persönlich die Hand für sie ins Feuer.«

»Dann könnt Ihr jetzt gehen. Ich sage dem Herzog, dass Ihr seinen Auftrag erfüllt habt.«

»Es haben sich Dinge ereignet, von denen Seine Exzellenz erfahren sollte. Ich bin der Meinung, wir sollten ihn jetzt gleich wecken«, sagte der Wirt.

»Was ist denn so wichtig?«

»Es ist in der Tat wichtig, und zwar sehr, aber ich muss es Seiner Exzellenz selbst sagen.«

»Ist gut, aber weckt Ihr ihn. Ich will nicht noch mehr Ärger, als ich jetzt schon habe«, entschuldigte sich Bastinhas.

Abrás trat näher ans Bett und flüsterte mit schwacher, ängstlicher Stimme:

»Exzellenz, Exzellenz.«

Don Rodrigo Ponce de León öffnete ein Auge:

»Was ist denn los? Siehst du nicht, dass ich schlafe?«

»Señor, es ist …«

»Was ist los?«, fragte der Herzog und schlug auch das andere Auge auf.

»Exzellenz, seht Ihr, es ist so …«

»Nun spuck es schon aus, verdammt noch mal!«

»Nun … man hat ein Kopfgeld auf Euch ausgesetzt.«

Mit einem Satz sprang Don Rodrigo auf und begann im Zimmer auf und ab zu marschieren, nervös und übellaunig, was sich in seinen langen Schritten manifestierte, in seinem zu einer Grimasse verzogenen Gesicht und den Flüchen, die er zwischen den Zähnen hervorstieß. Die anderen beiden Männer sahen ihm schweigend zu. Nach einer Weile stieß er hervor:

»Ich nehme an, sie haben es bereits bekannt gegeben.«

»So ist es, Exzellenz, mit Ausrufern und mit Anschlägen.«

»Wie viel bieten sie?«

»Fünfzig Dukaten, Señor.«

»Nur fünfzig Dukaten!«

»Für alle beide, Señor!«

»Pack!«

»Diese Summe, Señor, könnte viele Zungen lösen.«

Der Herzog musterte den Wirt mit eiskaltem Blick.

»Auch die deine?«

»Señor!«

»Antworte mir, du Lump!«

»Ihr wisst sehr gut, Señor, dass ich Euch niemals verraten würde.«

»Ist gut, ist gut.« Der Herzog ging auf Mateo zu, legte ihm eine Hand auf die Schulter und blickte ihm fest in die Augen: »Wenn du mich verrätst, ist dein Leben keinen Pfifferling mehr wert!« Dann fragte er in verändertem Tonfall: »Ist es noch lange bis Sonnenuntergang?«

»In etwa einer Stunde wird es finstere Nacht sein, Señor«, antwortete der Wirt mit zittriger Stimme.

Der Herzog setzte sich auf einen Schemel an den Tisch und nahm das Schreibzeug zur Hand, das dort bereitlag. Er kritzelte ein paar Zeilen auf ein Blatt, faltete es zusammen und tropfte ein wenig Siegellack darauf, in den er seinen Ring drückte.

»Ich möchte, dass dies zu *Mama* Rosario gebracht wird. Jemand, der absolut vertrauenswürdig ist, muss es ihr bringen und auch die Antwort abwarten. Und du bereitest meine Abreise vor, sobald der Bote wieder hier ist. Stehen die beiden Männer bereit?«

»Sie stehen zu Eurer Verfügung, wann immer Ihr sie benötigt, Exzellenz.«

»Ist gut, ist gut«, antwortete der Herzog und durchbohrte ihn mit den Augen, während er ihm die Nachricht reichte, die er geschrieben hatte.

Mateo Abrás nahm das Papier mit fliegenden Händen entgegen:

»Es wird alles so erledigt, wie Euer Exzellenz es anordnet.« Dann machte er eine Verbeugung und zog sich flink zurück.

Als er gegangen war, schob der Portugiese den Riegel wieder vor und verschloss die Tür. Dann fragte er:

»Was denkt Ihr, Señor?«

»Wenn er mich hätte verraten wollen, hätte er es bereits getan, aber ein wenig Einschüchterung kann nie schaden.«

»Habt Ihr einen Plan, Señor?«

Der Herzog schien einen Augenblick zu überlegen.

»Ja, habe ich. Wo ist das Paket, das er gebracht hat?«

Bastinhas hob es auf und reichte es ihm.

»Machen wir uns also an die Arbeit. Wir müssen bereit sein, wenn sie uns die Nachricht bringen.«

Das Nachtgeläut war verklungen, und man hatte begonnen, die Stadttore zu schließen. Der Herzog de los Alcores und der Portugiese in seiner Begleitung waren nicht aufgetaucht, auch hatte niemand sie gesehen. Im Haus der Handelsbörse waren die Angestellten damit beschäftigt, die zurückgewonnenen Schätze nachzuzählen und mit den Auflistungen, die die Buchhalter der Flotte zur Verfügung gestellt hatten, zu vergleichen. Wie es schien, gab es Verluste, aber sie beliefen sich auf nicht einmal zehn Prozent, was unter diesen Umständen als Erfolg auf der ganzen Linie zu verbuchen war.

Durch eine kleine Gasse eilte ein Franziskanermönch, ausstaffiert mit allen Insignien des Priesteramts und, wie es üblich war, verhüllt von einem Umhang, der ihm zugleich dazu diente, den Kelch in seinen Händen zu schützen. Er hielt das Viatikum in Händen und wurde begleitet von zwei Fackelträgern, die ebenfalls den Habit der Franziskaner trugen, und einem Küster, der nicht aufhörte, ein Glöckchen zu läuten. Auf dem Weg hatten sich ihnen ein paar der wenigen Passanten, die noch in den Straßen unterwegs waren, angeschlossen. Ihr Weg endete an den Palasttoren des Herzogs de los Alcores, wo sie von zahlreichen Dienern erwartet wurden, die bestätigten, dass es um die Gesundheit der alten Amme Rosario wahrlich schlecht bestellt sei. Sie hatte einen schweren Anfall erlitten, der sie gelähmt hatte, und schien unmittelbar vor der Pforte des Ewigen Lebens zu stehen. Niemand rechnete damit, dass sie das Licht des neuen Tages noch erblicken würde. Als die Diener am Ende der langen, engen Straße, die vor dem herzoglichen Anwesen endete, das religiöse Gefolge ausgemacht hatten, waren sie herausgekommen, um dem Priester mit ihren brennenden Fackeln das letzte Wegstück zu erleuchten.

»Schnell, Padre, schnell! Sie ringt mit dem Tode!«

»Haltet Euch nicht auf, um Gottes willen!«

Mehrere Männer, die abwechselnd vor dem Palast des Herzogs Wache schoben, beobachteten schweigend die Ankunft des Sterbesakraments. Sie alle zogen ihre Hüte und beugten ehrerbietig die Knie, als der Priester vorüberging. Nach ihm und seinen Begleitern drängten sich die Diener ins Haus und schlossen die Türen hinter sich.

Der Aufruhr, der nun im Inneren des Palasts entstand, war beträchtlich, denn der Priester warf den Kelch von sich und riss sich Habit und Ornamente vom Leibe: Der falsche Franziskaner war in Wirklichkeit der Herzog de los Alcores! Auch der Küster, der kein anderer war als Bastinhas, entledigte sich seines Mönchsgewandes, wenn auch unter einigen Schwierigkeiten, weil sich der Saum seiner Gewänder in der Gürtelschnalle verhakte. Während er sich alles auszog, was seine Verkleidung ausgemacht hatte, begann Don Rodrigo übellaunig und mit verzerrtem Gesicht, Befehle zu schreien.

Das ganze Haus schien sich in Bewegung zu setzen. Alles rannte, alles eilte herbei, um seinen Teil der Arbeit zu erfüllen. Nur die beiden Männer, die die Fackeln getragen hatten, verharrten still und schweigend abseits in einer Ecke.

Don Rodrigo kleidete sich in eine prunkvolle Rüstung, von der ein poliertes Schwert aus bestem Damaszenerstahl baumelte. Dann riss er zwei seidene Seile von einem Vorhang ab, seine Augen waren rot vor Zorn und vor Müdigkeit, und stieg gemeinsam mit seiner alten Haushälterin und dem Portugiesen die Treppe seines Palastes empor.

Schon vom hinteren Teil der Galerie aus brüllte er den Wachtposten vor dem Schlafgemach seiner Gattin zu, dass sie die Tür öffnen sollten.

»Niemand stört uns! Aus keinem Grund!«, schrie er die Wachen an. »Dafür verantwortet ihr euch mit eurem erbärmlichen Leben! Bastinhas, du wartest hier! Ich rufe dich, wenn ich dich brauche!« Dem Portugiesen gefiel dieser Befehl nicht, aber er musste sich fügen.

Als Leonor die greise Haushälterin Rosario und ihren Mann in dieser Aufmachung hereinkommen sah, konnte sie einen Angstschrei nicht unterdrücken. Der alte Drachen grinste ein boshaftes Lächeln, und aus Rosarios zahnlosem Mund drangen Geräusche, die einem Lachen ähnelten, einem jedoch das Blut in den Adern gefrieren ließ. Leonor versuchte zu fliehen, indem sie auf den Balkon stürzte. Sie schaffte es eben, die Türen halb zu öffnen, doch mehr Zeit blieb ihr nicht. Ihr Mann zerrte sie mit einer solch heftigen Bewegung von dort weg, dass sie stürzte und über den Boden rollte. Dann fesselte er ihr mit einer der beiden Vorhangschnüre die Hände auf dem Rücken und band sie an einem Pfosten des Himmelbetts fest.

»Ich schwöre bei meinem Leben, dass du es bereuen wirst, je auf dieser Welt gewesen zu sein!«, schrie ihr der Herzog ins Gesicht und riss sie an den Haaren.

Trotz ihrer panischen Angst blieb Leonor noch genügend Courage, um ihm ins Gesicht zu spucken:

»Schwein! Dieb!«

»Ah, hättest du nur auf mich gehört!«, murmelte die Alte. »Aber jetzt ist nicht die Zeit zu klagen, sondern zu handeln! Auf diesen Moment habe ich seit Jahren gewartet!«

»Jetzt verlieren wir keine Zeit mehr! Lass uns anfangen!«, brüllte der Herzog.

»Heiliger Gott, schütze mich!«, schrie Leonor voller Entsetzen, als sie ihren Gatten mit dem zweiten Seil auf sie zukommen sah. Er wollte sie erdrosseln. Der Herzog kam näher und legte ihr sanft das Seil um den Hals, dann begann er langsam zuzudrücken. Nach und nach nahm Leonors Gesicht eine immer rotere Farbe an, das Blut staute sich in ihrem Kopf, und ihre Augen begannen hervorzutreten. Der haarsträubende Klang von Rosarios Lachen gellte in ihren Ohren. Der geringe Widerstand, den die gefesselte Herzogin ohnehin nur leisten konnte, ließ immer mehr nach. Ihre letzte Kraft drohte zu versiegen, als ihr endgültig die Luft abgeschnürt wurde. Nur noch ein winziger Rest Atem schaffte den Weg durch ihre zugedrückte Kehle, und ihr Mann zog das Seil immer fester zu. Plötzlich schlug eine Tür, und auf der Zimmerschwelle erschien die Gestalt Jerónimo de Loaysas mit dem Schwert in der Hand.

Als er die Situation erfasste, die sich da vor seinen Augen abspielte, drang aus seinem tiefsten Inneren ein wilder, tierischer Laut:

»Verflucht seid Ihr!«

Die Alte kauerte sich instinktiv zusammen, nun selbst voller Angst, und verkroch sich in einer Ecke. Jerónimo blickte dem Herzog, der sich auf den Lärm und den Schrei hin umgedreht hatte, in die Augen und brüllte ihn an:

»Verteidige dich, Unhold!«

»Heute wird mir wohl ein doppeltes Vergnügen zuteil! Zuerst werde ich dich töten, dann mache ich mit ihr weiter!«, schrie Don Rodrigo und zog sein Schwert.

Nun standen sich die Feinde Auge in Auge gegenüber. Sie bewegten sich langsam, beobachteten einander, auf der Suche nach einem Schwachpunkt in der Deckung des anderen, den Blick in die Augen des Gegners gebohrt. Es herrschte vollkommene Stille, gebrochen nur durch das leise Schluchzen Leonors. Doch dann erklang Lärm von der Galerie, das Klirren von Schwertern. Auch dort wurde gekämpft. Der Herzog war klug genug zu wissen, was das bedeutete, und leitete einen heftigen Angriff auf seinen Feind ein. Mit einem Degenstoß, der für ihn selbst tödlich enden sollte, öffnete er seine Deckung. Jerónimo täuschte einen Hieb vor und versetzte dem Herzog im gleichen Augenblick den Todesstoß. Mehr als eine Spanne tief versank die Klinge des Bildhauers in Don Rodrigos linker Seite, etwa eine halbe Handbreit unter der Achselhöhle. Er hatte ihn mitten ins Herz getroffen. Als Jerónimo sein Schwert wieder herauszog, sprudelte eine bemerkenswerte Menge Blut aus der offenen Wunde. Der Herzog sackte zusammen, und in einem dicken Strahl floss das Leben aus ihm heraus. Bevor er sein Leben aushauchte, blieb ihm gerade noch Zeit, wimmernd darum zu bitten, dass man ihm die Beichte abnähme.

Jerónimo schnitt Leonors Fesseln durch. In diesem Augenblick verlor die Frau, die er liebte, das Bewusstsein und sank in seine Arme. Zärtlich legte er sie aufs Bett und deckte sie zu. Dann eilte er hinaus auf die Galerie, wo sich der Kampf seinem Ende näherte. Die beiden Wachen vor der Tür waren umzingelt und ergaben sich den Soldaten, während Bastinhas in einer Blutlache auf dem Boden lag und lauthals schrie, man solle ihm die Beichte abnehmen. Auch Diego Ruiz de Acevedo war dort, mit einem blutigen Schwert in der Hand und noch immer in der Franziskanerkutte, in der er als Fackelträger des falschen Priesters mit seinem Freund Jerónimo ein unvergleichliches Duo abgegeben hatte.

»Rasch, Diego, komm her! Leonor geht es nicht gut!«

»Und der Herzog?«, fragte der Arzt.

»Tot«, lautete die knappe Antwort.

Die beiden Männer gingen zurück ins Schlafzimmer, wo Leonor noch immer ohne Bewusstsein auf dem Bett lag. Sie kamen genau zur richtigen Zeit, denn soeben hatte Rosario in eindeutiger Absicht ein Messer aus ihren Gewändern gezogen. Es war Diego, der sie entwaffnete und zusah, wie sich die Alte in einem hysterischen Anfall wand und krümmte. Er bat einen Soldaten, sie fortzubringen.

Diego untersuchte Leonor; dann blickte er seinen Freund an und beruhigte ihn:

»Sei unbesorgt, ihr Leben ist nicht in Gefahr. Die Würgemale werden ihr noch eine Weile erhalten bleiben, jedoch irgendwann verschwinden. Viel schlimmer ist die Erinnerung an diesen Albtraum, den sie erlebt hat.«

Während der folgenden Stunden verwandelte sich das Haus des verstorbenen Herzog de los Alcores in eine Art Irrenanstalt. Menschen, die hinein- und hinausrannten, Schreie, Lärm, Ankünfte, Abschiede – und Chaos, jede Menge Chaos. Die Haushälterin Rosario hatte man in eine Zelle des nahe gelegenen Karmeliterinnenklosters gebracht und der Äbtissin strenge Anweisungen für ihre Bewachung gegeben, bis die Justiz über sie befinden würde. Auch durfte sie keinerlei Kontakt zu anderen Menschen haben. Die Diener wurden der Komplizenschaft bei den Machenschaften des Herzogs de los Alcores angeklagt, verhaftet und ins königliche Gefängnis in der Calle de las Sierpes verfrachtet, nachdem sie ihre Aussage im herzoglichen Palast gemacht hatten. Dort hatte sich zu diesem Zwecke ein Richter mit zwei Schreibern und mehreren Mitarbeitern eingefunden. So kam es, dass die Dienerschar des Palastes nun stark zusammengeschrumpft war. Die Leiche des Sebastián de Bastinhas hatte man den Brüdern der Santa Caridad übergeben. Vier von ihnen würden in ihrer Kapelle bei seinem Leichnam wachen, und am folgenden Tage würde er ein christliches Begräbnis erhalten. Vor seinem Tod hatte er noch Gelegenheit gehabt, sein Gewissen zu erleichtern und seine Schuld zu beichten. Ein Priester, der angesichts der Dringlichkeit des Falls herbeigeeilt war, hatte ihm die letzte Ölung gegeben.

Trotz der späten Stunde wurden am Gerichtshof noch alle erforderlichen Schritte unternommen, um dem Kirchenrichter der Sevillanischen Diözese eine Petition zukommen zu lassen, damit dieser die Verhaftung der Kartäusermönche Antón de Laredo und Remigio de la Cruz verfügte.

Auch Mateo Abrás, der Hurenkönig, wurde als Helfershelfer des Herzogs de los Alcores verhaftet, weil er den Durchgang durch sein Gasthaus und den Unterschlupf in demselben zur Verfügung gestellt hatte und damit das Verbrechen erst ermöglicht hatte. Strafmildernd würde geltend gemacht werden, dass er durch seine Zusammenarbeit mit der Justiz einen wichtigen Beitrag zur Verhaftung Don Rodrigo Ponce de Leóns geleistet hatte.

Es war beinahe Mitternacht, als Jerónimo de Loaysa und Diego Ruiz de Acevedo den Palast verließen. Die Witwe des Herzogs de los Alcores ruhte in ihrem Bette und war bereits auf dem Wege der Besserung, sie unterstand der Pflege und Fürsorge von Isabel de Leiría, die aus ihrem Versteck gekommen und in den Palast zurückgekehrt war. Begleitet wurden Diego und Jerónimo auf ihrem Weg zum Haus des Arztes von einem Trupp Arkebusiere und dem Oberst des *Tercio Viejo de la Armada,* Don Íñigo de Parias. Unterwegs erzählte er ihnen einige der vielen Vorfälle, die sich im Verlauf dieses langen, spannungsreichen Tages, der sich nun dem Ende zuneigte, ereignet hatten.

Als Sevilla schon schlief, waren sie allein zurückgeblieben und standen in der Dunkelheit vor dem Eingang des Hauses. Catalina de Arana eilte herbei, um ihnen zu öffnen, und die Freunde verabschiedeten sich mit einer kräftigen, brüderlichen Umarmung. Sie waren völlig erschöpft und zerschlagen, aber ihre Gemüter waren wieder zur Ruhe gekommen. In ihnen herrschte ein innerer Friede, für den es keine Worte gab.

Epilog

Wenige Monate nach diesen unglaublichen Vorfällen, als man in Sevilla vor den Kaminfeuern, in den Innenhöfen, im Corral de los Olmos und auf den Stufen der Kathedrale bereits von ganz anderen Dingen sprach, verstarb Catalina de Arana an einem schweren Fieber, das auch alle Wissenschaft, Hingabe und Aufopferung ihres Mannes nicht heilen konnte. Diego Ruiz de Acevedo meldete sich daraufhin wieder zum Militär, als Arzt in der Kompanie, die später den Beinamen *Inmemorial* – die Unvordenkliche – erhielt. Das Kommando über diese Kompanie führte Don Íñigo de Parias, der nach Flandern gezogen war, um dort den Posten des Obersten zu besetzen und den erbitterten, blutigen und nie endenden Kampf gegen die holländischen Rebellen weiterzuführen, jene erwiesenen und geständigen Ketzer, Feinde Unserer Heiligen Mutter Kirche und folglich der Katholischen Monarchie Spaniens.

Jerónimo de Loaysa blieb in Sevilla. Sein Freund hatte ihm, als er nach Flandern zog, mittels einer amtlichen, vom Schreiber Nicolás de Castroverde ausgestellten Urkunde den Orangenhain und das Landgut in Aljarafe überschrieben, wo sie gemeinsam mit Catalina so viele Abende und Nächte lang über Gott, die Welt und das Leben geplaudert hatten. Nach wie vor schufen seine Hände die schönsten und ausdrucksvollsten Heiligenbildnisse, die nicht nur die religiöse Hingabe der Sevillaner inspirierten, sondern auch wertvolle Kunstwerke für das Kulturerbe der Stadt darstellten. Im Lauf der Zeit würden sie zu den großen Meisterwerken ihrer Zeit gezählt werden.

Doña Leonor de Mascarenhas, die Witwe des Herzogs de los Alcores, nahm sich der Erziehung ihres Sohnes als Stammhalter und Kopf des Adelsgeschlechts der Ponce de León an. Sie widmete all ihre Kräfte der Wiederherstellung des übel zugerichteten Nachlasses dieser berühmten Familie und hatte es wenige Jahre später vollbracht, den Haushalt der Ponce de León auszugleichen und den neuen Grundstein für ein Vermögen zu legen, das es dem künftigen Herzog de los Alcores gestatten würde, die Rolle zu spielen, die ihm gemäß der Familientradition zukam. Sie war eine überaus wohltätige Dame, die für gemeinnützige Zwecke und die Bedürfnisse Fremder freigebig spendete. Sobald es das herzogliche Vermögen wieder gestattete, etablierte sie sich als große Gönnerin zahlreicher mildtätiger Institutionen der Stadt. Sie erlangte Ruhm als aufrechte, tugendhafte Frau, die ihre Pflichten gemäß ihrer Position erfüllte. Darüber hinaus gewann sie Ansehen als überaus diskrete Frau, und das zu Recht, denn es erforderte eine fast unglaubliche Diskretion, den Klatsch der so genannten guten Gesellschaft und die Ammenmärchen der Dienerinnen und Diener zu widerlegen, während sie gleichzeitig für den Rest ihres Lebens an ihrer Beziehung mit dem Bildhauer Jerónimo de Loaysa festhielt. Nur eine einzige Schwäche gönnte sie sich, die dieser Diskretion widersprach: ein Protokoll dieser Beziehung, das sie – in gar nicht üblem Stil – in ein Büchlein schrieb, das sie über die Jahre wie ein Tagebuch führte. Ebendieses stets sorgsam bewachte Büchlein entdeckte der Autor dieser Erzählung zwischen den Papieren, die ihm vor einiger Zeit seine Urgroßmutter schenkte.

Durch das besagte Büchlein hinterließ die verwitwete

Herzogin de los Alcores den Stoff für IM ZEICHEN DES SCHWARZEN TODES und viele Einzelheiten, die in dieser Geschichte Verwendung gefunden haben. Falls diese Erzählung, die der Leser jetzt beendet, Fehler enthält, so sind diese keinesfalls der erlauchten Dame, sondern ausschließlich dem Mangel an Wissen und Fähigkeiten des Verfassers zuzuschreiben.

Ich sträube mich nicht, mit diesen Zeilen den endgültigen Schlusspunkt zu setzen, indem ich sage, dass Doña Leonor de Mascarenhas ihre Beziehung zu Jerónimo de Loaysa in allen Details geschildert hat, dass er die Liebe ihres Lebens war und dass, nachdem die Schrecken an der Seite Don Rodrigo Ponce de Leóns, die der Leser aus dieser Erzählung kennt, hinter ihr lagen, sie zu einer durch und durch glücklichen Frau wurde, vollauf zufrieden mit dem Schicksal, das ihr die Vorsehung zugewiesen hatte. Von ihr selbst wissen wir, dass sie eine heimliche Ehe mit Jerónimo de Loaysa einging, aus der keine Kinder hervorgingen.

Doch diese Ereignisse, die zwar – das darf ich dem Leser versichern – von außergewöhnlichem Interesse wären, um das Sevilla dieser Jahre wirklich kennen zu lernen, sind nicht Gegenstand dieses Buches, das hier endet.

Gaena, am 30. Tag des Juli im Jahre 2001, dem ersten des dritten Jahrtausends

J. C. P.

»Bei George Herman wird die Renaissance lebendig.«

LOS ANGELES TIMES

George Herman
DIE SCHATTEN
VON FLORENZ
Historischer Roman
448 Seiten
ISBN 3-404-15280-0

Im dritten Band der Serie um Leonardo da Vinci und seinen Gehilfen Niccolo de Pavia geraten die Borgias in einen tödlichen Konflikt mit der Familie Medici. Gleichzeitig sorgt eine mysteriöse Gruppe von Büßern in Florenz für Angst und Schrecken. Im Auftrag ihres verstorbenen Anführers Savonarola zerstören die religiösen Fanatiker Kunstwerke von Donatello, Uccello und Botticelli. Leonardo da Vinci begibt sich auf die Spur der Büßer, um die Hintergründe ihrer Tat zu beleuchten – und gerät in tödliche Gefahr ...

Bastei Lübbe Taschenbuch